# 지명관일기 1

## 池明觀日記

1974년 11월 1일~1976년 12월 29일

지은이

**지명관** 池明觀, Chi Myong-kwan

1924.10.11~2022.1.1. 평안북도 정주에서 태어났다. 1946년 김일성종합대학에 제1회 입학
생으로 입학하였으나 1947년 김일성종합대학을 중퇴하고, 월남했다. 1950년 한국전쟁에
통역장교로 참전했다. 1954년 서울대학교 종교학과를 졸업하고 1958년 동 대학원 종교학
과 석사 이후 박사과정을 수료했다. 1960년 덕성여자대학교 철학과 교수를 역임하고, 1964
년부터 1967년까지 월간 『사상계』 주간으로 근무했다. 1967년에서 1968년까지 뉴욕 유니
언신학교에서 유학했으며 1972년 일본으로 망명해 1972년부터 1993년 일본 도쿄여자대
학 교수직을 역임했다. 1993년에서 2003년까지 한림대학교 일본학연구소 소장으로 있었
으며 1998년에서 2003년까지 한·일문화교류정책 자문위원회 위원장직을, 2000년부터
2005년까지 KBS 이사장직을 역임했다. 2012년 제7회 일송상과 2020년 5·18언론상 공로
상을 수상했다.

엮은이

**한림대학교 일본학연구소 『지명관일기』 간행위원회**

**서정완** 徐禎完, Suh, JohngWan

『지명관일기』 간행위원회 위원장

**고길미** 高吉美, Ko, KilMi

『지명관일기』 간행위원회 위원

**서영혜** 徐榮慧, Younghye Seo Whitney

『지명관일기』 간행위원회 위원

**심재현** 沈載賢, Shim, JaeHyun

『지명관일기』 간행위원회 위원

**지명관일기 1**

초판발행　2024년 12월 15일

지은이　　지명관
엮은이　　서정완·고길미·서영혜·심재현
펴낸이　　박성모
펴낸곳　　소명출판
출판등록　제1998-000017호
주소　　　서울시 서초구 사임당로14길 15 서광빌딩 2층
전화　　　02-585-7840
팩스　　　02-585-7848
이메일　　somyungbooks@daum.net
홈페이지　www.somyong.co.kr

ISBN　　 979-11-5905-996-4 03810
정가　　　35,000원

ⓒ 한림대학교 일본학연구소, 2024

이 책은 2017년도 정부(교육부)의 재원으로 한국연구재단의 지원을 받아 한림대학교 일본학연구소가 수행하는
인문한국플러스지원사업의 일환으로 이루어진 연구임(2017S1A6A3A01079517).

▲ 사진 1
2008년 10월 10일, 한림대학교 일본학연구소
'지명관 교수에게 듣는다'
(서정완 촬영)

▲ 사진 2
2008년 10월 10일, 한림대학교 일본학연구소
'지명관 교수에게 듣는다'
(서정완 촬영)

▲ 사진 3
2008년 10월 10일, 한림대학교 일본학연구소
'지명관 교수에게 듣는다'
(서정완 촬영)

▲ 사진 4
2015년 8월 2일, 교토
『한일일본학』인터뷰(with 서정완)
(서정완 촬영)

▲ 사진 5
2015년 8월 1일, 도시샤(同志社)대학
강연
(서정완 촬영)

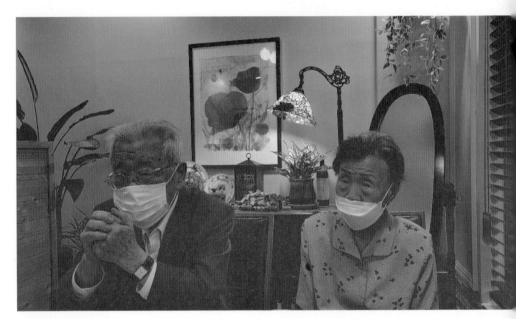

▲ 사진 6
2021년 8월 10일, 춘천
연구소에서 초청, 서정완과 간담회
『지명관일기』 간행 보고
(서정완 촬영)

▲ 사진 7
일시 미상이나 1970년대로 추정
젊은 시절 지명관 선생님
(강정숙 사모님 제공)

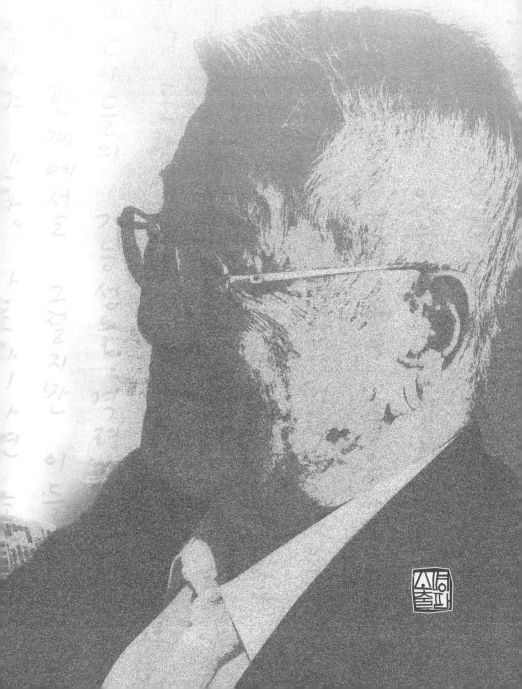

지명관 지음
서정완 외 엮음

# 지명관일기 1

1974년 11월 1일~1976년 12월 29일

## 일러두기

1. 저자는 '森岡', '東京' 등의 고유명사뿐 아니라 '三年', '會議', '直面', '運命', '戰列', '同質意識', '理解' 등, 한자 표기가 많다. 원본 보존이라는 차원에서 표기 그대로 표기할 수도 있으나, 한글 중심의 가독성을 우선해서 '모리오카', '도쿄' 등으로 표기했다. 단 특별히 한자병기가 필요하다고 판단되는 경우에는 '전열戰列'처럼 표기하나, 원칙적으로 초출에 적용하고 반복은 피했다.

   한편 '획일주의적(劃一主義的)', '좌익(左翼)', '도의적(道義的)' 등 굳이 한자표기가 불필요한 경우는 모두 한글로만 표기했다.

2. 인명도 위와 같은 기준을 적용해서 한글로 표기를 원칙으로 했으며, 학문적 추적을 고려해서 초출에는 괄호 안에 한자를 병기했다. 한편 일본인 인명은 '야스에 료스케(安江良介)'를 초출에, 이후는 따로 이유가 없으면 '야스에 료스케'로 표기했다.

   인명 중 몇 가지는 통일했다. 예) 가이가, 가이거→가이거, 교오헨, 코오헨→코오헨, 시놋트, 시노트-→시노트, 니이버→니버

3. 일본 지명은 초출에 한해서 윗첨자 형태로 한자를 병기하고, 그 이후는 한글로 표기했다.

   '도잔소東山莊' '한일교회협의회韓日敎會協議會', '이와나미岩波' 등의 기관명·조직명도 이에 준한다. 한편 '東京'은 지명이든 '東京女子大學'이든 모두 '도쿄'로 통일했다.

   '국련(国連)'은 '유엔(UN)'으로 수정했으며, 그 외에 설명이 필요한 경우는 각주를 달았다.

4. 한글맞춤법에 어긋나더라도 의미전달에 문제가 없다고 판단되면 자료적 가치를 존중해서 원본 표기를 유지해서 편집자에 의한 수정은 최소한으로 했다. 다만 분명한 오자나 오류로 판단되는 경우는 수정하였다. 영문명에 대한 한글 표기도 현대식으로 바꾸었다.

   예) 비죤→비전, 훠-드→포드, 텔레비→텔레비전, 오브저버→옵서버, 잇슈→이슈, 멧세지→메시지, 로스앤젤러스→로스앤젤레스, 쥬네브→제네바, 르뽀→르포, 심볼→심벌, 발란스→밸런스

5. '통신'은 간행본 『한국으로부터의 통신』을 지칭하는 경우가 분명한 경우는 『통신』으로 표기하고, 『세카이』에 연재된 글인 경우는 '통신'으로 표기했다. 애매한 경우는 『세카이』로 한다. '세카이'도 마찬가지다. 'World'라는 뜻일 경우는 '세계', 잡지 『世界』인 경우는 『세카이』로 했다.

6. '岩波書店'은 '이와나미쇼텐'이 아니라 '이와나미서점'으로 표기했으며, '高麗書林'은 '고마쇼린'이 아니라 '고마서림'으로 표기했다.

7. 숫자는 아라비아 숫자 표기를 원칙으로 했다. 예) 四〇→40

8. 화폐단위가 JPY임에도 관습적으로 '원'으로 표기하는 경우가 많다. "일화(日貨)로 17만원"인 경우이다. '엔'이 맞으나 '엔', '원' 모두 그대로 두었다. USD에 대해서는 '불'을 다용하나 모두 '달러'로 통일했으며, 아래 예와 같이 처리했다. 예) 1,000원, 1,000엔, 100만 원, 5,000만 원, 5만 달러, 5,000달러

9. 독자의 가독성을 위해서 필요한 경우 직접화법으로 표시하였다.

   예) 정숙이가 도쿄에 도착하자 남은 감옥에 가서 영웅이 되는데 뭘 하는가, 박(朴) 후에 무슨 낯으로 나가겠는가 하더라고 말한 것이 충격을 주었다고 한다. → 정숙이가 도쿄에 도착하자 "남은 감옥에 가서 영웅이 되는데 뭘 하는가, 박(朴) 후에 무슨 낯으로 나가겠는가" 하더라고 말한 것이 충격을 주었다고 한다.

10. '고니시 상'처럼 일본어 'さん'을 그대로 한글로 표기한 경우는 '고니시 씨'로 수정했다.

## 책머리에

이『지명관일기』는 한림대학교 일본학연구소 초대 소장이신 지명관 선생님이 박정희 정권 때 일본에서 'T·K생'이라는 필명으로 당시 독재정권에 맞서서 민주화를 위해 투쟁하는 국내 현장과 모습을 이와나미서점岩波書店이 발간하는 월간지『세카이世界』에 「한국으로부터의 통신」이라는 연재를 게재해서 생생한 실상을 알리는 한편으로, 일본·독일·미국 교회와 네트워크를 구축해서 민주화 투쟁을 지원하면서 싸운 시기에 남긴 것이다. 일반적으로 연구자에게 '일기'라는 것은 글쓴이의 내면세계를 비추는 거울이라는 긍정적인 평가와 함께 때로는 글쓴이가 독자를 의식하면 사실이 잘못 전달될 수도 있다는 단서가 붙기도 한다. 또한 주관적 시점이 들어간 서술이라는 이유로 객관성에 대한 조심성이 요구되기도 한다.

그러함에도 불구하고, 이번에『지명관일기』를 간행한 것은 무엇보다도 한국 현대사의 한 페이지를 기록하는 데 일조하기 위함이다. '일기'라는 성격 때문에 다양한 접근이 가능할 수가 있겠으나, 이『지명관일기』가 당시 국내에서는 극히 일부만이 알고 있던 일본과 기타 해외에서 전개된 민주화 투쟁에 대한 지원과 협력의 네트워크 조감도를 그려내는 데는 유의미한 역할을 할 것으로 기대한다.

이번에 간행한 제1권은 1974년 11월 1일부터 1976년 12월 29일까지를 수록하는데, 1974년은 박정희 대통령 저격사건 즉 문세광사건이 발발한 해이다. 일기를 쓰기 시작한 첫날에 "사건이 일어나 이것이 압수된다면 많은 동지들이 무서운 운명을 당할 것이 아닌가"라는 걱정을 담고 있는데, 당시의 긴박했던 상황을 염두에 두고 읽어야 할 것이다. 그만큼 조심스럽고 은밀하게 보관해야 했는데, 실제로 A4 사이즈 루즈리프에 만년필로 쓴 일기는 모두 4등분으로 접은 흔적이 남아 있다. 작게 접어서 은밀히 숨겨놓은 흔적이 그대로 남아 있는 것이다.

『지명관일기』는 일본에서 지인 등에 여러 갈래로 분산해서 맡겨놓았다가 일본학연구소에 계시는 동안 하나씩 회수하신 것으로 알며, 연구소를 떠나실 때 연구소에 자료로 써달라고 기증하신 것이다. 참고로 「한국으로부터의 통신」 원고는 하나 탈고하면 길거리에서 접선한 야마구치 마리코 씨에게 건넸으며, 『세카이』 편집부에서는 당시 야스에 료스케 편집부장, 오카다 아쓰시, 야마구치 마리코 씨가 은밀하게 내용을 다른 원고에 옮겨적고 원본은 불태워 없앴다고 한다. 필적을 남기지 않고 지명관 선생님 특유의 표현이나 표기를 은폐해서 KCIA가 혈안이 되어 'T·K생' 찾기를 하는 긴박한 상황에서 지명관 선생님을 지키기 위한 방법이었다. 이 작업을 처음에는 야스에 료스케 편집장이 혼자 담당하다가, 야마구치 마리코 씨가 『세카이』 편집부에 들어온 후 퇴사할 때까지 6년 반 동안이 은밀한 작업이 진행되었고, 야마구치 씨가 퇴사한 후에는 이 일을 함께 할 후임자는 없었다고 한다. 이 모두가 'T·K생'을 지키기 위한 민주화운동의 한 부분이었다고 할 수 있다. 그에 비하면 『지명관일기』는 친필 원고 그대로 남아 있다는 것이 후학으로서 참으로 다행스럽게 생각한다.

지명관 선생님을 추모하는 모임이 2022년 5월 14일에 일본 도쿄에 있는 도미사카富坂 기독교센터에서 온라인을 병행해서 열렸으며, 2024년 6월 28일도 같은 곳에서 열렸다. 그만큼 'T·K생'부터 '지명관'에 이르는 광범위한 인적 네트워크와 지명관 선생님 지지자가 일본에 아직도 존재하며, 이분들이 한국의 민주화를 지켜보며 응원을 해주었으며, 'T·K생' 신분이 노출되는 것을 철저하게 막아주셨다. 이 인적 네트워크야말로 지명관 선생님이 남겨주신 유산이고, 지명관 선생님께서 그리던 신의를 바탕으로 굳건한 한일 양국의 관계를 함께 만들어 나갈 동반자라고 생각한다.

그래서 「'T·K생', 그리고 지명관 선생님을 생각하며」에는 첫째, 1970년대 당시 『세카이』 편집부에서 'T·K생' 지명관 선생님과 함께 「한국으로부터의 통신」을 간행 작업을 함께 하시면서 도움을 주신 오카모토 아쓰시岡本厚 선생님, 야마구치 마리코山口万里子 선생님에게 글을 부탁하였다. 두 번째는 도미사카 기독교센터에서 지명관 선생님과 많은 교류를 쌓아오신 오카다 히토시岡田仁 선생님을, 세 번째는 『지명관일기』에도 등장하며 실제로 박정희 정권하에서 지명관 선생님께 문서를 전달하기 위해서 수없이 한일 양국을 왕복한 데이비드 새터화이트 선생님께 글을 부탁하였다. 그리고 네 번째는 당시 재일한국인 사회에서 'T·K생'과 「한국으로부터의 통신」이 어떻게 받아들여졌는지에 대한 이야기를 박일 선생님께 부탁드렸다. 그리고 『지명관일기』 간행위원회 고길미 위원, 서영혜 위원, 심재현 위원이, 마지막은 위원장 서정완 글을 실었다. 고길미 위원은 재일한국인으로서의 시각에서, 서영혜 위원은 지명관 선생님을 중심으로 한국의 민주화를 연구하는 입장에서, 그리고 심재현 위원은 대학원에서 지명관 선생님께 지도를 받은 제자이자 지명관 선생님 내외를 자주 방문해서 이것저것 가까이에서 챙겨드리면서 많은 이야기를 들은 사람으로, 그리고 서정완은 연구소를 중심으로 지명관 선생님을 때로는 멀리 때로는 가까이에 있었던 사람으로서 서술하였다.

지명관 선생님을 처음 뵌 것은 1988년 도쿄였다. 그리고 마지막에 뵌 것은 2021년 8월 10일 춘천이었다. COVID-19도 잠잠해져서 오랜만에 선생님 내외를 춘천으로 모셔서 함께 식사하며 연구소 현황과 나아갈 방향, 그리고 한일관계에 연구소가 해야 하는 역할에 대해 말씀을 나누었다. 그때 『지명관일기』 간행에 대해서 보고드렸고, 가능하다면 일본에서 일어판도 내고 싶다고 말씀드렸더니 매우 기뻐하신 모습이 안타까운 마지막이었다. 당시 심재현 연구원이 자차로 선생님 내외를 남양주까지 모셨는데, 그때 동행해서 조금이라도 더 많은 대화를 나누지 못한 것이 못내 아쉽다.

일개 연구자로서, 일본학연구소 소장으로서 작금의 한일 양국의 학계를 보면, 지명관 선생님처럼 혜안을 가지고 앵커Anchor가 되어 중심을 잡아주는 어른이 안 계신 것 같아서 안타깝다. 필자가 대학원생일 때는 한일 양국에 각 학문 분야마다 어른이 계셨는데, 결국은 그 후학인 필자와 주변 세대가 그 대를 제대로 잇지 못하고 있다는 죄송함을 느끼지 않을 수 없다. 선대의 혜안을 조금이라도 후학에 전하고 남기는 것으로서 그 죄송함을 조금이라도 갚을 수 있기를 바라는 바람으로, 그리고 지명관 선생님께 감사하는 마음으로 『지명관일기』를 세상에 내놓는다.

2024년 12월
한림대학교 일본학연구소 소장, 『지명관일기』 간행위원장
서정완

# 차례

# 1974년

# 11월 1일 금요일

오늘은 비교적 잘 갠 날씨였다. 저녁에는 15일 가까운 것일까, 아름다운 달이 차가웠다. 모리오카[1] 선생하고 저녁을 하면서 어제로 내 도쿄東京 생활만 2년이 된 것을 지적을 받고 새삼스럽게 놀랐다.

오랫동안 일기를 쓴다고 하면서도 실천하지 못한 것을 오늘부터는, 이 3년째 접어드는 날부터는, 시작하기로 한다. 일기를 써도 사실대로 쓰지 못한다면 무슨 소용이 있겠는가 하는 생각이 늘 있어서 용기를 내지 못했다. 개인적으로도 나를 그대로 적나라하게 들어내 놓지 못하는 데가 있다. 일기 속에서도 나 자신과 직면하기를 꺼리는 마음이 있다. 후일, 이것이 누구에게 읽혀진다는 것을 의식하기 때문이다. 그것만이 아니다. 오늘 어떻게 내 생각이나 활동에 대하여 사실대로 쓸 수 있겠는가. 사건이 일어나 이것이 압수된다면 많은 동지들이 무서운 운명을 당할 것이 아닌가. 그러나 그러한 귀중한 일들이 있기 때문에 혁명일기나 되는 것처럼 기록해 두어야 할 것이 아닌가.

이 일기를 어떻게 할 것인가, 쓴다면 어떻게 써나갈 것인가 하는 데 대한 마음의 결정 없이 우선 써 나아가기로 한다. 며칠 분씩 끝나는 대로 일본 친구들에게 보관을 부탁할 생각이다.

---

1   모리오카 이와오(森岡巖, 1924~2012.3.6). 고치현(高知縣) 출생. 일본 기독교 신학자. 도쿄대학 정치학과를 졸업하고 신쿄출판사(新教出版社)에 입사해 『복음과 세계(福音と世界)』의 편집장이 되었다. '모리 헤이타(森平太)'라는 필명으로 일본 기독교계에서 많은 활동을 했다. 1965년 12월, 신쿄출판사의 사장이었던 아키야마 노리에(秋山憲兄)의 소개로 시나노마치(信濃町) 교회에서 지명관을 처음 만나, 약 20년간 지명관의 둘도 없는 동지가 되었다. 지명관에게 처음 일본어로 「한국 교회 80년의 걸음」을 쓰게 하여 『복음과 세계』에 실었다. 일본어로 된 지명관의 첫 저서 『흐름에 저항하여―한 한국 그리스도인의 증언』이 1966년 신쿄출판사에서 발간되었다. 지명관은 한국 교회사에 대한 관심이 일본인 동지들이 권하고 요청해서 생긴 것이라고 한다.

참, 지난 2년, 더욱이 근래에 접어들면서 많은 방황을 하였다. 그러나 이제는 나를 가다듬기 위해서도 일기를 써야 한다고 생각한다.

이번 회의를 하코네箱根에서 하기로 하고, 모리오카 선생을 통하여 호텔을 예약해 놓았다.

11시 57분

# 11월 10일 일요일[2]

여러 날 동안 일기를 쓰지 못하였다. 말할 수 없이 바쁜 나날들이 계속하였기 때문이다. 교토京都에서 한일교회협의회韓日教會協議會[3]를 마치고 모두 도쿄로 모여 왔다.

3일, 일요일 날에는 고텐바御殿場 도잔소東山莊[4]를 향하여 지난 1월달 회의 이후 의 상황에 대하여 논의하였다. 구체적인 내용 보도는 일반적으로 전열을 재정비 하려고 토의했다고 할 수 있다. 김관석[5] 목사에 대한 비판에 대하여 많이 이야기 하지 않을 수 없었다. 활빈 교회[6]를 선동하여 데모까지 하였다니 어리석은 짓이

---

2    원본에는 '10월 10일'로 되어 있음. 단순 오타 또는 착각으로 보임. '11월 10일'로 정정함. 다음 '11월 12일'도 마찬가지.
3    한일교회협의회는 1973년 7월 2일부터 3일 동안 서울 아카데미하우스에서 '아시아의 평화'라는 주제로 첫 세미나를 열었다. 이 세미나에서 양국 교회는 아시아 평화를 위해 무엇을 할 것인가, 재일한국인의 인권 문제, 사할린 한국 교포의 귀환 문제, 원폭피해자 문제, 일본경제의 아시아 지역 진출로 야기되는 문제 등을 토의했다. 제2차 회의는 1974 년 10월 30일부터 3일간 일본 교토에서 '아시아에 있어서 선교와 인간성 회복'이라는 주 제로 열렸는데, 여기에서도 한일 경제관계, 마산 수출 공단, 재일한국인의 인권 문제 등의 주제가 다루어졌다.
4    YMCA Japan이 시즈오카현(靜岡縣) 고텐바에 운영하는 공익재단법인 일본YMCA동맹 국제청소년센터.
5    김관석(金觀錫, 1922.7.27~2002.2.4). 함경남도 함흥 출생. 에큐메니컬운동가이자 민 주화운동가. 함흥 영생중학교를 거쳐서 일본 도쿄신학교에 진학했다. 재학 중에 학도지 원병으로 징집되었으나, 탈영을 하였고, 해방 후에는 신탁운동을 하다가 한 달간 형무소 에 수감되었다. 부산 피난 시절에는 김재준 목사가 학장으로 있던 조선신학교에서 강사 로 지냈고, 미국 기독교교회협의회의 지원으로 미국 대학에서 2년간 저널리즘을 공부하 였다. 5·16쿠데타 직후에 월간 『기독교 사상』에 군사혁명을 반대하는 글을 썼다가 계엄 군사령부로부터 문초를 당하였다. 1968년에는 기독교교회협의회의 총무가 되었고 1970 년대에는 함석헌, 장준하, 문익환, 백기완 선생 등과 함께 3선개헌 반대운동을 했다. 1980 년대에는 통일문제연구위원장, 기독교사회문제연구원 이사장, 기독교방송 사장, 세계기 독교언론협의회 아시아 지역 의장, 『새누리신문』 사장을 역임했다.
6    활빈 교회(活貧教會)는 1971년 10월 김진홍 전도사, 김종길, 김영준, 김인옥 등이 중심이

라고 하지 않을 수 없다. 그 배후에 무엇이 있다고 할 수밖에 없다. 내부의 대립이나 분열을 틈타서 그런 것이 움직이기 마련이다. 잘잘못을 도외시하고 이것을 막아내야 할 것이다. 김 목사도 행정적으로 능숙하지 못하다고 하여야 하겠고. 모든 문제를 털어놓고 상의할 수는 없을까.

4일날 저녁에는 조향록[7] 목사를 만나 역시 국내 사정 이야기를 나누었다. 어려운 상황에서도 그는 의연하게 자기 길을 지켜나가리라고 생각하지만 박형규[8] 목사처럼 희생적인 모험은 하지 않을 분이다. 교회를 묶어서 뭉치게 하는 데는 좋은 역할을 하겠지만.

5일은 하코네로 향하였다. 강원용[9] 목사와 국내외 전략을 이야기하며 더욱이 그와 국내외에 있는 동지들 사이에 동질의식이라고 할까 이해의 바탕을 마련하기 위해서였다. 다소 전진하였다고 할 수 있을까. 강 목사는 그렇게 자아가 강하

---

되어 서울시 청계천에 세운 교회로 빈민 선교와 사회사업을 펼쳤다. 1974년에는 박정희 유신체제 반대시위를 주도하다가 김진홍 전도사가 대통령 긴급조치 제1호 위반으로 옥고를 치렀다.

7    조향록(趙香祿, 1920.9.14~2010.4.11). 함경남도 북청군 출생. 1943년 조선신학교를 졸업하고 장로교 목회자가 되어 서울 종로구 초동 교회의 담임목사로 재직했다. 한국신학대학 학장과 한국기독교장로회 총회장을 역임했으며, 국제사면위원회 한국지부 이사장을 지내는 등, 유신체제에 저항하는 민주화운동지도자 중 한 사람이었다.

8    박형규(朴炯圭, 1923.12.7~2016.8.18). 경상남도 마산 출생. 일본 도쿄신학대학과 미국 유니언신학대학 대학원을 졸업. 도시산업선교회의 대표적 인물로 청계천·중랑천·성남시 일대의 빈민을 상대로 주택·의료·위생 문제 해결에 적극적인 노력을 기울였다.

9    강원용(姜元龍, 1917.10.30~2006.8.17). 함경남도 이원군 출생. 만주 북산도 용정중학교에서 윤동주, 문익환을 만나 인연을 맺고, 그 뒤 북간도 은진중학교에 입학해 김재준을 통해 개신교(장로교) 신앙과 만나게 되었다. 1940년 일본 메이지대학(明治大學) 영문학부를 졸업한 뒤, 만주에서 전도사 활동을 하다가 광복 이후에는 서울로 돌아와 경동 교회를 설립했다. 1948년 한신대학교를 졸업한 후 목사 안수를 받고, 1949년 김재준 목사의 후임으로 경동 교회 목사로 부임했다. 1959년에는 크리스천아카데미를 설립하고 산업사회와 종교 등을 주제로 강의, 세미나, 학술대회를 개최했고 종교 간의 대화, 여성운동, 노동자 계몽운동 등에 앞장섰다. 1972년 10월유신이 선포되자 윤보선·함석헌·김수환 등과 함께 유신에 반대했고, 1974년에는 김수환, 함석헌과 함께 민주회복국민회의에 가담했다.

고 자기과시욕이 강한데도 젊은 사람들 사이에서 자기존재를 확인하지 못하면 불안해하는 것 같다. 이 현실을 지켜나가는 사람들과 함께 현실을 뒤흔들고 깨치고 나아갈 사람들, 그런 세력이 있어야 할 텐데. 하코네에서는 모두가 그 깊고도 아름다운 산, 말할 수 없는 정적에 그만 매혹 당하였다. 전국의 산천을 정원처럼 가꾸었다고나 할까.

7일 날에는 일종의 비밀 출판기념회라고나 할까, 이와나미岩波[10]에 야스에[11] 씨 초대를 받았다. 모리오카 선생과 우리 셋, 즐거운 시간이었다. 「통신」[12]은 29

---

10 이와나미서점(岩波書店)은 1913년 이와나미 시게오(岩波茂雄)가 도쿄 간다구(神田区)에 설립한 출판사이다. 처음에는 고서점으로 출발했으나 1914년에 출판업으로 전향하였다. 이와나미문고(岩波文庫), 이와나미신서(岩波新書) 시리즈 등을 출판해 고전이나 학술연구의 성과를 일반인에게 보급했고 문화의 대중화에 공헌했다. 주요 출판물로는 언론지인 『세카이(世界)』와 인문사회과학지인 『사상(思想)』 등이 있다.

11 야스에 료스케(安江良介, 1935.8.26~1998.1.6). 이시가와현(石川縣) 가나자와시(金沢市) 출생. 편집자이자 출판인. 가나자와대학 법학과를 졸업하고 1958년 이와나미서점에 입사했다. 1967부터 1970년까지는 도쿄도지사 미노베 료키치(美濃部亮吉)의 특별비서로서 일하다가 1971년 이와나미서점으로 돌아와 『세카이』의 편집장을 맡았다. 야스에는 이와나미서점의 대중화와 진보적인 지식인을 지원하는 일에 전력을 다하였으며, 한국의 인권 문제와 군축 문제에 많은 관심을 기울였다. 야스에는 1966년 지명관이 장준하와 함께 일본을 방문했을 때 그를 처음 만나게 되었으나 그 후 특별한 교류는 없었다고 한다. 그러나 1972년 11월 두 사람은 우연히 버스 안에서 만나게 되었고, 야스에는 지명관에게 「베트남전쟁과 한국」이라는 칼럼을 부탁했다. 이 글은 김순일(金淳一)이라는 가명으로 『세카이』에 실렸다. 이 칼럼을 통해서 지명관의 필력과 사상을 확인한 야스에는 또다시 그에게 한국의 실상에 관한 칼럼을 부탁했다. 야스에는 한국의 상황을 바깥 세계에 호소하는 교두보를 도쿄에 만들어야 한다고 생각했고 그것을 위해 『세카이』가 공헌하기를 바랐는데, 그것이 일본 속죄의 첫걸음이라고 생각했다고 한다. 그리하여 「한국으로부터의 통신(韓國からの通信)」이 시작되었다.

12 1974년 8월 20일 이와나미서점에서 단행본으로 발행된 『한국으로부터의 통신(1972.11~1974.6)』을 말한다. 「한국으로부터의 통신」은 1973년부터 1988년까지 15년 동안 총 176회 『세카이』에 연재된 한국 관련 칼럼이다. 필자였던 지명관은 'T·K생'이라는 이름으로 글을 게재했다. 야스에는 처음에는 이 칼럼을 한시적으로 게재할 생각이었으나, 1973년 8월 김대중 납치사건이 발생하면서 계획이 바뀌었다. 매회 200자 원고지 70~100매 정도의 분량이었던 이 글은 당시의 한국의 실정을 세계로 알리는 역할을 했다. 초창기 「통신」의 주자

만 부가 나가고 지금 3만 부를 찍고 있다는 것이었다. 거기에서 나오는 자금을 여러 가지로 잘 쓰고 있다. 이번 모임에도 20만 원가량 썼으며 한국에 보낸 20만 원은 지난번 기독학생회 '십자가 선언' 모임을 뒷받침했다고. 이처럼 우리의 생각과 기대를 넘어 역사의 손길이 우리를 밀고 있다고나 할까. 감사하여야 한다.

8일에는 나고야名古屋 '한국어 교실' 모임에 다녀왔다. 돌아오는 차 안에서 우연하게도 『아사히朝日』의 마쓰이 야요리[13] 여사를 만나 재미있는 이야기를 나누었다. IPU[14]에 왔던 이숙종, 이범준[15] 두 분이 보여준 정부 대변의 열의를 소개해 주는 것이었다. 기생관광이 될 말이냐 하면 그럴 수도 있지 않느냐 하는 식이었

료가 된 것은 한국기독교교회협의회(NCCK) 인권위원회가 발간하는 『인권소식』을 비롯한 각종 민주화운동 소식지, 사진, 녹음, 녹화물 등이었다. 자료반출은 협의회 총무였던 김관석 목사와 박형규 제일 교회 목사 등의 주도하에 진행되었으며 총책임자는 『인권소식』의 제작 실무를 맡은 사무국장 이경배였다. 그는 도쿄에 파견된 독일 동방선교회 슈나이스 목사가 보내준 인편에 매달 『통신』을 위한 자료를 보냈다. 슈나이스 목사의 증언에 의하면 슈나이스 목사뿐만 아니라 그의 부인과 아들, 딸 모두 메신저의 역할을 했는데, 1975년부터 1978년까지 슈나이스 목사는 총 50회 이상, 부인은 1984년까지 총 200회 이상, 주말을 이용해 서울 종로5가 기독교회관 907호에 다녀갔다고 한다. 이 자료를 바탕으로 지명관은 원고를 쓰면 야스에 편집장이나 비서가 이 글을 필사했고, 원고는 불태웠다고 한다. 사용된 자료는 당시 아시아기독교교회협의회 도시농촌선교회(CCA-URM)의 오재식 간사가 운영하던 아시아운동자료센터에 보냈고 슈나이스 목사 등이 그 자료를 복사해서 따로 보관했다. 후에 이 연재물은 이와나미신서에서 총 4권의 단행본으로 발간되었고, 그 당시 사용된 자료는 한국으로 반환되어 국사편찬위원회에 보관되어 있다.

13  마쓰이 야요리(松井やより, 1934.4.12~2002.12.27). 도쿄 출생. 저널리스트이자 페미니스트. 도쿄외국어대학 영미과를 졸업하고 아사히신문사에 입사해, 사회부 기자로 활동했다. 후에 아시아 여성의 모임, 아시아 여성 자료 센터, 전쟁과 여성에 대한 폭력 일본 네트워크 등을 설립했다.

14  IPU(국제의원연맹, International Parliamentary Union)는 세계평화와 협력, 의회제도의 확고한 정착을 위해 각국 국회의원들의 공동 노력을 추구하는 국제기구이다. 한국은 1964년 제53차 코펜하겐총회에서 가입안이 통과되어, 1983년과 1997년 서울에서 총회를 개최한 바 있다.

15  이숙종(李淑種), 이범준(李範俊)은 1974년 10월 2일 도쿄에서 열린 61차 IPU연맹 총회에 유신정우회(維新政友會, 대통령 추천으로 통일주체국민회의에서 선출된 전국구 국회의원들이 구성한 원내교섭단체) 대표의 일원으로 참석하였다.

다고 한다. 그래서 되는 것일까. 요즘은 미소 정책으로 외국에 대한다고 하지만.

9일, 도쿄여대東京女大[16]에서 강의를 하고 나서 내년도 강좌에 대하여 오가와[17] 선생과 함께 이야기를 나누었다. 신입생 독서지도 세미나, 철학개론, 「한국 문화사」, 영어강독, 이렇게 세 과목을 맡아달라고 하니 좀 과다하지만 하는 수 없었다. 좀 더 시간을 가지고 나와 학생들을 위하여 열매 맺는 것이 되기를 원하지만 또 어떻게 휘말려 돌아갈는지 모르겠다. 뉴욕 선우학원[18] 선생에게서는 동지들이 미국 국무성 Smyscer[19] 씨를 만나 포드 대통령[20] 방한에 반대하는 의사를 전달하였다는 소식을 보내왔다. 만약 방한한다면 출발 전에 투옥된 민주인사를 무

---

16  도쿄여자대학(東京女子大學)은 도쿄 스기나미구(杉並区)에 본부를 둔 일본 사립대학. 북미 프로테스탄트 교파들의 지원을 받아 1918년에 처음 개설되었다. 지명관은 1974년부터 도쿄여자대학에서 철학개론, 영문문헌강독, 기독교윤리 등을 강의했다. 당초 그는 1년간 도쿄대학(東京大學)에서 일본사상사를 공부할 목적으로 일본에 건너갔으나 김대중 납치사건이 벌어지면서 그의 귀국도 안전을 담보할 수 없다는 목소리들이 나오기 시작했다. 그리하여 우선 도쿄여자대학 객원교수라는 타이틀로 일본 체류의 법적 근거를 마련했고, 체재비는 제네바에 있는 세계교회협의회(WCC)에서 도와주었다고 한다. 지명관은 군사정권이 장기화되면서 1993년 정년퇴임을 할 때까지 약 20여 년을 도쿄여자대학에서 재직하게 된다. 그리고 1994년 한림대학교가 일본학연구소를 설립하고, 초대 소장으로 부임하게 된다.

17  오가와 게이지(小川圭治, 1927.7.12~2012.1.17). 오사카 출생. 기독교 신학자. 교토대학(京都大學)에서 철학을 전공하고 스위스 바젤 대학 신학부를 졸업했다. 도쿄여자대학교, 쓰쿠바(筑波)대학 교수 역임. 지명관이 도쿄여자대학에서 자리를 잡기까지 오가와 게이지 교수의 도움이 컸다고 한다.

18  선우학원(鮮宇學源)은 재미 통일운동 학자이자 종교학자이다. 당시 뉴욕시립대학 교수였다. 해외에서 한국의 민주화와 통일운동을 위해 애쓴 것으로 알려져 있다.

19  'Smyscer'는 확인이 안 됨. 'Smyser'의 오타인가? 참고로 'Smyser'의 오타라면, 『얄타에서 베를린까지』의 지은이자 키신저와 함께 비밀리에 중국 베이징을 방문해서 닉슨 방중을 성공시킨 미국 외교관 윌리엄 스마이저(William R. Smyser)일 가능성이 있다.

20  제럴드 포드(Gerald Ford, 1913.7.14~2006.12.26). 닉슨 대통령이 워터게이트사건으로 사임을 하자, 38대 대통령직을 승계하여 1974년 8월부터 1977년 2월까지 2년 10개월 동안 재임하였다. 재임 중 그의 과제는 베트남전쟁으로 파탄 난 경제를 회복하는 문제였으나 융통성 없는 경제정책 때문에 여론의 비판을 받고, 지미 카터에게 대통령직을 넘겨주고 만다.

조건 석방하도록 박 정권과 교섭하라고 하였다고 한다. 그리고 언론탄압, 인권 침해에 대하여 항의해줄 것을 요청하였다. 서울서는 반 박底朴 노선의 인사들을 만나달라고 하였다. Smyscer 씨는 키신저[21]와 마찬가지로 현실 정치가로서의 답변만 하더라는 것이다. 이러한 냉담한 세계를 어떻게 우리가 계속 믿고 나아갈 것인가.

참 그저께 마쓰이 여사가 전해준 이치가와 상키[22] 일본 참의원 의원이 미국에서 라이샤워[23] 교수와 코헨[24] 교수를 만났을 때의 인상이 퍽 흥미 있는 이야기

---

21   헨리 키신저(Henry Kissinger, 1923.5.27~2023.11.29). 독일 태생이나, 나치스의 유대인 박해를 피하여 1938년 미국으로 이주했다. 하버드대학에서 정치학박사학위를 취득하고 하버드대학의 정치학 교수가 되었다. 1969년 닉슨 정부 발족과 함께 대통령 보좌관 겸 미국국가안전보장회의 사무국장으로 취임하였다. 국무부의 통상적인 외교 경로를 무시한 이른바 '키신저 외교'를 전개하였다. 1971년 7월 중국을 비밀리에 방문하여 닉슨 대통령의 중국 방문의 길을 열었고, 1972년 중동평화조정에 힘썼으며, 1973년 북베트남과 접촉하여 평화협정을 체결하는 등, 세계평화를 위한 노력으로 노벨평화상을 수상하였다.

22   원문에 '이찌가와 상끼'로 표기된 '이치가와 상키'는 이름만 보면 일본의 영어 학자이자 도쿄제국대학 교수였던 이치가와 상키(市河三喜)로 보인다. 그러나 이치가와 상키는 1970년에 서거했으며, 그의 경력에 참의원 의원도 없다. 필자 지명관의 착각일 가능성이 있음. 한편 참의원 의원을 역임한 'Ichikawa' 성을 가진 사람은 총 3명인데, 그중 이치가와 이치로(市川一朗)가 참의원 의원이 된 것은 1995년이며, 이치가와 쇼이치(市川正一)는 제11회 참의원 선거에서 처음으로 당선되었는데 그 시점이 1977년이라 모두 시기가 맞지 않는다. 시기적으로 가능성이 있는 것은 이치가와 후사에(市川房枝)이다. 여성 참정권 실현에 큰 역할을 한 이치가와 후사에는 1953년에 참의원 처음으로 의원으로 당선된 이후, 4기를 역임했으며, 1974년 제10회 참의원 선거에 임해서 5기 = 25년 동안 참의원 의원으로 활약했다. 'Ichikawa' 성을 가진 참의원 의원 역임자 중 유일하게 1974년 11월 시점에 참의원 의원이었던 것이 이치가와 후사에이기에 『지명관일기』 11월 10일 자에 나오는 '이치가와'는 '이치가와 후사에'일 가능성은 높다는 데까지만 언급해둔다.

23   에드윈 라이샤워(Edwin Reischauer, 1910.10.15~1990.9.1). 일본 도쿄 출생. 언어학자이자 역사가. 하버드대에서 박사학위를 받고 하버드대 극동언어학과 학과장을 지냈다. 1961년부터 1966년까지 주일 미국대사를 역임한 후 하버드대학교에서 일본사를 강의하였다. 김대중 전 대통령이 대통령이 되기까지 후원했던 것으로 알려져 있다.

24   제롬 코헨(Jerome Cohen, 1930.7.1~). 법학자. 유신 시절과 5공화국 시절에 한국 야당 및 재야인사들과 폭넓은 교분을 가지고 있었다. 1973년 김대중이 납치되었을 때는 키신

다. 두 사람이 다 한국 문제에 큰 관심을 가지고 있지만 라이샤워 교수는 권력정치의 입장에서이고 코헨 교수는 인권의 입장에서라는 것이다. 코헨 교수의 관심과 항의는 자기 제자였던 법대 최종길[25] 교수의 죽음에서부터 시작된 것이기 때문이다. 최 교수의 죽음이 역시 아이러니한 역사적인 영향을 주었다고 하겠다. 코헨 교수는 요즘 계속 한국에 관한 강연을 하고 다닌다고 한다. 그는 중국법의 권위인데도 불구하고.

오늘은 하루 종일 고바야시 아키코[26] 씨의 김진홍[27] 전도사 수기 번역을 도와주었다. 모를 데를 물어왔기 때문이다. 요즘 활빈 교회가 하는 것을 보아 그다지 흥미가 없는 일이었지만 어떻게 할 도리가 없었다. 날씨가 퍽 추워진다.

11시 20분

---

저에게 직접 전화를 걸어 구명운동을 펼쳤고, 1974년에는 「한국의 인권과 미국의 외교정책」이라는 논문을 발표하는 등, 한국의 정치 문제와 인권상황에 대해 적극적으로 발언을 했다. 하버드 법대 교수와 변호사를 거쳐 뉴욕대 법학과 교수.

25 최종길(崔鍾吉, 1931.4.28~1973.10.19). 충청남도 공주 출생. 당시 서울대학교 법과대학 교수였던 그는, 1973년 10월 교수회의에서 유신헌법 반대 시위를 벌이다 체포된 법과 학생에 대해 총장이 문교부장관에게 항의할 것을 제안했다. 그 후, 중앙정보부로부터 유럽거점 간첩단사건에 관한 수사에 협조해 줄 것을 요청 받고, 10월 16일 중앙정보부로 출두했다가, 10월 19일 변사체로 발견되었다. 중앙정보부는 10월 25일 "스스로 간첩혐의를 자백하고 중앙정보부 건물 7층에서 투신자살"하였다고 발표하였다. 이 사건을 두고 당시 하버드대학 동남아법률연구소장이었던 제롬 코헨은 『워싱턴 포스트』에 "최 박사의 사건은 유일한 사건이 아니며, 품질보증을 받고 있는 한국 중앙정보부의 절묘한 고문 수단은 많은 희생자를 냈다. 어리석고 오만한 중정은 무한한 권력을 과시하고 있다"고 기고했다.

26 고바야시 아키코(小林爽子, 1948~). 나가노현 출생. 도쿄대 교양학과 졸업 후 한국어를 공부하기 시작하여 오사카 외국어대학 조선어학과에 입학했다. 같은 대학 대학원을 마치고 1984년부터 서울에 체류했으며, 숭실대학교 일본어 강사를 지냈다. 1975년 3월 13일 자에도 등장한다.

27 김진홍(金鎭洪, 1941.6~). 경상북도 청송군 출생. 1971년 서울특별시 청계천에 활빈 교회를 설립하고 빈민선교와 사회사업을 펼쳤다. 1974년 박정희의 유신체제에 반대하는 시위를 주도했다가 옥고를 치른 뒤, 청계천 거주민들과 함께 경기도 남양만으로 집단 이주하여 두레공동체를 설립했다.

# 11월 12일 화요일

어제는 신교新教[28]의 한국어 모임 후에 모리오카 선생, 오시오[29] 목사와 함께 남비식사를 하고 돌아왔다. 피곤한 채 누워버렸으나 깊은 잠을 잘 수가 없었다. 아침 6시 조금 지나 일어나서 강의 준비를 모두 마치었다.

강의를 끝내고 돌아오는 길에 『현대의 눈現代の眼』 야마기시[30] 씨의 원고청탁을 받았으나 거절하였다. 한국 기독교의 저력에 대하여 써달라는 것이었다. 이인하[31] 목사에게 부탁하라고 하였다. 돌아오는 길에 긴자銀座 곤도近藤서점[32]에 들려보니 「통신」은 아직 베스트셀러 제6위고 책은 다 팔리고 없었다. 이제는 7판이 나오는 것이 아닐까.

밀렸던 신문을 보았다. 충남대학교에서는 충실히 공부한다는 서약서를 두 사람의 학생 연명으로, 말하자면 두 사람이 공동책임을 지기로 하는 것으로 해서

---

28  신교출판사(新教出版社)는 1944년에 설립된 개신교 계열의 출판사이다. 기독교 신학에 관련된 서적뿐만 아니라 사회 문제 등에 관한 서적도 다수 출판했다. 1952년부터 교회와 신학의 문제를 다룬 월간지 『복음과 세계』를 발행했다.

29  오시오 세이노스케(大塩清之助, 1926~). 히로시마현(広島縣) 출생. 도쿄신학대학교를 졸업하고 시나노마치(信濃町) 교회의 전도사가 되었다. 1961년 이타바시오야마(板橋大山) 교회를 설립하고 담임목사가 되었다. 1966년에는 「일본기독교단(日本基督教団)의 전쟁책임고백」 제기에 참가했다.

30  『현대의 눈』의 편집장이었던 야마기시 오사무(山岸修)를 말하는 듯하다.

31  이인하(李仁夏, 1925.6~2008.6). 경북 구미 출생. 재일기독교사회의 원로이자 인권운동가. 15세에 일본으로 유학을 가서 1959년 가나가와현(神奈川縣) 가와사키시(川崎市)의 교회에서 목사 안수를 받았다. 1970년 히타치 취업차별사건(재일한국인 2세가 일본 국적을 갖지 않았다는 이유로 취업을 취소 당한 사건)을 계기로 재일교포의 취업차별 반대 운동을 벌였고, 1980년대에는 외국인 지문 날인 철폐운동에 앞장서기도 했다.

32  원본에는 '곤도오서점'으로 표기되어 있음. '곤도서점(近藤書店)'으로 보인다. 곤도서점은 1883년에 문을 연 오랜 역사를 가진 서점이며, 기타무라 도코쿠(北村透谷)의 장편 서사시 『楚囚之詩』를 간행한 것으로 유명하다. 내용은 사상범이 옥중에서 지내다가 출소하기까지를 다루고 있다.

받으려고 하였다고 한다. 가관이라고 할 수밖에 없다. 한 사람의 집권체제를 위하여 언제까지 저 모양을 계속하여야 하는 것일까. 저녁에는 책상을 지켜 앉아 있기가 싫증이 났지만 이겨냈다. 마음이 역시 그지없이 방황하는 것이라고 하여야 한다. 날씨가 추워지니까 더욱 처량한 마음이 되는 것일까.

13일 1시 반

# 11월 13일 수요일

오늘 야마기시가 하던 말이 생각난다. 좌익의 기독교는 반동이고 새로운 역사에 아무 도움이 되지 못한다고 하던 지금까지의 획일주의적 견해는 수정되어야 한다고. 우리 한국 교회의 투쟁이 이곳 재일교포 좌익들 사이에서도 그러한 충격을 주고 있는 모양이다. 이것이야말로 이 시대 기독교의 참다운 증언이 아닐까. 그리하여 기독교와 사회, 기독교와 혁명, 기독교와 공산주의라는 문제에 새로운 대화의 차원을 여는 것이 아닐까. 행동이란 예정한 목적에 대한 효과로만 측정될 것이 아니다. 거기에는 어떤 의미에서 불가측不可測의 역사적 의미가 따르는 법이다.

13일 7시 35분

# 11월 14일 목요일

어제는 가나가와神奈川대학에서 늦게 돌아왔다. 조금 이야기를 나누고 오코노미야키ぉ好み焼き[33]를 즐겼다. 어쩐지 이 일기는 나중에 남에게 보일는지도 모른다는 생각에서 주저되는 점이 있다.

오늘은 하루 종일 책상을 향하여 교회사 강의 준비를 하고 드디어 한국 교회사를 탈고하였다. 탈고라고는 하지만 아직 가필할 곳이 많고 퇴고推敲를 하여야 하니 많은 시간이 걸릴 것이다. 서울서 온 편지는 신원조회가 정보부에 걸려 있다고. 역시 내게는 시끄럽게 구는 모양이다. 그들에게 좋을 리야 없다고 생각하는 것이겠지. 참 언제나 그 세상 면하게 될까. 뉴욕의 임순만[34] 목사도 때때로 힘을 잃다가도 「이사야」 40장 31절 "오직 여호와를 앙망하는 자는 새 힘을 얻으리니……" 이하의 말씀으로 힘을 얻는다고. 아직 고난의 길이 계속될 모양…… 『동아일보東亞日報』는 11일 자 사설[35]에서 「정부와 종교인의 인권운동」이라고 훌륭한 글을 실었다. 기독교에 기대를 거는 시대가 다시 왔다고 하겠다.

15일 1시 35분

---

33  밀가루에 물과 계란, 양배추, 돼지고기, 오징어 등을 넣고 섞은 후, 철판에 구워낸 음식.
34  임순만(林淳万)은 당시 미국 윌리엄 페터슨 주립대학 교수로 재직 중이었다.
35  「사설」, 『동아일보』, 1974.11.11, 2면.

# 11월 16일 토요일

어제는 모리오카 선생과 함께 자료집 출간에 대하여 이야기하고 돌아왔다. 오 선생[36] 이야기가 조일제[37]라는 중앙정보부 조교 담당관이 오사카大阪에 영사로 온다는 것이었다. 그는 차장보인가 되는데 그런 자리를 취할 수 없을 텐데 오사카서 이곳 종교계를 향하여 큰 음모를 꾸미려는 것이 아닐까 이런 이야기를 주고받았다. 정숙[38]의 신원조회가 역시 중앙정보부에 걸려 있다고. 항상 말썽을 부린다.

오늘은 내일 도쿄여대에서 할 강연을 준비하였다. 한일관계의 밑바닥에 있는 것이라는 제목인데 될 수 있는 대로 현상적인 것보다 근본적인 것을 이야기하기로 생각하고 있다. 연대連帯의 사상 같은 것도 문제 삼아야 하는데 라스키[39] 것을 좀 들추니 역시 감동적이다. 나도 박朴의 붕괴를 눈앞에 두고 내일을 향하는

---

36    오재식(吳在植, 1933.3.26~2013.1.3). 제주도 추자면 출생. 평양 숭덕인민학교 편입 (1945), 평양 숭인중학교 입학(1946), 서울중앙중학교 편입 후 졸업(1951), 서울대학교 문리과대학 종교학과 졸업(1957). 한국 교회의 에큐메니컬운동을 이끌며 남북통일과 민주화를 위해 평생을 헌신한 인물. 1947년 월남하여 서울대 종교학과와 미국 예일대학교를 졸업했다. 1970년대 아시아기독교협의회 도시농촌선교회 간사와 국제부 간사를 맡아 일본에 거주하면서 한국의 민주화운동을 지원했고, 1980년대에는 한국기독교교회협의회 선교훈련원장과 통일연구원장을 맡아 기독교의 사회참여와 에큐메니컬운동을 지원했다. 또한 월드비전 회장과 월드비전 국제본부 북한국장을 역임하며 북한구호사업을 펼쳤다. 지명관의 대학 후배였던 오재식은 1972년 지명관이 일본에 온 지 한 달쯤 되는 시점에 찾아와 한국의 민주화운동에 있어서 교회가 중요한 역할을 담당할 수 있도록 도쿄에서 지원활동을 하자고 지명관에게 제안을 했다. 처음에 지명관은 이 말에 대해 별로 심각하게 생각하지 않았는데, 이날부터 지명관의 도쿄 생활은 완전히 달라져서 한국의 민주화를 위해 싸우는 것이 도쿄에 체재하는 첫 번째 목적이 되어버렸다고 한다. 지명관은 오재식에 대해서 자기 이름이나 이익을 구하지 않았고 사람들을 조직하는 데 뛰어난 지도력을 발휘했다고 회고하고 있다.
37    조일제(趙一濟). 경남 함안 출생. 서기관으로 시작하여 중앙정보부 안보차장보, 오사카 총영사, 주일공사를 거쳐 제10대 및 제11대 국회의원을 지냈다.
38    지명관의 배우자 강정숙(姜貞淑) 여사를 말한다.

글을 써야 할 것이 아닐까. 오가와 선생 가족과 아리랑에서 저녁식사를 함께 나누고 돌아왔다.

11시

---

39  해럴드 라스키(Harold Joseph Laski, 1893.6.30~1950.3.24). 영국의 사회학자이자 정치
    학자. 영국 맨체스터에서 태어나서 옥스포드에서 수학한 후 미국으로 건너가 각지의 대
    학교 교단에 섰다. 1920년 영국으로 돌아와서 런던 정치경제학교 정치학 교수를 지냈다.
    그는 사회주의의 실현은 혁명에 의해서가 아니라 각 개인의 도덕적 자각에 의한다고 보
    았고, 민주주의적 사회주의의 근원은 기독교에 있다고 보았다.

# 11월 22일 금요일

여러 날 동안 일기를 쓰지 못했다. 정숙의 여권 문제는 역시 정보부에 걸려 있는 모양이다. 대결의 운명은 피할 수 없는 것이지. 어제야 「통신」을 탈고하여 전하였다. 신서는 30만 부가량 팔린 모양이다. 긴급회의[40]에서 70~80만 원이 필요하다고 한다. 독일에서 일본 교단으로 오는 돈을, 아무 명세도 없어서 한국으로 보내라는 것으로 생각하고, 150만 원을 그대로 한국에 보냈다는 것이다. 한국에서 돌려받을 수도 없고 하여 긴급회의에서 교단에 갚기로 하였다고 한다. 12월 말까지 갚기로 하였는데 아직 80만 원가량 남아 있다는 것이다. 이와나미에서 인세 조로 한 백만 원 받아서 여기에 충당하기로 하였다. 영수증 없이 내는 돈이라 12월 초까지 기다려 달라는 것이다. 우리는 모두에게 감사할 뿐이다.

어제저녁에는 앞으로 할 일에 대하여 좀 깊이 상의하였다. 도쿄를 강화할 것, 미국에 한두 사람 일꾼을 둘 것, 제네바와 독일에 파트타임 보조원을 둘 것, 그리고 본국에 내년에 최저 2만 5천 달러 모금하기로 하고 2만 달러는 교포 부담, 5만 달러는 세계 교회 보조로 책정하였다. 이제 좀 더 체계적인 활동을 하여야 하기 때문이다.

야스에 형료의 충고대로 김대중金大中에게 지금 생활 속에서 내일의 민족에 대

---

40 '한국문제기독자긴급회의(韓國問題キリスト者緊急會議)'를 말한다. 「한국으로부터의 통신」을 통해 한국의 인권상황과 민주화를 위한 활동이 소개되자, 일본의 기독교 지도자들은 1974년 5월 뉴욕 타임즈에 「미국 크리스천에게 호소한다」는 제목의 전면광고를 실어 한국의 인권 문제를 국제 문제로 부각시켰다. 그 후 세계 각지에서 종교 지도자들이 직접 나서 한국 민주화운동을 지원하는 조직을 결성했는데, 일본에서는 일본기독교교회협의회 총간사였던 나카지마 마사아키(中嶋正昭) 목사가 중심이 되어 '한국문제기독자긴급회의'가, 미국에서는 미국 감리교국제선교부 페리 빌링스 총무가 중심이 되어 '한국인권문제북미연대'가, 스웨덴에서도 기독교 지도자 칼 악셀 엠퀴스트 주도로 '한국위원회'가 만들어졌다.

한 비전에 관하여, 박 정권이 끝나는 날 발표할 수 있도록, 준비하시라고 연락하기로 하였다. 그리고 『세카이』[41] 와의 서면 인터뷰를 하면 어떠냐 하고 묻기로 하였다.

　이우정[42] 선생이 캐나다에서 일본으로 오실 때 캐나다 일본 영사관이 트랜짓 Transit 비자를 거부하였다고 한다. 그것은 본국 조회의 케이스라고 하였다고 한다. 이것은 좀 문제를 삼아야 하지 않을까. 일본이란 이렇게 말단까지 한국에 연결돼 있다. 연결이라기보다는 무사안일이라는 관료주의와 언제나 힘센 체제에 기울어진다는 전통적인 체질과 관계된다고 보인다. 일본이 도의적인 이미지, 약자나 민중을 생각하고 이미지를 세계에 줄 길은 도저히 없는 것 같다. 이것이 다치카와, 하야카와[43] 양씨兩氏의 운명, 일본인의 자신의 인권 문제에까지 반영된다.

---

41　『세카이(世界)』는 이와나미서점에서 발행되는 일본의 대표적인 진보학술잡지이다. 1946년에 창간되어 2024년 현재까지 통권 약 980호가 넘게 발간되었다. 일본의 지식인뿐만 아니라 외국의 학자와 전문가들도 기고하여 국제 현안의 논의의 장이 되었다. 한국 군사독재 시절 한국의 민주화를 위해 많은 장을 할애했다.

42　이우정(李愚貞, 1923.8.1~2002.5.30). 경기도 포천 출생. 한신대학교 신학과를 졸업하고 캐나다 토론토대학과 엠마누엘대학에서 신학을 공부하였다. 귀국한 뒤에는 한신대학교와 서울여자대학교에서 가르쳤다. 1970년에 여공들의 참상을 목격한 이후부터 여성 노동운동에 뛰어들어 활동했다. 한국 교회여성연합회 회장, 세계선교위원회 부위원장, 한국여성단체연합 회장·고문, 한국기독교교회협의회 부회장 등을 역임하였다.

43　민청학련사건(民青學聯事件)에 연루되었던 다치카와 마사키(太刀川正樹)와 하야카와 요시하루(早川嘉春)를 말한다. 1974년 4월 3일 전국민주청년학생총연맹의 명의로 「민중·민족·민주선언」과 「민중의 소리」 등의 유인물이 살포되자 정부는 "공산주의자의 조종을 받은 민청학련이 정부를 전복하고 노농(勞農)정권을 수립"을 기도했다는 내용으로 민청학련사건에 대한 특별담화를 발표하고 긴급조치 4호를 선포했다. 이 과정에서 일본의 『주간 현대(週刊現代)』의 자유기고가인 다치카와 마사키는 조총련의 조종을 받은 자로, 인터뷰할 때 통역을 한 하야카와는 일본공산당원으로 폭력혁명을 교사하고 자금을 지원한 자로 발표가 되었다. 다치카와가 제공했다는 거사 자금은 7,500원이었는데, 이것은 인터뷰에 대한 사례비였다. 두 일본인을 엮어 넣는 데는 통역 보조였던 조직휘(趙直暉)의 거짓 자백이 중요하게 작용했다. 조직휘는 이 공로로 중앙정보부에 특별 채용되어 재직하다가 퇴사한 후, 자살로 생을 마감한다. 이후 구속자 석방을 요구하는 집회 및 시위가 학계 및 종교계를 중심으로 번져가고 각계 각층의 반독재민주화투쟁이 격화되는

오늘은 나고야 한국어 클래스에 다녀왔다. 차 안에서부터 『러시아에 있어서의 혁명사상의 발달에 관하여』[44]라는 게르첸[45]의 책을 읽기 시작하였다. 이와나미문고다. 그는 러시아혁명의 선구자였다. 이 책은 망명지에서 조국을 향하여쓴 것이다. 그는 1847년 1월에 러시아를 떠나 23년을 유랑하면서 조국을 위해서 싸웠다. "역사란 열병이다…… 역사란 광인의 자서전이다", 비관에 가득 찼을때 한 말이다. 포드가 박정희朴正熙와 더불어 180만이 환영하는 서울에 입성하여, 시청 앞에서 조선호텔까지를 함께 걸었다고 한다. 이것이 '열병', '광인일기'일 것이다. 게르첸은 1850년에 정부의 귀국 명령을 거부하였다. 그때 그는 조국의 친구들에게 "나는 여기에서는 검열 없는 여러분의 언론이다. 여러분의 우연한 대표자다"라고 써 보냈다. 나를 이에게 비하는 것은 너무 과장된 것인지 모르지만 그럴 각오는 있어야 하지 않을까. 그런 뜻에서 이 책을 보기 시작해서 오늘은 그 해설만 읽었다. 내일을 생각하면서 한국인의 사상, 한국인의 새로운 사상적 지평地平을 생각하여야 하겠다. 이제 나도 50고개를 넘었으니. 그런 의미에서라스키의 『신앙, 이성, 문명』도 읽고 큰 감명을 받았으나 그 심오한 사상에 압도되어 도저히 해낼 수 없는 느낌이다. 그러나 힘자라는 대로 시도하여야 하지 않을까. 신쿄의 한국 기독교사를 끝내고 고려의 문화사를 끝내고는 거기에 집중을

한편, 미국 의회에서 한국에 대한 군사·경제원조의 대폭 삭감이 논의되는 등 국제여론이
악화되자, 수감자들은 1975년 2월 15일의 대통령특별조치로 대부분 형집행정지로 석방
되었다.

44  알렉산드르 게르첸, 『ロシアにおける革命思想の發達について』, 이와나미문고, 1950.
45  알렉산드르 게르첸(Алекса́ндр Ге́рцен, 1812.4~1870.1). 러시아의 사상가이자 소설가.
1829년 모스크바대학에 입학하여 시인 오가료프 등과 함께 혁명집단을 조직했다. 1834
년부터 국사범으로 몇 차례 체포를 당했고 1842년 모스크바로 돌아와서는 문필활동에
전념했다. 프랑스 6월혁명이 실패하는 것을 보고 낙심한 그는 런던으로 건너가 '자유 러
시아 인쇄소'를 설립하고 러시아에서 금지되었던 작품들을 출판했다. 또한 오가료프의
협력으로 신문 『코로코르종(鐘)』을 발행했는데, 이는 러시아의 정치발전에 커다란 역할
을 하였다.

할까. 본래의 연구에서는 점점 멀어지지만, 가령 쓴다면 저항사상의 연원<sup>이조실학</sup>,

민중사상<sup>이조 말의 민중의식</sup>의 성장, 이렇게 전개해 볼까. 문화사는 그 준비라고도 할

수 있겠지.

23일 오전 2시 20분

## 11월 23일 토요일

오늘은 공휴일, 가와사키 교회川崎教會에 가서 강연을 하고 밤늦게까지 함께 지냈다. 한국의 인혁당[46] 관계자 부인의 간절한 수기手記를 듣고는 울면서 기도하는 것이었다. 밑바닥에는 역시 슬픔을 모두 지니고 있는 것이겠지. 나는 한국 교회의 역사에 관하여 이야기하였다. 서울서도 마포에서도 아무 소식이 없다. 다나카[47]는 드디어 물러가는 모양, 역사가 그렇게 달라졌는데 박朴은 혼자 몸부림치는 것이지. 내일은 가와사키 교회에서 설교다. 감사절 예배인데.

11시 55분

---

46  인혁당사건이란 1965년에 일어난 1차 인혁당사건과 1974년에 벌어진 2차 인혁당사건, 즉 인혁당재건위사건을 말한다. 한일회담에 반대하는 소리가 높아지자, 박정희는 1964년 8월 14일, 북한의 지령을 받고 국가 변란을 기도한 인민혁명당(人民革命黨事件)을 적발했다며 관련자 57명 중 41명을 구속하고 16명을 수배했다. 그러나 증거불충분과 가혹행위가 밝혀져 사형이나 중형이 선고되지는 않았다. 그런데 1974년 전국민주청년학생총연맹을 수사하면서 배후 세력으로 인혁당재건위원회를 지목하게 된다. 이 사건으로 윤보선 전 대통령, 지학순 주교, 김지하 시인을 비롯해 인혁당 재건 관련자 21명과 일본인 2명을 포함해 총 250여 명이 비상군법회의에 송치되었다. 당시 구속된 도예종 씨 등 8명은 1975년 4월 대법원에서 사형이 선고됐으며 18시간 만에 사형이 집행되었다.

47  다나카 가쿠에이(田中角栄, 1918.5.4~1993.12.16). 니가타현(新潟縣) 출생. 1972년 7월 수상에 취임하여 만 2년 4개월(1972년 7월부터 1974년 12월까지) 동안 재직하였다. 1972년 9월 중국과 수교하기 위해 타이완과의 국교를 단절하고 일·중 공동성명에 조인했다. 1974년 7월 참의원 선거에서 참패하고 총리 사임 후에는 록히드사건으로 복역했다.

# 11월 25일 월요일

어제는 김 선생과 이리저리로 다녔다. 이야기도 많이 했고. 몰트만[48]이나 제임스 코온[49]이 올 때 한국에서 지식인 전체에게 혁명적인 임팩트를 줄 것을 토의하였다.

오늘 집에서 편지. 아직 신원조회를 내주지 않은 모양. 저녁에 11월 5일부 64인 기독교 지도자 성명을 보고 놀랐다. 민주수호기독자회民主守護基督者會의 이름으로 "오늘의 한국 현실을 볼 때 한국적 민주주의는 민주주의라는 가면을 쓴 독재주의임을 단언한다"라고까지 하였다. "정치적 사대주의나 북의 침략을 내세워 유신체제를 이룩한 것은 어떤 특수 집단의 정치적 야망이라 단정할 수밖에 없다", 이런 강한 말을 하고는 "공산집단의 통치 형태를 닮아가는 박 대통령은 참된 민주주의 체제를 확립하기 위해 하야하라" 조항을 여섯 가지 결의문 속에 넣었다. 그리고 14일부 「김 총리의 종교발언을 취소하라」라는 성명의 네 가지 조항에는 "그는 생존권을 빙자하여 인권을 짓밟는 사탄의 상징이다"라는 말까지 제3항에 들어가 있다. 여기에 가장 강한 대결이 출현한 셈이다. 이에 대하여 박 정권은 어떤 역습을 가하려는 것일까. 이 성명들을 일본 내에서 발표할 문제를 모리오카 선생과 상의하였다. 지난번에 『아사히』가 약간 보도하였지만, 강한 성

---

48  위르겐 몰트만(Jürgen Moltmann, 1926.4.8~). 독일 함부르크 출생. 개신교 신학자. 부퍼탈교회대학교, 본대학교, 튀빙겐대학교 등지에서 조직신학을 가르쳤다. 몰트만은 『희망의 신학』(1964)을 통해 기독교의 3대 덕목 중 희망을 중심 주제로 삼아 희망과 믿음은 불가분의 동반자라고 하며 종말론적인 미래 희망을 제시했다. 몰트만은 신학교육협의회와 기독교협회의 초청으로 1975년 5월 방한하여 '국민의 투쟁 가운데 있는 희망'이라는 제목으로 공개 강연을 가졌다.

49  제임스 코온(James H. Cone, 1938.8.5~2018.4.28). 미국 신학자. 뉴욕 유니온신학교의 석좌교수로 제3세계 해방신학 신학자들을 양성했고 한국의 민중신학에도 많은 영향을 미쳤다. 그는 미국의 흑백 대립의 문제를 해결할 수 있는 유일한 길은 백인이든 흑인이든 종교적 이념으로 똑같은 길을 선택하는 길이라고 했다.

명이라고 하였을 뿐이었다. 하야 운운은 보도할 수 없었던 모양이다. 한국을 중심으로 한 강대국의 움직임 속에서 박 정권은 어떤 연명책을 구하려는가. 이제 종말이 다가오는 것이 아닌가.

26일 0시 15분

# 11월 27일 수요일

어제는 릿쿄立敎[50]의 강의를 끝내고 야마다[51] 교수와 내년도 강의에 대하여 상의를 하고 돌아왔다. 대체로 다시 계속하여야 할 것 같다. 그리고 외로움 속에서 허둥지둥이었다.

오늘은 점심을 메구미美惠 교회 구즈우葛生 목사와 함께 나누었다. 완전히 세속화하여 커뮤니티 속의 교회를 시도하고 있었다. 압도적으로 비기독교적인 사회 속에서 교회가 어떻게 존재할 수 있는가 하는 데 대한 훌륭한 시도라고 생각되었다. 그리고는 돌아와서 신교에서 출판할 원고를 총정리하였다. 내일까지 끝내고는 「한국 문화사」에 집중하여야 하겠다. 오늘도 국철國鐵과 체신遞信이 스트라이크다. 서울서는 그 후의 소식이 없다. 신문은 오늘 김대중 씨까지 참석하여 71인의 발기로 국민선언을 발표하고 국민회의[52]를 구성하였다고 보도하고 있다. 한국에서 추구할 수 있는 민주 형태는? 종당 실현될 것이 아닌가.

28일 오전 1시 20분

---

50  릿쿄대학(立敎大学)이며 1874년에 미국 성공회 선교사에 의해서 설립. 1907년에 릿쿄대학이 됨. 영문으로는 St. Paul대학. 1918년에 현재 이케부쿠로(池袋)로 이전. 현재 도쿄 도시마구(豊島区)에 위치한 사립대학이며, 150년의 역사를 자랑하며, 윤동주가 한때 재학하기도 한 인연으로 공개강연회 '시인 윤동주와 함께'를 매년 열고 있다.

51  야마다 쇼지(山田昭次, 1930~). 사이타마현(埼玉縣) 출생. 릿쿄대 사학과를 졸업하고 릿쿄대 교수로 재직했고 명예교수. 1964년 한·일회담 반대운동에 참가하면서 한국과 재일한국인에 대해 인식하기 시작했고 1970년부터 1990년대까지 한국의 민주화와 인권옹호를 위해 활동했다. 2003년에는 관동대지진 때 당시 조선인 학살 문제에 대한 공식 사과를 요구하는 권고서를 고이즈미 준이치로(小泉純一郎) 총리에게 보내기도 했다.

52  1974년 11월 27일 윤보선, 백낙준, 유진오, 함석헌, 법정 외 71명은 서울 종로구 연지동 기독교회관 2층 소회의실에서 민주회복국민선언대회를 갖고 민주회복국민회의를 발족시켰다. 이들은 이날 모든 가능한 평화적 공동행동으로 자유와 민주주의를 쟁취하기 위해 서슴없이 나설 것을 선언했다.

# 11월 28일 목요일

오늘은 하루 종일 방을 지켰다고 할까. 오늘 아침의 『아사히신문』은 일본인에 대한 심한 공격을 가하고 있었다. 볼링이라고 하면 너도나도 볼링이다. 골프라고 하면 일억 총 골프광이라는 것이다. 이제 밸런스 감각을 회복하여야 한다는 것이다. 그래서 일본서는 장사가 되는 것이 아닐까.

저녁에는 세 사람이 만나 잠깐 동안 이야기를 나누었다. 민주회복국민회의民主回復國民會議가 구성되었으니 곧 해외에서의 운동도 모두 그 지부로서 통합되어야 하겠다는 생각을 나누었다. 탄압 속에서도 과감하게 밀고 나아가야 할 것이다. 국내 것이 탄압으로 깨어지면 해외 것이 국내에 비밀연락을 하면서 '검열 없는 대변자' 구실을 계속하여야 한다. 몰트만이나 제임스 코온이 오면 그들을 한국에서 혁명과 민주주의를 외치는 대변자의 역할을 할 수 있게 하자고 합의를 하였다.

29일 0시 42분

# 11월 29일 금요일

　나고야에 다녀왔다. 나고야에서는 금년 마지막 시간이라 여러 가지 이야기를 나누었다. 일본 사람의 국민성과 교회 형성의 문제를 생각해 보았다. 시각적으로 의식화하는 일본 국민과 교회는 어떻게 관계하여야 할 것인가. 한국 사람은 청각적으로 의식화하는지도 모르겠다. 설교, 찬송가 모두에 우리 나름으로 멜로디의 삽입이나 변화를 시도하고 있는 것이 아닌가.

　차 안에서는 줄곧 게르첸의 책을 읽었다. 러시아 사람들에게는 "독립하여 강력한 국가를 건설하려는 막을 수 없는 불굴의 지향趨向이 있다"라는 말을 가지고 나는 우리 국민의 문제를 생각하지 않을 수 없었다. 게르첸이 찾아간 유럽도 점점 반동화하고 있었다. 그는 "유럽에서도 입을 다물어야 하고 우리들의 박해자를 소리높이 저주할 수 없다면" 미국으로 가겠다고 하였다. 이 말은 오늘 일본에 있는 우리들에게도 해당되는 말이 아닐까. 다음과 같은 말을 놓고 나는 깊이 생각하지 않을 수 없었다.

　"러시아 민족의 본질적인 여러 가지 힘은 게르만·로만 여러 민족의 경우와는 달라서 한 번도 그 발전을 위하여 유효하게 사용돼 본 적이 없다."

　한국 민족의 경우도 그렇다. 그러니까 저항하고 있다. 그러니까 오랜 역사를 가지고 있음에도 불구하고 젊음을 지니고 있다.

30일 2시 5분

# 12월 1일 일요일

오늘은 늦게 일어나서 하루 종일 강의 준비를 하였다. 저녁에 시나[53] 씨가 미키 씨를 총리에 추천하였다는 뉴스가 흘러나왔다. 미키 씨가 수상首相으로 결정되는 것이겠지. 다나카・오히라 파派의 반발이 있다고 하지만 일본 사람들이란 대세가 그렇게 되면 깨끗하니 사태를 받아들이니까. 벌써 매스컴은 결정된 것으로 보도하고 있으니 이것을 거역하려고는 하지 않을 것이다. 패자의 깨끗한 패배를 인정, 그렇게 할 때 승자다운 아량, 이것이 무사도武士道이고 '진검승부'의 세계니까. 미키 씨는 힘을 집결하기 위하여 잘 조정하겠지. 미키 씨도 기뻐할 일이 아니라 십자가를 지는 것이라고 하였다고 하는데 십자가의 길이라는 것은 정말 세속의 말이 되었다. 일본에서도 쓰여진다면.

이러한 결정을 보고 역시 일본 정치의 묘미에 감탄하지 않을 수 없다. 개인보다는 집단을 생각한다. 소수파의 미키 씨를 가지고 이미지를 변화시키고 난국을 타개하려는 상황 판단, 거의 군사적인 전략과 전술이라고 하지 않을 수 없다. 거기까지 일본 국민이 압력을 가했다고도 할 수 있겠지. 일본 사람들은 위대한 카리스마를 택하기보다는 잘할 수 있는 사람을 언제나 택할 것이겠지. 거기에 비하면 야당에 사람이 없는 것 같다. 나리타[54] 사회당 위원장은 이제는 야당에 정

---

53  시나 에쓰사부로(椎名悦三郎, 1898.1.16~1979.9.30). 이와테현(岩手縣) 출신 정치가. 1972년 7월 다나카 내각이 발족되고 시나는 자민당 부총재로 취임했다. 다나카 내각이 경제정책에 실패하고 록히드사건으로 말미암아 1974년 11월에 퇴진하자, 시나는 주류파였던 오히라 마사요시(大平正芳), 후쿠다 다케오(福田赳夫)가 아니라, 모두의 예상을 깨고 소수파였던 미키 다케오(三木武夫)를 새로운 총재로 추대한다. 그러나 당 근대화와 록히드사건 처리 문제를 둘러싸고 미키와 의견충돌이 생기게 되자 다나카, 후쿠다, 오히라와 미키 퇴진운동을 벌였다. 결국 미키는 1976년 12월 임기를 만료로 제34회 중의원 의원총선거에서 패배하고 퇴진하게 되었다.

54  나리타 도모미(成田知巳, 1912.9~1979.3). 가가와현(香川縣) 다카마쓰시(高松市) 출신의 정치가이다. 일본사회당의 정책심의회장, 서기장, 위원장 등을 역임했다.

권이 와야 한다고 하였으니. 다수당도 아닌데, 싸우지 않고 다수당이 그냥 정권을 준다는, 국민들이 웃을만한 소리만 한다고나 할까. 국민이 원하는 조건을 내걸고 그런 인물, 그런 체제를 세운다면 야당도 함께하여 국가의 위기를 타개하자고 하였어야 하지 않을까. 그렇지 못할 때는 야당은 싸울 수밖에 없다고 하여야 높은 차원에서의 야당의 싸움을 국민이 이해할 수 있을 것이 아닌가.

미키 씨 결정에 야스에 씨가 기뻐하겠지. 아무래도 뒤에서 많은 노력을 하였을 것이고. 이번 『세카이』지에 한일유착韓日癒着을 다루면서 후쿠다福田 라인까지에 의혹을 가지게 한 것은 자민당에게 후쿠다와 같은 사람들이 나타날 때 제2의 다나카 스캔들이 날 가능성이 있다고 시사하고 압력을 가한 것이 아닐까. 한국은 어떻게. 어리석은 박 정권은 또 허둥지둥하겠지. 어젠가 김종필金鍾泌이 『아사히신문』 기자와 만나고 하야카와, 다치카와 양 씨에 대한 호의를 좀 비쳤는데 이게 일본 신정부에 대한 추파라고 생각된다. 오늘 저녁 8시 NHK방송 〈가쓰 가이슈〉[55]를 보면서도 일본 사람들의 정치 지혜라는 것을 생각하지 않을 수 없었다. 무너져가는 막부幕府에 충성하면서도 오는 시대를 정확히 파악하고 대응한다. 이 지혜와 옥쇄玉碎의 무모하고는 어떻게 절충 조화될 수 있는 것일까. 이 지혜와 '가쓰구미勝組'식[56]의 사고와는 어떻게. 가쓰勝는 언제나 자기 적을 살려서는 다음 시대를 위하여 사용한다. 우리는 그럴 줄을 모른다. 일본 사람들보다 우리는 역사의식이 없다. 유교 속에서 불변의 진리라고 모두를 고수한 탓일까. 현실

---

55  가쓰 가이슈(勝海舟, 1823.3.12~1899.1.19). 도쿄 스미다쿠(墨田区) 출생. 1850년 사설학교를 세워 서양 병학을 가르치다가 나가사키 해군 전습소가 설립되면서 해군 전습생 감독이 되었다. 1860년 미일수호통상조약(1858) 비준서 교환의 임무를 띤 사절단을 태우고 선장으로 미국으로 갔다. 미국에서 돌아온 뒤에는 일본 해군을 근대화하고 해안 방어체제를 발전시키는 데 공헌했다. 1868년 천황파와 도쿠가와(德川) 막부가 무력으로 대치한 상황에서 중개역할을 맡아 충돌 없이 천황파가 에도(江戸)에 입성하는 데 결정적인 공을 세웠다. 여기서는 이런 가쓰 가이슈를 주인공으로 한 NHK 대하드라마.
56  정확한 일본어는 가치구미(勝組). 오타로 보임. 뜻은 여기서는 '승자 중심'이라는 뜻.

감각이 없다. 이번 미키 씨의 결정을 보고 우리에게도 그런 결정을 내리게 할 수 있는 원로元老의 충언이 있을 수 있는 체제를 가질 수는 없을까 하고 생각해 본다. 그 원로가 언제나 자기중심이고 집단중심이 아니라면 부질없는 것이겠지만. 단순한 지사志士가 아니라 강한 현실감각을 가지고 있는 원로야 할 텐데. 우리의 경우는 그 집단 내의 영향력을 가지기 위하여서도 강한 국민의 지원을 뒤에 지니고 있는 사람이야 할 텐데. 어떤 길이 있을 수 있을까.

2일 오전 1시 20분

# 12월 4일 수요일

일본 정계는 미키 씨로 결정되어 다소 선회할 것이라고 생각된다. 그저께 하야시[57] 교수와 만나 저녁을 함께 하며 이야기를 나누었다. 이번의 미키 씨 선출 과정에 나타난 작전에 놀라움을 금할 수 없었다는 것을 말하지 않을 수 없었다. 시나 씨가 원로와의 상의는 배제하여 압력을 회피하였다고 하였다. 그러나 시나 씨가 발표한 후 사토[58] 전 수상은 곧 다나카 씨를 방문하였다. 방문할 때는 신문기자가 물으니까. "몰라"하고 기분이 좋지 않은 퉁명스러운 대답이었다. 그 후 다나카 씨를 만나고 나와서는 기분 좋은 얼굴로 "당黨의 결정이니까……"라고 말하였다. 다나카 씨의 얼굴을 세워주자는 것이다. 이렇게 사토 씨가 관계한 것은 시나 씨가 비밀리에 그와 접촉하고 있었다는 것을 말해준다. 적어도 정중한 서한이라도 갔을 것이다. 이러한 이면정치가 많으니 — 그리고 그것이 일본 정치에 있어서 결정적인 역할을 할 것이니까 — 정치가는 일기를 쓰고, 후일에는 그것이 ××일기로 발표된다. 그리고 비밀서한이 공개된다. 그것을 연구하는 것이 중요한 정치사 연구가 된다. 그러니까 일본 정치의 경우는 나타난 것만 문제 삼아서는 안 된다. 그것은 정치적 결정의 그야말로 빙산의 일각이기 때문이다. 그래서 나는 오카 요시타케[59] 씨의 정치사를 이데올로기적으로는 높이 평

---

57  원문은 '林하 교수'로 표기되어 있다. 하야시 시게루(林茂) 교수일 가능성이 높다. 그러나 '임'씨 성씨를 가진 한국인 교수일 가능성도 배제는 못한다.

58  사토 에이사쿠(佐藤栄作, 1901.3.27~1975.6.3). 일본 철도 관료이자 정치가로 61대, 62대, 63대 내각총리대신을 역임. 1974년 "핵무기를 만들지도, 갖지도, 반입하지도 않는다"는 비핵삼원칙을 내세운 공로로 노벨평화상을 수상했다.

59  오카 요시타케(岡義武, 1902.10.21~1990.10.5). 도쿄 고지마치(麴町) 출생. 일본의 정치학자. 도쿄제국대학 정치학과를 졸업하고 도쿄제국대학의 교수가 되어 유럽정치사, 일본정치사 등을 가르쳤다. 계급투쟁이나 사회경제사적인 배경을 중시하는 연구방법과 그 속에서 발견한 인물의 에피소드를 중시하는, 이른바 강담정치학(講談政治學)을 전개했다.

가하고 싶지 않지만 그러한 일본 정치의 이면을 중요시하면서 정치사를 기록한 것은 역시 일본정치사의 정통이라고 생각한다고 하였다. 그리고 이러한 정치적인 결정이야말로 동양적인 것이라고 할 수 있는데 그것이 일본에 정착한 것이라고 생각된다. 이번에 이러한 결정을 내리는 데 있어서 일본인들이 보여준 집단지향성은 참으로 놀랍다. 개인이 살아남는 것이 문제가 아니라 집단이 살아남아야 한다. 그러니까 사토 씨는 후쿠다 씨하고 가깝지만, 미키 씨를 미는 것이다. 변해가는 정세에 적응하면서 살아남아야 한다. 그러한 일본인의 지혜란 전통적인 것이다. 그런 의미에서는 도조[60]의 무모한 정치란 일본정치사에서 이단이라고 할 수 있지 않을까. 그것은 어떤 일본이 나타난 것일까. 우리나라를 생각하면 한심하기 짝이 없다. 지금도 철저한 개인지향이다. 박정희가 아니라 공화당共和黨이 살아남는 길이라고 생각할 정도의 집단지향이라도 가졌으면…… 세상이 변하는 것은 생각하지 않고 타고 앉아 있으면 된다고 하는 것이니…… 집단지향을 하지 못한다는 점에서 나는 우리나라의 경우 군부軍部도 과히 두려워할 필요가 없다고 생각한다. 모두 독불장군이니 권력에서 내보내면 뒤에는 아무도 남지 않고 자신은 완전히 무력해진다. 일본인의 집단지향성이란 참 무서운 것이다. 어제는 릿쿄의 마루야마丸山라는 여학생과 함께 식사를 하면서 재미있는 이야기를 들었다. 그 학생은 약혼자와 함께 학생조직에서 이탈하였는데 아직도 테러가 두려워서 피해 다닌다는 것이다. 이런 사람들이라면 옛날에 군부에서 어떤 보스를 하나 내보냈다가는 큰일이었을 것이다. 그러니까 파벌을 조절할 수밖에 없었을 것이다.

---

60    도조 히데키(東條英機, 1884.12.30~1948.12.23). 군인이며 정치가. 1941년 육군대신과 내무대신을 겸임하면서 진주만 공격을 개시하여 태평양전쟁을 일으켰다. 1943년에는 문부·상공·군수대신까지 겸임하였고 1944년에는 참모총장까지 겸임했다. 자신을 비판하는 장교는 최전방에 배치하거나 징벌소집을 하는 등 강압적이고 자의적인 공포정치를 했다.

오늘은 프리드리히 애벨트 재단의 책임자 교체 파티에 나갔다가 마에지마<sup>前</sup> 島 씨와 오래 이야기를 나누었다. 양 선생 초청 문제도 좀 이야기하였는데 어떻게 될는지 모르겠다. 요즘은 한국 신문도 여러 날 보지 못하여 정말 무엇이 진행되는지 모르겠다. 오늘 『아사히』 석간에는 장준하[61] 씨는 풀려나왔고 신민당新民黨 국회의원이 의사당에서 농성을 하기로 하였다고 보도돼 있었다. 점점 에스컬레이트 되는 모양이다. 『워싱턴포스트』에는 이제 반박反朴 세력이 너무 늘어나 여당 세력 일부에서 박정희 없이 살아남는 방도를 극비리에 검토하고 있다고 보도되었다고 한다. 그것이 곧 미국 CIA가 시도하는 것이 아닐까. 강 선생에게서의 소식을 받았다. 정숙의 문제는 선우[62] 형이 힘쓰는 모양인데 아직 가능성이 희박한 것 같다. 반정부 교회 세력 안에서의 감정적 대립은 여전한 모양이고. 반정부 투옥 학생과 인사들은 크리스마스에는 석방된다는 소문이라고. 박은 끝내 견디어내지 못할 것이라고 생각하지만 신중한 현실변화를 모색하게 되는 것

---

61  장준하(張俊河, 1918.8.27~1975.8.17). 평안북도 의주 출생. 독립운동가이자 언론인이 며 민주화운동가. 일본 도요대학(東洋大學) 예과를 거쳐 도쿄의 일본신학교에 다니다가 일본군 학도병으로 중국에 파병되었다. 입대 6개월 만에 탈출하여 중국중앙군관학교(中國中央軍官學校) 한국광복군 훈련반에 입대했고 1945년에 서안광복군(西安光復軍) 이범석의 휘하에 들어갔다. 광복을 맞이하자, 김구의 비서가 되어 1945년 12월 귀국했다. 1953년 『사상계(思想界)』를 창간했고, 1958년 「생각하는 백성이라야 산다」라는 함석헌 선생의 글을 사상계에 실었다가 필화를 겪기도 했다. 5·16쿠데타 후, 「박정희 대통령 불가론」을 주장하다 1966년 국가원수모독죄로 복역하였고, 1974년 긴급조치 제1호 위반으로 15년형을 선고받았으나 형집행정지로 가석방되었다. 1975년에는 '유신헌법개헌청원 백만인 서명운동'을 벌였고 「박정희 대통령에게 보내는 공개서한」을 발표했다. 그러나 1975년 8월 17일 포천 약사봉 등산길에서 의문의 추락사고로 사망한다. 지명관은 장준하를 인생에서 만난 가장 고결한 인격자였다고 회고하고 있다.

62  선우휘(鮮于煇, 1922.1.3~1986.6.12). 평안북도 정주 출신. 언론인 겸 소설가. 경성사범학교 본과 졸업한 후, 『조선일보』 사회부 기자로 입사하여 『한국일보』 논설위원, 『조선일보』 편집국장. 논설고문, 이사, 주필 등을 역임했다. 지명관의 동향 선배이기도 했던 그는 지명관이 일본에 갈 수 있도록 비자 문제를 해결해 주기도 했고, 야스에 료스케와 스미야 미키오(隅谷三喜男)를 지명관에게 소개시켜주기도 하였다.

이 아닐까. 요즘 유신 지지 어용기관 동원을 열심히 하고 있는 모양이지만. 내일은 야스에 씨와 만나 여러 가지 깊은 이야기를 해야 하겠다. 할 일은 태산 같은데…….

5일 오전 1시

# 12월 7일 토요일

아침에 도쿄여대에 갔지만 등록금 인상 반대투쟁으로 휴강이라 그냥 돌아왔다. 그리고는 하루 종일 방을 지켰다. 청소와 정리를 하고나서는 교회사 원고 퇴고를 하였지만 그다지 진행되지 못하였다. 야스에 씨가 보내준 미국 동지들의 민주사회를 위한 선언을 읽고 그것에 대한 소감을 야스에 씨에게 써 보내야 했기 때문이다. 지금까지 지식인들 사이에서 그러한 복합적인 비전을 제시한 적이 없으니까 중요하다고는 생각하였다. 자유민주주의 속에서의 개혁이니까 국내에서도 그대로 받아들일 수 있을 것이다.

5일에는 야스에 씨를 만나 백만 원을 받아왔다. 미키 씨 이후의 일본 정국에서 한국 문제를 어떻게 할 것인가도 이야기하고, 미키 씨의 기반이 좀 다져진 다음에는 우쓰노미야[63] 씨에게 이제 대한정책對韓政策을 재검할 때가 아닌가라고 발언하도록 하고 싶다는 것이었다. 고마운 일이다. 1월호 『세카이』를 받아 가지고 왔다. 다소 오자가 있지만 이번 호가 제일 문장이 정돈되어 있는 것 같았다. 나카노 요시오[64] 씨가 그 문장이 좋다고 한다고 하여 나도 이번에는 퍽 힘을 들여서 썼는데, 「통신」 30만 부에 벌써 3백만을 받은 셈이다. 이번에는 긴급회의가 교단 부채를 갚는데 60만 원 돌려주었다. 이와나미는 이렇게 잡지로만이 아니라 물질로도 도와주니. 어떤 젊은 부인이 「통신」에 대한 감동을 투고해 왔다. 김

---

63  우쓰노미야 도쿠마(宇都宮德馬, 1906.9.24~2000.7.1). 도쿄 출생. 고교 시절 마르크스주의에 감화되어, 교토제국대학에 입학한 후에는 사회과학연구회에 참가했다. 중의원과 참의원을 역임했다. 보수파 내 좌파 정치인으로 불리며 한국, 북한, 중국과의 우호관계에 앞장섰다. 1976년에는 록히드사건과 김대중사건에 대한 일본 정부의 대응에 항의하여 중의원을 사직한 바 있다. 김일성 우상화와 북한의 위장평화 정책 홍보에 열을 올렸다는 비난을 받기도 한다.
64  나카노 요시오(中野好夫, 1903.8.2~1985.2.20). 영문학자이며 평론가. 영미문학 번역자의 태두로 활달한 문체로 유명하다.

대중 씨 사건 이후에는 한국 문제에 집중하여 이제는 투고나 이웃의 설득을 열심히 전개하고 있다는 것이다. 다음과 같은 구절들이 따뜻하게 다가오는 느낌을 주는 것이었다.

"내가 한가하게 텔레비전을 보고 있을 때도 또 남편과 부질없는 이야기를 나누고 있는 그런 순간 에도 얼마나 뜻있는 한국 사람들이 괴로움을 강요당하고 있는가 하는 것을 생각하면 정말 죄송한 마음이 듭니다. 가슴이 아픕니다."

"T·K 씨에게 일본에도 비록 작은 힘이라고 하여도 응원하고 있는 사람들이 많이 있다는 것을 전하여 주십시오."

이렇게 깊이 느끼고 그것을 계속 추구하는데 확실히 일본 사람들의 장점이 있다. 예리한 감성과 그 감성을 지키는 불굴의 힘, 이것은 우리에게 결여되어 있는 것 같다. Y는 오래간만의 소식에 이제 너무 놀라운 사건들이 많아 무감각해졌다고 했다. 이것이 깊은 의미에서는 더 비극일지도 모른다.

11시 55분

# 12월 12일 목요일

며칠 동안 일기를 쓰지 못하였다. 어제는 대사관 C 씨와 식사를 함께 나누었다. 우정이라고 생각해서 별일이 없다고 생각하지만 정숙이가 오지 못하는 문제를 이것저것 이야기하는 수밖에 없었다. 정보부에서는 안 해 줄 모양인가 보다. 오늘은 영인[65]의 고교 입학 자격시험일 것이고 내일 오고 싶다고 하였는데 안 되는 모양이다. 될 대로 되라는 생각이다.

오늘은 차분히 들어앉아 「통신」 쓸 준비를 하였다. 그동안 신문을 모두 읽었다. 그리고 김관석, 안병무,[66] 문동환[67] 세 분의 『동아일보』에 나온 강연 또는 설교 요지[68]를 번역하였다. 초록이 불완전해서 그렇겠지. 그다지 강력한 메시지

---

65  지영인(池永仁). 지명관은 슬하에 영인, 효인, 형인 세 아들을 두고 있다.

66  안병무(安炳茂, 1922.6~1996.10.19) 평안남도 안주 출생. 간도에서 유년시절을 보내고 용정중학교에서 김재준의 가르침을 받았고, 와세다대학(早稲田大學) 서양철학과를 거쳐 서울대 사회학과를 졸업하고 독일 하이델베르크대학에서 수학했다. 1970년 11월 전태일분신사건을 계기로 '예수가 민중이고 또 민중이 예수'라는 사상을 전개한다. 1972년에는 3선개헌반대 백만명서명운동에 참여했고 1975년 3월에는 긴급조치 위반으로 구속, 1976년 3월에는 '3·1 구국 선언'사건으로 구속되어 옥고를 치렀다. 민중신학이 세계적인 신학으로 자리를 잡는데 결정적인 기여를 했다.

67  문동환(文東煥, 1921.5.5~2019.3.9) 북간도 지역의 기독교 가정에서 태어나 일찍 기독교에 입문했다. 아버지와 친분이 있었던 김재준의 영향으로 일본신학교에 입학했다가 해방 후에는 형 문익환과 함께 조선신학교에 편입했다. 그 후 미국으로 가서 웨스턴신학교, 프린스턴신학교, 하트포드신학교에서 공부했다. 1961년부터 한신대학교 교수를 지내면서 수도 교회 등에서 목회를 했다. 1975년 유신정권의 탄압으로 한국신학대학에서 해직된 뒤에는 해직 교수 및 민주 인사들과 함께 갈릴리 교회를 공동 목회로 꾸렸다. 3·1 민주구국선언문사건, 동일방직 및 YH노조를 지원으로 투옥되어 복역했다. 1979년 신군부의 등장으로 미국으로 망명했다가 1985년 한국에 돌아와 한신대에 복직했다. 1988년 김대중의 권유로 평민당 수석부총재를 역임하였고 국회 5·18광주민주화운동 진상조사 특별위원회 위원장으로도 활동했다. 1991년 이래 미국 뉴저지주에서 기거하면서 민중신학을 더욱 심화시킨 연구에 매진하고 있다.

68  1974년 『동아일보』에 실린 한국기독교협회 김관석 총무의 「찬양 받으소서」(11월 16일 자), 한국신학대 안병무 교수의 「자유케하시는 크리스트」(11월 18일 자), 한국신학대 문

가 되지 못하는 것 같았다. 그러나 신문이 설교 요지를 내는 나라란 참 드물 것이 아닌가. 자유를 위한 투쟁의 사상적 기반을 찾고 있는 셈이다. 로마서 13장 1절,[69] 모든 권세에 복종하라는 것은 성서의 말씀과 우리의 행동 사이에 놓여 있는 딜레마에서부터 생각해 가는 것이 나는 더 나을 것이라고 생각한다. 바울도 내 겨레를 위하여 그리스도에게서 끊어질지라도 원하는 바라고 하지 않았는가. 거기에 역설적으로 그리스도를 위하는 삶이 있지 않은가.

이해학[70] 전도사의 『옥중일기獄中日記』를 번역하기 시작하였다. 젊기 때문에 힘은 있지만 생각하는 것에는 미숙한 데가 있는 것 같아 여러 가지 생각하면서 번역한다. 내일 모두 끝내고는 강의와 「통신」에 집중하여야 하겠다.

13일 1시 20분

---

동환 교수의 「예수와 인권」(11월 30일 자)를 말한다.

69　신약성서 로마서 13장 1절. "각 사람은 위에 있는 권세들에게 굴복하라. 군세는 하나님께로 나지 않음이 없나니 모든 권세는 다 하나님이 정하신 바라."

70　이해학(李海學, 1943.11.3~). 순복음신학교, 한국신학대학 졸업. 성남 주민 교회 전도사였던 그는 1974년 1월 22일 인명진 목사, 김진홍 목사, 장준하, 백기완 등과 함께 대통령 긴급조치 제1호 위반의 혐의로 구속되어 징역 15년에 처해졌으나, 2013년 8월 23일 재심에서 무죄 선고받았다.

# 12월 14일 토요일

어제 정숙에게서 신원조회가 잘 안 된다는 소식이 왔다. 외화절약 때문에 그러니 선우 선생이 좀 힘쓰면 될 것인데 도와주지 않는다는 것이었다. 여러 번 전화를 거니 좋아하지 않는다고. 이렇게 낙관적이고 나이브하니, 여러 번 알려 주었는데도.

일이 밀린다. 오글[71] 목사가 추방당하여 오늘 밤, 9시에 도착한다고 하는데. 이 오버액션의 의미는. 오 선생이 돌아왔다. 바쁘게 되었다. 오늘은 전도사의 옥중일기 번역을 끝냈다. 강의 준비도 있고 「통신」을 써야 하니 일이 밀린다.

11시 55분

---

71  조지 오글(George Ogle, 1929~2020). 미국 듀크대 신학대를 졸업하고 1954년부터 한국에서 미 연합감리교 선교사로 활동했다. 1960년부터 인천 도시산업선교회를 이끌면서 노동자들의 권익 보호를 위해 힘쓰던 그는 인혁당사건 관계자의 가족들로부터 사건의 진상을 알게 되고 1974년 10월 서울에서 열린 목요기도회에서 인혁당재건위사건이 고문에 의해 조작됐다는 사실을 폭로한다. 이 발언 때문에 그는 중앙정보부에 끌려가 17시간 동안 고초를 당하고 선교사 신분으로 서울대 객원교수로 강의를 한 것이 비자법 위반이라는 명목으로 강제 추방을 당한다. 오글 목사는 미국으로 추방된 뒤에도 인혁당재건위사건의 진실을 알리기 위해 의회 청문회에 나가 증언을 했고 미국 전역을 돌며 한국의 인권실태를 알렸다. https://www.womencrossdmz.org/in-memoriam-george-ogle-1929-2020/

# 12월 20일 금요일

16일에 「통신」을 전하노라고 다른 일을 하지 못하였다. 이번에는 글이 써지지 않아서 애를 먹었다. 그리고 나서 2, 3일은 교회사 원고를 정리하여 모리오카 선생에게 넘겼고. 그리고는 감기로 좀 앓아 누었다.

오늘은 약간 서울에 있는 운동자들에게 돈을 보내기로 하고 오 형에게 전달하였다. 일화日貨로 계 17만 원이다. 긴급회의가 일본 교단으로 오는 돈을 서울로 보내고 나서 갚지 못하여 곤란하다고 하여 지난 6일에 60만 원을 전달하였고. 나도 낭비가 심하였다고 하여야 하겠고. 좀 절약하고 시간을 얻어서 모든 일을 정리해 가야 하겠다. 게르첸의 글은 역시 감동적이다. 러시아 사람들이 지배 세력에 대하여 생각한 것은 우리와 마찬가지가 아니었던가. 그들도 자기 나라를 증오하는데도 불구하고 사랑하지 않을 수 없었다.

내일 김 형이 미국으로 가니 오글 목사도 만나겠지. 체험기를 써달라고 하여야 한다. 국내에서 특히 불미스러운 한일관계에 대한 사실을 파헤쳐서 그것을 『세카이』에 발표하도록 노력하기로 하였다. 야스에 씨의 견해는 일본 신문이 한국 문제에 대하여 약해질 모양이니 『세카이』가 좀 더 적극적으로 파헤쳐야 한다는 것이었다.

정숙은 못 오는 모양. 나도 지친 것이 사실이지만 견디어 낼 힘을 지탱하여야 하겠다. 모리오카 선생이 본회퍼[72]가 미국에서 독일로 마지막 길을 떠나기 전에

---

72  디트리히 본회퍼(Dietrich Bonhoeffer, 1906.2.4~1945.4.9). 독일 프로이센 브레슬라우 출생. 독일 고백 교회의 목사이자 신학자. 튀빙겐대학·베를린대학에서 신학을 공부하고 미국으로 건너가, 니버 밑에서 공부했다. 미국 유학 후 베를린으로 돌아와 목사가 되었다. 1942년 반나치스 지하조직을 주도하다가 체포되었고, 히틀러 암살을 시도하다가 미군 진출 직전에 처형되었다. 신은 전지전능하지 않고 나약하며 그 나약함으로 인간을 구제하기 위해 강림했다고 역설했고, 교회는 자기를 위해서가 아니라 타인을 위해 있어야 한다고 주장했다. 그가 제기한 신학적 문제는 전후 세계 교회에 큰 자극이 되었다.

쓰던 방이 엉망으로 헝클어져 있던 것을 뒤에 온 사람이 보고 놀랐다는 말을 전해주었다. 나는 이해할 만하다고 하였다. 예수처럼 신앙에 들려 있는 사람이 아니라면 그처럼 허둥지둥하였을 것이다. 그는 그런 세상적인 인간으로 죽어간 것이었다. 나도 만약 그런 길을 갈 수 있다면 그 정도일 수밖에 없을 것이 아닌가. 그리운 고장, 그리운 사람, 이런 심정이다.

21일 오전 1시

# 12월 21일 토요일

하루 종일 집에 있다가 저녁에는 이즈미 교회泉敎會에 갔다. 시민의 교회가 되려는 흥미 있는 목회. 오늘도 믿지 않는 사람들이 반이나 된다고. 내일에는 박 교장, 김 교감이 밤에 도착한다고. 오늘도 만나는 사람들은 문세광[73] 사형 이야기. 왜 그럴까. 서둘러 사형을 한 이유는? 정말 이용하고 사형한 것일까. 의문들을 던진다. 박 정권은 이제 완전히 국제적인 신뢰를 잃었다. 오글 목사가 미 하원에서 한 강한 증언이 『아사히』에도 나와 있다. 어서 속히 암흑이 끝나야 할 텐데. 마포에 소식을 띄웠다.

22일 오전 1시 45분

---

[73] 문세광(文世光, 1951.12.26~1974.12.20). 재일한국인. 일본 경찰 요시이 미키코(吉井美喜子)가 소유하고 있던 권총을 가지고 한국에 입국한 뒤, 1974년 광복절 행사장에서 박정희를 향해 3발, 부인 육영수(陸英修)를 향해 2발을 쏘았다. 박정희는 무사했으나 육영수는 그날 국군수도병원에서 운명했다. 문세광은 이 사건이 터진 지 4개월 만인 12월 20일 사형에 처해졌다.

# 12월 27일 금요일

서울 손님이 계속이라 내 계획도 모두 바뀌고 무너지고 말았다. 박정희는 초토전술焦土戰術을 쓴다고밖에 생각할 수 없다. 『동아일보』는 광고가 없어 광고 백지[74]로 발행하였다고 오늘 일본 신문이 보도하였다. 단말마의 비극이 이제부터 시작될 것 같다.

그저께는 스미야[75] 교수를 만나 뵙고 박 정권 이후의 노동 문제에 대하여 상의하였다. 우선 적절한 인물을 불러내다 이야기를 하는 것 또는 격려를 주는 것, 그리고 그들을 통하여 방향을 세우는데 스미야 교수의 조언을 얻는 것 등을 합의하였다고 할까. 스미야 교수가 만주 안산제철소에서 노무담당 관계자로 사회

---

74  『동아일보』 백지 광고 사태를 말한다. 1974년 10월 24일 기자들은 자유언론수호대회를 열고 인권운동가나 야당 인사에 관한 기사를 싣기 시작했다. 그러자 박 정권은 광고주들을 불러 『동아일보』에 광고를 내지 못하도록 종용했고, 12월 20일부터 대기업 광고주가 계약 철회를 시작하여 큰 광고는 전혀 들어오지 않게 되었다. 이에 12월 26일 『동아일보』는 급기야 광고란을 백지상태로 발행했고, 12월 30일 자 1면 광고란에 격려광고를 모집하는 광고를 게재했다. 그리하여 1975년 1월 1일 '언론의 자유를 지키려는 한 시민'이라는 이름으로 김대중이 첫 격려광고를 낸 것을 필두로 5월까지 총 1만 352건의 격려광고가 쇄도했다. 경영진은 결국 심의실 등 4개 부서를 폐지하고 기자와 사원을 해고하기 시작했고, 15일에는 송건호 『동아일보』 편집국장이 기자 대량 해고에 항의하며 사표를 제출했다. 그러자 경영진은 폭력배를 동원해 회사에서 농성 중이던 기자 130여 명 전원을 무력으로 쫓아낸다.

75  스미야 미키오(隅谷三喜男, 1916.8.26~2003.2.22). 도쿄 미나토구(港区) 출생. 노동경제학의 전문가. 도쿄제국대학 경제학부 졸업하고 만주 안산제철소(鞍山製鉄所)에서 근무하면서 만주 노동 문제 연구에 종사하였다. 1946년 도쿄제국대학으로 돌아와 1977년까지 재직했다. 퇴임 후에는 도쿄여자대학 학장, 일본노동협회 회장 등을 역임했다. 지명관이 1972년 2월에 도쿄대학에서 정치사상사를 공부하기로 결심한 것에는 도쿄대학 교수였던 스미야와 사이토 마코토(齊藤眞)의 도움이 컸다. 지명관은 그들이 크리스천이었기 때문에 각별한 배려를 해주었던 것이라고 회고하고 있다. 스미야는 지명관의 생계를 위해 도쿄여자대학에 자리를 마련해 주었고, 말년에 지명관을 만났을 때 T·K생의 실명을 밝힐 것을 당부했다고 한다.

생활 제일보를 내딛던 시절의 이야기가 퍽 인상적이었다. 일본의 패망을 예견하고 크리스천 중국인 집에 유숙하였었다고. 일본 자본주의의 밑바닥을 알기 위하여서는 식민지 노동자를 알아야한다고 생각하셨다고.

신쿄에 한국 현대사와 교회사 원고는 다 넘겼다. 연표와 부록도 거의 넘긴 셈이다. 여기에 지금 교회가 싸우면서 내놓은 성명서가 들어간다. 나도 나가는 수밖에 없지 않은가. 학문의 세계에서까지 정치적 배려 때문에 사실을 말하는 것을 회피할 수는 없다. 정숙은 못 오는 모양이다. 어떻게 정치적인 결정을 내리는 것인지. 며칠 전에는 대사관 C씨에게서 망년회 초청을 받았으나 응할 수가 없었다. 바쁜 탓이었지만 어쩐지 기분이 좋지 않다. 서울서는 김종필을 중심으로 한 회의에서 나에 대한 대책이 논의됐다는 소문이 있는 모양이다. 현재는 이곳 김 대사大使를 통해서 끌어드리기로 합의를 하였다고 한다. 잘 모르지만 내가 이곳에 있는 언론계 사람들을 잘 아니까 운운하고 이야기하였다고 한다. 그렇다고 한다면 C씨가 김 대사를 만나는 것이 정숙이 오는 데도 도움이 될 것이 아니냐고 한 것에는 상당한 의미가 있는 것이 아닐까. 그리고 그가 야스에 씨와 함께 가는 나와 만난 것도 계획적인 것이 아니었을까. 나를 서울로 끌어드린다는 계획 밑에 지금은 김 대사를 통하여 나를 포섭하려고 한다고 하지만 그것이 폭력으로 변하지 않는다고 누가 보장을 할 수 있을까. 그러나 나로서는 하는 수 없이 가야할 길을 가는 수밖에 없는 것이 아닐까. 태연하게 살아가는 수밖에 없다. 납치당하기 전의 김대중 씨 심정을 나도 알 것 같다.

28일 오전 2시 20분

# 1975년

# 1월 2일 수요일

드디어 1975년. 무거운 1974년은 갔지만 금년에는 정말 밝은 날이 찾아올까. 오늘은 야마다 선생 댁을 찾았다. 이름 모를 한국인이 내게 보낸다는 떡국감, 빈대떡, 인절미를 받아가지고 왔다. 내 글에 대한 팬이라고 하지만 잘 모르겠다. 다만 이 따뜻한 마음에 감사할 따름이다.

31일에 강 선생이 와서 한국 사정을 함께 이야기하였다. 어두운 상황은 그대로. 교회의 동어반복적同語反復的인 저항도 이제는 내리막 같다는 이야기였다. 사건을 만드는 것을 계속하면서 조직을 확대할 것을 피차 확인하였다. 그 오랜 싸움에 지쳤을 것이라고 생각된다.

새해에 내게도 많은 일과 연구과제가 있는데. 정숙에게는 26일에 신원조회가 내렸다고 강 선생이 전해준다. 어떻게 된 것인지. 선우 선생이 보증서를 썼다고 한다. 그리고 선우 선생이 일본을 거쳐 미국과 유럽을 다녀온다고. 무슨 목적일까. 많은 이야기를 나누기로 하여야 할 텐데. 박 정권은 경화硬化의 길을 달리다가 파멸을 가져올 텐데. 그것은 나라 전체의 파멸이라고 할만치 심각한 것이 될 것이 아니겠는가.

3일 0시 30분

# 1월 4일 토요일

어제는 데이코쿠극장帝國劇場에서 〈가쓰 가이슈勝海舟〉를 보았다. 오늘은 모리오카 선생 댁에서 오시오, 쇼지[1] 두 목사님과 함께 식사를 나누었다. 투옥 중에 있는 학생들의 어머니의 수기를 발표하고 싶다는 이야기도 하였다. 그리고 일본 교회에서 모금한 3백만 엔을 가지고 한국에 방문하는 문제도 서로 상의하였다. 나는 일본 교단과 관계하는 모든 교단과 NCC[2]의 공동명의로 전달되어야 한다고 하였다. 그리고 지금 투옥 중에 있는 분들을 위해서라기보다는 앞으로도 있을 모든 사태를 위한 기금이라는 성격을 띄워야 한다고도 말하였다.

낮에 선우 선생과 잠깐 만났다. 현 정권에 대한 찬사와 목숨을 내걸고 싸우는 이들에 대한 비판이 너무나 많아서 한마디 하지 않을 수 없었다. 현 정권 이외에는 누구도 정치를 할 능력이 없다면 우리 국민은 박 정권의 인물들을 내놓고는 모두 바보라는 말인가. 이곳 『조선일보』 지사장이라는 충성스러운 분에게 그렇게 내붙이지 않을 수 없었다. 그런 담화와 그런 분위기가 이른바 집권층 주변의 논조일까. 그런 맹랑한 허세, 경화된 심장, 그것이 무모한 짓과 잔인한 행위를

---

1   쇼지 쓰토무(東海林勤, 1932~2020.8.25). 도쿄신학대학, 뉴욕 유니온신학교 졸업. 도시마가오카(豊島岡) 교회 목사, 일본기독교협의회(NCC) 총간사, 한국 문제 기독자 긴급회의 실행위원 역임. 고려박물관 초대 이사장. 1960년대 후반 뉴욕 유니언신학교 유학 중에 베트남 반전운동, 흑인차별반대운동을 접하고 사회에 맞서는 종교인의 자세에 대해 생각하게 되었다. 귀국 후에는 재일본 한국인 학원침투간첩단의 혐의로 체포된 서승, 서준식 형제 구명 활동에 나섰다. 이 사건은 일본 교토 출신의 교포 2세들인 서승(당시 25세), 서준식(22세) 형제가 1971년 3월 서울대 유학 중에 간첩활동 혐의로 보안사에 검거된 사건을 말한다. 고문 의혹이 제기되면서 서 씨 형제에 대한 고문 중단과 사면을 요구하는 시위가 일본을 중심으로 벌어지는 등, 한일간 외교 문제로 비화되기도 했다. 쇼지 목사는 이 활동을 통해 한국민중신학의 정신을 접하게 되고 한국 기독교인들과 깊은 교류를 가졌다. 1973년 「한국기독자선언」에 크게 공감한 그는 김대중 구출운동을 비롯해 한국 민주화 지원운동을 계속했다.

2   기독교회협의회(National Council of Churches of Christ).

낳는 것이 아닐까. 선우 선생과는 어느 날 좀 더 차분히 이야기를 나누어야 하겠다. 내일은 야스에 씨와 앞으로의 문제를 깊이 상의하여야 한다.

〈가쓰 가이슈〉를 보면서 난국을 사는 지혜를 생각하지 않을 수 없었다. 이호철[3] 씨에게 소식을 보내서 그러한 작품을 써서 공헌할 수는 없는가, 라고 말하고 싶다. 근세近世의 유대치[4] 선생 같은 분을 그리면서 앞으로의 지도상指導像을 그려내서 교훈을 던져줄 수는 없을 것인가.

선우 선생은 세계문명 발상지를 찾아서 기행문을 쓰려고 인도로 먼저 가는 모양이다. 그리고는 중동, 유럽으로 가는 모양. 『동아일보』의 정치적 저항에 대항하는 읽을거리를 찾는다는 『조선일보』 기획이 아닐까. 모레 떠난다고.

5일 1시 45분

---

3   이호철(李浩哲, 1932.3.15~2016.9.18). 함경남도 원산 출생. 자유실천문인협회 대표와 민족문학작가회의 고문, 국민통합추진회의 고문 등을 역임했다. 원산중학교를 졸업하고 인민군으로 한국전쟁에 참가했다가 월남했다. 월남 후 부산에서 부두노동자, 미군부대 경비원 등으로 일했고 1955년 단편소설 「탈향」이 『문학예술』에 추천되면서 작품 활동을 시작했다. 초기에는 전쟁의 상흔을 묘사한 단편소설을 썼으나, 1960년대에 들어서면서 남북분단 문제를 비롯한 현실 문제를 사실적으로 묘사한 작품들을 썼다. 1970년대에는 민족수호국민협의회 운영위원으로 유신독재에 반대하는 재야민주화운동에 참여해 옥고를 치르기도 했다.

4   유대치(劉大致, 1831~?). 개화사상가. 본명은 유홍기(劉鴻基). 『해국도지(海國圖志)』, 『영환지략(瀛環志略)』, 『박물신편(博物新編)』 등을 통해 국제정세의 변화와 서양문물을 알게 되어 일찍 개화사상을 가지게 되었다. 1870년 초부터는 박영교·김윤식·김옥균·박영효·홍영식·유길준·서광범 등의 양반 자제들에게 개화사상을 교육하였다. 1884년 12월 4일 김옥균 등이 갑신정변을 일으켰다가 실패하고, 수많은 개화당 인사들이 일본으로 망명하거나 청군과 수구파에게 참살을 당하였다. 유대치는 12월 6일 밤 집을 나가 행방불명이 되었다고 한다.

# 1월 6일 월요일

어제는 야스에 씨 댁에서 오 선생과 함께 이야기하였다. 국내도 지쳤는지 모른다. 해외에서도 거의 같은 내용을 되풀이해 보도하는데 흥미를 느끼지 않을는지 모른다. 여기에서 우리는 어떻게 할 것인가. 조직의 확대, 사건을 만드는 것, 그리고 그것을 최대한 보도하게 하는 것. 여기에서 세계에 한층 더 많은 사건과 사실과 조사결과를 발표해가는 것을 이야기하였다. 그리고는 선우 선생과 만나 늦게까지 이야기하였다. 『조선일보』는 높은 자세를 지켜야 할 것이 아닌가.

『동아일보』는 이제 정당지政黨紙나 된 것처럼 광고란을 성명으로 메꿔 가고 있다. 가톨릭정의구현사제단[5]의 전면광고가 나올 정도다. 정부는 또 딜레마에 빠진 것이 아닐까. 오늘은 현영학[6] 교수가 와서 함께 이야기하였다. 옥중에 있는

---

[5]  정식 명칭은 '천주교정의구현전국사제단(天主教正義具現全國司祭團)'으로, 한국의 민주화와 인권 회복, 사회 정의 실천을 위해 천주교 사제들이 결성한 단체다. 1974년 7월 23일 지학순 주교가 유신헌법이 무효라는 양심선언을 하고 체포되어 징역 15년형을 선고받은 뒤, 젊은 사제들을 중심으로 9월 26일 강원도 원주에서 결성되었다. 결성 목적은 사제의 양심에 입각해 교회 안에서는 복음화운동을, 사회에서는 민주화와 인간화를 위해 활동하는 것이었다. 제1, 제2 시국선언과 사회정의실천선언(1974.11) 등을 통해 민주화운동을 벌였다. 이후 1975년 김지하 시인의 양심선언 공개, 1980년 광주민중항쟁의 진상 발표, 1981년 부산 미국문화원 방화사건 관련 성명 발표, 1987년 박종철 고문치사 조작사건 폭로, 1989년 임수경의 무사귀환을 위해 문규현 신부를 북한에 파견하는 등의 일을 했다. 이 과정에서 최기식, 함세웅, 문정현, 정호경, 문규현 신부 등이 옥고를 치르기도 했다.

[6]  현영학(玄永學, 1921.1.6~2004.1.14). 함경남도 함흥 출생. 민중신학 1세대. 일본 간사이학원(關西學院) 신학부를 졸업하고 미국 성서신학교(Biblical Seminary)와 뉴욕 유니언 신학교에서 공부했다. 한국으로 돌아와 이화여자대학교에 재직하면서 1960년대 후반까지 니버, 본회퍼 등을 국내에 소개했다. 1970년대에는 소외된 민중을 위하여 활동했고 유신체제에 반대하여 민주화운동에 적극 참여했다. 또한 기독교 복음의 해방적 요소에 주목해 민중의 한을 치유하는 한풀이로서의 복음을 체계화했다. 탈놀이 등 전통 민중문화에 관심을 갖고 그것에서 새로운 민중신학이 가야 할 길을 모색했다. 1979년 10·26사건 직후에 교수 1백34인 시국선언문에 서명했다 강제해직을 당하기도 했다. 1980년대부터는 한국의 탈춤에서 살아 있는 예수를 발견하고 탈춤 연구에 헌신했다.

학생들의 어머니들 이야기가 감격스러웠다. 때 묻은 세탁물을 받아가지고는 얼굴에 대고 아들의 체취를 맡으며 눈물을 흘린다는 것이다. 그래서 어머니를 생각한다는 것은 안에서 세탁하지 말고 내보내는 것이라고 알려주었다는 것이다.

어제 야스에 씨가 말한 것처럼 치자治者가 인간의 한계를 알아야 할 텐데. 많은 일이 밀려 있으나 허송세월인 것 같다.

7일 오전 1시 40분

# 1월 8일 수요일

어제는 개학 후 릿쿄에서의 첫 강의. 동학혁명 문제에서 내셔널리즘에 대하여 이야기하였다. 일본 사람들은 내셔널리즘이라면 일제 때를 생각하여 네거티브하게 생각한다. 국내 모순을 은폐하기 위한 내셔널리즘이라면 그것은 파시즘이다. 진정한 내셔널리즘은 국내 모순과 싸우고 대외적으로 싸운다는 양면성을 가진다. 강의 후는 현영학 선생, 오 선생과 함께 식사 그리고 담화.

오늘은 우선 몇 가지 번역을 정리하여 신쿄에 전했다. 크리스마스 메시지, 구속자가족협회의[7] 성명, 정일형[8] 씨의 야당 농성 시의 기도문 등이었다. 「통신」과 『세카이』의 관계나 루트를 찾으려고 2억 원을 쓰고 있다고 하는 야스에 씨가 전해준 정보를 모리오카 선생과도 함께 이야기하였다. 이와나미는 분명히 이번에 한국 문제에 참으로 헤아릴 수 없는 공헌을 하고 있는 셈이다. 신쿄의 교계내教界內에서의 이니셔티브와 마찬가지로. 이 두 가지가 다 키를 잡고 있는 양 편집장의 관

---

7   1974년 4월 민청학련사건으로 학생들이 구속되자 가족들은 영치금과 책·옷 등을 넣어 주기 위해 구치소로 몰려들었다. 그 과정에서 조정하(박형규 목사의 부인), 김한림(서강대생 김윤의 어머니), 정금성(김지하의 어머니) 등과 알게 되고 함께 목요기도회, 명동성당 기도회 등에 참여했다. 만남이 계속되면서 자연스럽게 1974년 9월 '구속자가족협의회'라는 조직을 결성하고 회장에 공덕귀, 부회장에 김윤식(연세대 김학민의 아버지), 총무에 김한림을 선임했다. 조정하·정금성 외에 최영희(이현배의 부인), 박노숙(유인태의 어머니), 김병순(김효순의 형), 최말순(서광태의 어머니), 이근진(이철의 부친) 등이 중심에서 활동했다. 이로부터 구속자가족협의회는 중요한 민주화운동 단체 가운데 하나가 되었다. 이해 12월에는 「개인의 구속 상태 해제에 앞서 근본적으로 민주회복 이뤄야」(12.7), 「오글 목사, 시노트 신부 소환 종교탄압의 구체적인 표현」(12.13), 「오글 목사 추방령 취소, 학원탄압 중지 등 5개항(12.19)」, 「전원 석방으로 민주회복 돼야」(12.21) 등의 성명을 발표했다.

8   정일형(鄭一亨, 1904.2.23~1982.4.23). 평안남도 용강 출생. 1950년 2대 국회부터 9대까지 8선 국회의원. 1976년 3월 유신정치에 반대하는 '3·1명동사건'에 연루되어 의원직을 상실 이후, 재야에 머물렀다.

심과 참여의 결과다. 한없는 감사를 드리지 않을 수 없다. 『아사히신문』에 일본과 한국이라는 연재물이 3회째 게재되고 있으나 시원치 않다. 그런 출발이라면 앞으로도 기대할 수 없는 것이 아닐까. 일본과 한국이 불가피하게 얽혀 있다는 것을 강조하려고 하는 듯하다. 거기에 일본 자본의 진출에 대하여 일본 국민이 가지고 있는 좋지 못한 인상을 감소시켜 보려고 하는 것이 아닐까. 저녁에는 가나가와神奈川대학에 다녀왔는데 몹시 피곤하다. 왜 이럴까. 몸이 좋지 않은 것이 아닐까.

9일 오전 2시

# 1월 15일 수요일

『동아』를 돕는 운동이 일본에서도 일어나고 있다. 2, 3일전에 NHK 서울 특파원의 홍승면[9] 논설주간과의 인터뷰가 방송되었는데 그것이 큰 감명을 준 모양이다. 야스에 씨가 오늘 일화 50만 엔의 광고로 나갈 광고문을 전화로 불러주어서 들었다. 좋은 내용이라고 생각되었다. 메이지明治대학의 구라쓰카[10] 씨가 대단한 힘을 쓰고 있다. 『아사히』에도 오늘 아침에 보도돼 있었다. 어제는『동아』에 대한 기사와 함께 사설이 나왔고 천성인어[11]가 참 좋은 내용이었다. 홍 주간의 "편집을 위한 경영이지 경영을 위해 편집이 있는 것이 아니다"라고 한 말을 인용하면서『동아』의 투쟁에 "모자를 벗는다"[12]고 까지 써 있었다.

요즘『동아일보』를 보면 눈물겨운 데가 많다. 독자들의 격려도 그렇고 옥중

---

9   홍승면(洪承勉, 1927~1983). 서울 출생. 서울대학교 사회학과 졸업. 1949년 합동통신사 기자로 언론계에 입문하여『한국일보』를 거쳐『동아일보』에 입사했다.『신동아』주간으로 재직 중이던 1968년 박정희 정권의 경제정책을 비판한 기사가 문제가 되어 구속, 퇴사했다. 1969년『동아일보』로 돌아와 편집국장, 출판국장, 논설주간, 이사를 역임. 그러나 1975년『동아일보』광고 사태로 언론계를 떠나 1980년부터 덕성여대에서 후학들을 가르쳤다.
10   구라쓰카 다이라(倉塚平, 1928.11.1~2011.5). 히로시마현(広島県) 출생. 종교학자이자 정치사상사학자. 도쿄대학 법학부를 졸업하고 메이지대학 교수를 역임했다. 1974년『세카이』5월호에「민주주의를 위한 연대-한국 민주화운동의 호소에 응하여(民主主義のための連帯-韓國民主化運動のアピールに応えて)」를 기고했는데, 이것은 일본 지식인으로서는 처음으로 한국 민주화운동에 응한 논문이었다. 구라쓰카는 한국의 움직임에 약한 반응밖에 보이지 못하는 것이 일본 민주주의의 한계를 보여주고 있는 것이라고 지적하고, 한국의 민주화운동에 연대함으로써 일본인들 자신이 변할 수 있다고 주장했다. 구라쓰카는 '『동아일보』를 지원하는 모임(東亞日報を支援する會)'을 조직해 이누마 지로(飯沼次郎)와 함께 사무국장을 맡았다. 구라쓰카는 이 모임이 한일 양국의 진정한 우호를 위해 작은 기초를 세우는 일이라고 보고 있었다.
11   천성인어(天聲人語)는『아사히신문』1면에 연재되는 칼럼을 말한다. 사설과는 다른 각도에서 최근의 뉴스나 화젯거리를 소재로 분석을 가하는 글로, 특정 논설위원이 일정기간에 걸쳐 익명으로 집필한다.

서간 같은 것이 그대로 보도돼 있다. 국민의 승리로 끝날 대결이라고 하여야 하겠다.

어제 보성保聖 김정순[13] 교장의 소식을 받았다. 미국에 이민을 가서 보낸 소식이다. 공범자는 되고 싶지 않고 감옥에 들어갈 용기는 없어서 떠나왔다고 하였다. 한말韓末 시기가 생각난다. 이해는 가지만 조국은? 내일 야스에 씨를 만난다.

16일 오전 1시 20분

---

12  "모자를 벗는다"는 말은 일본어로 "脱帽する"라는 말인데, 이는 "나는 감당할 수 없다, 흉내 낼 수 없다, 따라갈 수 없다, 대단하다"는 뜻이다.
13  김정순(金貞淳). 서울보성여고 교장. 영락 교회 교인으로, 1963년 인하대학교 영문학부 교수로 있던 현수길 장로가 한국기드온협회를 설립하는 데 조력했다.

# 1월 20일 월요일

도호쿠東北지방에는 폭설이 내렸다고 하는데, 도쿄 날씨도 춥고 바람이 부는가 하였더니 낮이 돼서 그런지 따뜻하다. 아침에는 『아사히』가 『동아일보』사건을 대대적으로 보도하고 있었다. 송건호[14] 씨의 "민심을 버린 신문은 만들지 않는다"고 한 인터뷰 담화도 나와 있었고 가난한 사람들의 격려하여 주는 성김에는 가슴이 아프다고.

일본 지식인들도 지원성명 광고를 내기로 하였는데 성명문은 발표해 줄 수 없다는 것이 이곳 지국장의 말이라고 한다. 지원은 좋으나 곤란하다는 눈치였다고 하는데 어떻게 될는지.

지난 토요일, 일요일은 국제교류를 토의하는 일본 교수들 모임에 다녀왔다. 하치오지ハチ子대학 세미나하우스에서 있었다. 일본 사람들의 모임이란 사무 절차의 토의라는 느낌. 여기에 비하면 우리의 것은 현실과는 동떨어진 이념적인 이야기. 지적 풍토와 역사의 차이에서 온다고 할 수밖에 없다. 그러니까 일본 사람들의 모임에는 창조적인 데가 없다고도 할 수 있고.

15일 날은 오 선생 댁에서 오가와, 구라쓰카 양 교수에 모리오카 선생 나카지마 목사 등과 더불어 이야기. 나카지마 목사는 이곳 대사관에서 사증 거부를 당

---

14  송건호(宋建鎬, 1927.9.27~2001.12.21). 충북 옥천 출생. 언론인. 1956년 서울대학교 행정학과 졸업. 1953년 『대한통신』 기자를 시작으로 『조선일보』, 『한국일보』, 『자유신문』, 『경향신문』, 『동아일보』 등에서 일했다. 1975년 『동아일보』 편집국장 시절 150여 명의 기자가 강제 해직되자 이에 대한 책임을 지고 사표를 냈다. 1984년 해직 언론인들과 함께 민주언론운동협의회를 만들고 1985년 월간지 『말』을 창간하여 노동자와 농민, 도시빈민들의 실상과 민주화운동을 소개하는 한편, 1986년에는 군사정권의 보도지침을 폭로해 이듬해 6월항쟁의 불씨를 제공했다. 1988년에는 한겨레신문을 창간하고 편집권의 독립과 남북한 문제에 대한 냉전적인 보도의 틀을 벗어나게 하는 데에 이바지하였다. 그러나 1980년 '김대중 내란음모사건'에 연루되어 받은 고문의 후유증으로 1990년부터 파킨슨병을 앓다가 사망했다.

했다고. 이런 문제들을 어떻게 극복할 것인가.

일기란 나만의 것으로 아무 것이라도 쓸 수 있어야 하는데 장차 공개될지도 모른다는 생각에서일까 많은 주저하는 것이 있다. 그렇다면 일종의 메모라고나 할 수밖에 없지 않을까. 오늘은 마포에 소식을 보내야 하겠다. 허전한 마음이 가실 길이 없다. 정숙이 소식으로는 교회에도 말썽이 있다고. 내가 있어야한다고들 한다니. 인간에 대한 혐오가 다시 일어난다. 나 자신에 대하여서는 약한 나에 대하여 실망하고.

게르첸의 『러시아에 있어서의 혁명사상의 발달에 관하여』라는 이와나미문고를 다 읽었다. 게르첸이 망명하여 있는 동안 쓴 것이다. 때때로 주옥같은 말이 나온다. 역경이란 그런 사색적 단편斷片을 낳는다.

"러시아 황제의 권력의 원칙은 국민적이 아니다. 절대주의는 혁명보다도 한층 코스모폴리탄이다." "혁명적 러시아의 희망이나 지향은 혁명적 유럽의 희망이나 지향과 일치한다." "러시아의 미래가 유럽의 미래와 현재에서처럼 강하게 연결돼 있은 적은 없었다."

나도 오늘 이 말을 되풀이하여야 하겠다. 곧 「통신」을 써야 하는데. 『동아일보』를 보고는 눈물지을 때가 많다.

오후 4시 반

# 1월 24일 금요일

지난 수요일에 「통신」을 전달하기까지 며칠 집중하여 글을 썼다. 사실은 화요일 밤을 새워서 100장을 쓰고는 수요일 오후에 전달하였다. 『동아』의 투쟁이 중심이었다. 이 싸움에 대하여 박은 드디어 국민투표를 발표하였다. 민주 세력을 분열시키고 억압하자는 것이다. 국민투표로 강요되는 침묵을 깨뜨리고 정부를 궁지에 몰아넣어야 한다. 야스에 씨와 만나 원고를 전하면서 의견을 나누었다.

오늘이야 드디어 세 사람이 모여서 오늘의 상황을 분석하고 다소의 전략을 세웠다. 국민투표로 인한 침묵을 깨뜨리는 것, 야당은 기대할 수 없으니 교회 세력에서 다시 도전하여 야당이 따라오지 않을 수 없게 하는 것이다. 내일 전략을 세워서 검토하고 자금도 마련하자고 하였다.

김 선생에게 대사관 장학관실이라고 하여 괴전화, 아마도 가까이 오는 모양이다. 「통신」도 그룹이 한다고 이곳 공보관장이 말하였다고. 조일제라는 자가 공사로 앉아서 주로 반정부세력 분쇄에 집중하는 모양이다. 오사카에 총영사로 있게 한 것은 그곳 야쿠자들과 결탁하게 한 것이 아닐까. 김재권[15] 공사는 주로 대일 접촉을 하였지만 이번에는 반정부 한국인 '소탕'이 주목적인 모양이다. 어떻게 대항할 것인가.

25일 오전 2시

---

15  김재권(金在權). 본명은 김기완(金基完). 그는 중앙정보부의 '시로'('시로'는 노출요원을, '구로'는 비노출요원을 의미했다고 한다)로서 김대중 납치사건에 가담했던 것으로 알려져 있다.

# 1월 26일 일요일

어제는 세 사람이 모여서 한국에 보낼, 국민투표반대 캠페인을 벌려달라는 문서를 검토하였다. 1972년 10월과는 달리 세계가 주목하고 있다는 것, 국민의 호응, 신문의 용기가 있다는 것을 잊지 말아 달라고 하였다. 박의 의도는 국민투표에 있는 것이 아니고 국민 탄압에 있다. 국민은 민주를 위해 싸우기로 하였다면 그 길을 갈 수밖에 없다. 어제 석간에 기자들을 앞에 놓고 김대중 씨가 반대 선언을 하였다. 시기를 잘 포착한 선언이었고 논리정연한 것이었다. 오늘 NHK에서 15일날 해두었다는 김영삼 씨와의 인터뷰를 방영하였는데 내용이 유치하였다. 상식에도 도달하지 못하는 정치인 같았다. 김대중 씨와는 차원이 다르다는 느낌이었다. 그가 꽤 해나갈까. 좌절되거나 이용당하는 것이 아닐까. 미 의회에는 야당이 건재하다고 하고 아무리 인권 문제가 있다고 하여도 군원軍援, 군사원조전액을 달라고 박의 의도를 전하는 것이 아닐까. 야스에 씨는 그가 일본에 와서도 온건파로 보이려고 여당 측만 찾아다니는 것 같다고 귀띔해 주는 것이었다. 송원영[16] 씨가 "그는 머리가 나빠서" 하던 것이 생각이 난다.

오늘은 아사노 준이치[17] 선생의 교회에서 이야기를 하고 운동을 겸하여 걸어 다녔다.

27일 오전 1시 10분

---

16  송원영(宋元英, 1928.11.14~1995.7.23). 평안남도 용강 출생. 언론인이자 정치가. 고려대학교 철학과 졸업하고 경향신문사 기자로 일했다. 4·19혁명 후 제2공화국의 장면 정권이 출범하자 장면 국무총리의 공보비서관이 되었다. 야당에서 출마해 5선(1967, 1971, 1973, 1978, 1985년) 국회의원을 지낸 바 있다. 1987년 10월 통일민주당이 대통령후보 선정 문제로 김영삼계의 잔류파와 김대중계의 탈당파로 분당될 때 잔류파로 남았으나 1988년 제13대 국회의원선거에 출마해 낙선한 후 정계에서 은퇴하였다.

야스에 씨의 수고로 오 선생 일가의 비자가 나오게 됐다고. 다시는 일본 내에서는 접수도 안 한다고 하였다지만. 다행이다. 어려움을 이렇게 뚫고 나가면서 금년에는 승리할 것이 아닌가.

27일 오전 1시 15분

---

17  아사노 준이치(浅野順一, 1899.12.12~1981.6.10). 목사이자 구약성서학자. 후쿠오카현(福岡縣) 출생. 도쿄상과대학 졸업 후 영국, 독일에서 성서학을 공부했다. 1931년 일본기독교회 미다케(美竹) 교회를 설립하고 담임목사를 하면서 구약성서학을 연구했다. 1959년 아오야마가쿠인(青山学院) 신학부 교수로 취임. 1962년에는 미다케 교회를 사임하고 세다가야구(世田谷区)에서 개척전도를 했다.

# 1월 29일 수요일

27일에는 정숙의 비자 신청이 접수됐다는 소식을 받고『마이니치毎日』의 요시오카吉岡 씨에게 속히 나오도록 부탁해 달라고 하였다. 오늘 전화로는 아직 외무부에 도착하지 않았지만 부탁해 두었다고 하는 것이었다. 그의 말에 의하면『아사히』가 박에게 인터뷰를 신청하였다고. 박은『아사히』는 너무 비판적이었다고 그 '특혜'를 마이니치에 주려고 하였으나 마이니치는 주저하였다는 것이다. 노조의 존재가 대기업이 지니고 있는 반-민중의 비밀주의, 기업주의를 막고 있는 것은 중요한 일이라고 하여야한다. 가족주의적 비밀경영이 무너지고 있는 것일까.

오늘은 마음을 가라앉히고 하루 종일 정리를 하였다. 기류유유[18]의 생애『펜은 죽지 않는다ペンは死なず』라는 작은 책을 다 읽었다. 기백이 있어서 일제 때를 바른 언론인으로 살려고 애쓴 불행한 일생이었다. 사상보다는 지조의 생애였다. 요전에 상의한 대로 국민투표 반대의 밀서와 10만 원을 가지고 떠난 모양이다. 국내에서도 계속 불길이 일고 있는 것 같다.『동아일보』가 유치한 선심공세를 계속 폭로하고 있다. 그리고 27일의『동아일보』광고란에는 "오늘 격려광고 일부는 지면부족으로 내일로 미룹니다"라고까지 나와 있지 않은가. 국민투표를 하여도 이미 이 상황은 돌이킬 수 없을 것 같다.

30일 오전 1시 반

---

18 기류유유(桐生悠々, 1873.5.20~1941.9.10). 이시가와현(石川縣) 출생. 저널리스트이자 평론가. 도쿄대 정치학과를 졸업하고 오사카 마이니치신문사, 오사카 아사히신문사, 시나노(信濃) 마이니치신문사 등에서 일했다. 그러나 반 마르크시즘의 입장에서 권력, 군부, 정우회(政友會)를 비판하는 논조로 인해 마찰을 빚고 퇴사를 거듭했다. 말년에는 나고야독서회를 조직하고『타산지석(他山の石)』이라는 회보를 통해 허버트 조지 웰스, 헤럴드 라스키, 폴 발레리, 폴 아인쯔히 등의 작가들을 소개했다.

# 1월 31일 금요일

어제는 도쿄여대 새 학기 강의 요목을 모두 제출하였다. 저녁에는 고마서림 高麗書林[19] 박 사장[20]과 함께 식사를 나누며 이야기를 하였다. 어려운 상황 아래서 고마서림의 문제를 이것저것.

오늘은 미국 선우 박사에게 소식을 보냈다. 어제 편지에 『세카이』에 게재한 민주사회선언에 감사하고 미국서도 『동아』 돕기운동이 한창이라고 하였다. 이번에 내가 도미渡美하게 되면 뉴욕서도 따로 모임을 가지고 앞으로의 문제, 교회와 국가의 문제를 이야기하자는 것이었다. 이렇게 노출되어도 좋을 것인가. 여러 가지 염려를 하면서 그다지 가고 싶지는 않으나 "적절히"라고 회답을 하였다. 정숙이가 내일來日[21]하는 문제도 있고. 참 내 일생도 바쁘기 한이 없는 것이다. 그리고 늘 많은 고민을, 삶 자체에 대하여까지도 깊이 지니고 쩔쩔매면서 말이다.

오늘은 부연婦連[22]에서 한국 문화사 강의를 하였다. 되는대로 몸을 지탱한 탓인가 오늘은 지금 막 편두통을 느낀다. 덕성여중德成女中의 이 교감이 왔으니 내일 만나야 하겠고 그리고는 오가와 교수와 만나 하버드 옌칭 연구비를 위한 한일교회교류사 연구 플랜을 상의하여야 한다. 오늘 저녁에는 문화사를 좀 써 나아갔는데 문화사라기보다는 정치사에 많이 기울어지는 것 같다. 내 나름으로 오

---

19  '高麗書林'이리 적고 'こましょりん'이라 읽는다. 필자 지명관은 '고려'로 표기하기도 하나, 초출에만 첨자를 달고, 나머지는 모두 '고마서림'으로 표기를 통일하였다.
20  박광수(朴光洙) 평안북도 정주 출생. 호세이대(法政大) 사회학부를 졸업하고 1962년 9월 고마서림(高麗書林)이라는 한국도서 전문출판사를 도쿄에 설립했다. 고마서림은 한국서적들을 수입해 일본의 대학 및 연구기관, 도서관 등에 보급하는 한편, 한국어와 한국 문화와 역사를 소개하는 책을 발간했다.
21  일본에 온다는 의미의 일본어 'らいにち(來日)'이고, 우리말 '내일(tomorrow)'이 아니다. 일본에 오는 경우는 '來日'을 병기한다.
22  1975년 3월 3일 자 일기에는 '교회여성연합회'라고 적고 있다.

늘의 시점에서 우리 역사를 다시 보고 쓴다고 할까. 벌써 1월이 지나간다. 정말 세월이 빠르다. 늦었지만 몇 자 적어볼까.

1일 오전 1시 45분

# 2월 2일 일요일

어제 저녁에는 오가와 교수 댁에서 하버드 옌칭에 보낼 연구주제를 토의하였다. 1920년까지 한국 초대 교회와 일본 교회 관계를 추구하기로 하였다.

오늘은 저녁에 시라이<sup>白#</sup> 교수 댁에서 여러 도쿄여대 선생들과 식사를 나누고 이야기하였다. 얼굴을 알고 담소하였다고는 하나, 쁘띠 부르조아적인 공허한 담화였다는 느낌. 학교 이야기를 하여도 가십을 나누고 비난은 있어도 의욕적인 전진의 자세는 아무것도 없었다.

돌아와서 『동아일보』 밀린 것을 모두 읽은 탓일까. 광고에 충격을 받은 것 같다. 지금 네 시가 가까워 오는데 잠자리에 들어가고 싶지 않다. 아무래도 다음과 같은 광고를 내야겠다고 생각한다. "권력을 가진 자들은 한국인의 부끄러움을 세계에 뿌리고 있다. 그러나 구속된 민주인사, 그들과 함께 싸우는 국민과 『동아』가 있어 그 부끄러움을 씻어주고 한국인임을 자각할 수 있게 해준다. 일본에 잠시 머물고 있는 한국인 젊은이 몇 사람의 광고."

3일 오전 3시 45분

# 2월 8일 토요일

거의 1주일이나 일기를 쓰지 못하였다. 강문규[23] 형이 와서 서로 여러 가지를 상의하였다. 무엇보다도 동아 지원 문제와 민주회복국민회의 지원 문제를 상의하였다.

오늘 아침에는 송원영 의원의 연락을 받았다. 미국에서 돌아오는 길에 오늘 서울로 간다는 것이었다. 부정투표의 역사와 이번에 있어서 더욱 컴퓨터화한 부정의 가능성을 폭로할 것을 종용하였다. 그리고『동아』지원의 폭을 좀 더 중산층과 지식인에 확대할 것과 일본에서의『동아』지원을 정상화할 것을 말하였다. 일본서는『동아』에 지원광고를 낼 수 없다고 하니까 매일 도쿄에서만도 12만 엔씩 모이던 것이 3만 엔으로 줄었다고.

야스에 씨와도 만나서 여러 가지 상의를 하였다. 내일 도착하는 오글 목사의 문제 그리고 주로『세카이』에 게재할 글에 대하여 이야기하였다. 정일형[24] 선생의 국회 발언과 성내운[25] 교수의 제자 교수에게 보내는 글을 역재譯載하여 달라

---

23 강문규(姜汶奎, 1931~2013.12.18). 시민운동가. 경북대 사회학과와 미국 유니온신학대학원을 졸업했다. 한국 YMCA 전국연맹 사무총장, 환경사회단체협의회장, 한국시민단체협의회 상임대표, 우리민족서로돕기운동 상임대표, 세계교회협의회 회장 등을 역임했다. 당시 세계기독학생연맹 아시아 총무의 자격으로 도쿄에 있었다.
24 정일형(鄭一亨, 1904.2.23~1982.4,25). 국회의원 역임. 연희전문학교 수학 후, 뉴욕대학 종교교육과, 드루대학교 철학, 법박을 공부하였다. 광복 직후에는 제3차 유엔총회에 대한민국에 대한 유엔 승인을 위한 대한민국 대표단으로 참석. 1949년에 민주국민당에 참여했으며, 1955년에 조병옥, 곽상훈, 장면 등과 민주당 창당 준비회의를 진행하여다. 제2공화국 때는 외무부 장관을 역임했으나, 1961년 한일국교정상화에 반대하여 의원직 사퇴하였다. 1969년 3선개헌반대 범국민투쟁위원회 지도위원 역임.
25 성내운(成來運, 1926~1989.12). 교육학자이자 민권운동가. 충청남도 공주 출신. 서울대학교 교육학과를 졸업하고 성균관대, 연세대, 광주대에서 재직했다. 서남동 교수와 교수기도회를 주도했으며 해직교수협의회 회장, 한국인권운동협회 회장, 한국공해문제연구소 고문, 민주교육실천협의회 공동대표를 지냈다. 이 과정에서 1976년과 1980년 두 차

고 부탁하였다. 『씨알의 소리』와 『신동아』에 나온 글이다.

저녁 『아사히신문』에 윤보선,[26] 김대중, 김영삼 세 분의 국민투표 보이콧에 대한 호소가 나와 있었다. 그날 교회는 조종弔鐘을 울리면서 기도해 달라고. 그리고 정당이나 학생들은 토론회를 해달라고. 『아사히신문』은 이 호소가 국민에게 충격적이라고 하였는데 전 국민이 용감하게 행동할 수는 없을 것인가. 어쨌든 박의 역사에는 조종이 울려오는 것 같다. 지나친 낙관일까.

9일 오전 2시

---

례 해직되었고 1978년에는 교육민주화선언을 주도하다가 긴급조치 9호 위반으로 투옥된 바 있다.

26  윤보선(尹潽善, 1897.8.26~1990.7.18). 대한민국 제4대 대통령. 충청남도 아산 출생. 영국 에딘버러대학을 졸업하고 임시정부 의정원 의원으로 활동했다. 1960년 4·19혁명으로 이승만 정권이 붕괴된 후 제4대 대통령에 선출되었으나, 1961년 박정희의 5·16쿠데타로 인하여 사임하고 말았다. 이후에는 한일회담 반대운동, 민주회복국민선언, 명동구국선언 등에 참여하며 박정권과 적대적인 관계를 유지했다.

## 2월 9일 일요일

오늘도 교회에 가지 않았는데 마음에 거리낌이 있다. 일본 교회를 정하여 나가야 하겠는데. 내일 나가노長野 행이라 오늘은 집에서 하루 종일 밀린 일을 정리하였다. 『동아일보』를 읽다가 문병란[27] 씨의 「새벽의 동아일보」[28]를 읽자니까 눈시울이 뜨거워졌다.

　　새벽녘 골목마다 뿌리고 가는

　　처절한 자유의 울음소리

　　동아일보요

　　동아일보요

　　그 피맺힌 절규 속에서

　　동아는 대지 깊이 뿌리를 박고 있다⋯⋯

감동적인 시다. 서남동[29] 목사도 오늘 이 백주白晝의 테러라는 상황 속에서 밤

---

27　문병란(文丙蘭, 1935.3.28~2015.9.25). 시인. 전라남도 화순 출생. 조선대 국문학과를
　　졸업하고 1959년에 『현대문학』을 통해 등단해서 조선대 교수, 민족문학작가회의 이사,
　　민주교육실천협의회 국민운동본부 대표를 역임했다. 1970년 첫 시집에는 개인적인 서
　　정이나 실존적 고독과 방황을 형상화한 시들과 역사 및 현실에 입각한 시들이 실려 있다.
　　1970년대 이후에는 역사성과 민중성을 통해 민족민중문학을 건설하려고 노력했다. 그의
　　시는 단순명료하고 격정적인 표현들로 인해 집회에서 환영을 받았다고 한다.

28　『동아일보』, 1975.2.5, 5면

29　서남동(徐南同, 1918.7.5~1984.7.19). 장로교 목사이자 신학자. 전라남도 신안 출생.
　　일본 도시샤(同志社)대학 신학부와 캐나다 이매뉴얼신학대학원 졸업하고 한국신학대학
　　과 연세대학교 신학과에 재직했다. 1960년대 이후, 본회퍼(세속화 신학), 불트만(해석학
　　적 신학), 테야르드샤르댕(과정신학), 몰트만(희망의 신학), 판넨베르크(역사로서의 계시
　　신학), 알타이저(신의 죽음의 신학) 등의 현대 신학사상을 국내에 소개했다. 1973년 5월
　　국내 신학자들과 한국그리스도인선언을 발표하고 반독재투쟁에 참가했다. 1975년 6월

이면 홀로 눈물짓는다고 하였다. 오늘 밤에 오글 목사가 도착했겠지. 내일은 기자회견. 나는 11일 나가노 모임이 끝나면 산속에서 쉬려고 한다. 흑암黑暗의 역사는 서울에서 진행될 텐데. 윤보선, 김대중, 김영삼 세 분이 국민투표를 보이콧하고 12일 그날 조종을 울리자는 호소가 얼마나 메아리쳐 갈까. 동아가 저대로 나가면 민주의 광장이 그대로 확대해 나갈 것이고. 폭력으로 다스리기는 어려울 것이라고 생각된다. 무척 편지가 쓰고 싶지만 나가노의 산에 가는 날까지 미루기로 한다.

10일 0시 반

학원사태로 해직되었고, 1976년 3·1민주구국선언에 서명하여 긴급조치 제9호 위반으로 옥고를 치렀다. 이 과정에서 안병무·서광선·주재용 등과 민중신학을 탄생시켰는데, 이것은 제3세계 신학의 모델이 되었다.

# 2월 13일 목요일

10일날 스자키洲崎에 와서 11일은 나가노에서 '한국 교회와 일본 교회'라는 제목으로 이야기하였다. 그럭저럭 끝난 것이지만 언제나 나는 내 감정에 목소리가 커져서 흠.

11일 밤에 이 산골, 야마다山田온천장에 왔다. 오늘로 3박을 끝내고 내일은 도쿄로 돌아간다. 해발 700미터나 된다고 하는데 계곡도 산도 좋다. 조용하고, 한적한 산촌이다. 주위에 스키장이 있지만 여기는 붐비지 않는다. 오늘 미나미시가南志賀고원의 스키장을 보고 왔다. 광활한 백색의 세계 더 있고 싶지만. 그동안 자료집에 넣을 성명들의 번역, 김형태[30] 목사의 설교 번역은 끝냈지만 『신동아』에 나온 한국 교회의 사회참여 르포는 3분의 1정도나 끝냈을까. 200자로 250장이나 된다고 하니. 『복음과 세계』가 있어서 국내 동지들에게 많은 격려를 줄 수 있는 셈이다.

어제는 눈이 오고 오늘은 개인 날. 밤하늘 별이 영롱하다. 그저께 저녁부터 눈이라 밤에도 낮에도 눈을 맞으면서 다녀봤으나 좀 더 푸욱 다니고 싶었지만 조금 다니다 말았다. 그리움만이 복받쳐 올라왔고. 서울에 편지를 썼다. 내일 아침은 이르다. 8시 45분에 여기를 떠나 나가노長野로 가야 한다.

---

30  김형태(金炯台, 1929~2016.6.27). 경북 포항 출생. 총회신학교를 졸업하고 연세대 교목, 연동 교회 담임목사, 대한예수교장로회 총회장, 세계교회협의회 중앙위원 등을 지냈다. 한국기독교교회협의회 통일문제연구원 운영위원장을 지내면서 민간단체로는 처음으로 북한 종교인과의 대화 성사시켰다. 1952년 장로회신학대학교를 졸업한 김형태 목사는 3대가 목회자 집안으로, 독립운동가 김영옥 목사(조부)와 부친 김은석 목사의 뒤를 이어 1954년 목사 안수를 받았다. 이후 미국으로 유학을 떠나 샌프란시스코신학교와 피츠버그대학교에서 석사와 박사학위를 받았으며, 대구장로회신학교(현 영남신학교)와 연세대에서 교수로 후학들을 길렀다. 1987년 6월항쟁 시 교계 시국기도회를 주도했던 인물로, 1982년에는 국민훈장 석류장을 수여받았다.

국민투표가 끝난 모양인데 투표율 79퍼센트에 75퍼센트로 한 모양. 군재軍裁
와 같이 국민투표도 비공개 조작이니 누가 그 내용을 알 수 있겠는가. 보이콧과
부표否票가 심했던 모양. 그런 낮은 퍼센테이지로 만들고 싶지는 않았을 텐데. 이
제부터 싸움을 시작.

14일 0시 10분

# 2월 17일 월요일

신쿄에서 한글 클라스를 마치고 돌아왔다. 11시 뉴스에 하야카와, 다치카와 양 씨의 인터뷰가 흘러 나왔다. 두 사람이 당당하게 사건을 폭로하고 있었다. 다행한 일이다. 일본 매스컴의 압력으로 그들에게 대한 진정한 재판이 이곳 법조인들이 손으로 이루어져서 백서白書가 발표되고 그것이 일본 국회에서까지 문제 되었으면 한다. 여기에는 일본인의 분노가 표현되어야 한다. 이런 문제에 대하여 야스에 씨에게 속달을 보내기로 하고 편지를 써 놓았다. 일본 매스컴에도 박 정권이 손댈 수 없는 곳이 성장한 셈이다. 그것은 김대중 씨 사건 이후다. 거기에 『세카이』를 중심으로 하여 야스에 씨가 한 역할은 참으로 빛나는 것이라고 하여야 할 것이다.

오늘 일본 텔레비전에 나타난 김지하[31] 씨는 강한 어조로 박 정권은 역사에 씻을 수 없는 죄악을 범하였다고 비난하고 있었다. 이번 석방으로 다시 민주투쟁이 전진할 것이 분명하다. 승리가 멀지 않다는 생각이 든다. 『신동아』에 나온 「한국 교회의 사회참여」를 이 밤에도 번역을 계속하여야 한다. 지난 10일 날 강원용 목사가 새문안 교회[32]에서 행한 설교도 대단한 것이다. 기독교는 망하는 것을 원

---

31  김지하(金芝河, 1941.2.4~2022.5.8). 시인이며 생명사상가. 전남 목포 출생. 서울대학교 미학과 졸업. 1964년 서울대 6·3한일굴욕회담반대 학생총연합회에서 활동하다 4개월간 옥고를 치러야 했다. 1970년 『사상계』 5월호에 권력의 부정부패를 노래한 시 「오적」을 발표해, 『사상계』와 신민당 기관지 『민주전선』의 발행인과 편집인이 연행되고 『사상계』는 정간되었다. 1974년 4월 민청학련사건으로 군법회의에서 사형선고를 받았으나, 1주일 뒤 무기징역으로 감형되었고, 1980년 형집행정지로 풀려났다. 1984년 이후부터 최제우, 최시형, 강일순 등의 민중사상을 독자적으로 해석한 생명사상운동을 전개했다. 1998년부터는 율려학회를 발족해 율려사상과 신인간운동을 주창하는 등 새로운 형태의 민족문화운동을 전개하였다.

32  1887년 언더우드 목사의 주재로 설립된 한국 최초의 교회이다. 제1대 언더우드 목사를 시작으로 차재명, 김영주, 강신명(1955~1979), 김동익(1981~1998) 등이 담임목사로

하지 않는다. 그러니까 회개하라고 한다. 그러나 우리는 오래 기다릴 수 없다. 이런 설교에 예배에 참석한 사람들이 환호하고 박수갈채를 보낸다. 도덕력道德力이 폭력을 이긴다. 역사는 뒤집히고 있다. 패자는 당황하고 있다. 이 설교도 번역해 신기로 하였다.

어제는 오 형 댁에서 국내전략에 대하여 이야기하였다. 법조인들에 의한 백서를 만들고 그 조작의 책임을 묻고 억울한 대량 구속에 대한 보상을 하라고 한다. 국민투표에 대한 투쟁도 중단해서는 안 된다. 박 목사와 다시 깊은 연락을 지어야 한다. 세계적으로 출옥 인사[33]들을 격려하여야 한다. 오글 목사의 재입국을 촉구하여야 한다는 등 이제부터 많은 일을 하여야 하겠다.

오글 목사의 이번 내일來日은 성공적이었다. 일본 매스컴도 상당한 협력을 하였다. 여기에 대하여 오글 목사가 감사의 소식을 보내도록 하자고도 이야기하였다. 역사는 누구도 막을 수 없다. 무너지기 시작하면 걷잡을 수 없는 것이 아닌가. 『동아』의 역할은 거대하였다. 박 목사를 중심으로 한 선구적 역할이 또한 중요하였다. 김대중 씨도 그 사건만이 아니라 가장 적절한 시기에 가장 적절한 역할을 하였다. 그는 정치인으로서 우수하다. 수난 속에서 성장하였다. 이후에 그것을 살릴 수 있어야 할 텐데. 김재준[34] 목사님 제네바 박 형[35] 그리고 뉴욕 동지들에게도 소식을 보내야 하겠다.

18일 0시 10분

---

봉직했다.

33 1975년 2월 15일, 긴급조치 1호 및 4호 위반으로 구속되었던 사람들이 석방(인혁당사건 관련자와 반공법 위반 관련자 제외) 되었다. 그 속에는 일본인 하야카와와 다치카와도 포함이 되어 있었다.

## 2월 25일 화요일

어제야 「통신」을 전했다. 국내 상황은 계속 올라가고 있는 모양이다. 출옥 인사들은 역시 계속 용감하게 싸우고 있다. 일본서는 출옥한 양인兩人[34]의 문제로 조금 자숙한다고 할까. 고생은 하였으니 좀 더 평가하여야 할 텐데. 유쾌하다. 어제 「통신」을 전하고 백만 원, 서울로 보낸 것을 청산하고 더 보내야 하겠고. 넷을 받은 셈이다.

오늘 정숙이가 온다니까 비용이 필요하고. 역시 기다리는 마음이어서겠지. 일찍 잠을 깨고 말았다. 신쿄에서 나온 한국의 현대사와 교회사는 교정 중. 그동안은 참 바빴다. 김형태 목사, 강 목사의 설교 번역, 신동아의 한국 교회 사회 참여 르포 번역. 그리고 「통신」이었으니까. 은행과 백화점에 들렀다가 공항에 나가 보아야 하겠다.

오전 9시 15분

---

34  하야카와와 다치카와를 말한다.

# 3월 1일 토요일

며칠 전에 게바라[35]의 일기를 주섬주섬 읽어 보고 매일 솔직히 기록한 것을 나도 본받아야 하겠다고 생각했다. 그런데도 오늘까지 여러 날 펜을 들지 못하였다. 25일에 정숙이는 무사히 도착. 박 정권에 그래도 감사하여야 하겠는걸, 하고 웃었다. 언제나 만나보나 하였는데 이루어졌으니까.

금요일에는 이노우에 요시오[36] 선생이 한국을 방문하신다기에 여러 가지로 말씀을 나누었다. 한국 교회에 230만 원을 전달하신다는 것이다. 『동아』에 광고도 일본 교회 유지 일동으로 내기로 되었고. 그리고 나는 나고야名古屋에 갔다. 그 금액이 인권을 위한 투쟁에 유용하게 사용됐으면 한다.

그동안 정숙이 안내 등으로 바빴는데 주말부터는 좀 더 차분히 앉아 정리하여야 하겠다. 김지하의 투옥기가 「고행…1974」라는 제목으로 『동아일보』에 실리고 있다. 김 선생에게 그 원고를 받았다.

사형이 구형되었다. 순간, 바로 내 뒤에 앉았든 서경석이가 불쑥 "웃기네!" 나도 웃었다. 김병곤이의 최후진술이 시작되었다. 첫마디가 "영광입니다".

이리하여 지하는 "영광입니다"의 뜻을 찾는다. 그는 우리는 죽음을 이긴 것이

---

35  체 게바라(Che Guevara, 1928.6.14~1967.10.9). 정치가이자 혁명가. 아르헨티나 출생. 1953년 부에노스아이레스 의과대학을 졸업하고 피델 카스트로를 만나 쿠바혁명에 참가한다. 1959년 카스트로가 정권을 잡자 쿠바의 시민이 되어 라카바니아요새 사령관, 국가토지개혁위원회 위원장, 중앙은행 총재, 공업 장관 등을 역임하며 쿠바 정권의 기초를 세웠다. 1965년 공직에서 물러나 아프리카 콩고로 가서 혁명 동지들과 활동을 펼쳤고, 1966년 볼리비아에서 게릴라 부대를 조직해 라틴아메리카 전체의 혁명을 계획하다 1967년 정부군에게 잡혀 총살당했다.
36  이노우에 요시오(井上良雄, 1907.9.25~2003.6.10). 문예평론가이자 신학자. 도쿄 출생. 도쿄제국대학 독문과를 졸업하고 호세이대학, 니혼대학(日本大学), 도쿄신학대학에서 가르쳤다. 1935년 치안유지법 위반으로 검거되었으나 불기소 처분되었고 1945년에는 시나노마치 교회에서 세례를 받았다.

다, 라고 해석하였다. 순교의 각오였으니까 그랬을 것이다.

오늘 아침에 야스에 씨에게서 전화가 왔다. 아타미熱海에 2일간 묵을 호텔을 주선한다고…… 이러한 호의 속에 있어도 되는 것인가. 한편 야스에 씨와 이와나미에 죄송하고 또 한편으로는 싸우는 동지들에게 미안하고.

어제 기차 안에서 도로테 쵤레[37]의 『라이덴Leiden』을 읽기 시작하였다. 충격적이었다. 번역이 나빠서 무척 고생하였지만. 고난을 주고 인간을 교육하는 하나님이 아니라, 고난 속에서 함께 괴로워하시는 하나님의 문제다. 그리고 제3세계의 괴로움의 도전을 받아들이는 데 선진국의 삶이 있다고. 기독교는 언제나 학대받는 사람들의 도전을 받아들일 때 창조성을 발휘할 수 있다. 이런 의미에서 나는 일본 신학의 불모성不毛性을 요즘 계속 생각하고 있다. 내일은 여럿이 함께 시나노마치信濃町 교회에 가기로 하였다.

오늘은 삼일절. 국내에서는 다시 김대중 씨 등을 연금 상태에 몰아넣고 윤보선 선생께서는 민족선언을 발표하시려다가 중지당하셨다고. 아직은 음성적인 억압을 강화하는 단계인가 보다. 역사는 갈 데까지 가는 것이겠지.

일본 교회 목사님들의 입국을 억제하는 모양. 물러서서는 안 된다. 이것이 싸움의 계기가 되어야 한다. 울며 겨자 먹기가 된다면 이런 조치는 확대되기 마련이다. 오시오 목사는 박 목사와 전화로 이야기하고 알릴 것은 알렸다고.

0시 2분

---

37 도로테 쵤레(Dorothee Sölle, 1929.9~2003.4). 조직신학자이자 독문학자. 독일 쾰른 출생. 독일 괴팅엔대학에서 박사학위를 받고 1972년 독일 쾰른대학에서 계몽주의 이후 신학과 문학의 연관성이라는 주제로 교수 자격을 취득하였다. 1975년부터 1987년까지 미국 뉴욕 유니온 신학교 초빙교수로 재직.

# 3월 3일 월요일

어제는 시나노마치 교회를 찾았다. 그리고는 오가와 교수 식구들과 함께 신주 쿠교엔新宿御苑에서 얼마의 시간을 즐겼다. 저녁에는 정숙이와 함께 긴지銀座의 백화점에 갔다. 정숙은 화려한 데 놀란 모양. 교회에서는 이노우에 요시오에게 『동아일보』를 좀 가져다 달라고 말씀드렸다. 정부는 지구전으로 이제는 학관學館 광고도 내지 못하는 모양. 김 선생은 일본 내에서의 CIA 활동을 규탄하는 실질적인 운동이 전개되었으면 하는 이야기를 하는 것이었다. 모리오카 선생과 여러 가지 문제를 잠깐 이야기하였다.

토요일 릿쿄의 야마다 선생과 만난 일이 계속 머릿속에 남아 있다. 나에게 관심을 가진다는 박朴이라는 분이 제 연구에 쓰라고 돈을 주더라는 것이다. 야마다 선생은 그분을 아주 신뢰하시는 모양이지만 나는 정체 모를 호의라고 하여 보지도 않고 거절하였다. 우선 선생에게 미안하였지만, 야마다 선생도 동의해 주는 것이었다. 이것은 하나의 분단의 비극이라고 할까. 호의도 의심하여야 하니.

오늘은 교회여성연합회敎會女性連合會에서 계속된 문화사 강의. 그리고 돌아와서는 교회사 교정을 보았다. 근대사와 교회사를 다시 회고하면서 다시금 험준한 민족사를 생각하지 않을 수 없었다. 이제 앞날은. 마포에서 소식을 받았다. 슬프고 우울한 이야기. 견디어 낼 수 없는 모양이지. 나도 세속의 안이에서 무엇인가 좀 더 깊은 곳에 끌려들어가는 것 같은 느낌이었다.

4일 0시 50분

# 3월 6일 목요일

어제는 자료집 편집에 관하여 이야기하였다. 이제 궤도에 오른 것 같았다. 어서 나와야 할 텐데.

오늘은 『세카이』 4월호가 나와서 야스에 씨를 방문하고 이야기를 나누었다. 11일과 12일 2박 3일의 아타미熱海 초대를 받고. 여러 가지 도움만이어서 죄송한 생각뿐이다. 김 선생과 이야기하고 박형규 목사에게 소식을 썼다. 한일조약 10년을 맞이하여 일인기업을 조사하여 발표할 것과 한일경제협력이라는 미명하에 부패를 조사하여 발표하자는 것을 말했다. 그리고 출옥한 분들에게 관련된 후의 대책에 대하여 문의하였다. 김대중 씨에게 보낸 서면 질의에 대한 반응을 곧 알려 달라고도 하였다.

무엇보다도 2월 26일에 새문안 교회에서 열린 구속자 출옥 환영 예배의 녹음이 감동적이었다. 박 목사[38]의 이야기는 민중과 더불어 호흡할 수 있는 혁명적 언어였다. 그는 그 정치적 의식과 뛰어난 성서적 직관 거기에다 민중을 아는 직각과 그들과 대화할 수 있는 언어와 웅변을 가졌으니 놀라운 결과를 낳을 수 있는 것이 아닐까. 그의 말은 참으로 뛰어난 것이었다. 3·1운동 때 옥중에 갇혔던 분들을 생각한다. 그들에게도 깊은 감동이 있었겠지만, 그들이 말할 수 있는 언어는 훨씬 더 제한돼 있었다. 오늘의 체험은 제2의 3·1의 체험이다. 민중의 투쟁 속에서만 3·1이 그렇게 힘 있게 약동한다. 3·1이 근래 이렇게 생생하게 되살아난 적이 있는가. 지금도 침묵 강요당하는 3·1인데도. 『동아일보』도 절대 후회하지 않을 결의를 보인 사 자체社自體의 광고를 내고 있었다. 아무리 생각해도 박 정권의 황혼이 다가온다고 볼 수밖에 없다. 그 뒤의 새 시대에 대한 준비가 매우 필요한데.

7일 오전 1시 10분

---

38  박형규 목사를 말한다.

# 3월 10일 월요일

어제와 오늘은 저녁이면 강원용 목사님과 함께 시간을 보냈다. 국내의 어려운 상황을 이야기하고 승리를 위하여 견제할 수 있는 세력을 키우는 데 합의하였다. 양호민[39] 교수도 『조선일보』를 그만둬야 되겠다고 한다고. 양 교수의 내일來日이 필요하다고 생각한다. 『동아일보』가 18명을 해고 했다고 하고 『조선일보』도 싸우고 있다고 하는데. 『기자협회보』는 폐간되었고. 언론계의 대결은 격심해지는 모양이다. 신쿄에서 일본 기독교 저널리스트 유지有志 이름으로 2만 원 광고를 부탁했다. 강 목사를 중심으로 전선을 구축해야 한다고 생각한다.

11일 오전 1시 40분

---

39  양호민(梁好民, 1919.9.24~2010.3.17). 평안남도 평양 출생. 정치학자. 일본 주오대(中央大)과 서울대 법학과를 졸업하고 대구대와 서울대 법대 교수를 지냈다. 1965년 한일협정비준 반대성명에 참여해 해직을 당하고, 『조선일보』 논설위원으로 입사해 1984년까지 재직했다. 1989년 잡지 『한국논단』 창간에 참여해 초대 사장을 역임했고 1990년부터 2007년까지는 한림대학교 석좌교수로 재직했다. 그는 공산주의의 허구성을 비판하면서 사회민주주의에 몰두했다.

# 3월 13일 목요일

11일부터 2박 3일로 아타미 호텔에 머물렀다. 잔잔한 바다 고요한 분위기, 귀족적인 분위기라고 할까. 그러나 늙은이들이 자적自適하는 곳이라고 하여야 할 곳이었다. 이와나미와 야스에 씨의 호의였다. 감사하는 마음뿐이지만 돌아오니 『동아』와 『조선』의 싸움이 이만저만이 아니라는 신문보도다. 미안한 생각이 난다. 이런 상황 속에서도 방관할 수 있는 서울 우리 교회가 이제는 한심해 보이고. 신학이 없으니까. 박형규 목사의 「해방의 길목에서」 수록된 설교를 읽으면서 더욱 그렇게 생각하였다. 그는 확실히 신앙과 신학에 근거한 행동인이요, 대설교가다. 니시가타마치西片町 교회가 서울 제일 교회第一敎會와 자매결연을 하고 박 목사의 책을 일역 출판한다는 것을 첫 번 사업으로 하고 있다. 오늘 차 안에서 주섬주섬 읽어가면서 그 계획을 정리하였다. 야마구치 아키코,[40] 고바야시 아키코, 양 씨가 번역을 맡게 될 것 같다.

돌아오는 길에 관광버스로 하코네箱根를 돌았다. 언제 보아도 부럽다고 생각할 만한 좋은 숲이었다. 조국애란 먼저 국토에 대한 사랑으로 나타나는 법인데. 오와쿠다니大涌谷는 언제 보아도 신기하고. 우주는 아직도 살아서 변화하고 있다는 실감이다.

돌아와서 『동아』, 『조선』의 싸움을 생각하니 처량하기 짝이 없다. 오늘 김지하 씨도 연행된 모양. 이제 이 싸움을 지원하기 위해서는 『동아』 광고 지원에서 전략을 바꿔야 하지 않을까. 『동아』는 4페이지를 내면서 『조선』에서 편집을 하였다고. 『조선』은 농성하는 기자들을 경비원들을 시켜 쫓아냈다고. 며칠 전에는

---

40 야마구치 아키코(山口明子). 한일, 영일 번역가로 활동. 1973년 11월 일본인들의 기생관광 실태를 조사하기 위해 일본기독교협의회 사무국 간사 자격으로 한국을 방문한 후, 한국 여성들의 민주화운동, 종군위안부 문제에 관한 다수의 글을 남겼다.

해고를 선언하면서 기자 모집 광고를 냈다고 하고. 비열하다. 박 정권의 폭력과 같은 폭력. 폭력의 유대. 내 소유인데 네까짓 것이 뭐냐 하는 방 씨方氏[41] 형제의 저열한 인간성이 노출된 것이다. 3월 8일 자 『동아』에는 그래도 '민중의 투쟁과 희망'이라는 몰트만 교수의 강연 요지가 나타나 있다. 6일날 연대에서 강연하였다고. 박 정권은 갈 것이고. 그것과 더불어 지성혁명知性革命이 이루어져야 한다는 우리 계획의 제1탄이다.

몰트만은 세상에서 심판하는 자는 '지극히 적은 자'라고 하는 말씀을 상기하라고 하였다. 오늘날의 빈민, 고통을 받는 사람들이 '지극히 적은 자'다. 그들이 예수의 메시아의 향연에 참여할 사람들이다. 그는 "가난을 나누어 갖는 것은 우리를 부유하게 하지는 못할 것이다"라고도 말하였다. 그리고 '민중을 위한 교회'가 아니라 '민중의 교회'가 되어야 한다고 하였다. 그것은 기쁨의 메시지였을 것이다. 그러나 『동아』가 침묵해 버린다면 지성혁명을 위한 이러한 노력, 지식인 세계의 차원 높은 자각을 일으켜 오늘을 무너뜨리고 내일을 찾아 세우는 일도 어려워지는 것이 아닌가. 주여, 우리의 싸움에 힘을.

14일 0시 55분

---

41 『조선일보』 회장을 지낸 방일영(方一榮, 1923.11.26~2003.8), 방우영(方又榮, 1928.1. 22~2016.5.8) 형제를 말한다.

# 3월 16일 일요일

오늘은 오시오 목사님 교회, 오야마치山 교회에서 설교를 하였다. 창세기 18장의 말씀을 가지고 소수자의 의미라는 제목으로. 이번에는 소수자의 커뮤니티가 힘의 근원이라는 것을 강조하는 데까지 이르렀다. 몰트만 교수의 강연회에 갔다. 한국에서 한 것을 짧게 되풀이 하였을 뿐. 기독교와 민중과의 관계에 대한 풀이는 새로운 시점에 의한 재해석이라고 할까. 민중에 대한 정복으로서의 기독교화 그리고 세계를 위하는 교회, 남을 위하는 교회 즉 민중을 위하는 교회. 그러나 이제는 민중 속에 있는 민중의 교회가 되어야 한다. 그러한 교회의 모습을 오늘의 행동 속에서 찾아야 한다고. 마태복음 25장에 있는 것처럼 민중 속에서 예수 그리스도를 보아야 하며 그들이 우리에게 다가올 하나님의 나라의 백성이라는 것을 인식하여야 한다는 것이었다. 이 지극히 작은 자가 오늘 심판하는 자이고 내일 하나님의 향연에 참여할 사람들이다. 그렇기 때문에 오늘의 교회는 그들에게서 배워야 한다. 그들을 위하는 교회 속에서 민중이 주체가 되는 그들의 교회를 세워가야 한다. 민중은 하나님과 함께 있는 사람들이다. 예수에게는 말씀을 전하는 예수와 민중과 함께 있는 예수의 양면이 있다. 이 사이의 긴장 관계가 문제다. 새로운 관점에서 성경을 다시 읽어야 한다는 생각이 크다.

특히 어제 쥘레의 기도에 관한 힘찬 메시지를 읽으면서 그렇게 생각하였다. 기도는 열렬한 소원에서만 가능하다. 그 기도가 없는 무감각 상태라면 하나님은 침묵의 하나님일 수밖에 없다. 자기만족의, 이웃의 괴로움에도 아무런 감정의 움직임도 없는 사람들에게 있어서는 하나님은 죽은 하나님이다. 그러나 고난 속에서 오늘이 나와 마땅히 그래야 하는 나 사이의 갈등 속에서 몸부림치고 있다면 그때는 하나님은 말씀해 오는 존재다. 기도는 우리를 비인간화에서 구출해 아파티[42]로부터 우리를 구출해 준다. 신앙이란 어떻게 기도할 것인가를 교회의 전승 속에서 가르쳐 준다. 예수 그리스도는 그때 우리의 기도가 자연적인 욕망에 근거한 것에서 하나님의 뜻에 따르는 기도로 질적인 전환을 할 수 있게 하신다. 놀라운 설명이었다. 한국의 KSCF[43]가 하나님의 죽음의 신학 같은 신앙 상태에 있었던 것이 아닌가. 그러나 고난 속에서 간절한 소원으로 외칠 때, 하나님은 그들에게 말씀해 오고 괴로움을 함께 짊어질 분 그리고 희망을 그들에게 일깨워 주는 존재가 된 것이 아니었던가. 민중, 고난 속에서 하나님의 재발견이라는 것이 나 자신을 위해서도 심하게 요청된다고 하여야 한다. 그런 입장에서 내 삶과 생각을 성경과 비추면서 재기하여야 한다는 생각이 내 머리에서 떠나지 않는다. 쥘레의 책을 읽은 것은 충격적이다.

『신동아』 3월호에 있는 「통일교의 정체」를 번역하여 모리오카 선생에게 전했다. 김지하 씨는 다시 구속[44]되었다. 최근 홍콩 경유로 간신히 그야말로 비밀 입국이 가능했던 아오치 신[45] 씨는 김지하 씨를 만나고 와서 일본에서는 찾아볼 수 없는 깊이의 사람이라고 하더라고. 그리고 오늘의 투쟁에 있어서 한국의 기독교가 깊이 얽혀 있는데 놀라지 않을 수 없었다고 하더라고.

---

42 아파티(apathie)란 무감각이나 무기력을 의미한다.
43 한국기독학생회총연맹(Korea Student Christian Federation).
44 김지하는 긴급조치 위반으로 무기징역이 확정돼 복역 중이었으나, 2월 15일 형집행정지로 출감했었다. 그리고 출감한 지 27일 만에 다시 재구속 되었다. 이유는 26일 『동아일보』에 옥중수기 「고행 1974」를 게재하고 내외 신문기자와의 회견을 통해서 인혁당사건이 조작되었다고 말한 것은 반국가단체를 찬양고무하고 북괴의 선전활동에 동조한 것이라는 혐의였다.
45 아오치 신(青地晨, 1909.4.24~1984.9.15). 저널리스트이며 평론가. 도야마현(富山縣) 출생. 분카가쿠인(文化学院)을 졸업하고 중앙공론사(中央公論社)에 입사한 후, 『세계평론(世界評論)』의 편집장을 맡으면서 평론활동을 시작했다. 1974년 와다 하루키(和田春樹), 구라쓰카 다이라(倉塚平), 시미즈 도모히사(清水知久), 다카사키 소지(高崎宗司) 등과 함께 일한연대연락회의(日韓連帯連絡評議會)를 조직해서 김지하·김대중 구명운동 및 한국의 민주화운동 지원에 앞장섰다. 이 조직은 김대중 씨가 석방되어 1982년 12월 미국으로 출국할 때까지 활동하다가, 1983년 4월에 해산했다.

어저께 야스에 씨는 아오치 씨가 확인한 바로는 우리의 연락이 순조롭지 못한 것 같다고 염려하는 것이었다. 1개월 전에 『세카이』에서 김대중 씨에게 보낸 지면 인터뷰가 도착하지 않았었다고. 그리하여 아오치 씨가 아마도 이우정[46] 씨에게서 받아서 이번에야 연락한 모양이다. 모두 CIA의 추적을 받고 있으니까 기회를 못 찾은 것이 아닌가. 그렇다고 하여도 좀 더 긴밀한 연락이 가능하게 되어야 하겠다. 무엇보다도 이번 오 형 회의가 끝나면 모든 문제에 대한 재검토를 하여야 하겠다. 연락 문제, 강 목사님 중심의 조직 문제, 그리고 국내 사태 변동에 대한 대응책 등.

오늘 강연장에서 WCC[47]의 텃드 씨와 간단한 인사만 나누었다. 나에게 대해서 상당히 궁금하게 여기던 모양이지만. 우리 주위에는 참 좋은 친구들이 많다. 강 목사님이 하시던 말씀이 생각난다. 도쿄에서 셋만 잡아버리면 될 텐데. 웃는 말이지만, 많은 친구, 동지들 덕택으로 우리가 다소 힘을 낼 수 있는 것에 불과하다. 내일은 야스에 씨와 만나 이야기를 좀 나누어야 한다.

17일 오전 1시 5분

---

46  이우정(李愚貞). 경기도 포천 출생. 한신대 신학과 졸업. 서울여대 교수 재직 시절 인권·
    여성·노동운동을 벌이다 해직되었다. 1970년대에 3·1구국선언 등에 참여했고, 1979년
    YH사건 대책위원장, 1980년대 원풍모방 대책위원장을 맡았다. 또한 WCC세계선교위 부
    위원장, 한국기독교교회협의회 부회장, 한국여성단체연합회 초대 회장, 신민당 수석최고
    위원, 민주당 당무위원을 역임했다.
47  세계교회협의회(World Council of Church).

# 3월 17일 월요일

아침에는 야스에 씨를 만났다. 한국 문제에 대한 염려를 함께 나누었다. 아오치 씨는 한국의 지식인들이 전략전술을 가지기보다는 이념만 가지고 있는 것 같다고 말하였다고. 이제부터의 싸움을 어떻게 전개할 것인가. 다시 프로테스탄트의 싸움이라는 원점에 돌아간다고 하여도 1973년, 1974년의 경우보다는 전진한 지점에서 시작하는 것이 아닐까. 『동아』의 사태와 김지하 씨의 투옥을 전술적으로 사용하는 데 집중하여야 한다. 이 투쟁에 있어서는 그러한 사태들을 좌절로, 후퇴로 만들어서는 안 된다. 그것 때문에 박이 더욱 붕괴하도록 하여야 한다. 모리오카 선생과 그런 관점에서 조금 이야기하고는 히구마日隈[48] 목사님 댁에 가와노河野 선생과 더불어 저녁을 하면서 이야기하였다. 『동아』에서는 송건호 씨 사임, 기자들은 보급소 장정들에 의하여 끌려나왔다고. 이 대결의 상황을 어떻게 혁명적인 전진의 계기로 만들 것인가.

어젯밤에는 뉴오타니 호텔에서 지 영사와 부인과 더불어 식사를 나누었다. 서울을 다녀왔는데 도쿄 주재 외신에 공작을 하라는 지령과 이북이 17억 달러 외채를 짊어지고 상환 불능으로 쩔쩔맨다고 일본 신문에 선전하라는 지령이었다고 한다. 국내에서 『동아』도 마음대로 못 하면서 외신을 통제하라고 한다고. 이런 식으로 윗사람을 향하는 공적을 세우려고 하니 하는 수 없다고. 물러서서 살고 있는데 간단히 살 길은 보이지 않고, 라고 고충을 말하고 있었다. 어디까지나 인간적인 담화였다고 생각한다. 붕괴로 다가오는 한국의 현실. 어떻게 살아야 할 것인가.

18일 0시 5분

---

48  히구마 미쓰오(日隈光男, 1938년 4월 도쿄 태생)으로 생각된다. 1965년부터 2013년까지 시나가와(品川) 뱁티스트 교회 목사였다.

# 3월 26일 수요일

세월은 유수流水와 같다고 하여야 하겠다. 『동아일보』 경영진의 반격은 심해졌다. 17일에는 단식 기자들이 폭력배에 의하여 축출되었다. 그러면서도 하극상이 돼 그러지, 정부의 개입은 없다고. 권력과 재벌의 이해관계 일치, 그러면서도 재벌이 전부를 뒤집어쓰려는 충성심. 그러면서도 매일 축출된 기자들에게 대한 대광고에 의한 일반적인 악선전이다. 나는 그렇게 보고 「통신」을 통하여 고발하였다.

『동아』에 대한 전략은? 비판, 물론 광고 내기 중단 거기에 장기 구독 중지 그리고 파면 기자들의 원호, 이런 방향으로 힘을 모아야 한다. 논조는 바뀌지 않는다고 하면서 점점 뒷걸음질 칠 것이고 한국 언론의 배신 과정이다. 『조선』에서는 사주社主의 기업정신을 유감없이 발휘하여 모두 축출하고는 기자 모집 광고, 이러한 오만불손의 철면피가 언제 심판을 받을 것인가.

그러나 일본에서는 『동아』가 논조를 바꾸지 않으려는 데 두고 보자고 하면서 기자들의 태도를 성급한 것으로 보고 동정하려고 하지 않는 태도가 있다. 한 마리 양으로 통하여 문제의 핵심을 보지 못한다고 할까. 구조적으로 보지 못한다고 할까. 저런 不我의 구조여서 행해지는 것인데. 『세카이』에서라도 계속 고발해 나아가야 할 것이다. 정말 우리의 신문이 필요하다고 느낀다. 이 꿈을 향한 노력을 하고 싶다. 제네바, 뉴욕에 소식을 보냈다.

오늘은 릿쿄에서 야마다 선생을 중심으로 한 여러분들에게 오늘의 한국에 대하여 이야기하였다. 진지한 토의였다. 일본인의 집단적 의식이나 행동, 순응적인 자세에도 이야기가 미쳤다. 정숙이가 도쿄에 도착하자 남은 감옥에 가서 영웅이 되는데 뭘 하는가, 박朴 후에 무슨 낯으로 나가겠는가 하더라고 말한 것이 충격을 주었다고 한다. 나중에 듣고 도리어 기이하게 생각하였다. 내 경우의 특례를 모두 보편적인 자세로 받아들인 것일까. 야마다 선생이 무슨 생각인지, 무슨 착각에서인지 선생이 「한국통신」에 쓴 것을 간추려 이야기해 주었다고 발언하여 깜짝 놀랐다. 「아시아의 종교와 복음의 논리」에 있는 서울통신을 말했을 것이라고 생각하지만. 모두 놀라는 모양이었는데 이것이 부작용을 낳지 않았으면 생각한다.

며칠 전 야스에 씨는 김대중 씨에게 보낸 서면 인터뷰가 도착하지 않은 것을 서울을 방문한 아오치 신 씨가 서울교회여성연합회에서 받아서 전했다고 말해 주었다. 아오치 씨는 홍콩 경유로 잠입할 수 있었다고. 이우정 씨가 항상 미행을 당하여 전하지 못한 것이 아닐까. 연락망을 염려하였는데 뜻밖에 원고 마감 가까이 되어서 특히 『동아』 사태에 대하여 많은 자료가 와서 쩔쩔매는 수밖에 없었다. NCC의 죠안이 많은 노력을 해준 덕택이다. 선교사들의 커밋은 길이 빛날 것이다.

국가모독죄國家冒瀆罪[49] 법이 다 생기고 한승헌[50] 변호사는 체포되었다고 하고. 이제 이런 반공법을 포함한 기묘한 것이 판을 치게 되는 모양이다. 탁희준[51] 교수와 만나 국내 노동운동 이야기를 하였는데, 역시 죽음을 각오하는 자세로 움

---

49　1975년 3월 25일부터 1988년 12월 30일까지 대한민국 형법 제 104조의 2에 규정되었다. 그 내용은 다음과 같다. ① 내국인이 국외에서 대한민국 또는 헌법에 의하여 설치된 국가기관을 모욕 또는 비방하거나 그에 관한 사실을 왜곡 또는 허위사실을 유포하거나 기타 방법으로 대한민국의 안전·이익 또는 위신을 해하거나, 해할 우려가 있게 한 때에는 7년 이하의 징역이나 금고에 처한다. ② 내국인이 외국인이나 외국단체 등을 이용하여 국내에서 전항의 행위를 한 때에도 전항의 형과 같다. ③ 제2항의 경우에는 10년 이하의 자격정지를 병과할 수 있다.

50　한승헌(韓勝憲, 1934.9.29~2022.4.20). 변호사는 1975년 3월 24일 반공법 위반 혐의로 구속되었다. 그는 1974년 12월에 『위장시대의 증언』이라는 수상집에서 일명 유럽간첩단사건에 연루되어 사형을 당한 김규남(당시 민주공화당 의원)에 대해 언급을 했고, 자유실천문인협의회의 「최근의 사태에 관한 문학인 1백 65인 선언」에 참가해, 김지하 씨의 수난에 분노를 금할 수 없으며 『기협회보』 폐간은 한국 언론에 대한 제도적 탄압이라고 생각한다고 했다.

직이는 사람들이 자라나고 있다고. 그는 4, 5월을 결정적인 시기로 보는 듯하나 낙관론이 아닐까. 누구도 지지하지 않는 허수아비지만 건드리는 힘이 없을 때는 존속하는 것이니 모두 군대를 바라보고 있는 것이 아닐까. 그러니까 정부도 군대만 감시하고. 이러는 동안에 누구도 국가의 내일을 향한 비전도 계획도 실천도 가지지 못한다. 어서 이것이 끝나야 하는데 그것은 박 정권의 붕괴밖에는 다른 도리가 없다.

그동안 쵤레의 『고난』을 읽었다. 충격적인 책이었다. 금언에 가득 찬 책이라고도 할 수 있다. 여러분들의 옥중에서의 체험과 그 고양된 언어의 의미를 알 수 있었다. 그리고 우연하게 말려 들어간 사람들의 공허한 언어의 의미도 알았고. 서문에 신간평을 자원하여 쓰도록 나는 큰 감동을 받았다.

27일 0시 30분

---

51   탁희준(卓熙俊, 1922.9~1999.9). 강원도 횡성 출생. 노사 문제, 노동경제학 전문가이다. 서울대와 성균관대를 졸업했다.

# 3월 29일 토요일

어제는 김진홍 전도사의 수기를 읽고서 신쿄에 넘겼다. 그리고는 정숙과 함께 아사쿠사淺草를 다녀오고. 참 그저께는 마산馬山사태 조사가 『아사히 저널』에 나온다고 하여 사방 연락을 하여 알아보았다. 『세카이』가 계획을 변경하여 이번 호에 내기로 하여 문제를 해결하였다. 오늘 전해 온 사실은 그래서 저널은 포기하였다고.

어젯밤에는 오 형이 찾아와서 늦게까지 이야기하였다. 미 의회의 프레이저[52] 의원이 한국방문 예정으로 일본에서 하룻밤 지내기로 되었다는 것. 미국대사관에서 오 형에게 연락이 왔다고. 미국 교회, 미국 동지들이 잘하고 있다고 생각된다. 한국에서 만날 분들, 그리고 조사할 케이스 등에 관하여 검토하였다. 오늘 아침에 오 형이 일본 NCC의 나카지마[53] 목사와 만났다. 성공적이었다고. 마침 오늘 한국으로 가는 마태馬太 선교사가 있어서 국내에서 만날 태세를 갖추라고 연락하였다고. 내일은 부활절이니 가와사키川崎 교회를 찾을 예정. 그리고 좀 이야기를 나누기로 하였다. 오늘 이야기도 자세히 듣게 될 것이지만 무엇보다도 이번에도 동석하신 나카지마 목사님의 역할이 컸다니 감사하게 생각하지 않을 수 없다. 미국 교회, 일본 교회 그리고 독일 교회, 캐나다 교회, 거기에다 WCC,

---

52  도널드 프레이저(Donald Fraser, 1924.2.20~2019.6.2). 미국 미네소타주 미니애폴리스 출생. 정치인. 미네소타 대학교 법학대학 졸업하고 1954년 미네소타 주의회 상원의원에 당선되어, 1963년부터 1979년 1월까지 미국 하원의원을 지냈다. 1976년 코리아게이트 사건이 터지자, 사건의 진상을 조사하기 위해 프레이저를 위원장으로 하는 국제관계위원회 산하 국제기구소위원회가 조직되었다. 진상에 관한 보고서는 1978년 10월 31일 미국 의회에 제출되었다.

53  나카지마 마사아키(中嶋正昭, 1928.12~1996.10). 시가현(滋賀縣) 출신. 목사. 도시샤(同志社)대학 졸업. 야스쿠니(靖國)신사 국영화 반대운동을 추진했고 한국문제기독자긴급회의를 조직하여 김대중 구명운동을 벌이는 한편, 한국의 민주화운동 지원에 앞장섰다.

CCA[54] 모두 훌륭한 연대를 보여준 것을 우리는 교회사에 크게 기록할 수 있을 것이다.

박형규 목사의 저서 일본역日本譯을 위하여 『해방의 길목에서』에서 논문을 추리고 있다. 오늘은 시몬 베이유[55]에 관한 짧은 글을 읽으면서 남의 아픔이 몸에 오는 가슴을 생각하지 않을 수 없었다. 내 이 굳어진 가슴을 생각하면서. 시몬 베이유에게 있어서도 죌레가 지적한 것처럼 신비주의가 참여와 연결되어 있었다. 슈바이처[56]도 그랬고 뮌처[57]도 그랬고 동학東學도 이용도[58] 목사도 그랬던 것이 아닌가. 그러니까 죌레는 고난의 신학을 중심으로 하여 뵈메[59]나 에크하르트

---

54  아시아기독교협의회(Christian Conference of Asia).
55  시몬 베이유(Simone Weil, 1909.2.3~1943.8.24). 프랑스의 사상가. 고등사범학교에서 철학을 전공하고 22살에 철학교수자격시험에 합격했다. 노동운동에 깊은 관심을 갖고 1934년에는 금속공장의 여공이 되었고, 후에 스페인 전쟁에 참가하였다. 제2차 세계대전 중에는 미국으로 망명하였다가 레지스탕스운동에 참가하려고 귀국을 시도하던 중 런던에서 사망했다.
56  알버트 슈바이처(Albert Schweitzer, 1875.1.14~1965.9.4). 독일계 프랑스인. 신학과 철학을 공부하고 졸업 후에는 목사와 대학 강사로 활동했다. 아프리카에서 의사가 없어 고통을 받는다는 사실을 알고 의학을 공부한 후, 1913년 아프리카로 건너가 전도와 진료에 전념했다. 그는 신학자로서는 철저한 종말론을 주장했고, 철학가로서는 생명에 대한 외경을 주장했으며 원자폭탄 실험에 적극적으로 항의했다. 1952년에는 노벨 평화상을 수상했다. 지명관은 한국전쟁의 와중에 슈바이처의 책을 접하고 그의 사상에 감화되었다. 전쟁이 끝난 후에는 슈바이처의 허락을 얻어 아카데미 문고에서 『문화의 몰락과 재건』이라는 제목으로 그의 책을 번역 출판했다.
57  토마스 뮌처(Thomas Müntzer, 1489~1525.5.27). 독일의 급진적 종교개혁자이자 농민전쟁 지도자. 처음에는 마르틴 루터와 협력하였으나 후에 마르틴 루터의 종교개혁운동을 비판하였다. 빈부의 격차가 없는 사회가 하나님의 축복을 받은 나라라고 설교하다 추방당했다. 1524년 뮐하우젠에서 비밀결사대를 조직하여 독일농민혁명을 일으켰으나, 혁명은 실패로 돌아갔고 토마스 뮌처는 교수형을 당했다.
58  이용도(李龍道, 1901.4.6~1933.10.2). 황해도 김천 출생. 한국적 기독교 신비주의자. 1928년 감리교 협성신학교 졸업 후 목회 생활을 시작했다. 신비적 체험을 통해 여러 차례 부흥회를 열었다. 그는 교회의 형식주의와 교권에서 벗어나 하나님과의 직교와 합일을 주장했는데 회개와 기도와 사랑을 개혁의 도구로 삼았다.
59  뵈메(Jakob Böhme, 1575~1624). 독일의 신비주의 사상가. 진정한 계시는 학식이 있는

[60]의 신학과 현대를 연결하려는 것이 아닌가. 우리 교회의 신비주의와 참여의 문제도 재검토하여야 하겠다. 기타모리[61] 씨의 『하나님의 아픔의 신학神の痛みの神学』은 현대적인 사회성으로 확대되지 못한 데 반동성마저도 지닐 수 있는 가능성이 있는지도 모른다. 서울로 생일 축하의 선물을 보냈다.

30일 0시

---

자보다도 오히려 어리석은 자에게 내린다며 독자적인 신비주의적 자연철학을 세웠다. 선과 악·빛과 어둠·사랑과 증오의 모순과 대립을 통하여 신을 파악하고자 하였다.

60  에크하르트(Meister Eckhart, 1260~1327). 독일 신비주의의 대표적 인물. 신은 어떠한 규정도 불가능한 무(無) 즉 신성이며, 세계의 생성은 신이 자기에 대하여 자기를 계시하는 인식의 과정이라고 보았다. 또한 인간 생활의 목적은 신과의 신비적 합일에 있고, 신의 본질과 완전한 일치를 하기 위해서는 신이라는 상념도 떨쳐내야 한다고 주장했다.

61  기타모리 가조(北森嘉蔵, 1916.2.1~1998.9.29). 목사이며 신학자. 구마모토현(熊本縣) 출생. 일본 루터신학전문학교 교수를 거쳐 일본기독교단 동부신학교에서 조직신학을 가르쳤다. 일본기독교단 내부의 회파 문제의 대처, 신앙고백 제정 등에 공헌했다. 1946년 신교출판사에서 『하나님의 아픔의 신학』을 출판했다.

# 3월 30일 일요일

오늘은 부활절. 가와사키 교회 예배에 참석하였다. 이마무라今村 씨가 주시는 카드에는 만 원이 들어 있었다. 따뜻한 마음을 보이는 것인데 감사하다고 할 수밖에 없다. 꽈의 백白 변호사까지 오셔서 참 성대한 만남이었다. 그런데 백 변호사는 오 선생 부인의 소꿉장난 친구라니. 35년 만에 만나서 한참만에야 알아보고 야단이었다.

돌아와서는 우리 집에서 회의. 국내 지원 문제 그리고 여기 조직에 대하여 장시간 토의하였다. 될 수 있는 대로 많은 일을 긴급회의에 넘긴다는 데 원칙적인 합의를 보았다. 프레이저 의원이 많은 관심을 보이고 서울로 향하였다니 기쁜 일이다. 나는 박 목사에게 출옥인으로서 겸허의 자세를 보일 것과 송건호 형에게는 『동아』의 수난자를 원호할 길에 관하여 연락해 줄 것을 부탁하는 소식을 썼다. 다사다난해지는데 할 일은 많고 손은 부족하고. 내일은 나카지마 목사 가정의 어려움에도 원호의 손길을 펴기로 하였다.

31일 0시 25분

# 4월 6일 일요일

어젯밤부터 비바람이 심했었지만 오후에 접어들면서 날이 개었다. 1일부터 4일까지는 교토행이었다. 어제 일어난 사실은 좀 기록해 두어야 하겠다. 가지무라 선생을 통하여 이근직 씨를 만났더니 북에서 보내 왔다는 명휘, 명덕의 편지를 주는 것이었다. 읽어 보니, 잘 있다는 것이고 이북이 잘 돼 간다는 것밖에 없다. 이 씨는 자기를 통해 다시 연락해 달라는 것이었다. 나는 모두를 비밀리에 두었다가 사본을 뜨고는 대사관에 넘겨줄 생각이다. 회답의 필요는 물론 없다. 조총련이란 이렇게 움직이는 것일까. 어머니는 비자를 받으셨다는데 오시면 숙부, 숙모가 돌아가시고 아이들은 무사한 모양이라고만은 전해드릴 생각이다. 이북의 공작이란 잘 안 들으면 우리 정보부에 팔아넘기는 수도 있겠고 또 내통하는 수도 있을 것이다. 게다가 서로 정보원을 가지고 있을 테니. 현명하게 처리하여야 하겠다.

어머니가 오실 수 있을까. 김관석 목사를 횡령[62] 운운으로 기소한 모양인데. 체포됐다는 소문도 있고. 해외와의 연결이 문제되면 정숙이가 귀국한 후에도 문제가 있을는지 모른다. 그래서 어머니의 출국이 어려워질지도 모른다. 이 문제도 신중하게 처리하여야 한다. 일본 측 긴급회의를 강화하는 문제는 잘 토의된 모양이다. 오늘은 오 선생, 김 선생과 함께 여러 가지 상의를 하였다. 월남의 실패와 관련하여 대대적인 공격을 전개할 것, 국민의 마음을 흡수하면서 반공을 위한 방도로서라는 입장에서 말이다. 윤보선 대통령께서는 박에 대한 개인공격

---

62 1975년 4월 10일 서울시경은 한국기독교교회협의회 총무 김관석 목사를 업무상 횡령 혐의로 구속했다. 김 목사는 1973년 1월부터 1974년 사이에 서독 교회 원조기구에서 빈민 구호용으로 원조 받은 1,900여만 원 가운데 고려대 이 모 교수 생활비로 10만 원, 박형규 목사 구속 당시 가족생활비로 10만 원, 활빈 교회 전도사 김진홍 씨 등 구속자 변호사 착수금으로 20만 원 등 총 113만 원을 유용한 혐의였다.

까지 하는 것이 좋을 것 같다. 교회, 국민회의, 야당, 윤 선생님이 공동보조로 하되 내용에는 다소 뉘앙스의 차이를 두는 것이 좋을 것 같다. 그리고 김관석 목사 사건을 위한 압력을 가하기로 하였다. 짐 스텐츨Jim Stantzel[63]을 우선 서울로 보내고 크게 세계적인 여론을 일으켜야 한다. 연대가 잘 싸우는 것이 그래도 큰 힘이 되는 것 같다. 서울서 많은 소식을 받았으나 3월 상순까지를 커버한 것이다. 좀 더 최신 것이 필요하다.

7일 오전 1시 20분

---

63  "1970년대 유신폭정의 암흑기에 한국에서 활동하던 서양 선교사들 중 극히 일부는 군사 독재와 경제성장의 뒤안길에 희생된 채 버림받고 억압받던 약한 사람들의 생활과 인권에 깊은 관심을 보였다. 월요모임(Monday Night Group)이라는 네트워크를 만들어 한국의 인권상황을 전 세계에 알렸으며, 한국 인권에 대한 외국의 반응과 격려를 한국에 알렸다. 두어 명은 결국 추방을 당했고, 다른 이들도 중정정보부의 끊임없는 밀착 감시에 시달렸다. 그들은 심지어 자기들을 파송하였던 본국의 선교단체들로부터도 당장 정치 개입 활동을 중단하라는 압력을 수시로 받았다.
이 부분에 참고가 되는 것으로서 '한겨례 블로그'(2007년 5월 14일 탑재, 2019년 10월 20일 수정)에 다음과 같은 글이 올라와 있다. 이번 출판기념회는 바로 그때 그 월요모임에서 활동하던 선교사들이, 자신들의 경험담을 한데 모아 책으로 엮어 출판한 것을 기념하기 위한 자리였다. 또한 이 출판기념회는 바로 이어서 이틀간에 걸쳐 열린 '1987년 6월 민주항쟁 20주년 기념 LA 국제심포지엄'의 비공식 테이프를 끊는 자리이기도 하였다. 심포지엄은 민주화운동기념사업회, UCLA 한국학연구소, 민족화해협력미주한인협의회 등이 공동으로 주최하고, 통일부, 민족화해협력국민협의회(민화협), LA 총영사관, LA 민주평통 등이 후원하였지만, 이 책 출판의 모든 과정은 민화협이 주도하였다. 함세웅 신부, 패리스 하비(Pharis Harvey) 목사, 짐 스탠츨(Jim Stantzel) 당시 도쿄 특파원 등으로 이어진 공식절차 후에, 패널로 참석한 선교사들의 자유로운 '이야기 나눔'이 이어졌다." https://www.hani.co.kr/arti/culture/book/209159.html, 「'시대를 지킨 양심'의 LA 출판기념회를 다녀와서」

# 4월 8일 화요일

오늘은 다시 흐린 날씨로 비가 내리고 있다. 어제 서울서 소식, 만나야 하는데. 어제는 야스에 씨를 만나서 여러 가지를 상의하였다. 김지하 씨를 공산주의자라고 문공부가 발표하였다니, 그런 팸플릿을 배포하였다니. 거기다가 『세카이』에 나온 논문을 탐독하고 찬동하였다고 적혀있다고 한다. 여기에서 김대중 씨와 『세카이』 관계도 문제 삼으려는 것이 아닐까. 공산주의자를 만들고 스캔들을 조작하고…… 『세카이』에는 마산무역단지 조사 보고가 나타나 있다. 기업명도 나타나 있으니 어떤 파문이 일어날 것인가. 내게 북에서 명휘 편지를 전해준 문제도 상의하였다. 금후 그런 접근을 단호 거부하는 것이 좋겠다는 충고를 감사하게 생각하였다. 주말에 한 번 모임을 가지기로 하였다.

저녁에는 김 선생과 만나서 상의. 짐 스텐츨 기자가 오늘 서울에 가기로 하였다고. 강 목사의 노력을 크게 기대한다는 우리의 견해를 전달해 달라고 하였다. 프레이저 의원과 만난 것도 문제가 되는 것이라고 보아야 할 것 같다. 그리고 프레이저 의원과 못 만나게 하노라고 투옥된 학생들을 모아놓고는 성을 자극하는 약을 먹이고 여자를 나체로 투입하였다는 이야기가 나돌고 있다고. 이런 문제를 확인해 가지고 매스컴으로 내보내고 긴급회의에서 교회 채널로 세계에 알리기로 하였다. 인혁당 관계 사형 확정이라고 NHK 뉴스는 전해주었다. 월남 티우[64]의 관저에는 오늘 공군의 폭격이 있었다고 하고. 월남 사태를 전략적으로 사용할 연구를 하여야 한다. 오늘은 하루 종일 한국 현대사와 교회사의 교정을 보았

---

64　구엔 반 티우(Nguyen Van Thieu, 1923.4.5~2001.9.29). 베트남의 정치가. 달라트(Dalat) 육군사관학교를 졸업했고, 육군참모총장, 부수상 겸 국방상을 거쳐 국가지도위원회 의장이 되었다. 1967년에는 대통령 선거에서 당선되어 1968년 5월에 한국을 방문했다. 미국 군사력을 배경으로 해방전선과 대결을 계속했으나 1975년 베트남이 패망한 후에는 미국으로 망명하였다.

다. NHK 뉴스는 고대高大에 군대가 들어가고 또 긴급조치[65]가 발표되었다고 했는데.

11시 10분

---

65  긴급조치 7호를 말한다.
    ① 1975년 4월 8일 오후 5시를 기해 고려대학교에 휴교를 명한다.
    ② 고대 내에서 일절 집회 시위를 금한다.
    ③ 위 1, 2항을 위반한 자는 3년 이상 10년 이하의 징역에 처한다. 이 경우 10년 이하의 자격정지를 병과할 수 있다.
    ④ 국방장관은 필요하다고 인정할 때 병력을 사용하여 동교의 질서를 유지할 수 있다.
    ⑤ 이 조치에 위반한 자는 법관의 영장 없이 체포 구금압수 수색할 수 있다 등의 내용이었다.

# 4월 9일 수요일

강 목사님에게 군내 문제에 대한 내 소감을 써서 오 선생에게 발송을 부탁하였다. 대국적인 자세를 가지고 NCC 문제에 대한 교회적인 지원을 조직해 주실 것을 부탁하고 월남의 패전을 계기로 한 반박反朴운동 문제에 대한 생각을 말하였다. 이제는 격렬한 저항의 언어보다는 냉철한 분석과 우국적인 호소와 설득의 담화가 필요하다고 하였다. 그리고 이제는 박 자신의 부도덕성과 이데올로기적 불투명성까지에 이르는 점을 공격하여야 한다고 하였다. 그것이 교회에서 정치 세력으로 그리고 윤보선 선생님에게로 연쇄적으로 에스컬레이트 돼 가야 된다고 생각한다고 하였다.

드디어 오늘, 어제가 대법원 판결이었는데, 인혁당 관계자 8인에게 사형을 집행하였다[66]고 한다. 정말 천인공노의 사실. 박은 이 죄를 어떻게 짊어지려는 것인가. 자기 아내도 죽이는 잔인성이라고 하지만. 그 아내와 아이들은? 그러나 우리는 이 사건, 그리고 NCC사건 등을 어떻게 박을 타도하는 데 활용할 것인가를 생각하여야 한다. 야스에 씨 이야기는 일본 측에서 엠네스티[67] 등에 연락하게 한다는 것이었다. 그리고 일본 내에서도 항의운동을 일으킨다고. 일본 매스컴이 가냘프게 반응하는지도 모르지만. 김지하 씨도 이미 처형된 것이 아닌가 하는 우려의 소문이 나돌고 있다고 한다. 그의 안전을 위해서도 싸워야 한다. 우리도 세계 교회의 채널에 연락하기로 하였다. 처참한 역사다. 해외 여론도 생각하지 않고 국내에 위협을 가하려는 자세다. 이것은 붕괴 전사前史의 마지막 단계라고 보아

---

66  1975년 4월 8일 '인혁당 재건단체'사건 관련자 8명은 대법원에서 사형이 확정되었고, 다음 날인 9일 오전 모두 교수형을 당했다.

67  국제사면위원회(Amnesty International, AI)를 말한다. 영국인 페터 베넨슨(1921~2005) 변호사가 처음 설립한 국제비정부기구이다. 고문추방과 사형제 폐지, 난민보호와 양심수에 대한 인권옹호 등을 위해 일하고 있다.

야 한다. 이러한 격려를 우리가 국민에게 향하여 계속하여야 할 텐데. 이제는 여기서 지하신문을 만들어 보내야 할 것이 아닌가. 매우 피곤하다.

11시

## 4월 10일 목요일

오늘 오 형 양주兩主[68]에 그의 형님을 모시고 가마쿠라鎌倉에 다녀왔다. 무엇보다 아름다운 벚꽃에 탄성을 계속 발하는 수밖에 없었다. 일본 사람들이 저 꽃을 저렇게 사랑하는 이유를 알 것 같았다. 벚꽃이 있는 산, 마을, 골짜구니 모두가 한없이 화사해진다.

저녁에는 박 학장이 오늘 도착하였다는 전화였다. 무엇보다도 이봉원 선생 이야기라고 전하는 것을 듣고 드디어라고 생각하지 않을 수 없었다. 「한국통신」이라는 것이 베스트셀러라고 하는데 그것은 선우휘 씨를 잘 아는 사람이 관계했음에 틀림이 없다. 그러니까 내게 혐의가 걸려 있다는 것이다. 하는 수 없는 일이 아닌가. 인혁당 관계자들의 처참한 죽음을 생각할 때 이제 우리는 더욱 자신을 돌보지 않고 싸워야 한다고 다짐하지 않을 수 없다. 저 가족들의 슬픔. 박은 저 죄를 어떻게 짊어지려는 것일까. 이대, 숙대, 외대, 한신대, 감신대, 장신대 모두 휴교로 들어간 모양이다. 이제는 모이면 일어난다. 저 간악한 박은 어떻게 하려는 것인가. 월남의 길, 티우의 길을 가는 두려움이 일어나기만 한다.

11일 0시 58분

---

68　부부를 의미한다.

## 4월 15일 화요일

　오늘은 새 학기 처음 릿쿄 강의. 퍽 피곤하고 허전하다. 저녁에는 김재준 목사님에게 소식을 보냈다. 동아 기자에 대한 지원을 요청. 지난 일요일에 짐 스텐츨이 전했다는 인혁당 관계 인사 처형의 정경을 듣고는 우울하기만 하다. 피고도 변호사도 없는 판결이었다. 시체도 인도해 주지 않고. 화장터까지 달려가다 트럭을 발견하고 억지로 성당까지 시체를 운반하게 하였으나 경찰이 달려와서 뺏어가 화장을 했다. 얼핏 시체를 보니까 이미 손가락이 절단되고 없었다. 고문으로 죽여 놓은 것이 아닐까. 고문 자국이 나타나는 것을 두려워한 것일까. 정말 천인공노天人共怒할 일. 살인 정권이다.

　밤에는 『아시아 리뷰』 원고를 쓰기 시작하였다. 국사편찬실의 사료총서에 대해서 쓰기로 하였다. 내일은 야스에 씨와 함께 회합이다. 긴급회의가 모두 일을 맡아서 본격적으로 해주고 있다. 아름다운 연대다. 서울 학교들은 휴교고. 무서운 침묵이 깔려 있겠지. 아, 그 가족들은? 박은 정말 잔인한 사나이. 그와 함께하는 자들이 더욱 밉다고 할까. 그날도 대법원 법관들이 다 나와 앉아 있었다니 그렇게 하고도 그것을 영광의 자리라고 생각한다면 정말 무서운 일이 아닌가.

11시 45분

# 4월 22일 화요일

16일에는 야마노차엔山の茶園에서 야스에 씨 초청으로 금후의 대책에 관하여 이야기하였다. 특히 서울서 새로운 소식을 더욱 발굴해 내는 문제를 이야기하였다. 17일에는 하시모토橋本, 이마무라 양 여사가 보내주신 초대권으로 NHK홀에서 바이센 베르크Alexis Weisenberg의 피아노를 들었다. 그리고는 계속 「통신」에 집중하였다. 마침 인혁당 처형 전후의 소식이 와 있었다. 어제 드디어 티우는 사임. 월남은 처참한 상황. 그런 비극이 되풀이되지 않게 우리는 이 시점에서 해결을 봐야 하겠는데. 미국의 정책 변화가 오리라고 생각되지만. 어제 대사관을 방문하여 여권 연장을 무사히 끝냈다. 지 영사의 도움을 받았다. 이러한 어려움속에서 하나님은 구인을 준비해 주시는 것일까. 김영선[69] 대사와 이야기하였다. 인혁당 처형에 이르기까지의 포악을 설명하는 특별한 논리를 전개하였다. 내 이야기는 막고. 하는 수 없이 거의 경청하는 수밖에 없었다. 그에게 말하여야 소용없을 것이고. 때때로 그래도 국제적 고립을 현실적으로 받아들여야 하지 않는가라고 하면 말문이 막히는 모양이었다. 하여튼 국내 상황은 극적 전환을 보여야 하는데, 박은 붉은 계획을 하고 있는 것일까, 광적인 것일까. 그것을 진단하고 대책하여야 할 텐데.

오늘은 오전에는 릿쿄 강의 준비. 오후에는 릿쿄에 가고, 저녁에는 박 목사가 지난번에 옥중에서 나와서 신문내新門內 교회[70]에서 한 말을 번역하였다. 그는 또 옥중이니. 수난의 운명이다. 어제 서울서 소식을 받고, 간절한 것이어서 오늘 하

---

69  김영선(金永善, 1918.4.25~1987.2.17). 충남 보령 출생. 경성제국대학 법문학부 졸업. 1960년 민주당 시절 재무부장관을 지냈고 1970년 국토통일원장관 역임했다. 1974년부터 1979년까지 5년간 주일대사를 지냈다.
70  새문안 교회를 말한다.

루 종일 생각에 잠겼다. 참 어제는 해위[71] 선생에게 인편으로 소식을 보냈다. 사모님 앞으로. 무엇보다, 야당이 단결하고 당 외 민주인사와도 상의하면서 박 후에 혼란이 없을 것을 보장하는 대원칙들을 결정하여 발표하는 것이 중요하다고 역설하였다. 국민 설득과 우방 설득에 무엇보다도 필요하다. 박 후에 혼란이 오고 그 기회를 북이 노릴 것이라고 모두 걱정하고 있는 것이 아닌가. 박이 무너지기 전에 양심적인 국민전선이 성립되어서 국민과의 합의가 이루어져야 한다. 전술적으로는 박에 대한 공격 — 오늘의 동남아사태와 비교하여 — 부터 시작하시는 것이 좋을 것이라고도 하였다. 고난 속에서 정치적인 큰 전진이 이루어졌으면 한다.

23일 0시 55분

---

71  해위(海葦)는 윤보선 전 대통령의 호이다.

# 4월 30일 수요일

오랫동안 일기를 쓰지 못하였기 때문에 펜을 든다. 오전에 대사관을 다녀왔다. 여권 기간 1년차 내면 일시귀국도 불가하다는 것이다. 밖으로 나오는 것, 안으로 들어가는 것 모두 다시금 단속을 강화하자는 것이다. 그리고 한편으로는 베트남 사태를 이용하여 정일권[72]은 미국으로, 김종필은 일본으로 나타나는 모양이다. 안에서는 국민의 지지를 상실하고, 많은 국민을 실의에 빠져놓은 채 밖으로 힘을 얻어 집권을 유지하자는 것이다. 정숙이의 일시귀국은 좀 더 힘을 얻어서 해보려고 노력하여야 하겠다. 서민이 살기란 참으로 힘든 나라.

월남은 처참한 모습으로 몰락하고 있다. 6·25 때도 미군이 없었다면 그랬겠지. 앞으로 한국은. 요즘은 강의 준비에 집중하고 있다. 어제는 오 선생 댁에서 오 선생 형님 송별을 겸하여 모두 저녁을 함께하였다. 박이 넘어지는 것이 공산으로 가는 것이 되어서는 안 되는데. 이대 현 선생[73] 이야기는 모두가 다시 자기보존에로 도피하고 그래도 싸우려는 사람들은 소수로 몰리고 있다니. 위기가 오면 더욱 자기보존으로 달리는 것이겠지. 오늘 아침 『아사히신문』은 김대중 씨가 서울 일본대사관 파티에 나타났다는 것을 크게 보도하고 있었다.

오후 1시 45분

---

72  정일권(丁一權, 1917.11.21~1994.1.17). 러시아 연해주 니콜리스크에서 태어나 함경북도 경원에서 성장했다. 일본육군사관학교를 55기로 졸업하고 만주군 장교로 임관하였다. 1949년에는 육군 준장으로 지리산 공비 토벌에 참여하였고, 5대, 8대 육군참모총장 및 국군 총사령관을 지냈다. 1957년 육군 대장 전역 후에는 국무총리, 외무부장관, 국회의장, 자유총연맹 총재 등을 역임했다. 국무총리(1964~1970)가 된 뒤에는 한일협정 체결을 위해 노력하였고, 외무부 장관을 겸직하며 한일협정 직후의 문제를 수습하였다.
73  현영학(玄永學)을 말함.

# 5월 5일 월요일

일시귀국도 통제한다고 하여 5월 2일에야 『조선일보』의 허許 특파원의 동원, 김 대사와의 면담을 통하여 성공할 수 있었다. 기한이 1년 미만인 여권 소유자는 일시귀국이 안 된다고 하여서다. 4월 19일의 지시라고 한다. 때를 따라 아무렇게나 지시가 내린다. 19일이라는 날이 운명처럼 되니 팔자 타령하게 되는 것일까. 국민을 들볶는다는 인상이 들 뿐이다. 대사관에서는 상의를 하고 적절히 해두자는 것일까. 『아사히』 오구리小栗 기자도 만나달라고 하여 만났다. 정권도 내놓지 않는다는 것, 반대 세력도 억압되지 않는다는 것, 그리고 무엇인가 새로운 전진을 보여주지 않는다면 박 정권이나 우리나라에 대한 이미지가 달라지지 않는다는 것 이런 관점에서 슬기로운 판단이 있어야 한다고 말하였다. 3일에는 나가토로長瀞에 오 선생 가족과 함께 비오는 속을 다녀왔다. 아라카와荒川 상류, 지치부秩父의 산은 아름다웠다. 한쪽에서는 그 옛날 지치부사건[74]을 생각하면서…… 어제는 교회에 다녀와서 지 영사 댁에서 점심 식사. 저녁에는 『조선일보』 이보연 기자와 함께 식사를 나누면서 이야기. 『조선일보』 반대파는 35세 이하의 멋모르는 자들의 반란이라고 가볍게 말하는 것이었다. 그리고는 박 정권 타도라는 불순한 동기가 있으니 징계를 받아야 한다는 것이었다. 그도 순진할 정도로 저항적이었는데, 나이 들면 모두 권위주의적 안일에 빠지는 것일까. 박은 자기야말로 가난한 자들을 위한다고 하기 위하여 그리고 지금 저항하는 지식인들, 도시인들에게 대립시키기 위하여 자칭 혁신계의 정치세력을 만들려고 한다고. 그것이 '사일런트 매조리티'[75]로 저항하는 '마이너리티'에 저항하게 되

---

74  지치부사건(秩父事件)은 사이타마현(埼玉県) 지치부의 농민들이 생활고를 견디지 못하고 1884년에 정부에 대항하여 일으킨 무장봉기사건이다. 지치부에서만 6,400명 이상이 참여하였고 군마(群馬), 나가노(長野)에까지 영향을 미쳤다.

어야 한다는 심산이다. 그러니까 모든 세력 속에 반저항反抵抗의 조직을 만들려고 한다. 더욱이 베트남 이후에는 공포심을 이용하여. 그러나 그것은 실패할 것이다. 우리 땅에서는 어용 조직은 성공하지 못한다.

오늘 정숙은 고생 끝에 돌아갔다. 지 영사가 차로 보내주어서 감사. 오 선생 가족이 또한 환송. 적적하다. 어쩐지 서글픈 심정. 이 나이에 왜 이래야 하나. 그러나 이런 운명 속에도…… 이렇게 생각을 잇고 있다.

6일 오전 1시 50분

---

75  사일런트 매조리티(silent majority)란 중도 또는 보수적 견해를 가지고 있으나 소리 없이 침묵하는 다수를 말한다.

## 5월 6일 화요일

낮에는 야스에 씨를 만났다. 서울에는 볼드윈 씨를 보내기로 하였다고. 우리
둘레의 안전에 관한 이야기를 하였다. 릿쿄에서 강의를 하고 돌아와서는 그동안
밀린 것들을 좀 정리하였다. 학장이 내일 서울에 돌아간다고. 한국의 안전을 염
려. 누구나 월남의 길을 가고 있다고 생각하니. 나는 미국의 커미트먼트를 강조
하였지만. 내일은 '스토'.[76] 이제부터는 「문화사」 집필을 서둘러야 하겠다.

7일 0시 20분

---

76   일본어 'スト' 즉 '스트라이크(동맹파업)'을 말한다. '스토'로 표기하였다.

# 5월 7일 수요일

오늘은 엘리자베스 여왕 도착으로 법석이다. 군중들의 말 속에 이제 일본은 이런 대국이 되었군요, 또는 일본의 좋은 곳을 많이 보고 가 주세요 하는 식의 표현이 많았다. 우리라면 그런 경우에 뭐라고 말할까. 일본인들 사이에는 근본적으로 자기 나라에 대한 긍정적인 자세가 깔려 있다. 4년 전에 일본 천황이 영국을 방문하였을 때에는 여왕이 과거의 불행에 언급하고 그것을 넘어선 새로운 관계를 강조하였다고 한다. 오늘 천황의 환영사에는 오랜 우호관계만 나타나 있는 것 같이 들렸다. 그러면 거기에도 양국의 발상의 차이가 있는 셈이 아닐까. 텔레비전에 나온 영국 대사관 일등서기관 부인의 코멘트가 재미있었다. 그때 엘리자베스 여왕이 그런 말을 삽입한 것은 영국 국민의 마음을 의식하였기 때문이라는 것이었다. 백 년 전이라도 오늘의 역사다. 그러니까 삼십여 년 전의 역사를 영국인은 잊지 못하고 있다는 것이다. 거기에 비하면 일본 사람들은 망각이 빨라서 이제는 다 끝났는데 라고 생각한다는 것이었다. 상상의 범위가 좁기 때문일 것이다. 역사의식의 문제가 깔려 있다. 그만 텔레비전을 오래 보아서 오늘은 목요일 강의 준비만 하였을 뿐 더 많은 일을 하지 못하였다. 내일은 '스토'가 될 모양, 그렇다면「문화사」쓰는 데 집중하여야 하겠다.

8일 0시 45분

# 5월 8일 목요일

오늘도 '스토', 그래서 강의 없이 하루 종일 쉬었다. 오후에는 긴 낮잠을 자고 말았다. 그래서 「문화사」 원고도 그다지 진행되지 못하였다. 퍽 공허하지만 전보다는 안정되었다고 할까. 국내는 소강을 유지하고 이때라고 안보단합대회安保團合大會가 한창이라고. 전진은 없고 악순환만 계속되는 것이겠지. 옥중에 들어간 분들은? 언제까지 이 상황을 계속할 것일까. 어떻게 되던 차분히 주변을 정리하고 좀 더 강의와 집필에 열중하고자 한다. 「통신」의 문장도 내용도 후퇴한 것 같은 혐오감이 일어난다. 좀 더 짧게 알차게 그리고 처음과 같이 성의를 가지고, 이렇게 생각한다. 쓰기 싫은 원고를 되는대로 써 버리곤 하니까. 일기도 그렇고, 글 쓰는 데 대한 싫증, 이런 것에 사로잡혀 있다. 지금도 아주 역겨우니까. 큰일이다. 그러니까 좀처럼 원고도 써지지 않는다.

9일 오전 2시 10분

# 5월 14일 수요일

지난 10일에는 동방학회東方学會에 참석하였다. 엉성한 모임이었다. 미국 젊은 이들이 대담한 무리가 많은 가설을 내세워 이채를 띄웠다. 일본인의 곤충에 대한 생각까지 발표가 되었으니까. 사회를 맡은 교수들은 세련되지 못한 솜씨였다. 멋없는 사람인가 하면 자기선전을 하고 어떻게 전체의 분위기를 살려서 아카데믹한 광장을 만드는가 하는 데는 생각이 미치지 못한다고 할까. 미흡하기 짝이 없었다.

11일 일요일에는 하코네행. 오 선생, 이인하 목사, 최 목사와 함께 제임스 코온 박사를 안내하였다. 순진하고 감격성 있는 훌륭한 인품이었다. 하코네 노천 목욕탕에서 서로 터놓은 이야기를 즐겼다. 그의 흑인의 신학이 이제는 고통 받는 모든 사람들의 신학이 되어야 한다고 나는 강조하였다. 예수의 경우도 그랬으니까. 그런 의미에서 그가 자주 아시아에 올 것을 나는 제안하였다. 터놓고 이야기할 수 있는 통쾌한 분위기였다.

12일에는 어머니가 도착. 의외로 건강하였지만 역시 그 전보다는 몸을 가누지 못하고 생각도 희미해진 것 같았다. 2년 반 만에 만났으니까. 그럴 수밖에.

오늘은 야스에 형과 만났다. 어제는 긴급조치령 9호[77]가 나왔으니. 안보단합대회를 하면서도 불안한 모양. 개헌을 말하면 1년 이상 징역이라고. 이번에는 하한下限만 표시한 것이 웃음거리다. 사형까지라고 큰소리를 치면 국제여론이 나

---

77  ① 유언비어를 날조 유포하거나 사실을 왜곡하여 전파하는 행위, ② 집회시위 또는 신문 방송통신 등 공중전파수단이나 문서 도서 음반 등 표현물에 의해 헌법을 부정반대 또는 비방하거나 그 개정 폐지를 주장하거나 청원 또는 선전하는 행위, ③ 학교당국의 지도감독하에 행하는 수업연구 또는 학교장의 사전 허가를 받았거나 기타 의례적 비정치적 활동을 제외한 학생의 집회 또는 정치 관여 행위, ④ 이 조치를 공연히 비방행위 등을 규제했다. 또한 이 조치의 위반자 범행 당시의 소속 학교 단체나 사업체에 대해 휴교 정간폐간 해산 폐쇄조치를 취할 수 있도록 했다.

쁘니까. 그러나 사형까지 할 수 있다는 위협은 줘야 하겠고. 이것을 뭐라고 하여야 할까……. 미국을 향하여 한국의 사실을 알려 주고, 왜 일본의 파시트[78]와 함께 한국의 파시즘을 돕느냐고 비판을 계속하여야 한다고. 한국의 사정을 알려 주고 박과 김 이외에 세계가 기대하는 가능성이 있음을 무엇보다 미국에 알려야 한다고 사카모토[79] 교수가 특히 강조하셨다는 것이다. 감사하여야 할 충언忠言이다. 곧 오 형 그리고 모리오카 선생과 상의하여 그런 방향을 추진하기로 하였다. 국내에는 이제 더 희생을 당하지 말고 넓은 공동전선을 계속 유지하도록 하지고 제의하기로 하였다. 약한 사람들을 적으로 돌려서는 안 된다. 이제는 약한 사람들까지 참여할 수 있는 넓은 전선을 구축하면서 내일을 향한 준비를 하여야 하겠다. 해외에서도 좀 재정비를 하여서 내일을 준비하여야 한다. 지금의 긴급조치에도 곧 도전이 찾아올 테니까.

참 지난 월요일에도 나카지마 목사님을 중심으로 하여 여러 가지 금후의 대책을 상의하였다. 강 목사는 미국에서 이북에서 남침하면 원자탄을 쓰겠다고 발표하게 해달라고 하였다니 그래가지고 어떻게 미국 여론의 지지를 얻자는 것일까. 세계의 비난은 어떻게 하려고. 국내에는 그런 위기가 있을지 모르지만 상대를 알고 그들의 생각에 서서 우리 뜻을 관철하려고 하여야 할 텐데. 그런 면에서도 국내에 대한 교육을 하여야 하겠는데. 나는 그런 막다른 골목 밖에 있는 탓일까. 온 선생이 사신을 보내기로 하였다.

야스에 씨는 이제는 정말 익찬체제[80]로 가는 것이 아니냐고 염려. 국내 희생

---

78 '파시스트'의 오기인 듯하다.
79 사카모토 요시카즈(坂本義和, 1927.9.16~2014.10.2)는 국제정치학자. 미국 로스엔젤레스에서 출생하여 이후 상해, 가마쿠라(鎌倉), 도쿄에서 자랐다. 도쿄대학, 메이지가쿠인 대학, 국제기독교대학 등지에서 국제정치학을 가르쳤다. 현실주의에 기초한 평화학자로 높은 평가를 받아왔다. 부친은 1939년에 상하이에 설치되었고 1945년에 폐지된 동아동문서원(東亞同文書院)대학 교수인 사카모토 요시타카(坂本義孝)이다.

이 없게 하고 우리의 파이프라인을 살려 두어야 하는 데 우리는 서로 의견일치를 보았다. 북에 대해서는 김이 이러한 시기를 외교적으로 이용하려는 것은 북의 입장에서는 당연한 것이 아니냐는 그의 견해에 나도 동의하였다. 「통신」의 속편을 내기로 합의를 보았다. 이와나미의 조력에 한없는 감사를 드리고 싶은 마음이다. 오늘도 백만 원을 받아 오 형이 그 동안에 국내에 보낸 30만 원을 갚았다. 앞으로 여기저기 써야 하는 것이니 보관하기로 했지만. 이번에는 그 안에서 하는 수 없이 집에 좀 송금을 하여야 하겠다. 한 1,000달러 가량. 정숙의 내왕에 너무 돈을 많이 써서 정상 수입만으로는 부족하다. 「통신」은 총계 28만 부 나갔고 요즘도 매달 2천 부 정도는 나가고 있다고. 다사多謝, 다사. 영문판 교섭은 나카지마 목사님이 하시는 모양. 두 군데 반응이 있었다는 소식이라고 모리오카 선생이 전해주는 것이었다. 지난 월요일에 내 책『한국 현대사와 교회사』가 나와서 몇 분에게 나누어 드리고 오늘 오가와 교수와 야스에 형에게도 전했다.

15일 0시 52분

---

80  익찬체제(翼贊體制)란 일본 군부의 파시즘 체제를 말한다. 즉 제2차 세계대전 당시 침략 전쟁 완수를 위해 군부의 방침을 무비판적으로 추인하고, 국민을 전쟁에 총동원한 총력 전을 위한 정치체제를 말한다.

# 5월 15일 목요일

오늘은 도쿄여대 강의. 대략 성공적이라고 할 수 있을까. 국제기독교대학 강연역사와 신앙에 대해서 그곳 학생 대표들과 이야기하였다. 역사와 신앙을 어떻게 결부시키는가에 대한 고민을 말하는 것이었다.

한국에서는 야당 활동 중지까지 말한다고. 그런 조치까지 생각하고 있으니 이번 조치쯤 감사하니 받으라는 것일 게다. 정말 간악한 놈들. 여기에 대한 반격을 국외서부터 하여야 한다. 요즘은 강의에 시달려서 거의 일을 못하고 있다. 어제는 도쿄회의를 다시 열어서 토의하자고들 말하였는데. 김관석 목사 건에 관해서는 독일 브레드 포 더 월드[81] 미션에서 다른 데 쓴 것 상관없다고 하였다니 앞으로 귀추를 주목하게 된다. 나카다이라[82] 변호사가 김지하 씨 공판 방청과 김 목사사건 조사를 위하여 간다고…… 아직 싸우는 세력이 고독하지는 않은데, 이제는 지쳐가는 것일까. 요즘에는 너무나 조용하다. 국내에서도 사건을 만들지 못하니까 그렇겠지. 공격을 늦춰서는 안 되지만 공격을 할 세력이 만신창이니 시세를 보면서 전열을 정비하는 수밖에 없다.

15일 11시 반

---

81 Bread for the world. 1959년에 독일 기독교인들에 의해 만들어진 빈곤퇴치를 위한 비영리단체이다.

82 나카다이라 겐키치(中平健吉, 1926~2015.3.7) 나가노 출생. 인권변호사. 도쿄대 법학과를 졸업하고 22년간 판사로 재직했다. 도쿄지방재판소 판사 시절에 재일한국인 퇴거강제처분취소사건을 맡아 재일한국인 차별 문제에 관심을 갖게 되었고 1971년부터 변호사로 활동하며 히타치(日立) 재일한국인 취직차별사건을 맡아 승소했다. 엠네스티 인터내셔널은 1974년 5월 문인간첩단 공판정에 나카다이라를 보내 방청하도록 했다. 광주민주화운동 당시에는 김대중을 지원했다는 이유로 한국 입국을 거부당한 적도 있다.

# 5월 17일 토요일

어제는 1,150달러를 집에다 부치고 나고야로 갔다. 나고야에서는 제임스 코온이 미해방부락未解放部落[83] 관계자, 신체장애자 같은 일본 사회의 불행한 계층과 이야기를 나누었다고. 성과가 있었던 모양. 어떤 분이 일본 사회에서 학대하는 자 또는 부유한 자와 학대받는 자 또는 가난한 자를 어디서 구별하는가라고 물었다고. 코온의 대답이 잘못된 차원에서 발상하고 있다는 것이었다고. 지금 옆에 학대받고 있는 자가 있는데 무슨 생각을 하고 있는가 하는 것이었다. 도쿄에서는 구마자와熊澤 교수가 복이 있는 자가 마음이 가난한가라고도 했고 가난한 자라고도 했는데 이 성경 말씀을 어떻게 생각하느냐고 물었다고 한다. 코온은 가난한 자에서 마음이 가난한 자에로 문제를 전개하여야 한다고 하였다고. 마음이 가난한 자에서 가난한 자로 올 때는 가난을 망각하기 쉬우니까 참 진리는 단순하다. 코온에게는 그러한 단순함, 소박함이 지니는 강한 힘이 있다.

오늘 (도쿄)여대에서 강의를 하면서, 특히 학생들의 정확한 영어 실력에 감탄하였다. 발음도 좋고. 그만큼 자라난 것이다. 이에 비하면 한국의 교육은 엉성하다고 하여야 하지 않을까. 2백 명 가까운 철학개론 시간의 수업 태도도 뛰어난 것이니. 기본적인 시민교양교육이 돼 있다고 할까. 우리나라의 소란한 교실을 생각하면서 나는 우울한 생각을 금할 수 없었다.

점심때는 구라쓰카 선생과 여러 가지 이야기를 나누었다. 한국에 사업차 1년에 한 번씩은 가지만 한국에도 『동아』에는 희망을 잃었다고 하면서도 구라쓰카 선생 같은 분의 성의에 감동하며 성금을 보낸다는 한 재일한국인의 편지를 보았다. 새삼 여러 가지를 생각하지 않을 수 없었다. 한국이 나아지기를 진심으로

---

83  지금은 이 명칭을 사용하지 않는다. 오늘날 말하는 '피차별부락(被差別部落)'.

바라지만 그에 대하여 자기가 너무나 무력하다고 생각되어서 절망에 빠진 것이 아닐까. 그러면서도 무슨 기대를 가지기 때문에 지원하는 것이 아닐까. 가련한 심정이라고 하겠다. 우리 국민 거의 모두가 그런 상태에 있는 것이 아닐까. 밤에는 국제기독교대학에서 할 강연을 구상하노라고 애썼다. 「현대의 고통과 기독교」라고 제목을 정했다. 괴로움을 겪는 사람들을 찾아오는 비인간화와 부유한 사람들을 찾아오는 비인간화를 말하고 그 양극화의 비극 속에서 화해의 종교로서 기독교가 하여야 할 역할을 생각하려고 한다. 새삼 자신의 메마른 정신, 사상, 사고에 실망하고 말았다.

18일 오전 1시 5분

# 5월 18일 일요일

오늘은 가와사키 교회에 나갔다가 오 선생 댁에서 저녁을 함께하였다. 날씨
가 좋은 탓일까. 가와사키 교회는 한산하다고 할까. 기운 없는, 지루한 예배. 서
울서 온 소식, KSCF는 연대延大에서도 해산령을 받았다고. 하부조직을 부숴버
리자는 것이라고 한다. 우리는 각오를 하고 가족은 한국에서 떠나게 하여야 하
지 않겠는가라고 떠보니까 강원용 목사가 노발대발하더라고. 어떻게 북의 침략
을 피할까 하는 데 신경이 곤두서 있는 느낌이었다고 한다. 가족을 떠나보낸다
면 비루한 패배를 우리가 자초한다는 강 목사의 말씀은 격려라고 하여야 한다.
UIM[84] 계통이 긴급조치 9호를 테스트하려고 한 200명으로 데모를 해볼까 한
다는 소식. 역시 불사신이라고 하여야 하겠지. 곧 미국 하원에서 시노트 신부,[85]
라이덴 목사가 증언을 할 것이라고. 박상증 형이 하순에 도착하면 우리는 가능
하면 이상철[86] 목사님도 모셔 와서 전략회의를 하기로 하고 있다. 재정비, 재전
투, 이렇게 가다듬어야 한다. 박은 갈 것이고 그 후 아무래도 우리는 반동의 반
격을 막기 위하여서도 참다운 언론을 가져야 하겠다.

18일 11시

---

84 도시산업선교회(Urban Industrial Mission). 세계교회협의회의 산하기구이다.
85 짐 시노트(Fr. James P. Sinnott M.M, 1929.6.18~2014.12.23) 뉴욕 브루클린 출생. 메
리놀 신학교를 졸업하고 사제 서품을 받은 후 한국에 선교사로 파견되었다. 인혁당사건
이 조작되었다는 문제를 가장 먼저 제기했고, 관련자 8명의 사형확정에 항의하다 1975
년 4월 30일에 박 정권에 의해 추방을 당했다. 2004년에 출간된 『1975년 4월 9일』이라
는 저서를 통해 인혁당사건의 전모를 밝혔다.
86 이상철(李相喆). 밴쿠버신학대학에서 공부를 하고 1969년부터 토론토 한인연합교회에
서 일했다. 김재준 목사의 사위이기도 하다.

# 5월 22일 목요일

월요일에는 한국 교회사와 일본 교회사 비교연구의 세미나에 참석. 텍스트는 이번에 나온 『한국 현대사와 교회사』[87]다. 내가 지도指導로 돼 있지만 약간 부끄러운 일이다. 어젯밤으로 간신이 「통신」을 끝냈다. 그러나 오늘 보니 역시 오자가 많았다. 서울 강 형을 찾은 하인드만 여사 덕택으로 최근의 정보를 얻은 것이 다행이었다. 코온 박사의 강연도 방해한다고. 엠네스티도 분열, 카톨릭 사제단도 분열화. 반공대회와 더불어 박의 총공세다. 긴급조치 제9호로. 이것을 무너뜨릴 공세의 가능성을 검토하여야 하겠다. 밖에 박에 대한 어글리 이미지를 주는 데는 성공했지만 국내전선 형성에는 약했다. 깊이 이 문제를 생각하여야 한다. 이번 볼드윈이 익명으로 내는 『세카이』 원고를 보았다. 역시 이런 점을 지적하고 있다. 볼드윈이 가지고 나온 처형당한 우홍선[88] 씨 부인의 시는 처절하기 짝이 없다.

> 오! 여보! 놓지 않던
> 당신의 차디찬 여윈 손을
> 꼭 쥔 채로 그 옆에
> 웃음 지으며 편히 눕고 싶소

이런 구절로 계속되고 있다. 마지막 구절을 적어두자.

---

87  1975년 신교출판사에서 발행되었다.

88  우홍선(禹洪善, 1930.3.6~1975.4.9). 경상남도 울주 출생. 4·19 이후 통일민주청년동맹 중앙위원장을 지냈다. 1964년 1차 인혁당사건으로 구속 1년, 집행유예 2년에 처해졌다가, 1974년 4월 인민혁명당 재건위사건으로 재구속되어 대통령긴급조치 위반, 국가보안법 위반, 내란예비음모, 반공법 위반의 혐의로 사형을 당했다.

사람 살리시오
사람 죽이는 것
구경만 하지 말고
사람 살리시오
목이 터져라 하고
소리 질렀네

1975.5.1

처절한 글이다. 이런 악인의 죄악. 국내는 당분간 경화하는 것일까. 내일은 야스에 형을 만나서 원고를 전달하고. 대학 강의는 이제 익숙해져가는 것 같다. 어머니는 더 건강해지시는 것 같다. 오늘 저녁에는 좀 여유 있게 이야기를 나누었다.

23일 오전 1시 5분

# 5월 23일 금요일

아침에 「통신」을 전달하였다. 야스에 씨는 김영삼 씨가 한쪽에는 긴급조치 제 9호로 묶어놓은 상태여서 박을 만나는 것이 옳은 것이냐고 반문하는 것이었다. 어제 서울대 학생들이 김상진[89] 군 추도, 민주 회복을 위한 모임을 하였다. 한 천 명으로 하였는데 3백 명은 체포되었을 것이라고. 나는 이것을 염두에 두면서 어떤 바람이 불던 이북으로부터의 위협과 우리의 불안을 불러오는 것이 바로 독재고 부패라고 계속 외친 것이 좋았었다고 하였다. 박을 만나느니 정치 휴전을 한다느니 하니까 박의 역습을 받았다. 지금의 강요된 분위기는 곧 무너질 텐데. 그것을 보면 학생들이 용하지 않은가. 반공대회를 하고 안일하게 총화니 하고 있는 때 "아니"라고 단호하게 말하였으니까 말이다. 지도자의 비전 그리고 지도력이 아쉽다는 생각이 든다. 지금은 피할 때가 아니라 잡혀가도 바르게 싸워야 할 때가 아닐까. 김대중, 김영삼 양 씨도 다른 사람들과 마찬가지로 자라목처럼 억압이 적어지면 쑤욱 나왔다, 억압이 심해지면 쑤욱 들어갔다 하고 있는 것이 아닌가. 그렇다면 그런 것이 반복될 뿐이다. 끝내 밀고 나아가야 터지는 것이 아니겠는가. 일본 사람들에게는 권력이 누르면 하는 수 없다는 생각이 있다. 이번 9호가 나오니 이제는 어떻게 하는 수 없는 것이 아닌가고 말한다. 그 폭력을 계속 밀고 나아가야 하는 것이 아닐까.

싸우는 지도자들이 거의 민중 일반과 마찬가지의 멘탈리티를 가지고 있다는 것이 문제다. 혁명적인 낙관론이 없다. 이번에 탄압이 오니 민중 일반과 마찬가

---

89  1975년 4월 11일 서울대생 김상진(金相鎭)은 경기도 시흥에서 열린 시국성토대회에서 유신체제와 긴급조치에 항거하여 할복자살을 했다. 5월 22일에는 천여 명이 '김상진 열사 추도식'을 거행한 후, 긴급조치 9호의 철폐를 외치는 대규모 시위를 감행했다. 이 시위로 인해 한심석 서울대 총장이 사임하고 치안본부장·남부서장이 경질되었으며, 29명의 학생이 구속되었다.

지로 침울해지고 슬퍼한다. 도대체 그러지 않고 권력을 내주리라고 생각한 것인가. 제9호까지 낼 수밖에 없는 적의 약점을 말하고 민중을 격려해야 하는 것이 아닌가. 그것은 붕괴 전야의 몸부림이라고. 주춤하고 있는 동안에 원점에 돌아가고 다시 힘을 일으키는 데 많은 에너지를 낭비한다. 국내에서의 어려움이 있기는 하겠지만 깊이 생각하여야 한다. 자금을 어디다 쓰느냐도 중요하다. 노동자가 지금 혁명전선의 선두가 되겠는가. 지금까지 노동자 조직에 너무나 많은 돈을 쓴 것이 아닐까. 그것이 박 이후에 중요한 효과를 나타낼지는 몰라도. 이제는 국내에 또 정보 결핍이 찾아온다. 정보를 돌리는 대대적인 지하운동이 있어야 한다. 이런 이야기를 하니까 오 형은 곧 2개월 전부터 하는 임정臨政 안을 내세운다. 나도 이제는 고려할 만하다고 하였다. 국내와의 암묵리의 합의가 있어야 한다. 그리고 국내 비기독교 세력 속에도 교두보를 세워야 한다.

　「통신」에 김상진 군 이야기를 쓰면서 죽음을 각오하는 데까지 이르는 인간의 위대한 정신을 다시 생각하지 않을 수 없었다. 참 「통신」에 관해서는 7월 20일경에 속편을 내기로 결정하였다고. 감사하다. 집에 돌아와서 미국 장혜원[90] 선생에게서 온 『뉴욕 타임즈』 클리핑을 보았다. 5월 17일부로 누구도 지지하지 않고 그 측근조차도 강요로 움직이고 있는 박에 대하여 날카롭게 파헤치고 있다. 긴급조치로 위축되었다고는 하나도 없었다. 미국 의회에서는 한국 문제 공청회에서 날마다 신랄한 공격이 나오고 있다. 나는 미 행정부와 의회가 이제는 허니문을 하려는 데로 나아가는 것이 아닌가 생각한다. 그 첫 표현이 캄보디아 사태[91]에 대

---

90　장혜원은 이화여대 약대를 졸업하고 컬럼비아대에서 유기화학으로 박사학위를 받은 후, 1970년부터 1990년까지 컬럼비아대 교수를 지냈다. 해외민주인사로 임순만과 함께 뉴욕에서 활동했다.

91　캄보디아 사태는 베트남의 지원을 받는 크메르 공산군과 미국의 지원을 받은 론 놀 정부군 간의 내전을 말한다. 결국 1973년 미군은 베트남에서 철수를 하였고, 론 놀은 1975년 4월 하와이로 망명하였다.

한 일치된 대처가 아니었을까. 『뉴욕 타임즈』 논조도 인권 없는 비민주적인 나라를 뒷받침해 주는 비윤리적인, 비민주적인 태도를 버리자고 계속 쓰고 있다.

　더욱이 이번 걸프의 400만 달러 정치헌금[92]을 취급하는 미국의 태도는 퍽 흥미로운 것이다. 그것이 김대중 씨 승리를 방해한 것이라고 보는가에 그렇다고 말하고 있다. 1971년 선거를 중심으로 하고 김대중 씨 말을 계속 인용하고 그를 문제 삼는 것은 어디에 이유가 있을까. 행정부에 사전에 연락했다고 하는 것이 아닌가. 그 소스를 어디서 얻었으며 왜 그것을 지금 문제 삼는가. 1971년 선거를 무효로 하고 그 후의 모든 상황에 있어서 지지를 확실히 상실하고 있다는 것을 보여주고 있다. 박의 자신 상실은 국민투표의 실패에서 더해간다고도 『뉴욕 타임즈』는 쓰고 있다. 이것은 미국 국민에게 박은 지지 받을 수 없다는 설득을 시도하는 것이 아닌가. 그 문제에 박도 관계되었다고 보여지는가 하는데도 걸프 사장은 그렇다고 말하고 있다. 이렇게 박을 몰아치니까 박은 긴급조치 9호로 대항했다는 것도 그럴싸한 일이다. 내놓지 않는다는 시위일 것이다. 워터게이트[93]의 솜씨로 미국 언론과 의회가 계속 추구해 가는 것이 아닐까. 그리하여 박을 궁지에 몰아놓고 그러한 미국의 태도를 미 국민은 지지하고 신문은 보조를 함께 하고 하는 꾸준한 공세가 시작되는 것이 아닐까. 여기에 따르는 우리 국내의 싸움이 문제다. 패배주의에서 일어나야 한다. 이 걸프사건은 동시에 리버럴한 김대중 씨를 밀 용의가 있다는 신호가 아닐까. 이것은 지나친 낙관주의일까. 낙관

---

92　프레이저위원회에서 걸프사의 밥 도시 회장이 한 증언에 의하면 박 정권이 민주공화당에 4백만 달러의 정치헌금을 주었다고 한다. 4백만 달러는 대선과 관련하여 행해진 두 차례의 헌금을 합한 금액으로, 첫 번째 헌금은 1966년에 주어졌고, 두 번째 헌금은 1970년에 전달되었다고 한다.

93　닉슨 대통령의 재선을 위해 1972년 6월 비밀공작반이 워터게이트빌딩 민주당전국위원회 본부에 도청장치를 설치하다 체포된 사건이다. 이 사건으로 인하여 닉슨 정권의 선거 방해, 정치헌금의 부정·수뢰·탈세 등이 드러나서 닉슨은 대통령직을 사임하게 되었다. 이 사건을 폭로해서 스캔들화하는 일에 워싱턴포스트의 기자들과 CBS 뉴스의 역할이 컸다.

없이는 혁명은 불가능하다. 언제 레닌이 절망하는 말을 하였는가. 레닌이라고 쓰니까 또 공산주의자 운운, 후일 이것을 증거로 하여 말할지 모르니까, 분명히 그의 전략, 전술, 신념에 대해서 하는 말이라고 첨가해 두자. 참 국내의 지식인들이 비루하기 짝이 없는 것 같다. 김동길[94] 교수의 그 희생에 대하여 "제까짓 게 뭐게" 한다니 말이다. 이 순진하지 못한 비루한 질투. 내가 하지 못하는 것을 남이 할 때 우리는 왜 박수를 보내지 못하는가. 내실 없는 오만…… 모두 두고두고 문제 하여야 한다. 그것이 우리가 싸워야 할 관료주의, 권위주의의 터전이니까.

24일 0시 30분

---

94 김동길(金東吉, 1928.10~2022.10.4). 평안남도 맹산군 출생. 연세대학교와 미국 보스턴대학을 졸업하고 연세대학교 철학과 교수로 재직했다. 『씨알의 소리』에 「내가 만약 대통령이 된다면」이라는 수필을 써 중앙정보부에 연행되어 고문을 받은 바 있다. 긴급조치를 비판, 민청학련사건, 김대중 내란음모사건 등으로 옥고를 치루었다.

## 6월 4일 수요일

학교 강의에 쫓기어 거의 아무 것도 못하고 있는 나날이라고 할까. 오늘은 도 쿄대 이시다石田 세미나에 나갔다 와서 줄곧 강의 준비였다. 이시다 세미나는 밀의 『자유론』을 소개한 일본의 나카무라 게이우[95] 번역과 중국의 옌푸[96]의 번역을 비교하는 것이다. 그들은 자유를 소개하고는 반동으로 흘러갔다. 자유주의의 반동화라고까지는 이시다 선생은 생각하지 않는다고 하였다. 반동적인 인간들의 젊은 시절의 관념적인 자유사상이라고 하여야 하겠지. 그런 의미에서는 나카에 조민[97]은 분명히 다른 길을 갔다고 생각된다.

오후 2시에 사카모토 요시카즈 교수를 만났다. 조용한 재사才士라는 인상이었다. 김 씨 논문 출판 문제에 대한 도움을 위한 만남이었으나 그리 도움이 되지는 못한 것 같다.

지난 토요일에는 박상증 형이 왔고, 그 다음 날에는 이상철 목사님이 오셔서

---

95  나카무라 게이우(中村敬宇, 1832.6.24~1891.6.7). 일본의 계몽사상가. 도쿄 출생. 유학·난학·영어 등을 공부하고 막부의 영국 유학생 감독으로 영국으로 건너갔다. 귀국 후에는 도쿄여자사범대학교 교장, 도쿄제국대학 교수를 역임했고, 후쿠자와 유키치(福澤諭吉)와 함께 메이로쿠샤(明六社)를 설립하여 계몽사상 보급에 힘썼다. 1872년 말의 『자유론(On Liberty)』을 『자유지리(自由之理)』라는 제목으로 번역했다.

96  옌푸(嚴復, 1854.1.8~1921.10.27). 중국 복건성(福建省) 출생. 계몽적 민족개혁론자. 해군기술사관을 양성하는 복주(福州) 선정국(船政局) 해군학교를 졸업하고 영국으로 건너가 서양의 제도와 사상에 관심을 가지게 되었다. 귀국 후에는 개혁론을 주창하면서 서양의 근대사상을 소개하였으나 의화단사건 후부터는 보수주의로 흘러갔다. 1903년 밀의 『자유론』을 『군기권계론(群己權界論)』이라는 제목으로 번역했다.

97  나카에 조민(中江兆民, 1847.12.8~1901.12.13). 고치현(高知縣) 출생. 프랑스에서 철학·사학·문학을 공부하고, 귀국 후에는 프랑스식 민권사상의 보급과 정부 공격에 앞장섰다. 1881년 자유당 결성에 참가하여 1890년 중의원 의원으로 뽑혔으나, 같은 당의 좌파가 내각과 타협하자 이에 항의하고 의원직에서 물러났다. 1898년에는 국민당을 결성하고 국민동맹회에 참가하는 등, 국민주의로 기울어져 러시아 정벌을 외치기도 했다.

줄곧 회의에 집중하였다. 국내는 총파탄이라고 하니 해외에 구심점을 세우자는 논의였다. 김재준 목사님을 중심으로 한 것을 세우고 박 형이 장차는 보좌를 하기로 하였다. 오 형이 서둘렀으나, 베트남의 경우를 보아 독재 하의 국내 제3세력이란 의미가 없다는 것이었다. 한국민주주의협의회韓國民主主義協議會 정도로 하자고 하는 것이다. 참 많은 것을 토의하고 많은 것을 결정하였다. 캐나다 한인 교회에서 사형당한 가족과 장기나 무기징역으로 고생하는 가족들 돕기운동을 하자는 것까지 결정하였다. 한 가족이 한 달에 10달러씩 하여 열 가족이 한 가정씩 맡자는 것이다. 기구를 확장하여 국내외의 정치에 큰 공헌을 하자는 것인데 자금과 인물 부족이 심할 것 같다. 박 형은 오늘, 이 목사님은 내일 모두 떠난다. 이번은 성과 있는 모임이었다. 국내에서는 IDC가 낸 산업선교회 문헌을 모두 번역해 가지고 좌익문서라고 공언하면서 각계 인사 훈련을 하였다고 한다. 그 서문에는 모두 좌익임을 주장하고는 거기에 이인하 목사까지 참여된 것으로 발표돼 있었다. 오 형 이름이 없는 것이 이상하다고 모두 웃었다. 무슨 계산일까.

WCC 방문단은 온건하게 다녀온 모양인데 무슨 결과가 올 것인가. 비교적 성공이었다고는 하지만. 의기소침한 국내에 대한 대책이 매우 중요하다. 이문영,[98] 한완상,[99] 서남동 교수 등이 추방당한 모양. 한신韓神 안병무, 문동환 두 교수의 파면 문제를 가지고 아직 진통을 하고 있으나 굴복하고 말 것이 아닌가 하는 전망이었다. 조향록 목사도 학교 폐쇄보다는 교수 2명, 학생 10명을 추방하는 길을

---

98    이문영(李文永, 1927.1~2014.1.16) 서울 출생. 고려대학교 법학과와 미시건대학교 행
      정대학원 졸업. 당시 고려대학교 교수로 재직 중이었으며 고대 노동문제연구소 소장이
      었다. 3·1민주구국선언, YH사건과 김대중 내란음모사건과 관련해 옥고를 치루었다.
99    한완상(韓完相, 1936.3.5~). 충청남도 당진 출생. 서울대 사회학과, 미국 에모리대학교,
      유니온신학교를 졸업. 당시 서울대 교수로 재직 중이었다. 이문영, 서남동, 안병무, 이우
      정, 현영학 등과 함께 한국기독자교수협의회의 명의로 『동아일보』에 3권분립과 언론, 신
      앙, 학문의 자유를 믿는다는 격려광고를 실기도 했다.

택하여야 한다고 주장하는 모양이다. 조덕현[100] 목사는 정부 협력에 열중하는데 기장[101] 총무가 될 가능성이 많다고. 박의 공세에 전면적 붕괴 같지만, 이것이 박의 마지막 발악이라고 생각하는 낙관론에서 반격을 하여야 한다. 모두 용기 표시이니. 그럴 조직이 없고. 용기는 조직에서 발휘되는 것이고 발휘되어야 하는 것인데.

이번 회의에서 이 목사님은 조국을 피해온 죄책감이 있었는데 이렇게 써주시니 감사한다고 말하는 것이었다. 국내에는 이런 '유머'가 있다고 한다. 이제는 툭하면 사형이니 더 내릴 벌이 없을 테니 앞으로는 '부활 금지'라는 긴급조치가 나올 것이라고. 서울서는 소식이 없다.

WCC 방문단의 기자회견 내용은 『아사히』에는 발표되지 않았다. 일본 언론의 냉각은 심해진다. 그런 의미에서도 『세카이』는 유일한 횃불이라고 할까. 이번 회의에서 교회 정치 속에 감돌고 있는 자기이익에 관한 이야기들을 듣고 정말 혐오증이 일어났다. 이것을 가지고 지금도 내일도 우리는 걸어가야 하니. 긴자 제일호텔[102]에서 돌아오는 내 발걸음은 몹시 무거웠다. 몸도 피곤했지만 정신적으로 견디기 어려운 허탈상태였다.

5일 0시 5분

---

100  조덕현(1929~2022.12.5). 한국신학대학을 졸업하고 1977년 한국기독교장로회 총회장을 역임했다. 1981년 뉴욕 한인 중앙 교회 제2대 담임목사로 2001년까지 사역. 1997년 미국장로교 동부한미노회 초대 노회장을 역임했으며 2002년 미국장로교 전국 한인 교회협의회 총회장으로 선출되었고 CBS이사장 등을 역임했다.
101  한국기독교장로회를 말한다.
102  다이이치호텔(第一ホテル). 지금의 東京第一ホテル.

# 6월 7일 토요일

계속 강의에 쪼들리고 많은 일이 밀려 있다. 내일은 여러 가지 밀린 일을 정리하여야 하겠다. 오늘은 오 씨라는 분을 만났는데 정체에 대한 의심은 가지만 인간성은 좋은 사람인 것 같았다.

편두통이 일어난다. 『세카이』는 이번에 인혁당 가족들의 처절한 모습을 『그라비아gravure』에 담았다. 그리고 그 문제에 대한 특별한 기고. 야스에 씨의 깊은 관심에 감사하여야 한다. 일본은 일·한각료회담을 미국과의 타합打合[103] 후로 연기한다고. 일종의 압력이 아닐까. 어쩐지 요즘은 서울이 그립다. 이런 생활에 견디기 어려움을 느끼는 것일까. 6월 29일에는 가와사키 교회에서 밤에 관동関東지방 집회를 위하여 강연을 하기로 하였다.

7일 1시 10분

---

[103] '타합'은 의미불명. 아마도 일본어 '打合(うちあわせ, 우치아와세)'의 한글 한자 음 '타합'을 편의상 그대로 쓰고 있는 것으로 생각된다. 우리말로 옮기면 '회의' 또는 '논의' 정도로 이해하면 된다.

# 6월 8일 일요일

오늘은 하루 종일 밀린 편지를 정리하였다. 미국 이승만 박사에게는 막대한 비용을 드리고 이번 여름에 내가 미국과 유럽을 여행할 필요가 있겠는가고 물었다. 더욱이 정숙이가 온다면 함께 떠나야 하니 지금 이 시기에 그런 낭비가 없을 것이 아닌가. 가토 씨에게는 김동길 교수의 목요기도회 출옥 소감을 보냈다. 그것을 그의 회보에 실었으면 하여서다.

오 선생은 감기로 넘어지고 나도 오늘은 편두통이니 아마 이번 회의 강행군에 상당한 무리가 있었던 모양이다. 약한 톤으로나마 김영삼 씨가 민주 회복을 말하였다고 하니 앞으로 그 방향으로 다소라도 움직임이 있을 것을 기대한다. 이렇게 하여 이번 여름도 박 정권은 넘어가는 것일까.

지난 토요일 구라쓰카 교수에게 동아에 격려 광고를 냈다가 오늘의 상태를 보고 그 금액을 돌려달라고 하여 성공한 두 크리스천 여성의 이야기를 하였다. 구라쓰카 교수도 우리도 그랬으면 하는 것이었다. 도쿄여대에서는 한 얌전한 학생이 한국 민주주의 지원, 고통을 겪는 사람들에 대한 성의라고 오천 원을 전해주더라고. 자기는 섹트[104]도 사회주의도 싫고, 정치의식도 없는데 다만 한국 사람들이 안 돼서라고 말하는 것이었다고 요즘은 뉴레프트[105] 섹트들이 한국 문제를 들고 나온다고 한다. 도쿄여대에도 교실마다 김지하 구출의 삐라가 붙고 교문에는 "일·한각료 회의반대, 한국에 군화 소리가 들려온다"는 현수막이 붙어 있다. 한국의 어글리 이미지는 씻을 길이 없다. 요즘은 한국에 대한 향수가

---

104 원래는 같은 조직 안에서 분파나 당파(sect)주의를 말하는데, 일본 정치에서는 신좌익당파(新左翼党派)를 말하는 경우가 많다.
105 신좌익(New Left)을 말한다. 기존의 지배체제와 기성의 좌익을 동시에 비판하지만 특별한 정치조직을 형성하지 않고 개인의 직접 행동을 강조한다.

울컥 치밀어 올라오곤 한다. 그때마다 옛날 망각하였던 선인들의 마음을 되새기게 된다.

9일 오전 1시

## 6월 10일 화요일

오늘 릿쿄에서는 독립협회를 취급하였다. 사상의 전진성前進性을 이야기하지 않을 수 없었다. 그 사상은 오늘도 그대로 해당된다. 상황이 동어반복同語反復이기 때문이다. 그러한 투쟁을 80년을 계속 하고 있다. 돌아오는 길에 야스에 형을 만나 『속 통신』의 초교를 가져왔다. 내일은 스미야 교수를 뵈어야 하고 모레는 강의고 빨리 넘겨야 한다는데 야단이다. 필자를 숨기는 문제 때문에 과히 손을 대서는 안 된다고 하지만 문장적文章的으로 손질할 데가 많아 곤란하다. 이번 달 「통신」은 연락온 것이 적어서 다소 문제일 것 같다.

11일 0시 40분

# 6월 15일 일요일

어제는 오 선생과 캐나다의 협의회 문제를 이야기하였다. 내가 그리로 가는 안도 생각하여야 할 것이 아닌가라고. 활동을 강화하여야 한다. 그것이 국제무대에까지 나서야 하지 않겠는가. 오늘 간신히 그동안의 『동아일보』를 보았다. 대북 공포만의 신문이라고 할까. 거기다가 이민 운운의 불안 조성. 몰락 전야 같은 인상. 파쇼가 가능하게 하려는 사회 불안의 조성일 것이다. 박 정권은 대미학지對美學者 외교가 한창이다. 양심의 소리를 돈과 권력으로 누르자는 것. 발등에 불이 떨어져 쇼만 하는 것이지. 우울한 나날이다.

16일 0시 20분

# 6월 17일 화요일

릿쿄 강의 때문에 최익현[106] 등의 사상을 더듬을 수 있었다. 학대받는 자가 역사를 바로 본다는 것을 새삼 느끼지 않을 수 없었다. 「기일본 정부寄日本政府」[107]의 글에서는 정말 그 역사를 보는 눈에 놀라지 않을 수 없다. 한국인이 그대로 있을 수 없고 아시아가 격동을 겪을 것이고 서구 세력이 일본의 경박한 행위를 방치할 수 없으니, 일본은 종당 망할 수밖에 없다는 것이었다.

오늘 저녁 『아사히신문』은 한국에서는 국민총동원법國民總動員法, 17세에서 50세까지를 민방위대民防衛隊[108]에 넣고 이들은 절대로 정치에 관여하지 못하게 하려고 한다는 것이다. 가관이다. 저 속에서 어떻게 참고 살 수 있을까. 저것이 마지막 단계라는 낙관론에서 힘을 가다듬어 이겨내야 할 텐데.

11시 57분

---

106 최익현(崔益鉉, 1833.12.5~1906.11.17). 경기도 포천 출생. 흥선대원군의 실정을 상소하였다 관직을 삭탈당하고, 일본과의 통상불가를 주장하다 흑산도에 위리안치 되었다. 단발령 반대로 투옥되었고 친일 매국노들의 처단을 요구하다가 두 차례나 일본 헌병들에 의해 향리로 압송당했다. 1905년 항일의병운동을 전개하다 체포되어 쓰시마섬(對馬島)에 유배, 그곳에서 세상을 떠났다.
107 일본 정부의 16가지 죄목을 따지는 글로 1906년 4월에 발표했다.
108 1975년 6월 16일, 첫 민방위훈련이 오전 10시 30분부터 38분간 실시되었다.

# 6월 22일 일요일

강의에 쫓기다가 「통신」을 쓰노라고 고생을 하지 않을 수 없었다. 오늘은 교회도 가지 않고, 드디어 탈고하였다. 퍽 몸이 따라가지 못하는 것 같은 느낌이다. 정신도 점점 따라가지 못하게 될 것이 아닌가. 그렇게 될 때 삶을 이어갈 자신이 없을 것 같은 느낌이다. 정말 고국에 돌아갈 길도 아득해진다면 나는 어떻게 될 것인가. 서울을 생각하면서 퍽 약해진 자신을 느끼지 않을 수 없었다. 이번 「통신」에서는 서울 소식이 별로 없어서 애쓰지 않을 수 없었다.

# 6월 26일 목요일

오늘은 강의가 비교적 성공적이었다고 할까. 철학 시간은 카시러[109]의 역사에 관한 항목이었으니까. 나는 웅변조로 남을 생각하게 하지 못해서 탈이다. 자기 수정自己修正을 하려고 하여도 어렵다. 미국은 대북강경책을 보도하고 있다. 이북에 대한 견제도 되겠지만 한국에 대한 경고라고 한다. 그렇게 전시체제라는 구실로 억압하지 말라고 하는 것이라고. 박은 그것에 대하여 저항하듯 집권을 유지하기 위하여 강경책을 쓰는 것일까. 17세부터 50세까지 민위대民衛隊를 조직하여 훈련하고 정치활동을 억제한다는 것이다. 어디까지 가려는 것일까. 못살게 굴지 않으면 집권을 유지하지 못 한다는 것일까.

어머니에게 어제 심한 말을 한 듯하다. 노추老醜에 대한 반발일까. 그러나 아무러시지 못한다. 늙음에서 오는 연약함이라고 할까. 가련한 생각에서 처량한 마음이 되었다. 이제는 나의 늙음의 문제가 머리에 떠오른다. 그렇게 되어서도 살아가야 하나.

연세에서 편지, 사라져 가는 아름다움에서 피어오르는 서글픔이라고 할까. 마음속에는 한없이 허전한 감이 흐르고 있다. 어떻게 할지 모를 때는 침묵하는 것이겠지. 삶의 문제, 삭막한 인생의 문제를 다시 생각한다. 박의 체제가 계속된다면 나는 이렇게 유랑하다 어떻게 될 것인가.

오 형이 과로로 몸이 심히 나쁘다고. 오늘 병원행. 그가 건전하여야 싸우겠으

---

109  에른스트 카시러(Ernst Cassirer, 1874.7~1945.5). 유태계 독일 철학자. 폴란드 브레슬라우 출생. 나치스의 박해 때문에 영국과 스웨덴을 전전하다가 미국으로 가서 예일대학과 컬럼비아대학 교수를 역임했다. 저서로는 제2차 세계대전 중 전체주의가 어떻게 득세하게 되었는가를 역사적으로 파헤친『국가의 신화』등이 있다.

니 더욱 그를 강요하여 휴식을 취하게 하고 건강을 회복하게 하여야 하겠다. 부인도 나쁘니. 저녁에는 어머니와 함께 시부야澁谷의 거리를 걸었다.

27일 0시 15분

# 6월 30일 월요일

어제는 가와사키 교회에서 강연이라고 할까 설교라고 할까를 하였는데 젊은 이들과 오 목사, 맹 목사 같은 분들과 대립이 노출되었다. 맹 목사는 오글 목사가 미 국무성 스파이라는 증거를 장황하게 늘어놓을 정도였다. 그래 그만 하나님이 기름 부은 종을 제멋대로 스파이라고 하는 말은 그만두시오, 라고 고함을 지르고 말았다. 지나쳤다는 후회는 있지만 참 한심한 모임이었다. 먼저 돌아왔으나 어떤 결말이 났을 것인지 모르겠다.

어머니가 떠나시게 된다고 하니 슬픔이 마음에 감돈다. 내 자유를 원하면서 슬픈 마음, 이것을 육정이라고 하는 것이겠지. 도쿄여대에서는 교수 두 사람의 스캔들 문제로 계속 진통을 겪고 있다. 그래서 오늘 초대받은 여성들의 성서연구회에 오가와 교수는 올 수 없었다고. 한국 교회에 관한 이야기를 하였지만 좋은 반응을 가질 수 있는 모임이었다. 그다음에는 구라쓰카 교수 댁에 가서 이 이야기, 저 이야기.

며칠 전에 미국 이승만 박사에게서 초청장이 왔다. 이제는 정말 도미할 생각으로 여러 가지를 준비하여야 하겠는데 아직 그런 마음이 되지 않는다. 마음도 몸도 바쁜 탓이 있겠고, 수속이 잘 될는지 하는 생각도 있기 때문이다. 국외 전선을 확립하여야 하겠는데. 구라쓰카 교수도 박 정권에 의한 희생자만 돕는 것이 아니라 박 정권을 넘어뜨리는 움직임을 도와야 할 것이 아닌가 하는데. 용기와 희생이 필요하지만.

11시 55분

오 선생은 오늘 또 동남아로 여행을 떠났다. 강문규 형이 곧 오게 될 것이라고. 자세한 소식을 듣게 되겠지. 국내에서는 오랜 침묵이 계속되는데 금후의 대책을 상의하여야 한다. 그를 내보내는 것은 다시 기독교 세력에게 선심을 써보자는 것이 아닐까. 잡았다 풀었다 하는 것이니까.

독일 브레드 포 더 월드에서는 책임자를 서울에 보낸다고. 과거 5년간에 독일 교회가 한국에 보낸 돈이 천만 불인데 어째서 이번 수도권 관계 7만 달러만 문제가 되느냐고 따질 생각이라고. 증인으로 채택되었다고 한다. 독일에서 원조를 얻기 위하여 인심을 사려는 제스처겠지. 국민은 눌러야 유지될 것이고, 외국에는 어글리 이미지를 보이지 말아야 원조를 얻어 유지할 수 있겠고 심한 딜레마라고 할까.

나의 미주 방문 계획은 점점 굳어져 가는데. 지난 날 일대사관에 가서 박세일[110] 군의 동창인 두 분의 영사를 만나 어머니 것도 내 것도 수속을 끝냈다. 한 분 김 선생과는 밤늦게까지 이야기. 그날은 오늘의 상황에서 젊은 사람들이 희망을 가질 수 없는데 어떻게 살 것인가를 이야기하였다. 폭력이 아닌 질서가 세워져야 할 텐데. 강 선생도 와서 제네바까지 간다면 내가 가서 할 일이 무엇일까. 나는 이 여름을 이곳에서 지내고 싶은데. 하여튼 많이 이야기를 나누어 봐야 하겠다. 국내 저항전선을 지하에 만들어야 한다. 얼마 전에 아프리카·아시아 작가회의에서 김지하 씨에게 문학특별상[111]을 보냈다는 보도였다. 다케나카竹中 교수는 노벨상을 운동하시겠다고. 도쿄여대 강의도 이제 거의 종막에 가까우니 좀 시간을 얻을 수 있을 것 같다. 도미 전에 여러 가지를 정리하여야 하겠고. 막대한 비용이 필요한데 어떻게 하여야 하겠는가. 얼마 전에는 세 사람이 모여서 새로운 투쟁을 전개하기 위하여 일종의 지하선언地下宣言을 내기로 합의하였다. 「통신」

---

110 박세일(朴世逸, 1948.5.12~2017.1.13) 서울대학교 법학과와 코넬대학교를 졸업했다. 귀국 후에는 청와대비서실에서 근무했으며, 17대 한나라당 국회의원을 지냈다. 1973년 부터 1975년까지는 도쿄대학에 있었다.

111 아시아·아프리카 작가회의(Afro-Asian Writers' Conference)는 제7회 로터스상을 옥중에 있던 김지하 시인에게 수상했다. 로터스상은 제3세계 노벨상이라고도 불린다.

은 속편과 합하여 영문 출판하기 위하여 거의 합의가 되어가는 모양. 우선 지하 세력이 문서를 널리 펴는 일부터 하여야 한 것이 아닌가하고 이야기를 나누었다. 내일은 김 선생과 만나 도미 스케줄을 짜고 오후에는 여성연합회에서 강연이다. 밀린 잠을 오늘은 좀 자야 하겠다.

2시 30분

# 7월 8일 화요일

도미 문제로 사방에 소식을 보냈다. 오늘로 드디어 방학 전 수업완료. 릿쿄에
서는 시험을 보았다. 어제는 김 선생과 박 선생을 만나 이야기하였다. 박 선생은
독일에 있는 이영희[112] 씨를 꼭 만나봐 달라고 한다. 저항 세력의 다리를 놓을 수
있는 분이라고. 한일회담 반대로 3년이나 제명처분됐던 사람이고 그 후에는 노
조에서 근무하였다. 우리의 조직에서 살릴 수 있을 것 같다는 것이다.

어머니가 어제 서울로 돌아갔다. 어머니에 대한 염려를 다소 놓은 것이라고
하겠지만 이렇게 살아야 하는 운명에 어떤 슬픔이 복받쳐 올라오는 것을 참는
다. 어머니도 마찬가지겠지. 아니 훨씬 더 할 것이 아닌가. 식자識者됨의 어려움
이라 할까.


오늘은 저녁에 와세다대학 사회과학연구소에서 「한국 현대사에 있어서의 민
중과 지식인과 권력의 문제」에 대하여 이야기하였다. 나를 초청해준 가와하라
川原 교수는 훌륭한 분인 것 같았다. 와세다에 있어서의 반체제파라고. 나를 추천
한 것은 호리[113] 군이었다. 민중이 무엇이냐 하는 질문이 나와 여러 가지 생각하

---

112 이영희(李永熙, 1943.7.19~2016.10.20). 경상북도 경산시 출생. 제23대 노동부 장관.
  경기고, 서울대 법대 졸업. 서울대 대학원 법학 석·박사. 서울대 재학시절 1965년 한일
  회담반대 학생운동에 참여했다가 제적되었고, 졸업한 뒤에는 1971년부터 1974년까지
  한국노총과 전국자동차노조에서 근무. 서울대 출신이 한국노총에 들어간 첫 사례였음.
  또한 한국크리스천아카데미 기획실장을 지낸 바 있다. 1993년에 학술지『법과 사회』에
  기고한 글에서 "노동현장에 정부가 지나치게 개입하는 것은 바람직하지 않다"는 입장을
  밝혔다.
113 호리 마키요(堀真清, 1946~). 정치사학자. 와세다대학과 케임브리지대학 졸업. 지명관
  이 일본으로 망명한 직후, 하야시 시게루(林茂) 교수의 소개로 처음 만났다. 2011년『한
  망명자의 기록-지명관에 대하여(一亡命者の記録-池明観のこと)』라는 제목으로 책을
  출판한 바 있다. 현재 와세다대학 정치경제학술원 명예교수.

지 않을 수 없었다. 억압받는 자, 그러나 지식인이란 민중에 대한 추상적인 논의만 할 뿐이고, 민중과 더불어 있지는 않는 것이 아닌가. 혁명적 지식인은 민중을 이념화한다. 레닌의 경우도 그렇고, 16세기에 인디언을 지키려고 한 라스 카사스[114]의 인디언도 그랬다. 일제하의 민중이란 일제 순응의 우민愚民들이었는지도 모른다. 그러나 그들 속에 깊은 자기 소리가 있다. 이것을 들을 수 있는 안테나가 있어야 한다고 가와하라 교수는 말했다. 지식인은 있어야 할 민중을 그리는지도 모른다. 민중과의 대화와 투쟁은 좌절을 겪기도 한다. 독립된 인간 사이의 관계란 그런 것이 아닌가. 민중은 우매한 것, 지식인은 그 세계를 모르는 것 식의 정적인 이분법은 반동을 낳는 데 불과하다. 충돌과 긴장을 자아내면서 우리는 함께 역사를 창조한다는 자세를 지녀야 한다. 그리하여 민중관도 심화되어야 한다. 지식인이 민중과 존재에 있어서 일치한다는 것이 아닌가. 지식인의 민중 지향성이 문제다. 그 민중 지향성이란 역사의 출발에 불과하다.

오늘 전차 속에서 요시노 겐자부로吉野源三郎[115] 씨의 『동시대의 일同時代のこと』을 읽기 시작했다. 이번 노지리野尻 도쿄여대 캠프에서 이 책을 중심으로 하여 토의하여야 하기 때문이다. 존 리드의 『세계를 움직인 10일간』[116]이라는 리포트가 러시아 혁명에 대한 가장 뛰어난 기술이라고. 그 사건 속에 많은 사람들이 가 있었

---

114  라스카사스(Las Casas, 1484.11~1566.7.17). 에스파냐 출신의 성직자이자 역사가. 유럽 최초의 반식민주의자. 탐험가로 남아메리카로 건너간 후에 사제 서품을 받게 되었다. 스페인 정복자들의 잔학 행위와 인디언들의 처참한 현실을 보고 새로운 문명공동체 건설을 위해 노력했다. 계획이 실패로 끝나자 스페인으로 돌아가서 유럽인들의 잔학행위를 고발하는 데 힘썼다. "만약 천국에 스페인 사람들이 있다면 나는 그곳에 가고 싶지 않다"라고 했다.
115  요시노 겐자부로(吉野源三郎, 1899.4.9~1981.5.23). 도쿄 출생. 도쿄제국대학 철학과 졸업. 『일본소국민문고』(『日本少國民文庫』) 편집 주임을 역임하였고 1945년 『세카이』의 초대 편집장에 취임했다. 1974년 이와나미신서에서 『동시대의 일－베트남전쟁을 잊지 말라(同時代のこと－ヴェトナム戰爭を忘れるな)』를 출판했다.

으나, 민중사民衆史의 미래를 보고 쓴 사람은 리드뿐이었다는 것이다. 다른 사람들은 혁명을 실패에 돌아갈 하나의 사건으로 본 데 지나지 않는다. 리드는 그의 역사안歷史眼 속에서 이 혁명을 지지하였다. 러시아 붕괴 상태에서 그들만이 건설적인 사상과 행동을 가지고 있었다는 것이다. 그러니까 그것을 성공할 것이라고 보고 지지할 수밖에 없었다는 것이다. 한국에 대하여 우리는 뭐라고 말할 수 있을 것인가. 저 붕괴 속에서 내일을 담당할 사상과 행동은? 러시아의 경우에는 그것을 부여한 것이 레닌이었다.

우리는 캐나다에 집결체를 두려고 생각하고 있다. 지금 거기에는 김 목사님을 제외하고는 국내에 잘 알려진 인물이 없다. 우리는 이제 우리의 투쟁을 통하여 그런 인물이 자라나서 국내에서 기대를 걸게 하여야 한다. 이런 문제를 모색하기 위한 내 여행이라고 하겠지만 이번은 다만 탐색의 출발 정도에 지나지 않을 것이 아닌가. 정숙이와 함께 가는 데 대한 염려가 많다.

9일 0시 55분

---

116  존 리드(John Reed, 1887.10.22~1920.10.17) 미국의 저널리스트이며 사회주의자. 19 17년의 러시아혁명을 현장에서 목격하고 르포르타주 형식으로 『세계를 뒤흔든 10일간 (Ten Days That Shook The World)』을 출간했다. 미국에 최초로 공산당을 창립하였으나 권력 투쟁 과정을 지켜보며 회의를 느꼈다.

# 7월 12일 토요일

10일날 노지리호<sup>野尻湖</sup>에 갔다가 저녁때야 돌아왔다. 오니까 이 박사에게서는 미 의회 공청회 기록이 와 있었다. 김 목사님에게서는 『제3일<sup>第三日</sup>』이 와 있고. 서울서는 무소식, 그 운명의 길을 가는 것이겠지. 이번 도쿄여대 캠프는 매우 흥미 있는 것이었다. 내 세미나의 여학생들도 좋았고. 우수하다. 질서정연하였고 그러니까 활기가 없었다고 할까. 노래도 그다지 없었고. 차근차근한 성격이 어디서나 드러나고. 나는 우수하다고 생각하였다. 스턴트에는 위트 만발이었다. 내가 도쿄여대 학생들을 퍽 우수하게 보는 것은 교육적 낙관론에 근거하는 것이라고 할까. 혁명적 낙관론과도 같은. 9일날 밤에는 강 선생과 긴 이야기. 간신히 허가를 받고 떠나는 제네바행이었다. 박의 병이 위독하다는 설이 또 나도는 모양. 그러니까 그 악당들은 그로하여금 악법을 다 만들어 놓게 하고 그에게 악명을 씌워 보내고 자기들이 계속하려는 것이 아닌가. 그렇다면 이것에 대한 카운터 조직을 이제는 지하로라도 조직해 가야 하는 것이 아닐까. 내일은 니시카타마치<sup>西片町</sup> 교회에서 스즈키 마사히시<sup>鈴木正久</sup>[117] 목사님 7주기 기념강연을 한다. 너무 피곤하여 준비는 내일 아침에 하여야 하겠다.

11시 7분

---

117 스즈키 마사히사(鈴木正久, 1912.8.7~1969.7.14). 일본기독교단의 목사. 치바현(千葉県) 출신. 일본기독교단총회 의장 재임 중에 1967년에 「제2차대전하 일본기독교단의 책임에 대한 고백」을 발표했다. 1941년, 일본기독교단 창립과 함께 교단 목사가 되었으며, 혼고(本郷)중앙 교회 목사, 고마고메(駒込) 교회(현재 니시카타마치 교회) 목사, 일본기독교단 선교연구소 위원장 등을 역임하였다.

# 7월 17일 목요일

　도운 양과 점심을 함께하면서 여행에 관한 정리를 하였다. 비행기 표만 백이십만 원이 넘으니, 미국 교회에서 다소 원조를 받는다고 하여도 백오십만 원의 여행이 되리라고 생각된다. 그만큼 효과가 있을까. 내일 정숙이가 무사하니 도착하여 목적지 추가가 되었으면 좋겠는데…….

　오후에는 신교에서 긴급회의, 한국 내 상황을 이야기하였다. 호의가 있는 듯이 보이면서 기만하는 것이 김관석 목사의 경우가 아닐까. 하야카와 씨 등 때도 그랬으니까. 박 정권을 보는 우리 눈이 아직 후하다. 김재준 목사님을 초대하여 일을 하기로 하였다. 『세카이』에서는 좌담회를 하기로 하고 여기서 말이 새어나가기 전에 캐나다에서 일본 입국 비자를 받으시라고 오늘 소식을 보냈다. 김 목사님의 경우는 정치적이기보다는 종교적, 신학적인 모임으로 하자고 제안을 하였다. 『속 한국통신』[118]이 나왔으므로 곧 번역하여 우리의 투쟁을 위하여 영문 출판을 하여야 한다고 강조. 미국 대통령 선거에 한국 문제가 이슈가 되어야 한다. 민주당 후보가 한국의 민주세력을 반공적인 다음 세력으로 지원할 수 있게 하여야 한다. 이런 이야기가 논의되었다.

　미국에서 가이거 여사 등이 임정臨政을 구상한다고. 유럽에서도 그런 의향이 있다고 하였으니 시기가 모두 맞아가는 것일까. 김 선생은 그것을 좋지 않게 보았지만 나는 적극적인 평가를 하자고 하였다. 우리 쪽 힘이 없으니 그들이라도 하여야 한다. 우리가 좋은 활동을 전개하면 우리와 하나가 될 수 있다. 이미 생긴다면 그렇게 밀고 나아가야 한다.

　저녁에는 다카하시高橋 선생 모임에서 한국에 대한 이야기를 하였다. 선의의

---

118　이와나미신서에서 『속 한국으로부터의 통신(続 韓國からの通信 - 1974.7~1975.6)』이라는 제목으로 출판되었다.

모임이었으나, 오늘의 한국의 상황에 코멘트할 수는 없는 분들이었다. 다 끝나고 후루야声屋 선생과 일본 교회의 화해 문제를 이야기하였다. 그리고 일본 기독자 교수들이나 유니언 교회에서 추방된 교수를 도와줄 수 없는가라고 도움을 요청하였다.

오늘은 『동아일보』16일 자를 보니 피관찰자被觀察者, 피보안감호자被保安監護者를 정하고 후자는 수용[119]을 한다는 것이다. 정말 이제는 전국을 감옥으로 화하려는 것일까. 미국에서 온 하원에서의 이재현 씨의 증언[120]을 읽었다. 박 정권이 하는 짓이 너무나 뚜렷하게 나타나 있다. 훌륭한 증언이라고 생각했다.

18일 0시 40분

---

119 사회안전법(社會安全法) 시행령에 의하면 피보호관찰자는 3개월에 한 번씩 주요활동사항을 관할경찰서장에 신고하여야 하고, 피보안감호자는 보안감호소에 수용하여 교화 감호하도록 하였다.

120 1970년부터 주미 공보관장을 맡았던 이재현이 1973년 6월 미국으로 망명한다. 그는 미 하원 윤리위원회 청문회에서 1973년 봄에 워싱턴 주재 한국대사관에서 김동조 대사와 양두원 공사 등이 참석한 가운데 매주 2, 3회 회의를 열고 의회 매수공작과 유신체제선전 작전을 협의했다고 증언했다. 또한 대사가 백 달러짜리 지폐를 봉투에 챙기는 것을 목격했는데 대사에게 누구에게 줄 돈이냐고 묻자, "의회"라고 대답했다고 했다.

# 7월 21일 월요일

서울서 조안 휘셔[121]가 와서 김 선생을 통하여 자세한 소식을 들을 수 있었다. 그래서 어제까지로 대략 탈고하였던 원고에 여러 가지를 첨가하지 않을 수 없었다. 서강대학의 이야기, 한국호국단 결단식에 교수나 총장 이야기 때는 기립을 하였으나 문교 관리가 이야기할 때는 갑자기 모두 주저앉았다는 이야기. 한신대 이야기, 신임 교수에게는 정상적인 박수를 보내고 신임 학장 서리에게는 장난처럼 느릿느릿한 박수를 보냈다는 이야기. 무언의 저항의 시대라고 할까.

오늘 미 대사관에서 비자를 받았다. 4년간 멀티풀이다. 후해졌다고 할까. 수속료도 없고. 내일은 캐나다 대사관에서 비자를 받는다. 미국에는 속편 「통신」을 좀 가지고 가야 하겠다. 미국에서 상의할 전략도 좀 구상해 두어야 하겠고.

김지하 씨의 이것이야말로 진짜 고백서라고 할 것을 입수하였다. 야스에 형과 이야기하여 이것을 취급하기로 하려고 한다. 오늘은 너무 늦어 그것을 읽어 보지 못한다.

---

121  1975년 3월 26일 자에 등장하는 '죠안'과 동일인물로 추측된다.

# 7월 30일 수요일 오전 6시 35분

시카고의 더위는 대단하다. 아침잠을 이룰 수 없어서 일어나서 이것저것을 정리한다. 오늘 머스키건<sup>Muskegon</sup>으로 향하면서 그 전에 린다 존즈 여사를 만나야 한다. 그의 활동이 어떻게 전개되고 있느냐를 알아보고 미국 각 주에 있어서의 활동을 좀 더 조직적으로 전개하기 위하여서이다.

지금까지의 여행은 예상외로 성공적이었다고 할 수 있지 않을까. 23일 도쿄를 떠나 23일과 24일을 하와이에서 보냈다. 푹 쉴 수 있는 서늘한 날씨였다. 25일부터 그저께 아침까지의 로스앤젤레스의 생활은 참으로 분망한 것이었다. 일요일 홍<sup>洪</sup> 목사의 부인을 여의고나서의 설교는 참으로 감동적이었다. 죽음은 도적 같이 임한다. 고통은 사랑과 함께 온다. 인간은 영이다. 이러한 내용이었지만 아내의 죽음이라는 가장 처절한 사실을 놓고 이렇게 깊이 있는 것을 감동적으로 전할 수 있는 목사란 참 드문 것이 아닐까. 나도 눈물을 거둘 수가 없었다. 일생 잊을 수 없는 설교가 된 것 같다. 이 설교에 참석하고 이 불행 속의 홍 목사님을 방문하였다는 사실만으로도 이번 여행은 보람이 있었다고 할 수 있지 않을까.

로스앤젤레스에서는 명<sup>明</sup> 형 댁에 유<sup>留</sup>하였다. 많은 신세를 졌다. 그의 신앙이 매우 깊어진 것을 느꼈다. 김상돈,[122] 차상달,[123] 두 선생을 비롯하여 박재훈, 김정순 두 선생과 같은 옛 친구들을 만나 서울 한 귀퉁이에 있는 것 같은 착각을 느꼈다. 명<sup>明</sup> 형 댁에서 10여 인과 과히 깊이까지 들어가지는 않은 담소를 즐기고, 일요일 저녁 교회 학생들과 젊은이들의 모임에서 이야기한 다음, 야반<sup>夜半</sup>까

---

122  김상돈(金相敦, 1901.6.9~1986.4). 황해도 재령 출생. 일본 메이지학원(明治學院) 신학부 졸업. 1951년에 반민족행위특별조사위원회 부위원장을 역임했고, 3, 4, 5대 의원과 4·19혁명 이후 초대 민선 서울시장을 지냈다. 박 정권의 장기 집권이 계속되자 회의를 느끼고 미국으로 이민을 떠나 반정부활동을 계속하였다.
123  당시 미국 로스앤젤레스 조국자유수호인회(祖國自由守護人會)의 대표였다.

지 로스앤젤레스에서의 전략을 이야기하였다. 우리가 예정한 계획에는 모두 찬동이었다. 캐나다의 강화 미주 내에서의 각 주 위원회의 발족, 모두 이의가 없었다. 앞으로 한층 더 조직적으로 전개될 것이라고 생각한다.

어젯밤에는 김상호 형 댁에서 유하면서 감리교 차 목사님 모임에서 이야기를 함께 나누었다. 차 목사님도 우리와 같은 의견이었다. 최소한 50명으로라도 커뮤니티를 구성하라는 것이었다. 자금 문제도 가능하다는 격려였다. 당당하게 한국 교회 건물을 가지고 있는 터이니까, 그런 교포들의 잠재력을 확신하는 것도 당연하지 않을까. 김 목사님이 생존해 계시는 동안 조직이 확고한 자리를 잡아야 한다는 것이었다. '한국일기'라고 할까, 영문으로 실을 정확히 전달하는 일을 어서 하여야 하겠다.

어제 모임에서 홍혜숙洪惠淑을 만난 것은 놀라움이었다. 밤늦게 김상호 선생 댁까지 찾아와서 정숙이와 이야기하였다. 사방에 벗이고 이웃이 있고 동지가 있다. 이제 그 거점들을 연결하여야 한다. 오늘 페닌가 중령님을 러딩턴Ludington으로 찾고는 속히 토론토로 가서 지금까지의 생각들을 구체화하는 노력을 하여야 하겠다. 그저께 바라본 그랜드캐니언은 참 장엄한 경치였다. 시카고에서 안 이야기이지만 미국에서는 박 정권은 교회에 향하여 방위성금을 내라고 야단이라고 한다. 차 목사님 교회는 그 제의를 단호 거부하였다고. 김장환[124] 목사는 박 정권의 정당성을 설득하려고 미주를 순방하곤 한단다. 정권이 주는 우대가 그들의 눈을 그렇게도 흐리게 하는 것일까. 로스앤젤레스 텔레비전에서 강신명,[125]

---

124 김장환(金章煥, 1934.7.25~). 경기도 화성 출생. 침례교 목사. 극동방송 사장과 침례교 세계연맹 총회장 등을 역임했다. 1973년 5월 빌리 그레이엄(Billy Graham)의 서울전도 대회 때 통역을 맡았다.

125 강신명(姜信明, 1909.6~1985.6). 경상북도 영주 출생. 장로교 목사. 평양신학을 졸업하고 평양장로회신학교, 일본 도쿄신학교, 미국 프린스턴신학대학원 등지에서 수학했다. 연세대학교 재단이사장, 대한예수교장로회 총회장, 한국기독교선교단체협의회 회장 등을 역임했다. 피난민 교회였던 서울 영락 교회(당시 베다니 교회)에서 한경직 목사와 함

한경직[126] 목사가 박근혜와 나타나서 기독교적 반공을 말하였다고. 어리석은 사람들. 대외 선전을 위한다고 하는 정부의 노력도 졸렬한 것. 이런 사람들에게 위기에 처한 조국의 운명을 맡기다니.

7시

께 동역목사로 일했고 1955년부터 서울새문안 교회에서 25년간 목회를 하였다. 1975년 4월 기자회견을 갖고 신앙 활동은 반공으로 승화되어야 한다고 말하였으며, 제5공화국 입법회의에서는 입법의원으로 참여했다.

126  한경직(韓景職, 1902.12.29~2000.4.19). 평안남도 평원 출생. 장로교 목사. 평양 숭실 전문학교를 졸업하고 엠포리아대학에서 신학박사학위를 받았다. 대한예수교장로회 총회장, 숭실대학 이사장, 홀트양자회 이사장 등을 역임했다. 1969년 국토통일원 고문을 지냈고 1974년 반공연맹 이사를 지냈다. 1975년 6월 여의도 광장에서 실시된 「나라를 위한 기독교연합기도회」에서 공산화로 나라를 잃게 되면 모든 것을 잃게 되므로 모두가 한마음으로 힘을 합치자고 했다.

# 7월 31일 목요일 오후 7시 20분

어제 오후에 머스키건에 도착하여 페닌가 중령님 댁으로 왔다. 아름다운 미국의 시골. 평화로운 하루를 보내고 푹 쉴 수 있었다. 시카고를 떠나기 직전 맥코믹신학교McCormick Seminary의 포우딕 교수와 만나 이야기를 나누었다. 산업선교 관계 일을 하면서 한국 문제에 대하여 적극적인 노력을 하고 있다고. 8월 15일에는 맥코믹신학교에서 한국 문제에 관심을 가진 사람들의 전국회의를 한다고. 캐나다에서 사람을 좀 더 보내달라는 부탁이었다. 여기에서 시작하여 한국 문제가 미국 대통령 선거의 이슈로까지 등장한다면…… 이 회의에 대한 정보도 많이 필요하다고 하는데…… 일본 대표도 봤으면 좋았을 걸 하는 생각이지만…….

린다 존스와 공항에서 두 시간가량 이야기하였다. 지금까지의 노력에 감사하지 않을 수 없었다. 대통령 선거에 한국 문제를 등장시키기 위하여 시카고에서 노력을 하고…… 미네소타에까지 뻗치고 있다고. 강력한 여성단체를 동원하고 있다. 미네소타는 프레저 의원이 나온 곳이다. 이 두 의원에도 영향을 주려는 것이다. 월남전 반대를 성공으로 이끈 운동가들의 힘을 한국 문제로 돌려야 한다. 미국에도 공산주의 때문에 박 정권에 대한 싸움을 전개해서는 안 된다는 논조가 있다고 한다. 이것을 뚫고 우리의 운동을 전개하여야 한다.

지금은 페닌가 중령 댁에 있다. 친절과 대접과 선물, 너무나 무거운 짐을 지는 것 같다. 오늘 러딩튼에 가서 심지어는 어머니를 위한 모포와 가정을 위한 요리 세트까지 선물로 받았다. 참 시카고에서는 혜숙의 신랑으로부터 20달러를 선물용으로 받았고. 혜숙의 신랑, 김경렬 씨는 지나치게 똑똑하다고 할 만치 착실한 사람이었다. 한국 YMCA도 그곳에서 시작하고 있다니 좋은 열매를 맺게 되겠지.

시카고의 차 목사도 임창영[127] 박사의 노고에 대하여서는 회의적이었다. 이북에 대한 태도가 너무 관대하고 정치적인 야심을 가지고 있다는 것이다. 이러한 분열을 어떻게 극복할 것인가 하는 것이 우리의 문제가 아닐까. 그러니까 모든 조직과 그룹을 두고 캐나다를 강화하고 그 모두와 관계를 가지게 하는 것이 중요하다고 하여야 하지 않을까. 내일은 토론토로 향하니까 거기서 구체적으로 토의를 하여야 하겠다. 어제는 잘 쉴 수 있었다. 내일은 아침 일찍이 떠나서 디트로이트Detroit를 거쳐서 간다. 이 평화스러운 고장에 매혹되지만 한편 너무나 격동하는 현실과 멀다는 생각이 든다. 격동 속에 있다가 이런 데 와서 정리하는 일보 전진을 위한 삼보 후퇴하는 의미로서는 매우 귀중할지 모른다. (화씨) 90도 이상의 더운 날씨다. 이곳 그늘 덕택으로 그다지 고생하지 않고 나날을 보내는 것 같다. 오늘 슈퍼마켓에 들려보니 생활필수품이 일본보다 싸다는 느낌을 가질 수 있었다. 너무 장사에 능숙한 일본이 문제라고 하여야 할까.

7시 55분

---

127 임창영(林昌榮, 1909.10.30~1996.1.25). 황해남도 은율군 출생. 재미 통일운동가. 평양 숭실전문학교와 미국 프린스턴대학교를 졸업했고 프린스턴대학교과 뉴욕주립대학교에서 교수로 재직했다. 청년 시절에는 상해임시정부에 관계하면서 독립운동에 참가했다. 4·19혁명 직후에는 유엔주재 한국대사를 역임했으며 재미민주한인협회 의장, 미주민주국민연합 의장, 민주민족통일해외한국인연합 수석의장, 조국통일범민족연합 해외본부 의장으로 활동했다. 북한에서는 그에게 국기훈장 제1급과 조국통일상을 수여하였다.

# 8월 6일 수요일

4일날 저녁에 뉴욕으로 왔다. 어제는 영사관에 가서 경유지 추가를 받았다. 부부 동반은 규정에 어긋나는 것이라고. 경유지로서는 스위스와 태국을 허가받았다. 여러 나라를 방문하는 관광은 어려운 것이라고. 게다가 영국, 독일, 프랑스, 이탈리아는 비자가 필요 없으니 경유지를 추가하여 명시하는 것도 필요 없을 것이라고. 오늘은 아침에 스위스 입국 비자를 받고는 메트로폴리탄 뮤지엄에서 거의 하루 종일을 보냈다. 광대한 컬렉션에 다시 놀랐을 뿐. 어제는 유니온 부근을 다녀왔다. 의외로 옛날과 같은 아늑한 분위기라 도리어 놀랄 정도였다. 지하철은 매우 더러웠지만.

토론토에서는 뜻깊은 나날을 보냈다. 8월 1일에 도착하여 4일까지 나이아가라에도 가고 캠핑에도 가서 구체적인 상의를 하였다. 캐나다에서 사실에 관한 영문 정기간행물을 내기로 합의하였다. 여러 가지 단체를 자주성 있게 남겨두고 협력하는 방법도 모색하였다. 김 박사님이 건재하시기 때문에 모든 일이 순조롭게 진행될 것으로 낙관한다. 김관석 목사와 활빈 교회 문제는 불행한 사건이지만 이것으로 독일 교회의 관심이 매우 증대된 사실을 우리는 중요시할 필요가 있다. 여러 가지 반박反駁 간행물의 발행인들이 한 번 모여 본다는 것. 교회 지도자나 반박 단체 책임자들이 함께 모여 본다는 것 등 함께 상의하여 합의를 보았다. 김 박사님 같은 분이 미주를 순방하시는 것도 협조해 드릴 길을 모색하기로 하였다. 임정 같은 것의 전 단계를 이룩하자는 것이다. 오늘 저녁에는 임창영 박사님과 전화로 말씀을 나누었다. 널려져 있는 운동이 각각 자기 길을 가면서도 어떻게 공동 목표를 향하여 협력하는가에 대하여 말씀드려 완전 동의를 받을 수 있었다. 한 번 뵙지 못하고 내일 떠나는 것이 유감이다. 미주에서도 곡식은 익어 가는데 거둘 사람이 없다는 생각이 깊다. 순방과 연락 그리하여 상호의 이해와 연대를 이룩하여야 한다. 거기에서 생산적인 것이 산출되어야 한다. 서로를 비난하는 것으로 우리를 소모해서는 안 된다. 그런 경우에야말로 정보부의 활동이 개입하게 된다. 하나 되는 조직보다는 여러 조직의 자발적인 활동과 필요한 때의 연합이 중요하다. 워싱턴에 와 계시는 시노트 신부의 활동을 많이 지원하여야 한다. 도쿄로 토론토에서의 결과를 알렸다. 뉴욕 날씨는 비가 오더니 차가워졌다.

10시 35분

# 8월 11일 월요일

8월 7일 아침에 런던에 도착하였다. 밤을 비행기에서 지낸 탓인지 정숙이의 건강이 좋지 않았다. 8일날은 소호SOHO구에 있는 중국 음식점을 찾아야만 하였다. 택시 대절로 시내를 다녔다. 웨스트민스터Westminster 대교회를 찾은 것이 인상적이라고 할까. 처칠 경, 리빙스턴, 바이런들의 묘비 바닥돌을 보면서 걸었다.

파리에는 8월 9일 저녁에 도착하였다. 전과 다름없는 관광 코스였다. 이번에는 내가 안내하여서 베르사유까지 다녀왔다. 전번에 나를 안내해 준 林[128] 형은 기원棋院을 한다고 하는데 찾을 길이 없고, 루브르에서 모나리자, 밀레의 만종까지 보면서 그 방대한 미술에 놀랄 뿐이었다. 프랑스는 미의 나라. 조형의 나라. 그리하여 프랑스 사람들은 그 감성으로 사물과 사건을 보는 독특한 눈을 키워 왔다. 그 미美, 그 미의 언어가 아니고는 철학도 써질 수 없었다. 일본과의 비교를 생각해 보았다. 일본문화가 사상을 가진다면 감성을 통한, 그것을 매개로 한 논리이어야 할 텐데. 거리에는 일본인이 범람한다고 할까. 이곳까지 오면서 느낀 것은 유럽에서도 다민족의 혼재라는 것이 큰 문제라는 것이다. 8년 전보다 흑인이나 황인종이 많아졌을 뿐 아니라, 흑인종의 경우는 자기주장이 증대해 가는 것 같다. 몽마르트에 몰려 떠드는 저들은? 흑인 학대나 배척은 대두하는 아프리카와의 관계로 해서도 불가능할 것이고. 이제 인류는 다민족의 존재 속에서 어떻게 내일을 구상할 것인가. 그래서 뉴욕에서는 라이샤워의 21세기를 위한 교육, 세계인으로서의 교육에 대한 책을 샀다. 그리고 여류사상가의 혁명론을. 여기에서도 또 여성이 대두한다.

일본은 이에 비하면 단조롭다. 일본은 정돈된 느낌이 든다. 유럽은 노력도입勞

---

128 미상. 일본인 '하야시'인지 한국인 '임'인지 확인되지 않았다.

力導入, 식민지 유산植民地遺産 등으로 이 새로운 문제를 안고 있다. 이들이 눌림 받고 있는 상태가 아니라 이제는 대중, 또는 폭도로 대두하는 것 같다. 그리고 부르주아지 엘리트는 보수적이지만 파시즘으로 향하면서 이들을 눌러버리지 않을 정도의 양식良識은 가지고 있다. 그들이 고함을 지르면 멀리 서서 묵묵히 바라본다. 물론 그들을 눌러버릴 수 없는 데는 그들의 양식 이상으로 국제정치의 문제가 있다. 공산권이 있고 검은 대륙의 대두가 있다. 이러한 문제를 인류는 극복해 갈 수 있을 것인가. 정치와 경제정책은 이러한 변화에 뒤따라가는 것이라고 하여야 한다. 여권 수속이 간단하다. 프랑스에서는 입국 때 검인도 찍지 않을 정도다. 이제 국제적 고립이란 있을 수 없다. 한국은?

11일 10시 20분

무사武士의 나라에서는 과학이 발달한다. 성을 산허리에 쌓아야 하니까 사이펀siphon의 리理로 물을 길어 올려야 했던 것이 아닌가. 대영박물관에서 기원 2천년 전의 문화를 보면서 이스라엘 포로들이 당면하였던 이교도 문화를 생각하였다. 그들은 거대한 문화 앞에 눌림을 받고 좌절의식에서 야훼의 정신문화로 간 것이 아닌가. 로마문화하에서도 마찬가지였고. 여기에 물질문명과 맞서는 약자의 정신에 따르는 상황에 대한 심벌이 있지 않을까. 대미, 대일의 우리 자세 속에도. 그것을 부정하기보다는 긍정하고 존중하여야 하지 않을까. 구약을 이와 같은 세속과의 대결 속에서 이루어진 것으로 보아야 하지 않을까. 그러니까 성전은 해방된 자의 기쁨의 제단이었다. 감사는 억눌린 자가 다소를 가질 수 있었을 때의 감사다. 가진 것이 없을 때에도 드릴 수 있는 감사였다. 그것이 노트르담에서 보는 것처럼 지배자의 성전, 지배와 학정에 대한 긍정의 예배가 되었다. 유럽문화에 감탄하면서도 이러한 혐오를 벗어버릴 수 없다.

11일 10시 30분

# 8월 15일 금요일

해방 30주년. 감개가 별로 없는 것이 탈이라고 할까. 어제 제네바에 도착. 밤 늦게까지 지금까지의 일을 보고. 오늘은 몽블랑에 오르기로.

어제까지 3일간 뒤스부르크$^{Duisburg}$에서 많은 이야기를 나누었다. 장성환,[129] 임승만, 이삼열[130] 세 분과 모든 것을 토의하였다. 거기에 노총에 있던 이영희 씨를 만난 것이 큰 소득. 독일 벨즙 광산에서 싸워 온 이야기는 커다란 승리로 기록할 수 있다. 장 목사를 좌익 목사라고 하여 교회 출석까지 방해하는 압력과 싸워서 이긴 기록이다. 코올이라는 독일 광산 재벌과는 누구도 싸워서 이기지 못한다고 하였으나 독일 전 매스컴의 지원을 받아서 승리하였다. 장 목사의 신념과 이삼열 씨의 전략 전술의 승리하고 하여야 한다. 그 후에도 이삼열 씨는 가끔 독일 매스컴에서 한국 문제를 이야기한다고.

내년 3월까지는 새로운 운동을 발족하기로 합의하였다. 캐나다 회의에서 결정된 것은 모두 찬성이었다. 이영희 씨를 적극 참여시키는 방안을 찾는 데도 의견을 모았다. 이영희 씨가 마오쩌둥毛澤東의 모순론을 김지하 씨의 손에까지 가게 하였다고 날조된 김지하 씨의 고백에 나왔다고. 그는 그것을 양호민 선생에게서 빌렸다는 것이 아닌가. 젊은이들이 그때 호기심으로 돌려본 것인데.

---

129  장성환(張聖煥, 1929~2014). 함경북도 청진 출생. 연세대학교 신과대학을 졸업하고 서울 복음 교회 목사로 재직하였다. 서독에 있는 간호사와 광부, 유학생의 지위 향상과 목회 상담을 위해 1972년 6월 한국기독교교회협의회 재독 초대 선교사로 독일에 갔다.

130  이삼열(李三悅, 1941.6~). 서울대학교 철학과를 졸업하고 독일 괴팅겐대학에서 사회과학 박사학위를 취득했다. 유네스코 한국위원회 사무총장, 아태무형유산센터 이사장, 세계교회협의회 중앙위원 등을 역임했다. 서울대 대학원을 졸업하고 크리스천 아카데미의 간사로 활동하던 시절, 강원용 목사로부터 기독교가 사회 속에서 해야 할 일에 대해 배웠다. 1968년 독일 괴팅겐대학교에서 유학하면서 '민주사회건설협의회'를 설립해 민주화 운동을 한 전력 때문에 공부를 마친 뒤에도 돌아올 수 없어 제5공화국이 들어선 뒤에야 귀국했다.

이곳 박 형의 얘기로는 박 목사가 선교 자유를 위해 싸운 사람에게 수여되는 에반젤리즘evangelism상을 타게 됐다고. 상금은 5천 달러. 큰 도움이 되리라고 생각된다. 국제적인 면에서는 상당한 성공을 거두고 있지만, 국내에는 커다란 좌절의식이 흐르는 모양. 지하운동을 격려하여야 한다.

아침 9시 5분

# 8월 24일 일요일

'슬픈 광복悲しい光復'이라는 제목으로 「통신」을 탈고하였다. 오늘 김규칠金圭七[131] 씨와 오랜 이야기. 부인도 서울대 불문과 출신의 좋은 인상의 분이었다. 독일 이영희李英熙 씨의 활동을 중심으로 하여 여러 가지 이야기를 나누었다. 정치적인 이야기를 거의 다한 것이라고 할까. 박세일 군은 미국으로 떠났다. 사랑을 하면 자기를 크게 하여야 한다고 생각하게 되는 것이라고 나는 해석한다. 어제는 밤에 오, 김 셋이서 여러 가지 대책을 상의하였다.[132]

무엇보다 인력 배치 문제를 이야기하였다. 가능하다면 다음과 같은 안이다. 제네바의 박 형은 국내에 NCC 부총무로 들어가서 WCC 힘을 업고 김관석 목사 총무 유임을 전제하여 이겨낼 것. 제네바에는 문동환文東煥 박사를 밀 것, 출국이 문제지만. 미국 NCC 코리아 태스크 포시즈에는 손명걸 박사를 밀 것. 이대로만 간다면 이상적이지만. 나도 박 형에게 적을 너무 무서워하여서는 싸움이 안 된다고 써야 할까?

이번 「한국 문화사」 집필이 끝나면 한국 지성사, 한국사와 혁명사상, 이런 책이 쓰고 싶다. 처음 일본서 예정했던 학문의 방향과는 점점 멀어진다고 할까. 야스에 형의 말씀으로서는 북에서 「통신」에 감사해 왔다고. 그리고 그것을 『노동신문』에 연재하고 있다고 하였다고. 어느 대목을 연재하였는지. 그는 내년 3월에 방문하는 것을 승락하였다고 한다. 이번 「통신」에도 썼지만 「통신」과 같은 증

---

131  여기 등장하는 '김규칠'은 1960~1970년대 유신체제하에서 학생운동과 대학생수도원 활동을 한 '김규칠'일 가능성이 높다. 김규칠은 서울대학교 법과대학 및 신문대학원을 졸업 후에 국내외에서 공직생활을 하다가 사직하고 사회개혁에 참여하였다. 이후 경제정의시민운동, 정치문화개혁 및 나라정책개발 활동 등에 참여했으며, 동국대학교 언론정보대학원 겸임교수를 역임했다.

132  1975년 8월 24일 자 기록에는 기록한 시간이 표기되어 있지 않다.

언이라도 없으면 한국사에서 오늘의 시대는 공백이 되지 않을까? 그렇기 때문에 더욱 깊이 민중의 마음, 소리를 기록해 가야겠는데, 교신의 루트가 약화된 것이 염려. 서경석 군 등이 지하활동을 지원하면서 이 루트를 강화해줄 것을 기대하고 있다. 날씨는 좀 누그러졌다고 할까? 오늘은 정숙과 함께 교닌자카 교회에 다녀왔다. 참으로 오랫동안 서울 소식이 없다. 간헐적으로 그리움이 솟아오르지만. 나도 모든 것에 있어서 체념에 들어가고 있는 것일까?

25일 오전 4시

# 8월 27일 수요일

어제는 정숙이 때문에 병원행. 결과는 빈혈이라고 진단. 오늘은 하루 종일 밀린 회답을 썼다. 그리고는 아사쿠사를 다녀와서 〈파리는 불타고 있는가〉라는 영화를 텔레비전으로 보았다. 아군도 적도 멋있게 그리는 영화. 악몽 속에서 다녀오다시피 한 파리를 회상하였다. 그리고 해방의 날의 기쁨을 보고 우리 역사의 앞날에 그것을 투영해 본다. 아사쿠사에서는 이인하 목사 양주와 만나 함께 식사. 어제가 결혼 25주년 기념이어서 닛코日光행이었다고. 국내에서는 김관석, 박형규 목사 등을 소외시키려는 책동이 대단한 모양. 여기에 넘어가는 큰 흐름, 이것을 어떻게 이겨낼 것인가. 전략이 매우 필요하다. 교회의 지하선언과 오늘의 한국 상황에 대한 해설을 겸한 반공 문제에 관한 선언이 반드시 나와야 한다고 생각한다.

우리는 누구는 자기이익을 생각하고 있으니까 순수하지 못해 안 된다는 이야기를 곧잘 한다. 니버[133]의 주장에 서서 그 이익에도 불구하고 협력할 수 있도록

---

133  니버(Niebuhr Reinhold, 1892~1971). 프로테스탄트 신학자. 미국의 변증법을 대표하는 한 사람이며, 대공황 때 '위기의 신학'이라는 이름으로 인간, 윤리, 역사 등 현실 문제를 다룬 주장을 펼쳤다. 그의 영향은 기독교계를 넘어서 일반 지적 세계, 특히 정치학에도 큰 영향을 미쳤는데, 필자 지명관도 니버의 영향을 크게 받았다.
지명관은 1953년에 한국전쟁에 참전해서 경비대에서 복무하다가 통역장교로 지원했는데, 당시 복한 사단의 미군 고문관 배려로 처음으로 접한 니버의 『인간의 본성과 운명(*The Nature and Destiny of Man : A Christian Interpretation*)』(1941년, 제2권은 1943년)을 만났는데 감명을 받은 나머지, 니버에게 서신을 보낸다. 그런데 니버가 답장을 보내면서 니버와 지명관의 인연이 시작된다. 니버가 보낸 답장에는 언젠가 자신이 몸담는 뉴욕유니언신학교(Union Theological Seminary in the City of New York)에서 공부할 것을 추천하는 이야기와 함께 새로 나온 니버의 책 『그리스도교적 리얼리즘과 정치적 문제(*Christian Realism and Political Problems*)』(1953)가 동봉되어 있었다. 이때의 인연으로 인해 지명관은 1967년 9월 뉴욕으로 1년간 유학의 길에 오른다. 니버가 지명관 앞으로 보낸 서신 1통을 이 책 '별첨 문서'에 수록한다.

할 수밖에 없지 않을까. 그러한 관용이 있어야 하지만 국내 상황은 순교자적인 사람들을 부르고 있다고 보아야 한다. 지하를 통한 정보의 전달부터 시작할 것인가 희생을 무서워만 하여서는 운동을 전개할 수 없다. 적을 지나치게 두려워하여서는 아무것도 할 수 없으니까. 그런 의미에서 이제는 전략적 의미를 특히 가지는 사람은 보호하지만 다른 사람들은 적극성을 띠게 하여야 하리라고 생각한다. 이것은 밖에서 몸의 안전이 보장돼 있기 때문에 하는 말일까.

11시 15분

# 8월 31일 일요일

어제는 지 영사 댁에서 저녁을 하였다. 관료 세계 내의 모순과 부패를 함께 이야기하는 수밖에 없었다. 이문영 교수가 말하듯이 관료의 히피화라고 할까. 지영사의 미국행은 불가능해졌다. 망명할는지 모른다고까지 이야기하였다니까. 김기완 씨 같은 사람도 해먹을 수 없다고 한다니까.

오늘은 김 영사와 만나 이야기. 관료 세계에 대하여서는 지 영사와 같은 분석. 작년에는 덴마크에서 금년에는 베를린에서 또 최근에는 독일에서 명사들이 망명 신청을 하였다. 이 가능성은 상당히 확대돼 가는 모양이다. 이들을 어떻게 연결 동원하는가가 중요한 과제가 아닐 수 없다. 박 후의 세력 핵심으로 신문사를 가진다는 것은 절대 필요하다. 그리고 그 준비단계로라도 해외에 어떤 연구소를 두는 것이 매우 필요할 것이 아닌가. 캐나다에 연구소를 두면 모금이 될 것이 아닌가. 이 문제를 상의해 보아야 하겠다.

아침에 어머니에게서 전화, 정숙이 돌아오라고 야단. 어서 수속을 하여야 하겠다. 누구나 자기가 편한 것이 먼저야 하니.

1일 0시 35분

# 9월 2일 화요일

어제는 정숙이의 일시귀국을 위하여 입관入管과 대사관을 다녀왔다. 김 영사의 수고로 대사관도 무사히 끝냈다. 1년에 2회 일시귀국은 안 된다는 것이었지만. 밤에는 김 영사와 아주 깊은 이야기. 이번에 경제 관계로 옮겨가서 일하게 되는데 이것으로 관료생활은 그만두고 싶다고. 그리고는 보람있는 운동에 종사하고 싶다는 것이었다. 이 모든 문제를 앞두고 투쟁의 사상과 전략 전술을 짜내야 할 텐데. 어제 이번 여행에 관한 「하나의 여행기」를 『문학사상文學思想』에 보냈다.

오늘은 오전은 누워 있다가 오후와 밤으로 자료집에 들어갈 미 장로교총회 성명을 우리말로 번역하는 일을 끝냈다. 일역日譯이 좋지 않았다. 거기서 중역重譯이라 무리가 많았다. 앞으로는 좀 더 차분하게 마음을 가라앉히고 공부와 사색에 집중하여야 할 텐데. 강의 준비도 있고 이제 다시 그리스도인 지하선언을 내야 하겠다. 박상증 형에게서도 국내의 정권과의 타협론에 대하여 심한 분노를 표시한 소식을 받았다. 기장 총회장 인 목사[134]가 갑자기 찾아와서 그런 것을 전했다고. 박 형은 그 문제를 미국 이승만 박사에게 알리면서 강하게 항의하는 것이었다. 이러한 국내 사정을 반영시키면서 지하선언이 작성되어야 한다. 여행 보고 작성 송부送付, 『세카이』에 게재할 김재준 목사님의 원고 번역 이런 일이 아직도 남아 있다.

---

134 인광식(印光植) 목사를 말한다.

# 9월 4일

어제는 NHK에서 『이조李朝의 미술』이라는 프로가 있었다. 일본 것보다는 한국 것이 자유분방하다고. 사람들도 그렇고. 우리 민족이 일본에 비해 조직되지 않았으니까. 미술이 그럴 수 있었던 것에는 몇 가지 이유가 있지 않을까. 상품화되지 않은 것, 번藩에 의하여 보호되는 것 같은 예가 없었다는 것 등. 그러니까 예술이란 자유로운 인간이 자유롭게 멋을 부린 세계. 돛대를 그리는데 배 밑창까지 그려 있었다. 그것이 멋일 것이다. 멋이란 정형을 깨뜨리고 기뻐하는 것이다. '멋의 구조'를 연구할 필요가 있다. 내가 쓰는 문화사에 그런 것이 반영되어야 하는데 공부가 부족해서. 일상품을 제작하는 자들은 조잡한 모조를 계속하여 팔았으나 (또는 관에 상납하였으나) 예술가는 때때로 창조의 멋을 부린 것이 아닐까. 판매도 윗사람의 칭찬도 기대하지 않고 제멋대로 윗사람이란 유교의 예술 경멸 사상에 젖어 있었으니까. 여기에 수는 적지만 창조적인 것이 가능하였던 것이 아닌가.

어제 여행보고서의 작성을 완료하여 오늘 여러 군데로 발송하였다. 아직도 몇 군데 더 발송하여야 한다. 오늘은 히로사키弘前에서 가모鴨 씨가 와서 정숙이와 함께 이야기하였다. 젊은이들의 모임에서 일생을 교역자로 살겠다는 헌신자가 나온다고. 지난번 모임에서는 30명 중에서 3명이 나와 긴자 교회 부목사는 눈물을 흘렸다고. 일본 교회에는 이런 전통이 있다.

10시 40분

# 9월 8일 월요일

지금 막 비행장에서 돌아왔다. 정숙이는 이제 비행기를 타고 서울로 향하고 있겠지. 왜 그런지 슬픈 기분이었지만 해방되어 책상에 향할 수 있다는 느낌도 있다. 지난 토요일에는 가와노 선생 어머니의 고별식이 있었을 것이다. 조전을 치고 니시다西田 양에게 2만 원을 입체하였다.[135] 부조로 내달라고 하였다. 아직 덥지만 바람은 그래도 서느럽다. 서울은 20년래의 더위였다고.

지난 5일 날에는 신쿄 아키야마秋山 선생의 특별한 일본요리 대접을 받았다. 정숙이도 처음 먹은 갓포割烹요리였을 것이고. 그날 밤에 본 미국의 기록영화 〈하트 앤 마인드Hearts and minds〉라는 베트남 전란 기록은 충격적인 것이었다. 그런 잔인한 전쟁을 하였을까. 펜타곤 기록을 폭로한 엘즈버그[136]의 말과 태도는 매우 인상적이었다. 그는 희망을 로버트 케네디에 걸었으나 허사였다고 울고 있었다. 한국에서 이런 비극을 피할 수 있는 길…….

오늘 아침에 야스에 형에게서 전화. 임창영 박사가 와서 야스에 형과도 만났다고. 우쓰노미야宇都宮 씨와 대담을 할 테니 그것을 『세카이』에 실어줄 수 없느냐는 주문이었다. 나는 임창영 씨 입장도 귀중하다고 생각하지만, 그의 이북 지지는 적어도 한국 내의 민주세력에게는 도움이 못 된다고 하였다. 우쓰노미야 씨는 김대중 씨 지지 노선과 장래를 생각해서 간단히 응하지 않는 것이 좋을 것 같다고 하였다. 그러나 『세카이』가 한국 문제에 대하여 약간 입장을 달리하더라

---

135  일본어 'たてかえる(立替)'를 한글로 표기했다. '立替'는 대신 지불하는 것을 말한다. 여기서는 '송금', '입금'의 뜻.

136  대니얼 엘즈버그(Daniel Ellsberg, 1931.4.7~2023.6.16). 미국 시카고 출생. 케임브리지대학교에서 게임이론을 연구하고, 랜드 연구소와 국무성 등지에서 정책 연구를 했다. 1965년부터 베트남에서 근무하면서 미국의 베트남정책에 대해 알게 되어 베트남전쟁 개입 과정에 관한 국방성의 비밀문서를 폭로함으로써 여론에 반전을 호소하였다.

도 모든 사람의 광장이 되어 주는 것이 필요할 것이라고 하였다. 우쓰노미야 씨와 임 박사 두 분이 박 정권은 공격하고 이북은 찬양하는 조의 대담을 한다면 상당한 문제라고 나는 판단하였다. 야스에 형은 내 의견을 우쓰노미야 씨에게 전하고 판단을 받겠다고 하였다. 임 박사는 개인적인 정치 야심 때문이라는 말을 듣는데 그의 이북 접근에는 다소 이해하기 어려운 데가 있다. 나이브한 탓일까. 정말 어떤 야심일까. 지난번에 뉴욕에서도 전화를 했는데 나를 만나는 것은 회피하고 있는 것일까. 좀 더 두고 검토하여야 할 것 같다. 김재준 목사님은 미국 민통民統이 지금까지 해 온 것에 대하여 높은 평가를 내린다는 소식이었다. 다시 거의 만장일치로 의장이 되신 모양. 순수한 양심과 넓은 도량 때문일 것이다. 어쨌든 이 부근의 세력을 확대해서 키워야 하지 않을까. 약간 다르다고 싸워서는 안 된다. 적극적인 세력을 키워야 한다. 그것이 장차 중추中樞가 되어도 좋다. 그 둘레에서 탈락하는 사람이 없도록 여러 세력이 연합할 수 있어야 한다. 그런 의미에서는 김재준 목사님의 역할이 중요하다.

슈나이스 목사가 서울에서의 공판 테이프를 가지고 온 모양. 저녁에 만나기로 하였다. 오늘 다소 시간을 가지고 모리오카 선생과 한국어 클라스가 시작되기 전에 이야기를 나누어야 하겠다. 내 여행보고도 하여야 하겠고. 서울에 간 포크Falk 박사가 내일 도착이고 니시카와 준[137] 씨는 이미 돌아왔고 하여 야스에 형

---

137 니시카와 준(西川潤, 1936.9.22~2018.10.2). 타이완 출생. 일본 경제학자. 와세다대학 정치경제학부 졸업하고 교수를 역임했다. 1971년 『세카이』에 북조선의 경제적·사회적 발전은 인류 역사상 찾아볼 수 없는 기적이며, 북송 재일교포들이 극락정토에 안착했다고 할 수 있다고 한 글을 실어, 국민대 한상일 교수에게 "김일성을 마치 신이나 되는 듯이 떠받들면서 박정희는 광인이나 짐승처럼 취급했다"는 비판을 받았다(『지식인의 오만과 편견』, 2008). 그러나 1990년 7월 북한을 방문한 후에는 사민당 김석준 부위원장이 김일성 배지를 가슴에 달고 있는 것이 우스꽝스러웠다(『주간 아사히』)고 말했고, 1993년에는 와다 하루키 등과 함께 호소카와 모리히로(細川護熙) 정권에 역사를 반성하는 결의를 채택하고 전후 보상 문제 특별조사위원회를 설치하라고 요구했다.

이 모두 만나고 나서 나와는 수요일이나 금요일에 만나기로 하였다.

싱가포르에서 김용복 형이 소식을 보내왔다. 인도네시아로 가는 길이었다. 필리핀에는 그래도 지하운동이 있고 사상이 싹트고 있는 것 같다고. 투쟁과 혁명, 건설과 발전을 위한 사상, 전략, 전술, 세력, 민중의 의식화 이런 문제를 그와 좀 더 상의하여서 생산적인 투쟁을 수행해 나아가야 하겠다. 얼핏 막스와 엥겔스 같은 공투共鬪를 생각해 본다.

11시 20분

저녁에 신쿄에서 한국어 강좌가 끝나고 나서 슈나이스 목사와 만났다. 김관석 목사 판결공판 시 재판장의 판결문 낭독을 녹음해 왔다. 마이크로 흘러나오는 것을 비밀리에 녹음한 것이다. 그리고 무엇보다도 구속 학생들의 명단을 가지고 오지 않았는가. 교회의 탄압에 대하여 NCC가 각 교회에 보낸 서한도 나왔다. 이런 정보를 어떻게 써야 하는가. 포크 교수에게도 넘겨드려야 하지 않을까. 내일 야스에 형과도 이야기하여야 하겠다. 판결문은 내가 녹음기에서 옮기기로 하였다. 왜 이렇게 피곤할까. 터키에서는 대지진. 3천5백 명이 사상. 여진이 있어서 구호사업도 제대로 안 된다고. 왜 이렇게 비극이 그치지 않을까.

11시 58분

# 9월 10일 수요일

오늘 야스에 형과 만나 니시카와 준 씨와 포크 씨가 다녀온 데 대한 자세한 이야기를 들었다. 우리 연락망을 통한 연락이 과히 좋지 못하였던 것 같다. 그러나 여러 가지 좋은 만남이 이루어진 것 같다. 세 가지 점은 적어도 만난 사람들 사이에서 일치한 것이었다고. 대체 인물은 김대중 씨밖에 없고, 일본 진출에는 매우 비판적 그리고 박이 무너져야 한다는 데는 일치하지만 미군 철수에는 현시점에서는 반대한다는 것. 미국 리베럴이 미군 철수를 주장하지 않고 한국 문제를 다루기는 어렵다는 것이었다. 미국 국민에 대한 설득력이 약하다는 것. 한반도의 급격한 변동 없이 민주주의가 회복되어야 한다. 미국이 박과 더불어 무너져 온 한국 민주세력, 민주국민의 이 요청은 들어줘야 한다. 송건호 씨가 어렵다고 하여 어제 모리오카 선생에게 지금까지 일본에서 모금된 중에서 약간을 그에게 보내달라고 하였다. 세계교회에서 보내는 것이라고 하고 말이다. 김대중 씨는 11월경에는 무언가 또 움직일 것이라고 하더라고. 침묵하고 있으면 민중의 절망이 깊어지는 것이니까, 라고 하더라고. 포드 정부는 박을 지지하는 데 열중하는 모양이다.

9월 12일 자 『파 이스턴 이코노믹 리뷰』[138]에는 장준하 씨의 사인이 아주 이상하다는 보도가 나타나 있다. 그 불상사는 다시 반박反朴운동을 조직할 기미가 보였기 때문이라고 한다. 절벽에서 떨어졌다고 하면서도 아무런 상처가 없었다는 것이다. 이태영[140] 씨가 막사이사이상[141]을 수상한 데 대해서는 한국 신문이

---

138  *Far Eastern Economic Review*. 홍콩에서 발행되는 영자 주간지.

139  막사이사이상(Ramon Magsaysay Award)은 필리핀 전 대통령 라몬 막사이사이를 기리기 위해 1957년 4월 제정된 상이다. 매년 정부 공무원, 공공사업, 국제협조 증진, 지역사회지도, 언론문화 등 6개 부문에 걸쳐 수상자를 정한다. '아시아의 노벨상'으로도 불린다. 한국인으로는 장준하(1962), 김활란(1963), 김용기(1966), 이태영(1975), 윤석중

거의[140] 보도하지 않은 모양이다. 박 정권에게서 국제이해상國際理解賞을 받은 아일랜드 신부는 대대적으로 선전하고. 이런 어두움의 상황이 언제 무너질까.

9월 6일에 김관석 목사에 대한 공판이 끝나고는 김 목사 아들을 9일에 체포하였다고. 긴급조치 9호 위반이라고. 그리고 김지하 씨에 대해서는 9일 아침에 변호사도 없이 비밀공판이 있었다고. 서울에서 나온 수감 학생 명단 발표 문제를 연구하고 있다. 김지하 씨의 '양심선언'에 대한 세계 여러 신학자들의 코멘트가 들어오고 있다고. '양심선언'이 정경모[141] 씨의 번역으로『뉴욕 타임즈 위클리』에 나올지 모른다고. 김대중 씨의 8·15선언도 전문이『아사히 저널』에 나오는 모양. 그리고 일본에서 한국에 가는 비자를 내주지 않기로 한 분들에 대한 주일 한국대사관 비밀 명부가 곧 발표되는 모양이다. 또다시 가을을 향하여 바람이 부는 것이 아닐까.

임창영 씨와 우쓰노미야 씨의 대담은 아마『세카이』에서 하지 않기로 되는 모양. 나로서는 임창영 박사 주도로 두 분이 박 정권은 욕하고 이북 찬양만 한다면 아주 도움도 되지 않을 뿐만 아니라 우스울 것이라고 하였다. 이북에 의한 어선

---

(1978), 장기려(1979), 엄대섭(1980), 강정렬(1981), 제정구(1986), 김임순(1989), 오웅진 신부(1996) 등이 수상했다.

140  이태영(李兌榮, 1914.8.10~1998.12.27). 평안북도 운산 출생. 여성으로는 처음으로 서울대 법대를 졸업하고 최초의 여성변호사가 되었다. 1977년 명동3·1사건으로 실형을 받아 변호사 자격을 박탈하였으나 1980년에 복권되었다. 1974년 민주회복국민선언, 1976년 3·1민주구국선언 등의 민주화운동과 인권 및 여권신장에 미친 공헌을 인정 받아, 1975년 막사이사이상, 1982년 유네스코 인권교육상, 1984년 국제변호사회 국제법률봉사상, 1989년 브레넌인권상 등을 수상했다.

141  정경모(鄭敬謨, 1924.7.11~2021.2.16). 서울 출생. 일본 게이오대학(慶應大學) 의학부를 수료하고 미국 에모리대학교 문리과학대를 졸업했다. 한국전쟁 당시 도쿄 맥아더 사령부(GHQ)에서 문익환, 박형규 등과 함께 근무를 했고 휴전회담시 통역을 맡기도 했다. 1970년 일본으로 망명한 이후에는 민주화운동과 통일운동을 지원했다.『민족시보』의 주필을 지냈고『씨알의 힘』을 발행했고, 1989년 문익환 목사와 함께 평양방문을 결행하기도 했다.

피랍 선원 살해의 문제[142]도 있는데. 일본 여론이 지금은 눈치만 살피노라고 가만있겠지만 선원과 배만 돌아오면 크게 떠드는 것이 아닐까. 남북을 통하여 한국이란 어두운 이미지다. 임 박사는 여기서의 활동으로 이북에서의 자기 웨이트를 높여 보려는 것이나 아닐는지. 너무 초조해하는 것 같다. 연세 탓일까. 너무 고립되고. 왜 『국민의 소리』[143]에서는 미군 철수만 주장하는 것일까. 서울 미 대사관에서는 포크 씨에게 대체 인물로는 김대중 씨밖에 없다고 하더라고. 오늘은 내일 강의 준비에 집중하였다. 어제는 거의 하루 종일 김관석 목사 공판 테이프를 풀어서 일본말로 번역하기까지 하고.

11일 0시 20분

---

142  1975년 9월 2일 북한군은 중국 산둥반도 근처에서 조업 중이던 일본 복어잡이 어선 쇼세이마루(松生丸)호에 총격을 가했다. 선원 2명이 살해당하고 2명은 중상을 입은 채 강제 연행되었다.
143  1972년부터 임창영이 미국에서 발행하던 신문이다.

# 9월 12일 금요일

어제는 모리타森田 양과 저녁을 같이 하면서 학문을 포기하지 말라고 권고하였다. 섹트로 달리는 것 같아서. 대학원에 갈려는 것인지.

어제 밤늦게 강원용 목사님에게서 전화. 오사카에서 도쿄에는 올 수 없다고. 아침 일찍이 4시 반에 일어나서 첫 신칸센新幹線으로 오사카를 다녀왔다. 국내는 침묵, 그러나 민심은 끓어오르는 것 같다고. 박 형에게는 제네바에 그냥 있기를, NCC 총무는 기장에서 정 안 되면 소 교파에서 이런 생각이라고. 김관석 목사의 수난을 생각하면서 미는 방향도 있겠고. 국내에서는 현상 유지만 돼도 다행인데. 권력은 김준곤,[144] 조동진[145] 등의 세력을 적극 후원하고 NCC 계열은 이제 용공으로 몰고 대화도 하지 않으려는 체념. 기장 총회장 인 목사는 오백만 원 받아가지고 한국에 선교 자유가 있다는 유인물을 세계에 뿌리고 다녔다고. 일제 말엽에도 그랬다니 그런 유령幽靈이 판을 치는 세상이라고 할까. 그러나 그런 사람이 9월 총회에 사회를 한다고 단에 올라가면 끌어내리겠다는 젊은 목사들도 있다니.

김 선생과 저녁을 함께 하면서 프레이저 의원 등에게 나카지마 목사 이름으로 현황 보고를 보내자고 이야기하였다. 헨더슨 교수 편집으로 한국 문제에 관

---

144 김준곤(金俊坤, 1925.3~2009.9.29). 전라남도 신안 출생. 장로회신학교를 졸업하고 미국 풀러신학교에서 공부했다. 1958년 한국대학생선교회(CCC), 1965년 국회조찬기도회, 1966년 국가조찬기도회를 창설했다. 1974년 8월, 엑스플로74대회(5박 6일 동안 여의도 광장에서 30만 명이 모여서 철야기도를 함)를 통해서 CCC에 대한 인지도를 높였다.
145 조동진(趙東震, 1924.12.19~2020.6.19) 평안북도 용천 출생. 서울 장로회신학교, 미국 베다니대 및 애즈버리신학대학원을 졸업했다. 1960년부터 18년간 서울 후암 장로 교회 담임목사로 재직하면서 선교운동에 뛰어들었다. 1963년 서울 국제선교신학원을 처음 설립하고 동서선교연구개발원으로 확장시켜 1,500여 명의 선교사를 길러냈다. 1973년에는 범아시아선교지도자회의를 소집해 아시아선교협의회 창립을 주도했다. 1974년 스위스 로잔에서 열린 세계복음화국제대회에서 강사로 활약하고, 세계복음주의협의회 선교위원회 조직위원 등으로 활약했다.

한 논문집도 내는 것이 좋겠고. 김지하 씨의 양심선언에 대한 외국 신학자들의 코멘트가 계속 들어오고 있다고 한다. 그것을 세계에 알리는 것도 또 하나의 계획이 되어야 하겠고. 함 선생님이 가이거 여사에게 보낸 편지 사본을 야스에 형이 보내왔다. 장 선생에 관한 이야기 등이 적혀 있다. 역시 『세카이』에 발표하는 것이 좋을 듯. 피곤하지만 강의 준비를 그럭저럭 끝내고 잠을 재촉한다.

13일 1시 5분

# 9월 13일 토요일

학교에서 강의. 구라쓰카 선생에게도 『동아』 기자를 위한 모금에서 이번에는 송건호 형도 도와달라고 말하였다. 9월 20일경에 슈나이스 목사가 가신다니까 그편에 연락하기로. 장 선생의 참사에 대한 소문도 점점 없어지는 모양. 구라쓰카 선생은 펜네임으로 내 『한국 현대사와 교회사』에 대한 서평을 이와나미의 『사상思想』에 쓴다고. 그는 김지하 씨의 양심선언에 나타난 환상에 대하여 상당히 염려하는 것이었다. 그런 환상으로 민중을 선동해 나아간다면 큰 혼란을 가져올 것이 아닌가, 라고. 나는 현실적 논리적이라는 말이겠지. 나는 괴테의 『파우스트』 같은 것이 아니겠는가고 말하고 현실에 대하여 환상적인 것을 강요하는 것은 아니라고 하였다. 정숙에게서 무사히 도착하였다는 소식. 효인의 성적이 나아진다고. 서울에 소식을 쓸까 망설이는 마음. 내일은 동북 교구에서 우리 교회에 대한 강연. 모레 돌아온다. 저녁에 정일형 박사님에게서 전화, 내일 한국에 돌아가니 아침을 함께하자고. 박은 지탱할 수 없는 데까지 이르렀는데. 어제 텔레비전에 나타난 미야자와宮沢 외상[146]은 유치한 모습. 이웃하고는 친하여야 하니까 하면서 어린애에게 이야기하는 태도. 국민을 그렇게 생각하고 관료란 비난 받지 않게 자기를 숨기면서 교묘하게 회피하면 된다고 생각하는 모양. 지금 NHK에서는 스미다가와隅田川 우키요에浮世絵를 배경으로 하여 민요를 흘려보내고 있다.

10시 45분

---

[146] 원문에서는 '미야자키(宮崎)'이나 '미야자와(宮澤)'의 오기로 생각된다. 1974년 12월부터 1976년 9월까지 존재한 미키(三木) 내각에서 외상을 지낸 미야자와 기이치(宮澤喜一)라고 판단되며, 시기적으로도 1974년이라 맞다.

# 9월 17일 수요일

80년래의 9월 더위라고 하더니 오늘 저녁에는 바람이 분다. 가을에 접어드는 탓일까. 아니 나이 탓일까. 일본에 온 지도 머지않아 3년이 되는 탓일는지 모른다. 서울, 가정, 모두가 그립다. 갑자기 슬픔이 복받쳐 올라올 때가 있다. 언제까지 이런 삶을. 용을 잊어버려야 하는 데서 오는 것도 클 테지. 어떻게 할까.

일요일과 월요일에는 관동關東지구 수양회修養會에서 이야기를 하고 돌아왔다. 어제는 차기벽[147] 교수와 늦게까지 이야기. 그도 백발이 많이 늘었고, 곧 사위를 맞는다고 하니. 누구나 그지없이 어두운 한국을 그린다.

오늘은 여러 가지 일을 끝냈다. 아침에 야스에 형을 만났다. 함 선생 글은 기명記名이어야 된다고 하였다. 사하로프[148]를 생각하여야 한다. 그래도 윤보선, 김대중, 함석헌 세 분은 기명으로 소신을 말할 수 있어야 하지 않겠는가. 니시카와 준 교수는 이북에 가게 된다고. 그래 고대高大 초청 회의에는 갈 수 없게 된다는 것이다. 스미야 선생을 만나 이영희 씨를 맞아주는 데 대하여 부탁을 드렸다. 물론 승낙하시는 것이었다. 이영희 씨는 이곳에 올 의향이라니. 독일서 온 소식 중에서 북구北歐에 새로운 조직이 일어나고 있다는 것, 역시 기쁜 소식이다. 어제 제네바 박 형에게서 11월 회의에 대하여 상의해 왔다고. 내게 연락이 되지 않아 미세스 오와 이야기. 오늘 김 선생이 다시 전화로 이야기하였다. 한국에서는 적

---

147 차기벽(車基璧, 1924.11.28~2018.6.23). 서울대학교 정치학과, 미국 클레어먼트대학원 졸업. 경북대학교 법정대학 교수 및 성균관대학교 대학원장 등을 역임했다. 『사상계』의 주요 필진으로 활동했고 1965년 한일국교정상화 반대운동, 1970년대 지식인 서명운동에 참여했다.

148 안드레이 사하로프(Andrei Sakharov, 1921.5~1989.12). 모스크바 출생. 모스크바대학교를 졸업하고 레베데프 물리학연구소에서 수소폭탄 제조의 이론적 문제점을 해결하는 일에 성공했다. 그러나 핵의 중대성을 자각하고 핵실험 반대를 표명하였으며 스탈린주의적 독재체제를 비판하였다. 1975년 노벨평화상을 수상하였다.

극성 있는 선교사가 한 사람 가는 것이 좋겠다. 박 형은 10월 중순에 한 번 들릴 예정이라고.

오늘 아침 신문에 미국 펜클럽 회장인 여자 분이 김지하 씨 문제로 서울에서 형무소 앞에서 단식 데모를 하였다는 보도. 김지하 씨는 드디어 그 전 군법회의 형軍法會議刑을 되살려 무기로 한 모양. 제멋대로다. 거국체제라고 여야합동도 꾀하고 있는 모양. 오늘 드디어 도쿄대에는 퇴학원서를 내고 말았다. 섭섭하기도 하지만. 실제 그동안 연구 실적은 남기지 못하고. 어디로 흘러가는 것일까. 이태영 박사가 오셔서 만나자는 연락. 정 박사는 너무 내일에 대하여 낙관 무책無策, 그러면서 한편 오늘에 대해서는 비관. 가난한 대중과의 길은 멀고.

18일 오전 1시 40분

# 9월 19일 금요일

이제 더위는 좀 수그러지는 것인가. 어제는 강의에서 돌아와서 김재준 목사 님의 원고를 번역하였다. 한국 교회와 민주투쟁, 한국 교회는 왜 투쟁하고 있는 가 하는 것이다. 이북에 대한 자세, 내일의 정치형태 그리고 투쟁에 대한 폭력 사용의 문제에 있어서 유니크한 제안을 하신다. 영원히 젊은 분이라는 느낌이 다. 일본 독자를 예상해서 내가 약간 첨삭하였는데 양해해 주실 것으로 생각한 다. 어제는 독일에서 이영희 씨의 소식. 내일[149]에 관한 상의였다. 오늘은 원고를 전하면서 야스에 형을 만나고 슈나이스 목사와 만나야 한다. 그는 다시 한국행 이다.

낮 11시 40분

---

149 '내일'은 어제, 오늘, 내일이 아니라, 일본어 'らいにち(来日)'라는 말을 그대로 한글로 읽 은 경우이다. 즉 우리에게는 '방일(訪日)'이라는 의미이다.

# 9월 20일 토요일

서울에서 소식이 왔고. 강의를 모두 끝내고는 도쿄대 학사회관에 가서 4·19를 중심으로 한 이야기를 나누었다. 저녁에는 이인하 목사와 함께 이태영 박사를 만나 이야기하였다. 『동아』를 나온 기자들이 상황은 어둡기 한이 없다고. 아직 114명이 남아 가난 중에 투쟁하고 있고. 기가 다 꺾였다고. 박이 무너지지 않으면 살길이 없다고 생각하기에 이른 모양. 그들에게 대한 국내의 아필[150]을 내 보내달라고 하였다. 그리고 국내에서 일어난 사실을 밖에 알려서 문제를 삼을 수 있는 유기적인 관계가 수립되어야 한다는 것을 강조하였다. 화요일에 이곳 NCC 분들과 동아 기자 지원운동자들과 만나기로 하였다.

어제는 김 목사님 원고를 전달하고 나서 슈나이스 목사와 장시간 이야기하였다. 한국에 들어가는 데 대한 전략회의였다. 나카지마 목사도 함께하여 내부 사정의 파악 그리고 내부와의 연락을 주로 이야기하였다.

오늘 강의가 끝나고 돌아오는 길에 구라쓰카 교수와 장시간 이야기하였다. 와다 하루키 교수 같은 성실한 분들의 발상과 참여에 대하여 이야기하였다. 내일은 「통신」을 써야 하는데 벅찬 일이다.

21일 0시 40분

---

150 '아필'은 굳이 말하면 '어필'이며, 이는 일본어 'アピール'의 발음을 그대로 한글로 표기한 것으로 보인다. 'アピール'은 영어 'appeal'이며, '호소' 정도로 보면 된다.

# 9월 21일 일요일

오늘은 하루 종일 「통신」을 썼다. 3장에 나누어서. 5월 22일에 나온 서울대 선언문, 김상진 군 추도문, 그리고 진혼시[151]는 너무나 처절한 것이었다. 좌절된 혁명에 너무 비장해지는 것일까. 추방된 학생들을 지원하는 일, 그리고 재판을 돕는 일 참 필요하다. 어디서 자금 염출이 가능할까. 아무래도 세계적인 호소를 다시 전개하여야 하지 않겠는가.

22일 0시 20분

---

151 김상진 군 사건 후, 여러 사람이 그를 위한 추모시를 바쳤다. 가장 먼저 고은 시인이 「고 김상진군의 영전에」를 바쳤고, 옥중에서 소식을 전해 들은 김지하는 「아아, 김상진」을 몰래 써 보냈다. 1975년 5월 22일 서울대에서 열린 김상진 추모집회에서 추모시를 낭독한 사람은 당시 영문학과 4학년이었던 김정환과 신경림 시인이었다. 김정환의 「4월 진혼가」는 "벌거벗은 함성이 들려오리라 / 억눌림 속에서 오색환희와 해탈의 눈물이 흐르고 / 일어나는 소리, 아, 아, 맨땅이 갈라지는 소리가 들려오리라 / 너는 순진한 피 한 방울로 오려마 / 서러운 이야기를 뒤에다 두고 / 그때는 너의 알몸으로 오려마"라는 내용을 담고 있었고, 신경림 시인의 「곡 김상진」은 "친구여 잘 가거라 / 너는 외롭지 않다 / 네 뒤를 따르는 피의 노랫소리가 들리리라"는 내용을 담고 있었다.

# 9월 22일 월요일

아침에 야스에 형에게 원고 전달, 그리고 조금 이야기를 나누었다. 김대중 씨가 우쓰노미야 씨에게 좀 더 방공 입장에 서달라고 전화로 이야기하였다고 하며, 그분들이 하시는 것은 이북이 모험주의를 포기하게 함으로써 남쪽의 민주세력이 예정된 길을 갈 수 있게 하려고 한다는 것을 꼭 전해달라고 말했다는 이야기를 하였다. 이태영 씨가 잘 전달해 주시겠지.

야스에 형에게서 포크 씨가 보내온 원고 사본을 받아왔다. 미국 사람의 글로서는 가장 우리 입장을 대변해준 것이라고 하여야 한다. 미군 철수를 말하지 않으면 미국 사람들에게 설득력이 없다고 하였다는데 야스에 형과 두 시간을 이야기한 탓일까, 좋은 논조였다. 야스에 형과 사카모토 교수가 쓴 「인도차이나 후의 동남아시아」라는 글도 참 좋은 것이었다. 인도차이나에서는 공산주의가 이긴 것이 아니라 독재와 부패의 정권이 자괴自壞하였다고 김대중 씨가 말했다고. 그리고 「부산적기론釜山赤旗論」[152] 즉 남의 나라를 자기 나라의 방파제로 생각하는 민중 부재의 그릇된 생각을 버리라고 하였다고. 그리고 어떤 논설위원이 한반도에 오천만의 강대한 나라가 생기는 것을 일본은 두려워하겠지만 그런 나라와 좋은 파트너가 되는 것이 좋다는 것을 일본 사람들이 알아주기 바란다고 하였다고. 훌륭한 글이었다. 이 두 사람을 동원하여 한국의 벗이 되게 한 야스에 형에게 정말 감사하지 않을 수 없다.

---

152  일본의 국방상 가장 중요한 지역인 한국의 공산화를 막기 위해서 한국의 정치적 안정을 확보해야 한다는 안전보장론이며, 이를 가장 강하게 주장한 것은 기시 노부스케(岸信介) 등 자민당의 친한파였다. 실제로 기시는 1961년 2월에 개최된 제5차 교섭 한국측 주석 대표인 유진오와 만난 자리에서 "붉은색 정권이 한국에 성립한다고 생각한다면, 일본은 어떤 일이 있어도 대한민국과 정상적인 국교를 맺고 대한민국을 도와야 한다"라고 발언하고 있다.

내일 릿쿄 강의도 있지만 곧 야스에 형에게 감사의 소식을 냈다. 그리고 두 가지 사실에 대하여 말하였다. 하나는 박 정권과 미국 당국자들이 보는 저열한 한국 민족관의 문제를 문제 삼아야 하겠다는 것이다. 이 민족은 때려야 듣는다고, 흑인은 노예가 될 수밖에 없다고 한 사고이다. 나치스와 일본은 자기 민족을 과대평가하면서 파시즘을 했는데 왜 우리 당국자들은 자학 위에 서 있는 것일까.

또 한 가지는 늘 근래에 생각하게 된 발상의 전환이라는 문제다. 한반도에서도 그것이 일어나야 한다. 우리 문제를 박과 반박으로 보는 도식圖式을 전환시켜야 한다. 남북으로 보고 북에 대하여서도 발상의 전환을 촉구하여야 한다. 북을 전환시키는 길이 남을 전환시키는 길이다. 그리고 남의 민주주의자들이 생각도 바꿀 수 있는 길이다. 공산주의와 리버럴리즘의 공존의 길을 우선 모색하여야 한다. 쇼세이마루松生丸[153]에는 관대하고 우리 어부에게는 관대하지 않다. 그것은 이북이 박 정권에 대한 경화된 태도일는지 모른다. 그러나 그것은 민중을 상실하는 방법이다. 박이 불가능하면 김이라도 민중을 감동시켜야 하지 않겠는가.

이런 문제에 있어서는 나 같은 사람의 역할이 있을 수 있지 않을까. 북의 조직에 속한 사람으로서는 불가능할 테니까. 『세카이』가 그런 의미에서도 포럼을 마련한다면 그것이야말로 위대한 역할이 아닐까. 나도 이제는 남북을 함께 놓은 마당에서 발상하여야 하지 않을까. 북이 남에서 인기를 얻는 것을 남쪽의 민주주의자들이 싫어하는 자세를 극복하여야 한다. 그것이 민족 화해의 가능성이라고 보아야 한다. 이데올로기 더욱이 그 실질이 아니라 단순한 데마고그[154]가 민족 전체보다 우위에 설 수는 없다는 것이 아닌가. 대립의 논리가 아니라 포섭의

---

153  1975년 9월 2일, 일본의 복어잡이 어선인 쇼세이마루가 서해 북부에서 조업 중에 북한 경비정 총격으로 선원 2명이 살해되고 어선이 나포된 사건.

154  demagogue. 자파(自派)의 이익을 위해 근거 없는 허위 사실을 유포하여 대중을 선동하는 연설가를 말한다.

논리라고 할 수 있을지도 모른다. 북은 남북분단을 고정화하려고 한다고 말한다. 다만 북이 남을 침입하여 정복하는 것은 불가능하다고 전제하자. 그것이 군사적으로 불가능하다는 것이 아니라 30년의 다른 역사 때문에 너무 커다란 비극이니까 불가능하다고 보자는 것이다. 지금까지 그러한 대립과 정복의 도식으로 생각해 온 발상을 전환하여야 한다는 말이다. 어렵지만 그것이 이제는 우리 앞에 놓인 절실한 요청이다.

자유스러운 발상이라는 점에서는 그래도 남쪽에 가능성이 있다. 김대중 씨나 어떤 논설위원의 발상이란 그래도 남쪽에서는 가능한 것이라고 하여야 한다.

11시 59분

## 9월 24일 수요일

어제부터 내내 비이다. 어제는 릿쿄 강의를 끝내고는 신일철[155] 교수와 만났다. 와세다에 1년 교환교수로 왔다고. 이 많은 인구를 일본은 그래도 질서 있게 밀고 나가는 것 같다고. 한국에서 학생들의 98%는 비판적이니 언제 무엇이 일어날지 누구도 모른다는 것. 이문영 교수는 행정소송까지 내고 싸우고 있다는 것이었다. 고대의 명예를 그가 짊어진 것 같아 영웅시된다는 것. 고대 학교 당국은 무기력하기 짝이 없고.

오늘은 오 선생 댁에서 불고기 점심을 하고는 이것저것 정리를 하였다. 독일과 캐나다에 편지를 쓰다. 운동을 좀 더 강화하고 조직화하여야 할 텐데.

25일 0시

---

155  신일철(申一澈, 1931~2006.1.16). 중국 상하이 출생. 고려대학교 대학원 졸업. 『사상계』 편집국장과 『한국사상』 편집위원을 지냈다. 또한 고려대 문과대 교수, 일본 와세다대 객원교수, 한국철학회 회장, 대통령자문 교육개혁위원 등을 역임했다.  ·

# 9월 26일 금요일

어제는 이이지마飯島 씨와 만나 5월 22일 선언문, 조사 등에서 번역을 해내지 못한 데를 가르쳐주었다. 김상진 군에 대한 진혼가는 정말 처절한 것이었다. 김관석 목사의 리더십을 높여 주기 위하여 해외에서 그간의 NCC 상황을 알려주기 바라며 우리가 가능한 일을 하겠노라고 하는 전문을 그에게 보내달라고 부탁하였다.

저녁에는 홍상규 씨를 고마서림에서 만나 저녁을 함께하였다. 신상호 씨를 너무 비난하지 말아 달라고. 박은 안 되겠지만 그 뒤에 김대중 씨도 안 되겠다는 의견을 그들은 되풀이하는 모양이다. 오늘 결심공판인데 연기하였다고. 며칠 전 김대중 씨 문제에 대한 『아사히』 사설은 뛰어난 것이었다. 김대중 씨가 가지는 국내외의 무게는 대단하다.

오늘 저녁에는 다카하시 사부로[156] 선생과 만나 한국 문제 이야기. 마사이케 [157] 선생이 박 정권 타도를 내건 것은 너무한 것이 아니냐는 의견이었다. 나는 한

---

156  다카하시 사부로(高橋三郎, 1920~2010.6.24). 일제강점기 때 충청남도 출생. 도쿄제국 대학 제2공학부를 졸업하고 고등학교 교사, 쇼와여자대학(昭和女子大學) 조교수를 역임 후, 당시 서독 마인츠대학 대학원에서 신학박사학위를 취득했다. 우치무라 간조(内村鑑三)가 주장했던 무교회주의의 중심인물이다. 야나이하라 타다오(矢内原忠雄)에 사사했으며, 일본이 침략전쟁을 거쳐서 패전으로 이르는 과정은 신께서 심판을 하신 것이라고 인식하였으며, 그렇기에 진실된 일본의 부흥은 반성하는 일부터 시작해야 한다고 믿고, 기독교인으로서의 신상심을 가졌다. 1965년 월간지 『십자가의 말씀(十字架の言)』 창간.
157  마사이케 진(政池仁, 1900.11~1985.4.3). 아이치현(愛知県) 출생. 도쿄제국대학을 졸업했고 우치무라 성서연구회에 입회하여 1933년부터 독립 전도를 시작했다. 1964년 일본우화회(日本友和會) 대표로 한국에 사죄 방문을 하였다. 1968년 제암리(提岩里) 교회 전소사건 사죄위원회 대표를 역임했고, 1972년 한국원폭피해자를 지원하는 시민의 모임, 1974년 한일기독자 긴급회의 실행위원, 1976년 사할린 억류한국인 귀환 재판지원에 참여했다. 구제 시즈오카(静岡)고등학교(현재의 시즈오카대학) 교수 재임 중에 만주사변을 맞이해서 비전론(非戰論) 즉 전쟁반대를 주장해서 학교를 사직한 경력이 있다.

국과의 관계는 다원적으로 각자가 할 수 있는 데까지 하면 되는 것이 아니겠는 가라고 대답하였다.

임순만 목사님에게서 『뉴욕 타임즈』 클리핑을 보내왔다. 일본은 박을 얼리면 서 북과의 관계를 확대하려고 하고 슐레진저[158]는 박에게 4, 5년 이후에는 미군 철수를 하여야 할 것이라고 말한 모양이라고 『뉴욕 타임즈』 사설을 말하고 있 다. 특파원 기사도 아주 비판적인 것이었다. 임 목사님은 미국 CIA는 인기 없는 박을 제거하자고 하여 행정부와 대립돼 있다는 정보를 중요한 소스에서 들었다 는 것이었다. 글쎄…… 우리는 박 이후 문제도 생각하여야 한다. 내일은 박 학장 과 함께 도쿄여대 학장 초대에 참석하여야 한다. 그리 마음이 내키지 않는 것이 지만.

11시 20분

---

158  제임스 슐레진저(James Schlesinger, 1929.2.15~2014.3.27). 뉴욕 출생. 하버드대학 경 제학 박사, 경제학자. 버지니아대학 교수, 랜드연구소 전략 문제 연구부장, 미국원자력위 원회 의장 등을 역임하였다. 1973년에는 CIA 국장으로 취임하여, 1973년부터 1975년까 지는 국방부 장관, 1977년부터 1979년까지는 지미 카터 대통령의 에너지 문제 담당 특 별보좌관을 지냈다. 1975년에 방한해서 박정희 대통령에게 핵개발 포기를 요구하는 압 박을 가한 것으로 알려져 있다.

# 9월 28일 일요일

어제는 도쿄여대 학장 선생 댁에 박 학장과 함께 갔다. 점심 초대였다. 일본 학생들의 저항, 일본의 산업사회에 교육이 편입된다고 비판하는 것을 이해할 수 없다는 것이었다. 의식의 차이를 느끼고 말을 잃어버렸다. 참 정숙이한테서는 어머니가 내가 아내만 생각하고 자기는 생각해 주지 않는다고 속이 아파 못 견디겠다는 푸념이라는 소식. 늙어서 어린아이라고 할 수밖에. 그러나 이제는 그런데 신경을 쓰고 싶지도 않다. 왜 이렇게 인간이란 아집에 사로잡히는 것일까. 당분간 편지도 보내지 않으련다.

오늘은 안병무, 문익환 두 분의 설교를 번역하였다. 「갈릴리에서 만나자」, 「가난해야 합니다」 모두 진통하는 오늘의 한국을 뼈저리게 반영하고 있다. 이런 설교를 모아서 한국 교회를 널리 알리는 것이 필요할 것 같다. 슈나이스 목사가 한국을 다녀왔다. 기장총회는 성공적이었다고. 한국에 선교의 자유가 있다고 선전하고 다닌 전 총회장은 나타나지도 않았다고. 은명기 목사가 총회장이 되고. 송건호 형이 『동아』 사태에 관한 익명 기사를 11월 중순 경에 보내겠다고 한다고. 그 결의는 좋으나 그렇게 늦어서 싸움이 될까. 김관석 목사는 건강하지만 공소 포기로 나왔다고 말썽이 있는 모양, 강 형도 그렇게 생각하는 것이고. 지난 일로 분열하지 말고 앞을 향하여 모든것을 선용善用할 것을 생각하여야 할 텐데. 옥중에서 싸우고 밖에서 지원하고 하면 되는 것이라고 하지만, 그런 냉정이 국내에서는 있기 어려운지도 모른다. 가면 갈수록, 극한 상황이 되면 될수록 인간이 드러난다. 김관석 목사가 나오는 데는 반공대회파反共大會派 목사들이 진정하는 형식을 취하게 하였다고. 잡음을 만들고 위신은 떨어뜨리고 그런 작전이겠지.

어제는 오 형과 긴 이야기를 하였다. 주로 그동안 일들을 이야기하였지만, 오 형은 나도 11월 제네바회의에 출석할 것을 강권하는데 어떨는지 모르겠다. 갑자기 많은 문제가 앞에 다가오는데 힘과 시간에 제한이 많으니 큰일이다. 가을이 돼 오는 탓일까, 허무한 마음도 늘어나고.

29일 0시 15분

# 10월 1일 수요일

벌써 10월, 가을인 탓일까, 퍽 서글픈 생각이 일어난다. 서울도 그립고. 집에는 당분간 소식을 내지 않으련다. 어쩐지 인간의 이기심을 보고 자기혐오에 빠졌다고 할까.

월요일에는 자료집에 대한 마지막 타협을 하고 서문과 에필로그는 내가 쓰기로 하였다. 교회사 월례세미나에서 재일한국 교회사에 대한 발표는 매우 흥미 있는 것이었다. 비교교회사에도 한번 손을 대고 싶은데.

어제는 릿쿄에서 강의를 하고 나서 고바야시小林 양과 만나 식사를 하고 이야기. 한국말 공부를 하고 난 앞날에 대한 걱정이 많은 모양이었다. 그 전에 시간이 있어서 『세카이』 10월호에 나온 니시카와 준 씨의 「프랑스 사회주의의 방향」이라는 논문을 읽었는데 참 좋은 것이었다. 비판적인 젊은 세력을 흡수할 수 있는 정치세력이 꼭 있어야 한다. 우리도 이제는 내일의 사회를 위한 이데올로기와 플랜을 준비하여야 할 텐데. 그런 의미에서도 내가 생각하는 「발상의 전환」이라는 논문은 필요할 것 같다. 남만 생각하고 전개하는 체제, 반체제의 대결이란 이미 비현실적인 상정想定 위에 선 것이 되고 말았다.

오늘은 거의 하루 종일 구라쓰카 교수의 『이단과 순교』[159]를 읽었다. 내일 아침이면 다 읽겠지만 토마스 뮌처의 발상에 대하여 깊이 생각하지 않을 수 없을 것 같다. 교회 입장에 있어서도 우리나라 문제에 대한 신학적 사상을 자아내야 할 것이 아닌가.

2일 0시 55분

---

159 『異端と殉教』, 치쿠마서방(筑摩書房), 1972.

## 10월 2일 목요일

오정 때 오 선생과 서울 가는 인편에 소식을 전하기로 하였다. 김관석 목사를
비롯하여 여러분들에게 이해와 협동이 있기를 부탁하기로. 한반도 문제에 대한
「발상의 전환」이라는 제의에 오 형도 찬성. 도리어 일보 전진하자고 하여 서로
웃었다.

그리고는 『조선일보』 이보연 씨와 만나 이야기. 그는 우쓰노미야 씨와 접촉하
여 승낙을 받고 글을 보냈는데도 서울에서는 No라고. 더욱이 군축에 대한 발언
이 있어서 안 된다고 한다고. 오늘의 상황을 누구도 긍정하지 않으나 고칠 수는
없다고 체념이니. 내일 저녁을 이보연 씨 댁에서 보내기로 하였다.

3일 0시 15분

# 10월 5일 월요일

지금 막 서울에서 소포를 받았다. 가을이라 더욱 그리움과 어쩐지 슬픈 마음이다. 그동안 김 선생과 만나 11월 제네바회의는 대대적인 프로젝트와 자금을 신청하는 실질적인 출발이 되어야 한다고 이야기하였다. 3년 예산으로 50만 달러쯤 신청하자고. 각국 대표가 모이니, 이것이야말로 그런 회의 제1회로 하여야 할 것이 아닌가. 선우 박사, 신성국 목사도 참가를 신청해 왔다고.

어제 『문학사상』을 받아 보고 김형효[160] 씨의 「오늘의 한국 지성, 그 방향」을 주섬주섬 읽어보고 탄식하였다. 그는 '정부예찬淸富禮讚'이 옳다고 하면서 반공의 입장에서 '책임성', '신뢰성'을 말하고 있다. 민중이 얼마나 배반적인 것인데 민중, 민중, 하느냐 하면서. 이것에 반박할 수 없는 지식인. 그 풍토는 그에게 있어서 문제가 아닌 모양이다. 어용의 범람. '반동의 윤리'에 대하여 좀 써야 하겠다. 민중을 보는 눈에 있어서의 진보성과 반동성의 문제를. 김 씨의 그런 논리가 포크 교수가 발견한 박정희 일파 그리고 그들의 설득을 따르는 미 대사관 직원들의 논리가 아니었던가. 한국 백성은 눌러야 한다고. 악정惡政 합리화의 논리에 궁하니까 이런 사이비 논리를 날조하고 있다. 역사의 죄인들아. 해방, 인권, 제발 그런 말은 하지 말아 달라고 하는데, 그 대변자, 그런 것을 지지하는 어용들이 지금 범람하고 있다. 레닌의 지식인들에 대한 저주의 목소리가 다시 들려오는 것 같다. 오늘 아침에는 야스에 형과 만나야 한다. 점심을 함께 나눈다.

6일 오전 11시 반

---

160 김형효(金炯孝, 1940.3~2018.2.24). 경상남도 의령 출생. 서울대학교 철학과를 졸업하고 벨지움 루뱅대학교 철학최고연구원에서 박사학위를 받았다. 서강대학교 철학과 교수, 한국정신문화연구원 부원장, 한국학대학원 대학원장, 루뱅대학교 철학최고연구원 연구교수를 역임하였다. 동양과 서양의 사상을 비교 연구해 주목을 받았다.

# 10월 8일 수요일

내일부터 후기가 시작된다. 오늘은 하루 종일 강의 준비였다. 루스 베네딕트의 『국화와 칼』[161]를 읽고 정의하였다. 더한층 일본 사람을 알 수 있는 것 같다. 특프로[162] 텍스트는 토인비[163]의 『역사의 교훈』이다. 1956년에 오늘을 내다본 형안炯眼에 다시 감탄한다. 공산주의와 자본주의의 대립을 가톨릭과 프로테스탄트, 또 그 전의 이슬람과 기독교의 싸움에서 얻은 공존의 불가피성에서 교훈을 얻어 극복하라는 것이었다. 거기에 인간 지성의 승리가. 나는 지금 남북 문제에 대하여 그런 말을 해야 한다.

지난 월요일에는 한국어 클래스를 끝냈다. 그날 야스에 형을 만나 책을 받아 가지고 이야기를 나누었다. 포크 교수의 글은 사카모토 교수와 야스에 형의 노력으로 얻은 큰 수확이다. 세계적으로 널리 펴야 하겠다고 이야기하였다. 제네바회의를 위하여 준비할 자료와 프로젝트에 대하여 오, 김 양兩 형과 신교에서 회의. 대대적인 프로젝트를 신청하자고 하였다.

어제저녁에는 김규칠 씨와 만났다. 유엔 상황이 흐려지자 외무부도 당황한 모양. 오늘 저녁은 김 형과 함께하였다. 자료 준비 발송에 대하여 이야기하였다.

---

161 루스 베네딕트(Ruth Benedict, 1887.6.5~1948.9.17). 미국의 인류학자이며 'racism'이라는 말을 세상에 널리 알렸다. 『국화와 칼』 즉 *The Chrysanthemum and the Sword*(1946)은 루스 베네딕트가 컬럼비아대학 재직 중에 제2차 세계대전이 발발하자, 미군의 전쟁정보국에 수집되었으며, 1942년부터 일본에 대한 전쟁과 정령 정책에 대한 의사결정을 담당하는 일본 담당 팀장을 맡았는데, 이때 보고서로 작성된 "Japanese Behavior Patterns"을 발전시킨 것이다.

162 특별연구프로젝트의 약칭. 학기 중에 진행하기 어려운 주제나 과제를 수행.

163 아널드 토인비(Arnold Joseph Toynbee, 1889.4.14~1975.10.22). 영국 런던 출생. 역사가. 옥스퍼드대학에서 고전고대사를 전공하고 왕립국제문제연구소 연구부장, 런던대학 국제사연구교수, 외무성 조사부장을 역임하였다. 문명을 하나의 유기체로 간주하고, 문명이 발생·성장·해체의 과정을 주기적으로 반복한다고 보았다.

역시 포크 교수가 압권이라는 이야기를 나누었다. 『세카이』의 역할은 거대한 것이다. 31일에 저녁을 함께하면서 이야기를 나누기로 하였다. 오늘 『아사히』 석간에 김대중 씨를 서울에 있는 일본대사관 참사관이 만났다는 보도가 나 있었다. 저번 연기된 공판 전에는 미 대사관에서 같은 제스처를 했다고 하는데. 체형體刑을 과하려고 하니까 그러는 것일까. 오늘의 상황은 더욱더 김대중 씨와 같은 인물이 등장하지 않고서는 한국 문제가 국제적인 상황에서 전락을 면할 길이 없게 되는 것이 아닌가. 조간에서는 어제 7일 장준하 씨 추도식에서 윤보선 씨를 비롯한 7인이 김지하 씨 석방을 주장하는 성명서를 냈다고 했는데. 가을에 접어들면서 정국이 동요할 징후가 아닐까. 밖에서의 활동이 더욱 중요해진다.

9일 오전 1시 15분

# 10월 9일 목요일

저녁에는 〈미사일의 십 일간〉이라는 문화영화를 보았다. 요전에 본 〈하트 앤드 마인드〉의 그룹이 만든 것이다. 케네디 대통령이 쿠바 미사일을 철거하게 하는 이야기이다. 전쟁을 회피하기 위하여 얼마나 신중하였으며 얼마나 고민하였는가가 나타나 있다. 군인들이란 공격, 습격만 주장하고.

우리의 남북 문제에서도 예지가 발동되어야 하겠는데. 가을이라 매일처럼 허전한 마음을 달래노라고 큰일이다. 제네바 박 형은 18일 도착이라고.

10일 오전 1시

# 10월 12일 일요일

오늘은 모리오카 선생 양주와 함께 아리랑에서 생일 자축회를 가졌다. 낮에는 오래간만에 「한국 문화사」 원고에 손을 좀 댔고. 거의 자제하지 못하는 것처럼 방황하는 나날이었고. 어제는 캐나다에서 김 목사님 소식을 받아 김 형에게 전달하고 앞으로 캐나다 본부를 강화하는 이야기를 하였다. 김 형과 내가, 이번 11월 회의 결과로 모금이 되면, 캐나다로 가는 이야기도 나누었다. 여러 가지 생각을 하게 된다. 뉴욕에서도 한국 문제 회의를 열고 중요한 간행물은 캐나다에서 내기로 하였다니 말이다.

캐나다로 가야 한다면 나는 가족과는 거의 영원히, 박이 무너지도록까지 떠나야 한다. 아이들에게 대한 책임 문제, 어머니 문제, 나 자신의 처량한 나날의 문제가 머리를 스쳐간다. 그러나 요청된다면 하는 수 없다. 멈출 수 없는 길이니. 나 개인으로는 그래도 일본에 있는 것이 낫지만. 잘 숨기면 집과도 연락할 수 있고. 일본 내에서의 연구와 발표도 가능하니까 말이다. 그러나 필요하다면 포기하여야 한다. 내가 캐나다로 가서 임정과 같은 일에 종사한다면 집에 복수는 하지 않으려는지.

어제 온 정숙의 편지에 의하면 어머니는 묘지를 보러 다녀오신 모양. 10평에 15만이라고 한다니. 왕십리 노할머니가 돌아가시니 정신적인 쇼크가 있는 것이 아닐까. 자기도 머지않았다고 생각하시는. 무거운 일은 더욱더 많아지고, 나는 이제 안일을 구하는 마음에 기울어지고 그리고 견디어 내는 정신은 점점 약해지고 있는 것이 아닐까.

어딘가 상류上流 한강가 같은 곳에 초막을 짓고 조용히 여생을 살고 싶을 뿐. 그에게는 미안하고 죄송한 마음. 편지를 다시 읽고 멍하니 앉아 있었다.

13일 0시 25분

# 10월 15일 수요일

신쿄의 가이누마貝沼 씨가 서울을 다녀온다고 하여 집에 연락을 보내고 만나

볼 사람들에게 소개장을 써 드리고 스케줄에 대하여 이야기를 나누었다.

오 선생 부인이 입원. 심려가 많은 모양. 혈압이 높아 머리가 아프다고. 큰일

이다. 나는 가을에 접어들자 기분이 나아지고 머리가 맑아지는 것 같다. 그러니

까 서글픔이 더하는지도 모르겠고. 무척 서울이 그리운데, 구질구질하게 자취하

는 생활도 그렇고. 지금 방안은 그야말로 대혼란이다.

어제는 릿쿄에서 신간회[164]에 관한 문제를 논하다가 그 결과는 민중에게는 실

망, 좌우는 절대 합할 수 없는 것이라는 인상을 남겨 그것이 해방 후까지 꼬리를

물게 된다고 하였다. 그것이 오늘 또다시 대두된 셈이고. 공존밖에 없을 텐데. 적

의를 가지지 않고 대할 수는 있을 것이고.

가토加藤 씨는 오늘도『씨알의 소리』와 더불어 캄파[165]라고 만 원을 보내왔다.

장 선생 조위금까지 벌써 요즘에만도 4만 5천 원이 온 셈이다. 감사하다.『씨알

의 소리』에 나타난 장 선생에 관한 함 선생님과 계훈제[166] 씨 글을 읽고 깊은 감

---

164  신간회(新幹會)는 1927년 2월 15일에 조직된 좌·우 합작 항일운동단체이다. 사회주의
    계·천도교계·비타협 민족주의계·종교계 등 각계각층이 참여했다. 1928년 말에는 지회
    143개에 달하는 전국적 조직으로 성장했으며 회원 중에는 농민이 가장 많았다. 각 지회
    에서는 식민교육정책 반대, 조선인 착취기관의 철폐, 농민·노동운동 지원 등을 펼쳤다.
    그러나 사회주의계열 좌파들이 신간회를 해체하고 공동행동위원회 조직으로 다시 만들
    어야 한다고 주장하면서 1931년 5월 해체되고 말았다.
165  'kampa' 또는 'kampaniya'를 의미한다. 어떤 목적을 위한 모금운동이나 그 돈을 말한다.
    일본에서는 'カンパ'라고 하며 일상적으로 사용하는 말이다.
166  계훈제(桂勳梯, 1921.12~1999.3). 평안남도 선천 출생.『사상계』편집장과『씨알의 소
    리』편집위원을 역임했다. 1963년 한일회담 반대, 1968년 베트남전쟁 파병 반대, 1969
    년 3선개헌 반대 등 박정희 정권 반대 투쟁에 앞장섰다. 1975년 긴급조치 9호 위반으로
    투옥되는 등 반독재 민주화운동으로 3차례 투옥되었다.

회에 잠겼다. 사악한 세계를 마음으로만 아니라 실제로 이겨야 하는데. 내일 강의를 준비하다. 박 형이 오고 「통신」을 써야 하고 강의가 있고 이제 참 바쁜 나날일 것이다.

16일 오전 1시 5분

# 10월 17일 금요일

어제는 루스 베네딕트의 『국화와 칼』[167]을 가지고 하는 비교문화에 대한 이야기를 끝냈다. 1946년에 썼다는데 패전 이후의 일본에 대한 대목은 그 후의 일본에 그대로 해당하는 것이 아닌가. 그의 형안에 놀라지 않을 수 없었다. 군국주의나 호전적인 자세가 손해를 본다면 일본은 평화주의를 지키겠지만 무장하는 것이 이익인 세상이라면 무장을 할 것이라고. 방향을 전환하여 성공적으로 살아갈 수 있는 가능성을 가진 나라라고. 군비에 돈을 쓰지 않는다면 유리한 조건으로 번영할 것이라고. 이런 등등이다. 일본을 참 잘 보았는데 이런 식으로 한국인도 그려야 한다. 오늘은 하루 종일 강의 준비를 하였다. 내일 박 형이 올 테니까 모든 정리를 해두어야 하고. 「통신」을 써야하는데. 모리오카 선생에게 김 선생이 이야기한 대로 신쿄를 아시아의 기독교 인텔리가 영어로 발표하는 출판사로 만들자고 제안하였다. CCA의 해리 다니엘 씨에게 그런 의사가 있다니까.

『세카이』에 쓴 와다 하루키 씨의 그동안 일본에서 벌어진 한국 민주화를 돕는 여러 사람들의 활동에 관한 글이 좋았다. 세계에서 가장 '모델케이스'일는지 모른다. 이번 11월 초 제네바회의에서 일본에서의 운동에 대한 좋은 보고가 모두에게 자극이 되기를 바란다. 쇼지 목사님이 보고서를 작성한다고 하여 김 형과 연락하도록 하였다. 어제 정숙에게서는 내 신세에 대한 동정에 넘치는 소식. 50을 쭉 넘어서니까 그렇겠지. 실제 나도 마음 탓인지 더 처량한 느낌이다. 그러나 이 시기를 생산적인 시기로 만들기 위하여 힘을 써야지. 으스스한 기분이어서 처음으로 전기난로를 썼다.

18일 0시 20분

---

167   10월 8일 자 일기에서는 『국(菊)와 도(刀)』라고 표기하고, 여기서는 『국화꽃과 칼』로 표기하고 있다. 모두 『국화와 칼로』로 통일해서 표기했다.

# 10월 19일 일요일

어제 박 형이 도착하여 밤늦게까지 이야기하고 오늘도 하루 종일 동지들과 함께 있었다. 이번 11월 제네바회의에 대한 이야기를 하였다. 일본에서 가톨릭계 한 분을 초청하기로 하였다. 큰 출발이 거기서 이루어져야 하는데. 역시 캐나다에서 김 목사님이 가시고 나는 가지 않기로 하였다. 그 회합에서 포터[168] 총무가 개회 설교를 한다니 아주 좋은 출발을 하는 셈이다. 김 목사님은 그것을 받아서 한국 문제에 대한 것을 호소하시기로 하고.

서울에서는 김관석 총무가 항소를 취하하고 나온 문제에 대하여 왈가왈부가 많은 모양. 좀 더 멋있는 제스처를 못하는 것일까. 나카지마 목사님까지 함께하여 진지하게 이야기하였다. 대정부정책으로서는 김 총무를 계속 강하게 밀어야 하는데. 지도력이 좀 더 모두에게 있어야 한다고 생각하였다. 화요일 야스에 형의 초청에는 모리오카 선생까지 모두가 참가하기로 하였다. 박 형도 물론. 이번 『세카이』의 한국 특집호는 장관이다. 서울에서는 교수들의 사생활 스캔들을 찾노라고 야단이라고 정치교수 추방에 써먹으려고 하는 것이라고. 가톨릭 신부들도 나체로 하여 조롱하는 따위 짓을 하여 가톨릭이 침묵하기로 하였다고. 더러운 통치.

11시 30분

---

168  세계기독교교회협의회(WCC) 총무였던 필립 포터 박사를 말한다.

# 10월 22일 수요일

가이누마 씨가 서울서 돌아왔다. 일시 귀국은 3개월 이상 체류하면 안 된다는 소식. 시끄러워져만 가니 큰일이다. 김치까지 서울에서 가지고 왔고 히로사키에서 가모 양이 와서 저녁 식사를 함께하고는 내내 「통신」 원고를 썼다. 이번에는 200자 원고용지 40장, 가장 짧은 것이 됐다. 시간도 없고 자료도 없어서.

어제는 야스에 형과 저녁을 함께 하였다. 박 선생도 참석하여 여러 가지 앞날 이야기를 하였다. 오늘은 선우 선생이 도착하여 얼마 동안 이야기. 『내외뉴스』, 자민계自民系 모임의 강연에 왔다는 것이다. 김지하 씨부터 비난하는 언사, 「통신」 또는 『세카이』가 악질이라고. 예로 든 것은 전과 다름없이 고의로 왜곡 전달했다는 것. 백기완[169] 씨가 봄이 되면 재판관과 자리를 바꾼다고 한 것이 아니라 제비도 돌아오는 봄에 어떻게 그렇게 오래 들어가 있는가고 했다고. 정부를 옹호하는 감정적인 이야기, 논리는 없고. 반지성, 반지식인이 자랑처럼 되고, 그들을 도리어 이기주의자로 규정하고는 자기긍정. 지배자의 발상과 같은데 논리로서는 어떻게 할 수 없으니 감정적인 언사로 치울 수밖에 없겠지. 『세카이』가 조총련의 도움을 받았다고 강조. 그런 흑막 폭로식으로 설득을 시도하는데, 누가 그런 모함을 선전하고 다닐까. 『내외뉴스』 따위가 아닐까. 권력의 리얼리티에 접하고 허전한 느낌이 요즘 가시지 않는다. 내일 박 형은 미국으로 떠난다. NCC 부총무로 가는 문제 때문에 고민, 마음이 의외로 약하다고 생각하였다. 내일은 대사관 어학교실에 오는 일본 관리들에게 한국 문화에의 이해라고 하여 한일비교 문화이야기를 한 시간 하기로 하였다.

23일 오전 1시 5분

---

169  백기완(白基玩, 1932~2021). 사회주의운동가이며 통일운동가. 백범사상연구소를 설립하고 장준하 암살진상규명위원회·민족문화대학설립위원회 대표 등을 역임하였다.

# 10월 24일 금요일

막 「통신」을 탈고하였다. 오전 중에 야스에 형을 만날 예정이다. 어제는 밤에 대사관 주관의 한국어 강습에 나가서 특강을 하였다. 한국 문화에 대한 이해라는 비정치적인 이야기를 하였다. 선우 형과는 만나지 못 하였고. 오늘 오사카에서 강연을 하고 돌아온다니 만날 수 있겠지.

박 형은 11월 회의에 대한 플랜을 대개 정리해 가지고 떠난 모양. 이번 「통신」은 정보가 없어서 짧은 것이 되었다. 좀 더 연락 문제가 잘 돼 가야 할 텐데. 박 형은 미주와 캐나다를 다녀서 간다. 「한국 문화사」 집필도 좀 더 본격적으로 하여야 하겠고. 그저께 철학과 교수회의에서 나 자신의 내년 문제를 물어왔으므로 한 해 더 있겠다고 하였다. 철학과에서도 금년의 과목으로 계속해 줄 것을 바라고 있고. 도쿄여대 3년, 일본 체재 4년이다. 10월 30일이면 꼭 3년이니. 흘러가는 신세타령이 나오지만, 이 흙탕물 같은 싸움을 더욱 용기 있게 싸워가야 하겠는데. 이제 매달 봉급이 27만 원이라고 하니. 4월부터 밀린 것 50만 원을 준다는 것이다. WCC 아니 교회, 아니 하나님에게 감사하여야 한다. 떠나려는 나를 이렇게 항상 붙잡아 매시니. 그러니까 마음에 아픔을 가지면서도 침묵, 결단, 포기를 하여야 하는 것일까.

오전 9시 50분

어제 토인비 옹 서거의 보도. 나는 학교에서 『역사의 교훈』을 텍스트로 쓰면서 조금 소감을 이야기하였다. 19세기 말에 나와서 20세기를 산 거인들이 간다고. 20세기 말에 나타나 21세기를 사는 사람들에게 거인이 나타날 것 같다고.

# 10월 26일 일요일

오전에는 여러 가지 정리를 하였다. 오후에는 요가用賀 교회 하시모토 나호橋本
ナホ[170] 목사님 고별식에 갔다. 65세, 어려운 인생을 사셨다. 지난 주일 저녁 설교
하시다가 세상을 떠났다. 한국 문제에도 기독교 여성들 사이에서 힘을 많이 쓰
셨는데. 교회여성연합회 연구모임에서도 내가 하시모토 목사님 주선으로 2년
가까이 한국 문화사 강의를 하고 있는데⋯⋯ 죽음의 문제를 새삼스럽게 생각하
면서 나를 돌아보기도 하였다. 저녁에는 사이타마埼玉 지구 교사회教師會 강연 준
비. 내일 아침에 목사님들 모임에 가야 한다. 우라와浦和까지 간다. 오늘은 퍽 서
글픈 마음이 가시지 않는다. 문득 텔레비전을 돌리니 〈버팔로 대위〉[171]라는 영화
였다. 참 좋은 영화였다. 흑인이 노예가 아닌 인간으로 살아가려고 한다. 그러나
백인들의 편견 속에서 범죄자로 몰렸을 때 이것을 이겨내게 된다. 백인 중위의
양심이 악과 싸워서 이긴다. 아름다운 이야기이다. 일본 사람들은 이런 영화를
만들지 못한다. 그립고⋯⋯ 하여야 할 일은 많고. 내일 늦게 돌아와서야 화요일
릿쿄 강의 준비를 할 수 있겠는데. 가을, 날씨도 추워지고 정신도 맑아지니 좀
더 집중하여 무엇보다도 「문화사」 집필을 끝내야 하겠는데. 어제는 강의를 끝내
고 돌아오다 오 형 부인의 입원실을 찾고 오 형의 아이들과 함께 식사를 하였다.
서울 소식이 별로 없다. 더욱 얼어붙는 모양이다. 신문은 스페인의 동요를 전하
고 있는데. 유럽에 전체주의 국가를 두는 것은 견딜 수 없는 모양. 그 다음에는

---

170 목사였던 남편 하시코토 칸(橋本鑑)이 보인 헌신적인 전도 자세에 크게 영향을 받아서
    남편이 세상을 떠난 후에 목회의 길에 접어들어, 요가(用賀) 교회를 설립. 초대 목사이며,
    1949년 5월 1일부터 1971년 5월 25일까지 평생 한 교회에만 봉직했다. 일본기독교단
    부인전도전문위원장, 전국교회부인연합회 등에서 활약. 日本の説教 2-10 『橋本ナホ』(日
    本キリスト教団出版局, 2006) 등이 있다. 요가 교회는 도쿄 세타가야(世田谷)에 위치.
171 원제는 〈Sergeant Rutledge〉(1960). 한국에서는 〈럿리지 상사〉라는 제목으로 개봉했다.

공산 유럽에도 더욱 자유와 교류가 싹틀 것이 아닌가. 그 다음은 아시아라고 하여야 할 텐데. 너무나 긴 암야暗夜라고 할까.

27일 0시 5분

# 10월 27일 월요일

아침 일찍 우라와로 가서 사이타마지구 교사회에서 「일본 교회에 대한 제언」
이라는 제목으로 이야기하였다. 일반적인 의미에서 현대 교회 문제를 이야기
하였다. 질문 때 천황 방미訪美 문제를 언급하였다. 일본의 권력은 교묘하니까
박 정권처럼 우둔하게는 하지 않지만, 점점 복고와 통제를 일삼는 것 같다고 하
였다. 이번 미국과 일본의 선거를 앞두고 방미 선전을 대대적으로 하였다. 어제
는 국체國体[172]에 나타나서 전전戰前 천황 같은 행세를 하였다. "천황폐하 임석하
에……"에 운운하는 이야기의 계속이었다. 그것도 이번에는 미에현三重県 이세
伊勢[173]에서 한다. 나는 머지않아 천황태자가 섭정으로라도 나타나는 것이 아니
냐고 하였다. 그러기 위해서 현재 천황이 황실을 그르치고 있다. 이런 이야기를
하자 찬물을 끼얹은 것처럼 침묵이 흐르는 듯하였다. 그것은 터부이기 때문일
까. 천황 운운하는 것은 싫은 것인가. 거기에는 아직 기독교인이라고 하여도 어
떤 존숭尊崇의 마음이 있는 것일까. 역시 일본 사람들도 비판을 견디어 내지 못하
는 것일까. 일본 사람이란 원래 비판하지 않으니까. 섹트로 싸우기는 하여도. 다
만 도몬土門[174] 목사의 아게오上尾 교회에서 유치원 학부모인 믿지 않는 부인을 시
의원 후보로 추천하고 밀고 있다는 이야기는 퍽 흥미로웠다. 우리나라에서도 박
정권이 최소한 확고한 지방자치제도만이라도 확립시켜주었으면 하는 마음도

---

172  국민체육대회(國民体育大會).

173  일본 천황가의 선조라고 하는 아마테라스오미카미(天照大神)와 농경신인 도요우케노미
카미(豊受大神)를 기리는 이세신궁(伊勢神宮)이 있다.

174  도몬 가즈오(土門一雄, 1932~2003.3.4) 목사를 말한다. 일본에서 영주권을 가진 재일
한국조선인에 대한 지문날인이 강요되고 이를 거부할 경우 체포되는 사태가 벌어졌는데,
이때 이 사태를 '우리 일본의 문제'로 인식하고, 인권옹호운동을 벌이기도 하였고, 이때
전 도쿄대학 교수였던 강상중 씨도 도몬 목사의 영향을 받았음을 강연회나 글을 통해서
밝히고 있다.

있는데. 안 될 것이고. 한다고 하여도 그것은 더욱 사태를 나쁘게 하는데 지나지 않을 것이 아닌가. 잘할 수도 없지만 그런 지혜도 주어서도 안 될 것이고. 그것이 또 연명策延命策이 될 테니. 이렇게 하여 우리는 언제까지 흑암의 길을 가려는 것일까.

　오후에 돌아와서는 릿쿄 강의 준비를 하였다. 다음 시간부터는 해방 후의 역사이다. 남북을 통하여 분단된 조국을 거부하고 하나의 조국을 생각한 이상주의적 민족주의자들은 없어지고 미소美蘇의 세력에 기댄 리얼리스트들만이 살아남은 반민족의 역사이다. 그러니까 오늘이 올 수밖에 없었다. 비통한 역사이다. 그렇게 끈 것은 물론 외세지만. 그 역사를 거부하려고 한 세력은 밀려가고 말았다.

28일 0시

# 11월 2일 일요일

지난 수요일에 슈나이스 목사 환영회가 있었다. 『예수와 그 시대』[175]를 쓰고 그 후기에서 우리 한국 교회 학생들의 오늘에 있어서의 예수 증거를 말한 아라이 사사구[176] 교수는 조용하면서도 정열을 가진 참 좋은 분이었다. 이번 금요일에 다시 만나 자리를 같이하자고 하였다. 하비[177] 씨도 처음 그날 만났는데 훌륭한 분이었다. 한국에 다녀온 보고를 했는데 500명가량이 지금 숨어 있거나 체포당해 행방을 모른다고.

4월부터 증액된 봉급을 받았다. 이제는 한 달에 27만 원씩이다. 오 선생에게 취해서 서울로 보낸 20만 원도 갚고 입원비로 보태라고 10만 원을 전했다. 이번 제네바에서 한국민주회복국민전선이라는 정도의 자극적인 단체를 내놓아야 하지 않겠는가고 이야기하였다.

조금 전까지 텔레비전에서는 흘러간 일본의 노래가 흘러나왔다. 소학교 창가 唱歌라는 것도 나왔다. 그때 우리는 그런 것을 가질 수 없었다. 이들은 항상 지난 달에 돌아가서 그것을 지키려고 한다. 며칠 돌아다녔기 때문에 오늘은 쉬고 방을 지키면서 「한국 문화사」 실학 대목을 좀 더 써나갔다.

참 오 선생이 여권을 받았다니. 포기하고 다른 나라 여권을 받게 된다면 더 손

---

175  『イエスとその時代』, 岩波新書, 1974.
176  아라이 사사구(荒井献, 1930~ ). 신약성서학자. 아키타현(秋田県) 출생. 도쿄대학을 졸업하고 독일 프레드리히 알렉산더대학에서 신학박사 취득했다. 도쿄대학 교수와 게이센조가쿠인대학(恵泉女学園大学)의 학장을 역임했다. 일본 헌법 제9조를 지키려는 '九条科学者の会(9조 과학자의 모임)' 호소인 중 한 사람.
177  패리스 하비(Pharis J. Harvey) 감리교 목사. 1957년부터 1969년까지 일본 YMCA 간사로 지내면서 박 정권의 인권탄압에 관해 알게 되고 한국민주화운동에 가담했다. 수시로 한국을 드나들며 수집한 자료를 바탕으로 한국의 인권탄압사례와 민주화운동의 현황에 대해 미국과 일본에 알렸고, 미국 상·하원 의원들을 만나 한국의 인권 문제에 개입할 것을 요구했다. 1975년부터 1990년까지 한국의 인권을 위한 북미주연합 대표를 맡았다.

해라고 본 모양이지. 서울에서는 일시 귀국 기간이 3개월밖에 안 된다고 소식이 왔으니. 참 들볶는다. 한 번쯤은 연장이 되겠지만 그렇게 자주 다닌다면 내가 견 뎌낼 수 없다. 이번 겨울에는「한국 문화사」를 탈고하여야 한다.

어제는 구라쓰카 교수와 긴 이야기를 나누었다. 『사상』에다 내 책 서평을 쓰 노라고 수고이다. 내 책을 과찬하여서 그런 시끄러운 일을 맡으셨는데. 마음으 로 감사하지 않을 수 없다. 『동아』 기자들을 위하여 그런 많은 수고를 하셨고. '동아언론자유선언 1주년 성명'을 번역해 드렸다. 그리고는 미국, 독일 등과 연 결하여 동아 해고 무효화 소송과 동아 기자 체포사건에 대한 국제적인 지원을 해주실 것을 요청하였다. 조사단과 재판에 대한 방청 그리고 변호 비용, 생활비 지원이 꼭 있어야 한다.

가을에 접어드니 허전한 마음이다. 내일이나 모래는 단풍을 보러 산으로 갈 생각이다. 어느 날이든 날씨가 좋은 날에 말이다. 캐나다를 강화하기 위하여 내 가 움직여야 한다는 의견인데 어떻게 하여야 할까. 제네바에서 어떤 결론이 나 오겠지. 내일 오 선생은 제네바로 간다.

국내에서는 김관석 목사가 NCC 총무를 1기 더하게 밀어달라고 요청해 왔다 고. 그다음에는 기독교 방송국으로 갔으면 한다고. 자기만 생각한다고 비난을 받지 않도록 주의하라고 오 선생에게 이야기하였다. 나는 그럴 심산心算이라고 오래전부터 보고 있었지만. 그러나 우리의 투쟁을 위해서는 그가 그 자리에 있 어야 한다고 보아야 하지 않을까. 밖을 강화하고 지하를 조직하고 밖에 나타난 단체는 할 수 있는 데까지 밀고 나가…… 그러면서 국제적, 국내적 문제가 될 일들을 일으켜야 하는데, 너무 희생이 크다. 학생들은 금년 가을은 침묵을 지키 고 내년 봄에 다시 한다고 한다지만. 1973년 서울대학사건 만 2년이 됐다. 신쿄 에서는 영문 자료집을 우선 내놓으려고 서두르고 있다.

3일 오전 1시 55분

# 11월 3일 월요일

오늘은 옛날 메이지절明治節[178]을 교묘하게 문화의 날[179]로 만들어 공휴일로 하고 있는 날이다. 아침 오 형과 만나 제네바회의에 대한 이야기를 나누었다. 김관석 목사 유임운동을 남의 감정을 상하지 않게 신중히 할 것을 이야기하였다. 오형 부인 입원비를 신카이新海 선생 주선으로 3주일에 2만여 원밖에 물지 않았다고. 일본 NCC 건물 안에서만도 6만여 원 캄파가 나왔다니 내가 보낸 10만 원은 보내왔다. 제네바에서 쓰라고 하였더니 김 목사가 보낸 최이섭 목사에게 드리겠다고. 유용하게 사용됐으면 된다는 생각에서 마음대로 하라고 하였다. 캐나다 본부 강화 문제, 앞으로 김재준 목사님이 세상을 떠나시면 집단체제가 되어야 한다는 이야기, 거기에는 꼭 이남以南 출신이 있어야 한다는 이야기 등도 나누었다.

그리고 나서는 단풍을 본다고 다카오산高尾山으로 갔다. 공휴일이라 사람은 많고, 아직 절기가 이른 것 같았다. 한 일, 이주일 후에 오쿠치치부奧秩父에 다시 가고 싶다. 그러나 다카오로 내려오는 길은 한적하여 산을 건너다보며 혼자 즐길 수 있었다. 더욱 건강해지는 셈인가, 그다지 힘이 들지 않고 별로 피곤하지도 않다. 공기 좋은 산인 탓일까.

저녁에 돌아오다 천안관天安館에서 혼자 식사를 하는데 김 형 부부가 들어왔다. 영화를 보고 오는 길이라고. 헤어질 때 김 형 부인이 퍽 안 된 얼굴을 짓는 것이었다. 마음이 착하니까 내게 대해서 안 되게 생각하는 것이라고 느꼈다. 김 형에게 미국에서 내년 3월경에 종교와 국제관계 모임에서 컨설턴트로 와 달라는 초청이 왔다고. 신구교, 유대교 관계 중요인사 20명이 참가하는 모양인데 이번

---

178  메이지 천황을 유덕을 기리고 추모한다는 목적으로 제정된 메이지 천황 탄생일.
179  메이지 천황의 생일이다.

모임에서는 한국 문제에 국한해 이야기한다고. 참 유익한 모임이다. 옛날에 라인홀드 니버 같은 사람들이 시작한 모임 같다고. 짐 스텐츨이 안식년으로 미국에 1년 가 있는 모양인데 우리가 정보만 준다면 한국 문제를 위하여 힘 많이 쓰겠다고 한다고. 하나하나 길을 다져나아가야 하겠는데. 이조 실학에 대해서 써가면서 그들이 지녔던 혁명성에 더욱 깊은 감명을 받게 된다.

4일 0시 40분

# 11월 6일 목요일

방황하는 며칠이라고 할까. 오늘은 강의를 하고 돌아와서는 강의 준비에 집중한다. 텔레비전을 조금 보고는. 오 형은 제네바로 갔고. 김 목사에게서는 김옥선[180] 의원을 밖으로 부르도록 하라는 연락을 해 왔다. 돈 양이 제네바에 연락하였을 것이다. 오늘 보내온 『세카이』를 보았다. 「통신」은 짧으니까, 눈에 띄지 않는다고 할까. 정경모 씨가 「어떤 민족주의자의 생애」라는 글을 썼는데 정감적인 좋은 글이다. 장준하 씨의 생애에 대해서이다. 장 선생을 통일론자로 지나치게 부각시킨데 대하여 다소 어떤 의도를 느끼게 되는 것이었지만. 내일은 아라이 교수와 만나기로 하였기 때문에 오늘은 토요일 강의 준비를 한 것이다. 게다가 내일은 여성연합회 강좌가 있고. 하시모토 목사님이 세상을 떠나고 나서는 처음이다. 봄에 한국에 지적 리바이벌이 일어나게 하여야 하겠는데. 그리고 하비 씨가 다시 한국에 가신다면 양 교수를 만나고 김영록金永祿 선생과 연락하도록 하여야 하겠다. 한국경제에 관한 김 선생 생각을 꼭 좀 들어야 하겠는데. 스미야 선생에게도 도움이 될 것이고.

하루 종일 비가 내려 참 처량하다. 낮에 고마서림 사장 박 선생을 만나 이야기하였다. 출판을 너무 하여 적자가 500만 원이 넘는다고. 교포들의 도움으로 출

---

180 김옥선(金玉仙, 1934.4.2~). 중앙대학교 정치학과 졸업. 기독교인. 7대, 9대, 12대 국회의원 역임. 신민당 소속 제9대 국회의원으로 재임 중이던 1975년 10월 8일, 대정부 질의 중에 안보궐기대회에 대해 비판하고 박정희를 독재자로 규정하자, 민주공화당과 유신정우회에서는 김옥선 의원의 제명을 추진한다. 민주공화당과 유신정우회에서 김옥선 제명 징계안을 처리하는데 신민당 소속 국회의원 중에는 아무도 나서는 이가 없었고, 신민당 총재였던 김영삼은 김옥선 의원을 찾아와 사퇴를 종용했다. 결국 국회의원직에서 사퇴하였다가 1984년에 해금이 되어 신한민주당으로 복귀했다. 1남 3녀의 막내였으나 일제 강점기 때 오빠가 징용으로 세상으로 떠난 후, 남자 모습으로 양육되었다. 정신여고, 중앙대를 졸업 후, 도쿄성서학원(東京聖書學院)에서 1년 수학한 경력이 있다.

판을 계속하였으면 하는 모양인데. 생각해 보기로는 하였지만. 한국에 관한 책은 잘 나가지 않는 것이니. 한국 책은 안 나간다는 징크스를 깨쳐야 할 텐데. 교포들 사이의 장벽이 문제이다. 김달수[181] 씨 계와 이회성[182] 씨의 대립, 최근에는 민통에서는 김달수 씨에게도 공격이라니.[183] 적극적인 것을 내세우고 나가기보다는 남을 헐뜯는데 열심인 것 같다. 그래서 구라쓰카 교수가 염려해 올 정도니. 박 사장에게도 그런데 좀 충언을 하는 것이 좋겠다고 하였다. 왜 모든 경향의 사람들을 어거駅車하는데 힘이 있다고 생각하지 못할까. 모두 그렇게 약한데. 근본적으로 잘못된 멘탈리티가 있는 것일까. 대의명분만 내세우고 전술 전력을 모르기 때문일까. 일본 사람들과 비교하게 된다.

7일 오전 2시

---

181  김달수(金達壽, 1919~1997.5). 경상남도 출생. 재일작가. 일본대학 예술학과를 졸업하고『경성일보』기자를 지냈고 광복 후에는 재일조선인연맹 결성에 참여했다. 1946년부터 1949년까지 일본어로 한국의 사정을 소개하는『민주조선』을 발간했고 1975년부터 1987년까지『삼천리』의 편집위원을 지냈다. 남북한의 민주화와 통일에 관한 활발한 언론 활동을 펼쳤다.

182  이회성(李恢成, 1935.2.26~). 재일작가. 남사할린 출생. 1945년 가족과 함께 사할린에서 탈출해 조선으로 귀환을 원했지만 성공하지 못했다. 와세다대학 노문과를 졸업하고『카피 라이터』경제잡지 기자를 지내면서 일본어 창작을 시작했으나, 뜻대로 되지 않았다. 와세다 졸업 후, 조총련 중앙교육부,『조선신보』기자로 활동했으나, 조청련과 거리를 두고 1969년에 '군조(群像)' 신인문학상을 수상한 것을 계기로 본격적으로 작가활동에 들어간다. 1972년에『砧をうつ女(다듬이질하는 여인)』으로 한국인으로는 처음으로 아쿠다가와상(芥川賞)을 수상했다.

183  재일본조선인총연합회(在日本朝鮮人總聯合會 일명 조총련)는 1972년 6월 열린 제9기 제3차 중앙위원회에서 이회성과 김달수를 포함한 13명을 불평불만분자 또는 변절자라는 이유로 숙청한 바 있다.

# 11월 8일 토요일

어제 저녁에는 아라이 교수 등과 늦게까지 자리를 함께하였다. 그저께 잠을 잘 못 잔 탓일까. 오늘도 감기가 계속하고 있다.

어제 서울 YMCA 강 형으로부터 전화가 왔다고. WCC 파견단은 모두 출국하라고. 그리고 토요일이나 일요일에 한 번 도쿄에 온다고 하였다고. 그런데 오늘까지 강 형은 오지 않고 있다. 무슨 이야기일까. 국내는 이제 완전히 침묵시켰다고 생각하고 해외를 침묵시키려는 공작이 아닐까. 강 형은 만사해결이라고 하였다는데 무엇이 해결이라는 것일까. 옥중에 그 많은 사람이 들어가 있고 민주주의를 위한 전진은 하나도 없는데. 이상한 일이다.

감기로 누워 있다가 송지영[184] 선생이 불러 나가서 식사를 함께하였다. 펜클럽에 가는 도중이라고. 나에게는 얼마 동안몇 년 돌아오지 말라고. 서울에 있었다면 옥중에 있거나 대학에서 추방당하거나 했을 것이 아닌가라고. 이것이 선우 형의 메시지 같다. 오 형 관계 IDOK 문서에 대해서도 철저히 조사하는 모양이라는 김 형 이야기도 있고. 오 형에게도 유인작전이 있는 것이 아닌가. 이번에 『통일일보』[185]에서 혁신계 원로들을 일본에 초청하였다고. 어린아이들처럼 기뻐하였다니. 이동화[186] 선생도. 처음 비행기를 타보는 분도 계셨고. 좋은 일이면

---

184  송지영(宋志英, 1916.12~1989.4). 평안북도 박천 출생. 독립운동 혐의로 1942년 일본 경찰에 구속되었다가 1945년에 풀려났고, 1961년에는 5·16군사정변 세력에 의해 구속되었다가 1969년에 방면되었다. 『동아일보』, 『만선일보』, 『국제신문』, 『조선일보』의 신문 기자를 지냈고 국회의원, 문예진흥원장, KBS 이사장 등을 역임했다.

185  『통일일보』는 조국의 평화통일을 사시(社是)로 삼고 있는 일본 유일의 교포신문이다. 1959년 1월 1일 『조선신문』이라는 이름으로 창간하여 1973년 9월 『통일일보』로 이름을 변경했다. 민단(民團)의 조직 강화와 교포들의 의식개혁 및 지위 향상에 힘쓰는 한편, 통일 문제와 남북대화 등에 역점을 두고 있다.

186  이동화(李東華, 1907~1990). 민주사회주의운동에 전념한 혁신계열의 대표적 이론가이다. 중앙불교전문학교의 정치학 교수로 재직 중에 지하항일연구모임을 지도하다가 1941

서 슬픈 일이라고 할 수밖에. 내일은 요코하마橫浜 후타쓰바시二ッ橋 교회에 간다. 나는 강의 때 목소리가 커져서 걱정이다.

11시 40분

---

년 치안유지법 위반으로 구속되어 2년간 옥고를 치렀다. 광복이 되자 조선건국준비위원회 중앙집행위원회에서 활동했고 그해 9월 평양으로 가서 조만식이 사장으로 있던『평양민보』의 주필이 되었다. 1957년에는 서상일 등과 함께 민주혁신당을 창당하였고, 1960년에는 진보당 계열과 민주혁신당 계열의 인사들이 중심이 된 사회대중당 결성에 참여하였다. 그러나 10월유신 후에는 정당에서 손을 떼고 민주회복운동과 통일운동에 주력했다.

# 11월 9일 일요일

후타쓰바시 교회에서 설교, 그리고 함께 이야기하였다. 현대에 있어서의 소수자의 의미라는 제목으로 의인義人에 관하여 말하였는데 목소리만 높아졌을 뿐 그다지 성공한 것 같지 않다.

감기에 기침이 나서 내내 누워 있었다. 강 형에게서는 소식이 없다. 만사가 좀 이상하지 않은가. WCC에 가는 분들을 다 보내기로 결정하였다고 하는데 그것도 너무 빠른 것이 아닌가. 그 회의는 이달 하순인데. 여러 가지가 이상하다. 해외의 소리를 잠잠하게 하기 위하여 대대적인 공작이 벌어지는 것이 아닌가.

후타쓰바시 교회에도 두 사람이나 한국 문제에 집중하면서 일한련日韓連 같은 데 나가는 분이 있었다. 하여튼 큰 반동이 일어날 것을 예상하면서 각오를 하고 일을 하여야 하겠다. 캐나다에서는 한국 문제에 관한 각국 신문 기사를 한데 묶어 사본을 떠서 Fact sheets라고 하여 보내왔다. 제네바의 모임이 어떻게 진행되는지.

저녁에 헬렌 켈러 교육에 관한 영화 〈기적의 사람〉을 보았다. 감동적이었다. 교육이란 저런 것이어야 하지 않을까. 그런 내적인 교육혁명을 우리는 그날 일으켜야 할 텐데.

11시 56분

# 11월 10일 월요일

오늘은 기침이 심하고 기운을 차릴 수 없어 하루 종일 누워 있었다. 저녁에야 오 선생이 와서 김 선생도 함께 자리를 같이하였다. 김 선생에게서는 지난번 하비 씨의 한국방문 보고를 전해 들었다. 오 선생은 제네바회의 경과를 전해주는 것이었다.

10만 달러 이상 모금이 결정되었다. 한국민주재건세계회의라는 명칭으로 김 목사님이 의장이 되셨다고 그리고 나를 사무총장, 박 형을 대변인으로 정했다니. 이 어려운 짐을 또 맡아야 하는 것인가. 우리 가정은 모두 캐나다 이민 수속은 해보자는 것이다. 하나님이여, 어서 속히 모든 것 이루어 주시기를. 이번 김 박사님의 「왜 우리는 싸워야 하느냐」하는 강연도 참 좋았다고. 김 형이 기초한 것이다. 일본 측 보고가 큰 빛을 발하였다고 한다. 자료집이 참 좋았고.

동독東獨에서 열린 부인대회婦人大會에는 이북이 남한 대표라고 하여 날조한 대표를 참석시켰다고. 금후로는 이북이 이런 식의 전략을 쓰려는 것이 아닐까. 우리는 폭넓은 전선을 구축해 가기로 합의하였다고 한다. 퍽 감동적인 보고였다. 모두 힘을 얻어 가지고 돌아갔다는 것이다. 하나님이 우리를 어떻게 사용하시려는 것인지 정말 누구도 알 수 없다.

11일 오전 1시 35분

## 11월 11일 화요일

오늘은 릿쿄 강의가 끝나고 도미야마 다에코[187] 여사 댁에서 저녁을 대접받았다. 김지하 시화집을 내기로 하였다고. 한국문 영문, 한국문 일문으로 각기 상하로 낸다는 것이었다. 특히 한국문, 영문 출판에 대하여서는 판로를 위하여 미국 출판사와 제휴하는 것이 좋을 것이라고 하였다.

한국 문제를 위하여 일하는 것이 일본을 위하는 길이라는 것이었다. 처음에는 한국 문제에 거의 휴머니티의 입장에서 관계하였으나 이제는 한국을 변화시키는 것이 일본을 변화시키는 것이라고 생각하게 되었다는 것이다. 그런 변화가 정말 올 것이 아닌가. 그러니까 그들은 박을 돕는 데 힘을 쓰고 있다. 이제 군수산업까지 손을 댄다면……

『세카이』가 한국 문제를 체계적으로 꾸준히 한 것을 높이 평가하는 것이었다. 한국을 생각하는 저변이 확대됐다는 것이다. 이것이 일본 전체의 시민운동에 어떤 계기가 될 것이 아닌가 하고. 거기에는 섹트적인 성격이 없다. 자유로운 연대가 있다. 전략과 전술이 있다. 단순한 감정적인 만족이 아니다. 단체로서의 성장도 있다. 일본 사람들로서는 보기 드물게 넓은 전선을 형성한 셈이다. 남을 위하는 것이 자기를 위하는 것이다. 너의 승리가 내 승리가 되는 정말 공동의 승리의 날이 어서 와야 하겠는데.

11시 20분

---

187 도미야마 다에코(富山妙子, 1921.11.6~2021.8.18). 화가. 고베 출생. 소녀 시절을 다롄(大連), 하얼빈(哈爾濱) 등지에서 보냈기 때문에 대륙의 광대한 풍경과 일본통치하의 중국인과 조선인의 슬픔이 후의 작품 활동의 원점이 되었다. 1970년대에는 김지하의 시를 테마로 슬라이드 작품을 제작했고 1980년에는 광주를 소재로 한 작품을 발표했다. 그 후에도 제2차 세계대전과 조선인 강제징용, 종군위안부, 광주민주화운동 등의 작품으로 세계 각국에서 초대전을 가졌다.

# 11월 12일 수요일

감기에서 기침으로 가더니 편두통이 되고 지금은 목이 아프다. 모든 병이 차례차례 한꺼번에 오는 모양이다. 오늘 오 형은 또 여행을 떠난다고 아침에 전화가 왔다. 하루 종일 기운을 못 차리고 잤다고 할까. 오후에야 일어나 밤에 걸쳐서 강의 준비를 하였다. 앞으로 내 운명은 어떻게 되는 것일까. 다만 주어진 일에 힘을 다할 수밖에 없겠지만.

몸은 이제 회복되는 것이라고 생각한다. 종래 강 형은 나타나지 않는다. 여러 가지 문제가 있는 모양이다. 서울과의 연락도 어렵게 되어 더욱 초조한 생각이다.「통신」내용도 빈약해지고.

11시 25분

# 11월 14일 금요일

저녁에는 비가 내린다. 어제저녁에는 이태영[188] 박사와 만났다. 미국에서 대활약을 하신 모양. 라이샤워 씨나 코헨 씨에게는 성급해하지 말라고 하면서 한번만 기회를 달라고 하였다고. 김대중 씨에게 다가오는 위험을 말하면서는 눈물을 머금는 것이었다. 정세 판단도 정확. 미국에서는 프레이저 의원을 격려하였다고. 그가 당선되지 못하도록 박은 통일교를 내세워 활약한다고. 지난번에 『아사히』에 김대중 씨의 재판에 대한 사설을 쓰게 편집국장을 만나 부탁한 것이라고 한다. 그리고는 정한 시간에 서울에 전화를 걸게 하고 김대중 씨가 받게 하고. 훌륭한 지혜와 날카로운 양심에 넘치는 열의이다. 김대중 씨를 살려야 한다고. 밖에 나와 그 지혜를 가지고 박을 무너뜨려야 한다는 것이다. 이 박사는 단순한 생각이 아니라 김대중 씨의 인간과 능력에 감복하였고 그만이 지금 우리 운동의 심벌이니 하는 수 없다는 것이었다. 그가 없어지면 민중은 절망하고 마는 것이고 박은 바로 그것을 원한다는 것. 이번 법률가 회의 참가 이유는 사실은 한국 문제를 미국 대통령 선거에서 이슈가 되게 하는 것과 김대중 씨 구출 문제였다고. 물론 후자가 더 긴급한 것이다. 김영삼 씨는 고민이 없는 사나이라는 것이었다. 이 조국의 위기에 대한 아픔이 없고 경쟁자로서의 김대중, 그리고 당수가 되는 것만 생각하고 있기 때문이라는 평이었다. 이태영 여사 같은 위대한 분이 계신다는데 아직 하나님이 우리를 버리시지 않은 징표가 있는 것은 아닐까.

---

188  이태영(李兒榮, 1914.8.10~1998.12.17). 한국 최초의 여성 변호사. 평안북도 운산 출생. 한국가정법률상담소를 세워서 불평등과 인습에 맞서 싸웠다. 1974년 11월 민주회복 국민선언, 1976년 3·1민주선언 등 민주화운동과 인권운동에 적극 참여했으며, 여성해방운동과 민주화운동에 대한 헌신으로 막사이사이상, 유네스코 인권교육상 등을 받았다. 『나의 만남 나의 인생』(이태영, 정우사, 1991), 『정의의 변호사 되라 하셨네』(이태영, 한국가정법률상담소, 1999) 등이 있다.

김대중 씨 담당 황 판사[189]는 황의돈[190] 씨 아드님이라고. 정부의 압력과 싸워 CIA가 인쇄해 갖다 준 판결문 낭독을 거부했다는 것이다. 지난번 판결 예정일 에는 CIA가 집을 포위하였으나 없었다고 한다. 사법부의 역사가 황 판사의 어깨에 달렸다고 마지막 한마디를 하려고 그 댁 옆집에 조향록 목사와 함께 가 있다가 CIA가 집을 뒤지는 바람에 큰 봉변을 당할 뻔하였다고. 주인집 부인과 함께 셋이서 울면서 기도하였을 뿐이었다고. 요행 옆집을 뒤지지 않아 밤 11시경에 빠져나왔다는 것이다. 이 위기. 자세히는 못 써도 이번 「통신」에는 이 이야기를 좀 비추어야 하겠다.

오늘은 최서면[191] 씨가 한번 만나자고 전화해 왔다. 한국에 다녀와서 만나자고 하는데 약간 불길한 생각이 든다. 김대중 씨 납치사건 뒤에도 있었던 것 같은데. 혼자 있는가라고도 묻는 것이었다. 도쿄대에서 사이토斎藤 문서를 가지고 학위를 하게 된다는 강 선생도 만났다. 3·1운동 후에 일어난 여러 가지 운동 중에는 일본 사람들이 이용하려고 만들어 내세운 것들도 많다고. 악랄한 민족말살정책을 정말 일본통치측에서도 좀 연구해 내야 한다. 일본에서 강사라도 하면서 이토 히로부미[192] 문서 같은 것도 모두 연구하고 싶다는데 나는 별로 도움이 못

189 황석연(黃石淵) 판사를 말한다.
190 황의돈(黃義敦, 1887~1964). 역사학자. 충청남도 서천 출생. 한학에 대한 해박한 지식을 쌓고 서울과 도쿄를 오가며 근대학문을 접했다. 간도에 명동학교를 창설하고 국사 교육 등을 통한 애국사상을 고취하는 데 힘썼으며 안창호가 설립한 대성학교에서 국사 교육을 맡았다. 1920년 이후에는 보성고등보통학교에서 20여 년간 국사와 한문을 가르쳤고 1938년 이후 국사·국어교육이 금지되자 교사직을 사임하고 『조선일보』 기자가 되었다. 말년에는 주로 국사와 불교의 선을 결합하는 시도를 했다.
191 최서면(崔書勉, 1928~2020.5.26). 강원도 원주 출생. 1969년에 일본에 도쿄한국연구원을 설립했고 1975년에는 서울에 국제한국연구원을 설립해서 한국학 관련 희귀자료들을 체계적으로 정리했다. 1975년 7월에는 국제한국학자 26명을 안내해 청와대에서 박정희를 만나기도 했다. 『崔書勉と日韓の政官財學人脈』(小針進 편, 同時代社, 2022) 참고.
192 이토 히로부미(伊藤博文, 1841.10.16~1909.10.26). 야마구치현(山口縣) 출생. 1871년부터 1973년까지 미국과 유럽을 시찰하며 서양의 문물을 접했고, 1882년에는 유럽으로

되어서…….

야스에 씨도 오늘 아침에 이태영 박사를 만나고 훌륭한 분이라는 코멘트였다. 월요일에 만나기로 하였고. 구라쓰카 교수가 『사상』을 위해 쓴 내 책에 대한 60장짜리 평은 역시 내지 않는 것이 좋겠다고 판단하였다고. 세심한 주의는 좋지만. 여러 가지 다른 고려도 좀 했던 것인데.

황 판사는 이렇게 오래 끌고 오는데 그동안 국제적인 압력으로 어떻게 해주어야 하지 않느냐는 태도였다고. 황 판사와의 관계가 알려질까봐 더욱 기피신청[193]을 거듭 냈다고. 모두 용한 분들이다. 오 선생에게는 다시 강 선생에게서 전화로, 그리고 CIA에 있는 친구에게서 편지로 해결되었으니 들어오라고 전해왔다고. 강 선생은 벌써 1개월 전에 오 선생 유인작전을 할 것인데 가장 친한 친구를 통해 할는지 모른다고 연락해 왔다고. 유인 입국이 안 되면 그다음은 테러가 아닐까. 이런 이야기를 오 선생과 나누었다. 이 이야기도 좀 써야 하겠다. 모의 그물을 우리 주위에 점점 좁게 쳐 오는 것 같다. 주여, 어서 이 고난에서 우리를 구해주시기를.

15일 0시 15분

---

건너가 독일 헌법을 공부하는 등, 일본제국헌법을 제정에 노력. 초대 총리대신과 천황의 자문기관인 추밀원의 의장을 거쳐 1905년에는 특명전권대사로 대한제국에 부임했다. 을사조약을 체결하고 초대 통감으로 부임해서 합병을 추진하였다. 1909년 만주 시찰과 러일관계 조정을 위해 중국으로 건너갔다가 하얼빈역에서 안중근 의사에 사살되었다.

193 김대중은 1967년 선거법위반혐의로 기소되어, 1970년 6월 22일 첫 공판을 시작으로 총 27회 공판이 진행되었다. 그 사이 김대중의 변호인 측은 공정한 재판을 받지 못할 우려가 있다는 명목으로 황석연 법관기피신청을 세 차례나 냈다.

# 11월 15일 토요일

비가 내렸다. 학교에서 강의를 끝내고 구라쓰카 선생과 함께 이야기하였다. 이미 지형紙型까지 된 서평 「예수의 고난과 민족의 고난イエスの苦しみと民族の苦しみと」을 읽었다. 좋은 내용이었다. 일본 사람으로 이만큼 우리 교회사를 이해하는 분이 있을까. 그의 성실한 노력이 여기에까지 이르렀다. 일본 신학자들은 이르지 못하는데. 그에게는 소박한 감격이 있는데 일본 교회 신학자들에게는 그것이 없는 것이 아닐까. 감사하다. 그러나 이것이 발표될 수 없다니 참 아쉽다.

요코하마橫浜 교회에 가서 강연을 하고 돌아왔다. 자기도취하는 데가 있어서 걱정이다. 교포 젊은이들에게는 언제나 시니시즘[194]이 있다고 느꼈다. 또 우산을 놓고 왔다. 이렇게 건망증이 심해서. 『가디언』[195]에도 박은 국내외를 향하여 국민을 침묵시키는 데 성공하였다고 나 있다. 경제적 정치적으로 이렇게 소용돌이치는데, 선진국 수뇌들이 프랑스의 랑부예[196]에 모이든 유엔에서 어떻게 되던 아랑곳없다는 자세. 우자愚者의 용기라고나 할까.

16일 오전 1시 25분

---

194  cynicism. 냉소주의를 말한다.
195  *The Guardian*. 영국에서 발간되는 일간지이다.
196  랑부예 회의(Rambouillet Summit). 1975년 11월, 프랑스 랑부예에서 열린 제1회 선진국 수뇌회의. 프랑스, 독일, 이탈리아, 일본, 영국, 미국 수뇌가 참석. 이탈리아를 제외한 나라가 G5라 불렸다. 인플레 억제와 경제 재건에 의한 실업 해소, 환시세의 안정화, 보호무역의 배제, 도쿄 라운드의 1977년 내 종료, 산유국과의 대화 촉진, 발전 도상국의 수출 소득 안정을 위해 조치를 취할 것, 사회주의 여러 국가와의 관계를 실익이 있게 할 것 등을 선언했다.

# 11월 17일 월요일

어제는 요가 교회에서 '현대의 고통과 기독교'라는 제목으로 이야기하였다. 그리고는 저녁에는 「통신」을 썼다. 이번에는 넘치는 자료가 있다. 무엇보다도 김대중 씨 문제. 그의 구명을 위한 글을 써야 하겠다. 어제는 3분의 1을 썼다고 할까.

오늘은 내일 강의 준비도 못하고 아침에는 야스에 형, 점심에는 오 선생 부인, 저녁에는 교회 세미나 그리고는 오늘 서울에서 와서 내일 독일로 향하는 선흘 선생을 만났다. 야스에 형에게는 김대중 씨 문제 등 이태영 씨가 하신 말씀을 모두 전했다. 그리고 구라쓰카 선생에게 서평에 대한 승낙을 한 이유를 세 가지 이야기하였다. 하나는 한국 측에서 『사상』까지는 보지 않을지 모른다는 것. 그리고 이미 그들이 책을 다 보았으니 하는 것. 둘째는 『마이니치신문』에서 서평을 내겠다는 것을 거절하였을 정도니 신쿄에게 미안하다는 것. 신쿄는 손해만 보는 셈이니 말이다. 셋째는 주위가 수상하니 만약 테러를 당하거나 납치가 된다고 하여도 기독교 이외의 분들에게도 내 이름을 알려둔다는 것. 지금까지는 숨어 있었으니. 그리고 만약 금후 이름을 나타낸다고 한다면 정치적인 일 이전에 이런 것으로 이름을 알려둔다는 것. 야스에 씨는 다시 게재를 고려하였으면 하였지만 일단 이것으로 일을 끝난 것으로 하자고 하였다. 야스에 씨는 내 캐나다행에 대해서는 여러 가지 염려를 하였다. 여기에서의 활동이 약화되지 않느냐하는 것이다. 게다가 캐나다로 간 다음에는 내놓고 활동한다면 일본 비자가 어려울는지도 모를 것이고. 야스에 씨는 일본 사회당 국제부에서 사회주의 인터에서 김철[197] 씨에 대한 상황을 조사해 보내라고 하여 그에게 문의해 왔다고. 결과에 따라 일본 사회당과 현재 집권하고 있는 유럽 사회당 등이 압력을 가해 달라고 하였다고 지금까지도 다소 경제적으로 도와 온 모양이라고. 한국 문제에 냉담했던 일본 사회당이 국제적인 압력으로 다소라도 움직이는 것은 좋다고 생각한다는 것이었다. 진상 조사를 위하여 사람을 보낼 수 있다는 것.

곧 슈나이스 목사를 만나 이번 주말에 서울에 간다고 하여 이에 대한 조사를 부탁하였다. 그리고 독일 사회당에게도 연락해 달라고 하였고. 그리고 지 주교가 김영삼 씨에게 보냈다는 공개서한 원본도 알아와 달라고 하였다. 선 선생은 여러 가지 이야기를 전해주었다. 기독교 관계자 30명을 초청하여 CIA가 브리핑을 했다고. 그리고 WCC를 제2의 UN이라고 인정, 공작을 하기로 하였다는 것이다. 아프리카가 이번에 북에 투표하여 큰 충격이라고. 그래 외무부 직원은 모두 사방으로 나가 야단법석이라고. 김영삼 씨는 김대중 씨를 제거한 다음의 새로운 가능성을 약속받고 만족하고 있다는 평이 자자하다고. 김대중 씨에게 결정적인 타격을 주는 일이 진행되고 있고. 김대중 씨만 없애고 나서는 형식적인 선거를 해도 좋지, 하는 배짱이라고 한다. 경기 학생들이 데모를 하였는데 그것을 학교 이전 반대라고 CIA가 선전하고 다닌다고.

계급의식적, 반미적인 작품이 찬양을 받고 있다고 한다. 신동엽[198] 씨의 『금강 錦江』이 뛰어난 것이고. 그리하여 서남동 목사는 「민중의 신학」을 말하고 있다는 것이다. 예수의 경우, 교회사의 경우, 한국의 경우를 추구하려고 한다. 이 민중이라는 소리가 싫어서 야단인 정부를 따라 반민중의 어용학자가 논리를 펴고.

내일은 그럭저럭 릿쿄 강의를 끝내고는 「통신」에 집중하여야 한다. 참 오늘

---

197  김철(金哲, 1926~1994). 함경북도 경흥 출생. 통일사회당의 당수를 지냈고 우리나라 사회민주주운동의 국제적 연대를 강화하는데 기여했다. 1969년 삼선개헌반대 범국민투쟁위원회에 참여했고, 1971년 8월 대한적십자사가 남북이산가족찾기를 제의하자 북한을 사실상의 정권으로 인정해야 할 때가 왔다고 말해 반공법 위반 혐의로 구속되었다. 1974년 11월 민주체제 재건을 위한 개헌운동을 선언하고 함석헌·윤보선·김대중 등과 함께 민주회복국민회의를 창립했으며 1975년에는 긴급조치 위반으로 투옥되었다.

198  신동엽(申東曄, 1930.8.18~1969.4.7). 시인. 충청남도 부여 출생. 1959년 『조선일보』 신춘문예에 「이야기하는 쟁기꾼의 대지」로 등단했다. 1960년 교육평론사에 들어가 『학생 혁명 시집』을 내며 문학을 통한 혁명에 동참한다. 「금강」은 동학혁명을 소재로 한 30장 4천8백여 행의 장편 서사시이다. 가장 널리 알려진 시로는 「껍데기는 가라」 등이 있다.

야스에 형의 말이 일본 공산당이 한국 문제에 관심을 크게 보이기 시작하였다고 한다. 그것은 평화를 위한 시민운동에 그들이 참여하여 많은 지지자를 얻은 경험에 따르는 것이라고. 한국 문제에 관심을 보이면 당세를 확장할 수 있다는 계산이다. 흥미 있는 일이지만 거기에는 장단이 있겠으니 하는 것이었다. 이런 모든 문제 속에서 우리는 운동을 전개하여야 하니······.

18일 오전 1시 40분

# 11월 18일 화요일

릿쿄에서 6·25에 대하여 강의를 하면서 여러 가지 아픔을 되씹었다. 어제는 그 탓일까, 잠을 이룰 수가 없었다. 4시 경에 포도주를 취하도록 마시고야 잠에 들었다. 오늘도 「통신」을 썼다. 반동의 논리에 대하여 쓰려고 슈나이스 목사 댁에 가서 신동엽 전집 등을 빌려왔다. 이번 「통신」은 백 장이 넘는 긴 것이 될 것 같다. 저녁에 제네바 박 선생에게서 전화가 왔다. 서울 일이 궁금하였던 모양. 종래 WCC에는 김관석, 문동환, 안병무는 못 간다고 결정하였다고. 포터 총무 이름으로 그것이 대회여서 한국의 인상을 나쁘게 한다고 출국 종용의 전보를 청와대에 보내보는 것이 어떠냐고 하였다. 그리고 나서 안 내보낸다면 이번 대회에서 액션을 취하는 것이 좋을 것 같다고. 박 형은 밖에 있는 것이 낫다고 다시 강조하였다.

19일 오전 2시 40분

# 11월 21일 금요일

오늘 아침에야 「통신」을 끝냈다. 200자로 백 장이 조금 넘는 길이다. 오후에 야스에 형에게 전하고 조금 이야기를 나누었다. 조총련에서는 한국 「통신」을 영어, 독어 등은 물론 아랍어까지로 하여 세계에 퍼지도록 이와나미가 출판을 맡을 수 없는가고 이야기해 왔다고 한다. 북에서 곧 거기에 대한 가부를 연락해 달라고 한다는 것이었다. 자기네들이 모두 2만 권씩은 사겠다고. 이와나미는 할 수 없다고 하였다지만 앞으로 무엇인가 나타나는 것이 아닐까.

이번 니시카와 준 씨가 북에서 수상[199]과 만난 자리에서도 『세카이』에 대한 칭찬을 들었다고. 『세카이』와 야스에 형에 대한 찬양이 너무 지나친 것 같아서 다소 삭제할 생각인데 수상의 말이라고 조총련은 반대한다는 것이었다. 더욱이 야스에 형이 지난번 이북에 다녀와서 「한국통신」이 실리기 시작한 것을 높이 평가하여 난처하다고. 수상이 「통신」까지 알고 있다는 것은 놀랍다. 그리고 그것을 그대로 세계에 퍼뜨려도 좋다고 한다니 상당히 전술적인 생각을 하는 것이라고 보아야 할 것 같다. 「통신」에 대한 일본어판, 중국어판 초역을 보았다. 국내용이 아니라 국외용으로 팸플릿을 만들었겠지.

미국과 일본 모두 박 체제를 옹호하면 하였지 그것을 종식시킬 생각은 가지고 있지 않다. 이제는 어떻게 북의 힘이 작용하게 하는가 하는 것이 중요한 문제라고 하여야 한다. 우리 세력이 크기 전에는 의미 없는 일이지만, 대화를 시도해 보아야 한다. 만약 박이 없어지고 민주세력이 되면 공산화 위험 없는 상호간의 이익을 찾는 점진적인 대화를 하면서 절대로 전쟁을 도발하지 않겠다고 하여야 한다. 이 길을 시도하여야 한다. 이것이 미국이나 일본에 대한 압력도 된다.

---

199 김일성 주석을 말한다.

아무래도 내가 발상 전환에 관한 글을 하나 써야 하겠다. 내일은 9시에 히로
사키로 떠난다.

23일 오전 1시 55분

# 11월 22일 토요일

아침 9시 31분에 우에노上野를 떠나서 히로사키에 왔다. 차 안에서 『뉴욕 타임
즈 위클리』를 읽었다. 제임스 레스튼의 포드 비판은 냉혹하다. 힘을 모을 줄 알았
는데 차분히 일하지 못하고 쇼를 하고 다닌다는 것이다. 키신저도 내리막이고.
요즘 미국 엔터테인먼트를 중심으로 한 예술평이 매우 흥미 있었다. 지나간 거
작들을 다시 만들어 보이는 리메이크remake의 시대라는 것이다. 배우가 영웅처럼
된다는 것은 화장한 진짜 아닌 인간이 영웅이 된다는 것이다. 과거에는 경찰도
영웅이었다고. 우리나라는 그런 시기란 없다. 과거의 아전衙前 따위 인상에, 일제
때 순사의 인상, 거기다가 요즘의 인상이 겹쳤으니, 이것이 관 일반官一般에 대한
인상이라고 할 수 있을 것이다. 이스라엘에 있어서의 세리稅吏 같은 인상이 아닐
까. 오늘 미국이 지난날의 대작에 돌아가려고 하는 것은 도피주의의 표현이라고
난처한 것을 다 빼버린 디즈니랜드를 즐기는 식이니. 오늘의 현실이 도저히 견디
어 내기 어렵다는 이유도 있다. 그러니 이러한 평범한 무기력한 상황에 어떻게
새로운 생명, 약동을 불어넣는가가 예술의 문제라고.

저녁에 조금 텔레비전을 틀어보니 재일교포 청년들의 대대적인 스파이사건[200]
을 적발하였다고 발표하였다고. 한국에 유학생을 침투시키고 여기서는 박 정권
반대운동을 하고. 오 선생을 귀국하라고 한 것은 여기에 연결시키려고 한 것이 아
닐까. 이번 사건에 배후 인물로 발표하려는 것이나 아닐는지. 무슨 일을 하려는지
알 도리가 없다. 히로사키는 조용한 거리, 마음이 가라앉는다. 눈이나 왔으면 하
였는데.

---

200  중앙정보부는 1975년 11월 22일 모국 유학생을 가장하고 학원에 침투한 북괴 간첩 일당
    21명을 검거하고 관련 용의자를 수사 중이라고 발표했다. 그러나 2011년 진실 화해를 위
    한 과거사 정리위원회에 의해 이 사건이 조작된 것임이 밝혀졌다.

차 안에서 『뉴욕 타임즈』를 한 장 보고는 아라이 교수의 『예수와 그 시대』[201]를 읽었다. 훌륭한 내용이다. 기적을 행하고 사회로 돌아가라고 한 것은 버림받은 최하층에 대한 메시지였고 불을 던지러 왔다고 한 것은 소시민들에 대한 메시지이다. 그 모두가 특권에 대한 저항이었다. 이러한 입장에서 민중 속의 예수를 그렸다. 서남동 목사가 번역해서 출판하려고 하였는데 발매금지가 될 것 같아 적당한 사람을 역자로 선정하려고 한다고. 어떻게 될 것인가. 우리 학생들에게 읽히고 싶은데. 별로 잠도 올 것 같지 않아 좀 더 읽고 잠을 재촉해 보아야 하겠다.

10시 45분

---

201 『イエスとその時代』, 岩波新書, 1974.

# 11월 25일 화요일

일본 전국 국철이 스트라이크다. 스트라이크권을 요구하는 스트라이크다. 어제 히로사키에서 돌아왔다. 입이 부르트도록 피곤하였던 모양. 내내 눈이었다. 눈보라, 앞이 보이지 않는 눈보라여서 지금까지 본 적이 없는 것이라고 할까. 가모 양의 시골집을 찾았다. 300여 년 그곳 그 장소에서 사는데 지금 집은 50년 전쯤에 진 것이라고. 으르렁대는 바닷가, 옛날은 어물상, 지금은 두부와 쓰꾸다니佃煮²⁰²를 만들어 파는 집이었다. 선량한 아버지 같았으나 전통에 사는 것 같은 인상. 가모 양은 픽 나이 든 목사와의 결혼이 승낙이 나오지 않아 고민인 모양. 이렇게 새로운 세대는 그런 고향 집이 어둡고 답답하다고 탈출하고 있다.

돌아와서 김 선생과 만나 이야기. WCC에 불참시킨 사실을 가지고 큰 캠페인을 하자고 하였다. 지금 참석 대표를 난처하게 하여 서울로 나머지 사람들을 내보내달라는 전보를 치게 하는 방법도 있을지 모른다. 그 안에는 CIA 끄나풀도 있을 테니까.

어제 『아사히신문』에는 가톨릭계 학생들이 공판정에서 싸우는 모습이 보도되었다. 우리는 법의 심판을 받으려는 것이 아니라 법을 심판하러 나왔다고. 이른바 유신헌법에 의하여 재판관도 피해자가 된 것이 아닌가라고. 그리고 묵비권을 행사하고 있다고. 오후에는 하는 수 없이 개별심문을 하였으나 여전히 그런 상태라고. 이제 심한 고문이 뒤따르겠지. 가슴 아픈 일. 재일교포 모국 유학생들의 간첩사건을 발표. 문세광사건의 수법과 같은 또 하나의 공작결과일 것 같다. 진상을 좀 더 알아야 하겠는데.

윤보선, 함석헌, 이런 분들이 박형규 목사사건 등을 정치재판이라고 하는

---

202 해산물에 설탕과 간장을 넣고 조린 일본 음식.

WCC를 향한 성명서가 나왔다고 한다. 이 아침에 김 선생이 가져오면 번역해야스에 형에게 보내기로 하고 있는데 아직 나타나지 않고 있다. 이것은 이른바 국가기관모독죄와 긴급조치 9호 위반이 될 테니까 몰고 가 보는 것이다. 휴일 이삼열 형에게서 11월 5일부터 3일간의 회의에 대한 회의록을 보내왔다. 한국 민주사회건설세계협의회World Council for Democracy in Korea로 하였다고. 상당히 활발하게 전개될 것이 예상된다. 아무래도 겨울에 다시 회합을 가지고 적극적인 접촉을 하여야 할 것 같다. 실제적인 사무를 맞았으니. 김 선생의 아이디어로 한국 사람은 텍스. 외국 사람들은 오너러리 텍스로 하자고.[203] 천 명만 있으면 20만 달러가 될 테니까. 이것은 반체제운동에 처음 나타나는 것이라고. 좋은 생각이다.

김 선생이 왔다 갔다. 성명서에는 박형규 목사사건은 정치적인 선교 탄압이라고 규정하고 있다. 세 목사의 즉각 석방, 선교 탄압 정지를 요구하고 어떠한 고난이 와도 싸울 것을 선언하고 있다. 윤형중[204] 신부, 함석헌, 은명기 목사, 김관석 목사, 윤보선 선생, 공덕귀[205] 여사, 함세웅 신부, 김경락 목사, 이해영 목사, 천관우[206] 선생, 문익환 목사, 문동환[207] 목사, 안병무[208] 선생, 서남동 목사, 이문영 교수, 이우정 여사, 이해동 목사가 서명하고 있다.

오늘 아침 신문에 김대중 씨가 대법원에 보낸 「정부기관개입」에 관한 항의서

---

203 '오너러리 텍스'는 'Honorary tax'를 한글로 표기한 것이고, 그 의미는 'Honorary payments' 즉 'Honorarium'을 뜻하는 것으로 보임. 한국인은 의무적으로 회비를 납부하게 하고, 외국인에게는 자발적으로 받자는 취지.

204 윤형중(尹亨重, 1903~1979). 천주교 신부. 충북 진천 출생. 서울예수성심신학교 졸업하고 서울 중림동 천주 교회 신부를 지냈다. 1933년 가톨릭청년사 사장을 거쳐 『경향신문』 사장을 역임하면서 언론을 통한 교리 전파에 힘썼다.

205 공덕귀(孔德貴, 1911.4.21~1997.11.24). 윤보선 대통령의 배우자이면서 최초의 한국 출생 영부인. 5·16군사정변으로 1년 6개월 만에 영부인에서 물러난 후에도 기생관광 반대운동과 원폭 피해자를 돕는 사회운동을 전개하며 사회운동가로 활동하였다. 민청학련 사건으로 윤보선이 기소되어 재판을 받은 이후로는 민주화운동에 뛰어들어 구속자가족협의회의 회장으로 활동하였다.

한이 나타났다. CIA가 판사 댁을 포위하였던 사실까지 나타나 있다. 싸움은 더욱 치열해질 수밖에 없다.

서울서 편지는 어머니가 더욱 기운이 없고 섭섭해만 하신다고. 늙으셨으니까. 효인의 입시도 문제고. 의대가 아주 어렵다고 한다. 세대 탓이겠지. 문제가 산더미처럼 싸인다고 할까. 오늘은 점심때 프레드리히 에벨트 슈티프퉁그의 나아겔 씨와 만난다. 김철 씨 건 때문이 아닐까. 김 선생이 스웨덴에 보낸 10월 30일 자 소식을 가지고 간다.

25일 오전 10시 10분

---

206  천관우(千寬宇, 1925.8.10~1991.1.15). 언론인, 역사가, 서예가, 수필가. 1961년 『서울 신문』 주필, 1963년 『동아일보』 편집국장, 1964년 『신동아』 주간, 1965년 『동아일보』 주 필 겸 이사. 1966년부터 1970년까지 신문편집인협회 부회장 역임. 1970년 4월 19일 김 재준·안병무·이병린 등과 민주수호국민협의회를 결성, 1972년 서울대생 4명의 내란 예 비음모사건과 관련해 서울형사지법이 37명의 증인의 한 사람으로 천관우를 채택. 1973 년 11월 5일 김재준·함석헌·지학순·법정·이호철 등 10명과 함께, 민주적 제질서회복을 요구하는 시국선언문을 발표하였고, 이듬해 1월 13일 함석헌, 안병무, 문동환, 김동길, 고 은, 법정, 계훈제 등과 함께 연행되어 조사받기도 했다. 11월에 민주회복국민선언에 참여 하였다. 그러나 1981년 5월 14일 민족통일중앙협의회가 발족하여 천관우가 그 회장을 맡자, 송건호는 이를 변절이라 비판했다. 전두환 정권 아래서 국토통일원 고문, 평화통일 정책자문위원회 위원, 국정 자문위원 등의 관직을 맡았던 경력으로 민주화 진영은 물론 언론인들까지 그와 발길을 끊었다.

207  문동환(文東煥, 1921.5.5~2019.3.9). 개신교 목사, 한신대 교수. 문익환 목사 친동생. 형과 함께 민주화운동에 참여.

208  안병무(安炳茂, 1922.6.23~1996.10.19). 신학자, 한신대 교수. 민중신학의 창시자로 알 려졌다. 1973년 한국신학연구소를 설립하여, 한국의 민중신학 연구에 몰두했다.

# 11월 28일 금요일

아직도 스트라이크권을 찾자는 철도 스트라이크가 계속하고 있다. 『아사히신문』은 역시 좋은 역할을 하고 있다. 래디컬<sup>radical</sup>한 당위론을 앞세우지 않는다. 민심의 움직임 정부의 움직임을 잘 파악하고 적절한 '진보'와 '국가이익'을 생각한다. 처음에는 스트라이크의 찬반을 시민의 소리로서 싣는다. 스트라이크 찬성의 사람들이 훨씬 이성적이다. 그다음에는 점점 찬성의 소리를 증대시킨다. 그리고 전문위원간담회의 답신서가 시대착오적인 것임을 지적한다. 그것을 금과옥조金科玉條로 하려는 정부의 의도가 깨어져 간다. 특히 자민당 보수파의 견해가 깨어져 간다. 오늘은 사설에서 스트라이크권 부여에 대하여 긍정적인 주장을 당당하게 펴고 있다. 여기에 이데올로기에 의하지 않은 국민 다수의 양식이고자하는 매스컴의 역할과 그야말로 양식이 있다고 생각한다. 이에 비하면 우리 신문은 너무나 신중성이 결여돼 있는 것이 아닐까. 새로운 시대에는 그런 노선을 우리도 가야할 텐데……

그저께와 어저께는 피로하여 좋지도 않은 몸을 가지고 맹활약을 하였다고 할까. WCC 한국대표 중 우리 측 대표는 한 사람도 오지 못하였다고. 그래서 김 선생이 불러서 어제 떠났다. 프레스에서 우리의 견해를 반영시킬 것이 아닌가 생각된다. 못 온 것을 전략적으로 도리어 플러스가 되도록 활용하자는 것이다. 자료집은 아직 표지가 되지 않아 내용만으로 20여 부 가지고 떠났다. 마침 슈나이스 목사가 돌아와서 WCC에의 호소문도 가지고 간 모양이다. 슈나이스 목사는 한국에 가 있다가 이곳 우리들의 호출을 받고 그저께 밤에 돌아왔다가 어제 오후에 다시 서울로 갔다. 나는 그분 편에 이문영 교수에게 소식을 전했다. 한국의 학원, 농촌, 노동계 등 모든 측면에 대한 아카데믹한 분석과 실제 상황에 대한 르포를 보내달라고 하였다. 이곳에서 『세카이』에 발표하기로 하는 것이다. 한편에 한화 10만 원, 그리고 그것을 영문으로 하여 세계에 돌리자고 하였다. 이것이 현실이고 그러니까 붕괴과정이다. 따라서 현 정권에 대한 투쟁이 당연한 것이라고 설득력을 발휘할 수 있어야 한다. 캐나다를 중심으로 한 한국민주사회건설세계협의회에 관하여서도 국내에 슈나이스 목사가 알릴 것이라고 생각한다.

윤보선, 함석헌, 김관석 이런 분들이 낸 억류돼 있는 박, 조, 권, 세 분 목사[209]에 대한 항의문도 번역하여 야스에 형에게 부탁하였다. 이것은 WCC에서 사용해도 된다는 것이다. 이런 것들이 12월 10일까지 계속되는 회의에서 문제되기 바라고 있다. 강원용 목사가 갈 수 있었는지 어떤지를 알 수 없다. 이제는 국내와의 비밀 연락을 더욱 강화해 가야 한다. 노무라野村 목사가 김진홍 전도사에게 원조를 직접 전달하는 문제에 대하여 약간 염려가 된다. 또 일본 좌익 운운이라고 둘러씌울지 모르기 때문이다. 그 점에 대하여 모리오카 선생이 좀 협력해 주셔야 한다고 이야기하였다. 가능하면 미국 선교사를 통해서 하는 것이 좋다고.

송건호 형이 언론에 대하여 써서 토요일에 슈나이스 목사에게 전해준다고 하였다니 기쁜 일이다. 그저께는 프리드리히 에벨트 슈히프퉁그의 나아겔 도쿄 사장과 장시간 이야기하였다. 김철 씨는 감정적이고 영웅주의적이다. 그래서 자청해서, 자기 이름을 올리기 위하여, 감옥에 들어간 것이다라고 하는 정보도 있는데 어떤가고 묻는 것이었다. 나는 오늘 이 시대가 정열이나 감정 없이 어떻게 싸워낼 수 있는 시대인가고 다소 노기를 띠어서 되물었다. 너희도 나치스시대의 경험에서 알지 않는가. 냉정하고 현실적이었던 친구들은 모두 침묵하거나 협력하지 않았는가. 나아겔 씨도 수긍하는 것이었다. 그다음에는 오늘이 투옥으로

---

209 서울 제일 교회 목사 및 서울특수지역선교위원장이었던 박형규 목사, 수도권특수지역선교위상임위원이었던 조승혁 목사, 서울 제일 교회 부목사 및 수도권특수지역선교위원이었던 권호경 목사를 말한다. 이들은 서독 교회 원조기구에서 보내온 선교자금을 유용했다는 혐의로 구속되었다.

영웅이 되는 시대가 아니라는 것을 알아야 한다고 강조하였다. 투옥돼도 신문에 이름도 나오지 않는다. 『아사히신문』에 나온 것처럼 김대중 씨도 투옥의 위험과 싸우고 있지 않는다. 투옥되면 망각 속에 죽게 하려는 것이다. 그래서 투옥되지 않으려고 한다. 침묵하면 투옥되지 않을 수 있다. 그렇지만 싸워야 하니까 침묵할 수 없다. 여기에 딜레마가 있다. 김철 씨는 조그만 통일사회당 테두리에서 벗어나서 그동안은 정치적인 지도자들을 오거나이즈<sup>organize</sup>하는 일에 힘썼다. 자기도 나타내지 않고 모두를 조직하는 일에서 큰 신망을 얻고 있었다. 사실 그는 윤보선 선생이나 김재준 목사의 위임을 가지고 때로는 도장까지 가지고 다니면서 선언문을 내고 활동을 하였다니까. 김철 씨는 요즘 투쟁에서 통일사회당 지도자로부터 내셔널 리더가 됐다. 나는 그가 하던 말 사회당이 우리나라에서 대중의 인식을 얻기 위해서는 기독교 인사들이 대대적으로 들어와서 당의 전 실권을 잡아도 좋다고 했다는 것도 이야기하였다. 그리고 지금 사회당 주위에 지식인들 특히 작가들이 소리 없이 모이고 있다고도. 그러므로 박 이후, 김대중 씨는 대중을 끌겠지만 사회당은 지식인을 끌 것이고 이 두 사이에 일어나는 긴장과 협조가 한국의 운명을 결정할 것이라고.

나아겔 씨는 오늘 그를 돕는 것이 반박 민주세력 전체를 돕는 영향이 될 것인가고 묻는 것이었다. 나는 서슴지 않고 그렇다고 하였다. 김철 씨는 전 반박 민주세력의 심벌이다. 그를 돕는다는 것은 전 비판세력을 돕는 것이다. (참, 잊었지만 국내에서 김철 씨 구출에 관한 성명이라도 내서 해외에 내보내게 하여야 하겠다. 대통령에게 보내는 진정서 형식도 좋지 않을까) 일본 매스컴에서도 그에 대한 취재를 하도록 노력하기로 하였다. 야스에 씨도 일본사회당을 통하여 노력할 것이라고 생각한다. 나아겔 씨도 스페인의 민주사회주의자 곤잘레스[210]를 석방시킨 이야기

---

210 펠리페 곤잘레스(Felipe Gonzalez, 1942.3.5~).

를 해주는 것이었다. 브란트[211] 수상이 스페인에 연락하여 3시간 만에 석방되었다는 것이었다. 그것은 석방될 수 있는 최단 시간이 아니겠는가. 그리고 해외에 나와 회의에 참석하였다고. 이러한 노력의 한국판을 이야기해 보았다. 김대중 씨 문제는 일본과 한국의 문제이지만 이번에는 독일도 개입할 수 있지 않겠는가. 방법과 때를 여러 가지 상의하였다. 한국에 있는 현지 독일대사관은 어떤지. 슈나이스 목사는 현지 대사관은 그렇게 적극적이 아닌 듯하다고 하면서 나아겔 씨가 말한 김철 씨에 대한 정보는 한국에 있는 독일대사관 견해와 일치한다고 하는 것이었다. 어용 지식인들이 CIA의 지시를 받아서 그렇게 했겠지. 이것을 깨치기 위하여서도 유럽 내에서의 활동을 중요하다고 김 선생에게 이야기해 보냈다. 일본과 미국의 정부는 박 정권과 밀착돼 있으니 그것을 동요시키기 위해서도 좀 더 이상을 가지고 있는 유럽 사회주의 집권세력들을 움직일 필요가 있다. 유럽 활동을 강화하여야 하겠다.

오늘 『아사히』 조간에 구라쓰카 교수가 축출된 『동아일보』 기자들에게 대한 원호를 호소하는 기사가 나 있었다. 계속 이렇게 노력해 주니 감사하기 짝이 없다. 슈나이스 목사가 내일 밤에 돌아온다니 주말에 만나서 여러 가지 대책을 상의하여야 하겠다. 동아 문제를 세계화하는 것, 김철 씨 문제를 세계화하는 것 그리고 국내에서 김철 씨 문제를 내놓는 것, 이런 것들이 우선 필요한 전략이다.

28일 오후 3시 35분

---

211  빌리 브란트(Willy Brandt, 1913.2.18~1992.10.8). 1969년 10월부터 1974년 5월까지 독일 수상을 역임했다.

# 12월 1일 금요일

벌써 12월. 어제는 슈나이스 목사와 만나 서울에서 나온 서류도 보고 이야기도 들었다. 김철 씨에 대한 소식도 가지고 왔다. 부인을 만났다고. 곧 야스에 형에게 연락하였다. 갈릴리 교회 주일학교에서 이런 대화가 있었다고 한다.

| | |
|---|---|
| **선생** | 너희들도 모두 왕이나 대통령 아들이나 딸이 되고 싶지. |
| **아이들** | 그럼 죽게 되게요. |
| **아이들** | 우리나라에서나 그렇지 딴 나라에서는 안 그래. |

송건호 형이 용기를 가지고 「오늘의 한국 언론」이라는 제목으로 200자로 117장이나 보내왔다. 의역意譯해서 『세카이』에 실을 생각이다. 서울에는 그 외 여러 가지 테마로 내부를 고발해달라는 서신을 이문영 씨에게 보냈으니까. 이렇게 하여 투쟁에 참여시켜야 한다. 50장 내외에 한화 10만 원을 보낸다고 하였다. 『세카이』 원고료에 좀 보태야 할 것이다. 번역은 내가 하고. 김대중 씨가 대법원장에게 보낸 재판장 기피를 주장하는 서한도 가지고 왔다. 『동아』 기자들의 고소 내용과 세계에의 호소도 나왔다. 그리고 데모를 하고 지하에 들어간 서울대생이 세계에 호소하는 영문 글도. 이런 연락을 좀 더 성공적으로 이끌어가야 하겠는데, 슈나이스 목사에게 감사하여야 하겠다.

오늘 슈나이스 목사가 카피를 내게 전해주기로 하였는데 연락이 되지 않는다. 어떻게 된 것인지. 아직 국철 스트라이크는 계속. 자민당은 고색창연한 주장을 발표. 노조는 반대. 저녁에 텔레비전에 나온 것을 보니 자민당이란 거만하고 논점을 회피하면서 유치한 소리, 여기서도 야당 측은 이로정연理路整然. 철학이 없는 정치가들이라 미키 씨의 설명도 저차원이었다. 정치가다운 정치가를 못 가진 문제가 일본에서 계속 문제를 낳을 것 같다. 대통령 직선이 없는 나라라 정치란 언제나 파벌조정이니 국민에게 이미지를 던져주는 정치가가 나올 리 없다. 옛날 도노사마殿様[212]를 세우는 식의 정치다. 이번에 미키는 자민당 다수파가 아니라 결단 없는 보기에도 가련한 태도고. 내일도 학교는 쉬게 되니 송 선생 원고 번역이나 하여야 하겠다.

야스에 형에게서 임창영 박사의 『세카이』에 대한 투고 「The Myths and Realities of Korea and United States Policies」를 보내와서 읽었다. 이북의 입장을 지지하기에 너무나 급급한 것 같다. 통일만 외치고 있으나 어떠한 통일이라는 것이 문제가 아닌가. 남쪽의 민주적 인사들의 생각은 전혀 고려하지 않고 있다. 그의 남쪽에 대한 이해란 거의 허구에 가깝다. 그러니까 박 정부 밑에서는 남한이란 존재하지 않는 것과 같다고까지 할 수 있었다. 베트남처럼 되어서는 안 된다는 모양인데 왜 그렇다는 것인가. 남쪽 민주인사들의 생각은 그것은 남한에서 민주주의를 지키기 위해서라고 하는데 임 박사의 주장대로라면 그것은 베트남처럼 통일되는 길일 텐데. 논리가 약하다. 이것을 『세카이』에 실어달라고 추천하고 싶지 않다. 임 박사에게는 상당한 문제가 있는 것 같다.

2일 오전 1시 50분

---

212 주군, 영주라는 뜻이며, 특히 에도시대 각 지방 다이묘(大名)를 말한다. 여기서는 비민주적인 행태를 비판하는 데 사용되었다.

## 12월 2일 화요일

오늘도 스트라이크 계속이라 쉬었다. 기독교서회 마, 조, 양 씨가 왔으므로 점심을 함께 나누었다. 그 자리에 미시즈 오와 미시즈 김도 함께 하였다가 나중에 〈엘리스의 사랑〉이라는 제목의 영화를 보았다. 미국의 서로 단절된 가정 — 모두가 자기주장, 자기표현에 우선 가치를 발견하고 충돌하면서도 사랑하고 — 확실히 우리의 가정과는 다르다. 사회 변동 때문에 일어나는 상황을 그대로 인정하고 그 흐름 속에서 해결하려고 한다. 우리처럼 흐름을 멈추려고 하지 않는다. 그러면서도 저런 가정이라면 나는 견딜 수 없는 것이 아닌가 하고 생각하였다. 역시 머리에서는 어떻게 생각하던 체질적으로 한국인이니까. 이런 문제를 미시즈 김하고 많이 이야기하였다. 저녁 식사는 오 선생 댁에서.

저녁에 한국 언론에 대한 송 형의 글을 번역하고 있노라니까 대사관 황 교육관에게서 전화가 왔다. 김 대사가 일본퇴계연구회에서 강연을 부탁받았다고. 처음에는 새마을운동에 대하여 이야기하라고 하더니 갑자기 한일문화교류에 대하여 이야기하라고 한다고. 학술적인 모임일 테니까 반대가 나왔겠지. 무엇을 어떻게 말했으면 좋겠는가 하는 것이었다. 8·15 이후부터의 한일관계가 — 특히 문화면에서 — 어떻게 변천해 왔는가를 사실에 근거하여 말하면 어떻겠는가고 대답하였다. 일본측 이야기가 아니라 우리측에 한해서. 왜 요즘 그 계통에서 내게 연락이 잦아지는 것일까. 내일 또 전화를 하겠다고 하니……

3일 오전 1시 10분

# 12월 3일 수요일

오늘 아침에야 슈나이스 목사에게서 서류 사본을 받았다. 9일에 서울에 가시면 특히 이번 가톨릭 학생들의 재판 문제를 자세히 알아보아 달라고 하였다. 김대중 씨의 대법원장에게 보낸 서한은 매우 중요한 내용이었다. 판결 전날 밤 판사 집을 포위한 것, 이미 유죄 판결문이 CIA에게서 수교됐다는 것까지도 나와 있다. 그리고 증인도 내놓을 수 있다고 하였으니 이태영 여사와 조향록 목사까지 최후 대결로 마음을 결심한 것이 아닐까. 급한 것이라고 생각하여 만사를 차치하고 일어로 번역해서 모리오카 선생에게 전했다. 하비 씨와 슈나이스 씨가 각각 미국계와 독일계 특파원을 통하여 세계에 전해주기를 바래서이다.

저녁에는 강의준비를 하고 (내일부터는 스트라이크가 해제된다니까) 송 형 글을 계속 번역하였다. 그 생경生硬한 글에 나도 당황할 정도이다. 국내에 있으니, 그러한 수난 속에 있으니 증오가 격증하고 있는 것이 아닐까. 일본 독자에게 대한 설득력을 고려할 여지가 없었던 모양이다. 동어반복도 많고. 레닌 생각이 난다. 그와 같은 증오를 가지면서도 싸움에 대한 이성적인 계획과 실천이 있어야 하는데 국내에서는 나날이 접촉하는 현실 때문에, 그리고 투쟁 방도의 부재로 더욱 일어나는 절망 때문에 그렇게 감정만 에스컬레이트하는지도 모른다. 송 형은 그렇게 차근차근한 성격이었는데. 나도 서울에 있었으면 그랬을는지 모른다. 그리고 감옥을 택했는지도. 그러니까 해외에서의 혁명 참여도 의미를 가질는지 모른다. 아무래도 좀 객관적이 될 테니까. 내일 강의가 아니면 무엇인가 일이 하고 싶다. 몸은 그다지 좋지 않지만. 민주 투쟁 자료집영문이 매우 아름다운 단장으로 완성되었다. 내일 나이로비로 약간 보낸다고.

4일 오전 1시

# 12월 5일 금요일

어제는 오래간만에 강의. 모리타森田 양을 만나 이야기. 섹트적인 데서 벗어나 공부하기를 권고. 경제적으로 문제가 있어서 WCC 원조라고 하여 연간 1,000 달러씩 2년간 내가 원조하기로 하였다. 처음 만난 학생이고 게다가 한국에 관심을 가지고 있으니. 그것보다는 섹트로 일생을 전락시켜서는 안 될 것이 아닌가. 미국 사람들처럼 도쿄여대 근무 기념으로 외형적인 것을 남기기보다 나는 이런 일을 하기로 생각하였다. 사회의식도 가지고 있고 능력도 있으니. 「통신」에서 천오백만 원 가량 받으면서 일본을 위하여서는 아무것도 쓰지 않는다는 데 대한 가책도 있다.

요즘은 방황이 심하다. 좀 더 자신을 가다듬어야 하겠다. 점심때 야스에 형을 만나 이것저것 상의할 생각을 하고 있다. 비가 내리고 있다.

5일 10시 5분

# 12월 5일[213]

몸이 몹시 피곤하다. 오전에는 야스에 형을 만났다. 고료 중 백만 원을 받았다. 송 형에 대한 고료도 입체하여야 하고. 그간 부족한 것도 메꾸고…… 송 형 고료 는『세카이』에서 후에 10만 원日貨 지불될 것이다. 모두가 감사한 것뿐이다.

시미즈 이쿠타로[214] 씨가 1960년대의 안보투쟁[215]에서 패배감을 맛보고는 약 간 반동화한다는 이야기도 나누었다. 전후의 역사란 힘의 지배인데 저항이란 허 망하다는 것. 그것을 외친『세카이』같은 잡지는 뭘 남겼는가. 눈에 보이는 승리 만을 생각하는, 이 힘의 논리란 퍽 일본적인 것이 아닌가. 무엇이 바른가를 생각 하지 않고. 위대한 사상도 운동도 처음은 마이너리티의 그것으로 출발하는 것이 아닌가. 그리고 언론이란 이 마이너리티를 크게 보는 것일 텐데. 야스에 형에게 그래도 우리가 승리하는 역사를 보여주어야 한다고 하였지만. 오에 겐자부로[216]

---

213 원본 그대로임. 12월 6일 또는 7일인데 착각한 것으로 보임.

214 시미즈 이쿠타로(清水幾多郎, 1907.7.9~1988.8.10). 도쿄 출생. 도쿄제국대학 사회학 과 졸업. 1939년에는 도쿄아사히신문사 학예부 소속, 1941년에는 요미우리신문사 논설 위원을 역임. 1946년에 20세기연구소를 설립. 1949년에는 평화문제담화회를 설립했다. 전후 반미운동에서 큰 역할을 했으나 1960년대 안보투쟁 이후에는 저술활동에 전념했다.

215 1959년부터 1960년까지, 그리고 1970년 두 번에 걸쳐 벌어진 대규모 반정부 데모이다. 미일신안보조약에 대한 반대가 핵심 논점이며, 국회의원, 노동자, 학생, 시민에 좌익운동 세력까지 참가한 반정부이자 반미 대규모 운동. 한편 안보투쟁(安保鬪爭)이란 1960년 미일안보조약 개정을 둘러싸고 벌어진 일련의 사건들을 말한다. 개정안 6조에는 일본의 안전과 극동의 평화를 위해 미군이 일본의 시설 및 구역을 사용하도록 허용한다는 내용 이 포함되어 있었는데 야당과 언론계, 노동계 및 대학생들은 일제히 반대 데모를 시작했 다. 그러나 수상 기시 노부스케(岸信介)는 표결을 감행했고 이것이 반안보(反安保)운동 에 불을 붙였다. 결국 기시 내각은 조약안을 최종 처리한 후, 총사퇴하고 말았다.

216 오에 겐자부로(大江健三郎, 1935.1.31~2023.3.3). 시코쿠(四國) 에히메현(愛媛縣) 출 생. 도쿄대학 프랑스문학과 졸업. 1994년 노벨문학상을 수상했다. 1958년 '若い日本の 會(젊은 일본 모임)'을 결성하여 미일안보조약 반대운동에 참여했고 1970년대에는 김지 하와 김대중의 구명을 위해 조력했다. 천황제와 자위대에 반대입장을 표명하고 있으며 천황이 수여하는 문화훈장을 거부해 우익단체의 위협을 받기도 했다. 또한 노벨문학상

씨도 『세카이』의 한국 문제에 대한 태도가 물론 옳지만, 점점 극소수의 주장 같이 돼 가는 것 같다고 염려하더라고. 『세카이』는 마이너리티의 것, 그렇게 생각하는 경우도 있는 모양. 우쓰노미야 의원이 『세카이』에서 발언하는 것이 싫다고 자민당 국회의원이 말한다고. 전 외상 기무라木村 의원이 『세카이』에서 발언한다고 일본 외무성이 충고를 한다고 하고. 일본 외무성이라면 거의 도쿄대를 나온 친구들일 텐데. 학생 때는 리버럴한 척 하지만 관청에 가면 완전히 그 종縱의 사회에 적응하는 것이겠지. 도쿄대 때는 조금 리버럴한 척하는 분위기에 적응하고. 나는 이것을 무사로 살면서 선禪불교의 세계에 사는 것처럼, 일본 사람들의 밸런스 감각이라고 하였다. 무사의 살벌과 이익 추구를 살면서 동시에 초현실, 현실 부정의 세계를 산다. 밸런스는 있지만 전 삶을 관통하는 사상이나 의지는 없다. 지식인도 그런 밸런스를 살다가는 늙으면 더욱 반동화한다.

힘이 절대이고 목적을 위하여서는 수단을 가리지 않는다는 사고는 일본 사람들의 경우 우리보다 강한 것 같다. 그러니까 일본에 통일교가 성하는 것이 아닐까. 세계평화를, 종교를 위한다고 하면서 무기생산을 하고 거짓을 마음대로 한다. 여기에서 일관성은 필요 없다. 사상에서는 평화를 생각하고 현실에서는 종縱의 사회의 명령이 지상至上인 것이다. 이런 이야기를 약간 모리오카 선생에게 하였다.

야스에 형하고는 무엇보다도 김철 씨 문제에 관하여 이야기하였다. 일본사회당 에다 사부로[217] 부위원장이 서울에 김철 씨 부인에게 전화를 하기로 하였다

---

을 받은 가와바타 야스나리(川端康成)가 노벨상 시상식 스피치에서 「美しい日本の私」라는 주제로 발표했는데, 오에는 이에 대항하듯이 「あいまいな日本の私」라는 제목으로 스피치한 것으로 유명하다.

217 에다 사부로(江田三郎, 1907.7.29~1977.5.22). 당시 일본사회당 서기장. 1975년 9월 한반도 사태와 일본의 안보 문제, 세계 남북 경제 문제 등을 토의하기 위해 미국을 방문하기도 했다. 오카야마 출신이나 고등학교는 식민지 지배하에 있던 당시 경성의 선린상고를 다녔다. 수학여행으로 내지(內地)에 돌아왔을 때 외지(外地)에서 일본인이 매우 오만

고. 좋은 아이디어이다. 다시 슈나이스 목사가 조사해 와서 그것에 근거하여 에다 씨가 김철 씨 문제를 이렇게, 이렇게 되어가고 이렇게 반인권적으로 취급되고 있다지요, 하고 물으면 부인이 다만 감사합니다라고 하기로 하자는 것이다. 그쪽에서 견해를 표현하면 CIA의 위협을 받을 테니까. 그리고 사회주의 인터내셔널회의[1월 20일][218]에서 크게 문제시될 것이고 유럽 사회주의 정치가들도 퍽 염려하고 있다고 은근히 압력을 가하자는 것이다. 그리고는 그날 이 모든 사실을 일본 신문에 기자회견으로 발표한다. 이 타협을 슈나이스 목사가 김철 씨 부인과 지어주어야 하겠는데. 전화 시간도 타협하는 것이 좋겠고, 그도 몹시 바쁜 모양, 오늘은 만날 수 없었다. 내일은 여행이고, 화요일에 돌아와서 그날로 서울에 간다니 야단이다.

김대중 씨가 대법원장에게 보낸 서한은 하비 씨가 번역하여 오늘 미국과 독일 특파원들에게 전달될 것이라고 생각한다. 나도 한 통 가지고 왔다. 좀 더 널리 미국에 영향을 끼칠 것을 생각하여야 하겠다. 슈나이스 목사, 하비 씨 모두 적극적으로 일해 주는 것을 참 감사하게 생각한다. 밤에는 주로 강의 준비를 하였다.

밤 11시

---

한 행동을 하고 있다는 사실을 깨닫고, 식민지 지배에 대해 공부하기 위해서 고베고등상업학교(지금의 고베대학)으로 전학했다고 한다.

218 사회주의인터내셔널(Socialist International)은 사회민주주의 정당들이 1951년에 설립한 국제조직이다. 마르크스주의의 원칙은 견지하나, 소련을 중심으로 하는 공산주의운동에는 반대를 표명했고, 민주주의와 시민적 자유에 의한 통제를 선호했다. 평화공존과 군축 정책을 지지한다. 독일 사민당, 프랑스 사회당, 영국 노동당, 스페인 사회민주노동당 등이 참가.

# 12월 8일 월요일

토요일에는 구라쓰카 교수와 잠시간 이야기하였다. 『아사히신문』에 서울에서 연락이 와서 모금운동을 한다고 난 것이 폐를 끼치지나 않을까 하는 염려였다. 나는 문제가 없을 것이라고 대답하고 문제가 나면 어떠냐고 하였다. 나면 난대로 그것을 투쟁의 초점으로 삼자는 것이었다. 그리고 슈나이스 목사가 권영자[219] 씨를 만나니까 외국에서 조금밖에 도움이 없었다고 하였다고 하는 것이 마음에 걸리는 모양이다. "좀 있었다"는 말의 '좀'을 '조금'이라고 통역할 수 있었던 것이 아닌가도 하였지만 공식적으로, 일본에서 보낸 것은 숨기기로 하자는데 문제가 있다고 하였다. 이처럼 조금씩 참으로 선의의 일본 사람들이 보내온 것으로 일화日貨 3, 4백만 원을 보냈는데도 자칫하면 좌익자금 운운하는 것이 박 정권의 버릇이니까. 그런 이야기를 나누었다. 사실 『아사히신문』 노조에서 일화 100만 원을 보낸 것도 아무 말 못하고 있으니까. 『아사히』 특파원에게 내막적으로 알렸더니 펄쩍 뛰더라고 한다. 강문규 형, 진 매튜 같은 선교사들이 참 잘했는데. 슈나이스 목사가 너무 상황을 모르고 적극적으로 만나고 다녀서 큰일이나 안 날는지. 이번에 만나서 주의를 좀 해달라고 하여야 하겠다.

토요일과 일요일에는 송 형 「오늘의 한국 언론」을 번역 완료하였다. 오늘 야

---

219  권영자(權英子, 1937.3.3~). 1975년 3월에 결성된 동아자유언론수호투쟁위원회의 위원장이다. 대변인은 이부영. 서울대 불문과를 졸업하고 1959년 『동아일보』 공채 1기로 입사했다. 『동아일보』 백지 광고 사태 당시 문화부 차장이었다. 1974년 10월 24일 『동아일보』 기자들은 신문, 방송, 잡지의 외부 간섭 배제·기관원 출입 거부·언론인의 불법연행 거부 등 3개 조항을 골자로 한 자유언론실천선언을 발표하였는데, 이것이 빌미가 되어 12월 말부터 『동아일보』의 광고가 무더기로 해약되어 광고란을 백지로 내게 되었고, 경영난에 겁을 먹은 신문 경영진이 정권의 요구에 굴복하여 1975년 3월 17일 동아일보사에서 농성 중이던 160여 명의 기자와 사원들을 내쫓게 되었다. 이에 반대해서 해고된 『동아일보』 기자와 동아방송의 PD 및 아나운서가 1975년 3월 18일 결성한 언론 단체가 '동아자유언론수호투쟁위원회'이다.

스에 형에게 전달하였다.

어제 임순만 목사님에게서 소식이 왔다. 그동안 김재준 목사님과 임창영 박사님이 만나셨는데 임 박사님은 북으로 점점 기울어지는 것을 어떻게 할 수 없다는 것이었다. 그래서 미주에서는 임 박사를 좌익이라고 하여 소수파가 되고 이북파라고하는 소수자에게 둘러싸여 가고 있다는 걱정이었다. 이번 『세카이』에 보내온 원고를 보내드려 모두에게 회람한 다음, 나 자신의 코멘트도 첨언하였으면 한다. 야스에 형과 그에 대하여서도 이야기하였다. 조총련에서는 유엔에 가 있는 이북 대표들이 임 박사님에게 많이 접촉하고 있다고 하더라는 것이다. 이북 최고층의 서신도 받으셨다는 것이니까. 나는 이런 해석을 하였다. 늙으셨고 남북을 통하여 어느 쪽을 위해서 일해도 조국을 위하는 길이라고 생각하면서 이북에서 UN대표라도 임명해 준다면 기뻐하실 것이 아닌가. 먼 장래를 위해 그런 분도 필요할는지 모른다. 그래서 『세카이』에 나오는 글은 그대로 태도를 분명히 나타내는 글이기를 바란다고 하였다. 수정 없이 하여 모든 사람에게 자신의 입장을 밝히는 것이 좋다고 생각한다. 그분에게는 남쪽에서 괴로운 싸움을 하는 민주 세력은 안중에 안 들어가 있는 것으로 돼 있으니까. 적어도 그 논문에서는…… 우리는 민주 세력 동지들과의 동질성을 유지하면서 그들을 위하는 입장에서 무엇이든 하여야 한다. 그래서 나는 이태영 박사님에게 다소 우리가 국내에서 보기에는 리버럴한 행동을 취해도 그것은 모두 국내 우리 동지들을 위한 길이라고 계속 믿어달라고 하였다. 이 박사는 훌륭한 분이었고, "세계정세가 그런데요. 더욱이 김재준 박사님을 모시고 하는 일이니 절대 그런 오해는 없을 겁니다"라고 하시는 것이었다.

조총련에서는 북에서 「통신」을 내라고 다시 독촉을 해 왔다는 것이다. 우리 자신의 계획을 계획대로 추진하기로 모두 WCC에서 돌아오면 상의를 하여야 하겠다.

이번에 일본사회당 방미사절단이 갔을 때 미국 기자들이 이북을 방문할 수 있도록 알선해 달라고 하였다고 한다. 조총련은 지난번에 『뉴욕 타임즈』 기자인가가 조총련의 알선으로 갔다 와서 그다지 좋은 결과를 못 봐서 이번에 관여하는 것을 두려워하여 사회당에게 직접 접촉하게 하였다고 덴 히데오田英夫[220] 씨가 그래서 짧은 이북 방문을 하고 돌아왔다고. 거기에 대한 이북 답변은 다음과 같다는 야스에 형의 이야기이다.

① 미국 기자는 북에 가고 모국某國, 아마 소련은 남에 가고(이 가능성이 있는 듯)하여 미국과 모국 이 남북을 상호 승인하는 격이 되어서는 안 된다.
② 미국 기자가 진실을 전달할 것 같지 않다. 좋게는 안 써도 좋으니 사실을 왜곡하거나 고의로 나쁘게 쓰지는 말아야 한다.
③ 북은 역사적인 이유에서 반미적인데 그것을 숨기고 싶지 않다. 반미 간판 같은 것을 일시적으로 떼거나 하는 일은 하지 않는다. 이것은 충분히 이해해 줘야 한다.
④ 미국 기자가 온다면 북의 기자도 미국에 갈 수 있는 상호주의이어야 한다.

그러나 이상은 고려하여야 할 원칙이고 반드시 모두가 만족스러워야 한다는 것은 아니다. 그때마다 정치적인 판단을 하기로 한다.

이것으로 야스에 형은 이북이 상당히 미국과 접촉하고 싶어 한다고 판단하는 것이었다. 이북의 정책은 지난번 UN결의 상태를 기본으로 하여 박 정권 고립

---

220 덴 히데오(田英夫, 1923.6.9~2009.11.13). 당시 일본사회당 의원으로 김대중 도쿄 납치 사건의 진상규명위원회 위원장을 맡고 있었다. 도쿄대학 경제학부를 졸업하고 교도통신(共同通信) 기자, 일본 TBS 앵커를 거쳐 사회당 의원이 되었다. 앵커 시절 베트남전을 비판하는 보도를 하고 자민당의 압력으로 사임한 일이 있다.

정책을 계속 밀고 나갈 것이라고 한다. 이런 문제도 우리가 토의하여 동지들에게 알려야 하겠다. 야스에 형은 내가 도쿄를 떠나서는 안 된다고 하는데 캐나다도 문제이고, 어떻게 하여야 할지 모르겠다. 나도 가족과 합하여야 하겠고. 그러나 아이들에게는 희생일 것 같고. 정숙에게서는 효인의 입시가 끝나면 곧 오고 싶다고 소식이 왔다. 오늘 서울에 1,200달러, 1, 2월 생활비를 부쳤다. 은행에 5, 6명 젊은 우리나라 여자들이 몰려와서 5, 6만 원씩 돈을 부치고 있었다. 술집에 와 있겠지. 일본 사람인지 교포인지 한 사람이 거느리고 와 있었다. 반가우면서도 슬픔. 서울에 크리스마스 선물도 보내고. 서경석 군이 결혼이라고 하여 화장품 선물을 샀다. 슈나이스 목사님 편에 보내려고. 일제니 문제지만, 이곳 선물이니 하는 수 없지, 하고. 내일 슈나이스 목사님에게는 출발 직전에 만나 무엇보다도 김철 씨에 관한 이야기를 서로 상의하여야 한다. 문학사상에서 내 간단한 유럽 방문보고를 실었다. 떠나 있으니 다행이라고 할까. 고난에 있어서의 발상에 관해서도 썼는데. 국내에서는 지목 받는 사람은 글도 못 쓰고 책도 못 낸다니. 송 형은 1년만 더 가도 질식해 죽을 것 같다고 썼던데. 피곤하다. 일기 쓰는데 점점 시간이 많이 걸린다.

9일 1시 20분

# 12월 10일 수요일

오늘은 이것저것 정리를 하고 강의 준비를 하였다. 루이제 린저[221]가 역시 선풍을 일으킨 모양. 『문학사상』에서 더듬어 볼 수 있었다. 나치스에 항거하여 투옥 사형선고까지 받았다가 종전終戰과 더불어 풀려나왔다고 한다. 왕궁은 보기 싫다고 서민의 집에만 관심을 가졌다고. 그리고 서울서는 제목을 바꾸어 「현대 문명과 휴머니즘」을 강연하였다고. 좌우 독재자들에게 의하여 투옥당하는 양심을 말했다. 젊은이들이 "린저, 린저"하고 부르짖었다. 서울 모임에 5천 명. 「통신」에서 이 문제를 좀 다루어야 하겠다. 그리고 독일 그룹으로 하여금 연결을 가지게 하여야 한다.

어제는 릿쿄에서 강의를 하고 모리오카 선생과 저녁을 함께 하였다. 『세카이』에서 후쿠다 간이치[222] 교수의 「동아시아에 있어서의 냉전의 종결」을 읽었다. 한반도의 상황이 냉전 체제에서 벗어날 것을 강조한 글이다. 매우 좋은 글이었다. 발상의 전환을 말하였다. 한국 상황과 월남은 다르다. 월남은 민족해방전쟁의 계속이었고, 한국에서는 냉전이 낳은 권력의 침략이라는 냉전 상황이 아직도 지배하는 불행이 계속한다는 것이다. 아무래도 북에 호소하는 발상 전환의 글을 하나 써야 하겠다.

---

221  루이제 린저(Luise Rinser, 1911.4.30~2002.3.17). 1975년 10월 문학사상사의 외국작가초청 행사의 일환으로 게오르그에 이어 두 번째로 한국을 방문했다. 서울, 부산, 광주 등지에서 '나는 아직도 생의 한가운데서 살고 있는가', '현대 문명 속의 휴머니스트', '여성해방 문제'라는 제목으로 강연을 했다. 그러나 2011년, 린저가 1944년 나치스에 체포되기 전까지는 열렬한 나치주의자였다는 증언이 나오기도 했다.

222  후쿠다 간이치(福田歡一, 1923.7.14~2007.1.7). 고베(神戸) 출생. 도쿄대학교에서 서양정치사상사를 전공했다. 당시 도쿄대학 법학부 교수를 지내고 있었다. 마루야마 마사오 등과 함께 난바라 시게루(南原繁)한테 서양정치사상을 사사했다.

릿쿄 강의 준비를 하면서 임화[223]에 대해서 여러 가지 생각할 수밖에 없었다. 이번 일본서 나온 김윤식 씨의 「상흔과 극복」[224]에 나온 임화 연구는 좋은 글이었다. 국내 공산주의 더욱이 감상적, 낭만적 지식인의 사회주의 문제에 있어서 그는 심벌이다. 그는 지난날의 국내 활동 민족주의적 문학 업적을 부인할 수 없었다. 해외파의 냉혈에 그것이 먹혀 들어갈 수 없었다. 서울은 내 고향, 긍지 높은 도시라고 읊었으니 감상주의로 낙인찍힐 수밖에 없다. 그들의 사회주의라면 오늘과 같은 상황에서는 공존共存과 공투共鬪도 가능하였을 텐데. 한국 지식인의 정치에 대한 운명의 상징이기도 할 것이 아닌가. 이 문제를 깊이 추구해 보아야 하겠다. 그들에게는 자기가 살아온 경험과 땅과 벗과 전통에 대한 사랑이 있었지만 해외파에게는 그것이 없었다. 이 비극…… 우리도 앞으로 주의하여야 한다. 국내와의 일체감이 절대로 필요하다. 오늘이야 나이로비 오 선생에게서 소식이 왔다. WCC대회는 이슈를 다루지 못하는 평범한 일반회의라고. 총회에서 한국 문제에 대한 성명을 내는 데도 한국 대표 전원이 반대라고. 현지 대사관에서 거의 매일 같이 초대. 우리 동지 세 사람은 도중부터 참가를 거부하고 있다고. 상당한 주목을 받고 있을 것이다. 한국 문제 성명을 낼 계획이라고 한다. 박 형의 수고가 많고 김 형이 참가하여서 좋고. 어떻게 될 것인지. 13일 저녁에 돌아온다는데.

신쿄에서 긴급회의 명으로 낸 「Documents on the struggle for democracy in Korea」는 참 훌륭한 것이다. 간신히 WCC회의 폐막 가까이 되어 도착한 모양이

---

223 임화(林和, 1908.10.13~1953.8.6). 1925년 조선프롤레타리아예술가동맹(Korean Artist Proletarian Federation) 즉 카프에 가입했으며, 1945년 8월 박헌영과 함께 조선공산당 재건운동에 동참했다. 1947년에 월북하여 6.25 때에는 서울에서 조선문화총동맹을 조직하고 부위원장을 지냈다. 그러나 1953년 8월 박헌영, 이강국, 리승엽 등 남로당 수뇌부와 함께 국가반란죄와 간첩죄로 기소되어 사형에 처해졌다.

224 1973년 3월 현대문학 제18회 평론부문에서 신인상을 수상한 김윤식(金允植)의 「식민지 문학의 상흔과 그 극복」을 말하는 듯하다.

다. 그 서문과 에피소드를 오늘 읽었다. 김 형이 쓴 것인데 참 훌륭한 내용이다. 감격적이다. 이데올로기 문제는 우리가 강요하는 것이 아니라 민중과 더불어 모색하는 것이라고 한 것도 좋다. 정당뿐 아니라 민중의 커뮤니티를 이룩해 가야 한다는 것도 좋고. 혁명적 코이노니아[225]다. 우리 투쟁에 대하여 참 좋은 철학적 해명을 부여하고 사상을 주었다. 이 가이드라인을 발전시켜 가야 한다. 김 형의 공헌에 새삼 감사하고 싶다.

2월 오전 1시

---

225 코이노니아(Koinonia)는 『신약성서』에서 자주 쓰이는 말로 기독교인들의 이상적인 협동 또는 친교를 뜻한다.

# 12월 12일 금요일

어제는 한국어 클라스의 모리타, 다카키高木, 미우라三浦 양 그리고 조수인 모리森, 나카하라中原 양과 함께 크리스마스와 송년 파티를 하였다. 참 특프로 시간에 여성은 남성에게 미치지 못한다는 편이 압도적인 데 그만 놀랐다. 그런 이야기를 오늘 매리온에게 했더니 그래 가지고 여성이 어떻게 발전하느냐고 깜짝 놀라는 것이었다. 그렇게 살아서 별로 나쁠 것 없지 않느냐 하는 생각일는지 모른다.

서울서 소식이 오고. 그리움 속에서 깊이 생각하고. 정숙은 여권 연장을 위하여 재직증명서를 보내라고. 국민이 믿을 수 없다고 무섭게 감시하는 정치니까. 교회여성연합회에서 한국 문화사 강의. 그리고 나서 오 선생 사무실에서 일본 문화론을 한참 하였다. 일본 사람들은 밸런스에 대한 감각에서 발상하고 자기를 주장하는 것, 자기 생각이 얼마나 남과 다른가를 보이려는 태도에서는 발상하지 않는다고 하였다. 나온 못은 때려 맞는다는 것이라니까. 오늘 날씨는 다시 좋아졌다.

11시반

## 12월 14일 월요일

어제는 강의가 끝난 후에 구라쓰카 교수와 이야기. 아오치 씨가 한국에 갔을 때 젊은이들이 과도기에 김대중 씨를 이용하고 그다음에 그 이상 나아가야 된다고 하던 것을 생각하고 한국의 안정을 염려하시더라고 하는 것이었다. 60만의 군대, 정치세력, 일반 국민, 이런 속에서 그다지 간단하지 않겠지만 중요한 문제라고 대답하였다. 그런 세력을 인도할 수 있는 영향력 있는 조직을 가지기 위하여서도 지금의 고통을 겪는 인물과 KSCF의 젊은이들이 필요하다고도 하였다. 그들의 고통을 돌봐주어야 한다. 그들에게 대한 지도력을 키워야 한다. 그리고 무엇보다도 정직하고 유능한 정치력이 필요하다.

구라쓰카 교수는 또 이번 WCC에서 한국대표가 전원 일치하여 말할 수 없는 반동을 놓더라는 소식을 나카지마 목사님에게서 들었다고. 오늘 김 선생 말도 그런 것이었다. 매일 같이 한국대사관 초대를 받고는 함께 작전을 짰다고. 일본대표가 발언하면 과거 36년간을 들먹거리며 내정간섭이라고 반발하고 회의장에는 한국 CIA대사관 공보관이 앉아서 감시하고. 한국의 치부를 외국에서 들어내면 안 된다는 식의 작전이었다고. 구라쓰카 교수가 교섭하여 그 모습을 나카지마 목사가 『아사히신문』에 쓰시기로 하였다고 한다. 객관적인 입장에서 쓰는 것이 좋을 것이라고 나도 동의하였다. 구라쓰카 교수도 한국 교회에 관한 것을 하나 쓰기로 하였다고. 그래서 나는 새로운 자료집에 나타난 한국 교회의 자세, 사상, 신앙, 이런 문제에 대하여 써주면 좋겠다고 말하여 동의를 얻었다. 어제 밤에는 대사관 김규철 씨와 만났다. 그도 고민이 많은 모양이다. 우리나라 관청이란 성장할 수 있는 바탕이 없는 곳이다.

오늘 오후에는 김 선생과 이야기. 오 선생은 필리핀에서 사람이 와서 참가하지 못하였다. WCC에서는 항상 한국이 화제 오르게 하는 데는 성공하였다고.

자료집, 인혁당 관련자들을 처형할 때의 영국 BBC 텔레비전 필름, 이런 것이 한국대사관을 심하게 자극시킨 것 같다고. 다른 나라 사람들은 눈을 적시는데 우리나라 대표는 그렇지 않으니 문제였다고. 김 선생을 퍽 주목하게 된 모양이다.

김 선생과는 오늘 대략 다음과 같은 이야기를 하였다.

① 외국의 작가나 학자들을 더 많이 한국에 보내어 지적 자극을 줘야 한다. 독일의 여류작가 린제도 큰 충격을 준 모양.

② 「통신」 번역 출판을 우리가 돈을 대서 교회 관계 출판사에서 곧 해낼 것.

③ 국내에서 함 선생 같은 분이 밖을 향하여 사하로프처럼 외치도록 할 것.

④ 이번 자료집은 완전히 커머셜리즘으로 판매하여 한국어판을 내도록 할 것.

⑤ 슈나이스 목사가 지난번에 서울서 도쿄에 왔다 간 여비 문제에 대하여 한번 본인의 형편을 알아 볼 것.

⑥ 광범위한 전략회의를 긴급회의를 슈나이스, 하비 두 분도 포함하여 가질 것.

⑦ 새해에 대한 우리의 전략회의를 하여 국내외에 그 가이드라인을 알려야 한다. 우리의 애국세愛國稅 연간 200달러도 보내야 한다.

⑧ 『세카이』 11월호를 국내에서 찾으니 좀 더 보낼 것.

⑨ 김철 씨와 일본사회당 대표의 이북방문 등에 관한 것.

⑩ 소련의 경우처럼 우리 국내에서 지하문학작품을 밖으로 나오게 하는 것. 『세카이』가 원고료는 지불할 수 있다니 감사하다. 지하작품집, 지하화집地下話集이 나와도 좋다. 그 원문은 미주에 있는 우리 한국 저항신문이 실리고. 한국 사람을 통해서는 어려우니 직접 외국인이 만나서 부탁 하고 작품을 받아서 가지고 나오게 할 것. 그렇게 해서 지금 추방당하여 불우하게 된 작가들을 돕기도 하고.

⑪ 임시 단기 선교사를 한국에 보내서 활동하게 하는 것. 오래 있으면 추방을

두려워해서 그다지 활동하지 못한다.

⑫ 독일에 있는 이영희 씨의 내일來日[226] 문제. 우리들은 인원 배치를 연구하여
야 하겠다.

⑬ 도미야마 다에코 여사가 김지하 시화집을 낸다. 일본어, 한국어로 된 것과
영어, 한국어로 된 것 두 가지다. 거기에 대하여 무엇보다도 김지하 씨의 부
활에 대한 이야기를 넣기로 하고 김 선생이 그것을 찾아볼 것.

여러 가지 점을 오 선생과 상의해서 결정, 실시하여야 한다. 김 선생은 미국의
각계각층이 모이는 유력한 회의에 초청되었다고. 남북한의 문제와 미국의 역할
이라는 주제라고. 이 회의를 위하여 김 선생이 페이퍼를 써 보낸다고 한다. 그것
을 위하여 언제 좀 토의를 하여야 한다. 나는 『세카이』에 우리 남에 있어서의 민
주화운동과 북의 관계에 대하여 써야 할 것을 새삼 느낀다. 우리야말로 한국의
긴장을 완화시킬 수 있는 세력이 되어야 한다. 이 글을 인용하면서 김 선생이 한
국의 새로운 전망을 전개할 수 있지 않을까. 다사다난이라고 할까. 어제 늦어서
오늘은 퍽 피곤하다.

14일 오후 5시 30분

---

226 일본어를 그대로 한글로 표기안 경우임. 우리말로는 '방일(訪日)'. 13항에서도 일기 원문
에는 "화(話)를 넣기로"라고 표기되어 있는데 이 또한 일본어이다. 즉 '이야기(はなし)를
넣기로'로 보아야 하기에 '이야기를 넣기로'로 바꾸었다. 한편 1975년 9월 19일에도 같
은 의미의 '내일'이 나온다.

# 12월 16일 화요일

어제는 저녁에 철학과 크리스마스 파티에 잠깐 나갔다가 곧 신쿄에 가서 한 일교회사 세미나에 참석하였다. 그 전에 김규칠 씨를 만나 재직증명 확인을 받아 서울에 보냈다.

오늘은 슈나이스 목사와 만나 서울 이야기를 듣고 김철 씨 문제 타합을 지었다. 내일 야스에 형과 만나 자세한 타합을 하여야 한다. 지난 11월 19일에 발표되었다고 하는 '서울대학 성명'은 아무래도 가짜인 것 같다. 북의 것인가, CIA 것인가가 문제다. 슈나이스 목사는 저돌적으로 일을 해주는 것은 좋은데 너무 의욕과 따로 신중성이 없는 듯하여 약간 염려다.

릿쿄 강의가 있어서 우리 이야기는 더 진행시키지 못하였다. 내일 계속하기로. 제네바회의에 대하여 『캐나다 뉴 코리아 타임즈』에 모두 나왔으니 이미 폭로된 것이 아닌가. 좀 더 조리 있게 일을 하여야 하겠는데. 저항 신문 회의<sup>미주 중심</sup>는 있었던 모양이고. 내가 제언한 대로 이승만 목사가 잘 처리해 준 것 같아 기쁘게 생각한다. 그 결과는 어떨는지. 오 선생은 또 열이 나는 감기고. 모두 과로라. 나는 며칠 동안 「통신」 때문에 야단인데 12월달이라 마감이 촉박하였다. 그런데 목요일에는 우쓰노미야에 가야하니 야단이다. 내일도 여러 가지로 시간을 뺏기고 저녁에는 메시아 공연에 가야하니. 도쿄여대 합창단의 메시아다. 우쓰노미야에는 서울서 박원경 선생이 와 있다. 박원영[227] 교장이 미국으로 떠나겠다

---

227 덕성여고 교장이었던 박원영(朴元榮)을 말하는 것으로 추정된다. 박원영(朴元榮)은 박준섭(朴俊燮)과 송금선(宋今璇)의 차남. 5·16으로 송금선이 학교장에서 물러나고 지명관(池明觀)이 교장으로 취임하고, 1962년 박원영은 덕성 여자 중·고등학교 부교장으로 취임한다. 1970년 박준섭이 사망하자 송금선이 제4대 이사장, 장남 박원국은 덕성여자대학 학장, 둘째 박원영이 덕성여자고등학교 교장, 셋째 박원택이 덕성여자중학교 교장으로 각각 취임하게 된다.

는 것. 한국에, 교육에 희망을 걸 수 없다는 격이다. 전 교원을 들볶고 교육의 창의성은 말살되었다니까. 그에게 있어서는 미국 시민권도 문제인 모양. 이사장 선생이 이 학교 문제를 상의하라고 하시기 때문이라는 것이다. 정말 다사다난. 박은 난세를 만들고 있으니.

11시 5분

# 12월 25일 목요일

오늘이 크리스마스. 점심에 김 선생 가족을 초대해서 양식을 대접했는데 식사대가 2만 천 원. 비싼데 놀랐다. 저녁에는 릿쿄 야마다 교수의 식사 초대를 받았다. 내년 강의 부탁을 다시 받았다. 서울서 소식. 어려운 상황에서도 불굴의 정신을 유지하는 모양인데 CIA는 분열공작에 전력. 권오경[228] 목사와 조승혁[229] 목사가 석방되고 박 목사만 남아 있다고. 박 목사님이 감옥에 있는 수인囚人들 중에서 돌보는 사람이 없는 사람들을 위하여 바자를 열어 도와달라고 하였다는데 CIA는 이것까지 백방으로 방해하였다는 것이다. 인권주간 기념행사에서 서남동 목사가 신랄한 공격을 가했다고. 「겨울공화국」 시로 학교를 추출당한 양성우[230] 시인도 도와야 할 텐데. 우선 2만 원을 보내고 그에게 익명의 저항시를 써 보내달라고 하기로 하였다. 그러면 원고료도 나오고. 이런 운동을 전개하여야 하겠다. 더스트 부부夫婦가 왔다니까 그들에게 전달을 부탁하기로 하였다.

「통신」은 우리와는 관계없이 마음대로 하는 수밖에 없는 것이 아니냐고 하였다. 이북이 그 설득력 없는 자기네 전단이 아니라 우리 지하전단을 뿌리는 것이 효과가 있을 텐데. 야스에 형과 좀 상의해 보아야 하겠다. 우리의 가냘픈 연락으로는 민중을 움직일 수 없는 것이 아니겠는가. 해적방송도 필요한데. 우리가 할 수 없다면 어떤 다른 가능성을 찾아야 하지 않겠는가. 북을 이용한다는 것이 참 어려운 문제지만 말이다. 우리의 투쟁을 효과적으로 하는 길은?

---

228 권호경의 오기로 추정된다.

229 업무상횡령죄로 징역 8개월을 선고받은 수도권특수지역선교위원회 사무국장 조승혁(趙承赫) 목사와 간사 권호경(權皓景) 목사가 형기만료로 24일 오후에 출감했다.

230 양성우(梁性佑, 1943.11.1~). 전남 함평 출생. 1975년 민청학련 관련자 석방을 위한 구국기도회에서 "논과 밭이 얼어붙은 겨울 한때를 / 여보게 우리들은 우리들은 / 무엇으로 달래야 하는가……"라는 내용의 「겨울공화국」이라는 시를 낭독하고 교직에서 파면당했다.

『아사히신문』은 다나까 전 수상의 복귀와는 양심적으로 싸우고 있는 것이라고 생각된다. 최창화[231] 목사가 한국 사람 이름은 한국말로 불러달라는 소송도 잘 취급하고 있다. 거기에 대하여 싫으면 한국으로 가면 되지 않느냐는 등 협박조의 편지가 왔다는 데 대하여도 공박을 하고 있다. 그런 편지는 격려하는 편지와 반반이라고.

『주간 아사히』는 후지무라 신[232] 씨의 「파리 통신」이 가장 학생들 사이에 인기가 있는 것이라고 논평하고 있다. 이 익명의 통신은 마이니치문화상를 받음으로써 필자의 정체가 나타났다. 「통신」도 「파리 통신」과 마찬가지로 『세카이』를 젊게 한 것인데, 여기에도, 익명이라고 도외시하지 말고, 상을 줘야 할 것이라고 하였다. 민주주의를 위해 싸운 요시노 사쿠조 상[233]이 적당하지 않는가라고. 모리오카 선생의 연락으로 나도 보았다. 참 신쿄에는 이상한 한국 사람이 나타나서 영문 자료집을 열 권이나 사가지고 갔다고. 신쿄는 아연 긴장하였던 모양.

캐나다에서는 벌써 사무국장이라고 은행 거래를 위한 사인을 해 보내달라고

---

231  최창화(崔昌華, 1930.9.24~1995.2.8). 평안북도 선천 출생. 1954년 일본으로 건너가 고베 개혁파신학교를 졸업한 후 목사가 되었다. 기타큐슈(北九州) 고쿠라(小倉) 교회의 담임목사로 일하면서 재일한국인·조선인의 인권획득투쟁전국연합회를 조직하고 교포들의 인권을 위해 싸웠다. 1975년 3월, 일본 NHK를 상대로 자신의 이름을 일본식으로 읽은 것에 대한 사과와 1엔 손해배상을 요구하는 민사소송을 제기한 바 있다. 이른바 '인격권 소송'이라 불린다(『行動する預言者 崔昌華 ある在日韓国人牧師の生涯』(田中伸尚, 岩波書店, 2014).

232  후지무라 신(藤村信, 1924.2.5~2006.8.12). 일본의 저널리스트. 도쿄 고지마치(麴町) 출생. 도쿄대학 문학부를 졸업하고 주니치(中日)신문사에 입사하여 중동 특파원, 파리 특파원으로 활동. 1968년부터는 『세카이』에 「파리통신」이라는 고정 칼럼을 통해서 미국의 독주와 이라크에 대한 무력 개입, 일본 정부의 대미정책 비판을 내용으로 기고했다.

233  요시노 사쿠조상은 일본의 정치학자였던 요시노 사쿠조(吉野作造, 1878.1.29~1933.3.18)의 업적을 기리기 위해 중앙공론사가 1966년에 제정한 학술상이다. 요시노 사쿠조는 일본의 제국주의에 비판적이었던 민본주의 사상가이다. 그는 조선의 독립운동가와 중국의 민족주의자를 높게 평가하는 한편, 관동대지진 당시에 벌어진 조선인 학살사건을 비판하는 글을 발표하기도 했다.

왔다. 어째서 나에게는 의견도 묻지 않고 나 자신의 사정도 고려하지 않는가, 라고 하였다. 이렇게 하면 모든 것이 나타나서 나는 오도 가도 못하게 되는 것이 아닌가. 에큐메니컬[234] 필드에서 일하는 사람들은 지원 세력으로 머물고 캐나다에서는 리보류쇼너리revolutionary로 일하여야 할까. 그런 의미에서 나는 김 선생이 캐나다에 가야 한다고 생각하는데. 오 형에게는 설명했고 제네바 박 형에게도 그렇게 편지를 하였다. 그리고 지금 상태로서 내가 캐나다에 가는 것이 지금보다 더 일할 수 있는 길이라고 할 수 있겠는가고 문제를 제기하였다. 좀 더 솔직히 의견을 교환하여야 한다. 공산당은 경화증硬化症 또는 무사주의적無事主義的 사고에 도전하기 위하여 혁명과정에 자아비판이라는 것을 도입한 것이 아닐까.

26일 0시 50분

---

234 에큐메니컬(Ecumenical)이란 교파나 교단의 차이를 초월해 모든 기독교 신자들의 결속을 도모하는 세계 교회 일치운동을 말한다.

# 12월 26일 금요일

서울에 편지를 썼다. 서글픈 마음이 가시지 않는다. 연말인 탓일까. 캐나다에
서 온 『뉴 코리아 타임즈』에서 시노트 신부가 토론토에서 한 강연을 읽었다. 한
비정치적인 시골 성직자가 정치의식화 돼 가는 과정이 흥미 있게 감동적으로
그려져 있다. 이웃의 아픔에 견딜 수 없었기 때문이다. 인혁당 관계 사형자 유가
족들이 시노트 신부가 서울에서 추방될 때 부탁하였다고 한다. "우리는 괜찮으
니 세계에 이 억울한 죽음을 호소해 달라"고. 그때 "그러마"한 그 약속을 지금 이
행하고 있다는 것이었다.

오후에 야스에 형을 만났다. 그는 또 위통을 느낀다고. 몸조심해야 할 텐데.
『아사히』에서 『天聲人語천성인어』를 쓰던 젊은 논설위원이 세상을 떠났다. 어느 날
의 천성인어 일편으로 「통신」이 발 돋친 것처럼 나가게 한 분이다. 그의 서거를
아쉬워하였다. 「통신」에 대하여서는 야스에 형과 모리오카 선생에게 완전히 맡
기고 우리는 관여할 수 없고 관여하지 않는다고 하였다. 남한에 대한 북의 자세
그리고 선전의 방향에 대하여 이야기하였다. 뜻을 알 수 없는 '쟈건'[235]이 되어서
는 안 되는 것이고. 라스키는 밸런스가 문제라고 하였는데 그것도 그들과 우리
사이의 이해의 밸런스라고 하여야 할까. 고료를 50여만이나 받아 가지고 돌아
왔다.

밤에 토론토에서 전화가 왔다. 제네바 모임에 대해서 로스앤젤레스의 『새한
민보』가 참가자 명단까지 발표하였다고. 김 박사님이 솔직하게 이야기하신 모
양인데 그것을 오프 더 레코드로 틀어버리지 않고 발표해 버린 모양이다. 그것
이 무슨 의미를 가지는지 자유천지에서 사는 사람들은 모르는 모양이니. 이미

---

235  특정집단의 어법이나 용어를 의미하는 'jargon'을 말하는 듯하다.

벌어진 일이니 이제는 수습에 나서야 하겠다. 토론토에서 한국민주회복세계회의 제반 사무는 일단 중단해 주고 그것은 낭설이라고 해 달라고 이상철 목사님에게는 말씀드렸다. 내일 오, 김 양형과 함께 상의를 하여야 하겠다. 『새한민보』에 나왔던 임정설처럼 부실 또는 무한의 것으로 만들어야 하겠다. 그리고 시간을 봐서 재출발 시켜야 한다. 참 어렵다. 제네바 박 형도 야단인 모양.

27일 오전 2시

# 12월 28일 일요일

좀 차분하게 앉아서 책을 읽고 글을 써야 하겠다. 새해에는 나 자신을 좀 더 굳세게 하여야 하겠다. 외로움과 감상에 너무 자신을 맡기곤 하였다. 서울서는 어제 서울대 5월 데모 관련자 31인에게 최고 4년까지의 판결을 내린 모양. 유동식[236] 선생에게서 전화가 와서 점심을 함께하였다. 한국은 CIA 천지라고. 연대 학생처에는 7인이 상주하고 있고. 불교를 내세운다고 지난 5월에 불교도 1,200만이라고 발표했다고. 그렇다면 2년 동안에 400만이 는 셈이다. 불교 국가의 인상을 주기 위해서다. 실제 대학에서는 연대의 경우 기독교는 33퍼센트인데 불교는 6퍼센트다. 기독교 학교니까 다시 기독교가 우세할는지는 모른지만. CIA는 무엇이든지 한다. 그러나 아직 교회 목사는 내쫓지는 못한다는 데 그들의 고민이 있는지 모른다. 이 역사의 증언을 잘 간직하자고 다짐. 일제 말 변절자들의 행적에 관한 명확한 자료가 없어졌는데, 그런 일이 없도록. 유 교수 이야기가 한국 절에는 반드시 산신당山神堂이 있는데 일본 절에는 변천辯天 즉 법, 즉 수신水神의 제단이 있다고. 그리고 우리 산신은 너그러운 노인이 범을 데리고 있는데 변천은 뱀을 그려 넣었을 뿐 인격과는 관계가 없다고. 여기에도 기독교가 한국에서 성공한 이유의 일단을 찾을 수도 있지 않겠는가 하는 것이었다.

참 어제 오, 김, 양 형과 함께 상의를 하고는 제네바에 전화를 걸었다. 『새한민보』 기사는 부인하고 세계회의 이름으로의 활동은 당분간 중단하기로. 캐나다

---

236　유동식(柳東植, 1922.11.22~2022.10.18). 신학자. 황해도 남천 출생. 국내에서 토착화 신학의 논쟁을 일으킨 장본인. 일본 동부신학교와 감리교신학대학을 거쳐 미국 보스턴대학에서 수학한 후, 감리교신학대학과 연세대학교에 재직했다. 한국의 유·불·선과 현대의 기독교를 접목한 풍류신학이라는 새로운 영역을 개척했다. 1979년 12월부터 1980년 6월 말까지 유동식은 국제기독교대학(ICU)에서 한국 사상사를 강의했는데, 이때 그는 한국인의 얼(영성)을 규명하는 작업에 착수하였다.

를 강화하는 문제는 깊이 생각하여야 하겠다. 효인의 시험 날짜가 가까이 오니 서울 집에서는 야단이겠고. 아이들이 겨울방학에 쓰게 약간 특별한 돈을 좀 부쳐야 하겠다. 내 낭비를 줄이고. 외로움을 과장하지 말고 그곳에서 깊이를 더해 가야 할 것이고.

오늘 저녁에는 고바야시小林 양하고 식사를 함께하면서 이야기하였다. 한국에 가서 한국사를 공부하고 싶기도 한 모양인데, 마음의 결정을 못하고 갈팡질팡이었다. 그래서 일본 사람이란 명령이나 단체의 지시 없이 결단하려면 그렇게 우유부단하다고 나는 비꼬았다. 그런 의미에서 고바야시 양은 전형적인 일본인이라고. 이야기도 논리적인 진전이 없고 동일 장소를 맴돌고 있고. 내일은 낮에 크리스마스카드와 연하장에 대한 회답을 좀 정리하여야 하겠다. 이것도 큰일.

29일 오전 1시

# 12월 30일 화요일

오늘로 지금까지 온 대부분의 편지 크리스마스 카드에 대한 회답을 끝냈다. 캐나다 미국 독일서 온 것에 대해서는 앞으로 이곳 의견이 종합된 다음에 정리하려고 한다. 오, 김, 양 형이 가족과 더불어 좀 쉬러 갔으니까 말이다. 『신한민보』에 게재된 한국민주사회건설 세계협의회 기사를 장혜원 박사가 보내왔다. 이 단체는 기존 민주회복투쟁단체를 돕는 기구라고 하고 이 기구 명의로 소집된 이번 반독재투쟁신문인회의도 잘 진행된 모양이다. 신문인회의에서는 「자유 한국통신」을 창립하고 영자신문도 내기로 하였다고. 지극히 성공적인 모임이었고 기사 내용도 좋다. 다만 한국 여권 소지자들의 형편까지 생각하지 못했다는 흠이 있을 따름이다. 앞으로 이런 정도의 문제는 극복하면서 나아갈 수밖에 없다. 캐나다에서는 계속 활동을 하여야 하는 것이 아닐까. 내 문제에 관하여서도 여러 분들과 상의를 하여야 하겠다. 오늘은 나성羅城, 로스앤젤레스의 명 형[237]에게 소식을 보내면서 견해를 말해달라고 하였다. 정말 이민을 할 것인가. 그것이 가능한 것인가. 어떠한 사태가 와도 아이들을 백인 사회에 버려두고 싶지 않은데. 그리고 의학을 하는 문제가 있고. 어떤 의미에서든지 민족에게 봉사하여야 하는데.

31일 오전 1시

---

237 명재휘(明在暉)를 말하는 듯하다. 명재휘 선생은 1920년 평안남도 강동군에서 출생해 1967년 뉴욕 콜롬비아대학교에서 도서관학 석사를 취득하고, 1960~1964년 연세대학교 도서관학 조교수를 역임했으며, 1969년 다시 도미해 북미그룹 멤버들과 함께 한국민주화운동에 헌신했다.

# 12월 31일 수요일

31일이라고 썼지만 지금은 벌써 1시 20분, 1976년 1월 1일이 된 셈이다. 한참 NHK에서는 〈홍백가합전紅白歌合戰〉이 흘러나왔다. 나는 그러는 속에서 「한국 문화사」 집필의 펜을 움직였다. 제9장 천주교의 포교에서 동학운동으로라고 하고는 농민저항의 전개라는 대목을 썼다. 그리고 천주교의 포교와 수난을 막 쓰기 시작하였다. 이번 봄 방학까지는 모두 써버려야 한다고 다짐하고 있다. 1976년 초는 실천적으로 박 정권의 학정과 싸우면서 저술 속에서도 같은 싸움을 되풀이 한다는 심정이다. 이 책의 모티브에는 분명히 전락된 오늘의 한국정치를 보는 눈이 서려 있기 때문이다.

늙은 탓일까 금년에는 추위를 더 타는 것 같다. 그 전 나이로 하면 53, 정말 늙은이가 아닌가. 전기난로 하나로는 견디기 어려움을 느낀다. 지금은 모두 하쓰모데初詣[238]로 한창이겠지. 나는 금년에는 고요하게 방에서 글을 쓰면서 새해를 맞기로 하였다. 새해를 위하여 그런 자세를 다짐하는 뜻에서도 말이다.

릿쿄의 야마다 선생에게서 전화를 받고 또 금년에도 그 알지 못하는 박 선생이라는 분이 보내는 부치지[239]를 받았다. 감사. 레드 라벨의 위스키도 한 병 있었다. 민어 전은 맛있는 것이었다. 작년에는 연구에 보태 쓰라고 돈도 보내왔지만, 그것은 경제적으로 어렵지 않으니까, 라고 하면서 거절하였다.

야스에 형에게서 「통신」은 이와나미에서 번역 출판할 수 있을지 모른다는 연락이 왔다. 나는 그러면 좋겠다고 대답하였다. 어려운 문제다. 나는 박 정권하에서는 절대로 귀국할 수 없다. 그뿐만 아니라 「통신」 집필은 거의 일생 동안 밝힐 수 없다. 너무나 많은 사람이 거기에 나타나고 북과의 관계도 있고. 그것은

---

238 새해 신사나 사원에 가는 첫 참배를 말한다.
239 부침개를 의미하는 듯하다.

북까지 바라보는 나 자신의 민족적 고백이라고 하여야 한다. 이번에는 김정례 여사에게서까지 여러 분을 통하여 일 많이 하는 것을 알고 있다고 쓴 크리스마스카드를 받았다. 큰일이다. 회답은 간단하게 냈지만. 돌아와서 함께 일할 수 있는 날이 어서 오기를 바란다고까지 써 있지 않은가. 이제 피할 수 없는 것 같다. 성실하게 이 길을 가며서 어떤 운명이 오든지간에 증언을 계속하는 수밖에 없다. 오늘 『세카이』 2월호를 캐나다 김 목사님에게 부쳤다.

이번에는 송 형의 한국의 언론에 대한 보고, 임창영 박사의 미국에 대한 정책에 관한 글, 그리고 니시가와 준 교수의 김일성 회견기와 북한 경제에 관한 글 등 다채롭다. 김대중 씨의 대법원장에게 보낸 서신도 나와 있고 서울대생의 지하 「통신」도 나와 있다. 임창영 씨는 남한의 민주인사들의 입장은 별로 안중에 넣고 있지 않다. 이북도 조국이니까. 거기를 위하여 자기가 할 일을 찾는 것이 아닐까. 그러나 세력의 형성 없이 이북 찬양으로 진정한 의미에서 역할이 가능하다고 생각하신다면 그것은 지식인의 환상이라고 하여야 하지 않을까. 그는 그의 길을 가고. 그것으로써 언젠가는 전체적인 의미에서 할 역할이 있을지도 모를 것이 아닌가. 가는 사람을 막지 말고 역사의 변화 속에서 언젠가 역할이 있기를 바라는 것이 좋을 것이다. 그의 영문 원고와 함께 이것저것 코멘트를 써서 동지들에게 발송할 생각이다.

서울이 무척 그리운 날 밤. 참 야스에 형은 위에서 피가 나와서 쉬고 있다니, 과로 탓이겠지만 큰일이다. 그래 3일날 만나기로 한 것을 6일로 연기해 달라고. 나도 건강 또는 운명을 알 길이 없다. 친구들에게 죽으면 화장하지 말고 고국에 운반하여 매장해 달라고는 하여야지. 죽은 다음에는 그만인데. 역시 틀림없는 한국인인 모양이지. 새날이 밝아오면 새해에 기대를 걸어보자. 내 사랑이여 안녕.

1월 오전 2시

# 1976년

# 1976년 1월 6일 오전

거의 날마다 초대를 받아 나다니느라고 일기도 쓰지 못하였다. 오늘 저녁에는 야스에 형이 하마사쿠濱作 본점[1]에서 우리 셋을 초대한다. 그때 또 일기의 보관을 부탁하여야 하니 여기 종합적으로나마 그동안 일을 적어두어야 하겠다.

1일 저녁에는 지 영사 댁. 역시 미국에 이민 갈 노력을 계속하고 있으나 파란이 많은 모양.『조선일보』이도연 기자를 초청하였는데 안 오는 것은 자기가 중앙정보부 근무자이기 때문이 아닌가 하고 자격지심. 그런 마음 이해할 수 있는 것이지만. 이후락이는 붓글씨 공부와 낚시에 소일한다고. 나는 대통령은 붓글씨를 잘 써야 하니까, 먼 그런 꿈도 있는 것 아니겠는가고 하였다. 그 악랄한 지혜의 소유자가.

2일 날은 도미야마 다에코富山妙子 여사 댁을 모리오카 형과 함께 방문. 도미야마 씨는 김지하 시화집에 집중하고 있었다. 한국에 있어서의 여자 정치범 조사를 위하여 일본 여성과 유럽이나 미국 여성이 합하여 엠네스티 이름으로 한국에 가는 것이 좋겠다고 하였다. 그리고 6일에 있는 엠네스티 국제대회에는 조향록 목사를 참석하게 해 달라고.

3일 날에는 와세다의 호리堀[2] 군과 만났다. 젊음이라 고민이 많은 모양. 일본 사람이란 혼자서는 결단을 못 한다고 웃기도 하였지만. 일본에서도 학문으로 일어서기는 어려운 풍토라고 하여야 한다.

4일 날에는 오, 김, 양 형[3]과 더불어 상의. 나는 박 형, 김 형 그리고 내가 캐나

---

1   도쿄 긴자(銀座)에 있는 전통있는 고급 일본요리집으로 야스에는 지명관과 오재식 등을 가끔 초대해 대접했다.
2   호리 마키요(堀真清).
3   여기서는 오재식, 김용복, 양호민 교수를 말하는 듯하다.

다로 가서 진용을 강화하여야 한다고 강조. 오 선생은 대사관에서 불렀다고 하는데, 인혁당 관계 BBC 뉴스 영화를 WCC에서 돌렸다고 하여. 그 결과를 오늘 들어야 하겠다. CIA의 조사의 손길은 우리 둘레 매우 가까이 와 있다. 나도 어떤 각오를 가지는 셈 치고 며칠 전에 모리오카 선생에게는 이러다가 죽으면 화장하지 말고 시체를 그대로 한국으로 보내 달라고 하였다. 그리고 나도 역시 한국 사람이라 화장이 싫다고 웃었다. 어제는 김 형과 만나 이야기. 조직과 모금에 관하여 좋은 서제스천sugestion, 제안. 더스트 부부가 서울로 돌아가니까 연락 사항을 전하기로. 엠네스티에 관한 것, 양▨ 부인 등에게 지하 작품을 권하는 것, 김정례⁴ 여사와 접촉하는 것 등을 상의. 김정례 여사는 여러분을 통하여 일 많이 하고 있는 것 듣고 있다고 하고는 함께 일 할 수 있는 날을 고대한다고까지 하여 연하장을 보내왔다. 할 수 없이 회답을 썼지만 화제가 된다면 다소의 대담성은 불가피하지 않은가?

어제 장혜원 선생에게서 소식. 임창영 박사와의 사이가 나빠졌다고. 이북으로 경사傾斜해 가면서 다른 모임에 트집까지 잡는다니. 지난번 스토니 포인트Stony Point?에서 모인 한국 반독재 신문인들의 모임에 자기는 참가를 거부해 놓고 그것을 후원한 것은 정치 목적에 교회 돈을 쓴 것이 아니냐고 이승만 박사를 공박하고 있다니. 오늘 미국에도 소식을 보내야 하겠다. 임 박사는 이북도 조국이니 하는 생각일 것이고 그리고 거기와의 관계에서도 자기의 활동무대가 생겼으면 하는 생각에서일 것이다. 이북 찬양으로 자기를 팔면 안 될 텐데. 그분의 글을 『세카이』에 발표하게 한 것은 난데, 거기에는 『세카이』가 한국 문제에 관한 공동의 광장이어야지 우리의 것만이 돼서는 안 된다는 생각에서였고 그분의 입장을 밝혀서 그런 분으로 대하게 돼야 한다는 생각에서였다. 그분은 그분의 길을 나

---

4  전 여성유권자연맹 대표를 역임한 김정례는 여성운동 1세대 대표주자로서, 박정희시대에는 김대중, 이희호 부부 등 재야 민주세력과 함께 활동했다.

가면 되는데 남을 헐뜯는 것은 좋지 않다. 우리는 그러지 않아야 된다. 그야말로 만사가 형통하여서 유익하게 된다는 생각을 가져야 하지 않을까.

1월 6일 낮 12시 15분

# 1월 7일

어제는 오, 김, 양 형과 더불어 야스에 형의 초대에 참석하였다. 하마사쿠濱作 본점, 긴자의 갓뽀점割烹店, 일본요리집이다. 이와나미 초청이 아니면 가 볼 수 없는 곳이다. 좋은 음식 대접을 받았다. 그 자리에서 여러 가지 이야기가 나왔지만, 특히 나는 캐나다에 가지 말고 일본에 있어야 한다는 것을 야스에 형이 강조. 오 형은 과히 좋게 생각하지 않을는지도 모르지만. 그전에 어제 나는 거의 하루 종일 편지를 썼다. 임순만[5] 목사님에게 긴 소식을 보냈다. 캐나다를 강화하기 위하여서는 박상증 형, 김용복 형[6] 그리고 내가 가서 박 형은 주로 교회 관계, 김형은 주로 미국인 관계 나는 주로 재캐나다在? 한국인과 일본 관계를 맡아야 한다고 하였다. 그리고 매일 오피스에 모여 상의하고 일하고 적어도 한 사람은 하루 종일 지켜야 한다고. 각 지방에서는 조직, 모금선전 부서를 정하여 일하여야 한다고 하였다. 그리고 내 이민 문제는 가능하면 미국으로 가는 형식으로 해서 곧 캐나다로 갔으면 좋겠다고. 그래야 한국 정부의 의심을 덜 살 것 같아서 사본을 캐나다, 로스앤젤레스의 명明 형, 독일 장 목사님,[7] 제네바 박 형[8]에게도 보내 달라고 하였다. 그리고 캐나다, 독일, 제네바에 그런 소식이 갈 것이라고 간단히 알렸다.

---

5   임순만(1926~2006). 평안남도 강서군에서 태어나 1954년 도미했으며 1964년부터 1968년까지 뉴욕 한인 교회에서 담임목사를 하고 1971년부터 1997년까지 뉴저지주립대에서 사회학 교수로 봉직했다. 해외민주화운동동지회의 일원으로 이승만, 김인식, 함성국, 손명걸, 김상호, 구춘회와 함께 북미그룹에서 활동했다.

6   김용복 박사는 미국 프린스턴대학에서 신학 박사학위를 받은 후 1972년 한국으로 돌아가는 길에 가족과 함께 도쿄에서 잠시 머물며 일본에 대한 공부를 할 예정이었으나 당시 도쿄에서 아시아교회협의회 도시농촌선교회(CCA-URM) 간사로 있던 오재식을 방문했는데 오재식은 도쿄를 전략적인 거점으로 만들려고 하던 차 김용복박사를 만나게 되었고 이후 CCA의 자료센터 DAGA(Documentation for Action Groups in Asia)에서 패리스 하비, 구라타 마사히코와 함께 일하면서 한국에서 오는 자료들을 관리하고 문서를 만들어 세계로 전파하는 역할을 했다.

서울서는 어머니는 내 소식이 없다고 마음이 변한 모양이라고 한다고. 모든 것이 무거운 짐처럼만 생각된다. 이제 나도 60으로 향해 가는데. 여러 가지 생각에 잠을 잘 이룰 수가 없었다. 연령에서 오는 외로움일까. 그것보다 자신을 방임한 체, 정말 감상뿐, 참여의 고통 없이 살면서 입으로는 조국, 가난한 사람 운운하는 자신의 위선에 부끄러움을 금할 수 없다. 새해에는 자신을 좀 더 가다듬어야 한다는 생각. 이겨낼 수 있을까. 오늘은 그런 의미에서 정말 고요한 마음으로 강의를 준비하였다. 라스키를 읽으면서 일어나는 것은 자신의 천박한 사상에 대한 혐오증. 내일을 위한 사상을 이룩하여야 할 텐데.「한국 문화사」를 끝내고는 한국 사상사나 현대 사상사 그리고는 내일을 위한 민족 사상의 과제와 씨름을 하여야 하겠다. 사실 나는 이렇게 실천적 관심을 가진 채 연구에 몰두하고 싶은데. 언제나 그런 소원과는 달리 현실 속에 끌려 들어가고 만다.

1월 8일 0시 5분

---

7    장성환 목사를 말하는 듯하다. 재독민주사회건설협의회의 주요 멤버로 반유신, 반독재운동에 적극 참여했으며 해외에서 활동하던 민주화운동세력이 결성한 '한국민주화기독자동지회'의 중앙위원으로도 참여했다.
8    WCC의 박상증 목사를 말하는 것으로 보인다.

# 1월 8일 목요일

오늘은 방학 후 첫 강의. 1월 한 달만 수업을 하면 된다. 마음이 가라앉은 셈인가. 오늘은 불고기 저녁을 먹고 돌아와서는 곧 공부. 모래 강의 준비가 대략 끝난 셈. 니버의 *Man's Nature and His Communities*를 읽기 시작하니까 모래는 니버의 사상에 대하여 약간 설명을 하여야 하겠다. 코오헨 교수가 일본과학협회라는 야쿠자 출신이 회장을 하고 있는데 초청으로 와서 "동아시아에 대한 금후의 미국정책"이라는 제목으로 강연을 한다고. 야스에 형에게서 연락이 와서 모리오카 선생에게 나카지마 목사님이 좀 만나서 이야기하고 형편을 알아 보고 필요하면 오리엔테이션을 좀 드리는 것이 좋겠다고 연락하였다. 선우 교수에게서 좀 더 전진적인 자세를 취하여야 하지 않겠는가 하고 편지가 왔다. 단체만 조직할 것이 아니라 실질적인 내용을 가진 찬성이다. 그러나 어떻게가 문제인데 좀 더 길을 모색하여야 하겠다. 내일 회답을 드려야 하겠다. 감기가 심해서 좀 빨리 왔는데 콘택트600을 한 알 먹었더니 좀 차도가 있는 것 같다. 다시 몸 컨디션이 나빠지는 것일까.

9일 0시 40분

# 1월 9일 금요일

교회여성연합회에서 한국 문화사 강의. 오늘은 1920년대의 사회운동에 대해서 이야기하였다. 그 전에 김학현 씨를 만났는데 『씨알의 소리』 일본 지사라고 하면서 자기의 세계를 찾아보겠다는 것이었다.

오 선생은 여행 목적지 추가도 대사관에서 무사히 끝냈다고. 밖에 있는 이상 어떻게 할 수 없다는 것이 아닐까. 농촌 전도 신학교에서 할 아시아교회사 강의를 준비하였다. 스테판 니일Stephen Neill의 『식민주의와 기독교 선교Colonialism and Christian Missions』McGraw-Hill, 1966를 텍스트로 하여 인도교회사부터 이야기하려고 한다. 전에 읽은 것이지만 지금 보니 또 새로운 감. 기억력이 정말 감퇴된 것일까. 계속 몸은 그다지 좋지 않다. 서울서는 소식이 없고. 가는 데로 가겠지.

밤 11시 45분

# 1월 11일 일요일

토요일에는 사와澤 목사를 만났는데 평범한 이야기. 한국에서의 고난에는 깊은 공감을 가지고 있었다. 모리오카 선생과 저녁을 나누면서 깊은 이야기를 하였다. 요즘 문제나 내 미래에 관하여서도.

오늘은 농촌 전도 신학교에서 할 아시아교회사 준비를 하였다. 인도교회사를 먼저 하려고 생각한다. 스테판 니일의 책을 텍스트로 하여서. 그리고는 도쿄여대 비교문화연구소에서 써 달라는 간단한 에세이를 썼다. 한국 교회사에 관하여라고 하여 내 한국 교회사관이라고 할까 하는 것을 썼다. 오늘은 퍽 외로움을 느낀다. 효인의 시험이 박두했는데. 서울에서는 소식이 없고, 크리스마스 카드도 이번에는. 무슨 방황, 심한 그리움과 외로움. 효인의 시험은 이제는 모래인데. 서울서는 얼마나 초조해 할까. 미안한 것뿐. 서울 거리가 그립고. 8일에는 저우언라이周恩来[9] 서거. 조국을 위해 산 일생. 마오쩌둥모택동[10]과의 관계에서는 은인자중했겠지. 나는 "어떻게"하는 생각을 하면서 신문을 거의 샅샅이 읽었다.

12일 0시 5분

---

9  주은래(周恩来, 1898.3.5~1976.1.8). 중국 장쑤 화이안 출신으로 중국공산당 창시자 중
   한 명. 중화인민공화국의 초대 국무원 총리와 외교부장을 지냈으며, 1954년 9월 27일부
   터는 마오쩌둥으로부터 중국공산당 인민정치협상회의의 주석직을 넘겨받아 1976년 1월
   8일 사망할 때까지 재임했다.

10 모택동(毛澤東, 1893.12.26~1976.9.9). 중국 후난성 샤오산 출신으로 1949년 중화인
   민공화국을 설립하고 초대 중국공산당 중앙위원회 주석을 지냈다. 마오쩌둥에 대해 정
   우언라이 취한 '은인자중(隱忍自重)'을 두고 'T·K생'으로 사는 지명관 갈등이 엿보인
   다. 『일기』 중 "나는 '어떻게' 하는 생각을 하면서 신문을 거의 샅샅이 읽었다"는 대목이
   바로 그렇다.

# 1월 12일 월요일

오전에는 야스에 형을 만났다. 「통신」 번역 출판은 이제 결정되었다. 북에 관한 문제를 이야기하였다. 북보다는 박이 낫다는 것. 이런 논현論現을 초극하지 않아서는 안 된다고 발상의 전환에 대하여 이야기하였다. 코오헨 교수가 왔다고 하는데 역시 그런 논리인 모양. 5월호를 위하여 사카모토 선생과 더불어 좌담을 하면 어떠냐 하는 이야기까지 발전되었다. 좀 많은 생각을 하여야 하겠다.

모리오카 선생과 점심을 나누면서 앞으로의 문제를 상의. 나는 국내 전략에서 가능한 새로운 길, 특히 소련 지식인들이 하는 길을 따라야 한다고 강조하였다. 이름있는 사람들은 이름을 내어놓고 위험한 사람들은 익명으로 밖을 향하여 외쳐야 한다.

릿쿄대학 금년 마지막 강의를 위하여 1960년대 문화와 사상 그리고 1970년대에 대하여 조금 이야기할 것을 준비하였다. 『아시아 리뷰』에 난 것을 야스에 형이 주었기 때문이다. 한마디로 말해서 박 주위에 이용희李用熙[11] 등 우수한 관청 정치학자 집단이 있어서 잘하고 있다는 것이다. 그리고 가난한 사람들을 선동하면 곤란하니까 투옥했다는 것이다. 지금 투옥된 사람들이란 경제적 이유에서인가. 박 정권에 대한 도전 때문이 아닌가. 전체의 뉴스가 어려운 경제 사정에서 오는 하는 수 없는 인권탄압이라는 것이다. 심히 비판적인 글을 야스에 형에게 보냈다. 절대권력과 그야말로 절대 무력의 민중 사이에서 어디에다 찬사를 보내는 것인가. 그리고 간신히 인권이 보장돼야 할 텐데 하고 한마디를 썼을 뿐이다.

---

11  이용희(李用熙, 1917.3.23~1997.12.4). 서울에서 독립운동가 이갑성의 차남으로 태어나 1940년 연희전문학교 문과를 졸업하고 광복 이후, 1949년 서울대 정치학과 조교수가 되었고, 1962년 동 대학에서 법학박사학위를 받았다. 박정희는 1975년 5월 29일 자로 이용희 서울대 교수를 정치담당 특별보좌관으로 임명했고, 1976년부터 1979년까지는 국토통일원 장관을 역임했다.

그리고 박 주위에는 훌륭한 브레인이 있어서 훌륭하게 하려고 한다고. 세키[12] 교수는 무엇을 말하고 싶은 것인가. 비양심적인 태도라고 비난하지 않을 수 없었다. 그런 처참한 상황에서는 루이제 린저Luise Rinser처럼 권력을 쥔 자들의 이야기는 듣지 않을 테야 라고 하여야 한다. 거기에도 태양이 있다고 하는 식의 어리석은 기행문이 요즘 너무나 많다.

밤 1시 50분

---

12   세키 히로하루(関寛治, 1927.3.31~1997.12.15). 평화학, 국제정치학자. 도쿄대학 법학부를 졸업했으며 도쿄대학 및 리쓰메이칸(立命館)대학 교수를 역임. 1948년 일본평화학회를 설립해 초대 회장 역임. 미소 패권주의를 비판. 한국 문제에 깊은 관심을 가지고 이와나미와『세카이』를 통해 다수의 글과 서적을 출판했다. 저서에는『現代東アジア国際環境の誕生(현대동아시아 국제환경의 탄생)』,『朝鮮半島と国際関係(한반도와 국제관계)』등 다수 있다.

# 1월 14일 수요일

어제는 김학현 선생과 만나 『씨알의 소리』 도쿄지사를 길 선생이 맡는 것을 도와드리기로 하였다. 그래서 오늘은 김성식 선생님에게 그 알선을 부탁드렸다. 어제 릿쿄대학의 2년간에 걸친 한국 문화사 강의를 끝냈다. 고난 속에서 추방당한 사람들이 무엇을 거두어 드리는가에 따라서 한국의 미래가 있다는 말로 끝을 맺었다. 1964년에 「5·16은 4·19의 계승이 아니다」라는 글을 썼을 때 토인비의 말을 인용하면서 내린 결론을 반복한 것이다.

오늘은 저녁에 강위조 박사를 만났다. 한국을 방문하고 미국으로 돌아가는 길이라고. 미국 기독학자회의가 4월에 모인다고 하여 이번에는 단체를 깨지 않게 너무 정치적인 방향으로 나가지 않는 것이 좋을 것이라고 하였다. 그리고 한국에서 추방당한 학생들의 원조 문제를 좀 생각해 달라고 하였다. 한국에서는 김동길 씨, 강문규 씨 같은 분이 밖에서 너무 레디컬라이즈 되어 자기들에게 피해가 온다고 하였다고. 『세카이』에 나온 임창영 씨의 글도 문제 삼고. 밖에 사람들은 제멋대로 그런다고 하면 되지 않을까. 무슨 같은 단체를 하는 것도 아닌데. 밖의 사람들 발언을 우리가 모두 통제할 수도 없는 것이고. 국내에서는 피해의식에 언제나 사로잡혀 있어서 그러겠지. 이런 이야기 저런 이야기를 임 목사님에게 써 보냈다. 그리고 동지들에게 회람을 해 달라고 하였다. 오래 끄니 모두 말이 많아지는 것 같다. 혁명에의 참여보다 자기보존에 기울어지고. 내게도 그런 것이 싹트고 있겠지. 내일은 성인成人의 날이라 휴일. 나카지마 목사님 댁에 초대를 받고 있다.

15일 오전 1시 15분

# 1월 15일 목요일

오늘은 휴일, '성인의 날'이라 일본 옷들을 입고 여인의 세계. 낮에는 토요일 강의를 준비하였다. 밤에는 나카지마 목사님 댁. 긴급회의와의 협조 관계로 이야기를 하려는 것이었던 모양이지만 그냥 돌아왔다. 그리고 우리 셋이 상의. 무엇보다도 미국 원조에 대한 미 국회 토의에 대하여 대책을 상의하였다. 이 기회야말로 학생들을 석방하지 않고는 못 견디게 하여야 할 기회. 또는 원조 거부나 삭감을 하게 하거나. 국내 보고를 작성하는 등 대책에 대하여 김 선생[13]에게 좀 더 연구해 달라고 하였다. 이태영 박사를 중심으로 한 변호사들의 비밀 보고서를 작성하도록 하여야 하겠다. 아이들을 민주주의라고 한마디 하였다고 10년 감옥으로 이 엄동설한에 보내 놓고 있는 어머니 심정이 되어야 한다. 추운 날 눈물로 지새울 것이 아닌가.

16일 0시 55분

---

13    DAGA의 김용복 박사를 말하는 것으로 보임.

# 1월 16일 금요일

농촌전도신학교에서 아시아교회사로 오늘은 인도교회사에 대하여 생각해 보았다. 그 후에 구라바시倉橋 양의 결혼식에 참석. 형식이 많아서.

저녁에 교토 가토加藤 형에게서 만 엔, 장준하 선생 댁에 보내 달라는 소식을 받았다. 「통신」에서 보고 도우려고 생각하는 것이라고. 박 형[14] 편지는 박 형은 WCC 임기연장을 생각하는 듯한 것. 김 선생은 미국 친구들과는 딴 이야기를 하는 모양이라고. 젊은 사람이니 개인의 앞날을 더 생각하겠지. 어제 집에서 온 소식은 효인이는 연대 화학과를 봤다고. 24일이 발표라는데 될까. 나도 여기에 서나마 마음을 가다듬고 있다. 퍽 피곤하다. 오늘은 좀 빨리 누워야 하겠다.

밤 11시

---

14   WCC의 박상증 목사를 말하는 것으로 보임.

# 1월 21일 수요일 오전

드디어 「통신」을 끝냈다. 이번에는 이헌구李軒求[15] 선생이 『동아일보』에 쓰신 에세이를 생각하면서 제목을 '녹춘부綠春賦'라고 하였다. 오늘 야스에 형에게 전한다.

독일 대사관에서 망명한 분의 수기도 보내왔으나, 내용이 좋은 것 같지 않아 『세카이』에 넘기지 않기로 하였다. 김규칠 씨와 만났고, 곧 시모노세키로 간다고 하여 이 이야기 저 이야기. 훌륭한 젊은이다. 뜻은 우리와 같고. 어제는 신일철申一徹[16] 교수와 함께 식사. 정작 한국에 돌아가니 답답하더라고. 별로 특별한 소식은 없고. 송건호 형에게는 탐구당에서 일거리를 좀 얻어준 모양이다.

오늘 야스에 형과 만나 일본에서 작가들이 미국 작가들에게 일본 엠네스티가 미국 엠네스티에 미국 국회에서 대한원조 토의를 하는 데 압력을 가해달라고 요청하도록 부탁하여야 하겠다. 무엇보다도 이 기회에 옥중에 있는 분들의 석방을 강력히 추진하여야 한다. 이것이 국내에서 나온 소리라고 하여야 한다.

아침 12시

---

15  이헌구(李軒求, 1905~1983). 서구문학을 국내에 소개하는 데 앞장선 문학평론가. 1925
    년에 보성고등보통학교를 졸업한 후 일본 와세다대학 문과에 입학해서 1931년에 문학부
    불문학과를 졸업했다. 대학 재학 시절에 해외문학연구회를 조직해서 서구문학을 한국에
    소개했으며, 귀국 후에 본격적으로 비평가로서 활동을 시작했다. 1936년에 『조선일보』
    학예부 기자로 활동했다.
16  신일철(申一徹, 1931~2006)을 말하는 것 같다. 철학자 신일철은 고려대학교에서 철학
    박사학위를 취득했으며 1975년 경향신문의 '대학가 명강의' 소개 기사에서 철학 분야에
    연세대 정석해 교수와 함께 이름을 올렸다. 1960년 4·19 때 '교수단 시위'를 주도했으며
    5·16쿠데타 이후 대학 교수직을 그만두게 되었다. 『사상계』 편집국 국장을 역임하고 『한
    국사상』이란 잡지를 주도적으로 이끌어 나가기도 했다.

# 1월 21일 수요일二回[17]

　아침에는 「통신」의 추고를 하고 오후에 야스에 형을 방문하여 원고를 전하였다. 오 선생 사무실에 들러서 오 선생 부재중에 온 서류에 대한 처리를 하였다. 무엇보다도 장성환 목사님이 한국에 독일 교회 대표와 함께 귀국하였다가 독일에 돌아가고 싶다는 생각에 대한 내 코멘트를 보냈다. 주독 한국대사관에서 독일 교회가 공식으로 보장을 얻도록 할 것. 주한 독일 대사관을 통하여서도 가능하면 보장을 얻을 것. 일행과 공동행동을 취하고 절대로 단독행동을 하지 말 것. 이런 내용의 소식을 박 형에게 보냈다.

　임순만 목사님에게서 소식. 요전 내가 보낸 전략의 전환, 나와 박 형, 김 형이 캐나다로 가는 안에는 동의하신다. 앞으로 예의 검토하고 노력해 보신다고. 『뉴욕 타임즈』 브리핑이 왔는데 김지하 씨의 양심선언이 크게 취급돼 있었다. 오늘 석간에 드디어 포드 대통령이 1977년도부터는 한국에 대한 무상 군원軍援, 군사원조을 중지한다고 언명하였다고. 오늘의 한국 상황에 대한 의회의 비난에 굴복한 것이라고 한다. 이제 박 정권에 대한 총공격을 가하여야 한다. 석유 랏슈[18]로 떠들고 있는데. 오늘 친구들에게 지금 진행 중에 있는 군원에 관한 미국 의회 토의 기간 중에 무엇보다도 한국에서 투옥돼 있는 분들의 석방을 위한 압력을 최대한 가해 달라고 하였다. 젊은이들을 옥중에 보내 놓고 있는 어머니들의 심정을 생각하지 않을 수 없다. 이번 기회를 놓치면 1년 더 그들은 옥중에 있게 된다. 야스에 형에게도 모리오카 선생에게도 교회는 미국 교회에 카톨릭도, 일본 작가

---

17　1976년 1월 21일 항목이 2개 있으며, 두 번째에 '二回'라는 메모가 있는 걸로 보아, 당일 2회 일기를 쓴 걸로 보인다.

18　영어 'rush'의 일본어 'ラッシュ' 음을 그대로 한글로 적은 것으로 보인다. 뜻은 '돌진, 광분, 일시적으로 폭발하는 경기(景氣)'이다.

는 미국 작가에게 엠네스티도 미국 엠네스티에 의회에 압력을 가하도록 요청해 달라고 부탁하였다. 시노트 신부가 오셨다니 그분과도 이 문제에 대하여 일본 교회가 상의해 줄 줄 믿는다. 불굴의 투쟁을 전개하여야 한다. 야스에 형은 세키 교수의 방한기에 대한 내 의견을 옳게 생각하고 사카모토 교수에게 전하셨다고. 감사한 일이다. 「통신」에서 나는 접대객의 연기를 보고 한국의 실정을 논하지 말라고 하였다. 프랑코[19]의 독재체제를 거기 있는 봉사자들이 영리하다고 지지하겠는가, 라고 하였다. 대사관에서는 일본 기자들을 코리아 하우스에 초대해서 대접하고는 일금 백만 원씩을 나누어 주었다고. 악을 저지르고 그것을 은폐하려는 이 추잡한 공작. 국내에서 하던 버릇을 국외에서도 하고 있다. 이것이 막다른 골목에 와야 하는데. 오늘 저녁에는 서울과 가족이 몹시 그립다. 어머니에게서도 정숙에게서도 언제야 함께 모여서 사느냐고 편지가 왔기 때문일까. 나는 요즘은 가족 중심이 아니라 일 중심이니 하는 수 없지 않느냐고 회답을 썼지만.

22일 오전 1시 20분

---

19  프란시스코 프랑코(Francisco Franco, 1892~1975). 스페인의 군인 출신 정치인으로 스페인의 총통을 지냈다. 1933년 창당된 국민주의, 전체주의 정당에서 1937년 스스로 당수가 되어 이후 1975년까지 38년간 독재자로 군림했다.

# 1월 22일 목요일

학교에서 강의, 효인의 시험 결과에 대해서는 아직 연락이 없다. 24일 발표라니까. 저녁에는 고난 많은 중국교회사를 내일을 위하여 준비하였다. 왜 그런지 눈물이 나오도록 허전한 때가 많다. 공산 치하의 중국 교회에 대한 니일의 긴 설명에는 별로 찬동하지 않는다. 모든 정치체제 속에서 교회란 역시 지하, 지상, 자유의 세 단계를 가는 것이라고 생각. 지금 우리가 자유로운 데 있으니까 그 표준으로 바라보기 쉽지만 그 모두가 같은 영원한 교회의 단편일 수밖에 없는 것이 아닌가.

23일 0시 40분

# 1월 23일 금요일

농촌전도신학교에서 중국교회사를 강의하고는 곧 도쿄여대에 가서 한일교회교류사 연구위원회에 참석하였다. 호리 선생이 일독日獨교회교류사에 관한 보고를 하였는데 매우 흥미 있었다. 처음 선교사는 트뢰르치[20]나 하르낙[21] 등 종교사학에서 왔다고 비기독교 세계에 있는 진리계기真理契機를 포착하여서 기독교와 기독교 문화를 전한다는 자유주의였다고 한다. 그리하여 천황제 옹호, 나치스 옹호의 이론까지 나타났다고. 19세기 말 서구 선교 전체의 정치성에서 온 것이라고 하여야 할 것 같다. 한국에 온 선교사도 한미의 정치적인 관계가 비교적 이해관계가 적은 것이고 미국 자체가 반일이라는 데서 한국 민중에 동정적인데 불과한 것이 아닐까. 그렇다면 일본종합교회 전도도 19세기 말의 세계적인 경향의 반영이라고 할 수도 있다. 일본의 한국선교가 행해졌다면 일본 국내교회가 간 것처럼 어느 교회가 해도 구민주의救民主義 산하의 선교 이상이 되지 못하지 않았을까. 중국교회사에 있어서의 선교사를 생각할 때 그렇게밖에 생각할 수 없는 것 같다.

아침에 효인이가 연대 화학과에 들어갔다는 전화. 정숙은 27일에 온다고. 이번에는 무척 기다려지는 것이 늙은 탓일까.

야스에 형이 준 외무성 아시아국장 담은 아주 재미있다. 한국측이 문제를 안 일으켜 줘서 일본 야당이나 여론이 좋아야 원조를 할 수 있지 않겠느냐고 하는 이야기다. 일본 내의 CIA활동은 참 곤란하다고. 그러나 CIA는 외무부 이상의

---

20   에른스트 트뢸치나 트뢸취(Ernst Troeltsch, 1865~1923). 독일의 자유주의 신학자, 철학자, 사회학자.
21   아돌프 폰 하르낙(Adolf von Harnack, 1851~1930). 러시아 도르파트 출생. 개신교 자유주의 신학의 대표자

존재라 아무리 항의해도 효과가 없었다고. 일본 정부가 CIA에 직접 항의할 수도 없고. 이런 이면이 있어서 대사관이 좀 자숙하면서 문제를 더 안 일으키려는 것인지도 모른다. 그 덕에 우리도 살아나고. 야스에 형에게서 보내온 다른 자료도 있고 더욱이 FALK[22] 교수가 『뉴욕 타임즈』에 보낸 글도 와 있는데, 오늘은 강의 준비 때문에 읽지 못한다. 아직 『뉴욕 타임즈』에 나오지는 않았다지만. 대한 유상 군원을 미국이 끊은 것은 포드가 선거전을 앞두고 의회를 향하여 선수를 친 것이라 생각된다. 우리 국내정치의 동향도 재미있다고 하여야 하지 않을까. 석유로 떠들어 대면서 돈을 얻으려고 하는 모양이지만. 한국 경제위기에 대한 미국서의 조사 발표도 선거전을 앞두고 포드를 공격하는 자료인 모양이다. 미국 은행에서 큰 관심을 가진다고 하니. 박은 사면초가가 이제 돼 가는 것이 아닐까. 12월 17일 자 『뉴욕 타임즈』에 김지하 씨 양심선언이 크게 보도된 것도 의회에서의 한국 군원 토의와 결코 무관하지 않다고 생각된다. 한국에서의 인권탄압에 대한 응과應果를 이제 박이 거두어 드리게 돼 가는 것이 아닐까.

24일 0시 45분

---

22  Richard A. Falk로 추정된다.

# 1월 24일 토요일

오늘 강의가 끝나고 구라쓰카 교수를 만나서 『동아』 기자의 「동료들이 겪는 시련의 오늘」이라는 글을 받았다. 한약방에 근무하면서 한약 약재를 자르다가 손가락 하나를 잃은 동지도 있다고. 눈물겨운 이야기들. 『뉴욕 타임즈』 12월 17일 자에 나온 김지하 씨의 양심선언도 전해 드리고. 저녁에는 내일 고마자와駒沢 교회에서의 설교 준비. 박 형에게서 영문 자료집 배포처를 알려왔다. 오늘은 좀 일찍 자야하겠다.

11시

# 1월 25일 일요일

아침에는 고마자와 교회에서 설교. 사타케<sup>佐竹</sup> 선생의 소개였는데 좋은 모임이었다. 저녁에는 돈 양과 만나서 이런저런 이야기. 한국의 사회적인 기초는 가족 그리고 그 연장으로서의 기본적인 인간관계라고. 오늘의 정치적인 억압이 그 사회를 유지시키고 있는 것이 아니다. 붕괴할 수밖에 없는 그 사회를 지탱하고 있는 것이 가족을 중심으로 한 인간관계이다. 그러니까 박 후에도 정치 때문에 그 사회가 무너지지는 않을 것이다. 이런 이야기를 함께 나누었다. 옛날에도 전란 속에서도 그랬던 것이 아닌가. 정부에 기대하는 것은 없다. 수탈할 때 우리는 분노할 뿐이다. 민족의 사상을 찾아야 하겠는데. 서울에서는 소식이 없고 퍽 외롭다. 슬퍼진다. 몸은 계속 좋지 못하다. 그러려니 저녁 때부터는 편두통의 시작이다.

26일 오전 1시 45분

# 1월 28일 수요일

어제 정숙 도착. 월요일 모리오카 선생이 말씀한 대로 오 형 부인과 만나 경원 양의 입학에 대하여 이야기하였다. 게이센惠泉女学園에 지원시키기로. 교포 학생들의 특별 입학을 허락했는데 지금까지 과히 성적이 좋지 않은 것 같으니, 이번에는 모범을 보여주었으면 하는 생각이라고.

오늘은 강의 준비. 박원영 교장이 와서 이야기. 미국으로 가버릴 생각이라고. 모든 기관을 저하시키고는 지배하자는 생각이라고 하는 것이었다. 부정부패 일소를 내걸고는 약점을 찾아서 지배를 강화하는 것. 저녁에 안심하고 잠을 잘 수 없는 형편이라고. 국가 전체를 화유하고 있는 것이니. 폭력배 집단이니까.

# 1월 29일 목요일

도쿄여대에서 「특特프로」와 「철학개론」은 마지막 강의. 구라쓰카 교수와 만났다. 긴급회의에서 나오는 「한국통신」에서는 지금까지 한국민주화 투쟁을 돕기 위하여 800만 원을 보냈다고 발표하였다고. 이것이 국내 동지들에게 화를 미치지 않겠느냐는 걱정이었다. 당연한 걱정이다. 경솔한 일이라고 생각할 수밖에 없다. 그다지 염려하시지 말라고는 하였지만.

한민통에서는 아오치青地 씨와 구라쓰카 교수를 불러놓고 분단된 조국을 만들려는 박의 책동을 분쇄하자고 하였다고. 북의 전략에 말려들지 말려고 두 분은 매우 신중하였다고. 그러니까 좀 주춤하더라고. 한민통에 북의 지령과 금전이 들어오는 것은 사실인 모양.

구라쓰카 선생은 이런 상태니까 발을 빼는 것이 어떻겠느냐, 북이 이용하려고 하니 남의 민주운동자들에게는 불리하지 않겠는가고. 박이 그렇게 몰고 김이 그렇게 이용하고 하는 운명은 피할 길이 없으니 그럼에도 불구하고 바른 일을 하여야 하지 않겠는가고 하였다. 인간의 원죄적인 것이 양심적으로 싸우는 우리들 사이에도 나타나는 것이니 하는 수 없는 것이 아니겠는가. 밖에서 너무 나가서 국내 사람들에게 고난이 온다고 강 형도 항의인 걸 어떻게 할 것인가. 오늘 구라쓰카 교수가 가져온 『동아일보』 문화부장이 쓴 「동아언론투쟁 다큐멘트」는 놀라운 것이었다. 경위와 모든 자료가 총망라돼 있었다. 송건호 형의 추천사도 붙어 있었고. 지금은 광고 제2부장으로 몰려가 있다고. 안에서도 살아 있는 것이겠지. 앞으로 한국에서 그 자유의 날에 발행하면 베스트셀러가 될 것이 아닌가. 나는 관계자들의 안전을 위해서도 초역판抄譯版을 내는 것이 어떤가고 하였다. 한양사에서 『원문 김지하 전집』도 나와 있으니. 이것도 우선 일본말로 추진해 봐야 하겠다.

30일 0시 40분

# 2월 3일 화요일

오 선생 댁 경원 양을 게이센여고에 추천, 신쿄의 아키야마 사장님 사모님이 힘쓰고 계신다. 타마가와玉川학원은 학비가 입학과 동시에 70만 원이라고 하니. 어제는 고마서림 박 사장과 만나 저녁식사. 고마도서高麗圖書라는 도서 광고 잡지를 내고 싶다고. 31일로 도쿄여대도 끝나고 오늘은 릿쿄 교원을 끝냈다. 김학현 선생과 만나서 이야기. 미국에 있는 여러 비판적인 우리나라 말 주간지의 일본 지사를 하면서 보급과 광고 업무에 종사하면 어떠냐고 하였다. 의향이 있는 듯하였다. 금후 여러 가지 타협을 하여야 할 것이겠지만.

오늘 또 캐나다에서 소식. 운영비 700달러 적자에 사무실 유지 등으로 매달 1,000달러가 필요한데 지금 이상철 목사님이 2,000달러 대여하고 있는 형편이라고. 용두사미의 격. 모두 자기 개인 형편을 앞세우는 탓일까. 우선 긴급회의에는 영문 자료집 100원이라도 부쳐달라고 하였지만. 운동을 자기 것으로 소유해서는 안 될 텐데. 이 밤에는 좀 긴 편지를 준비하여야 하겠다.

어제는 「통신」 영문 원고를 야스에 형에게서 받아왔다. 김 형에게도 1부 전하고. 우리 입장에서 보고 필요하면 수정을 가하기 위해서다. 조금 검토했는데 상당한 미스가 있는 듯하다. 야스에 형의 노력으로 일본사회당 방한팀은 주춤하고 있는 모양. 일본 정부가 야당을 좀 무마해 줘야 한다는 이면공작 때문에, 일본사회당이 한국 정부 초청에 응하려고 하였으나 후퇴하는 모양. 캐나다 문제에서도 드러난 것처럼 우리 전술은 상당히 쇠퇴하였다고 봐야 하겠는데. 국내에서는 인권옹호를 위한 예배를 시작하면서 다시 움직이는 것 같은데. 얼마 전에 일본을 방문한 시노트 신부는 프레이저 의장이 미국 내에 있어서의 한국 CIA의 활동을 그의 위원회를 통하여 발표하게 될 것이라고 하였다고. 그리고 미국 의회에서는 잉여 곡물 공급과 차관에도 인권 조항을 적용시키기로 결정하였다고. 일요일에 김 선생과 만나 이야기하였는데, 미국 신학교 학생들이 제3세계 문제를 위하여 필드 워크를 할 때 한국 문제를 포함시키자고. 그리고 앞으로 캐나다 일이 되면 거기서 요원을 훈련하는 일도 하여야 한다고. 모두 좋은 뜻. 방울을 다는 실천을 하여야 할 텐데.

3일 0시 10분

# 2월 4일 수요일[23]

오늘 하루종일 「통신」 영문판을 대조하였다. 어제는 밤 두 시가 되도록 제네바, 캐나다, 뉴욕에 편지를 썼고. 건강은 그리 좋지 않다. 서울서 소식이 없고. 허전한 마음은 여전하고. 정숙이는 여전하지만. 어제 릿쿄 교원을 끝냈으니까 앞으로 도쿄여대 것만 끝내고 이 「통신」 대조만 끝내면 「한국 문화사」에 집중할 생각이다. 정말 국내에 거대한 조직 운동이 생겨야 할 텐데. 운동과 조직과 사상을 함께 가져야 하는데, 레닌도 없고 그런 엘리트와 대중도 없다는 것일까. 자기 자신의 생활을 우선으로 하고 그 안전뿐만 아니라, 그 확장까지 추구하면서 전개한다는 혁명운동. 어떻게 할 것인가. 나 자신에서부터 그런 것이 아닌가. 희생 없이 성공만 거두겠다는 생각. 정말 뻔뻔스러운 생각이 아닌가.

저녁에 이인하 목사님과 전화로 이야기. 부친께서 위급하니까 귀국하여야 하겠는데, 귀국에 대한 경고가 있고 염려가 있다고. 취조를 당하는 것은 당연한 코스가 되어 있고. 우선 사모님을 보내고 좀 관망하자고 하였다. 이곳 정보부는 성묘단으로 간 재일 교포들에게 강연을 해주고 정부의 지시를 받아야 한다고 한다는데. 오 목사님이 중재를 우선하면서 관망해 보자고 하였는데. 나도 어머니가 위독하시면 그런 망설임을 경험할지 모르지만…… 죽은 자는 죽은 자로 하여금 장사 지내게 하라는 예수님의 말씀은 그 시대를 크리티컬하게 보신 때문일 것이다. 혁명이란 우선 가족을 버리는 데서부터 시작하는 것일 테니까. 이런 생각을 이어본다. 「통신」 영문번역 대조란 단조로운 일이라 지루하기 짝이 없다.

0시 7분

---

[23]    원본에서는 2월 4·6·8일이 모두 '1월'로 표기되어 있다. '2월'로 바로잡는다.

# 2월 6일 금요일

어제는 눈. 저녁에는 비. 영문 「통신」에 손을 댔다. 오늘은 농촌전도 강의 후 부인회연합에서 강의. 경원 양을 아키야마<sup>秋山</sup> 부인과 만나게 하고 게이센에 부탁하였다. 그리고는 아사쿠사<sup>浅草</sup> 국제극장에 〈심청전〉을 보러갔다. 홍상규 씨가 보낸 표로 정숙이와 함께 갔다. 잘 아는 스토리인데도 눈물지었다.

부인회연합으로 해위 선생님 사모님에게서 소식이 와 있었다. 퍽 절망적이나 계속 노력하고 계신다고. 그리고 연락에 대한 요청이다. 좀 여러 가지로 검토하여야 하겠다.

어제 김 선생 편으로 국내에서 많은 자료가 왔지만, 아직 자세히 검토하지 못하고 있다. 국내 학생들 그리고 여러 사람들의 생각은 우리와 일치하는 모양. 양성우<sup>梁性祐</sup> 씨에 대한 보조 문제도 진행되고 있으나 국내에서 요청기관이 없는듯. 기독학생회에서라도 요청하도록 연락하였다는 것이다. 이런 도움에 감사하면서 후에 많은 열매 맺었으면 하는 생각이다.

오 선생 사무실에 온 강 선생 메시지에 의하면 WCC 나이로비 대회 이후 오 선생을 국적<sup>國賊</sup>?처럼 생각하는 모양이니 주의하라고. 그리고 언론 내에 교두보를 쌓고 원조를 해달라고…… 좀 더 문제를 검토하여야 하겠지만 자금이 문제다. 내일은 어머니 생신, 학교에 나가 시험감독도 하여야 하겠고. 시간이 정말 유수처럼 지나간다.

11시 30분

# 2월 8일 일요일

어제는 오후에 도쿄대를 나왔다는 오 씨와 만나 이야기하고 식사를 나누었다. 퍽 성실한 사람 같으나 정치적인 입장은 알 수 없다. 늘 글을 쓸 것을 권하나 거절하고 있다. 미국 록히드 비행기 회사가 일본 정계에 천만 엔 상당의 증여를 했다는 문제는 더욱 확대돼 가고 있다. 이런 식은 일본에서는 당연한 것이 돼 있고 고다마 요시오[24]라는 사람은 일본의 한국과의 관계에서도 맹활약을 한 모양인데. 일본 자체가 해온 일을 폭로하고 조사해 낼 능력은 일본에는 없으니. 미국 의회의 이러한 노력이 미국 정치를 되살릴 수 있을까. 일본에도 계속 어둠이 다가오고 있었는데. 일제하 치안유지법하에서의 미야모토 공산당 당수[25]의 문제를 떠들려고 하던 민사당, 자민당은 그만 쏙 들어가고 만 셈. 언제나 일본에는 지난날의 유령이 맴돌고 있었던 것 같다. 민주주의가 지녀야 하는 도의적인 정신이 그립다. 우리나라는? 이런 거센 바람이 일본만이 아니라 우리나라에도 다가올 것이 아닌가. 그러나 박 정권은 역사의 방향이 보이면 보일수록 공포심에서 자기보존을 위하여 반동으로 치달릴 것이 아닌가.

야스에 형은 언제나 일본 자민당이나 한국 로비스트와 한국 정부 사이의 암거래를 공격할 수 있도록 정리를 해보자고 해 왔는데. 오늘도 「통신」 영문 번역 문제와 관련한 속달을 보내온 속에서 그것을 강조하고 있었다. 문제는 한국 내에서 누가 써 주어야 하는데 번번히 실패하고 있다. 또다시 가능성을 찾아 보아

---

24  고다마 요시오(児玉誉士夫, 1911~1984). 일본의 우익운동가. 자칭 CIA 에이전트. 전쟁 중 해군 항공본부에 물자를 조달하다 비축한 물자를 점령기에 팔아 막대한 부를 축적. 풍부한 자금을 이용해 전후 분열된 우익을 규합하고 하토야마 이치로(鳩山一郞)를 비롯한 거물 정치가에게 정치자금을 제공했다. '정재계의 흑막', 'fixer, 해결사'로도 불렸으며 록히드사건, 한일조약에도 관여했다.

25  미야모토 겐지(宮本顕治, 1908~2007). 일본의 정치가, 공산주의자, 문화평론가.

야 할 텐데. 이번 기회가 퍽 좋은 시기인데. 록히드 문제[26]는 역시 다나카 수상 시기[27]에 해당하는 모양이니, 머리를 들려고 하던 그는 이제 다시 들어가는 수밖에 없을 것이라는 관측이다. 역사에는 예상하지 못한 요인이 작용하는 법. 이런 속에서 앞으로 다가올 총선거에서 일본 국민은 무엇을 보여줄 수 있을 것인가. 여야 모두가 미국에 대표를 보내서 조사한다고 하는데. 내일은 「통신」 영문 후반을 야스에 형에게 전해야 하겠다.

---

26  록히드사건(Lockheed bribery scandals, 록히드 뇌물사건)은 미국의 방위업체인 록히드에서 1950년대 후반부터 1970년대까지 항공기를 팔기 위해 여러 나라에 뇌물을 뿌린 일련의 사건을 말한다. 이 사건은 서독, 이탈리아, 네덜란드, 일본 정치계에 큰 영향을 주었다. 이 사건의 영향으로 록히드가 파산 일보 직전까지 갔다. 『일기』에서는 '록히드'로 표기. 이하, '록히드'로 통일했다.

27  일본의 록히드사건은 마루베니 상사를 비롯한 일본 정치계, 산업계, 야쿠자의 고위층과 연계되었다. 당시 정치인 및 고위 관리들에게 뇌물을 뿌렸는데 그중에는 당시 현직 수상이었던 다나카 가쿠에(田中角栄, 1918.5.4~1993.12.16)도 뇌물 수수 혐의로 구속되었다.

# 2월 9일 월요일

오 형에게 보내온 박세일 군의 소식을 보았다. 미국에 많은 동정자, 공감자는 있으나 조직돼 있지 않다고. 미국 CIA 계통이 한국 경제에 관한 백서를 내게 하면서 박 정권에 압력을 가하는 모양이라고. 그러니까 박은 거기에 대하여 유전 발견으로 맞섰다는 것이다. 그리고 내게 대해서는 보디가드가 필요할 것이 아니냐고 하였다. 최서면[28] 같은 인물이 전화를 걸고는 무소식이 되었으니 무엇인가가 진행되고 있는 것은 아닐는지. 오 형도 조사하고 국내에서는 국적國賊 취급이라니까 말이다. 내게 불행이 닥쳐오면 최 같은 인물이 관여했을 것이다. 그러나 록히드사건으로 말미암아 이런 극우의 테러가 우리에게까지 오는 것은 중지되거나 연기될 가능성도 있지 않겠는가. 이 전부가 오버센스인지도 모르지만.

오늘은 또 감기, 금년 들어서는 몸이 좋지 않다. 점심때 김 선생과 집에서 식사를 하면서 상의. 국내의 일꾼들이 조직되어서 적어도 대외적으로 폭로하는 일이라도 하여야 하겠는데. 한국판 록히드사건을 일본과의 사이에서 발전시켜 가야 하겠는데. 국내가 어려운 사정에 있기는 하겠지만 모두 낭만적인 혁명주의자라는 면이 강하다. 쉽게 흥분하고 기뻐하고 쉽게 실망하고 절망한다. 조직적인 혁명 세력이 없기 때문이기도 하다. 모든 것을 혁명에 플러스가 되도록 인도해 가는 혁명적인 지도 세력이 없다는 것이 문제다.

오후에 「통신」 속편 대조를 끝낸 것을 김 형이 본 것과 합해서 야스에 형에게 전했다. 어서 전편을 끝내고 나서는 야스에 형이 요청하는 박 정권 15년과 남북

---

28 최서면(崔書勉, 1928~2020). 안중근 의사 연구 등 한국 근현대사 연구자이다. 1949년 연희전문학교(현 연세대학교) 정치과를 수료하고 이후 장면 부통령을 돕다가 체포될 위기에 처하자 1957년 일본으로 망명해 정착했다. 일본 아세아대 교수, 일본 도쿄한국연구원 원장, 국제한국연구원장 등을 역임. 최규하 전 대통령이 사촌 형이다. 1969년 일본에서 안중근 의사의 육필 옥중수기인 「안응칠 역사」 필사본을 최초로 발굴, 공개했다.

문제 좌담회에 대한 구상을 하여야 하겠다. 그리고 문화사를 탈고하여야 하겠는데, 제네바 박 형이 에모리대학Emory University에 추천서를 보내 달라고 하여 김 형과 함께 구상하고 사무적인 것을 김 형에게 부탁하였다. 내일은 편지로 그 결과를 알려야 하겠다. 금년을 뜻깊게 구상하여야 하겠는데.

11시

## 2월 10일 화요일

11일 아침이다.[29] 잠을 이룰 수 없어서 두 시반부터 일어나서 다시 책상에 마주 앉아 있다. 어제 오후에는 우선 김학현[30] 선생과 만났다. 그다음에는 로스 양, 김용복 선생. 서울서 슈나이스 목사가 가져온 김관석 목사, 강문규 선생의 서신은 모두 감동적인 것이었다.

김관석 목사는 NCC 총무로 재선돼서 새로이 밀고 나가는데 박상증 형이 부총무를 맡아주는 것이 필요하다는 것이었다. 오늘 박 형에게는 김 목사 재선을 가장 중요시하고 일단 부총무 취임 승락서를 보내서 재선운동을 위하여 필요하다고 생각하면 사용해도 좋다고 해달라는 편지를 썼다. 재선 된 후에 취임하지 못하게 되면 김 목사를 곤란하게 하지 않는 방식으로 거절할 수 있지 않겠는가라고. 그리고 그의 재선을 돕기 위해서도 세계 교회 인사들이 방문하는 것이 어떻겠느냐고. 먼저 강 형을 만나고 난 다음에 간접적인 지원을 했으면 좋겠는데. 우선 강 형에게 연락해 보기로 하였다.

강 형 소식은 밖에와의 일치감을 유지하기 위한 눈물겨운 내용이었다. 고립감도 있겠고 불안감도 있을 테니. 단편적인 것이 아닌 깊고 포괄적인 분석을 담은 상호연합이 전략적으로 매우 필요하다. WCC를 프로 공산주의로 모는 반격이 대단하다고. 강 목사는 기회주의적이고 자기 이익 우선주의자니 참 한심하다. 그래서 그 공격에 대항하여 싸울 사람이 없다는 것이다. 한가지 한국 사람들의 권위주의를 생각하자고 박 형에게 썼다. 어떤 파워가 위해줘야 만족하는 심

---

29  제목은 '10일'인데, 일기 본문은 '11일'이다.

30  재일 문예평론가. 『김준태 시집―광주로 가는 길』을 1980년에 김학현(金学鉉)이 「ああ、光州よ、われらの十字架よ」로 번역해 집회에서 자주 낭독했다. 와다 하루키(和田春樹)와 함께 한국민주화운동 관련 서적을 다수 번역, 출판했다. 그 대표적인 것으로 『金大中 獄中書簡(김대중 옥중서간)』 등이 있다.

정이 있다. 정부가 그것을 보여주면 그리로 간다. 세계 교회가 그들에게 냉담한 것 같으면 더욱 그렇게 된다. 세계 교회가 그들에게 호의를 보여준다면 본래 기회주의자들이니까, 동요돼서 갈팡질팡할 것이라고 박 형에게 소식을 보냈다. 그런 의미에서 에큐메니칼한 관계를 계속 유지하기 위해서도 이번에 외국 교회 인사들을 보내는 것이 유리하지 않겠는가고 하였다. 한심한 상황이지만 그것을 저주하거나 단죄하지만 말고, 그 상황을 그대로 받아들이면서 싸워나아가야 할 것이 아닌가. 참 피곤한 사람이지만……

김학현 씨는 『씨알의 소리』 일본 지사 문제로 만났는데, 아직 함 선생님과 상의해 달라고 말씀드린 김재식 선생님의 회답이 오지 않아 일을 더 진행시킬 수 없었다. 야스에 형에게서는 영문 「통신」에 대하여 연락이 왔다. 하아파스에서는 정가가 4달러라면 1달러에 달라고 한다니. 거기에서도 이윤이 그렇게 대단한 것일까. 그런데 번역이 좋지 않다고 한다고. 김 형에게 부인에게 읽어 보시게 하고 코멘트를 받도록 부탁하였다. 이에 대한 대안을 연구하면서 출판을 늦출 수밖에 없지 않겠는가 하는 것이 야스에 형의 의견이다. 나도 읽어가지만 그다지 분명하지 않은 데가 많다고 대답하였다. 정말 시기적으로는 지금 나와야 하는 것인데. 벌써 11일 또 일이 밀리기 시작한다.

오늘 김 형이 한 말은 참 인상적이다. 이북이 주체성이나 내셔널리즘을 말하면서도 3·1운동을 경시하는 것은 모순이라는 것이다. 그리고 지극히 일부에 한한 전체 국민에게 그다지 공감이 가지 않는 게릴라만 강조하는 것은 문제라고. 이것을 냉전의 논리에까지 끌고 가서 문제 삼아야 하겠다. 이북에는 『김일성 전기』만 있고 국민의 역사가 없는 셈이 아닐까. 책을 구해서 좀 읽어 보아야 하겠다. 그리고 그 결과를 요다음 대담에서 좀 실어야 하겠다.

11일 아침 5시 40분

# 2월 12일 목요일

어제는 몸이 좋지 않아 누워 있었다. 오늘도 종일 영문 대조. 저녁에 김 선생이 와서 슈나이스 목사가 가져온 서류를 전해 받았다. 기독교 계열을 특히 WCC의 방향을 공산주의로 몰려는 음모가 계속 진행 중이다. 슬픈 이야기들이 많다. 투옥되었던 나상기 군 등을 재투옥, 역시 스파이로 모는 모양이다. 철거민 등이 사랑방 교회를 세웠다. 철거 때 받은 두 천막 중 하나는 살림하는 천막으로 쓰고 하나는 교회로 하였다. 이것이 열여섯 가족의 보금자리다. 그중 한 가족은 정보부 스파이어서 추방하였다. 사랑방 교회 교인들이 갈릴리 교회 예배에 참석하였다. 그러자 정보부에서 나타나 천막이며 가구며 모두 싣고 달아났다. 한 어린아이가 따라가려고 하였으나 밀려서 부상을 당하였다. 그 아이를 치료한다면 엄벌에 처한다고 의사에게 전화가 와서 그날로 퇴원하였다는 이야기다. 3·1운동 때 부상당한 사람들을 치료하였다가 고문 치사된 의사의 이야기가 생각난다. 이렇게 간악하다는 것이다. 주위에 어려움이 더욱 짙게 깔려가는 것 같은 느낌이다. 여기 우리들 주위에도.

11시

# 2월 13일 금요일

농촌전도신학교에서 오늘은 한국 교회사 이야기. 중산층화한 교회가 계층이동 하기가 어려움과 그렇기 때문에 개인적인 메타노이아보다는 사회적 메타노이아가 중요하다는 이야기를 다카구라高倉 목사님에게 말씀드렸다. 클라스에서는 일본 교회가 어떻게 아시아 신학을 생산할 가능성을 가지지 못하였는가를 말하였다. 서구에 향한 채 아시아와의 대화도 없고 삶이 없는데 어떻게 아시아 신학이 가능하겠는가라고 하였다. 아시아신학이 가능할 현실이 있어야 하지 않겠는가. 아시아인과 고민을 함께하는 신앙의 현실이 있어야 하지 않겠는가. 일본의 신학, 신앙적 현실에 근거하였다기보다는 단순한 지식에 근거하였다고 할수 있지 않겠는가.

11시 55분

# 2월 15일 일요일

교닌자카行人坂 교회에 다녀왔다. 어제 새벽에 박형규 목사님은 출감하여 그날 밤에는 교회에서 기도회를 가졌다고. 오늘은 예배 설교를 하시고. 오늘 아침 『아사히신문』에도 출감 소식이 나 있었다. 교닌자카 기무라木村 목사님도 인간의 한계를 넘어서 그리스도인이 신앙적인 싸움을 하여야 하는 예로 한국 교회를 들고 있었다. 소수의 증거가 세계에 한국 교회를 빛내고 있으나 많은 사람들은 전락轉落.

필리핀에서도 많은 운동가들이 체포되어서 오 선생은 필리핀행이라고. 어제 록히드사건은 고다마 요시오가 한국과 깊이 관계한 것을 폭로하였다. 한국은 어떻게 된 셈인지 록히드와의 관계에도 일인日ㅅ에게 커미션을 주고 하는 모양. 필리핀에서 바나나를 가져오는데도 일인이 개화[31]하여야 한다니. 고다마는 칭병稱病하고[32] 일본의회에 증인으로 나타나지 않을 모양.

어제 김 형이 제네바와 연락. 2월 하순에 있는 NCC 총회 인선에 대한 대책을 이야기하였다. 김관석 목사의 입장을 유리하게 하기 위하여 WCC, CCA, 미국 NCC 등에 대표를 보내기로. 이번에는 반동적인 인사들도 좀 어루만지도록. 그리하여 에큐메니컬운동에서 완전히 이탈하는 일이 없도록 하자고 하였다. 오늘에야 「통신」 영문 대조를 끝냈다. 내일은 야스에 형과 만나야 하겠다.

0시 25분

---

31  일기 원문에는 '介花'로 표기되어 있다. 문맥상 '개입'이라는 의미로 보이나 한자어 '介花'는 확인하지 못했다.
32  고다마는 병환으로 증인으로 출석하지 않을 것 같다는 내용이다.

# 2월 17일 화요일

김 선생에게서도 대조한 것을 받아서 어제 야스에 형에게 전달하였다. 김 선생 부인이 상세하게 코멘트까지 한 것이었다. 야스에 형은 이미 미국 포오크 씨의 견해까지 들어서 좀 더 추고를 하게 하였다니, 다 잘될 것으로 생각한다. 카톨릭계의 송 선생과도 연락이 되어 시노트 신부가 지난번에 강연한 것도 이번 『세카이』에 싣게 되었다고.

어제 저녁에는 신교세미나를 끝내고 여러분들과 더불어 농촌전도신학교를 돕는 문제를 이야기하였다. 프로그레시브 윙을 어디에다 강하게 세워서 시대를 끌고 가야 한다고 나는 주장. 어제는 '인간해방과 기독교교육'이라는 문동환 박사의 저서를 가지고 서로 이야기하였다. 니시가타마치西片町 교회에서는 박형규 목사의 『해방의 길목에서』의 번역을 출판하였다. 어렵지만 역사를 이렇게 이룩해 가야만 하지 않겠는가 하는 생각이다.

오늘은 하루 종일 채점. 저녁에 록히드 관계 일본 국회공청회 뉴스를 조금 보았다. 마루베니丸紅33의 오오쿠보大久保 전무는 '메이지 원훈元勳 오쿠보 도시미치大久保利通34의 손자'라고 사건과는 관계없지만 해설자 이소무라磯村가 내뱉었다. 그리고 전에 『워싱톤』 특파원하고는 다음과 같이 대화를 나누는 것이었다.

---

33  마루베니(丸紅)주식회사. 1960년대부터 1970년대 전반에는 미쓰이물산(三井物産)·미쓰비시상사(三菱商事)와 더불어 쓰리엠(3M)으로 불린 종합상사 톱이었으나, 록히드사건의 영향으로 업적이 급락한 시기도 있었다.

34  오쿠보 도시미치(大久保利通, 1830.9.26~1878.5.14). 19세기 말 메이지시대에 활약했던 사쓰마번(薩摩藩) 출신의 정치인이다. 264년간 통치해 온 도쿠가와 막부(德川幕府)를 무너뜨린 메이지유신(明治維新)을 이끌었던 주역으로 사이고 다카모리(西郷隆盛), 기도 다카요시(木戸孝允)와 함께 '유신삼걸(維新の三傑)'이라 불린다. 일본 근대화에 크게 공헌한 인물로 평가된다. 참고로 오늘날 표기는 '오쿠보'.

"교-챤 씨는 그 이름으로 봐서 알메니아 사람이지요."

"그렇습니다."

"교-챤 씨와 록히드와의 관계는."

"일반적인 미국 사람과는 다르게 오랫동안 한 기관, 록히드에 있었고, 록히드 재건으로 크게 유명해졌습니다. 그러나 이번 사건으로 그런 것이었구나 하고 국민들의 빈축을 사고 있지요."

"그렇게 록히드를 위하여 충성을 다한다면 회사를 위하여 위증도 하겠군요."

알메니아인이니까 하는 식, 위증도 할 수 있는 충성심, 그리고 오쿠보는 메이지 원훈의 손자, 이런 식으로 대중 조작을 한다. 증인으로 나선 사람들은 전후가 맞지 않아도 모른다로 일관. 미국에서는 개인의 진실을 지켜야 하지만 일본에서는 조직을 지키기 위하여 자기를 죽여야 하니까. 미국과 일본의 좋은 대조다.

저녁에는 한선호韓璇浩 교수가 왔으므로 호텔에서 늦게까지 이야기하였다. 김경원金瓊元이가 일본 교수들을 설득하려고 와 있다고. 쿠사야나기 다이조草柳大蔵[35] 같은 사람들을 서울에 있는 일본 대사관이 데려다가 고대에서 강연을 시키려고 한다고. 김경원도 국제교류기금으로 2주일간 데려왔고. 일본의 여론에 영향을 끼치기 위하여 일본 외무부가 이렇게 양쪽으로 노력하고 있는 셈이다. 이런 문제를 야스에 형과 내일 아침 전화로라도 좀 이야기하여야 하겠다. 「통신」에도 쓰고. 오 형, 박 형의 WCC 이야기는 김경원이가 알 수 있도록 청와대에까지 보고돼 있는 모양.

이번 록히드사건이 나자, 자민당 나카소네 간사장은 곧 처어치 의원은 극좌다라고 발설하여 당내 회의에서 제지를 받았다고. 박 정권의 멘탈리티와 매한

---

35    쿠사야나기 다이조(草柳大蔵, 1924~2002). 일본의 평론가, 논픽션 작가, 저널리스트.

가지다. 오늘 저녁에도 나는 그 이야기를 하면서 이렇게 하여 도움이 될 수 있는 사람을 다 제외하면 무엇이 남겠는가, 라고 하였다.

서울서 추방당한 젊은이들이 새마을운동을 파헤치기로 하고 한일 관계 부패 문제도 파헤치기로 했다고. 그것을 대대적으로 하도록 연락하고 자금도 돕기로 하였다. 록히드도 있으니 더욱 문제 삼아야 한다.

한韓 교수는 서울에는 북의 김일성이가 위급하다는 소식이 나돌고 있다고 하는 것이었다. 이것도 야스에 형에게 이야기하여야 하겠다. 사회당이 대한對韓 문제에 압력을 가한 것처럼, 일본 대사관이 밀착돼 있는 문제에 대하여서도 야스에 형의 조력을 좀 요청해 보아야 하겠다. 한韓 교수를 통하여 김성식金成植 선생님에게 『씨알의 소리』 일본 지사 문제를 좀 알아보아 달라고 하였다. 그리고 효인이에게는 송 선생님을 통하여 좀 충고를 해 달라고 하였다. 데모에 참가하지 말라고. 그렇게 하여 나 때문에라도 인질이 되면 앞으로 모든 일이 어려워질 것이라고 전해달라고 하였다. 이것이 과연 옳은 태도인가 하는 마음도 있지만.

18일 오전 2시 40분

## 2월 19일 목요일

종일 안질眼疾로 누워있었다. 저녁에나 일어나서 내일 아시아교회사 강의 준비를 하고 「통신」을 쓸 자료를 뒤적거렸다. 신문에는 가관이라고 할 기사가 넘쳐 있다. 박이 연두순시年頭巡視를 하면서 재수생 대책을 세우라고 지시, 문교부 장관은 재수 2년으로 제한하는 명령을 검토 중이라고. 그런 것을 군대식 이라고 하는 것일까. 유신정치라고 할까.

20일 0시 35분

# 2월 20일 금요일

「통신」을 일부 썼다. 동어반복同語反復 같아서 이제는 실증이 난다고 하여야 하겠다. 특별한 사건이나 정보도 없고. 신문에서 인용할 것도 없으니까 말이다. 다행히 이번에는 사랑방 교회 이야기가 있어서 다소 읽을거리가 된다고 할 수 있을는지 모르겠다. 오늘은 6주간의 농촌전도신학교 강의를 끝냈다. 맨 나중에 약간 질문을 받았으나 그 기분은 알 듯하였으나 논리를 찾아낼 수가 없었다. 참 너무나 빈약한 논리다. 울적한 기분이 있을 뿐, 그것으로 논리로 표현하지 못하는 것 같았다. 이것은 일본 사람들과 상대할 때 어디서나 느끼는 것이지만.

오 선생 댁 경원이가 역시 게이센고교 입시에서도 실패하였다고. 아키야마 교장 사모님의 힘이 거기까지 미치지 못하는 모양. 외국 학생들의 핸디캡을 전혀 고려에 넣지 않는다고 하니 역시 일본은 폐쇄적일 수밖에 없다. 외국인의 핸디캡을 서로 도와주어서 극복하는 것을 알아야 할 텐데. 내일 입시에는 성공하여야 할 텐데. 안 되면 외국인학교에 보내자고 하였다. 오 선생은 동남아 여행에서 전화를 걸고 실망하더라고.

## 2월 22일 일요일

어제 함 선생님에게서 소식이 왔다. 김학현 씨에게 『씨알의 소리』 일본 지사를 맡겨도 좋다는 소식. 어려운 사정 속에서도 뜻은 변함이 없으시다고. 그리고 이제는 일모로원日暮路遠을 느끼시는 모양이다. 김 선생에게 소식을 전했다.

어제는 또한 경원景苑이가 고교에 합격하여서 밤늦게 오 선생 댁에서 파티를 하였다. 김용복 선생도 와서. 오늘도 눈이 좋지 않다. 하루 종일 「통신」 퇴고推稿를 하였다. 내일은 전해 드리고. 김 선생과 함께 「통신」 영문 번역을 미국에서 팔 문제에 대하여 상의하기로 하였다. 김 선생이 이와나미의 메시지를 가지고 미국으로 간다.

## 2월 25일 수요일

눈이 아파서 별로 책을 읽지 못하였다. 어제 적십자 병원에서 수술. 약값까지 합하여 1,395엔이라니, 국민보험에 대한 혜택이 이 정도로 대단하다. 그런데도 공립병원답지 않게, 어떤 의미에서 사립병원 이상의 친절, 공립병원은 민중의 비판을 받을 수 있으니까 그렇겠지. 어제 오후에는 아프리카에서 돌아온 나가누마長沼 씨와 만났다.

오늘은 책을 볼 수 없으니까 도쿄대에 가서 생협 해약을 하고, 조선출판협회朝鮮出版協會라는 거창한 건물에 가서 이북 역사책을 한 권 사려고 하였으나 실패였다. 책을 사겠다는데도 담당 직원을 불러 줘야하는 시스템. 역사책이란 없다는 것이다. 『김일성 전기』만 있는 모양. 그러면서 내셔널리즘이니. 큰 수정이 이루어져야 할 것이 아닌가. 저녁에 돌아와 보니 캐나다에서 '제삼일第三日'과 '팩트 시트Fact sheet'[36]가 도착해 있었다. '팩트 시트'는 일본 신문 클리핑으로 끝나다시피 하였으니, 이래서 될까 하는 생각이었다. 좀 더 알맹이가 있는 것이어야 하겠는데. 캐나다가 강화돼 있지 않으니 하는 수 없는 것이 아니겠는가.

23시 30분

---

36 '팩트 시트'는 조직, 제품 / 서비스 또는 아이디어에 대한 데이터를 제공하는 일반적으로 한 페이지 길이의 간단한 문서로 독자가 쉽게 이해할 수 있도록 주요 정보를 시각적으로 표시한 것이다.

# 2월 27일 금요일

하루 종일 학생운동에 관한 보고서를 번역하였다. 이대<sup>梨大</sup> 활동에는 상당한 전진과 심화가 있다. 전술적인 지도<sup>指導</sup>를 위한 노력이 필요하다고 생각된다. 캐나다에서 온 '제삼일'과 '팩트 시트'의 경우와 마찬가지다. 전체적인 전략과 전술 그것을 위한 인원과 자금의 동원이 필요하다. 박 형은 퍼거슨<sup>Fergurson</sup> 여사에게 보낸 1만 달러 아피일[37]에 관한 편지 사본을 보내왔다. 그래야 움직일 수 있을 테니까.

저녁에 오 선생에게서 김관석 총무가 실행위원회에서 3선 됐다는 소식을 전해왔다. 70명 정도 출석에 반대 7표, 기권 3표라고. 압도적인 전진을 한 셈이다. 이제 이 확고한 지반이 좋은 발판이 되어야 한다. 많은 잡음이 있었고 정보부의 분열공작이 있었지만 승리한 것이다. 김 목사님이 투옥됐다는 것이 동정을 얻었을 게다. 아직 교회 안에서는 박은 패배하고 있다. 눈은 계속 그다지 좋지 못하다. 심히 서울을 생각하는 나날. 날씨는 너무 따뜻하다고 할 것인가.

21시 25분

---

37 '아피일'은 일본어 'アピール(appeal)'의 음을 그대로 한글로 표기한 것으로 보인다.

# 2월 28일 토요일

다시 적십자 병원에 갔다. 이제 눈은 회복된 모양이다. 민중의 신학을 문의해 온 WCC에 소식을 보냈다. 일역판일본어 번역판 박형규 목사, 문동환 목사의 저서를 보내고 아라이荒井[38] 교수의 「예수와 그 시대」도 보냈다. 선택할 수 있는 것이 있으면 취급해 달라고. 영문자료집에 나온 김 선생의 에필로그는 어떠냐고도 하였다. 집에도 쓰고. 오후에서 저녁에 걸쳐서는 남북 문제에 대한 생각을 정리하였다. 그리고 나서는 야스에 형에게 속달을 보냈다. 개인 논문으로 하는 것이 좋을는지 대담으로 하는 것이 좋을는지 잘 모르겠다고. 남쪽 민주화운동자들의 딜레마를 말하고 북의 이니셔티브를 말해보는 것이다. 상당한 물의가 있을 수 있겠지만 발상의 전환을 하여야 할 것이니 말이다. 아침 『아사히』에 서울에서 60명 신구교 관계자들이 김지하 씨에 대한 항의를 하였다는 기사가 나와 있었다. 성경도 받아주지 않는 완전한 단절 상태에서 무기징역이라니 건강을 염려한다는 것이다. 계획적으로 항의를 게릴라전법을 써서 전개하는 모양이다. 4월 9일 인혁당 관련자 처형 1주년이 온다. 제네바 박 형에게도 뉴욕 임 목사님에게도 그리고 야스에 형에게도 어떤 운동의 필요성을 제안하였다. 무엇보다 투옥 학생 문제 김철 씨 건을 포함하여 박에게 항의를 보내고 신문에 기고하는 운동과 각국 주재 한국 대사관에 항의하는 운동을 하자고 하였다. 봄이 오는데……

22시 30분

---

38  아라이 사사구(荒井献, 1930~). 일본의 신약성서학자(신학박사)로 도쿄대학 명예교수다. 이와나미와 신쿄출판사를 통해 다수의 저서를 출판했다. 『일기』에 나온 저서는 이와나미에서 1974년에 출판되었다. 『イェスとその時代(예수와 그 시대)』, 岩波新書, 1974.

# 3월 1일 월요일

다시 3·1절을 맞는다. 어제는 예배가 끝난 후 이인하 목사님과 만나 이야기. CIA의 마중을 받고 어떻게 그 감시 속에서 지냈는가 하는 이야기다. 3일 동안 공장단지와 박물관 등도 구경시켜 줬다는 것이다. 돌아가서 사모님은 긴장이 풀리며 병으로 눕게 되었다고.

오늘은 대학에서 니버 강연을 끝내고는 강원용 목사님과 만나 이야기하였다. 한완상韓完相 교수도 제거된 모양이라고. 노명식盧明植 교수는 총장에게 가정 사정을 이야기 하면서 그야말로 탄원을 하였다고. 박은 이런 이야기를 듣고는 폭력의 위력을 재인식하고 냉소를 띄웠을 것이다. 이후락과 김종필의 대립은 격심한 모양. 서로 일진일퇴를 하는 것이겠지. 나라의 장래에 대한 염려는 잊어버리고. 완전히 폭력배들이다. 추방당한 『동아』 기자들은 어려운 속에서도 자신과 여유를 가지고 늠름하다고. 그러니까 희망이 있다는 것이었다. 그들과 더불어 어느 날 신문을 한다면 아마 대적할 수 있는 신문이 없을 것이라고. 시련 속에서 성장하는 것이겠지. 이문영李文永 교수도 그렇고 젊은이들에게 지시하면 들어주는 분들은 이분들뿐이다. 그러니까 강 목사님도 갈릴리 교회에 희망을 두는 것이었다. 추방당하는 목사들이 증가될 것이다. 그러면 그것이 무사할 수 없는 힘이 될 것이 아닌가. 해외의 전략과 국내의 전략이 상치相馳 될 때 이야기도 나누었다. 인간적인 신뢰 속에서 지하에서는 연락하고 표면에서는 다른 상황에서 어느정도의 갈등이 있어도 각자 최선을 다하자고 하였다. 해외 세력이 파워를 이룩해야한다는 데는 생각을 함께하였다. 김대중 씨가 못 나오는 경우 정일형, 이태영 두 분의 망명 가능성을 이야기하였다. 이태영 박사의 무사無私, 열의, 판단, 실천력에는 모두 최고의 평가를 하는 데 일치하였다. 강 목사님이 좀 타진해 보시겠다고.

2일 2시

# 3월 3일 수요일

국내에서 3·1절을 계기로 하여 또 봉화烽火가 올랐다. 윤보선, 함석헌, 김대중
제씨諸氏를 비롯하여 퇴직 교수들도 참가하여 2명이 민주구국, 그중 다 연행되고
윤보선, 정일형, 김대중 세 분과 김관석 목사가 남아 있다는 것이다. 김 목사도
연행됐었다고 하고. 한독교회협의회가 있으니 가석방이겠지. 김대중 씨 부인이
대외연락 때문에 강원용, 이태영 두 분만은 빼기로 하였다고 하였다는데. 드디
어 일어난 데 강원용 목사님도 놀라신 표정이었다고. 이문영, 문동환, 안병무 모
두 위대한 결단으로 참여하고 있다. 김관석 목사는 옥고를 치르고 나오자 또. 갓
나온 박형규 목사 등은 보호차 빼놓은 것이겠지. 300여 명 추방당한 교수 중에
서 이른바 정치교수들이 또 이렇게 적극성을 띨 것이 아닌가. 추방된 자들이 내
일을 밝힌다. 미국 이승만 목사님에게 소식과 이곳 신문 클리핑을 보내고 지원
을 부탁하였다. 일본 교회를 찾아온 미국 장로교 관계자들도 오늘 독일 교회 대
표자들과 함께 서울로 향하였다고. 예정에 없었던 여행이나 기무라木村 목사님,
쇼지東海村 목사님 같은 분의 권고로. 고난 많은 길이지만 여기에 시작된 저항을
또 끌고 가야 하지 않겠는가. 윤보선, 김대중, 정일형 세 분은 적극적인 참여를
하지 않은 것 같아 연행을 보류하였다고 한다고 『아사히신문』은 보도하고 있다.
김지하 씨의 어머니가 항의문을 내고. 이 신구교 합동 3·1절 기념 예배를 주관
한 신부들도 체포되었다고. 700명이 참석하였던 명동성당 모임에서 일어났다.
한국 신문은 묵묵부답. 『아사히』 오구리 특파원의 보도는 좋은 내용이다. 오늘
아침 『아사히신문』 사설은 참으로 훌륭한 것이었다. 민중을 억압한 권력은 망하
지 않은 예가 없다는 논조였다.

저녁에는 김 선생 댁에 오신 장모와 그 댁 가족을 초대하여 중국음식을 함께
나누었다. 김 선생은 미국에서 여러가지 노력을 하고 있겠지. 해외 지원을 전략

적으로 조직하여야 할 텐데. 어제는 사와澤 목사, 오가와 선생과 만났다. 한일교회교류사를 위한 한국측 자료수집을 사와 목사님에게 부탁하였다. 도쿄여대가 10만 원을 비용으로 우선 드리고. 사와 목사님 처제 윤양潤嬢[39]도 또 투옥되었다고. 누구도 전향하지 않고 싸우고 있다는 것이겠지. 봄에 대한 대비로 체포의 선풍이 불고 있는 모양. 오가와 교수가 그 자리에서 내 도쿄여대 강의에 대한 긍정적인 반응을 전해주어서 나도 안심. 내 철학개론을 들은 고 준코 — 강윤지康潤子[40] 양은 역시 한국교포로 내 강의 영향으로 철학을 택하였다고 하더라고. 여자학원을 나오고 아주 귀여운 지적인 학생이라고. 우리 교포들 사이에도 고난 속에서 일어나는 사상과 지도력이 성장하여야 하겠는데. 일본 풍토란 무사상이고 눌린 자를 위한 사상이었으니…….

　오늘 야마다山田 교수가 보내온 『対朝鮮政策と條約改正問題대조선정책과 조약개정문제』를 읽었다. 서구와의 사이에 맺어진 불평등조약을 벗어나기 위하여서도 아시아 침략을 생각했다고. 거기에 소서구주의와 탈아론이 생겼다고. 침략을 하면서도 도리어 징계한다고 하였고. 일본의 침략 뒤에는 기묘한 콤플렉스가 있었다고 할 수 밖에 없다. 끝내 침략을 응징이라고 하였으니. 그것은 모랄을 내포한 의미는 가지고 있지 않는 것이 아닐까. 힘센 자에게 감히 저항하다니 하는 의미에서의 징계이었을 것이다. 그 광적인 자세를 이용하고 강요하면서 침략을 해 간 것이겠지. 이런 의식을, 서구의 그래도 다소 이성적인 민주주의를 가지고 있었던 침략의 경우와 비교하여 보면 재미있지 않을까. 루스 베네딕트의 '하지恥'의 문화의 문제를 여기에서도 찾아보아야 하지 않을까. 그것은 '하지恥'에 근거한 네

---

39　바로 뒤에 언급되는 강윤자(康潤子) 양을 말하는 것 같다.
40　일반적으로 일보어로 'こう'라고 발음하기에 한글맞춤법 등을 고려해서 '고'로 표기한다. 康이라는 성씨는 한국계가 대부분이며, 일본 전국에 약 770명 정도 존재한다. 康珍化라는 재일한국인 2세인 작사가가 유명하다.

메시스였다. 탈아脫亞는 아시아 침략이다. 그러나 그것은 서구에 대한 궁극적인
네메시스의 전 단계에 불과하였다.

4일 0시 25분

# 3월 5일 금요일

어제는 저녁에 구라쓰카 교수 그리고 오가와 교수와 함께 지냈다. 정숙도 함께 구라쓰카 교수댁에 간 것이다. 많은 이야기. 해외에서 투옥자들에 대한 격려와 박에 항의 전문을 많이 보내주면 좋겠다고 하였다. 박에게는 그래가지고는 박과 그 정부의 이미지는 나빠지고 한국은 고립한다고 해달라고. 무엇보다도 어제 두 교수는 퇴직당한 정치교수들에게 대한 캠페인을 해주겠다고 약속. 국내에서 자세한 소식이 오는 대로 시작이다. 이번에도 추방당한 교수들이 목숨을 걸고 저항. 지원하여서 그런 세력이 되게 하기도 하여야 한다고. 오늘 명 형에게 그런 의미의 소식을 보내고 회람시켜 달라고 하였다. 오늘 아침 『아사히신문』에는 공덕귀 여사, 이문영 교수 부인, 문익환 목사 아드님도 연행 구금돼 있다고 나와 있었다. 세계의 분노를 보여주어야 할 텐데. 비장한 투쟁이다. 이래가지고 될 것인가. 이번에 에스카레이트 시켜야 할 텐데. 점심때 김학현 씨를 만나니까 여기에서 『사상계』라도 하여야 하지 않겠는가고 그가 『씨알의 소리』 지사를 시작한다니까 조총련계에서 문제를 삼는다는 이야기였다. 여기서 나오는 『한국계』라는 출판물도 대략 그들의 수중에 있다는 것이다. 여기에 순수한 『한국계』가 나온다니 문제라고 한다. 지금까지 『씨알의 소리』 지사를 하려고 한 사람들이 있었으나 성공하지 못하였다고. 김 선생은 정말 한국내의 민주세력과 같은 입장에서 우리 생각과 동지들의 생각을 전개해 보자고 한다. 생각할 문제지만. 두고 보자.

22시

## 3월 7일 일요일

어제부터 「한국 문화사」 원고를 다시 쓰기로 하였다. 오늘까지로 동학운동이 일어나는 데까지 기술하였다. 저녁에 오 선생과 만났다. 서울서 사람들이 나왔다고 하나 별 소식은 없고, 「통신」 영문판이 나오고 거기에 무사노고지武者小路씨, 스웨인[41] 씨 또 오글 목사까지 나오고 하면 문제가 아니냐 하는 것이었다. 게다가 야스에 형이 북을 다녀오면 모두 북의 계획 속에 들어간 것이 아니냐고 할 것이 아닌가라고. 스웨인 씨는 강 형하고 오랫동안 일하였다고 하고. 사실 염려가 되지만 어떻게 될 것인가. 그러나 그렇다고 오 형 이야기 대로 모든 관계를 단절하고 대안없이 「통신」마저 단절해 버리면 어떻게 될 것인가. 세상이란 기브 앤테이크의 면도 있고. 긴 눈으로 보지 못하면 안 되는 면도 있고.

우리들 사이의 인원 배치 문제로 여러 가지 이야기 하지 않을 수 없다. 나는 박 형, 김 형은 나와 함께 캐나다에 가야 한다고 생각하는데 모두 그것이 쉽지 않다면 어떻게 될는지. 뉴욕 코올리션coalition, 연합에 박 형이나 시카고의 김상호 씨가 가야 한다고 결론을 내리고 내가 박 형에게 소식을 내기로 하였다. 저녁에 박순경[42] 씨가 와서 오 선생 댁에서 쉰다는 전화. 독일에 가 있다가 돌아가는 길이라고. 불온한 인물들하고 만난다고 하여 웃었지만, 모두 그렇게들 생각할 테니 문제. 그러나 갈 길을 갈 수밖에 없다. 그리고 이제부터는 좀 더 깊이 생각하여서 모든 을 처리하여야 하겠다. 혼자 숨길 것은 숨기고. 참 어려운 문제들이 많다.

8일 0시 20분

---

41  David L. Swain. 1976년 *Letters from South Korea by T.K.* 영어 번역본을 출판해 「통신」의 기사를 세계로 알리는데 기여. 이 번역본은 한국의 민주화운동을 세계로 알리는데 기여했다.

42  박순경(朴順敬, 1923~2020), 국내 대표 여성 신학자로서 평화 통일운동에 헌신했따. 제3세계 에큐메니컬 신학자협의회(EATWAT) 한국 책임자, 세계교회협의회(WCC) 신앙과 직제위원회 위원 등으로 활동했다.

# 3월 9일 화요일 아침

드디어 김대중 씨 부부도 연행, 『아사히』도 대대적으로 보도하고 있다. 부인도 연행이라는 새로운 사태, 연좌법의 재판. 오늘 아침에는 야스에 씨와 장시간 이야기하기로 하였다.

어제저녁에는 오 선생 양주와 우리 집사람이 함께하여 박순경 박사를 모셨다. 국내 사태의 변동 속에서 새로운 각오를 다짐하였다. 앞으로 긴밀한 연락을 하여야 하겠다. 경희대에서는 노명식 교수도 추방된 모양. 비추한 경영자들. 그렇게 탄원까지 하였다는데.

어제는 독일서도 소식. 일본에 있는 민통이 이른바 통일노선으로 독일 '주체' 그룹과 윤이상 씨들에게 접촉이 활발하다고. 이삼열 씨는 한번 도쿄에 오고 싶다고 하고 있다. 독일에 있는 우리나라 노동자들 사이에서 UIM[43]일을 하기로 하였다고.

진부한 반공론은 벗어나야 한다고 하면서 세계민련世界民連이 좀 더 적극적으로 활약하여야 하겠다는 것이다. 기관지도 내고. 함께 미국서 기독학자 회의가 있을 때 모이면 어떻냐는 것이었다. 김재준 목사님에게서도 소식이 왔다. 「한국통신」을 보내드린 것이 인연이 되어 토론토 일본 교회와 참으로 즐거운 저녁을 가졌다는 것이었다. 재일교포들도 참석하고. '속'만 왔기 때문에 처음 것을 보내달라고 하셔서 모리오카 선생에게 연락하였다.

9일 아침 11시 5분

---

43    UIM (Urban Industrial Mission), 도시산업선교.

## 3월 9일 화요일

아침에 야스에 씨를 만나 오후 늦게까지 이야기하였다. 영문 「통신」 원저자에의 지불은 일본 NCC측에 하기로. 야스에 형이 15일에 북으로 떠나기 때문에 이야기도 나누고, 학생운동에 대한 보고 원고도 전했고. 북이 남쪽 민주인사들의 언어를 좀 알아야 한다는 것. 남한의 반공, 더욱이 서민의 반공의식이란 이북의 양태에서 온 점이 많다는 것을 인식하여야 한다고. 예를 들면 어선을 뺏고 돌려보내지 않는다면 어떻게 어민의 반공을 막을 수 있겠는가. 파시즘의 정부와 민중을 구별하여야 할 텐데.

돌아오는 길에 모리오카 선생에게 들러서 부인까지 체포하는 오늘의 상황에 항의해 달라고 부탁. 한국에 전문을 보내는 것. 미국이나 유럽에 상황을 알려서 행동을 취하게 해주는 것. 신 연좌식 연행에 대한 여성 명사의 신문에의 투고 등 여러 가지를 부탁하고 돌아왔다. 내일 도미야마 요시코富山好子 여사와 만나 한국에 있어서의 여성 정치범에 관한 조사 문제를 상의하게 된다고. 이번 사태가 있으니 그것은 더욱 중요하다. 김대중 씨 부부까지 연행하여 8일을 지내고 9일 오전까지도 귀가하지 않았다는 『아사히』 보도. 세계는 떠드는데도 국내 신문에는 한가지 보도도 없다. 4·19를 향하여 제1, 2단계의 항거를 예정했다고 생각되는데 어떻게 되어가는 것인지.

밤에 시모노세키에서 김규철[44] 씨 전화. 한번 시모노세키에 오면 어떠냐고. 여

---

44 『지명관일기』 제1권에서 '김규칠'은 1975.8.24·10.8·12.16·1976.1.21·4.22·4.23·4 .27·7.11·8.7·8.9일 자에 총 10회 등장하고, 그중 6회는 '金圭七'로 한자로 표기하고 있다. 반면에 '김규철'은 2회 등장하는데 1975.12.14에 "대사관 김규철"로 되어 있고, 여기 3.9(화)인데 모두 한글로 '김규철'로 표기하고 있다. '김규칠'과 '김규철'이 동일인물인지 여부는 확인이 필요하다. '시모노세키'라는 접점을 고려하면 여기 3월 9일(화) '김규철'은 '김규칠'의 오타나 착각일 가능성도 있다는 점을 첨언해 둔다.

권에 관한 문제는 자기가 이곳에 부탁해 준다고. 고마운 일. 그 부근 일본 교수들을 소개하기로 하였다.

일본과의 사이에도 그렇겠지만 이북과의 사이에도 어떤 공통 항목을 찾아서 피차 전진한다는 방도가 있어야 하지 않겠는가. 전면부정이란 비현실적이다. 우리에게는 민주회복의 길이고 그들은 자기들의 전략을 추구하는 길이라고 생각할지라도 말이다. 승리를 위하여 모든 요인을 슬기롭게 사용할 줄 알아야 하지 않겠는가. 큰 딜레마이기는 하지만.

23시 20분

# 3월 11일 목요일

어제는 박순경 박사를 아사쿠사에 안내하였다. 그리고는 '나베야'에 가서 저녁을 함께하며 많은 이야기를 나누었다. 남한의 80퍼센트의 국민을 저버린 정치를 함께 비난. 박이 무너지는 날까지 할 수 있는 길을 모색하자고. 밖에서 자료를 보내고 연락을 하자고 하였다. 맑은 양심의 사람.

오늘은 하루 종일 『동아』 사태에 관한 기록을 번역. 서남동 목사가 작년 12월에 『인권주간』에서 한 강연, 김지하 씨를 다시 공산주의자로 몬 이른바 자필 진술서, 카톨릭 정의구현 사제단이 주교단에게 보낸 항의문 등이 도리어 독일 이삼열 형에게서 보내져 왔다. 서남동 목사의 강연은 슈나이스 목사가 독일에만 보낸 것인듯. 그는 협력보다는 자기를 나타내는 데 더 관심이 있는 듯 하지만, 그런 열의를 가진 분이었으니. 김지하 자필 진술서는 양심선언 이후 그것이 사실이 아니라고 부인하게 한 것이다. 고문이 계속되는 모양. 이걸 가지고 서독에 가 있는 대사관에서 김지하는 공산주의자니 구명운동을 하지 말아 달라고 독일민련에 연락해 왔다는 것이다. 거기에서 김지하 씨는 도리어 양심선언이 나온 경위를 자세히 밝혀서 그 진실성을 입증하려고 한 것이 아닐까. 서남동 목사의 강연, 사제단의 항의 모두 깊은 내용의 것이다. 이러한 배경에서 모두 이번 구국선언에 참여하게 된 것이라고 하여야 하겠지. 내일 야스에 형을 만나 처리하려고 한다.

밤늦게 교토 박순경 교수에게서 전화. 서울 문학사상사에서는 지금 일본 전시 중인 한국미술 5천 년에 관한 인터뷰 기사를 보내 달라는 편지. 별로 흥미가 없지만 가능한 협력을 할 생각. 김대중 씨까지 구속하고 입건 처리한다고 서울서 발표한 모양. 김대중 씨를 비롯한 동지들의 건강을 빌면서 새로운 투쟁을 전개하여야 한다. 김대중 씨는 이제 자기도 들어가야 할 때가 아니냐고 늘 말해 왔다고 하는데. 박이 김대중 씨에게 대한 살해 계획을 실시할 것이 아닌가. 오래 품고 있던 그 계획을. 우선 그것을 못하게 싸워야 한다.

12일 0시 10분

# 3월 13일 토요일

어제는 婦連<sup>부인연합회</sup>에서 전후사에 대하여 이야기하였다. 1950년대를 취급하였다. 그리고 나서 저녁때 야스에 형을 만났다. 아이독크<sup>45</sup>에서는 「통신」4,500부를 맡겠다고 한다. 김 선생에게서 연락이 온 모양. 표지 디자인에 관한 것을 김 선생이 돌아오는 대로 상의하기로 하고 교정볼 것을 받아가지고 왔다. 교정은 김 선생과 내가 보고 그것을 모리오카 선생에게 보내면 이와나미로 전달된다.

일본 엠네스티에서는 한국 정치범에 대한 국제적인 의식에 따른 재판을 기도하고 있다고. 수많은 배심원을 세우고서. 매우 흥미 있는 일이다. 인세조로 100만 원 받아가지고 정숙을 불러내서 긴자를 거닐었다.

오늘은 교정을 끝내고 「문화사」집필. 이항로 대목을 기술하였다. 아침 『아사히』에 오구리 특파원의 기사가 나 있었다. "탄압에 진통을 겪는 학원" "쫓겨나는 교수, 수재" "권위비판, 은어隱語"라고 타이틀이 나와 있다. 아주 의도적인 타이틀이다. 야마구치 아키코山口明子 여사의 「구국선언은 진지한 기도」라는 투고 기사도 좋았다. 학생들의 은어에는 주체세력이라는 말이 있다고. 내 세상이라 거들거리면서 먹어대는 자들이라는 뜻에서 주호酒豪<sup>46</sup>를 그렇게 부른다고. 어떻게 적은 힘이나마 우선 투옥된 분들과 추방당한 교수들을 위하여 집결하여야 할 텐데. 좀 더 자세한 소식이 와야 할텐데. 오늘은 비가 내린다.

14일 0시 15분

---

45  IDOC(International Documentation). *Letters from South Korea by T.K.*를 출판한 곳이다. 40여 개국의 개인과 단체가 협력적인 네트워크를 통해 인간적, 종교적 갱신 문제에 대해 서로 문서, 설문조사, 보고서, 아이디어를 정기적으로 교환한다.
46  일본어이다. 대주가. 술을 많이 마시는 호탕한 사람 정도의 의미이다.

# 3월 14일 일요일

가와사키川崎 교회에 다녀왔다. 이인하 목사님 아버님 추도식. 이 목사님은 무사히 장례식에 다녀오셨다. 나도 어머니 생각을 하고 큰일이라고 생각하지 않을 수 없었다. 야스에 형은 내일 북으로 떠나고. 김 선생은 오늘 밤에 돌아온다고. 저녁에는 「문화사」를 쓰는 데 집중하였다. 임오군란 앞까지 간신히 끝낼 수 있었다. 또 눈이 좀 나쁜 것 같다.

15일 0시 40분

# 3월 15일 월요일

김 선생이 미국서 돌아와서 오 형과 함께 이야기. 슈나이스 목사는 한국 상황을 보고. 이번 취조는 잠 못 자게 하는 (6일간에 걸친) 고문이었다고 이우정 선생이 고백. 지방 교회에서는 성직자 석방을 위한 기도회를 한다고.

미국에서의 전략에 대한 논의. 시기는 왔는데, 캐나다 중심을 확립하여야 하는데, 김 선생과는 둘이 역시 캐나다에 가는 것을 이야기하였다. 한국에서는 한완상, 노명식, 성래운 그리고 전북대의 남종길 교수가 추방된 모양. 아직 더 심사를 진행 중이라고 하는 모양. 진시황처럼 지식인 추방. 돕는 문제를 서로 이야기하였다. 부인들은 모두 10일날 석방되었으나 재우지 않는 취조로 최대한의 공포심을 준 모양이다.

교회 써클 이상의 정치활동을 적극적으로 전개하자고 김 선생과 이야기하였다. 김 선생 사무실에 가니 도쿄여대 금년 졸업생인 고니시小西 양이 한국 문제를 위하여 일하게 하여 달라는 것이었다. 그래서 내 강의를 들은 모양. 이렇게 성실한 학생들이 있다. 가가와 도요히코賀川豊彦[47] 선생이 창설한 교회에서 이 봄에 세례를 받는다고. 일본 사람들에게는 이런 열의가 있다. 한때의 감상이 아니라 일생 동안 계속되는. 그러니까 생각은 좁으면서도 여러 가지 열매가 있는 것이 아닐까. 한국에서는 『세카이』를 중심으로 한 활동을 분쇄하려고 청와대에서 특별팀을 보냈다는 소식이다. 지금까지 CIA의 활동이 시원치 않았다는 비판에서 그런다는 것이다.

23시 25분

---

47　가가와 도요히코(賀川豊彦, 1888~1960), 大正(다이쇼)·昭和(쇼와)기의 크리스트교 사회운동가이자 사회개량가.

# 3월 17일 수요일

어제는 김 선생을 만나 슈나이스 목사를 통해서 나온 『조선일보』 상황, 노동 운동 현황의 글을 받았다. 이것은 『세카이』 6월호에 게재를 부탁하여야 하겠다. 그리고 구라쓰카 교수 댁에. 세상을 떠나신 어머니의 조문을 위해서였다. 병원 에서 (노인병원이라) 숨지고 나신 다음에야 연락해 주었다고. 모두 그런 모양. 그 다음에는 오가와 선생 댁에서 식사를 하고 밤늦게까지 이야기하였다.

감신 변선환[48] 교수가 바아젤에 4년 있다가 돌아가신다기에 식사를 함께하였 다. 호신일까, 인간이 그런가, 한국의 고민에 아무 관심도 없는 듯한 분, 시간이 아깝다는 생각으로 돌아왔다. 저녁에는 원고를 쓰다.

23시

---

48  변선환(邊鮮煥, 1927.9.23~1995.8.8). 평안남도 진남포에서 태어났다. 감리교신학대학 을 졸업하고 한신대, 미국 드류대학에서 신학석사, 스위스 바젤대학에서 신학박사학위를 받았다. 감리교신학대학교 대학원 원장과 감리교신학대학교 학장으로 재직하였다.

# 3월 18일 목요일

오늘은 종일 문화사를 썼다. 갑신정변 대목을 끝내고 동학혁명을 막 쓰기 시작하였다. 내일은 경원이 졸업에 정숙이만 보내고 「통신」을 쓰기 시작하여야 하겠다. 독일 이영희 씨에게 편지를 썼다. 김 선생의 노력으로 망명 스테이터스의 장학금을 얻었으니 연락하여 수속하라고. 임순만 목사님에게서 편지가 왔다. 이번 사건을 추진시켜야 하지 않겠는가라고. 『뉴욕 타임즈』 클리핑이 왔는데 이번 사건에 대하여 『뉴욕 타임즈』는 사설까지 쓰고 있다. 이번에는 민중의 저항이 한말의 경우처럼 더욱 외세를 끌어드려 몰락해 가는 것이 아니라 내부 개혁에 성공하여야 하겠는데. 저항과 탄압으로 외세만 끌어들이게 되는 것이 아니라 저항의 승리로 새 시대를 이룩하여야 하겠는데. 이번에는 왕조의 시대라고 하여서 써갈까. 미 의회에서는 한국 CIA의 미국 내 활동과 미 의회 관계자들에게 대한 뇌물을 조사하고 있는 모양. 박 정권의 악이 더욱 폭로되는 해라고 할까. 금년이 큰 고비이겠지.

19일 0시 2분

# 3월 20일 토요일

춘분이라고 휴일이다. 「통신」을 90장 탈고하였다. 『뉴욕 타임즈』에는 이번 500여 교수 탈락의 4분의 3은 정치교수인 탓이라고. 3월 22일 자 『뉴스위크』에는 두 페이지나 나 있다. 금년을 고비로 대대적으로 밀고 나가야 할 텐데. 어제는 경원이 졸업 축하를 겸하여 오, 김, 양 선생과 만나 이야기. 어제 밤중에 김 선생은 득남하였다고. 오 형은 김 선생의 캐나다행에 동의하고 비용을 얻어야 하겠다고 했는데. 가모鴨 씨가 히로사키弘前[49]에서 와서 잠깐 만났다. 무엇을 구하고 있는 듯하나 피차의 관심 사이에 거리가 너무 커서 무슨 도움이 못 되는 것이라고 느꼈을 뿐.

21일 1시

---

49 아오모리현(靑森県) 히로사키시(弘前市)를 말한다.

# 3월 21일 일요일

오전에 「통신」 추고를 끝내고 오후에는 오가와 교수와 만나서 NHK 견학을 하였다. 「노래는 친구들」이라는 어린이 프로 녹화 관경도 보았다. 아주 훌륭한 계획과 진행이었다. 어린이들의 노래 속에도 "누구도 믿을 수 없을 때" "혼자서 고독할 때" 등의 가사가 들어가 있었다. 일본적인 감상이 이때부터 주입되는 것이겠지. 사랑의 노래도 있었고. 그러니까 흥미가 있고, 그것이 리얼리티라고도 하겠지만. 『뉴욕 타임즈』에 나온 탈락 교수 500명 이상에 그중 4분의 3이 정치적 이유 때문이라는 기사. 신일철甲一儆 교수도 승인하는 것이었다. 신 교수도 『뉴스위크』와 『타임』지에 대단히 났다니까 달라질 것이 아닌가 하는 기대를 보이는 것이었다. 미국이 움직여야 한다는 기대는 우리 모두에게 있는 것이다. 오늘 아침에는 미국 정부가 이번 사태에 대한 불만을 강하게 분명하게 전달하였다고 하는 기사가 나 있었다. 지도자들의 체포를 우려한다는 것이다. 아시아, 아프리카 작가회의[50]에서는 이미 김지하 씨에게 수여된 로터스상을 한국에 찾아가서 수여하겠다고 요청한다고. 김지하 씨의 석방도 요구하고. 여러 가지 변동이 일어나려고 하는 것이 아닌가. 서울서는 김지하 씨가 건강하다고 변호사들이 발표한 모양.

23시

---

50  아시아, 아프리카 작가회의는 제3세계 문학운동의 중추적 역할을 담당해 왔다. 1956년 뉴델리의 아시아작가회의에서 발족 결의를 한 후, 1958년 타시켄트에서 제1차 아시아, 아프리카 작가대회가 열림으로서 결성되었다. 문학적 탈식민주의, 제3세계 자체의 역사와 문화를 부정하는 제국주의적 허위개념에 대항하여 역사적 현실과 도덕적 가치를 복원하는데 그 목표를 두고 있다. 1969년 '로터스(LOTUS)'상을 제정, 매년 시, 산문, 극, 비평 분야에 탁월한 작가 3인을 선출, 수상해 오고 있다.

# 3월 24일 수요일

　김지하 씨는 법정에 건강한 몸으로 나왔으나 기소장을 한번 잘 읽게 해달라고 하여 10분 후 개정하였다고. 『뉴스위크』, 『타임』에 대대적으로 나타난 한국 관계 기사를 보았다. 이제는 박 정권은 무엇을 하든 좋은 평가를 받기는 그른 모양이다.

　요전 학교서 니버를 읽고 돌아오다, 일본 사람들이 독일철학을 받아들인 이야기를 하였다. 독일식의 강한 논리보다는 에세이식, 잡담 섞인 예리한 감각의 불란서철학이 사私소설적 심괴주의를 가지고 있는 일본인들의 체질에는 맞았을 것이 아닌가. 그런 방향이 일본 사람들이 가야 하는 길인데. 불란서의 그 에세이식 철학은 진보적, 저항적이었고 독일철학은 유럽에 있어서의 후진국의 상황을 반영하여 상아탑적이었기 때문에 후자가 받아들여진 것이 아닌가 하는 이야기를 하였다. 그러니까 사상의 도입도 기호보다는 역사적, 정치적. 일본에서 문학 분야는 독일보다 불란서일 테니까.

　어제는 고다마 요시오 집에 마에노前野라는 젊은이가 경비행기로 특공대인양 돌입하였다. 일본 사람들의 밑바닥에는 무엇인가 무서운 것이 잠재해 있는 것 같아 무섭다. 내가 민주주의에서 일본인은 후퇴하지 않을 것이라고 말해도 교포들이 그렇지 않다고 하는 이유를 알 것 같다. 관동대지진 때 학살 같은 것이 안 일어난다고 보장할 수 없다는 심정을. 이 사건이 일어나자 이로가와 다이키치[51] 같은 학자도 대번 외국에서 일본에 특공대가 살아 있다고 할 것이 아닌가 하는 발언을 하는 것이었다. 언제나 남에게 의하여 규제되는 발상이다. 그러니까 언제나 다른 나라를 바라보고 모델로 삼는다. 전전에는 독일, 지금은 미국이다.

---

51　이로가와 다이키치(色川 大吉, 1925~2021). 일본의 역사가로 일본근대사, 민중사상사 전문.

「통신」 영역 교정을 보고 있다. 내일은 여대 졸업식이고. 모래는 이즈伊豆[52]로 가서 한일교회교류사 자료수집 세미나다. 한일교회교류사 중에서 자료수집에 관련해서 특히 문제되는 점을 몇 가지 내가 발제하기로 되어 있다.

22시

---

52  이즈(伊豆)반도를 말한다. 바로 뒤에 나오는 아타미, 이즈. 하코네 등은 후지산 주변에 위치한 관계로 도쿄에서 가까운 온천 휴양지.

# 3월 25일 목요일

도쿄여대 졸업식에 나갔다가 저녁 사은회까지 끝내고 돌아왔다. 사은회 때
는 모두 이야기를 한다고 하여 나는 특별프로 교실에서의 경험을 이야기하였다.
20여 명 학생 중에서 여자는 남자만 능력이 못하다는 사람이 한 명을 제외하고
는 전부였다. 이것은 여자대학에서 가르치는 사람이나 배우는 사람이 다 함께
가지는 과제가 아닌가하고. 우리 모두가 앞으로도 계속 짊어져야 하는 것이 아
닌가라고 하였다. 금년 졸업생 고니시 양이 한국 문제에 관한 관심으로 내 「문화
사」원고를 앞으로 한번 봐주겠다고. 아침 신문에는 미국이 이번 사건에 대한 항
의를 하였는데, 내정 간섭이라고 한국 정부가 거부한 것 같다고 나 있었다. 뱃장
을 보이다가는 굴복하는 것이니까. 일본 정부는 레이나드 미 정부 전 한국과장
이 김대중 씨 납치는 KCIA라고 미 의회에서 증언하였다고 하여 재차 검토한다
고 발표하였다. 국회에서 문제될 것 같으니 제스쳐를 쓰는 모양이겠지. 김지하
씨 공판정에 나온 김지하 씨 부인과 박경리 씨 사진이 신문에 나와 있었다. 김지
하 씨 어머니는 아들에 대한 호소문을 발표하고는 피신 중이신 모양. 내일은 이
즈로 간다. 스웨덴에서는 영문으로 나온 김지하 씨 시를 번역하고 「오적」도 번
역하였다고. 김지하 씨 다른 작품도 보내 달라는 박 형의 부탁. DAGA를 통하여
한양사 간刊『김지하 전작집』을 보내기로 하였다. 번역하시는 분은 미스 마리앤
에어<sup>Marianne Eyre</sup>, 엠네스티를 통하여 김지하 씨 구명운동을 전개하고 있다고.

4월 말에 박 형이 도쿄에 왔다가 모두 미국에서 만나 회의를 했으면 하는 제
안인데, 어떻게 할는지.

23시 5분

# 3월 27일 토요일

어제 오후에서 오늘 아침까지 아타미 시온장에서 비교문화연구소 세미나에 참석하였다. 한일교회교류사에서의 문제점에 관하여 사상사적인 의미에서 내가 문제 제기를 하였다. 가령 신사참배 문제를 정치적인 충돌로만 볼 것이 아니라 문화와 전통의 충돌이라고도 보자고 하였다. 우리에게는 국가신도나 황제숭배가 없으니까 말이다. 유교적으로 보면 왕은 왕도의 실행자에 불과하다. 오가와 교수가 박의 사진을 구해왔다. 정경모 씨가 가지고 있는 것을 구라쓰카 교수가 전해주었다고. 신문에 나온 것을 복사한 것 같이 희미하지만 쓸만하기는 하다. 구라쓰카 교수는 정경모 씨하고도 협력하는 것이 좋지 않느냐고 하였지만 오가와 교수가 거절하였다고. 잘하신 일이다. 교회의 입장은 우선은 지켜야 하겠고 그는 이미 북의 노선에 가까워져가는 것 같은데, 이면에 이유가 있지 않을까. 아타미[53]에는 사쿠라가 피고 있었다. 비가 내려서 다니지 못하고 도쿄로 왔다.

교정 보는 것을 뒤로 돌리고 동학농민혁명 대목을 오늘에야 다 썼다. 이제는 1910년 전까지의 단계를 써가야 하겠다. 겨우 천 장을 넘겼으나 앞으로 500장을 더 써야 하는데 4월이 촉박하였으니 문제다. 문명자文明子 씨가 전 한국과장 레이나드 씨와 인터뷰를 했는데 거기에 김대중 씨 사건을 무마해 달라고 박이 다나카에 3억 원을 전달하였다는 설이 나온다고. 그 원고가 텔렉스로『주간 현대』에 들어와 있는데『주간 현대』는 그것을 내지 못할 것이 아닌가하는 것이 정경모 씨 이야기라고 구라쓰카 교수가 전해 왔다는데 곧 미국에 알아보기로 하였다.

27일 0시 35분

---

53   아타미시(熱海市). 후지하코네이즈(富士箱根伊豆) 국립공원에 속하는 온천 휴양지.

# 3월 30일 화요일

요즘 문화사를 쓰고 「통신」 교정을 보는데 집중하고 있다. 마음속에 늘 공허가 있는 탓일까. 무척 그립고. 혼자 고독을 씹으려 걷고 싶은 생각도 있고. 어제는 강 목사님과 만나 이야기. 이번 구국선언에 관한 슬픈 이야기를 많이 들었다. 문익환 목사가 썼다는 이야기. 구약학자인데 윤동주의 친구니까. 한점 부끄럼 없기를 기원했겠지. 여러 가지 이야기를 「통신」에 기록하여야 하겠다. 이번 성명은 좀 더 노인급老人級으로 하려고 하였는데 안 된 모양. 김대중 씨가 쓴 것을 윤보선 씨가 좀 더 강하게 하였다고. 강 목사님도 퍽 외로우신 모양. 서로 이해와 협조를 진전시키자고. 형인이가 의예과에서 낙제를 하였다는 편지로 어제는 정숙이만 들볶았다. 무너지는 것 같지만 두고 보아야지.

31일 0시 10분

# 4월 1일 목요일

벌써 4월이다. 문화사는 끝내지 못하였고. 영문 「통신」 교정도 잔뜩 밀려 있고. 덕성여대에서 속달. 염무웅 교수와 함께 탈락되었다고. 국외에 있으면 더 야단이라고 생각할 텐데 참 우스운 일이 아닐까. 이제는 타율적으로 못가게 되었다고 하여야지. 내일은 이즈행. 벚꽃이 한참이라니까.

어제는 김 선생과 만나 여러 가지 상의. 하비 씨가 다녀온 보고를 들었다. 이제는 오사노小佐野[54]를 통하여 박이 쿠데타 때 돈을 받았다는 풍설까지 나돌고 있다고.

오늘 이삼열 씨에게서 세계민련을 실질적으로 운영하는 데 대한 건의문이 왔다. 어제는 손명걸 목사의 회의를 열자는 제의가 왔고. 앞으로의 문제를 어떻게 할 것인가. 내가 캐나다로 곧 가지는 못한다고 할 때의 대책은? 김 선생은 당분간 일본 베이스를 강화하자고 하는데.

22시 55분

---

54  오사노 켄지(小佐野賢治, 1917.2.15-1986.10.27)로 추정됨. 다나카 가쿠에 수상과 긴밀한 관계에 있었으며, 록키드사건 공판에서 증인으로 나왔다.

# 4월 3일 토요일

어제 이즈 아마기<sup>天城</sup> 산장 가까이 미기와라는 기도의 집에 왔다. 오 선생은 오고 가족과 함께. 아름다운 자연. 참 잘 보존돼 있다. 이 집도 그렇고. 은퇴한 노부부가 봉사로 하는 집이다. 고다마가 미국 CIA와 관계하였다고 한다. 문제는 더욱 확대되는 모양이다. 그러니까 고다마가 박의 1961년 쿠데타 자금을 댔다는 말까지 나오는 것이 아닌가. 앞으로 중대한 변화가 오는 것이 아닐까. 역시 미국의 선거가 선거다운 선거다. 낡은 것을 공격하는 공세, 거기에 따라서 세계도 뒤흔들리는 것이니. 우리나라에도 파도가 다가오는 것이 아닐까. 『아사히신문』에 나온 이달의 논평에는 「통신」에서 록히드사건이나 CIA 문제는 자유세계 전체가 지니고 있는 상황의 심벌이라고 하고 한일간에 이런 문제를 찾는다면 양국 국민이 깜짝 놀랄 것이 아닌가 하는 대목을 인용하고 있었다. 다케나코지<sup>武名小路</sup> 씨의 논평이었다. 그 방면을 좀 더 깊이 파내려 가야 할 텐데. 박은 더욱 은폐에 전력을 다하겠지.

23시 20분

# 4월 5일 월요일

박원영朴元永 교장이 와서 만났다. 이사장 선생 팔 골절 수술 결과가 좋지 않아서 이곳 의사들에게 엑스레이를 보고 코멘트해 달라는 말씀이었다. 학교는 청와대에서 혼식 검사를 나오는 형편, 박은 나다닐 때 여러 길을 경비하게 하고는 예고 없이 지나간다고. 사복들이 지키고. 학교에서 니버를 읽고 돌아왔다. 교정이 밀려 있는데 보지 못하고 있다. 양호민 교수에게서는 작년에 일본왕복 항공표를 받은 적이 없다고 전화가 왔다. 오 선생 사무실에서 보냈어야 하는데 알 수 없는 일이다.

어제는 하코네를 거쳐서 돌아왔다. 밤에는 탁희준卓熙俊 교수 부인이 전화를 걸어와서 프리드리히-에벨트-슈티프퉁Friedrich-Ebert-Stiftung, 프리드리히-에벨트 재단에 제출한 프로젝트를 좀 밀어달라는 것이었다. 부인은 말레이시아회의에 가는 도중이시라고. 탁 교수도 위험을 느껴서인지 내가 부탁한 것은 하나도 이행해 주지 않고 자기 부탁만 하니.

오늘 아침에 스미아隅谷 선생님에게서 전화가 와서 정숙이와 함께 저녁에 초대하신다고. 곧 이와나미신서로 나온 『한국의 경제』를 읽어내야 하겠다고 읽기 시작하였다. 김 선생 채널로 한국에 100권 보내기로 하였다. 사방 동지들에게도 한 권씩 보내달라고 하였다. 선편으로 캐나다에 30권을 보내달라고 모리오카 선생에게 부탁하였다. 영문으로 번역을 해서 판다는 것도 중요할 듯한데. 매우 중요한 내용이니.

23시 58분

# 4월 8일 목요일

6일날은 야스에 형과 만나 북을 다녀온 이야기를 들었다. 대단한 대우를 받았다고. 남한을 고립시키는 정책으로 나가는 것이 현재의 정책인 것 같다. 남한의 민주 세력은 하나의 파워가 될 때만 고려에 넣겠지. 지금은 남한을 고립시키는데 유리하다고만 생각하는 것 같다.

어제는 오가와, 구라쓰카 양 교수와 식사를 함께 하였다. WCC에 도쿄여대에서의 내 계약 연장을 신청하도록 오가와 교수가 노력하겠다고. 구라쓰카 교수는 박의 육사 때 사진을 찾는데 어렵다는 것이었다. 그때는 군사기밀이라고 졸업하는 사관을 알리지 않으려고 전체 사진을 찍지 않았다는 것이다. 『동아일보』 지원 모금은 얼마 전에 하비 씨 편에 60만 원을 보냈는데 또 50만 원이 모였다고. 탈락 교수들에게 대해서도 이런 노력이 이루어져야 할 텐데. 기독교 교수들은 성명을 내는 데는 합의하였다고. 내일 유지有志 일반 교수들이 모여 지원 태세를 토의한다는 것이었다. 『뉴욕 타임즈』 기사를 구라쓰카 교수에게 보내드리기로 하였다. 문명자 씨가 레이나드 전 한국과장과 인터뷰를 하였는데 그 안에 김대중 씨 사건을 무마해달라고 다나카에게 박이 3억 원을 보냈다는 말이 있다고. 이것을 확인하고 어떻게 사용할 방도가 없을까 하고 김 선생과 함께 이야기하였다.

캐나다에서 소식. 500달러를 양 선생 처남에게 보냈다고. 장 선생님 유가족에게 문동환 목사님 아버님 문재린 목사님이 보내시는 것이다. 교토 가토 씨가 보내는 2만 원이 있으니 내가 보태서 한화 30만 원을 전달할 예정이다.

어제는 정숙이와 함께 〈에덴의 동쪽〉을 보았다. 역시 감명 깊은 영화였다. 기독교 전통이 없는 우리 문화권에서는 찾을 수 없는 영화이겠지. 차별을 받으면 나는 못 낫고 나면서부터 약하다는 식으로 생각하고 마는 것. 서울서는 이제 4개월 가까이 소식이 없다. 기다림도 그리움도 지쳐버리면 사라지는 것이겠지. 생각하면 서글픔이 피어오를 뿐. 오늘은 하루 종일 교정. 이제는 김지하 씨 양심선언 대목을 보고 있다. 내 「통신」 본문은 끝내고. 오글 목사의 글이 좋았다. 박과 싸우기도 어려운데 미국과까지 싸워야 하는가라고. 민주주의를 하면서도 이북에 대항하여 남한을 지켰는데. 패션이 있는 훌륭한 글이다.

도쿄여대에서의 연장은 그지 어렵지 않을 것이라는 말이었다. 금년 철학과 지원 27명 중 10명이 내 강의 영향이라고 판단하는 것이라고. 거기에는 우리 교포 학생도 한 사람 있고. 좀 더 강의에 충실하여야 하겠는데 시간이 없다. 나도 즐거운 시간을 가진 것이 사실이고. 학생들도 우수한데, 역시 여성이란 공부하여도 부질없다는 전통적인 의식이 강해서 앞으로 나아가려고 하지 않는다. 여기에 김 선생이 말하는 것처럼 문화가치에 있어서의 프롤레타리아트가 있다. 그리고 거기에 따른 나면서부터 못하다는 비굴한 생각이 있고.

9일 0시 15분

# 4월 10일 토요일

어제는 부인회에서의 강의를 끝내고 고마서럼에 갔다. 홍상규 씨가 와서 만났다. 박과 더불어 한국 전체가 고립하여서 망한다면 하는 위기의식을 말하는 것이었다. 그리고 남북 문제에 대해서도 일본이 방해한다고. 우리 한국인에게는 일본에 대한 콤플렉스가 심해서 너무 의혹을 가지는 데가 있다고 하였다. 그것은 친일이 됐기 때문이라고. 언제나 듣는 비난이다. 국민이 가지고 있는 비합리적인 면을 이용하는 것이 아니라 그것을 초극하여 이성적이 되게 하는 것이 정치적인 지도력이 가야 하는 길이 아닐까.

오늘 오후에 나가누마[55] 씨를 만나 『아사히 저널』 분들과 이야기하였다. 록히드사건에 관계하여 한일의 측면을 파헤쳐 보려고 한다는 것이었다. 약간 의견을 이야기하였을 뿐이다.

저녁에 김 선생이 와서 슈나이스 목사가 가는 데 대한 전략, 전술을 이야기하였다. 이번에는 새로운 콘택트를 개척하는 데 쓰자고 하였다. 그렇게 냉철한 계산 밑에 철저하게 해주시는 분이 없으니까. 너무 파고 들어가서 두려움을 가지는 분도 있는 것이 사실이지만. 양 교수선, 퇴직교수선, 지방 연락, 이런 데 중점을 두고 싶다. 교회 안에 있으면서도 교회를 넘자고 어제 슈나이스 목사와 이야기하였으니까.

오늘 『조선일보』 사태, 노동 문제에 관한 것 두 가지 원고료를 각각 3만 원씩 지불했다. 학생들에게 2만 원 보내달라고 하였고. 오늘 김 선생이 가져온 자료

---

55 나가누마 세츠오(長沼節夫, 1942~2019). 나가노현(長野県) 출신으로 1972년 지지통신(時事通信)에 입사해 나이지리아 특파원을 역임하고 베트남전쟁과 한국민주화운동 등 국제정세를 보도해 왔다. 1971년 서울에서 처음으로 김대중을 만나고 대통령선거 연설을 녹음했다. 김대중과의 인터뷰, 취재 등의 인연으로 김대중의 대통령 취임식에 초대되었다.

에 의하면 『워싱턴 포스트』에서는 박을 "South Korea's most dangerous man"이라는 사설까지 쓰고 있다. 『뉴욕 타임즈』도 대단하고. 김대중과 말년 박은 견딜 수 없는 궁지에 몰려가는 것이 아닐까. 여기에 영문 「통신」이 나오는 것은 좋은 일이라고 이야기하였다. 다케나코지 교수의 서문도 좋았다. 지난날과 오늘의 아픔에서 일본에서는 한국 사태를 받아들였다고. 그리고 구미는 아시아의 인권유린에 대해서는 자칫하면 멀게 느끼고 망각하고 있다고도 하였다. 양심적인 사람들의 연대, 거기에만 희망이 있다.

임 목사님 편지에 온 『뉴욕 타임즈』 클리핑도 좋았다. 석유로 대들더니 이제는 아주 환멸인 모양. 고약한 놈들이다. 그런데도 유럽 기술자들이 와서 일하고 있는데 곧 결과가 날 것이라고 데마[56]를 돌린다고. 실제는 포장을 쳐놓고 망을 보면서 일을 중지하고 있으면서도. 임 목사님은 조직의 필요를 강조하신다. 어떤 한국 의사분을 만났더니 김찬국[57] 교수를 도우라고 당장 500달러를 내놓고 금년에 5,000달러를 지원하겠다고 하더라고. 이런 잠재력을 동원하여 싸워야 하겠다는 것이다. 사실 박 이후의 사태를 위해서도 밖에 구심점이 있어야 하는데, 강 선생이 왔고 박 형이 오니까, 좀 더 현실적인 토의를 하여야 하겠다.

11일 0시 10분

---

56  '데마'는 일본어 'デマ'를 일본음 그대로 한글로 표기한 것이며, 의미는 '거짓, 허위'라는 뜻이다.
57  김찬국(1927~2009). 연희대학교 대학원 신학과 졸업. 1955년 미 뉴욕유니언 신학교 대학원에서 신학석사 학위를 취득했다. 민청학련사건의 배후 조종 범인으로 몰려 1974년 서대문 구치소에 수감. 1977년과 1978년에 긴급조치법 위반 혐의로 구속되었고 연세대에서 두 차례 해직됐다(9년간 해직교수로 지냈다). 복직된 후 연세대 부총장과 상지대 총장을 지냈으며 한국기독교교회협의회 인권위원장을 역임했다.

# 4월 16일 금요일

강 선생이 4월 9일 밤에 왔다가 15일 오후에 떠났다. 14일 저녁에 박 선생이 와서 오늘 모두 모여서 우리 집에서 식사를 나누었다. 내일 저녁에는 이삼열 씨가 온다니까 일요일에 모여서 함께 이야기하기로 하였다. 5월 초에 미국에서 모두 모이자는 것이 암만하여도 문제일 것 같다. 그렇게 시간을 낼 수 있을까. 어제 구라쓰카 교수가 박의 육사 때 사진을 찾아왔다. 복사해서 보내주시겠다고. 만주군관학교 학생 전원이 유학생으로 육사 본과에 왔다고. 그때 이름은 오카모토岡本가 아니라 다카키高木인데 어떻게 오카모토라는 이름이 나왔을까. 미주에서 『코리아 프레스』로 내보낼 예정이다. 내일은 도쿄여대에서 첫 강의.

23시 반

# 4월 22일 목요일

독일서 17일에 이삼열 씨가 왔다. 만나서 이야기하는 나날이었다. 19일과 20일만은 「통신」으로 말미암아 자리를 함께하지 못하였다. 18일에는 하루 종일 부활절인데도 회의를 하였다. 특별한 진전은 없었고 다만 5월 3일 시카고 회의만은 결정하였다. 정숙을 30일에 보내고 나는 1일에 미국으로 떠나고 싶은데 어떻게 될는지. 저녁에 김규칠 씨에게 시모노세키로 전화를 걸어서 잘 부탁해 달라고 하였다. 어제는 이와나미홀에서 〈베르이난의 마술사〉, 〈겨울의 빛〉 두 작품을 보았다. 신의 침묵을 인간의 실존 속에서만 문제 삼는 것이 너무 추상적인 듯한 느낌이었다. 20일, 21일은 스트라이크. 해결됐다고는 하여도 그 여파로 오늘은 휴강이었다. 박의 옛 사진을 어제 받아서 오늘 김 선생에게 전했다. 구라쓰카 교수가 많은 수고를 하셨다. 슈나이스 목사 편에 보내는 『동아일보』 돕기 20만 원은 가능하면 송, 천, 양 형에게 10만 원씩 전해 달라고 하였다. 두 분이 상당히 어려운 모양이다. 이태영 박사님에게는 야스에 형의 서신을 보냈다. 윤보선 선생이나 함석헌 선생이 『아사히』 정도의 신문을 대상으로 기고를 해주십사 하는 것과 이 박사께서 법률적인 견지에서 한국의 인권탄압 현장을 고발하는 글을 써 주십사 하는 것이다. 이 박사님의 글은 익명으로 하여 미국 의회에까지 닫도록 할 계획이다. 여러가지 정보 수집과 연락을 부탁하였다. 슈나이스 목사와는 어제 저녁에 식사를 같이 하였으나 오늘 김 선생이 만나서 자세한 이야기를 하기로 하였다.

23시 50분

# 4월 23일 금요일

정숙은 28일에 떠나기로 KAL 예약이 되었다. 5월 초 연휴로 모두 한국행이다. 30일에는 예약을 할 수가 없었다. 다시 기생관광이 부활한 모양이지. 제도적이 아닌 금지령이란 그런 것이겠지. 일본 관리들이 친절하다고 어제도 이야기하였다. 지방의회를 통한 제재가 없을 때는 관이란 그런 것. 위로부터 친절과 봉사를 지시받는다고 되는 것이 아니다. 제동장치가 있어야 한다. 정숙의 수속, 내 여권 연장을 위하여 김규칠金圭七 씨에게 부탁하였는데 시모노세키에서라 아직 연락이 되지 못하였다고. 어쨌던 월요일에는 하여야 할 텐데. 오후에는 계속 강의 준비. 미국 의회에 가는 것은 결정되어서 CCA에서 항공료는 연출한 모양이다. 서울이 그립고. 무언가 마음에는 초조한 생각이 떠나지 않는다. 봄이 왔기 때문일까. 비가 내린다.

23시 40분

# 4월 27일 화요일

어제는 대사관에 가서 정숙의 일시귀국, 내 여권 연장, 어머니 초청장 등 모두 수속을 끝냈다. 마침 박성무朴性武 총영사를 만났고 김규칠 씨의 연락으로 서徐, 조趙, 양 영사가 모두 잘해주어서 거침없이 끝낼 수 있었다. 다 좋은 관료들인데 정치의 방향이 바르지 못하니 문제일 뿐이다. 다행히 잘 끝나서 당분간 안심이다.

어제저녁에는 박 선생과 이야기. 함께 싸우는 동지라고 하면서도 자신의 문제를 희생하려고 하지 않는 데 어려움이 있다는 이야기를 나누었다. 얼마 전에 정숙이가 농담조로 "박 선생님 다 모여 살게 좀 해 줘요"하고 한 것 때문에 박 선생은 눈물짓는 것이었다. 내가 도리어 미안해서 못 견딜 지경이었다. 좀 더 문제를 털어놓고 이야기하여야 하겠는데.

미국에는 가기로 하여 CCA에서 항공표를 마련한다. 이런 것이 다 오 선생에게 압력이 오게 하는 일이겠지. 김 선생은 자기 문제에 대하여 너무 이 사람 저 사람에게 다른 견해를 말하는 모양이다. 당분간 방치해 두는 것이 필요할 것 같다. 캐나다에서는 오늘 회의 개최에 대한 인포메이션을 보내왔다. 이번에는 경제적인 것은 자담으로 하자. 그래서 못 온다는 분도 있는 모양이고. 어제는 장혜원 선생에게서 거기에 대한 소식이 전해졌다. 그리고 내가 엑스포우즈노출되지 않겠느냐는 염려였다. 박 선생이 잘 생각하기로 하고 오사카로 떠났다. 캐나다에서는 경비로 2,000달러는 가지고 오라고 했는데. 그리고 내가 책임을 지고 사회를 하라고 하였고. 교대로 임무를 맡는 것이 좋을 것이 아닌가. 떠나기 전에 야스에 형도 한 번 만나야 하겠고. 정숙은 귀국한다. 그래서인가 며칠 전부터 몸이 잦아드는 것처럼 기운이 없다.

23시 20분

# 4월 28일 수요일

오후 1시 반 비행기로 정숙이는 귀국하였다. 정숙이도 눈시울이 뜨거워지는 것 같은 표정이었고 나도 늙어서 이제는 마음이 약해진 탓일까, 하면서 생각을 지워버리려고 애쓰면서 돌아섰다. 돌아와서 옛날 걱정이나 슬픔이 있을 때 그랬던 것처럼 한참 자고 나서 라인홀드 니버 강의 준비를 하였다. 이이노<sup>飯野</sup> 씨의 『니버 전기』는 빈약한 것이다. 니버의 문제점과 깊이를 파악하지 못한 것이었다. 쓰는 사람의 사상적 빈곤을 나타낸 것이라고 할 수밖에 없다. 그러니까 니버가 일본에서 잘 소개되지 못한 것이 아닐까. 니버의 신학이란 일본의 독일 계통 사변신학<sup>思辨神學</sup>에서는 이단 또는 통속적인 것이라고 보여졌는지 모른다. 정치 참여를 말하는 사람들은 현실과 떠난 혁명론자들이었고. 어느 면에서나 일본 지식인들은 비현실적이었다. 지식과 교양의 세계는 일본에서는 기본적으로 '아소비<sup>놀이, 여흥</sup>의 세계가 아니었을까. 일에 들어가면 그렇게 전력을 다하는데. 여기에 대학에서는 공부하지 않아도 훌륭한 회사인이 될 것이겠지. 이 두 가지 인생을 구별해 산다. 그것이 '割切る — 나누어 분리하다'라는 뜻이 되는 것이 아닐까. 혼자 앉아 있으니 집중할 수 있다. 여러 가지 생각이 일어나고. 정말 좀 더 깊은 자기추구를 전개하여야 할 텐데.

29일 0시 5분

# 5월 3일 아침

어제 오후 늦게 시카고에 도착하였다. 도쿄에서 스트라이크로 비행기가 4시간이나 연발되어서 로스앤젤레스에서는 잠깐 명 형만 만나고는 예정하였던 라스베가스 구경을 하였지만 주말이라 말이 아니었다. 호텔을 얻는 데도 진땀을 뺄 정도였다. 60달러를 주고 더럽기 짝이 없는 모텔 방 하나를 얻었을 뿐이었다. 피곤한 대로 시카고에 도착하여서 설상수 선생 댁에서 좋은 저녁을 함께할 수 있었다. 미드랜드호텔에 자리를 잡았다. 조용한 곳이라 깊은 잠을 들 수가 있었다. 교직자들에게는 1할 호텔료를 감해주는 곳이다.

어젯밤에 전화로 이상철 목사, 임순만 박사 양주, 이승만 목사 여러분과 이야기하였다. 나는 너무 나타내지 말고 개인적 또는 그룹으로 여러분과 접촉하기로 하였다. 로스앤젤레스에서도 모임이 있을 때는 내 이름이 자꾸 오르내린다고 하니 결정적인 역할을 하기 위하여서도 좀 신중하여야 할 것이 아니냐는 명 형의 충고였다. 국내가 더욱 어려워지니 우리 운동의 방향을 어떻게 설정할 것인가. 조직과 자금조달을 어떻게 할 것인가. 문제가 산적하여 있다. 내가 참가하는 데도 여러 가지 어려운 문제가 있다. 그러나 정말 하나님에게 맡기는 태도로 결단을 내려야 할 것이 아닐까. 경제적인 문제만 해도 그렇다. 캐나다 이민이 된다면 어떻게 자리를 잡고 아이들을 공부시킬 수 있을 것인가.

떠날 때 야스에 형이 미도리가와 선생의 전별금이라고 하여 10만 원을 줘서 고맙게 받았다. 이번 여비, 항공표는 CCA 부담으로 오 선생이 해냈지만, 그 외 비용은 호텔비용을 비롯해서 내 개인 부담으로 돼 있다. 오늘 저녁부터 김 목사님을 모셔야 하니 그 모든 것도 내가 부담하여야 한다. 그러니까 나 자신이 그런 자금은 가지고 있어야 한다. 그런 의미에서 이와나미가 얼마나 감사한지 모르겠다. 하나님께서 음으로 도와주시는 것이겠지. 감사하여야 한다. 여름에는 독일에 오라고 하니.

운동의 방향은 한국의 민주화다. 우리의 힘을 키워서 정치력을 발휘하여야 한다. 한국 사태를 움직이고 앞으로 건설해 가는 데 그 힘이 필요하다. 박이 있다고 하여도 그런 힘이 우리에게 있을 때 외국의 힘, 이북의 힘 또는 박하고 견줄 수 있는 힘이 가능하다. 이런 투쟁을 통하여 우리의 힘을 키우고 결집시켜야 한다. 투쟁을 다행한 것으로 만들어 우리 힘을 키워야 한다. 투쟁 과정에 있어서만 우리의 힘을 성장한다. 이북에 대해서도 대북의식만 가져서는 안 된다. 우리 힘으로 그들을 변화시킬 수 있다고까지 생각하여야 한다. 힘만이 힘에 압력을 가할 수 있다. 이러한 근본 입장을 좀 토의하고 싶지만 형편을 보아야 하겠다. 오후부터 회의니까 그 전에 책방을 좀 다녀야 하겠다.

그저께 저녁에 MBC에서 한국 CIA에 대한 대대적인 다큐멘터리를 발표하였다고 한다. 대통령전을 겨눈 것이 아닌가 하는 견해를 임순만 목사님은 말씀하시는 것이었다. 박의 과거 일군日軍시대, 좌익에서의 전향도 나왔다고. 미국은 일본에서는 고다마, 한국에서는 박 같은 것과 연결하며 정책을 수행했다고 하는 것이겠지. 20만 달러짜리 집에서 사는 김형욱의 모습까지 등장했다고 한다. 그 집에서 아르바이트를 한 미국인 학생이 그 존재를 임 목사님에게 알려줘서 항공사진을 찍었는데 MBC에서는 잠복하여 있다가 김형욱을 포착한 모양이다. 윤이삼 씨가 고문받던 이야기도 폭로하였고, 중요한 문제다. 우리 운동이 더욱 조직화하여야 하겠는데. 이 필름을 얻기에 노력하자고 하였다.

아침 9시 20분

# 5월 5일 아침

오늘이 회의 마지막 날이다. 강행군이라고 할까. 한국민주화세계협의회로 하기로 하였다. 조직의 문제에 있어서 아직 문제가 남아 있다. 오늘 계속 논의하기로 하였다. 의장에 김재준 목사 부의장에는 공식으로는 발표하지 않지만, 이태영 박사, 장성환 목사 그리고 내가 추천되었다. 도쿄가 가장 중요한 프론트가 된다. 사무총장에 이승만 박사, 재정에 손명걸 목사, 대변인에 공식발표는 하지 않지만 박상증 형이 추천되었다. 소위원회로는 교육정보, 전략연구, 재무모금, 행동 / 실행을 두고, 행동 / 실행은 집행부가 자동적으로 겸임하기로 하였다. 미주에서는 8월 13일에 재북미한국민주단체연합회를 창설하기로 하였다. 회비는 연간 200달러학생 같은 신분의 경우에는 50달러로 하였다. 앞으로의 활동은 아직 미지수라고 하겠지만 지금까지의 활동을 일단 한층 더 강화하는 것으로 하였다.

임순만 목사님이 오셔서 함께 북에 관한 이야기 등을 나누었다. 재미 기독학자회의에서 남북 학자를 초청하는 문제도 검토하기로 하였다. 이태영李兒榮 박사님의 그간의 노력에 대하여도 이야기하였다. 물론 야스에 형의 이북 방문과 그때 내가 떠본 북의 의도 등에 관하여서도 이야기하였다. 우측 다리에 신경통이 오는 모양이다. 어제도 3시가 돼서야 잤으니 매일 과로가 계속되는 셈이다.

8시 10분

# 5월 11일 화요일

시카고 회의는 6일에 끝났다. 한국민주화세계협의회로 하기로 하고 교육·정보, 재정·모금, 행동·집행의 3부까지 정했다. 이데올로기 문제를 내걸고 지금까지의 인간관계에서 오는 대립도 있었으나 무난히 끝낼 수 있었다. 우선 협의회의 성격을 기존 단체를 돕는 것으로 하였으니까. 모금에 관한 구체적인 기준까지 정했다. 뉴욕 코올리션coalition, 연합에는 실무자로 김상호 씨를 천거하였는데. 이승만, 송명걸 양 박사가 잘 협력해 주실 것을 부탁하고. 전체로 보아서 협력적이었다고 할 수 있겠지. 박 형과 헤어질때 슬펐고.

홍 목사와 함과 황광은 목사님 가족을 찾고는 안성진 목사님 댁에서 일박. 외로우셨겠지. 그칠 줄 모르는 담화의 시간이었다. 한경직 목사 비판이 그칠 줄 몰랐다. 안 목사님도 조용한 저항인이었다.

명 형을 찾아 이틀 밤을 자고 도쿄로 왔다. 넓은 땅, 거기에 우러난 창의의 문화를 계속 생각하면서. 매우 피곤하였다. 어머니를 만났다. 한층 더 늙으신 몸. 오 선생 댁에서 산보를 나가셨다가 길을 못 찾아 대소동이 났다고.

어젯밤에는 슈나이스 목사와 만나 자세한 소식을 들었다. 그와 같은 성격이니 나치스하에서 독일의 목사들이 레지스탕스를 할 수 있었겠지. 철저히 조사하고 철저히 가지고 갔다. 노명식 교수의 「병진사화丙辰士禍의 진상」이라는 교수 투쟁에 관한 글, 서경석 군의 학원 상황에 관한 글, (옥중에 들어가 있는 몇 분과 김관석 목사 등이 함께 작성하였다는) 한국민주화운동의 입장에 관한 글, 그리고 『동아』 기자들이 기록하였다고 하는 「한국경제의 실상」이라는 220장의 글들을 가지고 왔다. 비밀 때문에 몇 번이고 옮겨쓴 중요한 글들이다. 훌륭한 노력을 보여주었다. 오늘 학원 상황에 관한 글은 번역을 완료하였다. 내일 야스에 형과 상의 하겠지만 이 글들이 나오면 CIA가 크게 주목할 것이 아닌가. 당분간 번역에 노력을 집중하여야 하겠다. 오늘은 릿쿄 강의. 왼쪽 다리 신경통이 계속되고 있다. 피곤하여 일찍 눕기로 한다. 외롭고 그리운 밤.

9시 30분

## 5월 12일 수요일

오전에는 「병진사화의 진상」을 번역하였다. 오후 야스에 형을 만나서 두 가지 번역을 전달하고 여러 가지로 이야기하였다. 동䒙 박사가 여름에 한민통대회[58]에 오는 것을 추진해 달라고도 하였다. 야스에 형이 고료라는 명목으로 이태영 박사에게 50만 원을 전달해 달라고 하여 오늘 슈나이스 목사에게 30만 원만 전하였다. 내일 그는 서울로 간다.

어쩐지 오늘은 퍽 허전함을 느낀다. 어머니를 돌본다는 것 때문일까. 인간이 옆에 있어도 대화할 수 없다는 외로움 때문일까. 서울을 생각하여서이기도 하다. 허무하고 보람을 찾을 수 없는 것 같고.

10시

---

58  한민통(한국민주회복통일촉진국민회의). 1973년 7월 6일 뉴욕에서 미주본부 발족. 1973년 8월 15일 재일 한국민주회복통일촉진국민회의가 결성, 곽동의, 배동호 등 일본에 있는 대한민국거류민단 소속 민주 인사들이 한국민주회복통일촉진국민회의를 조직하고 김대중을 의장으로 추대했다. '한민통'이 중심이 되어 '김대중 선생 구출대책위원회'를 결성, 김대중 납치사건이 중앙정보부의 소행임을 알리고 김대중을 구출하기 위한 다양한 활동을 전개했다. 이러한 활동을 바탕으로 1977년 8월 12부터 14일까지 일본 도쿄에서 유럽, 미국, 일본 등 해외 민주화운동 인사들이 모여 '해외한국인 민주운동대표자회의'를 개최하고 '민주민족통일해외한국인연합(한민련)'을 결성, 해외 민주화운동을 펼쳤다.

# 5월 17일 월요일

국내에서 나온 포지션페이퍼를 번역하여서 「한국 지식인의 저항의 사상」이라고 하였다. 현 단계에 있어서 하여야 하는 일이 체제에 대한 견제 세력을 만드는 것으로 너무 약한 것이었으나 현실적인 것이라고 보아야 할까. 남북을 모두 배격한 민중 위주의 발상은 너무 비현실적이라고 보여지고. 그런 의미에서도 내 대이북 발언이 의미를 가질는지 모른다.

목요일 강의는 준비부족이어서 뒷맛이 좋지 않았다. 토요일 니버 연구는 수강자가 부쩍 늘어났다. 계속 강의를 하는 것이 좋을지 모르겠으나, 원전原典을 읽기로 하였다.

구라쓰카 교수는 국내에서 어떤 메시지가 오면 거기에 호응하는 형식으로 추방 교수 돕기를 해주겠다는 것인데. 이미 야스에 형에게 보낸 「병진사화의 진상」 이야기는 할 수 없고. 내일 아침에 야스에 형에게 상의하여야 하겠다. 오늘 저녁에는 형인의 이야기가 나와서 이제 정신 못 차리면 하는 수 있는가, 라고 하였더니 어머니는 과히 기분이 좋지 않으신 모양. 잘 타이르는 편지를 쓰라는 것이다. 고마서림에 가서 『삼국사기』와 『삼국유사』를 얻어다가 강의 준비.

이번 15일 3·1선언사건, 『아사히』 기사는 참 좋은 내용이었다. 오구라 특파원의 노력은 치하할 만하다. 윤보선 씨의 심문받은 내용 — 그 답변은 참 훌륭한 것이었다. 누가 심판을 받는 것인지 모를 정도다. 아직 그 연세로 굳굳하게 이겨내시니. 검사가 심문 때문에 댁을 방문하였을 때 좋은 대접을 받았다고 하자 윤보선 씨는 그것은 요즘 부조리 단속에 안 걸리느냐고 하셨다. 왜 나만 불구속이냐고 하니까, 재판장이 전 대통령에게 대한 예우인지도 모르겠다고 하니, 윤보선 씨는 그런 좋은 대접 받고 있는 것 같지 않다고 응수하였다. 김대중 씨는 묵비권을 행사하고. 이 사실이 가장 알아야 할 우리 국민에게는 알려지지 않고 있으니. 오늘의 한국을 밖에서 더 잘 알고 있는 셈이니.

오늘 고마서림 사장도 자기도 재판정 사람들처럼 폭소하고 싶었다고 하는 것이었다. 투전이나 골프로 와이로賄賂하는 것이 유행이라고. 한국에는 부정이 부정이 아니라고 생각하고 서로 못하는 것이 바보고, 걸리는 것은 운이 나쁘다는 흐름. 이것을 놓고 이것을 피부로 느끼는데 어떻게 침묵하라는 것인가. 그것을 부르짖지 못할 때 민심은 곪는 것이다. 퇴폐해진다. 마스다益田 전『아사히』특파원은 이런 상황에서 부르짖는 것은 영웅주의라고 하였다는데. 자기는 소피스케이트돼 있다고 자부하는 모양이지만.

11시 10분

# 5월 19일 수요일

어제저녁에 잠깐 모리오카 선생과 만났다. 릿교에서는 한국신화에 대해서 이야기 하였고.

오늘 아침에는 슈나이스 목사를 만나 서울 소식을 들었다. 용기있는 법정투쟁이 전개되었다고. 안병무安炳茂 형의 부인 박 여사가 큰 브레인인 모양. 변호사들과 함께 우수한 작전을 수행하고 있다고. 박수는 손을 아래로 하고 치고. 변호사들은 몸수색을 당하지 않기 때문에 비밀 녹음을 했다고. 「한국통신」 영문판이 그야말로 호화판으로 나왔다. 미국 아이독이 미국서의 판매를 결정해 주지 않아 문제가 많다. 힘써달라고 이승만 박사에게도 편지를 냈는데. 오늘 김 선생에게 전문을 보내고 책을 보내서 독촉해 달라고 부탁하였다. 원저자 인세를 분할로 한다니 모든 것을 생각해서 하는 야스에 형의 특별 조치다. 처음에는 5로 하고 역자 4에 1은 교정 본 분들에게 사례하는 것으로 하자고 하였는데 이미 그 비용은 이와나미서점 회사 비용으로 했으니 괜찮다는 것이다. 사카모토 교수 같은 분을 한국 문제에 등장시키겠다고. 그동안 제자들이 한국에서 걸렸기 때문에 침묵했었지만. 참 『세카이』의 역할은 크다. 감사할 뿐이다.

20일 0시 50분

# 5월 21일 금요일

어제는 하루 종일 강의를 하고, 저녁에는 비교문화연구소 회의에 참가하고 돌아왔다. 오가와, 구라쓰카 양 교수와 잠깐 이야기하고. 『아사히』 등에 이번 재판 결과와 피고들의 건강을 들어 요다음 공판 29일 전, 25일경에 사설을 내도록 움직여 보자고 하였다. 그리고 한국 내에서는 NCC 같은 데서 500명 추방당한 교수에 대한 성명과 실태조사가 이루어져야 한다고 해고. 이번 병진사화에 대한 글에는 일본측에서 호응하는 글과 활동이 『세카이』를 중심으로 하여 일어나야 한다고 이야기하였다. 구라쓰카 교수가 백방으로 노력하기로 하였다. 오늘 오 선생이 사무실에서 서류를 도적 맞았다고 하는 것이었다. 청와대에서 보낸 마수의 맹활약인 모양이다. 별 대책이 없어 내일 오후에 야스에 형을 만나 여러 가지 상의하기로 하였다. 주위에 크게 파도가 다가오는 모양. 사람이 없으면 방안에도 들어오는 모양인데. 시카고회의도 워싱톤까지 알려졌다는 장혜원 선생님의 소식. 트로츠키를 찾던 스탈린의 손 같은 것과 싸워야 할 텐데.

10시 10분

# 5월 22일 토요일

오늘은 하루 종일 강의. 니버의 「인간성과 그 운명」을 읽기로 하는 인원이 더 늘 모양이다. 여덟 명이었는데 지원자가 몇명 더 있다는 것이다. 좋은 학생들이라 보람을 느낀다.

돌아오는 길에 야스에 형과 만났다. 오 선생도 함께. 서류 분실 건에는 단호하게 대결하자는 것이 우리 결론인데. 오 선생이 어떻게 힘을 낼는지. 모두가 주의하고 또한 단호하여야 하겠는데. 좀 더 건실하여야 하겠고.

11시 15분

# 5월 26일 수요일

일요일도 요가<sup>用賀</sup> 교회 시간을 맡아서 오후 늦게야 「통신」에 착수할 수 있었다. 펜을 놓으니 월요일 새벽 다섯 시였다. 추고를 해서 오후에 전했다. 그전에 도미야마 여사를 만나서 이야기. 해방의 미학 이야기, 해방의 신학의 교회는 해방의 미술을 채용해야 하는 것이 아닌가라고. 내 이야기가 사방에 알려지는 것 같아 다소 불안하였다. 테이프로 듣는 갈릴리 교회 예배는 역시 축제였다. 그렇게 몰리고 있으면서도 사랑방 교회 판자집에서 몰려난 사람들과 공덕귀 여사가 함께 예배를 보고 "우리 승리하리라"를 박수를 치면서 함께 부르는 교회니까.

어제는 릿교에서 강의. 역사에서의 substantialism<sup>실질주의, 본질주의</sup>를 이야기하면서 천황제에는 영원한 로마와 같은 substantialism이 있다고 하였다. 저녁에는 와세다 파시즘 분과회에 참가하였다. 특별연구원이 되었으니까. 나도 일제 말엽에 대해서 써야 한다고. 돌아오는 길에 호리<sup>堀</sup> 군과 이야기. 마루야마<sup>59</sup> 사상사에 관한 이야기를 하였다. 사상사를 지나치게 내면화하고 일본인은 변하지 않고 언제나 각 층이 융기하는 것이라고 본다면 그것은 substantialism이 된다. 그런 경향은 변혁세력 좌절에서 더욱 심해졌는지도 모른다. 마루야마 사상사의 진보성과 부동성을 논하면서 역사 속에서의 그 역할을 논하여야 하지 않을까. 그러니까 시미즈 이쿠타로<sup>60</sup> 씨 경우처럼 변혁 세력을 나이브한 것으로 보는 냉소주의가 일어난다. 의식이 변하지 않았다고 하여도 도쿠가와 봉건사회에 있는 그 의식과 전후 일본 속에 있는 의식은 그 역할에 있어서 다르다고 하여야 한다. 사회구조, 정치 현실을 안보투쟁 이후의 좌절기의 일본 지식인을 문제 삼고 싶다. 마루야마론도 쓰고 싶고. 변혁의 논리로서 어떻게 평가할 것인가 하는 문제제기가 하고 싶다.

---

59   마루야마 마사오(丸山眞男, 1914~1996). 일본의 정치학자이자 정치사가.
60   시미즈 이쿠타로(清水幾太郎, 1907~1988). 일본의 사회학자·평론가.

오늘은 나카지마 목사님, 오 형과 점심을 나누면서 이야기. 오 형 집에서 도장도 없어졌다고. 협박이 아닌가 생각되었다. 안심하지 말라는 경고로 말이다. 오시오 목사님 교회에는 이상한 재일한국인이 나타나서 교회에 나오고 있다고. 일본 내에서의 기독교에 대한 CIA공작을 세계에 알려서 만약의 때에 대비하여야 한다고 하였다. 전화가 도청된다면 그것을 이용해서 들으라고 이야기하는 식도 있고. 일본서도 CIA 활동 고발이 이루어져야 한다. 도청도 적발하여야 하겠고. 내 주위도 퍽 주의하여야 할 텐데. 오사카 최충식 목사는 캐나다 여행을 위한 여권을 한국에 한 번 다녀와야 주겠다고 하여 서울로 떠났다고. 앞으로 이 영향이 우리에게도 미쳐올 것이 아닌가. 그들과는 이야기를 나누기 어려워져 가는 것이고. 일본 측하고도 좀 상의하여야 하겠다. 내게도 무슨 손을 쓸 텐데. 김대중 씨 동생 댁에 원인 모를 불이 났다고 하는데. 집에도 화재보험이라도 들어두라고 하여야 하지 않겠는지. 신민당을 붕괴시키려고 비주류는 폭력으로 시민회의를 점령하였다고. 정보부 활동이겠지. 어디까지 가려는 것일까. 머지않아 일본 변호사들이 김대중 씨 사건에 대한 시민으로서의 고발을 한다는 것이다. 이곳에서의 CIA공작을 좀 교란하고 그것에 위협을 주어야 할 텐데. 일본 자민당의 몸부림 야당의 빈약한 전략, 여러가지 생각되는 것이 많다. 마음이 허전하고 동요가 계속되고 있다.

27일 0시 40분

# 5월 30일 일요일

며칠 전에 오가와 교수에게서 문학부장이 내 유임 문제에 대하여 좋지 않게 이야기하고 있다는 이야기를 들었다. 교수회 승인 없이 2년간 더 있기를 원한다는 학장 공문에 불만이라는 것이다. 그래 앞으로 내게 좋지 못한 일이 일어나면 학장이 책임질 수 없다는 등등으로 공세를 벌릴 것 같다는 것이다. 오가와 교수는 기정사실로 만들어 놓고는 미는 사람이라고. 오가와 교수를 공격하는 한 수단이기도 한 모양. 자민당 지지의 초보수라고 하니.

3년 있었으니 나도 그만두고 싶다고 하였다. 모리오카 선생에게 이야기하였더니 퍽 난색이다. 어디서나 보수 반동이 기독교 대학에서 우세하다는 것이다. 나는 별로 걱정하지 않지만, 일본이란 묘한 나라라고 다시 느낀다. 스캔들사건으로 사토佐藤 교수가 밀려나자, 오가와 교수 측은 약세가 되었다. 그러니까 오가와 교수도 포기한다. 그리고 반대쪽에서는 자신을 가지고 반격해 온다. 그런 공세의 한 수단으로 애매한 사람도 희생시킨다. 철학과의 필요나 학생들 사이의 영향력이란 고려에 넣지 않는다. 무슨 일이 일어나면, 이라는 참 우스꽝스러운 가정을 한다. 그런 정당하지 못한 일이 일어나면 방어를 하는 것이 아니라 잘라 버려서 안전을 꾀한다. 일본적인 멘탈리티가 여기에 깊이 반영돼 있다. 나는 두고 보자는 생각이다. 이곳저곳 조금씩 알아보기는 하여야 하겠지만.

금요일에는 고니시 씨를 만나 홍동근 목사 설교를 테이프에서 풀어서 써 달라고 하였다. 갈릴리 교회 설교집을 내기로 하고 대략 번역을 테이프에 넣어주어서 일본 친구들이 풀게 하자는 계획이다. 시간 절약을 위해서다. 번역을 속히 잘 해낼 분이 거의 없으니까 내가 또 맡는 셈이다. 오늘은 하루 종일 밀린 편지를 쓰고는 교회 여성연합회 원고를 썼다. 문화를 비교하는 것, 이런 제목이다. 2년 동안의 한국사상문화사 강의를 마친 소감을 쓰라는 것이었다. 옆방에 새로

들어온 젊은이가 불안하다. 텔레비, 전축을 크게 틀어서 여기까지 들려 온다. 방문에는 이름을 쓰고는 영문까지 써놓고 있다. 서울서 강 형이 왔었는데 자기 방에서도 서류가 없어진 것 같다고. 그리고 수도권에서 인권위원회에서 모두 체포해 갔는데 필적검사에 열심이라고. 무엇인가를 또 꾸미고 있는 것이 아닐까.

31일 오전 1시 15분

# 6월 1일 화요일

아이독IDOC에서는 영문 「통신」 6천 부를 미국판으로 내기로 결정하였다고. 김 선생은 뱅쿠버 유엔 주거회의에 떠났다. 어제는 나가누마長沼 씨와 만나 이야기. 오늘은 릿교 강의를 끝내고는 저녁부터 남북 문제에 관한 글을 쓰기 시작하였다. 오늘 저녁에 30여 장을 썼다. 반은 썼다고 할 수 있을까. 퍽 외롭고 서울을 그리는 날. 이어서 거리를 방황하고 싶었지만 글을 쓰면서 이런 기분을 소각시켰다고 할까.

23시 55분

# 6월 2일 수요일

장마가 올 모양이지. 조금 날씨가 좋아졌는가 하면 비가 내린다. 픽 나다니고 싶었으나 허전한 마음을 안고 강의 준비만 하였다. 총영사 박성무 씨에게 몇 번 연락했어도 소식이 없다. 역시 경계하는 것이겠지. 강의 준비를 끝내고 남북 문제 원고를 조금 더 계속하였다. 북 우위에서 어떻게 할 것인가를 말하자는 것이다.

# 6월 4일 금요일

어제는 강의를 끝내고 야스에 형과 만나서 이야기하였다. 서울서 나온 선언이 지하선언으로서는 너무나 약한 것이 아니냐고. 그래서 내 남북 문제의 글과 함께 싣는 것이 좋겠다고 이야기하였다. IDOK[61]에서 최후 합의서가 도착하지 않아서 아직 인쇄에 착수하지 못하고 있다고. 일본 내에서도 영문판이 3천 부가량 나간 모양. 코오헨 교수가 한국에 갔다고. 이북에도 또 한 번 가고 싶다고 하면서 지난 번에는 푸대접을 받았다고 정경모 씨에게 이야기하더라고. 사카모토 교수는 그는 정치권력을 따라다니는 경향이 있다고 하더라고. 사카모토 교수 의견에 따라 나도 조건을 붙이지 않고 보낼 사람들을 먼저 이북에 보내서 파이프를 강하게 하고 난 다음에 정치적 고려에서 조건을 붙일 사람도 보내는 것이 좋겠다고 하였다. 그 후에 슈나이스 목사와 이야기하였다. 돌아와서 하룻밤을 자고는 오늘 또 한국행이라는 것이다. 이번에는 재판을 일주일 만에 한다. 변호사들이 비밀리에 녹음한 것이 나와 있다. 전문 게재의 방법을 찾아야 할 텐데.

오늘은 하루 종일 강의 준비. 함 선생의 『뜻으로 본 한국역사』 집필동기에 관한 이야기를 테이프로 들었다. 처참한 역사에서 힘을 찾게 하기 위하여서는 고난의 역사로서의 기술밖에 없었다고. 많은 녹음이 와 있으니 다 듣고 풀어야 하는데, 원고도 있고 큰일이다. 박봉자가 시집에서 조총련계 학교에 아이들을 보내야 한다고 하여 큰일. 조정을 위하여 가 보았다. 양쪽을 살리기 위하여 큰애만 보내보는 것이 어떠냐고 하였더니, 이런 제안도 거부해 왔다는 부군이 들어주는 듯하여 맡기고 돌아왔다. 어머니도 그렇고 모두 신경쓰는 일만이라 지쳐버렸다.

23시 10분

---

61  일기에서 'IDOK'으로 쓰고 있는데 'IDOC'을 잘못 표기 한 것이다.

# 6월 6일 일요일

가모<sup>鴨</sup> 씨가 와서 시설에 있는 아이들 이야기를 들었다. 아이들 사이에 상하가 있고 그것이 도움을 주는 것이 아니라 괴롭히는 것이라는 이야기에 슬펐다. 오 선생 부부가 여행 중이라 아이들과 함께 긴자를 거닐고 저녁을 먹었다.

저녁에는 테이프를 들었다. 이문영 교수가 분노를 억제하기 어려워하는 것이 아닌가. 그 심정을 생각하고 슬퍼졌다. 가족들이 옥중 밖에서 안을 향하여 격려하고 안에서는 밖을 향하여 격려한다. 그때의 공동 용어가 신앙적인 것이다. 세상 재판처럼 잘 교섭하여 잘됐다고는 할 수 없으니까. 1년 이상 마음대로 먹이는 것이니 예상도 할 수 없고. 이름 없이 고생하는 많은 사람들에게 대한 이우정 교수의 기도가 참 애절한 것이었다. 목요기도회를 윤 대통령 댁에서 모이는 것이었다. 내일도 계속 테이프를 듣고 원고를 완성하여야 하겠다. 한국미술전 개회식에는 가지 않기로 하였다. 시간도 없지만 이 테이프를 듣고 나니 그런 형식적인 것을 할 수 없다고 생각됐다.

어제 교실에서 체제의 변화를 보지 않고 일본 사람은 변하지 않았다는 것은 서브스탠샤리즘적인 역사의식이라고 하였다. 비록 같은 의식이라고 하여도 파시즘 하의 일본인과 민주사회하의 일본인은 다르다. 달라졌기는 하지만 역할도 다르다. 이런 견해를 와세다 연구회에서 내가 제의하여 논의하였다고 하니까 스스로를 자랑한다는 표정이 학생들에게 있었던 것 같다. 자기를 숨겨야 하는 일본인들이니까, 내게 자기현시의 욕구가 있었던 것도 사실이고 나중에 부끄러워졌다. 그런 서브스탠셜리즘은 반동적인 역할을 한다. 좌절된 일본 지식인에는 그런 의식이 있는 것이 아닌가. 마루야마 선생에게도 있는 듯. 1960년 안보 후의 일본지식인의 침묵 또는 반동 등에 관한 연구는 흥미있는 것일 텐데 마루야마 마사오, 시미즈 이쿠타로 두 분만 연구하여도 흥미가 있지 않을까. 실패를 반동으로 간다면 실패 확대하는 것이다. 그런 반동이 되기 전에는 진정한 의미에서는 실패가 실패가 아니다. 내일을 향한 전진의 계기일 테니까.

7일 1시 20분

# 6월 8일<sup>62</sup> 화요일

릿교에서 강의, 한국인과 외래문화라고 하여 문화수용에 관한 이야기를 하였다. 밤에는 남북 문제에 대한 초고를 끝냈다. 117장인데 이제는 추고를 하여야 한다.

어제는 강 목사님과 밤 두 시까지 이야기하다 돌아왔다. 야당 분열, 교회 분열, 대대적으로 진행시키는 모양이다. 권력이 수단과 방법을 가리지 않고 한다면 무엇이 살아남을 수 있겠는가. 국내에 CIA에 의한 모략이 많다고 하여서 침묵하시고 세력 싸움에서 초연하시는 것이 좋겠다고 말씀드렸다. 급하면 찾아올 때 힘을 발휘해야지 말려들 뿐이라고. 양 선생은 기명논설記名論說을 쓰라고 하면 그때는 떠나야 하지 않겠는가라고 한다고. 이어령 씨는 린제 여사의 활약 때문에 CIA에 불려 가서 하룻밤 잤다고. 린제 여사가 함 선생님 등을 만나시도록 한 것이 아닌가하고. 안병무 형이 뒤에서 한 것이라는데. 강 목사님이 일본에서 한국 민주세력을 돕는 목사님들을 의심하므로 일본서 반체제의 양심을 가지지 않는 사람이 어떻게 한국 문제에 관심을 가지겠는가라고 하였다. 그런 사람들을 한국 문제에 플러스할 수 있는 방향으로 우리를 돕게 하는 길밖에 없다고.

9일 1시

---

62  6월 8일, 6월 9일, 6월 13일인데, 착각으로 5월로 되어 있다. 단순 착각으로 보이기에 모두 '6월'로 바로잡는다.

# 6월 9일 수요일

아침에 슈나이스 목사와 이야기. 출옥出獄하여 우안右眼 실명의 참변을 당했다는 전남대에서 추방당한 최철 군을 위하여 3만 원을 보내기로 하였다. 사와 목사에게 전해주고 강 목사와 기독의사회에서 다소 도움을 받을지도 모른다고 해달라고 하였다. 어려움은 많은데 경제력은 따르지 못하니. 모금 호소를 한 것이 좀 열매를 맺으면 좋겠다. 재판 녹음을 가져왔으니 들어봐야 하겠다. 양성우 씨가 시를 보내왔다고. 늘 가택수색을 받고 빼앗긴다고 하는데. 오늘은 강의 준비. 그리고 남북 문제에 관한 원고를 다시 읽어 봤는데 되풀이가 많은 것 같다. 문장구성에 좀 무리가 있었다. 박, 권, 양 목사가 다시 체포되었다. 프레자 의원의 한 국원조안 수정안이 부결되자 더욱 이런 공세가 심해지고 있다고. 조승혁 목사가 돈을 낭비한다는 소문이 또 퍼지고 교회 안의 싸움이 해외에 에큐메니컬 기관에 대한 선전 공세로 퍼질 가능성이 있다니 염려. 강 목사는 그런데 높은 위치를 지킬 수 없는 분 같고. 보수계 사람들이 정부 돈 받는 것을 또 한쪽에서는 공격하려고 하고. 높은 차원에 서는 지도자가 없다. 박 목사 문제는 아직 확실치 않으나 이번에는 좌익으로 몰려는 것이 아닐까.

10일 0시 25분

# 6월 11일 금요일

오전에는 국회도서관에 가서 한일교회교류에 관한 자료를 찾아서 우지고宇治鄕 씨에게 사본을 부탁하였다. 이천여 장이 될 것이 아닌가. 그리고 나서는 고마서림에 가서 도쿄여대 비교문화연구소 관계의 도서구입을 하였다. 『사상계』를 창간호부터 한질 갖추었다고. 거기에서 대일對日 논조 기사를 꾸며보자고 하였다. 저녁에 강의 준비를 하려니까 나카지마 목사님에게서 전화. 서울서 박 목사님 전에 체포된 이철용이라는 사람이 유치장에서 탈출해서 선교사들에게 이 사건을 공산주의사건으로 몰고 있으니 국제적으로 알려달라고 하였다고. 자기 이름도 밝혀도 좋다고 하였다고. 그리고 자기는 자수를 해서 다시 들어갔다는 것이다. 한 줌밖에 안 되는 저항적인 선교사들을 얽어 넣으려는 모략이 아닐까. 모두가 예의 주시는 하되 신문에 발표는 하지 말아 달라고 하였다. 너무 꾸며낸 드라마 같다. 그는 정체불명, 거기다가 정보부가 점점 사람을 심어 넣는 경우가 많아졌다니.

박봉자는 아이를 총련학교에 보내느냐 아니냐로 남편과 완전 대립, 이제는 이혼 문제까지 나오는 모양이다. 저녁에 전화. 이겨낼 수 있을까. 매우 피곤하다. 외로움은 더해만 가고.

12일 1시 20분

# 6월 13일 일요일

어제저녁에는 강 선생이 와서 저녁을 함께하였다. 한국민주화운동세계의회는 연기하는 게 어떠냐고. 개인 희생이 많을 테니까, 라는 것이었다. 이승만 박사도 총무직을 사양한다고. 한일교회협의회 할 때는 옵서버로 다녀가라고 하여 오 선생도 생각이 있는 모양. 나만은 안 된다지만. 그들이 알고 있을 것이라고. 회의를 할 때는 억지로 분위기에 끌려가고는 나중에는 뒷걸음질인 모양이다. 내게 기대를 걸면서도 도움은 없고. 남이 해주면 좋겠다는 심정일까. 박에 대해서도 미국에 대해서도 그리고 이북에 대해서도 해외조직이 국내 지하와의 공감을 가지면서 힘을 키워 밸런스를 만들어야 한다고 생각하는데. 그것은 찬스를 만들기 위해서도 그렇고 비극적인 상황이 왔을 때를 위해서도 그렇다. 그런 이야기도 강 선생에게 조금은 하였지만.

김용복 선생이 캐나다에서 와서 하네다만 거쳐 홍콩으로 간다고 하여 전화로만 이야기하였다. 수도권 사람이 유치장에서 나와서 더스트 선교사를 만난 이야기를 하였다. 그리고 자수를 하였다니 선교사를 잡자는 작전이라고 나는 생각한다고도 하였다. 아이독은 영문 「통신」 6천 부를 맡기로 하고 이와나미에 소식을 보냈을 것이라고.

갈릴리 교회 사랑방 교회 녹음을 예배보러 가는 대신에 듣고 밤에는 남북 문제 원고 정리를 하였다. 내일 야스에 형을 만나려고 한다. 양성우 씨가 보내온 시 「친구들의 죽음」도 전해서 번역으로 실어달라고 할 생각. 어제 재판은 공판 기록을 보여주지 않아서 변호사들이 항의하여 폐정되었다고 일본 신문에 보도됐는데 자세한 것은 모르겠다.

# 6월 14일 월요일

야스에 형을 만나면서 서울서 온 소식도 모두 보관해 달라고 하였다. 이제 가고 다시는 오지 않는 것, 한없는 서글픔이 있지만. 무엇을 위하여 산다고 할까. 저녁에는 강의 준비도 제대로 못 한 채 가요곡만 들었다. 야스에 형 이야기에 의하면 리차드 포크 교수도 책 내용, 체제 모두 칭찬하면서 선전과 운동을 위하여 10부만 보내달라고 했다고. 그러나 아이도크와의 관계가 있어서 못 보내고 있다고. 표지도 자기네 것으로 해달라고 했다는 데 동의서는 11일날 발송하였다고 들었다는데 어떻게 되는 것인지. 그래서 돈 양에게 오늘 저녁에 전화를 이 박사에게 좀 걸어달라고 하였다. 너무 느려서 두 달은 손해를 본 것이라고 하여야 한다.

지금 미국에서는 한국이 한창 이슈인데. 통일교 문제가 또한 법석이고. 엠네스티에 참석하였던 오스트레일리아 대표도 그곳에서의 출판권을 달라고 하더라고. 유럽에서 있는 세계 서적 전시회에서는 한 10권 이와나미가 대대적으로 전시하고 앞으로 불어판 등을 모색해 보겠다는 것이다. 돈 양도 내용도 번역도 좋다는 평. 모두 수고를 해주셨으니까. 감사할 따름이다. 아무래도 나는 뉴욕으로 가야지 않을까. 김 박사님은 연로하셔서 심벌 이상은 못 되신다. 뉴욕 동지들의 잠재력을 동원하면서 내가 하여야 하는 것이 아닐까. 그런 이야기를 오늘 박 형에게 보내는 편지에 조금 비치고 오 선생이 돌아오는 대로 상의하겠다고 하였다. 오가와 교수가 박 형 힘으로 페이스 앤드 오더 위원회에 추천된 것도 감사하면서.

어머니는 그다지 귀국하실 생각이 없는 모양. 7월에 가셔야 하겠지. 매우 허전한 날이 계속된다. 또 일이 바빠지니. 내일 강의를 위하여 류성룡의 『징비록』을 조금 생각해 본다. 전쟁에 지고 군사에 대한 반성은 하나도 없다. 조총의 위력에 대한 반성도 없으니. 이것이 유교사회일까.

23시 45분

# 6월 16일 수요일

어제는 하비 씨에게서 전화가 와서 만나서 박 목사사건에 대하여 내가 아는 것을 이야기해 드렸다. 그리고는 모리오카 선생도 함께 세 사람이 식사를 하였다. 방황하는 마음. 오늘 아침에는 꿈에서까지 흘러간 나날들이 되살아나는 것이었다. 고요한 안식의 시간, 이런 것을 원하면서 죽음도 거부하고 싶지 않다는 것은 역시 동양인인 탓일까. 의욕에서 일을 한다기보다 나는 언제나 끌려가는 식의 인생을 사는 것이니까.

하루 종일 강의 준비. 아이독이 승낙서와 표지를 보낸다는 전문을 이 박사가 보내왔다고. 돈 양이 편지로 알려와서 나는 속달로 야스에 형에게 알렸다. 강 선생이 서울로 돌아갔다. 가고 싶으면서도 안내키는 걸음이라고. 『아사히』의 전 특파원은 떠난 다음의 뒷공론이 좋지 못하다고. 돈거래도 있었다는 이야기라는 것이었다. 그가 「통신」을 싫어하는 데는 기본적으로 소수의 양심적인 저항에 대한 혐오 같은 것을 가지고 있기 때문이라는 것. 일본인의 멘탈리티라고 할까. 거기에다 일본식 섹트를 보는 눈이 있을 테니까. 마음은 공허하고.

역시 미국으로 가야 한다고 더욱 생각하게 된다. 캐나다는 활동의 장소는 못 된다. 일할 사람을 동원할 수도 없고 연락도 안 된다. 뉴욕이어야 한다. 가족이 모여야 할 필요도 있겠지만 나도 일본을 떠나야 한다. 글을 쓸 수 없는 사회에 대한 망설임도 있었으나 그것도 탈피하여야 한다. 늙어가니 안주하려는 생각이 겠지만. 어렵지만 또 하나의 비약을 시도하여야 할 것 같다. 서울 가족을 떠나게 해줄까 하는 문제가 있지만 하나님에게 맡기고. 김 목사님은 심벌 이상의 역할은 어렵다. 연로하시고 작전적인 생각은 없으니. 그러니까 김 목사님 계시는 데야 할 필요는 없다. 내 움직임에 대해서는 한국 친구들보다는 미국 친구들이 힘써야 한다. 그 설득은 박 형과 오 형이 하여야 하겠지. 버려야 할 것에 너무 연연하거나 앞날에 대하여 너무 주저해서는 안 되겠다. 미국을 중심으로 조직을 키워야 하겠다. 다 망한다 하면 대북 관계에 있어서 견제 역할이라도 하여야 하지 않겠는가. 지금 박은 어떠한 의미에서도 올터너티브[63]를 없게 하려고 한다. 밖에라도 세워야 한다. 밖에 생기면 안으로 향해서도 힘을 줄 수 있다. 이 어려운 과제를 모두 피하니 내가 져야 할 것 같다.

17일 0시 40분

---

63    alternative, 대안.

# 6월 18일 금요일

어제는 학교에서 비교문화연구소 회의. 구라쓰카 교수가 발표하고 난 다음에 함께 이야기. 1970년대의 한국 카톨릭의 움직임은 좀 연구할 필요가 있다. 가난하던 카톨릭 교도들의 각성으로서 보다는 카톨릭 내에 새로운 의식을 가진 엘리트가 일어난 것을 중요하게 생각하여야 하지 않을까. 중신衆産관료적인 잔재를 박 정권은 동원하고 있다고. 그것을 벗어난 시민적 커뮤니티인 교회는 저항하고. 재미있는 관찰이었다. 나중에 구라쓰카 교수와 이것저것 이야기. 4자회담 때 이야기 마저 했다.

아침에 공판 녹음을 들었다. 이른바 피고들의 입장이 되었다고 할까. 분노 속에서 심한 피곤을 느꼈다. 지금도 머리가 무겁고 아프다. 나도 고혈압이나 저혈압인가. 도쿄여대 안에서 일어나는 것을 생각하니 정이 떨어진다. 강의도 갑자기 역겨운 것처럼 느껴진다. 힘이 세지면 거기에 기울어지기에 열심이어서 약자에 대한 느낌이 사라진다. 벨라가 말하는 것처럼 집단에서 제외될까 자기 불안이 앞서기 때문이다. 정신으로 움직이는 것이 아니라 물리학적 역학의 지배 아래 있다. 약자를 돕는 높은 모랄리티는 없다. 우리나라에는 있는데. 오 선생과 만나 내 미국행을 이야기하고 재조직, 재정리 문제를 이야기 했다. 내 이야기를 들으니 눈물이 날 정도로 기쁘다고. 오 선생이 캐나다와 미국에 가서 수속을 해와도 좋겠다고. 가야 할 길을 가는 수밖에. 후퇴할 수 는 없다.

23시 55분

## 6월 19일 토요일

강의가 끝나고는 마쓰모토 씨와 만나 이야기를 나누었다. 결혼하고 나서도 조치上智대학에서 사회학 공부를 하는 데 여러 가지 의문이 많은 모양이었다. 미국식 사회학에 회의적이라는 것. 그 방법론을 극복해서 사회개혁의 사회학으로 나아가야 하지 않겠는가라고 하였다. 오늘은 김대중의 반대 심문이 있었던 모양인데. 조승혁, 이직형 제齊 씨 등 모두가 체포되었다는 서울 소식이 신문에 나 있다. 선풍이 또 부는 모양이지. 지금 재판만은 공개를 가장하고서. 서울서 박형규 목사 체포 건에 대하여서 보내온 더스트 선교사와 보고에는 사랑방 교회에 대해서 『세카이』에 나온 것에 분개하고 있다고 쓰여 있다. 해외와의 연락이 초점이 아닐는지. 어떻게 되어갈는지 모르겠다. 여기에 내 이민의 문제고. 미국서는 카터 씨가 매우 유망하다고 하는데, 세계에 어떤 변화가 와야 한다. 어쨌든 박은 무너질 운명이니…… 머리가 무겁고 아파서 걱정이다. 내일은 「통신」을 써야 하는데.

10시 10분

# 6월 21일 월요일

어제는 하루 종일 「통신」을 썼다. 오늘까지 쓰고 나니 130장이 넘었다. 내일 슈나이스 목사를 만나서 좀 더 소식을 얻어오면 150장이 될 것이 아닌가. 보통 때 두 배가 되니 야스에 형에게 미안하다. 서울서 오 선생에 관해 조사해 내라고 하니 이 목사가 좀 와 줬으면 좋겠다고, 이곳 CIA에서 연락을 받았다고. 그래서 이인하 목사님이 오 형하고 어제 상의하였다는 것이다. 박 목사를 좌익으로 몰면 대단한 결과가 올 것이라고 이야기하시라고 하였다고 한다. 박 목사사건을 위하여 국제적인 캠페인을 할 필요가 있다. 선교사도 추방할 구실을 찾고 해외와의 연락을 끊게 하려고 하는 것이라고 생각된다. 그 안에는 『세카이』 문제도 들어가 있을 것이다. 영문 「통신」이 크게 문제가 된 것이 아닐까.

공보부에서는 장관까지 와서 도쿄에서 문화인 2천 명을 모이게 하는 파티를 한다고. 한국미술 5천 년이라는 비정치적인 것으로 소득이 있다고 생각하여 이런 모임을 하는 것이 아닐까. 아무래도 우리 활동을 한층 더 강화하여야 하겠다고 생각한다.

23시 55분

# 6월 23일 수요일

어제야 슈나이스 목사가 돌아와서 셋이서 가서 여러 가지 이야기를 들었다. 박 목사뿐만 아니라 모두 체포. 박 목사는 어렸을 때 친구까지 조사. 취조중에 뛰어나왔다는 자는 역시 선교사들을 끌어넣으려고 만든 트릭 같다. 곧 경찰이 달려들어 그 녹음, 외국에 보낸 편지 모두 압수하였다니까. 선교사들을 추방하려는 음모가 틀림없는 모양. 교회에 대한 총공세라고 보아야 하겠다. 좌익으로 몰려는 것이라고. 그래서 대책을 강구하고 있는 모양이다. 그런 속에서 강원용 목사는 NCC 공격에만 총력을 경주하니. 자기 이해관계 때문이라는 것이다. NCC를 거치지 않고 미국 교회에다 미군 철군 문제를 운운한 미국 교회를 규탄한다는 서한을 보냈다고. 미국 교회 내에서도 반공파가 그것을 들고나온다고. 오 선생 이야기가 화란 교회 관계자에게라도 NCC 특히 김 총무를 공격할 아카데미 시내 사무실을 짓게 30만 달러를 달라고 하였다고. 뭣인가 잘못 된 것이 아닐까. 이미 큰 건물을 둘이나 가지고 있으면서도.

김지하에게는 사형선고가 내릴 것 같다고. 16일 법정에 선 그는 자기를 강하게 주장하기는 하여도 퍽 외로워 보이더라고 한다. 별로 뒤도 돌아보지 않고. 고독한 길을 나홀로 간다는 생각이 아닐까. 오늘 「통신」을 전하고 좀 이야기하였다. 이곳 한국 사람들이 사람을 보내 접촉한 것이 또 조총련 운운으로 나올 가능성이 많다고. 그것이 청와대 파견 특별공작 결과라는 것이 아닐까. 이번에는 공판 내용이 담겨 있어서 글이 길어졌다. 야스에 형은 국내에서 나온 포지션 페이퍼가 설득력이 약하다고 한다. 내 것은 좋게 생각하면서도. 모리오카 선생에게 그 발표를 부탁하였다. 여러 가지 이야기를 나누고 내 거취 문제 때문에 모리오카 선생이 도시샤同志社에 좀 접촉해 보기로 하였다. 오가와 교수와 상의하고 나서. 나는 미국에 갈 생각이 많지만 좀 두고 보아야 하겠다. 한국민주화운동세계협의회 서류에서 총무 이승만 박사 이름은 빼기로 하였다. 그러면서도 실질적인 일은 해달라고 하기로 하고. 너무 개인 문제가 많아 지연되기만 하니 큰일이다. 슈나이스 목사의 정열, 그 공적은 대단한 것이다. 구속자 가족들과 식사를 한 것이 참 좋았다고. 독일 사람이란 그렇게 철저하고 그렇게 끈기가 있는 것일까. 에넬기[64]가 넘치는 것 같기도 하고. 사랑방 교회에서 한 그의 설교성령강림절도 참 좋았다. 어제 테이프를 가지고 오는 것을 그만 잊어버렸다.

23시 반

---

64  '에네르기'라는 독일어에서 온 일본어 발음을 축약형으로 한글로 표기한 것으로 보인다. '에너지'라는 뜻.

# 6월 25일 금요일

6·25라 서울서는 오늘 또 야단이겠지. 어제는 오가와 선생이 학생들과 함께 식사를 하자고 하여 함께 갔다가 대단한 신세를 졌다. 내가 낼 예정이었는데 오가와 선생이 부담하였으니. 학생들은 모두 피아노를 잘 치는 모양이었다.

집에 돌아오니 제네바 박 형 편지가 와 있었다. 캐나다 뉴욕이 소극적인데 분개하는 편지였다. 강 형이 모두 한국으로 데려가려는 것은 무슨 뜻이 있는 것이 아닌가라고. 밖에서 활약하면 안사람들이 다친다는 생각이 분명히 있는 모양이다. 김용복 선생도 이삼열 씨도 모두 자기 이익에 너무 밝지 않나 하는 생각이 있는 모양. 정말 혁명 도상에서도 자아비판의 토론이 필요하다고 생각된다.

오늘 아침에 오 형이 와서 함께 이야기하였다. 우리 운동이 좀 더 자라나서 에큐메니컬운동의 지원을 받게 되어야 한다. 지금은 그것에 먹혀서 동요하는 것 같다. 박, 오, 손, 이런 라인으로 서울 종로 기독교 빌딩 정치를 한다고 한다니. 그 선을 깊은 선으로 강화하고 — 그것이 일하는 선이니 — 그 위에 적절히 얼굴을 세워주면서 일하는 식, 그래서 어쨌든 전체를 망라하여야 하지 않겠는가라고 오 선생과 이야기하였다. 캐나다와 뉴욕 이 박사에게 이 박사를 총무로 발표하는 것은 그만두고 다만 당분간이라도 실질적인 일은 맡아달라고 하였다. 박 선생에게는 긴 이야기를 썼다. 도쿄여대에서도 말이 있지만 한쪽에서는 철학과 사정으로 내가 있어야 되겠다는 생각도 있다고 하였다. 아오키 주임교수가 2년 연장을 위하여 YMCA 시오쓰키鹽月 씨와도 상의하였는데 90퍼센트는 되는 것이라고 알려주는 것이었다. 이런 이야기까지 섞어서 우리가 해야 할 일, 현재 문제되는 일들을 박 형에게 알렸다. 우리가 얼터너티브한 조직과 힘을 가져야 한다. 그래야 유동적인 친구들도 따라온다. 그들 자신이 그림을 키우지는 못하는 것이니까. 교포 내와 미국인과의 사이에 만드는 것이다. 그래야 그것이 미국과 박 정권에 압력을 줄 수도 있다. 그리고 박 정권 안에 있는 어떤 세력이나 심지어는 김형욱 같은 사람과도 어떤 대화를 하고 그들을 적절히 사용할 수 있다. 밖에 그런 세력이 될 때 이북과의 관계도 생길 것이다. 그 힘이 박 이후에도 일하고 영향을 줄 수 있다. 정말 최악의 경우 공산화가 된다고 하여도 영향력을 발휘하여 국민과 교회와 동지를 보호할 수 있다. 내놓은 조직의 힘이 매우 중요하다. 이런 이야기를 모두 박 선생에게 했는데 몹시 피곤하다. 점심을 미세스 오, 어머니와 함께 파르코에서 했는데 정말 힘들다. 어머니 때문에 신경이 편하지 않다. 내 프라이베이트 라이프private life가 없다. 자기가 짐이 된다는 의식은 없고. 모두가 자기를 위하여 한다는 것. 내게 정숙이가 필요하다는 생각은 없고 자기가 정숙이가 필요하다는 생각만. 아들이 혼자 있다는 것은 아무렇지도 않은 모양. 어머니를 보면서 내 앞날을 생각하여야만 하겠다. 노인의 문제…… 허전한 마음, 서울서는 6개월 이상 소식이 없고…… 나는 살고 싶어 사는 것이 아니라 — 내가 살고 싶은 인생이 아니라 의무에 끌려서 살다 가는 것이겠지. 그것을 한번은 벗어나려고 하였지만…….

23시 50분

# 6월 27일 일요일

어제는 긴급회의를 위한 회의에 참석하였다. 사무 진용을 좀 더 강화하여 강력한 연락을 하게 하여야 한다고 하였다. 간단하게라도 영문 보고를 내기로 하고 우선 그것을 월 1회로 하기로 하였다.

오늘은 오래간만에 가와사키 교회를 다녀왔다. 그리고는 밀린 일들을 다소 정리하였다. 7월호 『세카이』에 나온 후지무라 신藤村信 씨의 이탈리아 공산당에 대한 이야기를 띄엄띄엄 읽었다. 서구적인 교양이 깃들인 좋은 문장이다. 「통신」에도 내일의 한국에 대한 비전을 좀 풍길 수 있어야 하겠다. 설득은 쉬워도 그 설득을 실천에 옮기게 하기는 어렵다. 내일을 위한 조직과 사상을 산출하여야 한다. 현대정보정치는 조직을 불가능하게 하고 있지만 그렇다면 밖에라도 조직을 만들고 국내 상황이 변하는 순간 국내 조직이 가능할 수 있게 되어야 한다. 잠재적인 조직과 세력을 만들어야 한다. 권력을 가져도 논리적인 긴장만 강요해서는 안 된다. 누구의 것을 탈취하기보다는 새로운 가능성을 만들고 거기에 국민이 주목하게 하여야 한다.

어머니와 함께 있다는 것은 내 서재에 하루 종일 누가 있어서 자극을 주고 이야기를 걸고 걸어 다니고 하는 셈이니 이렇게 밤에 혼자 있으면 마음이 안정을 되찾는 것 같은 기분이다. 산다는 것, 늙는다는 것, 자기를 생각한다는 것 — 여러 가지 생각하게 된다.

22시 55분

## 6월 28일 월요일

하루 종일 내일 강의 준비를 하고는 오래 펜을 들지 못하였던 「한국 문화사」를 다시 쓰기로 하였다. 독립협회를 끝내고 한일보호조약 대목을 쓰고 있다. 여러 가지 마음속에 오고 가는 것이 많다. 모리타森田 양에게서 1,000달러 장학금을 신청하겠다고 전화가 왔다. 일본 사람들의 약삭 바른 마음에는 혐오증이 생긴 이때 과히 기분 좋지가 않다. 가정과 화해가 됐고 10만 원 도쿄여대에서 장학금을 받아서 괜찮다고 피하면서도 강요해 오기를 바란다. 그래서 내 연구실 앞에 다른 용무가 있는 것처럼 서 있었다. 섹트에 들어가 앞길을 망치는 것 같아 대학원에 가라고 권고한 것인데. 아무 말도 없다가 이제 나타난다. 마지못해하는 것처럼 하면서 잇속을 차린다.

고니시小西 양은 무언가 한국을 돕는 일을 하고 싶다고 하여 홍동근 목사님 설교를 번역해서 녹음한 것을 기록에 옮겨 달라고 하였다. 그랬더니 이번 것은 추악한 것이니 발표하지 않는 것이 좋겠다는 편지다. 죽음의 비극을 더욱이 자기 아내의 죽음을 왜 남에게 말하느냐. 저기에 부질없게 의미를 붙이느냐 하는 것이다. 너무 혹독한 비평이어서 읽어 내려갈 수가 없을 정도였다. 그러면서도 앞으로 그 일을 계속하겠다고 한다. 무슨 생각일까. 슬픔은 혼자만 숨기는 것, 그것을 나타내는 것에 대한 일본식의 혐오겠지. 일본서 지내보면 지내볼수록 일본적인 것에 부딪혀서 당황하게 된다. 내 자신이 아주 우스꽝스러워지는 것 같다. 야오八尾 양도 그렇다. 활빈 교회에 감동하더니 그런 것은 하나의 영웅적인 돈키호테적인 것에 지나지 않는다고 냉정해진다. 그리고는 그런 것을 요구한다면 기독교 신앙에도 회의를 가진다는 것이다. 나를 무너뜨리지 않고 가볍게 건드려 주는 정도의 신앙 이상은 견딜 수 없다는 것일게다. 이러다가는 일본 혐오증에 되돌아갈 것 같다. 고니시 양의 편지와 기록에 용기를 내서, 이제는 충격도 좀 가라앉은 것 같으니 직면하여야 하겠다. 일본 사람은 약한 것 같지만 새삼 무섭다고 느낀다. 더욱이 여인들은.

23시 10분

# 6월 29일 화요일

오전 중에는 문화사를 계속 쓰고 오후에는 릿교에서 강의를 하였다. 天<sup>하늘</sup>에 대한 사상이 고려와 조선왕조에서 어떻게 전개되었는가를 본 셈이다. 돌아오는 길에 고마서림에서 이야기. 조총련 교육이 일본 사회에서 등진 교육을 하기 때문에 일본 사회에 적응하지 못하는 젊은이들을 산출하고 있다는 이야기는 참 흥미 있었다. 그러니까 항거하고 불량해진다고. 무리한 교육의 결과다. 북의 지령대로만 움직이니까. 자기 변혁이 요구되는데 그런 탄력성이 없으니. 남북을 통하여 정치권력 때문에 허구에 선 시책만이 행해지고 있는 셈이다.

23시 15분

# 7월 3일 토요일

수요일에는 우에노<sup>上野</sup>박물관에 「한국미술전 오천년」을 보러 갔다. 학생들 셋과 함께. 시간이 늦어서 도자기와 회화는 다 보지 못하고 돌아왔다가 금요일에 다시 갔다. 개인 소장까지 나왔으니, 서울서도 보기 힘든 종합적인 것이 아닐까. 이조 백자나 김홍도의 그림 등에 큰 감명을 받았다. 『아사히신문』에서 대대적으로 선전해 주니까, 일본에 한국의 이미지를 크게 심은 셈이다.

서울서는 거물을 체포하니까 말이 많으니 8·15 전후해서 거물은 내보내고 긴급조치 9호를 해제한다는 말이 있다고. 미국 선거와 유엔 총회를 위해서 그럴 것이라고 한다고. 진정한 정치는 생각하지 않고 눈 가리고 아웅할 생각이니. 서울은 굉장한 더위라는데 옥중 고생이 대단하지 않을까.

목요일에 시모무라<sup>下村</sup> 선생의 미켈란젤로 이야기를 들었는데 대가다운 강연이었다. 미켈란젤로는 회화로 철학을 하였다고. 언어로만 철학을 한다고 하여야할까. 동양에는 문인화의 세계가 있지 않은가. 이 결론이 머리에서 사라지지 않는다.

오늘 저녁에 어머니는 이제 돌아갈 날이 머지않으니 와서 괴롭히기만 하였다는 반성이었다. 그래 눈물이 난다고. 모여 살아야지 하시면서. 마지막일는지 모른다는 생각에서이겠지. 내가 혼자서 지내는 괴로움은 생각지도 않고라는 것이었다. 자기를 대접하지 않는다는 섭섭함을 초극하시니까 그런 것이 아닐까. 아이들 생각도 나고 퍽 처량해서 나도 눈물이 핑 돌았다. 나도 늙은 탓일까. 이제 서울서도 영 소식이 없고, 고독한 인생이 더욱 깊어지는 것이겠지.

10시 15분

# 7월 4일 일요일

「한국 문화사」를 처음부터 추고하기 시작하였다. 아직 400여 장을 써야 하지만. 고니시 양이 첫 부분을 좀 봐주겠다고 하기 때문이다. 모리타 양에게 학비 보조를 약속하여 일단 형식적인 서류를 그가 토요일까지 가져온다고 하였는데 아무 소식이 없다. 포기하는 모양이지. 나도 여러 가지 의미에서 마음이 내키지 않았는데 잘 된 것인지도 모른다.

루이스 더스트[65] 여사를 만났는데 참 똑똑하다. 문동환 박사도 가족이 함께 오 선생 형 농장에 들어가 있다고. 훌륭한 사람들이다. 더스트 씨 부부도 그럴 용의가 있는 모양. 한국의 그 싸움 속이 그립고 일본이 싫다고. 삶의 보람을 찾는 사람들이니까.

슈나이스 목사는 한국 쪽을 염려하여서인지 정보를 주지 않으려고 하는 모양이다. 미국 변호사들은 미국 교회에 대한 보고를 위주하고. 슈나이스 목사는 독일 교회에 대한 보고를 위주하고. 운동 자체를 돕기보다는 자기 일을 통한 자기 위치의 향상에만 관심이 있는 것이 아닐까. 이런 이기성이란 내게도 있겠지만 무서운 것이다.

오 선생 양주와 함께 어머니를 모시고 신주쿠新宿공원을 거닐었다. 어머니는 늙은 어린이. 신경이 쓰여서 견딜 수 없다. 이렇게 잠이 들고 난 다음에야 내 생활이 돌아온 것 같다. 소화가 좋지 않을 정도다. 앞으로 큰일이다.

---

65  남편인 월터 [버치] 더스트(Walter [Butch] Durst)와 함께 1972년 9월 선교사로 한국에 온 루이즈 모리스(Louise Morris)를 말하는 것 같다. 남편과 함께 유신과 군사독재에 대한 저항운동을 적극 지원했으며 선교사들과 풀브라이트 장학생, 평화봉사단원 등의 모임인 '월요모임'에 정기적으로 참석하면서 민주화운동가의 인권보호 활동 및 국내에서 모은 자료를 도쿄로 보내는 일 등 많은 역할을 했다. 남편인 월터 더스트는 도시산업선교회와 긴밀하게 일했다.

오 선생은 내 문제 때문에 다음 주일에는 캐나다를 다녀 오지요, 하더니 한 달이 돼도 소식이 없다. 스테이셔너리를 만든다는 것이 2개월이 늦어졌으니. 영문 「통신」 미국판 발행도 그렇고. 이렇게 하여서야 싸움이 되나. 독촉할 수도 없고. 공산주의자들이 혁명사업 중에 자아비판을 생각해 낸 뜻을 알 것 같다. 오 선생은 예는 빠르지만 뒤의 실천력은 느린 셈. 김 선생은 자기 이해가 없으면 잘 움직이지 않는 사람. 그런 느낌이다. 당장 은행이 닫혀 있으니 3만 원을 취해달라고 하고서는 두 달이 돼도 김 선생은 소식이 없다. 이렇게 거래가 희미해서야. 이런 약점들을 감싸가면서 일한다고 하면 참 난사가 아니겠는가.

모든 것, 좀 더 거리를 두고 생각하기로 하였다. 강문규 형이 보내온 테이프를 들어 봤다. 교회 안에 싸움은 그대로 있고. 정부 권력은 그것을 이용하면서 어떻게 해서든지 교회 안에 공산주의자가 있다고 하려고 하는 모양이다. 그래서 수도권 선교회는 전원 체포돼 있는 상황이다. 그러면서 재판을 지원하는 가족들도 약해지고 있다고. 오래 끌면 그런 것, 더위에 지치기도 하고. 그것이 권력이 노리는 것. 지난번에는 이우정李愚貞 씨 등의 반대 심문이 있었던 모양인데 외국의 매스컴도 침묵, 외국에서 보낸 방청인도 별로 없었던 모양. 미국 선거, 유엔, 미 하원의 한국원조에 대한 부대조건<sup>60일 내에 한국 인권 문제를 보고하게 한 것</sup> 등을 생각하여 박 정권은 거물급은 내주어 여론을 가라앉게 하려는 모양. 그리고 소리 없이 더욱 심하게 하려는 모양이다. 그들에게는 고치려는 생각은 없고 어떻게 하면 교묘하게 피할 수 있느냐 하는 계책만 늘어난다고 할까.

왜 이렇게 허전할까. 나도 늙는 탓일까. 이러다가는 정말 모든 것에 의미를 느끼지 못하게 되면 나도 자살이라도 하는 것이 아닐까. 지나간 아름다운 시간들만이 머리에 떠오르니.

탁희준卓熙俊 교수가 부탁하는 부인의 방일 건 스미야隅谷 교수와 오가와 교수에게 부탁하였다. 일본여학사회 장학금으로 3개월간 오고 싶다고. 이런 모든 것

이 어쩐지 부질없는 것처럼 느껴지는 것은 너무 극단적인 심정이 되어 가는 탓
이 아닐까. 정말 어디서도 안정을 얻지 못하는 것 같은 심정이다.

5일 0시 40분

# 7월 5일 월요일

김 선생과 만나 새마을운동에 관한 보고서를 받았다. 양성우 씨의 장편시가 온다고. 미국교회여성연합회 대회에 김 선생이 참석한다. 오천 명의 모임이라고. 그 대회에서 단기간이라도 한국인권상황을 파악하기 위하여 대표를 보내주기를 바란다고 하였다. 인권운동에 대한 해외에의 연락을 담당하여 운동을 효과 있게 하자는 것이다. 실현 될는지.

새생명사의 이경배李璥培 주간을 저녁에 만났다. 한국의 어두움을 서로 한탄하였다. 벌어지는 상황을 적극적으로 받아들이고 선용善用해야 된다고 하였다. 가령 지금 민주화 투쟁으로 국제적으로 새로운 신뢰를 받을 수 있는 내일의 세력이 생긴다고 인정받고 있는 면을 보아야 하지 않겠는가.

오늘 한국민주화운동세계협의회 스테이셔너리가 돼서 발송하기로 하였다. 저녁에 모리타 양은 장학금 청구 서류를 보낸다고 전화해 왔다. 마음을 정한 모양이지만 뒷맛이 좋지 않다. 토요일에는 형편이 좋지 않아 못 왔다고.

6일 0시 30분

# 7월 10일 토요일 아침

며칠 전에 박 목사님 등 수도권 선교회 관계자들은 모두 석방되었다고. 국제적인 것을 고려한 모양. 거기에 국내 교회도 단결해서 저항하고 있으니. 가을의 유엔, 미국 선거, 한국 원조에 대한 인권사항 부대조건, 이런 것들이 모두 작용하고 있을 것이다. 문동환 박사 부인이 미국 교회여성대회에 직접 참석하겠다고 한다고. 5천 명이나 모이는 곳에서 한국 문제가 크게 다루어질 것이라고 한다. 김용복 선생이 간다. 영문 『통신』을 100권이나 가지고 가겠다고.

10월달에 한독교회협의회가 프랑크푸르트에서 있는데 테마가 '한독역사에 있어서의 지하운동'이라고 한다. 교회협의회에 그런 테마가 될 수 있는지. 나를 강사로 초청한다고 하여 대체로 갈 의향이라고 하였다. 박 선생에게 그 판단을 의뢰하였다.

도쿄여대에는 계속 있기로 이야기가 되었다. 잡음이 가라앉는 모양. 내가 필요하다는 것이겠지. 일본 NCC에서 차기 3년을 위하여 대단한 추천서를 보내고 그 카피를 보내왔다. 감사할 뿐. 김학현 씨가 『민족시보』 논설위원이 되었다고. 정경모 씨가 한번 나를 만나고 싶다고 한다고. 기회있는 대로라고 말하였다. 모두 내게 대하여 주목하게 돼 간다니. 미국에서도 그렇고 피할 수 없는 운명이다.

한국을 다녀온 외국인들과의 사이에 연락이 잘 안 된다. 그 연락을 전략으로 사용하지 못하고 자기 개인과 그 소속기관 사이의 독점적인 것을 사용하고 있기 때문이다. 미국 NCC에서 보낸 변호사도 그렇고. 슈나이스 목사도 이번에는 돌아온 다음에 꼭 만나야 하겠다.

아침 6시 50분

# 7월 11일 일요일

아침에는 서경석 군이 썼다고 생각되지만, 새마을운동에 대한 보고서를 번역하였다. 그다지 구체적이 아니어서 『세카이』에 실을 수 있을는지 모르겠다. 좋지 않으면 긴급회의의 「한국통신」이나 『복음과 세계』 같은 데 부탁하는 수밖에 없을 것이다. 전문가는 써 주지 않으니, 서경석 군이 모두 하는 셈이다. 게재되지 않아도 원고료는 내가 모두 구면하여야 한다.

양성우 씨가 장편 시를 보내 왔다는데 가져왔다는 메이비스 여사가 그것을 어디에 둘지 모른다니 큰일이다. 어떻게 된 셈일까. 도난당했거나 망실했다면 큰일인데. 작품을 잃었다는 것도 큰일이고 그 필적도 있을 테니. 「광화문」이라는 시도 왔는데 좋은 서정시다. 오늘의 슬픈 시대를 읊은. 마지막 구절만 옮겨본다.

닫힌 문밖에서
증오만 타고
그러나 굶어죽지 않기 위하여
아침 길을 나서는
우리들은 허기진
겨울 새
여기저기 총끝에 떠밀리다가
소리없이 사라진다
진흙 속으로.
닫힌 문 밖에서
증오만 타고.

오 선생은 이영희 씨가 오는 데는 그 부부와 어린아이를 담당하는 것이니 처음부터 반대였다고 박 형에게 편지를 보냈다고. 슈나이스 씨가 추진하는 장학금을 줘서 도쿄에 오게 하자는 것을 반대한 셈이다. 처음부터 반대라면 왜 내게 오라고 편지를 쓰게 하고. 스미야 교수에게 교섭하라고 하였는가. 그가 경상도 사람이니 장래를 위해서도 좋다고 야단이 아니었던가. 오 선생에게는 가볍게 동의하고는 마음이 변하거나 뒷감당을 못 해서 슬며시 후퇴하는 데가 있다. 그것은 한국 사람 일반의 성격이라고도 할 수 있지만. 어쨌든 나는 불유쾌하다. 이제와서는 내가 자기들과는 상의도 없이 부질없이 움직인 것 같고, 이영희 씨의 실망은 어떨까. 오늘 저녁에 시모노세키 김규칠 씨에게서 전화가 와서 조금 비췄다. 시모노세키에 가면 자세한 이야기를 하여야 하겠다. 박세일 군이 FI 프로그램으로 왔다가 그것을 이용하여 미국에 갔다는 데 대한 불쾌감도 있겠지만. 이 문제는 언젠가 오 선생과 함께 좀 이야기하여야 하겠다. 혁명 과정에 있어서의 자기비판이란 필요한 것이다.

내 문제도 미국에 가야하지 않겠는가라고 했더니, 그다음 주간에 캐나다에 가보겠다고 눈물이 날 정도로 감사하다고 했는데 아무 소식도 없으니, 기다리는 수밖에 없다. 나는 이제 인간을 알았으니 신중하게 일하려고 한다. 김용복 씨도 내게는 좋게 이야기하고 남에게는 딴 이야기를 한다니, 거리를 두기로 하였고. 일요일이 돼서 은행에 못가 그런다고 하면서 3만 원을 꾸어가더니 소식이 없다. 두 달이 넘지 않았을까. 인간을 알고 일하여야 한다. 퍽 서글픈 이야기지만.

이런 인간 문제에 부딪히면 인간이란 후퇴하기 쉽고 그런 후퇴에서 적당한 자기 이익을 위주로 하는 생활 철학을 찾게 되는 것인지도 모른다. 오늘 텔레비전의 노래를 들으면서 생각하였다. 일본 가수란 청취자와 가까와지려고 무척 노력한다. 손님을 신이라고 생각하는 그 생각도 있겠지. 그러나 그것은 직업정신, 공손하다는 것이 미덕이라는 것. 우리는 가수들까지 거만해지기 쉬우니. 자기

잘난 맛이 없으면 안 된다는 것이겠지. 내게도 있는데. 그런 면에서 나는 실수를 하면서 일본서 사는 방식을 배우고 있다.

12일 0시 10분

# 7월 17일 토요일

그저께는 슈나이스 목사의 서울 보고를 들었다. 박형규 목사와 12인의 수도권 선교 관계자들은 심한 고문을 겪었다고. 미칠 것 같았다는 것이다. 왜 그렇게 이번에는 노골적으로 잔인성을 보였을까. 그들이 석방된 데는 미국의 간섭이 있었던 모양. 미국 교회를 통하여 미국 여론에 영향을 주는 것이 지금 행정부에게 불리한 때문 일 것이다. 그날 1시 반경에 돌아오자, 어머니는 얼마 아니하여 돌아갈 사람을 놓고 너무 한다고 야단. 무서운 눈이었다.

어제는 유동식 교수와 만나 한국 이야기. 모두 침체일로인 모양이다. 이번 학기는 공부하는 대학이었다고. 슈나이스 목사가 가져온 갈릴리 교회 예배 녹음을 들어 보았다. 이규상 전도사는 이번 고문에는 너무 어려워서 처음 하나님을 원망하고 전도사가 된 것을 후회하였다고. 그 후에는 뉘우치는 마음이 생겼겠지만. 이 아벨의 핏소리를 어떻게 하려는 것일까. 미국에서는 카터 선풍이 불고 있는 모양. 이번에도 도전을 받았을 때는 리베랄로 문제의 해결을 찾는 미국의 전통을 살리려는 것일까. 서울서 소식이 왔다. 많은 파란이 있은 모양. 이제 나는 에뜨랑제의 외로움에 젖어 있을 뿐.

김용복 씨는 자기 논문의 출판, 그것을 위한 3개월의 휴가를 요청했다고 오형이 한심한 얼굴을 하고 있었다. 모든 것을 자기를 위하여 이용하는 것 같다는 것이다. 이런 이기적인 인간 사이의 밸런스를 생각하지 않을 수 없다면, 니버의 현실주의가 생각난다. 김용복 씨에 대한 내 모럴한 충고도 이제는 벽에 부딪혔다. 가만두고 보자. 그는 내게 하는 말과 남에게 하는 말이 다르니.

9시 50분

# 7월 21일 수요일 아침

월요일은 도쿄여대 비교문화연구소 회의. 한일교회 교류사가 나올 수 있을 듯. 어제는 릿교 야마다山田, 도미타富田, 쓰다津田 세 교수의 양식 대접을 받았다. 오늘은 어머니, 서울로 출발.

「통신」은 진행 중인데, 법정 이야기가 많아서 길어진다. 카터의 등장은 매우 교훈적이다. 슈레진저의 말이 생각난다. 「잭슨시대」에 나오는 말이다. 미국은 위기에 처해서 기묘하게도 리버럴한 방향을 택하곤 하였다는 것이다. 위기가 오면 서민은 보수로 가고 지식인은 래디컬화 하는 것이 아닐까. 그런데 미국이 리버럴을 택했다는 것은 그 상황을 지도자들이 리버럴로 이끄는 데 용의주도한 노력을 다했다는 것일 게다. 그렇게 된 것이 필연이 아니라 그렇게 되게끔 하였다. 국민이 선택한 것이 아니라 선택하게끔 했다. 카터는 리버럴 마인드는 있겠지만 보수에 어필할 만하다. 거기에 부통령을 리버럴로 택하고 리버럴한 민주당 의회를 가지고 있다. 그 민주당도 이번 한국 원조에서 보여준 것처럼 신중하다. 보수표 리버럴표를 모두 얻어서 미국의 단결을 외치려고 한다. 지난번 맥거번 때 보수표를 완전히 닉슨에게 주어서 그의 랜드슬라이드 승리를 가능하게 하였으니까. 승리와 국민의 단결을 위한 이러한 전략을 배워야 한다. 박 이후 우리도 당면할 문제일 텐데. 정치가 예술이라는 것을 이번 카터의 경우를 두고 생각할 수 있다. 공화당은 포드, 레이건, 닉슨처럼 보수계만 생각하는 것 같고. 민주당은 이미 리버럴을 가지고 있으니 보수계를 끌어와서 당선하고는 리버럴의 길을 가려는 것. 한국에는 어떻게. 『동아』는 카터가 인권 문제를 중시한다고 표제에 걸고 있는데. 박은 불안한 모양인. 무슨 음모를 할까. 시대를 선구하기보다는 음모로 자기들이 살아남을 것만 생각하니. 어머니가 떠나시면 좀 차분히 내 생각을 할 수 있겠지.

8시

# 7월 23일 금요일 아침

어젯밤에는 세 시간이나 잤을까. 「통신」을 끝냈다. 재판기록이 많아서 159장
이 되었다. 서 목사님[66]의 증언, 긴급조치란 이솝이야기에 나오는 벌거벗은 왕과
같다는 말씀을 적고 나니 마음이 슬퍼졌다. 그런 감상을 넣어서 끝을 맺었다. 어
머니는 서울로 돌아가셨다. 그렇게 여기 계시고 싶어 하셨는데. 서울서도 신경을
써야 하니 싫다고 하고. 늙으면 그렇게 처량한 것. 일을 빙자하여 나도 그러니.

어제는 슈나이스 목사와 만나, 서 목사님 댁에 5만 원을 보냈다. 오 형이 구속
자 가족과 저녁을 하라고 2만 원 내고. 오늘도 강의 준비에 내일 가나가와대학
강연에 할 일이 참 많다. 오늘 슈나이스 목사는 한국에 가시겠지. 양성우 씨의
시 원고를 찾았으므로 오늘 야스에 형에게 전한다. 어머니가 가시고 나서 서울
에 전화를 걸었다. 오랜만의 대화. 그 뒤는 항상 슬픈 것.

8시 50분

---

66  서남동 목사.

# 7월 29일

지난 토요일 24일에는 가나가와대학에 가서 한국에 있어서의 외래문화변용과 이조 실학에 대하여 이야기하였다.

25일에는 김관석 목사가 와서 함께 이야기하였다. 한 가지 이야기가 깊은 감동을 주는 것이었다. 가족이 없는 신부들이 강할 줄 알았는데 목사들이 더 강하더라고. 그것은 가족과 부인들의 뒷받침이 대단하기 때문이라는 것이었다. 박 목사사건에서 본 것은 지원하는 교회 세력이 자랐다는 것이었다고. 고난 속에서 더욱 크고 강해진다면 소망이 있는 것이 아니겠는가.

동북 YMCA회의에 가서 한국에 있어서의 민중, 지식인, 그리스도인, 이런 이야기를 하고 돌아왔다. 어젯밤은 오니코베鬼首온천에서 보냈다. 한적한 곳. 26일서부터 오늘까지의 모임이었다. 처음으로 BBC 필름을 보았다. 우연히 내가 말하기 바로 직전에 상영되기에 이르러 난처했지만. 처참한 일들.

참 문 목사님 부인이 미국 장로교 부인대회에 참석한 것은 큰 성공이었다고. 신문에서도 대대적으로 취급되고. 오늘 슈나이스 목사님 말씀은 귀국할 때는 내 의까지 조사했다고. 그럼에도 불구하고 원기왕성. 슈나이스 목사님 귀국 이야기를 들었다. 기장에서는 선교 기도회에서 3·1사건 관련자를 지지하는 성명을 냈다고. 조덕현, 조향록 목사 같은 분들이 몹시 반대를 하였지만. 그러나 조향록 목사는 깊은 데서 돕고 있는 것이 아닐까. 계획적으로 구속자 가족을 위로하는 기도회를 하자고 하고는 결의문까지 성공적으로 이끌고 간 것이라고. 300명가량의 목사가 모였다는 것이다.

김관석 목사님의 이야기에 흥미 있는 것이 많았다. 형무소에 우리를 돕는 조직이 있다고. 박 목사가 이번에 들어갔다 나와서는 "거기는 모두가 우리 패두만" 하고 말할 정도라는 것이다. 정치범을 돕기 위한 자금도 대주고 있다고. 한편 박세경 변호사가 재판장에게도 연락을 하고 있는 모양. 이 재판장은 서울 의대 학생사건에 최근 무죄를 선고한 적이 있다고. 그것은 슬럼에서 일하던 학생들을 스파이로 몬 사건이었다. 아무래도 CIA가 주목하고 있으니, 역사에 남을 판결을 하고는 사표를 내는 것이 좋지 않겠는가라고 이면공작을 하고 있는 모양이다. 이처럼 국민의 마음은 하나다. 카터가 당선될 것 같다고 하여 분위기가 더 연화하고 정부에는 초조감이 감돌고 있다고.

마포 순명에게서 순용이가 결혼을 하여 내달이 산월이라는 소식이 왔다. 그리고도 문제가 있는 모양. 오늘은 퍽 피곤하다. 전신의 맥이 풀렸다고 할까. 잔을 들고 싶으나 그 기운도 없어 자리에 눕는다. 삶에는 어찌할 수 없는 벽이 있어서.

11시 45분

# 8월 2일 월요일 아침

아침에 야스에 형에게서 전화. 오후에 만나기로. 정숙은 모국 체재 4개월 이상은 안 된다고 하여 30일에 오는 모양이다. 오늘은 비행기 표를 보내야 하겠다.

어제저녁에는 김 목사님 호텔에서 이야기. 슈나이스 목사가 그저께 재판에 참석하고는 어제 돌아온 것이 아닌가. 내일 구형이 있을 예정이니 세계 교회에 연락하자는 것이다. 참 수고가 많다. 오늘 독일에는 텔렉스를 치겠다고. 그리고 내일 재판을 위하여 서울로 향한다.

아침에 프랭크 볼드윈Frank Baldwin이 쓴 "The Korea Lobby"를 읽었다. 자세히 정리한 글로서 유익한 반응을 남길 것이 아닌가. 이 악의 쇠사슬을 어떻게 끊는가 하는 것이 문제가 아닐 수 없다. 거기에 비하면 미국의 저널리즘은 대체로 잘해 주고 있다. 김 목사와 오 선생은 쉬려고 떠나기로 하고 나는 5일에 간사이關西를 거쳐 큐슈로 가보려고 한다. 마음에는 허전한 생각이 도사리고 있다.

어제는 캐나다 이 목사님에게도 소식을 보냈다. 혁명적 낙관론을 가지자고. 김철 씨 문제를 교회에서 좀 문제 삼아달라고도 하고. 오늘 구형이 강경책의 소산인가 완화책의 소산인가, 여기에 따라 대책을 이야기하였다. 슈나이스 목사는 이 재판이 끝나도록 저렇게 동분서주인데 우리는 휴가를 떠난다는 것이 아닌가. 억지로 큐슈에 가는 것이기는 하지만, 표가 다 팔렸다면 그것을 구실로 하고 그만두지.

10시

# 8월 5일 목요일 아침

태풍이 분다고 하여 다소 서늘한 날씨가 계속되더니, 오늘은 대단한 더위가 될 모양이다. 김관석 목사는 어제 귀국하였다. 3·1민주구국선언사건에 대한 구형, 판결에 대결해 갈 것이 아닌가. 우리는 변호사들의 불복 성명이 먼저 필요하다고 하였다. 내일 양호민 선생이 온다고 하니, 좀 자세한 이야기를 나눌 생각이다.

그저께 저녁에는 NCC 나카지마 총무의 김 목사에게 대한 대접. 나도 오 형도 참가하였다. 즐거운 시간이었다. 어제로서 갈릴리 교회 설교집에서 내가 번역하기로 되어 있는 부분을 끝냈다. 거기에는 고난에의 참여, 민중의 신학, 남은 소수자의 신학 등이 흐르고 있다. 그래서 내가 해설 기사를 쓰겠다고 하였다.

『세카이』가 나왔으므로 한국 문제에 있어서의 발상의 전환이라는 글을 오 형에게 읽어달라고 하였다. 대충 내용을 설명하니 오 형도 그런 우리 입장을 잘 밝혔다는 것이었다. 야스에 형 이야기는 조총련계에게 이야기하였더니 마쓰세이마루松生丸[67]사건에 관한 대목에는 대단히 당황하더라고. 여러 가지 반응이 있지 않을까.

서울에서는 김대중 씨, 문익환 목사 이런 분들에게 10년까지 이르는 구형을 하였다. 이 사태를 슬프게 생각하지만, 이것을 어떻게 적극적으로 투쟁의 계기로 삼는가도 생각하여야 한다. 오늘부터는 문화사를 다시 계속하기로 하고 있다. 1905년의 의병부터 써 나아가려고 한다. 옛날 새벽사[68]의 김어성金語聖 씨가 점심을 함께하자고 한다. 거절해 왔지만 그만 긴자 다이이치第一호텔에서 우연

---

67 마쓰세이마루(松生丸事件)사건은 1975년 9월 2일 일본 어선 마쓰세이마루가 서해 북부 공해에서 어업중 북한 경비정에 의해 2명이 사살되고 배가 납포, 승조원이 연행된 사건.
68 새벽사는 1926년 창간되어 1932년 종간된 『동광(東光)』을 1954년 복간하여 개제(改題)한 잡지 『새벽』을 출간했다. 편집겸 발행인은 주요한이었다. 발간기간은 1954년 6월부터 1960년 12월이다.

히 만나 하는 수 없이 그러기로 하였다. 그들은 공화당에 관계하여 그렇게 살았으니까.

10시

## 8월 7일 토요일

비가 내리고 선선하여 꽤 지낼 수 있다. 어제 저녁에 양호민 선생이 도착하여 늦게까지 이야기하였다. 그 속에서 출세하려고 날뛰는 배신한 지식인들에 대한 이야기는 뼈저린 것이었다. 신상초申相楚 씨는 김지하 씨 증인으로 나가 비지땀만 흘렸다고. 김지하 씨를 공산주의자라고 했다니. 자기가 쓴『레닌』이라는 책을 끝까지 읽으라고 하면서 남에게는 작품 메모를 가지고 공산주의자라고 한다니. 그리고 오적五賊이 민중 선동적 좌익사상이라고 하니 잘 썼다고 자리를 마련해준 것은 언제인가고 하면서 그렇게 변하는 것이 한국의 현실이라고 김지하 씨가 개탄하였다는 것이다. 양 선생은 미국에 가서 여러 사람을 만날 모양이다. 선의의 간섭을 부탁하자고 하는데, 우리 힘이 없어서. 요즘은 참 지출이 많다. 계속 손님 접대. 서남동 목사님 댁과 김관석 목사님, 박형규 목사님에게 각각 5만 원. 오 선생 부인 한국 방문에 3만 원. 양 선생 미국방문 잡비로 100달러. 거기에 양 선생이 돌아올 때는 계훈제 형, 송건호 형, 노명식 형을 조금씩이라도 도와야 할 테니. 양 선생 말마따나 구호할 사람이 늘어나서 문제다. 노명식 교수는 성균관대학에 이야기가 다 됐는데도 기독자교수회 회장을 했다고 CIA가 허락하지 않는다고. 물가는 비싸고 참 야단들인 모양이다.

이번에는 남북 문제에 대해 썼으니 민주화운동 측의 내일의 한국에 대한 이데올로기 문제 등에 대하여 한번 써야 하지 않을까. 좀 준비해 가야 하겠다. 양 선생이 김철 씨 문제를 좀 노력하여야 한다고 이야기하였다. 밖에 조직이 있어서 이런 문제를 모두 짊어지고 노력하여야 할 텐데. 내일 양 선생은 미국으로 떠난다. 그리고 김규칠 씨가 오고 머지않아 선우학원, 이삼열 양 씨도 온다고 하니. 동원모 씨 초청을 실패한 모양이다. 민통회의 이삼열 씨는 오지 말아달라고 하였다는데, 박 형, 오 형의 의견을 받아들이지 않은 모양이다. 독일 내 조직을 둘로 가르지 않기 위해서도 자기가 계속 관계를 가져야 하겠다는 소식이 왔다.

28일에야 선고공판이라고 하여 어제, 그동안 상당한 정치적 고려가 있을 테니, 국제적으로 움직여 달라고 오 선생 사무실에서 전문을 보내게 하였다. 일본 NCC에서도 해 주겠지. 윤보선 씨나 함석헌 씨에게도 10년 구형을 한 것 보니 크게 구형하고 선고에서는 집행유예나 내리고 자격정지를 시키려는 것이 아닐까. 국제적으로 정 안 된다며는 요식행위의 선거 정도로 눈 가리우고 아웅 하려는 것이 아닐까. 박이 신문기자 회견에서 선거법 개정 안 한다고 한 것은 미국에 대한 답변 같이 생각된다. 여러 가지 일이 많아 좀처럼 「문화사」 원고에 집중되지 않아 걱정이다.

10시 40분

# 8월 9일 월요일

어제는 김규칠 씨와 밤새 세 시까지 이야기하였다. 내년에 귀국하면 경우를 보아 그만두고 농촌에 돌아갈 생각이라고. 불교를 중심으로 한 새로운 의식화 작업에 대한 염원이 머리에서 떠나지 않는 모양이다. 의미 없는 빚 또는 부도덕 한 일을 해 나갈 수 없다고 저항하는 양심은 언제나 있는 법. 주목할 만하다.

아침에 선우학원 씨에게서 전화가 와서 오늘은 거의 하루종일을 함께 하였 다. 민건民建 중심의 조직 확대에 주력하신다는 것. 한국말로 갈릴리 교회 설교집 을 내 줄 것을 부탁하였다. 선우 박사님 중심으로 민건에서 책임을 져 보신다고. 미국에서 한국 문제에 대한 의식은 확대돼 가고 있는 것 같으나 조직적인 힘이 되기에는 아직 먼 것 같고. 재미기독학자회 명의로 이북 학자와의 교류를 하시 고 싶다고 하기에 전체회의 결의로가 아니라, 일부에서 추진해 보고 나중에 전 체회의에 보고하여 그것을 채택하느냐 안 하느냐를 결정하는 것이 좋지 않겠느 냐고 하였다. 이북 접촉에 대한 주선을 야스에 형에게 부탁하고 싶다고 한다. 내 가 만나게 연락을 해달라는 것이었다. 밖에서는 이렇게 움직여 가는데 국내는 역행이니 참 큰일이다. 비가 내려서 오늘도 비교적 서늘하다. 민통회의는 12일 부터 있는 모양. 취지서에도 반일, 반미가 크게 주장돼 있다니 역시 북에서 자금 을 대주고 그 입김이 미치고 있는 것이 아닌가.

23시 35분

# 8월 11일 수요일

어제는 선우 박사와 함께 점심때 야스에 형을 만났다. 하마사쿠浜作[69] 본점에서 대접을 받았다. 이북과 접촉을 하려면 가을 유엔에 오는 대표와 만날 수 있을 테니 필요에 따라서는 연락해 줄 수 있다는 것이었다. 대북 접촉을 왜 그리 서두르는 것일까. 오 선생은 그것이 미국 학계의 관행이라고. 그래야 위신이 올라간다고 생각하는 모양이라고. 나는 남북을 초청해 놓고 당신들은 심판자가 돼서 바라보고 비판하자는 것인가. 그렇게 드높은 자리를 차지하고 있는가라고 말하였다. 대화는 상대편의 언어로 하는 것. 이북도 같은 민족인데 그 국제적 진출을 어떻게 돕는가, 남한의 민주화 투쟁을 돕는 이북의 바른 자세는 무엇인가 등 구체적인 대화가 가능할 것인가. 이런 질문에 별로 무방도인 듯한 느낌이었다.

그 후 저녁 늦게까지 오 선생과 함께하였다. 이번 남북 문제에 관한 글을 어떻게 이용할 것인가. 지금의 한국은 월남과 다르지만 앞으로 월남처럼 이북으로 향하는 경향이 일어날 가능성이 있다고 한 라이샤워 발언을 증명하는 것으로 이글을 이용하면 어떻겠는가고 오 선생은 말하는 것이었다. 반응, 특히 국내 반응을 신중히 검토하여야 하겠다. 무엇보다도 필자를 숨기는 일에 최대의 노력을 하자고. 대담한 노력을 했는데. 그 반응이 어디엔가 좀 게재될 수 있으면 좋겠는데.

오늘은 하루 종일 쉬고 자고 텔레비전을 보았다. 그야말로 무위의 하루. 비교적 날씨가 서느러워서 하루를 쉴 수가 있었다.

12일 0시 25분

---

69   도쿄 긴자에 있는 요정(料亭). 1924년 창업.

## 8월 14일 토요일

무섭게 덥더니 저녁에는 찬 바람이 좀 돈다. 니이가타<sup>新潟</sup> 쪽에서는 홍수라고 하니. 무엇인가 일이 많은 날들이었다. 새터화이트[70] 씨가 함 선생님 글을 가지고 나와 번역하여야만 하였다. 세계 각지에 있는 친구들에게 와 장 선생 추도문이었다. 독특한 종교적인 글. 현실의 미화로, 정신화로 끝내는 것 같아 무언가 부족한 것 같았다.

모리오카 선생은 「통신」이 끝나면 재판기록을 정리해서 일본말로 내기 위하여 하코네 온천이라도 가자고. 그렇게 하기로. 오시오<sup>大塩</sup> 목사님 교회, 학교 교사를 은퇴한 여자분이 100만 원을 내신다니 출판기금으로 하여 본격적인 문필<sup>文筆</sup> 활동을 하자고 하였다.

선우 선생은 어제 떠나고. 이삼열 씨와는 어제 늦게까지 이야기하였다. 왜 그렇게 이데올로기를 찾아야 하는지. 나는 국제정세와 한반도의 상황이 변천돼 갈 때 거기에 대응해서 우리가 하여야 할 일을 찾아 돕는 그야말로 리얼리즘을 가져야 한다고 하였다. 남한을 붕괴하는 것, 민주주의 가지고는 안 되는 것, 그 허구적인 전제를 세우고 계획과 에네르기<sup>에너지</sup>를 집중하지 말라고 하였다. 역사에는 그렇게도 가능성이 많은데. 현실에서 힘이 없으니 이데올로기 운운으로 극단적인 추상론을 달리고 있는 것 같았다.

---

70  데이비드 새터화이트(David H. Satterwhite). 1972년 한일문화교류사 세미나 참석을 위해 한국방문(함석헌, 지학순, 김지하와 만났다), AFCS에서 활동으로 3·1구국선언 구속자 지원, 김지하 법정 최후진술, 월남전에 대한 양심적 병영기피자, 한국문제기독교긴급회의 활동, 「한국통신」편집장, 한국을 방문하여 자료수집, 서양 변호사를 한국에 보냄. 「통신」자료 수집, 1986년 폴브라이트 장학생으로 고려대 아시아문제연구소 연구생으로 1년 체류, 일본 내에서 한국 민주화운동 지원 네트워크, 김지하 법정최후진술과 3·1구국선언을 영어로 번역. 한국을 방문해 수집한 자료를 도쿄의 오재식, 지명관 그룹에 보내 국내 민주화운동 상황을 해외로 알리는 데 공헌했다.

오늘 오 선생과 만나 이야기. 지금까지 우리가 하는 일은 무엇이 결정되든 돈을 댈 수 있는 오 형과 박 형을 중심으로 하여 움직여 왔다. 함께 결정하여서도 그들의 마음이 달라지면 다른 생각은 다 협조하지 않은 것이 되는 것 같다. 이영희 씨 문제만 해도 그렇다. 오 형이 제안하고 나중에는 물러서고 다른 사람이 노력한 것은 옳지 못하고. 참 우스운 일이다. 민주적, 계획적인 노력이란 우리에게는 있을 수 없는 것일까. 미주에서 나오는 신문들도 공개해서 일하기보다 사유물화하면서 돈만 대라고 한다니.

아무래도 이북은 이곳 한민통 같은 것을 비동맹국가회의 같은 데 남쪽을 대표하는 옵서버로 하려고 할 것 같다. 우리의 힘이 집결된 것으로 보여지는 조직이 필요한데. 김재준 목사님도 귀국 운운 하시고 시카고회의도 또 후퇴. 누구도 그 조직을 위해서 일하고 있지 않다. 그래서 나는 미국 코올리션이 연합사업의 큰 부분을 담당하고 도쿄에 제네바 회의에서 약속된 자금을 집결시켜 조직적인 실적을 나타내자고 하였다. 그것은 공동 관리를 하기로 하고 일본측 2명, 한국측 2명, 슈나이스 씨, 하비 씨를 합쳐서 재정위원 계획위원으로 하자고 하였다. 도쿄에서 지하적으로 조직하고 활동하는데 무엇보다도 문서를 내고 이것을 가지고 활동하므로 유기적으로 하나가 되게 하자고 하였다. 오 선생은 좋다고 하였지만 두고 보아야지. O.K는 쉽지만 항상 달라지니.

이번에 진행되는 것을 보아서는 이제부터는 모리오카 선생과 합하여 독자적인 노력을 하여야 하겠다. 이러다가는 아무것도 되는 것이 없겠다. 로스앤젤레스와 연락을 하여서라도 독자적인 노력을 하여야 하겠다. 명 형이나 홍 목사와 연락하여 독자적인 일을 하지 않아서는 아무 것도 되지 않겠다. 교회 관계 내의 이해관계에 얽혀있는 탓일까. 나는 문제와 의견만 제시하고는 밀지는 않으련다. 테스트를 해보고는 안 된다면 독자적인 길을 가기로 하여야 하겠다. 자금과 지도력을 가진 핵심이 없이는 이루어질 것이 없다.

# 8월 15일 일요일

오늘이 8·15. 31주년인가. 박은 남북대화를 재개하자고 하였다지만 윤보선 씨는 '일미한한미일 정치회담을' 하고 외신기자들에게 말하였다고 『아사히신문』이 오늘 아침에 보도하였다. 10년 구형을 앞에 놓고 '정치적 유언'으로 말한다고. 남한의 안전보장 그 다음에 남북의 민족자립회의로 나아가자는 것이다. 그러기 위해서 한국의 민주주의를 회복하기 위한 토의를 하여야 한다는 것이다. 오구리小栗 특파원이 역시 좋은 기사를 보내왔다.

아침 새터화이트 씨를 만나서 함 선생님이 쓰신 장준하 씨 추도문 번역을 전하고는 거의 하루 종일 「문화사」 원고에 손질을 하였다. 내일 고니시 양에게 보아 달라고 전하여야 하겠기 때문이다.

한민통 회의에서는 드디어 미군 철수 자주통일을 들고나왔다. 이북 노선을 되풀이하고 있다. 돈을 받고 그리로 가는 모양이겠지. 여기에 대해서는 어디엔가 글을 좀 써야 하겠다.

정숙이가 2주일이면 온다. 이번에는 그 어느 때보다도 기다려진다. 마음이 약해진 탓일까. 몸이 건강해진 탓일까. 늙음의 고독이 스며드는 것일까. 앞으로는 몸을 좀 가다듬고 시간을 절약하면서 일을 하여야 하겠다고 더욱 다짐하고 싶은 심정이다. 비가 와서 서늘하다.

16일 0시 40분

# 8월 17일 화요일

어제는 고니시 양을 만나 「문화사」 첫 부분 첨삭한 것을 받았다. 고마서림에 전했다. 거기에서 우연하게도 이삼열 씨를 만나 저녁을 먹으면서 이야기하였다. 한민통 친구들은 선통일, 후민주라고 하면서 외국군 철수 자주통일을 주장하더라고. 회의에서도 토의를 허락하지 않고, 결의문 수정을 해도 그냥 원안대로 발표하더라고. 유엔과 비동맹회의에 따로 보내자는 것을 하나로 하자고 했는데도 발표는 원안대로 두 가지가 되었다고. 완전히 계획된 플랜이었다고. 북의 지시가 분명한 모양. 남북의 거대한 공세 아래서 우리는 돈도 힘도 없이 양식만 가지고 싸워야 한다. 큰일이다. 한민통식의 분열이 밖에도 온다. 그들을 어떻게 견제할 것인가. 파괴하려고 하지 말고 우리 조직을 키워야 한다. 자유세계서는 정치권력에 의한 프로파갠더는 그다지 세력을 못 가지는 것이니까.

오늘은 아침에 슈나이스 목사와 이야기하고 몇 가지 서류를 받았다. 재판 내용은 모래 전해 준다고. 한민통에 관한 이야기를 하였다. 김 선생과 점심을 나누면서 금후의 플랜을 이야기하였다. 미국 장로교 여성대회에 참석한 것은 대성공이었다고. 「한국통신」으로 스터디그룹을 가지기로 하고 아이독은 출판을 서둘고 있다고. 라이샤워, 고오헨, 포크 씨 같은 분이 『뉴욕 타임즈』에 서평을 써주는 것이 매우 필요하다고. 김 선생이 돕기로 하고 야스에 형에게 이야기해 보아야 하겠다. 아이독에서 벌써 표지를 보냈는데 우편사고가 났던 모양. 이와나미는 이제 받았다고 연락해 왔다고. 김 선생 말이 미국에서는 한국에 대한 비판 무드가 올라가고만 있다고. 계속 대미 공작이 절대로 필요하다고. 우리가 그 필요에 따라서 움직이는 면도 중요하다. 도쿄에서 지시를 하기만 하는 것이 아니라. 김 선생이 연락을 만들어 놓은 것을 우리가 계속 유지하고 발전시켜야 한다.

오후 늦게 독일 사회민주당 매스컴 부장 Gerd G. Kopper 박사를 만났다. 젊지만 참 훌륭한 분이었다. 도쿄에서 프리드리히 에벨트 슈티프퉁 책임자로 있던 비이렌 슈타인 씨의 소개다. 한국에서 대신문사 경영자들을 초청한 모양인데 모두 거절하여 이분이 다녀왔다고. 한국신문인협회의 공식 스케줄을 거절하고 다녀온 모양. 독일대사관과 이분이 비판적이라고 하여 독일대사관이 초청하는 신문 세미나에 부산서는 한 사람도 안 왔다고. 서울서는 용기 있는 사람 한 사람이 오고. CIA가 일일이 전화를 걸어 못 가게 하였다고. 그는 돌아가서 여러 가지 쓸 모양이다.

독일 마인츠 시장은 정부초청 스케줄에 따라 다녀왔다고. 그러니까 그는 도쿄에 강한 영문 고급 저널을 가지고 그런 사람들과 사전, 사후에 인터뷰를 하라는 것이다. 그리고 여기 외신기자에게 필요한 자료도 제공하라고. 일본 사람들이 내는 영문지 『암포安保』가 지금 유일하게 외국인에게 한국 정보를 주고 있다는 것을 알고 거기에 관여하라는 것이었다. 정경모 씨 같은 사람이 북의 노선을 따른다면 그 사람만 거기에 쓰게 하는 것은 위험하다는 것이다. 크게 우리가 생각하여야 하겠다. 마침 미국 여자 한 사람이 긴급회의에서 일하겠다고 한다니 이런 일들을 강화해 나아가야 하겠다. 좀 우리끼리 이야기를 더 해 가야 하겠지만. 한민통이 자기들의 영문 뉴스를 그만둔 것은 『암포』를 통해 하기로 한 탓일 것이다. 정경모 씨는 한민통 조직인으로서 하는 일과 글을 쓸 때는 다른 것이 아닐까.

김철金哲 씨 문제를 코퍼 씨에게 부탁하였다. 그리고 한국에 있어서의 사회당의 중요성을 말하였다. 박 이후 보수정당이 바른 구실을 하고 거기에도 좀 래디컬한 사람들이 들어가도 좋지만, 사회당이 그런 프레쉬한 것을 가지지 않으면 4·19 이후처럼 젊은이들은 가두街頭로 나간다고 하였다. 교회도 그런 의미에서 어떤 젊은이들의 확장을 제공하고 사회주의 정당과의 사이에는 그런 사람들의 경우 하나는 아니라도 공동이어야 한다고 하였다. 나 같은 사람이 어디에 속하느냐 하는 것은 효과의 면에서 고려하여야 한다고 하였다. 한국 교회가 정치인과 아이덴티파이 하지 않으려는 면도 고려에 넣어야 한다고. 우리들의 운동에 있어서 어떤 전환점을 모색하여야 하겠다. 오 선생은 또 몸이 좋지 못하다고 하니.

18일 0시 50분

# 8월 19일 목요일

어제는 이시재 씨 부부, 이삼열 씨, 김 선생을 초대하여 중국식사를 나누었다. 내 남북 문제에 관한 글을 모두 이야기하는데 별로 비판을 하지 못하는 것 같아 문제가 많은데 하고 생각하지 않을 수 없었다.

어제 아침에 오 선생이 와서 우쓰노미야 의원이 전 미 국무성 한국과장 레이나드 씨를 초청한다는데 어떠냐고 묻는 것이었다. 코올리션의 고문이라 의견을 물어 왔다고 김상호 씨에게서 전화가 왔다는 것이다. 나는 우쓰노미야 의원 자신의 계획에 의한 것이면 O.K이지만, 한민통식의 조직에 이용된다면 안 된다고 대답하였다.

『암포』에 대해서는 이시재 씨, 김 선생, 오 선생 모두 관계가 있다니 잘 협조할 수 있겠지. 『워싱턴 포스트』의 사아 특파원은 박세경朴世經 변호사에 대해서 크게 냈었다고. 유언을 쓰고 변호한다는 이야기까지 나왔으니 그래서 체포한 것일까. 재판기록을 돌린 탓일까. 모두 훌륭한 투쟁을 하고 있다.

오늘 아침신문에 보니 휴전선에서 북쪽 인민군이 낫, 고갱이를 들고 미군 장교 2명을 살해했다고. 나뭇가지를 자른다고 그랬다는 것. 계획적인 것이겠지만 참 품위 없는 짓이다. 비동맹회의에서 마음대로 안 되니까, 소란을 피우자는 것일까. 하는 수 없이 미군이 나가게 하자는 것일까. 어린애 짓 같이 남북 위정자가 모두 그 모양. 지능지수가 모자란다고 할까. 그 지능지수에 국민더러 맞추라고 하니. 한배호 씨가 내일 귀국한다면서 전화로 그랬다고. 미국에서 카터 씨가 될 것 같으니, 박이 각의에서 대외적으로도 변명하지 말고 소신대로 하라고 했다고. 그것을 대변인이 그렇게 하라고 한다고까지 발표하여 문제가 됐다고. 우자愚者의 집단이다.

슈나이스 목사에게서 오늘 그동안의 공판에 대한 기록을 받았다. 자세한 내용을 이우정 씨에게서 듣고서는 영문으로 정리한 것이다. 참 수고가 많다. 김 선생에게서도 그동안 밀린 서류를 받았고.

저녁때 독일에서 윤이상尹伊桑 씨가 도쿄에서 테러를 당하였다는 소식을 전화로 확인해 왔다고. 슈나이스 목사는 국내에서 나온 편작곡編作曲을 부탁했다는데. 그제 지방을 다녀오면 전해 드린다고 했다는데 그런 일이 있을까. 뉴스에도 안 나오고. 이삼열李三悅 씨를 통해서 확인하려고 하는데 연락이 잘되지 않는다. 누가 가족에게 불안을 주려고 장난을 한 것이 아닐까.

거의 하루 종일 「문화사」 원고를 정리하였다. 통일신라 대목에 들어왔다. 내일 또 고니시 양에게 전하여야 한다. 이제부터는 좀 더 생활을 정리하고 마음을 가다듬어야 하겠다. 내일은 로댕 전시회도 보기로 하였고. 서경석 씨에게 전해 달라고 슈나이스 목사에게 2만 원을 맡겼다. 서울서 하비 씨가 돌아왔다고 한다. 내일 아침 일찍 만나기로 하였다. 은명기 목사 등의 성명, 윤보선 씨의 기자회견, 박세경 변호사의 연행, 모두 어떻게 되었을까. 8월은 다사다난한 달.

23시 50분

# 8월 22일 일요일

20일에는 원고를 고니시 양에게 전하고 고마서림에 들렀다 늦게 돌아왔다. 그리고 어제와 오늘은 「통신」에 총집중이었다. 원고를 끝냈다. 공판정 모습은 눈물겨운 것이었다. 전남에서의 저항도 대단하다. 감시하는 경찰망을 뚫고 노회 老會에 참석하여 저항하고 있다. 퍽 조직적인 저항이다. 노조의 투쟁도 확대돼 가고 있다. 어려운 투쟁들을 하는데. 노동 문제는 내달에 종합적으로 쓰기로 하였다. 미군을 살해한 문제 때문에 긴장은 고조되고 있는 모양이지만 남북 공히 큰 일이다. 어리석은 집정자들이라.

11시 30분

# 8월 25일 목요일

이틀 전에 야스에 형에게서 소식이 왔다. 「노예 수감」이라는 양성우梁性佑 씨의 시에 관한 이야기였다. 본명으로 당당히 내 달라고 편지가 와 있는 것이다. 김지하 씨의 공판에 참여하면서 각오하게 된 것이겠지. 거기에 광주서도 목포에서도 일어나고 있고. 그 배후에도 양성우 씨가 있는 모양. 희생 없이는 일이 안 되니까 야스에 형에게는 다시 한번 확인하고는 본명으로 게재하고 문제가 나면 싸우는 것이 어떠냐고 하였다. 원고 청탁서가 있는 것이 좋다니 그것도 그렇게 해 보내고. 곧 슈나이스 목사님을 만나 양 선생과는 이 이상 깊은 연락을 하지 말아 달라고 하였다. 슈나이스 목사 선이 끊어지지 않게 하기 위해서다. 원래는 내가 더스트 씨를 통해서 약간 돈을 보내면서 해외서 발표하기를 종용한 것인데…… 용기에 감사한다.

오늘은 강 목사님과 만나 긴 이야기. 독일에서는 이삼열 씨가 이곳 민통 회의에 참석하였다고 대사관에서까지 야단인 모양. 그는 이회성李灰成 씨까지 만났다는데 대단한 연락을 하는 모양이다. 꽤 꿈이 큰 모양이다. 힘이란 조직의 배경이 있어야 하는 법인데 개인플레이로 된다고 생각하는 듯. 미국서 커터 씨와 교회가 이야기 할 때 먼저 긴급조치 철폐, 정치범 석방 그리고 대통령 직접선거까지 가야 한다고 김 선생과 함께 이야기를 나누었다. 도쿄 베이스를 강화하자는 데도 모두 동의고.

오늘 긴급회의 목사님들이 3·1절 민주구국선언사건 관련자 석방 단식 데모를 하였다고 『아사히신문』에 꽤 크게 보도돼 있었다. 모래가 판결날이니. 감사하다. 이태영 씨의 최후진술을 곧 미국 교회여성연합회, 장로교 여성연합회에 보내기로 하였다. 훌륭한 내용이니까.

23시 45분

# 8월 27일 금요일

내일은 민주구국선언 판결날. 어떻게 될 것인가. 오늘은 봉변을 당했다. 집 계약서와 『동아』 돕기에서 송 형을 돕기 위하여 10만 원을 가지고 오다가 다방에서 이야기하는 동안 봉투를 털린 모양이다. 나는 전화 때문에 일어나고 모리오카 선생은 대금 지불 때문에 일어났는데 미행하던 자가 들친 모양이다. 계약서와 십만 원만 없어져서 사고라고 생각했는데 김지하 옥중메모에 관한 성명만 남고 해설기사가 없어졌다. 그것은 함께 접어 있었으니 일부만 훔쳐내고 봉투에 무엇이 있는 것처럼 일부를 남겨 뒀다고 보아야 한다. 모리오카 선생과 오, 김, 양 형에게도 이야기하여 크게 경계하여야 하겠다. 목숨 내걸고 싸우는 수밖에 없다. 루트를 다 파악하고 있는 것이겠지.

그다음에 구라쓰카 선생 댁을 찾아 이야기하였다. 한민통의 노선은 분명. 정경모 씨는 휴전 회담 때 우리 대표가 영어를 쓰는 것을 보고 이북이 더 민족적이라고 생각하였다고. 이리하여 다 그 길을 가는 모양이다. 그러나 일본 측에서도 여러 가지로 회의적인 모양. 구라쓰카 교수도 그들과는 함께 할 수 없다고 하니.

서울 교회서는 목사와 장로가 협조가 안 되는 모양. 김 장로라는 사람은 모두 반대라고 하니. 정말 힘든 세상이다.

28일 0시 35분

# 8월 29일 일요일 오후 1시 10분

어제는 모리오카 선생과 만나 이야기. 어떻게 할 것인가. 분실 보고를 하고 법적 수속을 밟아야 하는 것이 아닌가. 후일을 위해서도 그것이 좋지 않은가. 후에 크게 당하는 경우가 있어도 그렇고. 아침에 지 영사가 만나자고 연락. 오늘은 오래간만에 오 씨에게서 만나자고 연락이 와서 약속하였기 때문에 점심은 어떠냐고 하였더니 그것은 안 된다고. 화요일 저녁으로 하였다. 그저께 일어난 사건과 관계가 있지 않을까 한다. 탐정사를 통해서 다 조사했을 거다. 앞으로 크게 문제가 일어난다면 다만 도쿄여대의 보수적인 선의의 사람들에게 영향을 줄까 염려가 된다. 이런 인물을 돌봐주었다고 자랑으로 생각하기 보다는 시끄러움을 끼쳐준 불명예라고 생각할 테니까 말이다. 그들은 가치에 의해서 판단하는 것이 아니라 다만 무사안일만을 추구하는 자세니까.

## 9월 1일 수요일

　일요일에 정숙 도착. 아직 도난 문제는 어떻게 할지 결정짓지 못하고 있다. 어제는 지 영사가 만나자고 하여 지나가는 이야기로 그 이야기를 했는데 거의 무표정을 짓는 듯. 정 참사관이라는 사람이 나를 소개해 달라고 하더라고. 모두 수상한 느낌이 든 것은 내 과민 탓일까. 일부러 민주구국선언사건에 대하여 지나친 구형이라고 하던데 무슨 저의가 있던 것이 아닐까. 어쨌든 그들이 감돌고 있는 것은 사실이라고 생각된다. 오늘은 다시 더운 날씨, 「문화사」 원고에 좀 손을 댔다.

21시 55분

# 9월 5일 일요일

서류와 돈을 빼앗긴 문제는 아직도 내버려 두고 있다. 신고를 하면 선의의 여러 사람이 조사를 받을 것이고. 도난으로 해서 접어두는 것이 CIA에게 모른척하는 것이 될 것도 같고. CIA가 한 것이라고 이쪽에서 단정하고 대드는 것이 도리어 나쁠 것도 같고.

2일 날에는 슈나이스 목사와 만나 이야기하였다. 목포에서의 기독 학생 600명의 데모에는 아직 손을 대지 못하고 있는 모양이다. 8월 30일에는 양 선생과 만났다. 미국서는 그다지 사람을 만나지 못한 모양. 모두 여름휴가라. 코오헨 교수와는 전화로 이야기하였을 뿐이라고. 양 선생 편에 송 형에게 내가 보충하여 10만 원, 노명식 형, 계훈제 형, 김철 선생 가족에게 각각 3만 원을 보냈다. 그리고 이곳에 알려주기 위하여 송 형에게 『동아』 기자 사정을 자세히 물어달라고 하였다. 김영록 형에게 사람을 보내서 실제적인 경제사정도 알아보게 주선해 달라고 하였고.

오늘은 오 선생 가족 어린 아이들과 함께 저녁 식사를 하였다. 건강이 좋지 못하다. 편두통, 인후염이다. 내일은 이번 재판기록을 낼 준비 타합打合을 하기로 하였다. 야스에 형에게서 내신來信. 아이독에서 본격적으로 하는 모양이나 유명인사에게 서평을 부탁하고 이와나미 소개를 미국에 하여야 한다고 하는 등 좀 불유쾌하다는 것. 사무적으로는 매우 치밀한 것이기는 하지만. 아이독에서 보내온 서신 사본을 읽으면서 참 치밀하다고 생각하였다. 어떻게 될려는 것인지. 『세카이』 10월호가 와서 김명식 씨의 「십장十章의 역사 연구」를 읽었다. 김 씨는 군대서도 집총을 거부한 평화주의자라고. 이 고난 속에서 깊은 사상을 이룩하여야 하는데. 사상적 전통이 예수시대의 유대만 못한 것이 문제일까. 나는 계속 고난 속에서의 창조를 생각한다.

6일 0시

# 9월 9일 목요일

하루 종일 원고 정리를 하고 저녁에는 슈나이스 목사 가족을 초대하여 함께 식사를 나누었다. 태풍이 불어 나고야 지방에는 대홍수라고.

오늘 새벽에 마오쩌둥毛澤東 주석이 서거했다고. 혁명의 일생, 중국을 통일한 것은 55세 때. 조직력 없이 권력을 잡고 후진국에서 통치를 해나간다는 것은 어려운 일이 아닐까. 그것이 방글라데시 라아만 대통령의 비극이 아닐까. 김대중 씨 문제를 생각한다. 그 조직력이 어떻게 가능할까. 그것이 없다면 어떤 길이 있을까. 박 이후의 문제를 위하여서도 깊이 생각해 보아야 한다. 조직과 사상의 문제에 집중하여야 하겠다.

10일 0시 3분

# 9월 14일 화요일 새벽 4시 50분

잠을 이룰 수 없어서 일어나서 원고 추고를 하였다. 고려시대까지를 끝냈다. 그제는 이유자李有子 선생 부군 문 선생을 접대하였다. 김대중 씨는 국민의 마음 속에 있는데 좀 더 몸을 조심했어야 했을 것이 아니냐고. 농촌은 우대를 받아 '정부 지지'라고. 선거 때를 위한 준비가 아닐까. 언젠가는 미국의 압력으로 선거를 해야 할 것이라고 생각해서.

어젯밤에는 긴급회의에서 여러 가지 이야기. 3·1 가족 돕기 등으로 이미 100만 원을 한국에 전달하였다고. 이 회의의 활동이 더 확대돼 가고 있다. 영문 『코리아 커뮤니케』[71]도 제2호가 나왔고. 앞으로 그것을 더 효과적으로 운용하고, 구독 신청, 찬조금 모금운동도 하자고 하였다. 한국민주화세계협의회가 『신한민보』에 가장 포괄적인 단체로 보도됐다. 이번 3·1 판결에 대한 항의 기사에서 이 단체를 실질적으로 크게 보이게 하자고 하였다. 우리는 중요한 문서 출판으로 효과를 내야 한다. 한민통을 통한 북의 공작이 확대돼 가는 모양이다. 영국에서 그런 모임이 생기고 거기에 도쿄에 있는 임시정부 운운의 말까지 나타나 있다. 그것이 북의 노선에 선 모임이라는 것을 영국 교회에는 알리기로 하였다. 북은 한민통 같은 단체를 남한에 대한 임정 같은 것으로 만들어서 비동맹국가회의 같은 것에 참석시키려고 획책할 것이다. 무엇보다도 우리 회를 실질적으로 크게 키워야 한다고 오늘도 나는 강조하였다. 우리가 공백을 만들면 그것이 커지니까, 우리가 우리를 크게 하여야 한다. 독일서는 좌파그룹이 확대돼 간다고. 이것을 우리에 대한 경고로 받아야 한다.

5시 10분

---

71 『*Korea Communiqué*』. 일본기독교협의회(NCCJ) 한국문제그리스도자긴급회의(Japan Emergency Christian Conference on Korean Problems)에서 발간하는 영문 정기간행물.

# 9월 17일 금요일

내일부터는 학교에 나가야 한다. 내일은 시험감독이고 내주 화요일부터는 릿교 개학이고. 어제는 박상증 형에게 긴 소식을 보냈다. 좀더 실무적인 우리 회의가 필요할 것 같다고 하고. 오가와小川 교수가 신앙과 직별위원회의 상임위원까지 된 것도 감사하고. 박 형의 노력은 놀라운 것이었다. 상임위원이면 매년 한번은 WCC에 가셔야 한다고. 그저께는 오 선생 부인과 함께 다니고 이야기하였다. 이상철 목사님의 소식, 좌절되지 않고 하시고 있다고. 이번 15일에 오시니 함께 이야기하기로 하였다. 그런데 타이어에 면도칼 질이 돼 있어서 위기일발을 면했다고. 살인 테러가 시작되는 모양이다. 그래서 호텔을 우리가 미리 잡아두고 감쪽 같이 만나서 이야기하기로 하였다. 더욱이 한국 입국 전이라 주의하여야 하니까. 함께 이야기할 조목을 일일이 메모를 하고 있다. 감기 기분.

한국에서 온 테이프를 들었는데 감동적이었다. 8월 27일의 구속자를 위한 기도회에 있어서의 이우정 선생의 기도. 그리고 8월 31일 윤보선 선생 댁에 초청받은 파티의 분위기. 모두 눈물겨운 것이었다. 박 목사는 감옥에서 지은 어머니 노래를 부르는 것이었다. 무기수의 작곡이고, 소년수가 어머니를 부르는 눈물의 소리에 자극된 것이라고. 그리고 투옥된 학생들의 부모와 자신의 어머니를 생각하고. 그 시는 다음과 같은 것이었다.

어머니 안녕하세요
기러기 집을 떠나
산절수절 겪는 동안
잔뼈가 굵어지고
철도 들어서

외로운 밤하늘에 그려보는 그 얼굴

다시는 저버리지 않겠읍니다


어머니 기도해 주세요

밤마다 집어삼킨 회한의 눈물들이

모여서 강이 되고 바다가 돼도

기러기는 오늘도 하늘을 나릅니다

해 돋는 그 나라에 이를 때까지


어머니 기다려 주세요

산새들이 노래하는 봄날이 돌아오면

기러기도 고향하늘 날아 갑니다.

시련의 바다에서 찾아낸 값진 진주

어머니 무릎 위에 바치렵니다.


민청학련 학생들에게는 부모로부터 "왜 그래가지고 고생하냐"는 소식이 날아왔다. 이때 감상이 2절에는 서려있다고. 3·1가족들은 다음과 같은 가요를 부르는 것이었다.


산까치야 산까치야 너마저 울다 저 산넘어

어디로 날아가니 날아가며는

네가 울면 우리 님은 언제 오나

우리님이 오신다던데 너라도 내곁에 있어다오

너라도 내곁에 있어다오

몇 년 전에 유행하다가 이제는 가수도 사라져 버린 노래다.

이것을 부르면서 고난을 이겨내고 있다. 일본 사람들은 고난을 이를 악물고 참는지 모른다. 한국인은 거기서 눈물 흘리며 노래하면서 견디어 낸다. 모임이 끝나서 돌아가려고 할 때, 여기 장막 셋을 치고 삽시다 하고는 정말 돌아가고 싶지 않다고 웃어대는 것이었다. 이 슬프고도 아름다운 풍경. 도운을 만나 사본을 만들어 동지들에게 보내, 될 수 있는 대로 많이 듣게 해달라고 하라고 하였다. 그다지 비판적인 입장에 있지 않는 사람들에게도 말이다.

오후에 미국 한민통 제3차 총회 성명서를 번역해서 야스에 형에게 부치면서 몇 가지 썼다. 일본 한민통의 북의 노선을 지지하는 태도, 송 씨 같은 사람이 국내 자료를 공개하지 않는 태도에 대하여 말하였다. 이리하여 일본 전체의 태도가 그릇되면 국내에서도 일본 내의 운동을 이상한 눈으로 보게 될 것이라고 하였다. 북의 노선을 따르는 것은 해외의 래디컬 그룹은 될 수 있어도 영향력 있는 그룹은 될 수 없다. 자기를 위한 운동이 아니고 국내 운동을 위한 운동이 되어야 하는데 그것이 못되면 언젠가는 정체가 폭로되고 비판을 받게 된다고 하였다. 자료를 독점하여 무슨 권력이라도 가진 듯 보이려는 것은 비열하다는 비난을 불러일으키는 것이 아닌가. 그러나 나는 남을 헐뜯을 것이 아니라 그 에너지를 자기를 찾아 세우는 데 집중하여야 한다는 주의라고 하였다. 앞으로 이 문제를 가장 슬기롭게 처리하여야 한다. 어떤 글을 써야 하지 않을까. 해외 운동에 대한 가이드라인 같은 것이 매우 필요하다. 동지들 신문에 사설을 쓸까.

오늘 도운과 다방에서 만나는데 옆과 뒤에 상대도 없이 혼자 앉아 있는 사나이들. 내가 물끄러미 바라보니 한 사람은 나가는 것이었다. 내 집 주위에 방을 얻고 나를 감시하고 있는 것이 아닐까.

9시 30분

## 9월 20일 월요일

어제는 이상철李相喆 목사가 와서 호텔에서 밤늦게까지 이야기하고 돌아왔다. 무엇보다 김재준 박사가 밖에 계셔야 한다고 강조하였다. 한민통이 북의 노선에 따라 자칭 망명 정부라고 한다면 김재준 박사님의 심벌이 필요하다. 구심점을 거기에 찾아야 한다. 한국 체재 일주일의 안전을 위하여 우리는 도큐東急[72]에 딴 방을 잡고 남모르게 이야기를 나누었다. 한국을 다녀와서 좀 더 자세한 이야기를 하기로 하고. 오늘 하비 목사도 함께 한국에 들어갔는데 『동아』 추방 기자들 사태를 알아보고 김지하 재판 내용을 알아봐 달라고 하였다. 22일에 도쿄에 돌아온다고.

오늘도 감기여서 약을 먹고 좀 누워있다가 릿교 강의 준비. 그리고 밤에는 니버의 『인간의 본성과 운명』을 읽었다. 얼마 후의 합숙 준비다. 정숙을 시켜서 모리오카 선생에게 원고를 전했다. 8월 27일날 기도회에 있어서 공덕귀, 이우정 두 선생이 기도한 것을 번역하였다. 그리고 31일의 윤보선 선생 댁 파티 모습과 토론도 한민통 대회에서의 문재린 목사님 축사를 번역해 보냈다. 미국 코올리션에서 온 서류도 보냈는데 그 안에는 북미개혁교회대회에서 한국에 대한 우려와 한국 교회에 대한 지원을 표명한 기사도 있다. 「통신」을 시작하여야 할 텐데.

23시 10분

---

72   도큐(東急)호텔.

# 9월 23일 목요일

며칠 동안 「통신」에 몰두하였다. 어제 하비 목사가 돌아와서 김지하 씨 재판이 서대문 형무소에서 진행되고 있는 것을 알았다. 20일에는 함세웅, 문정현 두 신부가 증언을 하였다는데, 5시간이나 계속하였다고. 무엇을 하려고 하는 것일까. 21일에도 속개하려고 하였으나 무슨 이유인지 연기하였다는 말도 있다고. 김대중 씨 사모님의 말씀이다. 이번에는 노동 문제에 대해 쓰느라고 지금까지 나온 성명서들을 읽어 보았는데 모두 눈물겨운 것뿐이었다. 잔인한 자들. 인천 동일방직 건은 정말 처참하였다. 여성 지부장을 내쫓으려는 공작, 여공들은 나체로 저항하다 경찰이 달려드니까, 졸도, 정신착란……

오늘 독일 이영희 씨에게서 남북 문제에 대한 내 글에 대한 비판의 글이 도착하였다. 누가 쓴지는 모르고 그 글을 높이 평가하면서 아주 훌륭한 논리를 전개하였다. 민족적 발상 전에 사상적 발상으로 전환하여야 한다고. 남한의 민주주의자들이 민중성을 확대해 가야 한다고. 그러기 위해서는 지금 반공적인 대중을 놓고 북으로 향한다면 그 전선만 약화될 뿐이라고. 지금 상황에서는 그런 진보주의자도 공동전선을 이룰 수 있을 것이라고. 오늘의 남한에서는 그 정도의 싸움이 보수적인 사람들과 최대의 진보노선이라는 것이다. 내 글의 뜻도 잘 파악하고 그 문제점도 잘 알고 국내 투쟁을 격려하고 있다. 『세카이』에 싣도록 하여야 하겠다. 그를 격려하면서 크게 키워가야 하겠다. 그들의 그룹은 국내외, 옥내외에서 가장 희망적인 존재다. 이영희 씨를 도와서 일본에 얼마 와 있게 하여야 하겠다. 내일 야스에 형과 이야기하고는 곧 그에게도 편지를 보내야 하겠다.

하비 목사가 양 선생에게 알아 온 소식에 의하여 『동아』 지원을 재정비 해주시면 좋겠다고 구라쓰카 교수에게 오늘 소식을 냈다. 거기서도 친목회로 하였다고. 5명 『동아』 4명, 『조선』 1명이 아주 어려운 형편에 있다고 하여 좀 후원해 주셨으면

좋겠다고 하였다. 여기 회會는 광범위하게 수난당하는 한국 지식인을 돕는 회가
되었으면 하는 것이 송건호 씨의 의견이다.

24일 0시 30분

# 9월 25일 토요일

어제는 야스에 형을 만나서 원고를 전하고 이야기를 나누었다. 한민통이 북의 노선을 따라 이번 회의를 한 데 대한 반발이 많은 모양이다. 우쓰노미야宇都宮, 덴히데오田英夫 양 씨도 좋게 생각하지 않는다고 성급해하는 북의 문제를 주로 이야기하였다. 국제외교에 그들의 관료주의적 경쟁심이 작용하고 있는 셈이다. 100을 얻을 수 있다고 하고는 70만 얻어도 실패라고 생각하고 남을 원망하는 것이 아닐까. 그들 입장에서 친구인데도 불구하고. 그것이 비동맹회의에서도 나타난 것이 아닐까. 야스에 형의 의견이다. 그래서 그런 이야기를 조총련에 했더니 자기들은 그런 보고를 할 수 없으니, 편지를 내달라고 하여 북의 대외관계 책임자인 김영남에게 편지를 냈다고. 그렇게 분명하게는 쓰지 않았지만. 나와 만나고 있는데 조총련에서 사람이 왔다고 하여 그것에 대한 회답이 아닌가, 하고 하는 것이었다. 앞으로 북에 관한 이야기도 합해서 함께 이야기하기로 하였다. 이영희 씨의 글을 번역하여 내기로 하고. 밤에는 모리오카 선생과 만나 저녁을 함께 하였다.

내일 합숙에 떠나기 때문에 오늘은 하루 종일 니버를 읽고 릿교 강의 준비도 하였다. 이조 말 일제가 들어올 때 한국불교의 재건은 일제의 힘을 빌어서 한 것이 아닌가. 그리하여 그 속에 말려 들어가고 만다. 불교가 전통적인 재산과 문화재 등을 가지고 있는 이상 국가로부터의 독립은 어려울 것이다. 그것을 떠나 불교운동이 가능하여야 할 텐데. 북은 국제의원연맹회의에도, 원자력회의에도, 불참하는 모양. 유엔UN에서도 제안을 철회했고. 큰 좌절이 있는 모양이 아닌가. 미군 장교 살해 이후. 로데시아에서는 흑인 정권에 동의한다는 성명. 앙골라의 좌경이 이런 양보를 하게 한 것이다. 여기에도 역사의 아이러니가 있다. 한국에서도 비판 세력이 활발해지면 북의 위협이 무서워져서 그런 미국의 관여가 있을 것이 아닌가.

25일 0시 30분

# 9월 29일 수요일

26일부터 28일까지 이토伊東에서 학습회를 가졌다. 참가자는 3학년 7명 니버 책을 읽었다. 대표를 중심으로 일사불란. 시간이 끝나고도 준비하느라고 늦게까지 공부하는 것이었다. 정숙, 열의, 젊음의 놀이라고는 없었다. 돌아와서도 몸이 좋지 않다. 어제는 고노河野 선생이 와서 저녁을 함께하였다. 오늘은 강 선생과 함께 이야기. 국내는 강요당한 침묵. 미군 장교 살해는 국내 통치가 더 쉬워지고 미국 지원이 확실해진 것이 아닌가라고. 그러나 북의 호전성 앞에 한국을 지키는 명분이 어디 있느냐는 여론이 크다고 나는 이야기하였다. 실제로 『뉴욕 타임즈』나 모든 사설이 그런 논조다. 공산화하라고 미국은 포기하지 않는다. 앙골라가 좌경하자 로데시아 문제를 그렇게 안 되게 하려고 미국은 대단한 노력이다. 한국이 좌경화하지 않는다는 안심감 때문에 미국이 적극적이 아닌 점도 있다. 그런 의미에서 『뉴욕 타임즈』에 라이샤워 교수 등과 김재준 목사님 연명으로 보낸 투서는 중요하다. 일제 때 투옥된 함 선생을 일제 때 야합한 자가 형을 내렸다. 북에서 남하한 최장 기록의 반공주의자 국회의원을 공산주의 반란에 참가한 자가 형을 내렸다. 가장 훌륭한 변호사들이 거부한 재판에서 가장 우수한 최초의 여변호사이며 여권女權을 위하여 역사에 남을 노력을 해 온 변호사에게 형을 내렸다. 5·16 때 군사 충돌을 회피하려고 자기들을 도와줘서 쿠데타를 성공시켜 준 대통령에게 형을 내렸다. 이래가지고 공산주의를 막는다는데, 미국은 중국, 월남, 캄보디아의 경험을 잊어버리고 있다는 것이다. 미국 군인, 실업인, 초대 받았던 국회의원들은 이런 사태를 테니스 구경이나 하듯 바라보면서 잘못됐다고 하여도 간단한 것이라고 생각할 정도라는 것이다. 이 투서에 김 목사님이 참석하신 것은 중요하다. 그 의미에서도 김 목사님 이미지를 세우고 더우기 북의 임정 체제를 막아야 한다고 강 형에게도 강조하였다. 그러니까 김 목사님 귀국을 나는 반대라고 하였다.

전화요금이 기본요금 500원 정도에서 2천 원으로 오른다고. 이 과세에 대한 자신이 이번 사건으로 강화된 미국 지원 덕분이라고 보는 모양. 그래서 그것은 총선거로까지 양보하는 것을 예상한 자금. 농촌에 대한 대책일 것이라고 하였다. 그리고 북의 문제에 대해서도 요즘 남은 득세한 것 같이 보인다는 것이다. 그래서 너무 욕심을 높이 내다가 좌절을 느낀 북이 대외정책을 재조정해 나올 것을 생각하여야 한다고 하였다. 관료의 업적주의로 과도한 기대를 가지다가 상당한 성공을 거두었는데도 실패라고 생각한다고 야스에 형도 말하기 때문이다. 처음 나타난 국제외교에서 시행착오가 있겠지만, 그것 때문에 남은 연명하는 셈이라고 나는 생각한다.

선우 형이 김지하를 옹호하는 의견서를 보냈다고. 변호인단 아니, 아마 문인 친구들이 멋있는 전술을 쓴 모양이다. 자후[73]에 가깝다는 사람이어야 안전은 하고 효과도 있겠고, 『아사히신문』에 크게 보도 됐다. 원래 선우 형은 정치에는 보수지만, 문학의 자유에는 대단하니까. 시인이 거짓말은 하지 않는다. 김지하 씨는 기도하는 크리스찬이다. 작품 메모에서는 '공산당 만세'도 할 수 있지 않는가. 그 메모로 공산주의자라고는 못한다. 그런 식으로는 국제적으로 문학자들을 납득시킬 수는 없다. 신앙 양심에서 우러러 나온 것을 공산주의로 몰면 프로테스탄트와 카톨릭 교도들은 법을 믿지 않게 될 것이다. 이런 내용이다. 역시 중대한 일을 하였다. 이제 김지하 씨에게는 구형 절차와 판결만 남았다고.

강 형하고도 좀 전체적인 계획을 재조정하여야 하겠다고 하였다. 1개월 후면 다시 들린다니. 이 목사님은 목요일에 오시고 깊은 이야기를 서로 좀 나누어야 하는데. 무엇보다도 현실적인 구체적인 이야기를 나누어야 한다.

30일 0시 35분

---

73 여기서는 '글씨 즉 글에 가까운 사람' 즉 문학활동을 하는 사람 정도의 의미로 '자(字)에 가까운 사람'이라는 표현을 사용한 것으로 보인다.

# 10월 3일 일요일

30일, 목요일에 이상철李相喆 목사님이 오셔서 그동안 많은 이야기를 나누었다. 김 박사님의 메시지도 전하시고, 하시고 싶은 말씀을 거의 다 하신 모양. 캐나다 연합 교회의 대표였으니까. 어제는 나카지마, 모리오카, 오시오, 쇼지, 이이지마 여러분을 모시고 감사의 뜻을 표하셨다. 9명에 10만 원이 넘는 식사대여서 놀랐다. 일본 갓뽀집[74]이란 그렇게 고급인가. 메지로目白의 모임會食이었다. 캐나다로 1만 달러짜리 사진 인쇄기를 사 보내기로 하였다. 5천 달러를 캐나다 교회에 요청하기로 하고 오 선생이 나머지는 힘쓰기로 하였다. 그렇게 되면 캐나다에서 한글판 인쇄물을 낼 수 있게 된다. 하나하나 그래도 전진 된다고 할까. 이 목사님 말씀에 의하면, 윤보선 씨가 박은 불안해서 10월 1일 국군의 날 퍼레이드도 중지시켰다고 하시더라고. 이 목사님은 오늘 밤에 로스앤젤레스로 떠나셨다. 1일 저녁에는 우리 집에서 즐거운 시간을 가졌다.

참 함경도 출신 군부 관계자들을 계속 연행해 가고 있다고. 쿠데타에 대한 두려움인 모양이다. 강문봉姜文奉 씨도 그래 잡아 가둔 것이라고. 그리고는 면회도 안 된다니. 기독교 관계자들은 그래도 세계여론 때문에 나은 모양이다. 「한국통신」에 한민통 노선에 의혹이 간다고 투서로 낸 글 때문에 야단이 났던 모양이다. 대내적으로도 문제가 있고 우쓰노미야宇都宮, 덴田 같은 분들도 이번 한민통 회의가 잘못 나갔다고 비판하고 있다니. 그들의 북에 동조하면서 자기들 기반을 구축하려고 하던 계획에 타격을 준 것은 사실이다. 그러나 나카지마中嶋 목사가 상당히 추궁을 당한 모양이다. 미안하지만 모리오카 선생에게는 상처 나지 않고 싸우는 법은 없지 않느냐고 하였다.

4일 0시 35분

---

74  일본어이며 한자로는 '割烹'라 표기한다. 일본 요릿집을 말한다.

# 10월 5일 화요일

오늘은 릿교 강의. 강의가 끝나고 야마다 교수의 불음을 받아 그의 연구실에 갔다. 내년 3월이면 끝난다고 들었는데 귀국은 못할 것 같은데 도울 길이 있겠는가, 고 하는 것이었다. 대체로 도쿄여대 내부 이야기와 WCC 이야기를 하고 후에 경우에 따라 부탁 말씀 드리겠다고 하였다. 이렇게 모두 염려해 주시니. 저녁에는 집에 편지를 썼다. 아이들 성장은 생각하지 않고 초콜렛을 사서 보내곤 하였으나, 이제는 대학생이니 정말 대화를 나누어야 한다고 생각하였다. 내 연구계획에 대하여 끝에다 몇 줄 썼다. 앞으로는 『뉴욕 타임즈』 기사도 좋은 것이 있으면 보내고 내 견해 같은 것도 써야 하겠다.

6일 0시 25분

# 10월 7일 목요일

어제는 거의 하루 종일 강의 준비를 하였다. 오늘은 예술에 대해서 비교적 자신 있는 강의를 하였다. 반응도 좋은 것 같아 다행하게 생각한다.

1시에 어제 약속대로 야스에 형에게서 학교로 전화. 집으로 오는 전화의 도청 우려를 생각했기 때문이다. 오에 겐자부로大江健三郎 씨가 김지하 구형 또는 판결 공판에 가기를 승락했는데 어떻게 하면 좋겠는가 하는 것이다. 원칙적으로 찬성이고 한국공보관 등을 통하여 연락하기보다는 일본 특파원이 알아두는 것이 좋을 것이라고 하였다. 이 저녁에 다시 편지를 쓴다. 선우휘 씨와는 일단 만나는 것이 좋겠다고 했고, 정경모 씨는 만나가지고 이야기를 듣고 써달라고 했다는데, 그것은 옳지 않다고 하였다. 정이라는 사람은 지나치게 선우 형 개인과 충돌하고 싶어한다, 웬일일까.

긴급회의와 한민통 사이 문제는 널리 알려진 모양. 긴급회의에서는 그것을 토의하는 모양. 모리오카 선생은 나카지마 목사가 좀 더 확실하여야 하지 않는가 하는 태도이신데. 구라쓰카 교수가 정 씨를 만났다고 오가와 교수를 통해서 내게 연락해 왔다. 피하고 있었는데 억지로 만났다고. 구라쓰카 교수는 지금 비판하는 것은 어리석지만 그 내용은 사실을 고발한 것이라고 하더라는 것이다. 정 씨는 자기가 돌아가서 숙청돼도 좋으니 북에 의한 통일도 좋다고 하더라고. 그것이 문제라고 구라쓰카 교수는 심하게 비판하였지만, 신념이라고 하여서 정 씨는 매우 소박한 비정치적인 사람이라고 생각하였다는 것이다. 북의 원조, 여기에서의 자기들의 프레스티지prestige, 명성 이런 것이 우선한다. 이희로 씨도 한민통 연락 때문에 걱정해서 이상철 목사님이 이곳 사람들에게 경고를 했다는데. 미국에 있는 김대중 씨 처남을 통해서 돈을 좀 보내 놓고는 받았는가, 라고 전화로 독촉이라니. 왜들 이럴까. 정말 해외에서 얼터너티브alternative, 대안한 세력이 좀 더 강하게 좀 더 신중하게 일할 수 있어야 하겠는데.

　토요일에 구라쓰카 교수와 홋카이도대학의 마쓰자와松澤 교수가 오신다니 이런 이야기를 또 나눌 수 있겠지. 마쓰자와 교수는 나를 홋카이도 대학 강연에 초청하실 모양.

9시 50분

# 10월 13일 수요일

모리오카 선생 양주 초청으로 다카다노바바高田馬場 랑월에서 생일 파티를 하였다. 일요일에는 민주구국선언 공판기록 제24분을 『복음』과 『세카이』를 위하여 번역하였다. 가이누마貝沼 씨가 곧 받아쓰는 형식으로 하였는데 너무 분량이 많아서 어떻게 할 것인가. 책을 낼 것인가 등을 후에 얘기하여 될 수 있는 대로 빨리 정하기로 하였다. 어쩐지 모든 운동이 정지된 것 같은 느낌이다.

김지하 씨의 〈금관의 예수〉 공연을 일본에서 한다고 저녁 『아사히신문』이 크게 보도해 주었다. 무엇보다도 중국의 장칭江靑 그룹의 반역이 크게 보도되고 있다. 경제적 균등이 실현돼도 있는 권력 의지의 원죄성에 대한 니버의 경고를 다시 되새긴다.

내일은 계속해서 카실러의 예술에 관한 부분을 강의하여야 한다. 문학에 대한 소양이 없어서 지난 시간만큼 해내기 어려울 것 같다. 내용도 분명하지 못한 데가 적지 않고. 넓게 공부했어야 하는데 석학 앞에 자신의 교소嬌小함을 느낄 뿐이다.

이영희李英熙 씨 문제는 지난 금요일 스미야 교수를 만나 뵙고 이야기하였다. 노동협회 초청이 좋을 것 같다고 하여 오늘에야 편지를 냈다. 일본서 연구하고 미국서 지식과 어학을 좀 익혀야 할 것이라고 하였다. 키워야 할 인물이라고 생각하는데.

지난 토요일에는 구라쓰카 교수와 함께 오신 홋카이도대학 마쓰자와松澤 교수와 만나 오는 1월에 홋카이도에 가기로 하였다. 홋카이도에서 한국 지식인의 문제를 중심으로 하여 이야기하고 몇 군데 집회에 참석하게 된다고. 한민통이 그 투서사건으로 초조해지고 있다는 이야기도 들었다. 제2의 총련이 되면 누가 따르겠는가. 우리는 인권 문제만 할 테니 그밖에 정치 문제는 당신들이나 하여라.

이런 것이 일본 측 태도라고. 아오치靑地 선생도 그렇게 분명하게 말씀하셨고 구라쓰카 교수는 상당히 그 노선비판을 하신 모양. 긴급회의에는 필자를 대줘야 대책을 강구하겠다고 압력을 가하고 있는 모양이다. 그들이 기로에 서서 망설이는 것이 사실이다. 오 형은 서로 의견이 일치하였었는데도 나카지마 목사의 입장을 위하여 잘못한 일이 아닌가 하는 태도인 모양이다. 여기서 공격을 가한 것은 전략적으로도 나는 잘한 것이라고 생각한다. 나카지마 목사, 오 형은 역시 대외적인 관계나 에큐메니컬한 일을 우선하는 입장이 아닐까. 나도 그렇지만 모두 자기 입장에서 문제를 보게 되니까. 그러나 나는 이번 일은 나카지마 목사에게도 좋은 일이라고 생각하는데. 구라쓰카 교수는 한민통은 긴급회의를 괴롭혀서 앞으로는 그런 일이 없게 하자고 하는 것이라고 말한다. 미국 또는 국내에서 공세를 가하는 방법을 생각하여야 하겠다. 이미 캐나다에는 연락을 했는데.

갑자기 추워지고 있다. 어쩐지 이제 52세를 맞아 고향 하늘 아래서 쉬고 싶다는 생각이 간절하다. 언제 이 순례의 길을 끝낼 수 있을까.「한국 문화사」원고도 지지부진이다. 단종 애사哀史를 중심으로 하여 유교적인 의미에서 권력에 대한 레지티머시legitimacy, 정당성를 부여할 수 없게 되었다는 것을 강조하여야 하겠다는 생각이 났다. 세조는 그 2년에 집현전을 폐지하기까지 하였으니. 오늘의 권력이 폭력의 이미지를 안은 채 권위를 가지지 못한다는 점에서도 단종 애사 문제를 크게 다루고 싶다. 더우기 그 앞에는 세종의 유교적인 왕도정치가 있었으니 말이다. 일은 많은데 안이하게 쉬게만 되니 큰일이다.

11시 55분

# 10월 16일 토요일

그저께 학교에서 오가와 교수가 「통신」 필자는 나라는 소문이 일본 YMCA에 있었다고 아오키靑木 교수가 전해 줬다고 말하는 것이었다. 그렇게 부주의한 사람이 많다고 하여 나는 "이런저런 소문이 있겠지요"하고 피하고 말았다. 학장 선생은 나를 전임으로 추천하면 어떠냐고 하셨다고. 국제적인 이해가 많으시고 내 문제에도 각별한 관심이시니까. 교원 한 사람에 19개월 봉급이 드는데 10개월분은 일본 정부가 대고 교원이 늘면 다른 보조금도 느니 과히 염려하지 말라고 하시면서. 아직 WCC에서는 연락이 없다. 감사한 일이지만 어떻게 될 것인지. 나는 "WCC 연락을 기다려야지요"라고만 말하였다.

어제는 저녁에 야스에 형과 만나서 여러 가지 이야기를 나누었다. 한민통에는 더욱 파란이 많이 다가오는 모양. 우쓰노미야 선생도 그 여름회의에 대해서는 굉장히 비판적이신 모양. 거기에 의원직 사직원을 내고 자민당을 떠났으니. 오늘 아침 신문에는 『워싱턴 포스트』가 한국 CIA 관계 실업가가 미 의회에 뇌물 공세를 편 것을 미국 FBI가 조사하고 있다고 보도 했다는 기사가 크게 나와 있었다. 정권을 유지하기 위하여 국내외로 그 모양이다. 대공포화로 많은 사람들이 다친 모양이고.

한국 사태가 오래가니 「통신」을 어떻게 할 것인가를 이야기하였다. 끊어버리면 아주 소식이 끊어지는 것이 될 테고. 좀 더 두고 보아야 하겠다고. 이영희 씨 글은 훌륭하다고. 저녁에는 마부에 교회 설교 준비를 하였다. 이번에는 모임에 있어서만 성장할 수 있고 보존될 수 있는 양심에 관한 이야기를 할 생각이다.

17일 1시

# 10월 17일 일요일

교닌자카行人坂 교회에 갔다가 종교음악연맹 주최의 합창제에 갔다 왔다. 학생들의 발표라고 할 정도였다. 참 2, 3일 전에 WCC에 남아 있는 비용 9,198,70[75] 미 달러를 오 선생이 도쿄로 보내달라고 하였다는 소식을 받았다. 박 형과 내가 상의하여서 2만 불에 가까운 돈을 써야 한다고. 앞으로 귀추를 보면서 나는 우리 협회회를 위하는 본격적인 출판활동에 썼으면 한다. 그러나 그것을 소비할 예정, 그리하여 자금을 회수할 수 있는 예정이 서야 하는데. 좀 더 연락을 해봐야 한다. 「통신」에 착수하여야 하겠다.

9시 50분

---

75    원문에는 '9,198,70'로 표기되어 있음. '919,870'의 잘못이면 약 92만 달러이고, '9,189, 700'의 잘못이면, 9백2십만 달러가 된다.

## 10월 18일 월요일

내일 강의 준비를 끝내고는 「통신」 집필 준비. 서울서 온 소식이 적어서 그다지 좋은 기록이 될 것 같지 않다. 정부는 쿠웨이트에서까지 기채<sup>起債</sup>를 한다고. 그리고 미국에 관광 선전이고.

이번 일본 카톨릭 정의와 평화협의회에서 『한국 교회의 십자가에의 길』[76]이라는 책자가 나왔다. 김지하 씨와 3·1구국선언에 관한 공판기록이 수록돼 있는데 좋은 내용이다. 싸우는 신부들을 지지하고 기도하며 인권과 정의를 외치고 있다는 것이다.

저녁에 김 선생과 함께 식사를 하였다. 체재비용이 문제가 되는 모양. 그래서 일단 제네바쯤으로 가 있다가 한국에 들어가는 것을 생각하자고 이야기하였다. 이제는 장기적인 계획을 세워야 하니. 어떻게 전열을 재정비하여야 하겠는데. 좀 더 활발하게 움직여야 하겠고. 미국서는 연합장로회 부인들이 10월 한달을 한국대사관 앞에서 항의 기도회를 가지고 10월 31일에는 천명 모임으로 1개월 항의를 끝낸다고. 미국의 여론은 상승일로인 모양인데.

19일 0시 5분

---

76  일기 본문에서는 『한국 교회의 십자가에의 길』로 되어 있으나, 제목이 국어로서는 자연스럽지 않다. 이 책은 『韓国教会の十字架への道──一九七六年十月九日·第二回全国大会を迎えて』(日本カトリック正義と平和協議会, 1976)을 말하며, 일본어 제목을 그대로 한국어로 직역한 것으로 보인다.

# 10월 22일 금요일

어제는 김관석 목사와 이야기. 국내에서 고생하면서도 양심을 지키는 사람들 이야기를 하다가는 눈물짓는 것이었다. "그래도 우리는 승리할 거야"라고. 산업 전도 그룹에서 조승혁 목사는 몰아낸 모양인데 여기에 대해서도 오 선생은 박 목사에게 불만인 모양. 김 목사는 그들도 이제는 끝났다고 하여 혁명에는 그런 순수하지 못한 요소도 있는 법이라고 하였다. 마오쩌둥이 엘리트 정당에서 대중 정당으로 갈 때는 투전꾼도 썼다고 하는데 우리에게는 그들을 변화시킬 수 있는 힘과 사상과 조직이 없는 셈. 젊은 목사 그룹. 학생들 그룹이 자라고. 서울대에서 〈허생원전〉을 공연하고는 데모를 하였다는 소식이 19일 『아사히신문』에 나 있었다. 학생들이 민속극으로 들어가고 있다고. 카톨릭학생들 사이에서는 김지하 씨 영향이 크고. 김 목사는 내년 3월을 향해서 힘을 모으자고. 국내에는 될 수 있는 대로 많이 민주구국선언을 들여 보내 달라고.

야스에 형을 만나 「통신」 원고를 전했다. 『히로시마 노트』 같은 한국 르포가 가능하였으면. 그리고 유신체제라고 하여 한국의 오늘을 인권 문제까지 포함해서 그려낼 수 있는 신서형新書型의 출판에 대해서도 이야기하였다. 참, 김 목사는 프레이저 의원과 만났다고. 인권이 지켜지고 민주적인 나라만 된다면, 그런 나라를 위해서는 100년을 미군이 주둔해도 관계없다고 하더라고. 인권을 위한 국제회의에 프레이저 의원이 오게 될 것 같다고. 미국 선거가 끝난 다음의 이번 서울회의는 흥미있을 것이라고 하더라고. 미 의회에서는 주한미국대사관이 한국 인권 문제에 대한 정기보고를 하게 의무지었다고. 레이나드 씨는 그 보고와 같은 양식으로 그 보고에 거짓이 없게 카운터 보고서를 만들어 국회에 돌리고 있다고. 승리를 위하여 우리도 우리 일을 좀 더 에스컬레이트 시켜야 한다.

23시반

# 10월 24일 일요일

하루 종일 비가 내렸다. 「문화사」 추고. 저녁에는 오 선생과 조금 이야기를 나누었다. 어제는 구라쓰카 교수에게서 소식이 왔다. 아오치 씨를 미국에 보내려고 하는 것은 한민통이라고. 김대중 씨 진정을 유엔 사무총장에게 보낸다는데 15만이 서명하였다고. 이번에 유엔에서 한국 문제가 상정되면 북을 미는 작전으로 한 것이겠지. 콜리션Coalition은 관계하지 말 것, 금후 그런 문제가 있으면 일본 NCC를 통하라고 하여야 한다고 하였다. 미국 기독교 관계에 다시 접촉을 시도하는 모양이지. 남북의 공세 속에서 제3의 길을 찾으려니. 어제저녁에 오 선생 댁에서 혈압을 재니 90에 40이라고. 저혈압이라고. 거기에 여러 가지 원인이 있었던가.

23시 45분

# 10월 27일 수요일

저혈압이라고 하더니 하루 종일 몸이 무겁고 저녁이 되니 좀 나아졌지만 뒷골치가 아프다. 검찰총장을 사칭하여 현직 판사가 전화를 걸고 압력을 넣었다는 사건. 모든 악이 한꺼번에 터져 나오는 것 같다. 그런데 다나카田中는 재출마한다고 야단이니. 미국서는 록히드에 대하여 정보를 주고 있는 듯하다.

한국CIA가 박의 지령 아래 거액을 미 국회에 뿌리고 있었다는 것이 큰 문제가 되는 모양이다. 『워싱턴 포스트』가 줄기차게 파헤치고 있다. FBI가 조사를 개시하고 은행 출납을 제출하라고 하였다는 미국 외교사 상 없었던 일이 벌어지는 모양이다. 미국 내 이른바 민주주의 하의 부패를 파내자는 것도 있겠지만 박의 태도에 전면 공격을 가하려는 것이 아닐까. 『워싱턴 포스트』의 결의고. 미국 내에서도 그런 부패를 없애야 된다. 언론이 저렇게 살아 있으니. 한국에서 그것에 호응하여 공격을 개시하여야 하는데. 박은 국내에서 하던 버릇을 그대로 밖에서 하고. 일본과의 사이는 더 할 것이고.

고니시 양을 만나서 원고를 전했다. 아직도 추고를 600장 밖에 못했고, 500여 장을 더 써야 하니. 이 책이 끝나면 한국인의 의식과 사상, 지금 릿교에서 하는 강의를 간단하게 정리해서 출판하고 싶다. 그리고는 한국현대사상사와 민족 해방의 신학으로 가고 싶은데. 『워싱턴 포스트』는 워터게이트처럼 하려는 것이 아닐까.

23시 5분

# 10월 28일 목요일

역사에 대한 강의를 나도 많이 배우면서 하였다. 미국에서는 KCIA 활동이 대단히 문제되는 모양이다. 오늘 저녁에도 『아사히』에 크게 나 있다. 박동선이라는 사람은 이미 미국에서 출국한 것 같다는 것이다.

저녁에는 밀린 클리핑들을 읽었다. 건강이 다소 나아진 것 같다. 임 목사님, 박상증 형 등에게 소식을 보내야 하겠다. 내 문제에 대해서는 WCC에 김 목사님이 결정을 도쿄여대에 알려달라고 하였고. 아오치 씨 방미 건에 관하여서는 미국에 오 선생이 소식을 보냈다고.

22시 55분

# 10월 29일 금요일

닉슨 대통령에게도 50만 달러를 전하게 돼 있었다는 보도다. 지금 박동선은 박과의 회의를 끝내고 일본에 있는 모양. 일본에 있어야 정보를 알 테니까.

영화 〈택시 드라이버〉를 봤다. 오 형 부인, 김 선생 부인과 함께. 처참한 신의 계속이었다. 더욱이 마지막 대목이. 기독교 운명이 기독교를 상실하고서도 삶의 의미 없이는 살 수 없다는 방황이라고 할까. 그래 한 소녀를 구한다는 명목이라도 걸고 싸워야 하고. 그 비참한 행동으로 악을 소탕하고 영웅이 되고. 매리온은 그것이 미국 도시라고 한다. 법이 있는 일본 거리와는 다르다고. 그런 영화는 나도 따라갈 수 없다고 느꼈다. 미국의 넓은 곳, 누구에게서도 망각된 생활을 내년에 그려보기도 했는데.

카터와 포드의 접전은 4일 후로 접근해 온 모양인데, 미국 젊은이들의 폴리티컬 아파시political apathy는 대단한 모양. 임 목사님은 레써 이블lesser evil을 권할 수도 없는 형편이라고. 카터에 불이 붙어 봤지만, 그 사랑, 정의 운운의 말에 오늘 영화에 나오는 후보연설처럼 공허하다고 느꼈겠지. 그런 때는 민중은 절망에서 참여를 거부하거나 오늘의 유지 이상을 생각하지 못하고 보수적이 될 텐데 어떻게 될 것인가. 민주주의는 이제 내셔널 폴리틱스national politics보다 지방 행정에서 성공하여야 하지 않을까. 지방 선거에서 민중에 아부하지 않고 알찬 살림의 가능성을 보여주는 민주주의가 있을 수 있지 않을까. 카터는 당선되면 진보적인 이미지를 끌고 나가리라고 생각하지만.

22시 15분

# 11월 1일 월요일

토요일에는 구라쓰카 교수와 만났다. 서울서 온『동아일보』기자들의 10·24 제2주년 기념 성명문 번역을 도왔다. 문장 자체는 그리 좋지 않았으나 용기와 의식 모두 훌륭한 것이었다. 한국 CIA 미국 활동 문제는 더욱 크게 번져 가는 모양이다. 박동선이라는 자는 한 달에 수표만도 90만 달러를 끊었다. 박정희의 사위로 유엔 부대표로 가 있는 자도 걸려 있는 모양. 자혜원 박사가『뉴욕 타임즈』등의 기사를 보내 왔다. 어제는 내가 도쿄 온 지 만 4년의 날.

어제는 강 선생과 만나 이야기. 앞으로의 계획과 전망 특히 출판계획, 본국과의 정보 연락에 대해서도 이야기를 나누었다. 내일은 지 영사가 저녁을 함께하자고 하니. 요즘 미국 내 파동 때문에 내게 대해서도 간단히 손을 못 댈 것 아닐까. 정숙과 함께 〈조용한 돈〉 영화를 오후에 보았다. 내일은 미국 선거. 미국 젊은이들은 레써 이블lesser evil을 택하겠다는 의욕도 보이지 않는 무관심이 대단하다고 임 목사님의 소식이었는데. 앞으로 국내에서는 그 문제를 한·미 우호관계 손상 케이스로 다른 것을 곁들이지 말고 문제하여야 한다고 어제 이야기했는데. 서울은 상당히 추운 일기인 모양. 좌측 다리 신경통이 계속 나빠지는 듯. 오늘 또 가토 씨에게서 씨알의 소리와 더불어 만 엔이 송금돼 왔다. 고마운 일이다. 매달이니, 한국 친구들을 도와달라는 것. 전에는 장 선생 댁에 좀 보냈지만. 참 오늘 오후에 정기예금 만기된 것 20만 원 중에서 14만 6천 3백 원인가를 모리타 양에게 보냈다. 대학원에 가기를 권하고 다소 도울 길을 찾겠다고 하였으니 500달러를 돕는 셈이다. 호세이대法政大 대학원에 갔는데 어떤 길을 갈려는지. 도쿄여대에서 내 첫 학생이었으니까.

22시 30분

## 11월 3일 수요일

드디어 카터 당선. 낙관은 불허지만 제일보第一步의 승리다. 박 이후의 계획을 짜야 한다. 미국은 위기에 진보 진영을 역시 택했다. 그러나 거기에는 미국 언론과 지성인들의 창조적 노력, 예술적인 노력이 있다. 우리도 이제부터 그런 계획과 실천을 하여야 한다. 내일 강 선생과도 만나 좀 더 자세히 이야기하여야 한다. 우리의 힘을 효과적으로 집중하여야 한다. 언론, 학원, 노동계를 어떻게 조정하느냐. 어떻게 그것을 창조적이게 하느냐. 그리고 부패 정치세력의 대두를 막느냐. 군대는 어떻게 하느냐. 적극적인 노력이 전개되어야 한다. 그 플랜을 세워가지고 미국 측과도 연락하여야 한다. 새 시대를 위한 실천적인 사상과 조직이 있는 세력만이 내일을 지배한다. 미국 코올리션에 아오치靑地 씨를 공적 스케줄이 아닌 면에서는 잘 맞이하여 토의해 달라고 하였다. 이영희李英熙 씨는 도쿄 올 계획을 연락해 왔다. 어제는 지 영사 댁에. 맞자제 분이 왔다가 간다는 것. 사적인 것이라고 생각하지만, 카터 이후로 더욱이 미국 내 한국 CIA 문제로 나에게 대해서도 더 적극성을 보일 수는 없을 것이 아닌가. 저녁에는 거의 텔레비전에 집중하였다.

23시 20분

## 11월 5일 금요일

어제는 오 선생 댁에서 음력 생일 축하를 받았다. 강 선생도 동석. 박 이후의 문제, 학원, 노동계, 언론, 군부와 어떻게 관계하느냐 하는 것도 과제로 삼자고 하였다. 언론은 우리의 것이 있어야 하지 않겠느냐. 지방자치에 대한 선한 압력은 어떻게 넣느냐, 이것도 생각하여야 하지 않겠느냐. 이런 이야기를 나누었다. 김 선생과 오 선생은 필리핀으로 떠났다. 아시아에 있어서의 해방신학 문제를 토의한다고.

오늘은 결혼 22주년이라고. 오 선생 댁에서 생선을 끓여 먹고 선물을 받았다. 이런 일은 처음이다. 신경통이 난다. 『세카이』가 부쳐 왔다. 「통신」은 이번에는 빈약하고.

23시 5분

# 11월 7일 일요일

갑자기 추운 날씨다. 요시노善野 선생, 아라이荒井 선생이 계시는 마부네眞船 교회에서 설교를 하고 대화의 모임을 가졌다. 설교 제목은 「신앙에 있어서의 사괴임」이었다. '사괴임'에서만 신앙, 용기, 양심이 성장한다고 갈릴리 교회를 인용하면서 전하였다. 모임에서는 양심의 문제, 한국 교회와 일본 교회의 비교 등에 관하여 이야기를 나누었다.

저녁에는 가수 40년으로 은퇴하는 어떤 남자 가수의 은퇴 공연을 텔레비전으로 보았다. 보내는 사람 가는 사람, 그런 프로로 역사를 새기려는 사람, 이권 관계가 우리에게도 있어야 할 텐데. 모두 눈물을 가지고 이 시간을 보내고 있다. 우린 무대에서 떠나는 모습이 너무 멋 없다고 하여야 할까, 서로 아낄 수 없게 되고 마는 데가 있다. 민주구국선언 공판이 13일에 있다고. 슈나이스 목사가 가신다고 하여 내일 만나서 여러 가지 타협打合을 하기로 하였다. 점심을 함께하기로 하였다.

21시 10분

# 11월 15일 월요일

11일에는 도쿄여대에서 처음 채플. 원수를 사랑한다는 기독교의 심한 논리와 또 한편 십자가의 용서라는 패러독스를 지적하였다. 5분간 이야기니.

10일날 슈나이스 목사가 떠나서 7만 원을 보냈다. 그 안에는 교토 가토 씨가 보내온 2만 원도 들어 있다. 3·1사건 가족에게 저녁이라도 한번 대접해 달라고 하였다.

어제 슈나이스 목사와 만났다. 밤에 한잠도 이루지 못하고 젊은이들과 함께 하신 날도 있었다고. 자세한 정보를 가져오셨다. 박이 신문기자 간담회를 모아놓고는 정권에는 변동이 없다. 미군은 가겠으면 가라, 그래도 못 갈 것이다, 라고 했다고. 발표는 하지 못하게 하고 소문은 퍼뜨린 모양이다. 보안사 서빙고 고문실에서는 무서운 일이 행해지고 있는 모양. 50일간 스파이라고 고백하는 훈련을 시킨다고. 그래서 그대로 대답했다가 2심에 가서 뒤집힌 예가 있다고. 누나들이 죽어도 좋으니 사실대로 말해라고 외쳤다는데. 김대중 씨 같은 분들이 옥중에 들어와 용기를 얻었다고. 반항 못 하게 하는 주사도 있는 모양. 감옥에서 나오면 신체검사 합격이라고 하여 군대행이라고 한다.

감옥에는 모포 2장 이상 못 넣게 되어 있지만, 5장까지 봐주게 돼 있다고. 양말을 장갑으로 대용할 수 있게 떠서 보내고. 김지하 씨에게도 책 같은 것이 들어갈 수 있는 모양이다. 슈나이스 목사가 가지고 갈 헤겔의 『정신현상학』, 몰트만의 『십자가에 달리신 하나님』, 코온의 『억압받는 자의 하나님』을 오늘 구입해 왔다. 내가 보내는 선물로 하여야 하겠다.

어제 조향록趙香錄, 김경수金敬洙, 두 목사님을 만났다. 선교협회회에서 교단 반대파 사에키, 하나부사 두 분이 대단한 책동을 했다고. 김윤식金允植 목사는 당국이 보낸 사람인지 대활약이었는데 실패하자 종적을 감추었다고. 일본 교단에서

3·1사건 관계자 석방해달라는 서명운동을 하고 있는데 그것이 한국 교회 의도가 아니라고 공동성명을 내자고 강요하였다는 것이다. 김윤식 목사는 그것을 반대할 목사는 거의 없을 것이라고 나섰다고. 그래도 김경수 목사가 어디에 이런 것이 있느냐 하고 두 분이 야단하여 실패로 돌아간 모양이다. 일본 교단 내 혜게모니 싸움에 끌어들이려는 모략이었다. 내일부터 교단 총회인데 자기들끼리 따로 모인다는 것이다. 조향록 목사의 지금 행동적인 목사들에게 대한 반감이란 대단하였다. 김관석 목사의 고독을 이제 알 수 있다. NCC가 한국 교회 전체의 도를 반영하지 않는다고 하는데 도대체 그 사일런트 마조리티silent majority, 침묵하는 다수 같은 것이 무엇이란 말인가. 지금 상황 아래서. 우리 천성 교회를 봐도 알지 않는가. 오 형은 나카지마 선생에게 모든 것을 전했을 것이다. 모리오카 선생에게 나도 이야기를 전했다.

야스에 형을 만나서 그동안 이야기를 나누었다. 정경모 씨는 긴급회의와 화해하게 중재해 달라고 하였다고. 고독해진 모양이지만 그들은 조총련 지령을 순응할 뿐이다. 야스에 형도 점수 따기를 하는 조총련에게 순응할 테니 현실과는 빗나갈 수밖에 없다는 것이었다. 모리오카 선생에게 연락이 오면 선처하시라고 하였다. 「통신」을 계속해서 쓰는 의의를 다시 이야기하였다. 오늘의 상황에서는 중단할 수 없다. 이번에는 교묘하게 「통신」을 공격하려고 하는 사람들을 염두에 두고 써야 하겠다. 묘한 것들을 사서 쓰고 있는 모양이다. 전 『아사히』 특파원 다메다爲田, 조선연구소 사토佐藤 등등, 모두 『통일일보』 따위와 함께 춤추고 있는 모양이다. 이번에는 전적으로 『세카이』 공격을 하고 있다고. 김관석 목사는 이번 선교자유세계회의에 오시는 분은 꼭 한국 교회 민주화 투쟁 자료집과 「통신」을 읽고 오시도록 모든 참가자에게 연락해 달라고 하였다고. 어제는 학생들이 고문을 받는 이야기를 듣고 잠을 잘 이룰 수가 없었다.

0시 10분

# 11월 17일 수요일

오늘은 하루 종일 강의 준비. 그리고 『천황제국가와 식민지 전도』나카노 교토쿠·中濃
教篤[77]를 다 읽었다. 일본 파시즘하의 종교란 광적인 것이었다. 서평을 『요미우리
신문』에 쓰기로 돼 있다. 어제와 오늘 아침에 소련 영화 〈부활〉[78]을 텔레비전에서
보았다. 언제 보아도 너무나 슬픈 이야기다. 이 영화에서는 카튜샤가 정치적인 동
지를 발견하여 지교指教가 내려서도 그를 따라 시베리아로 가는 것으로 돼 있다.
낡은 귀족은 새 시대가 생기는데 어떤 방조는 할 수 있어도 뒤에 처져서 무너져
가야만 한다는 것일까. 카튜샤는 새 역사를 살기 위하여 사랑함에도 불구하고 그
것과는 끊어야 하고. 네프르도프는 그 혁명에는 뛰어들지 못하는 이른바 양심의
고행만으로 끝나는 것이니까. 카튜샤 역의 여배우 인상이 아주 지적이고 강렬한
것이었다.

어제는 조 목사님을 다시 만나 저녁을 함께 나누었지만, 비난만 있고 자기가
할 비전은 아무것도 없었다. 김관석 목사와 같은 분들이 느끼는 고독을 알만하
였다. 행동적인 젊은이들을 감싸고 어루만져 주면서 충언할 수 있는 선배가 거
의 없다. 맥주를 마셨으니 도덕적으로 다 됐다는 식이고. 언제 그렇게 경건해졌
을까. 그리고 모든 것은 하나님이 하신다고. 자기도 우리와 함께 맥주를 마시면
서 하시는 말씀. 그 후 김경수 목사님과 함께 늦게까지 이야기하였다.

10시 50분

---

77 나카노 교토쿠(中濃教篤)는 니치렌슈(日蓮宗) 승려이자 정치, 사회운동가로 1976년에
『天皇制国家と植民地伝道』를 출판했다.
78 영화 〈부활〉은 1958년에 서독, 이태리, 프랑스 합작으로 제작되었다. 원작은 톨스토이의
『부활』이며, 주제곡은 〈Katyusha(카튜샤)〉이다. 1960년에 소련에서도 『부활』이 영화화되
었다고 하는데, 지명관이 본 "소련 영화"가 둘 중 어느 〈부활〉인지는 확인이 어렵다.

# 11월 20일

김경수金京洙[79] 목사가 다녀갔다. 저항적인 시를 보내기로 모리오카 선생과 이야기가 됐다고. 한일교회협의회에는 구라쓰카 교수, 오시오 목사님을 포함하여 전원 비자를 받아 가게 된다고. 침례교 목사 두 분이 불참이라 카터 씨와의 관계가 아니냐고 이곳 CIA가 염려하더라고 하니, 참 그렇게도 무서운가.

슈나이스 목사의 수고로 투옥 인사들의 사진과 부인들이 부채를 들고 걸어가는 모습을 담은 훌륭한 포스터가 나왔다. "석방하라! 한국의 양심들"이라는 타이틀이다. 세계에 퍼트리기로 한다고. 한국 공관 앞에도 붙이고 일본 대학 안에도 붙여야 하겠다. 그래야 KCIA 활동으로 땅에 떨어진 한국의 위신이라도 높이지 않겠는가. 이런 양심의 인사들을 추방하고 투옥하니 그렇다고 해야지. 슈나이스 목사는 그것을 한 장 가지고 서울로 가실 모양이다. 무사하셔야 할 텐데.

내일은 한국 교회에서 감사절 설교. 오가와 교수도 가시기 때문에 서울 집에 조그만 선물을 보낸다. 김용준 교수의 요청으로 일본 기독학자들도 모금운동을 시작한다고. 주로 추방된 교수들을 위해서다. 나는 이번에 부인 대표가 참석하고 나서 지금 투옥되고 있으나 가정이 가난하여 돌보지 못하는 100여 명의 학생에게 모포 한 장 값이라도 보내는 운동을 해 주었으면 좋겠다고 모리오카 선생에게 이야기하였다. 일본 교단이 18명 투옥에 대한 항의 결의를 채택하였다고. 청와대에 보내고 한국에 있는 교단들에게도 서한을 보내기로 되어 그것도 슈나이스 목사가 가지고 가신다고. 조금씩 전진하는 것이겠지. 일본 교단 내 싸움 때문에 일부에서 교단 관계자들이 한국 문제에 관여하는 것을 비난하려는 움직임이 있다니까 더욱 이렇게 되는 모양이다.

---

79　11월 15일 자에는 '金敬洙', 여기서는 '金京洙'로 표기하고 있다.

내일 교회를 다녀와서는 「통신」을 쓰기 시작하여야 하겠다. WCC에서 내 프로그램을 2년 연장해 준다고 일본 NCC에 연락이 와서 도쿄여대 교수회의에 회부되는 모양이다. 5년 기간이 되는 셈. 도쿄여대에서는 3년 정도 하자고 호의적이라고. WCC는 누누이 이것은 특별예외라고 덧붙혀 있었다. 도쿄여대가 그만큼 호의적으로 된 데 감사한다. 왼쪽 다리 신경통은 더 심해지는 것 같다.

23시 50분

# 11월 24일 수요일[80]

지난 일요일에는 조후調布 한국 교회에서 감사절 설교를 하였다. 예배가 끝난 다음에 간담회를 가졌는데 박수남 씨도 멀리서 오셨다. 처음 만나는 분이었지만 꽤 좋은 인상이었다. 보통 때는 15, 16명 모이는 교회인데도 90만 원 가까운 헌금이었다고. 월요일부터는 「통신」에 집중하였는데, 어제 강원용 목사님을 만나 칩고[81] 오늘 아침에 많은 가필을 하였다. 밀린 고료 70여만 원을 받았는데 그 안에서 야스에 형이 이태영 선생에게 책을 사서 보낸 대금 3만 원을 제하였다. 경제적으로 큰 도움이 된다. 강 목사님과 박 이후에 관한 이야기를 나누었다. 반상회에서까지 포드가 된다고 선전을 했던 모양. 심한 동요가 일어나고 있는 것 같은데. 정일권마저도 신뢰를 받지 못하고 있다고. 강 목사님과 김관석 목사님 사이가 좀 나아진 것 같아 다행이다. 오 형은 UIM 친구들이 완전 분열 상태에서 세계 교회에 돈만 신청하고 있으니 에큐메니컬 스캔들이 되겠다고 크게 걱정하고 있다. 그제 한국에 들어가려고 하였으나 포기하기로 하였다. 박 형이 못 와서 더욱 그래야 한다고 생각했지만, 시기상조라는 판단을 내렸다. 한일교회협의회, 선교 자유에 대한 국제회의, 모두 다 잘 진행되는 모양이다. CIA와 김관석 목사가 모두 동상이몽이지만. 구라쓰카 교수까지 가시게 되어 지난 일요일 저녁에는 아시아 안보에 관한 그의 발표에 대하여 상의하였다. 일본에 있는 여러 가지 입장을 나열하면서 문제점을 지적하고 제기해 달라고 하였지만. 일본에 있는 미군 철군 주장 세력을 대표해서 그것을 자신의 의견으로 발표해서는 안 된다고 하였다. 국제회의는 일종의 시위일 것이고.

23시 30분

---

80 일기 원문에는 '1월 24일'로 표기. '11월 24일'로 수정하였다.
81 '칩고'로 읽히나 의미 불분명. '칩거' '집고' 또는 '執稿'.

# 11월 29일 아침

이제 12월도 머지않고 이 한해도 저물어 가는데. 도쿄여대 재직기간을 2년 더 연장하는 문제는 24일 교수회에서 통과된 모양이다. 연장이란 어려운 일이지만 내 경우에는 특별히 허락한다는 WCC 서한이 일본 NCC에 도착했기 때문이다. 도쿄여대에만도 5년간 있게 된다는 것인가. 편하기는 하지만 허전하고. 이렇게 방황하다가는 서울에 돌아가도 마음을 잡지 못할 것이 아닌가. 서울 회의에 참석하셨던 분들이 돌아오는 모양. 일본 대표는 오늘이나 귀국하는 모양인데 서울은 눈이 오고 매우 혹독한 추위였다고. 추위를 염려하던 구라쓰카 교수는 감기라도 들린 것이 아닌지.

어제는『요미우리신문』청탁으로 나카노 교토쿠 씨의『천황제 국가와 식민지 전도』라는 책의 서평을 썼다. 오늘 전달할 생각이다. '황운부익皇運扶翼'이라는 그 전도가 종교라고 할 수 있는가. 무엇보다 이들의 발상을 감싸고 있는 비합리성은 우스꽝스럽다고나 할까. 그렇기 때문에 이 책은 인간의 어리석음에 대한 고발이고 탄식이라고 하였다. 밤에는 오 선생 사모님과 함께 복지[82]를 먹으러 갔다.

참 그저께는 덕성여대 학장을 만났다. 학교는 발전하는 모양이지만. 돈 많은 사람들의 생각에는 도저히 견딜 수가 없는 심정이었다. 아무래도 한국 사람들의 생각에는 공산주의적인 사고방식이 있다. 자유롭게 벌어서 부자가 되는 것이 민주사회인데. 나는 빈곤을 그들에게만 맡겨서 해결하라고 하는 시대는 지났고 미국의 최하층 10퍼센트는 쿠바의 그것보다 더 비참하다고 등 늘어놓았지만, 메아리 없는 것이었다. 남의 아픔에 아파하는 마음이 없으니. 어제 던물뜨거운 물을 엎질러 화상을 입은 발이 계속 아프다. 왼쪽 다리 신경통은 좀 나은 것 같지만.

---

82  복어(鰒魚) 맑은탕을 말하는 것 같다. '지리'는 국내에서도 많이 통용되지만, 일본어이며 'ふぐちり'라 한다.

지난 금요일에는 3·1민주구국선언사건 공판기록 제3회 게재 분 번역을 하였다. 신쿄에서 일을 하여『복음과 세계』1월호에 싣게 하였다. 그리고 나서는 김지하 씨 〈금관의 예수〉공연 구경을 갔다. 생생한 저항 연극이었지만, 작품 속에서 비판받는 사람들도 이상하게 따뜻하게 그려져 있는 것이 아닌가. 연극이 끝난 다음에 감독이신 다카도 가나메高戶要[83] 선생과 만났는데 다소 미숙하기는 하지만 김지하 씨는 전위예술, 민중예술, 실존적인 작품세계, 전통적인 연극, 이런 것이 기독교사상, 예수를 중심으로 해서 종합돼 있다는 것이었다. 그것이 일본의 경우에는 분리돼 있지만 사실 작품 속에는 고도를 기다리며 같은 세계가 있는가 하면 가난한 자들의 세계를 그리고 기존체제에 도전하며 또한 종교의 세계가 흐르고 있다. 동상으로 상징되는 비현실의 세계와의 교류도 있고. 젊은 관객들이 상당히 많았다. 이 연극에 참여한 재일교포 김경식 씨는 내가 올 것이라는 말에 글쎄 하더라고. 모든 것을 피해 있다고 생각하는 모양이겠지. 그런 인상은 조총련계 사람들에게도 주고 있는 것 같다. 고마서림을 찾아온 조선대학 도서관장이 나를 들어 꾸준히 사상적인 과제를 파헤치는 훌륭한 사람이라고 하더라고. 운동의 표면에는 나타나지 않고. 자기들은 만나고 싶어도 폐가 될 것 같아서라고 하더라는 것이다. 강원용 목사님도 한국 수사당국에서 오 형 이름은 자주 나와도 내 이름은 안 나온다고 하셨다는 것이다. 그렇게 신중하다는 것일까. 어떻게 해석하여야 하는지.

지금 막 오가와 교수에게서 다녀오셨다는 연락을 받았다. 날마다 눈이 왔다고. 회의는 재미있었고. 형인이와 효인이를 만났는데 좋은 젊은이들이었다고.

---

83  '高堂要'라는 한자표기로도 활동했다. 1932.4~2001.12. 극작가, 연출가. 일본기독교단 출판국장, 기독교 관련 출판사 교분샤(敎文社) 사장직을 역임했다. 1949년에 세례를 받았으며, 1955년에 도쿄신학대학을 졸업하고, 1960년에 프로테스턴트문학집단 '다테노 카이(たねの會)'를 설립했다.

와락 그리움이 복받쳐 올라왔지만 정숙이에게는 아무렇지도 않은 체 하였다. 내가 없어서 안 된 점도 있겠지만 자유롭게 자라나는 이점도 있을 것이라고 하였다. 성장기에 오랫동안 아버지 부재의 환경을 주었다. 늙은 탓일까. 더욱 눈물이 많아졌다. 오 선생은 내가 낭만파가 돼서 그렇다고 하였다지만.

10시 15분

# 12월 6일

지난 목요일에는 오가와, 구라쓰카, 양 교수와 만났다. 서울회의 모양을 자세히 들을 수 있었다. 3·1민주구국선언사건 재판 방청에 공보부 차로 갈 수 있었다고. 그러니까 (휴전선 전방) 일선에 가서 터널도 봐야 했다는 것이다. 일부는 정보부 제7국장 초대도 받았다고. 재판은 이분들의 도착을 기다리고 있다가 도중에 일선 방문으로 끌어냈다니 관광코스라고 하여야 할 것 같다. 그분들이 나오자 20분으로 재판을 끝냈다고.

오월동주, 동상이몽의 회의였다. 김관석 목사로서는 그래도 국제적인 힘을 과시하고 어느 정도 성과를 얻은 것이 아닐까. 항의, 진정의 성명도 냈다니까. 카터 탓이라고 웃고들 있지만. 구라쓰카 교수는 송건호 씨와도 만났다고 한다. 생활이 어려운 모양. 한 달에 수입이 십만 원 정도라 고3인 딸은 대학을 포기할 수밖에 없겠다고 하더라고. 일본서는 지원 모금을 계속하려고 하지만.

금요일에는 재일 한국 교회사를 편찬하는 모임이라고 하여 '재일한국인교회사를 보는 시점'이라는 제목으로 프레젠테이션을 하였다. 그 후 나카지마 목사님과 함께하여 서울 소식을 들었다. 참, 오 형이 연락하여 WCC에서 오신 에밀리오 카스트로[84] 씨가 내 프로젝트에 대하여 오가와 교수에게 계속 잘 지원할 테니 협력해 달라고 하였다고. 모두 잘 된 것을 감사할 뿐.

어제는 아라이荒井 교수 교회 모임에 가서 즐거운 시간을 보냈다. 아라이 교수는 부인이 뇌종양이기 때문에 불안한 나날이라고. 그래 그에게는 항상 어두운

---

84  에밀리오 카스트로(Emilio Castro). WCC 4대 총무를 역임. 에큐메니칼운동과 선교운동에 큰 업적을 남겼다. 당시 WCC의 간사였던 박상증 목사에 의하면 WCC 세계선교위원회 총무를 맡고 있던 우루과이 출신의 에밀리오 카스트로를 설득해 지명관이 1972년부터 도쿄여대에서 강의를 할 수 있도록 재정적인 지원을 했다고 한다.

그림자가 있고 때로는 그 진지한 사람이 과음도 하는 것이겠지. 참 그저께는 학장 선생이 외국인 교수 초대. 모여든 미국인들이란 그리 지성적이 못 되는 사람들이었지만.

　오늘은 잠깐 문리대 후배 지정관池禎官 씨를 만났다. 나는 박 정권이 이제는 견디기 어려울 텐데, 하고 이야기를 시작하였다. 그런 정도까지 침묵하지는 않을 생각. 드디어 일본 자민당은 249석을 얻어 과반수가 깨졌다. 공산당도 대패. 일본 공산당의 이른바 일본식 현실주의, 의석 획득 우선주의가 민중과의 진정한 관계를 저해했고 사상적인 참신성과 매력 있는 이미지를 보여주지 못했다고 생각된다. 자민은 싫고 중도적인 개혁을 국민이 원한 것이라고 하지만. 선거를 통해서도 체제를 바꿀 수 있다는 생각을 국민이 가지게 될 것이라고 한다. 이제 일본 정국은 어디로 갈 것인가. 일본에도 변화가 오니 박 정권은 더욱 위기에 빠질 것이 아닌가. 박을 무너뜨리는 것, 그 이후의 계획, 그리고 우리의 참여 이런 문제에 대해서 좀 이야기를 나누었지만 내일, 오, 김 양 형을 만나 좀 더 구체적으로 이야기 하여야 하겠다.

10시 20분

# 12월 7일 아침

아침 『아사히신문』에는 자민당 패배에 대한 국제적인 반응이 나 있다. 미국에서도 톱 기사로 보도된 모양. 서울에는 또 하나의 불안. 다나카 같은 사람이 지방에서 결사적으로 표를 몰고 있으면 있을 수록 전국에서 자민당은 표를 잃고 있었다는 사설 분석은 흥미 있었다. 내년에는 참의원 선거라서. 한국의 변화도 가까운데. 혁명이 올 때는 언제나 너무 빨리 왔다고 느끼는 것인데. 우리의 준비가 문제다.

8시

# 12월 9일 목요일

화요일 저녁에 캐나다에서 전해 온 사무실 운영 문제에 대하여 토의하였다. 우선 도쿄에서 1,000달러를 만들고 뉴욕 중심으로 1,500달러 만들어 달라고 부탁하기로 하였다. 박상증 형, 이상철 목사, 이승만, 손명걸 양 목사에게 모두 그렇게 소식을 보냈다. 운동을 확대할 수 있는 가능성이 없으니 큰일이다.

어제는 슈나이스 목사가 다시 한국에 가신다고 하여 자세한 이야기를 나누었다. 오 선생이 못 간 데 대한 책임은 내게 있다고 하고 국내에서 호응하는 문제에 대하여 김 목사님 등과 상의해 달라고 하였다. 역시 원로급의 항의, 교회의 항의를 가장 도덕적인 양태로 전개하여야 할 것이 아니냐고 하였다.

그런데 오늘 아침에 600명의 서울대생이 민주구국선언을 발표하고 데모를 하였다는 기사가 나와 있었다. 눈물겨운 선언이었다. 유한한 생명의 인간이 어떻게 무한한 역사를 다스리려고 하느냐. 유한한 인격의 지도자가 어떻게 무한한 국민의 정부를 영구히 통치하려고 하는가. 이제 민족사의 새로운 광장이 관악산 기슭에서 전개된다고 하는 것이었다. 이 운동을 어떻게 돕는가. 방학을 앞두고 마지막 항거가 아니겠는가. 젊은이들에게 그래도 양심이 흐르고 있다. 동면冬眠 속에서도 적어도 해외에서만이라도 그 반응이 퍼져 나가게 하여야 한다. 김 선생더러 여러 가지로 알아오도록 — 지금 소요까지를 포함하여 — 슈나이스 목사에게 부탁해 달라고 하였다.

박 정권과 미국과의 관계는 더 악화하는 모양. 참사관 망명 문제로도 박 정권과 공방이 벌어지고 있다. 박은 미국이 억류한 것이라고 하고. 최악의 상태. 고다마에 관한 정보도 미국에 대한 압력이 아니겠는가. 백두진, 정일권, 김종필 라인으로 대신하게 하려고 박이 반발한다는 것이다. 일부 기사가 『아사히』에도 나왔다. 이제 어떻게 역사에 참여할 것인가.

구라쓰카 교수는 한국의 추방된 사람들을 위한 모금을 위하여 다시 『아사히 신문』에 투고하려고 나를 찾아왔다. 가져오신 투고문 내용에 대하여 약간 조언을 하였다. 야스에 형에게서 속달. 양 교수 논문 — 이번에 서울 기독교회의에서 발표된 것 — 발표를 검토하자고. 몸이 계속 좋지 못하다니 퍽 걱정이다. 긴급회의에서는 1,000장의 크리스마스카드에 구국 선언을 넣어 보낸다고. 이번 학생들의 구국선언문과 그 기사도 넣어달라고 하였다.

22시 20분

# 12월 13일 월요일

오늘 서울서는 일심—審과 같은 구형을 내린 모양이다. 미국의 요청을 무시한 다는 것이겠지. 어떤 화해의 사절이 나타나기 전에는 맞서자는 것이겠지. 독일 이삼열 씨에게서 그동안의 활동보고가 왔다. 『슈피이겔』[85]에 12페이지의 한국 비판 기사가 나왔다고. 반대 세력까지 묶어서 테러까지 한다니, 독일이라는 풍 토가 그래도 되는 곳이라는 것일까. 어제는 현영학 교수가 와서 만났다. 서울서 "해가 쨍하니 뜰 날이 올 테지" 하고 노래하는 것을 "쾅하고 망할 날이 있겠지" 하고 학생들이 노래한다고. 한국의 고립은 심해가는데. 오 형은 미국에서 박 정 권만이 아니라 한국인 전체에 대한 혐오가 일어날 가능성이 많다고 염려. 새 사 태에 적응하기 보다는 역행하는 정부 권력이니 참 큰일이다.

23시 5분

---

85  『슈피젤(Der Spiegel)』, 루돌프 아우크슈타인이 1947년 하노버에서 창간한 독일의 대표적 진보 성향의 주간 시사잡지이다. 유럽과 독일에서 가장 많이 읽히는 잡지 중 하나로 슈피 젤은 독일어로 '거울'을 뜻한다.

# 12월 19일 일요일

슈나이스 목사와 만나 저쪽 소식을 들었다. 내 제안을 윤보선 씨, 김관석 목사도 좋아하셨다고. 오 형 사무실에서 김 목사에게 2,000달러를 보냈다. 학생들 젊은이들은 그대로 희망을 가지고 있더라고. 학생들, 교수들이 다시 대학으로 돌아가겠다는 진정서를 내고 투쟁하여야 하지 않겠는가라고 하였다. 현영학 교수에게도 그런 이야기를 하고 무엇보다 김영복 선생 이대 부임 문제를 밀었다. 박이 일선 시찰을 하는데 떴던 세대의 헬리콥터 중 한 대가 맞아서 떨어졌다는 말이 있다. 그것 때문에 그 다음날 곧 전국 지휘관 회의를 열었다고. 이번 「통신」에 자세히 썼다. 슈나이스 목사가 내일 밤에 돌아와서 김대중 씨 진술에 대한 자세한 내용을 야스에 형에게 전하기로 했다고. 야스에 씨도 과로로 몸이 좋지 않고 나도 계속 좋지 않다. 「통신」을 끝냈으므로 내일 전달한다. 오늘 저녁에는 〈한 흑인의 생애〉[86] 110세의 생애를 마친 제인 핏트만Jane Pittman의 일생에 관한 감동적인 영화를 보았다. 흑인은 마시지 못한다는 물을 마시러 나아가는 마지막 대목은 참 감동적이었다. 한 철학자처럼 과거를 이야기하는 것이 아닌가. 고통 속에서 심화된 인간이란 저런 모습이다. 끝까지 맑은 정신으로 크게 산다는 문제를 다시 생각한다. 그제는 니버 독서회 그룹과 점심을 함께 하였다. 즐거운 시간, 많은 값비싼 선물을 받아 당황하였다.

19일 23시 57분

---

86 *THE AUTOBIOGRAPHY OF MISS JANE PITTMAN*, 1974. 기인스(Ernest J. Gaines)의 1971년 소설로 이 이야기의 화자인 제인 피트먼이라는 여성의 눈을 통해 본 흑인들의 투쟁을 묘사하고 있다. 이 소설은 1974년 TV영화로 각색되어 제작되었다.

# 12월 22일 수요일

월요일에 신쿄에 가서 재판기록 번역을 해드렸다. 겨우 검사 심문이 끝났다. 어제는 비교문화연구소 회의를 끝내고 구라쓰카 교수와 이야기하였다. 『아사히』에서 모금을 위한 독자투고를 받아주지 않는다고. 『동아』 기자들은 회사 간부에 대한 단순한 반항을 한 데 지나지 않는다고 하였다고. 그 이유는 아무래도 『동아』와의 관계에서 왔을 것이다. 사장도 다녀가고. 체제 간의 연락이 되고 말았으니까. 국내에서 그렇게 알고 보이스를 좀 내자고 하였다. 『요미우리』나 『마이니치』는 그런 투서는 받아주지도 않는다니. 구라쓰카 교수는 대학에서 회람을 해서라도 메이지대학만으로 100만 원은 거둘 생각이라고. 국내에서는 원호금에 못지 않게 투쟁자금이 필요할 것이라고 구라쓰카 교수는 판단하고 계시는 모양. 감사하다.

오늘 아침에 슈나이스 목사를 만났다. 이곳 제안을 김관석 목사, 윤보선 선생 모두가 오케이를 하셨다고. 윤보선 선생은 박이 물러난 후 과도형태에 군대 힘이나 CIA 힘이나 어떤 힘을 배경으로 하여 야심을 가지고 정권을 쥐려고 하는 자는 안 된다고 하시더라고. 그러니까 정일권 같은 사람도 안 된다는 것이다. 차라리 최규하가 나을 것이라고. 김 목사는 새해에 스캔들에 대하여 높은 차원의 발언을 하실 것이라고. 도덕의 이슈, 한미관계와 안보의 이슈로 하고 새로운 차원의 정치적 해결을 촉구하는 것이 되어야 한다. 윤보선 선생은 정구영[87] 씨까지를 포함한 여러분이 서간 형식으로 박에게 도전하실 모양. 정부는 한미관계

---

87    대법원에서 1976년 '3·1민주구국선언'사건에 대한 상고심 재판이 있었다. 대법원은 김대중 등 피고 18명의 상고를 기각하고 고등법원에서 내려진 판결을 최종확정지었다. 이 최종 판결이 내려진 날 윤보선 전 대통령 등 재야인사 10명은 긴급조치와 유신헌법은 철폐되고 무효화 되어야 한다는 내용의 시국에 대한 입장을 밝히는 성명 '민주구국헌장'을 발표했다. 서명자는 윤보선, 정구영, 윤형중 등 10명이다.

는 나아진다. 박동선과 박정희와는 관계가 없는데 그것을 확인하고 이제 미국
서 사과하러 사절이 온다, 이런 식으로 이야기하고 있다고. 이것을 김 형이 『워
싱턴 포스트』의 샤아 기자에게 연락하여 확인하고 이런 정부의 말을 미국 저널
리즘에 흘러 내보내게 하기로 하였다. 결과를 김 목사에게 알릴 것이고 신직수
가 8군에 신변 보호를 요청한 것은 사실인 모양. 이 정보를 법정에서 김대중 씨
에게 전한 모양이다. 『아사히신문』도 옥중에 있던 사람이 어떻게 알았을까, 라
고 하였지만 사실은 하루종일 법정에 있었다고. 그날 오후에 일어난 것을 그날
저녁에 폭로하였다. 미국이 프레셔압력를 총집중하는 모양이다. 김대중 씨의 최
후 진술은 기독교적이고 깊이 있는 것. 『세카이』에 슈나이스 씨가 전했다. 곧 영
어로 번역해 내보내기로 하였다. 변호사들이 참 한국의 훌륭한 변론을 하였다
고. 체포당하는 것을 각오하고 부인들을 법정에 참석시켰다고. 박세경 씨 것은
슈나이스 목사가 사진으로 가지고 와 있다. 과로에서 오는 감기다. 훌륭한 연락
을 해주셨다. 용기와 센스에 신념 그리고 사랑. 매번 상당한 금액을 독일 교회가
보낸 원호금으로 가지고 들어가신다. 이번에도 아버지 없는 가족들의 크리스마
스를 위하여 40만 엔을 가지고 가신 모양. 김대중 씨 진술은 매우 깊은 내용의
기독교인 것. 정말 우리나라 정치지도자들에 대한 축복이다. 큰 의미가 있다.

　오늘 유동식 선생을 만났다. 김포를 떠난 일본 비행기에서 일본 신문을 보고
충격을 받았다고. 국내는 불이 붙어와도 모르는 형편이다. 내년 봄에 학생 학살
이 일어난다면 그것을 방치한 총장, 교수가 크게 문책된다고 하였다. 김 선생과
는 매스카이[88]를 하지 못하게 못박고 움직임을 하자고 하였다. 이 내용이 지금부
터 여러 가지 저항문서에 포함되어야 한다.

22시 40분

---

88　의미 미상.

# 12월 25일 토요일

23일에는 오가와 교수 댁에 초대를 받았다. 구라쓰카 교수와도 만나고. 밤늦게 돌아오는 길에 凸인쇄에 들러 김대중 씨의 법정 진술 교정을 보았다.

24일 저녁에는 오 선생 댁에서 크리스마스 이브. 오늘까지로 한일합병 전까지 「문화사」 원고 정리를 완료하였다. 『돌베개』를 읽고 나서 서평을 쓰고. 1월 14일에 홋카이도대학에 갈 준비를 하고. 그리고는 계속 한일합병 이후 것을 써가야 한다. 임진왜란이 한국의 내셔널리즘에게 준 영향에 대하여 홋카이도대학에서 이야기하려고 한다.

한국의 내셔널리즘은 대일對日이라는 관사冠詞를 가지고 있다. 도쿄는 메이지 유신 전에 벌써 그런 생각을 단적으로 나타내고 있으니까. 이 면에 대하여 와세다대학 사회과학연구소 저널에 발표해볼까 생각한다. 무언가 허전한 크리스마스다.

22시 50분

# 12월 29일 수요일 오전 9시 35분

어제 신문「아사히」에는 박 정권이 무엇을 할지 모르는 정부이기 때문에 미군 철군, 특히 핵무기 철수를 하여야 한다고 나와 있었다. 미 국무성 수뇌부의 견해로. 박 정권이야말로 박 정권이 말하는 안보의 최대 장애물이라고 말한 셈이다. 대단한 프레셔압력를 박 정권에 넣고 있는 모양이다. 슈나이스 목사가 다시 가시기 때문에 이런 기사도 가지고 가시고 다른 부탁과 우리 견해도. 그리고 김 선생과는 이 기사를 국내에 보내는 운동을 하자고 하였다.

그저께 병원에 갔는데 관절통이라고. 노화현상의 하나. 굴신운동을 하고 뜨겁게 하라는 것. 안심은 되었지만 이렇게 저물어 가는 것이니. 의료용 서포터를 하기로. 장준하 선생의 『돌베개石枕』를 읽으면서 서평 준비를 하고 있다.

오늘 신문에 박 정권이 드디어 박동선 공작[89]은 그들과는 관계가 없다. 김상근[90]은 못 만나고 있다. 미국 측이 도청하지 않았다고 한다, 하고 발표하였다고 전해지고 있다. 김대중 씨 사건 때와 같은 수법, 일본과는 달리 미국은 어떻게 해 나갈 것인가. 일본인으로 귀화한 한국인으로서 반공법 위반으로 사형선고를

---

[89] 박동선은 당시 미국에서 미국산 쌀을 한국으로 수입하는 사업을 하던 재미교포 실업가로 1960년대부터 워싱턴 시내에 '조지타운 클럽'이라는 고급사교장을 운영하였으며, 1976년 박정희 정권 당시 중앙정보부에서 미국 정치인들에게 뇌물을 제공한 '코리아게이트' 사건의 핵심 인물이다. 당시 미 정가에서 박 정권하의 인권 상황을 문제 삼고 주한미군을 철수하려는 움직임을 보이자 이를 회유, 매수하려던 시도로 미국 언론은 이 사건을 닉슨 대통령의 몰락을 부른 '워터게이트'에 빗대 '코리아게이트'로 불렀다.

[90] 김상근은 당시 중앙정보부 요원으로 워싱턴에 파견되어 교민들의 반정부적인 움직임을 봉쇄하고 유신정권 친화적으로 유도하는 임무를 맡았다. 그런 가운데 1975년 백설 작전이라는 미국의 정치인, 언론인, 학자 등 각계의 영향력있는 인사들을 포섭하려고 했으나 성과를 올리지 못하고 오히려 코리아게이트에서 문제가 되어 버리자 1976년 11월 23일 정권의 귀국 명령에 불복해 26일 정치망명을 신청했다. 이후 1977년 미하원 윤리위원회에 출석, 백설작전에 관해 설명하고 박정권의 치부를 드러내는 증언을 했다. 김상근의 망명은 신직수 중앙정보부장 해임을 불러왔으며 김재규가 1976년 12월 중앙정보부장이 된다.

받았던 세 사람이 석방됐다. 조중훈까지 관계된 외화도피사건을 입건하였다. 앞으로 한미일 관계 사이에 폭로될 스캔들에 대한 사전대책이 아닐까. 김 선생의 견해다.

9시 50분

# 1. 「라인홀드 니버 교수가 지명관에게 보낸 서신」

해설 _ 『지명관일기』 노트 사이에서 발견함. 1장.

이 편지는 지명관이 미국 유학을 위해 라인홀드 니버Karl Paul Reinhold Niebuhr에게 쓴 편지에 대한 니버의 답장으로 추정된다. 미국에서 신학을 공부하고자 하는 청년 지명관의 열망에 응답해서 자기 친구이기도 한 유니언 신학교의 존 베넷 John Bennett 총장에게 지명관의 편지와 이력서를 전달해서 장학금을 포함한 입학이 순조롭게 진행 되도록 조치했다는 내용과 만날 수 있기를 고대한다는 내용을 담고 있다. 지명관에 의하면, 심장발작으로 신학교를 떠나 있던 니버가 자신을 기억하고 당시 학장이었던 존 베넷 총장에게 자신을 추천해 주었다고 한다. 한편 이 편지에서 말하는 'Gifford lectures'는 지명관이 한국전쟁 중에 읽고 감명받은 니버의 『인간의 본성과 운명The Nature and Destiny of Man』을 말한다. 한편 지명관의 유니언신학교 유학이 1967년부터 1968년까지이니, 이 서신에 있는 'July 2'는 1966년 7월 2일일 가능성이 높다.

이상의 내용과 관련해서 『일기』 1975년 8월 27일 자 '니버'에 단 각주 내용을 참조바람.

July 2

Dear Mr Chi:

Ix**xxxx** have read your letter with
much interest,and heartily concur in your
hope to complete        your graduate study
in America.

However I am retired and also
partially paralysed and  I am therefore
powerlesss to be of service to   you.But
to save time I have forwarded your letter
and CURRICULUM VITAE  to my old friend
President Hohn Bennett of Union Seminary;
and it would be well if you addressed all
future correspondence to him.

Since he travels allmost throughout
the summer season I do not know whether
it will be possible for him to convene the
relevant scholarship committees during
the summer.You will hear from him or
his secretaries no doubt but I am afraid
your request comes toom late for the next
school year.

I thank you for mentioning the
influence my Gifford lectures had on you.
I hope you can come to union Seminary;and
that I will have the pleasure of meeting
you when you  come to us.I am able to
have only minimal contact with the seminary,
which means one weekly seminar for graduate
students in my apartment.

My best wishes for youb future
and for your plans to come to the USA.

Sincerely Yours

라인홀드 니버 교수가 지명관에게 보낸 서신

## 2. 「秘 방문보고」1975년 9월 3일

**해설**　『지명관일기』노트 사이에서 발견함. 8장.

이 「秘 방문보고」는 '1975년 9월 3일'자로 되어 있는데, 이 날짜가 "미주 동지들과 토의"를 한 날인지 아니면 『지명관일기』를 쓰는 동일한 노트에 정리한 날인지는 분명하지 않으나, 후자의 가능성이 높다고 판단하고 있다. 그 근거는 「秘 방문보고」 말미 ps 2항에 "이 보고서는 각 지구에 1부씩 보내오니 비밀리에 그 지구 동지들에게 내용을 참고로 알려주시기 바람"이라고 되어 있는데, 다음날 1975년 9월 4일 자 『일기』를 보면, "어제 여행보고서의 작성을 완료하여 오늘 여러 군데로 발송하였다"라는 말이 나온다. 즉 작성을 '완료'한 것이 '어제 = 9월 3일'였음을 알 수 있다. 그리고 대외비 문서였기에 『일기』에서 '여행보고서'라고 일부러 애매하게 묘사해서 「秘 방문보고」의 존재를 은폐하고 있음을 알 수 있다.

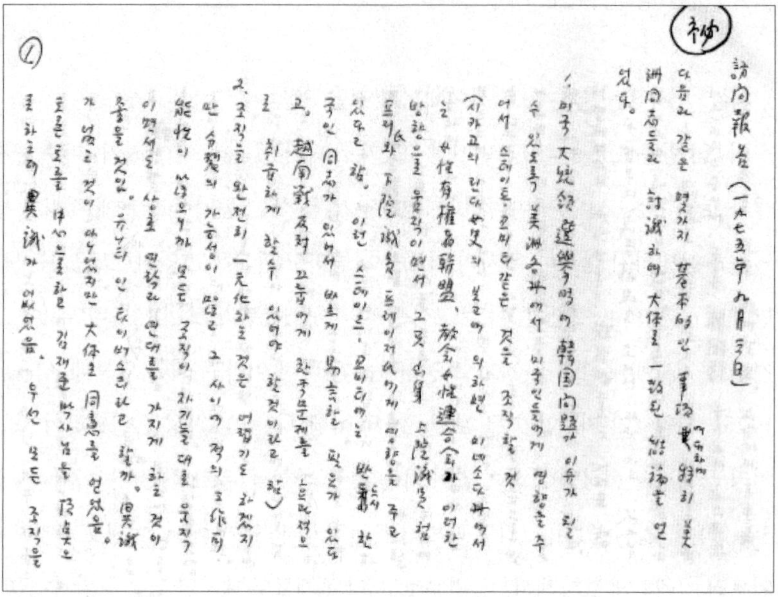

訪問報告 (一九七五年 九月 某日)

[이하 세로쓰기 手記, 韓國語·漢字 混用]

다음과 같은 여러가지 事項이 論議되었음.

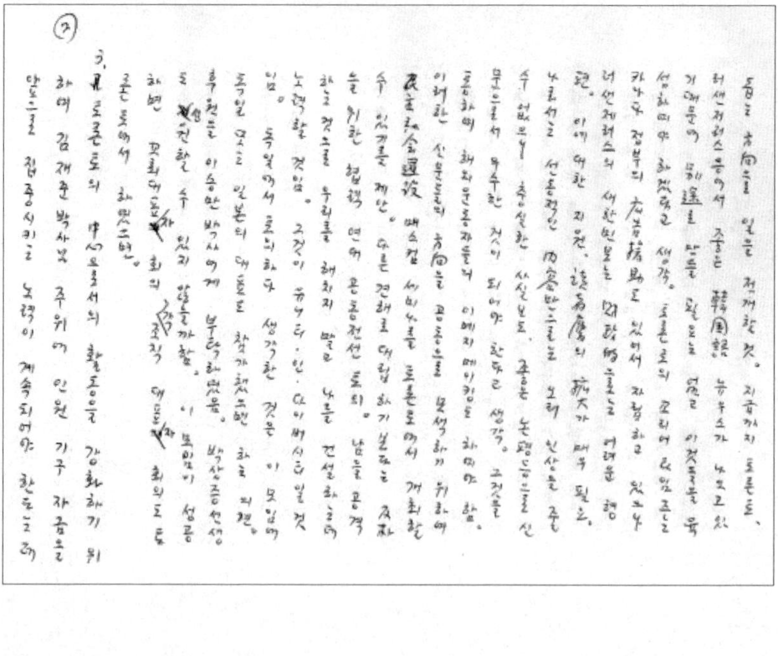

③

ㄴ 대체로 외면을 같이 하였다. 그러나 하며 외
할 일과 할 수 있는 일을 비교하며 우선
카나다에서 매를 든다면 英文과 「韓國日報」
같은 것을 내서 國內 뉴스 등을 제공하고 그
것이 여러 가지로 困難들을 가하는 일로 하
였으면 한다. 이로리 뒤면의 接觸을 보았다. 그 간의
活動 뉴스, 活動情報와 庶務를 包含할 것이다.
이것은 매우 뒤어 저서 보급이 진행되어야 할 것이다. 一
人一部 每月 10部 정도로 시작하였으면. 이러한 예
다와를 통한 조직의 확대를 시도하여야 하겠으나, 다
鵬酒를 또한 擴充局을 自己 「흐름」에 가기를 한
하지 않을 때로 있는 것이므로, 조직은 秘密化 한
다고 보는 좋을 것임. 조직의 확대를 위하여서는
액션라인하게 또한 뜻대면 한 활동으로 배후
에 그 충실・발가 다른 충동들이 있어야 하
므로 자기들 나라의 소를 土壤을 삼들드이에게
인 充充者를 강요하지 말고 외 土壤을 전선에서
소중하게 하는 것이 좋으로 할 것이며. 또한 外國人
지원자들의 참여도 좋으리라 하여 外來의 경우도
스며서는 교회와의 연결이 필요로 할 것임.
의 교회가 참여하여 그런 기회를 개척할 것을
사되하였으면. 카나다에서 英文 刊行物에 대
하여 神勢役割할 되아주. 노이며 一層로 카
다人 一層을 생각하고 녹으로 東京에서 英文

④

4. 지금까지 국내에서 록회 국회에 있어서
박정희가 결정적 위기를 느끼고 하고는 비교적
공화에스로 할 수 있는들 인정하였다. 앞으로 록
공화에스로 할 것이 매우 중요하다. 국내로 록
동이 地下運動化하므로에 대하여 대책이
운동을 위한 격려와 지원이 계속되어야 한다. 그
국외 활동에서 이 4 ―月되 제네바 이분
제를 토의의 포함시켜 주었으면 한다. 地下運動
化로로 전화되어들이 가능으로 격려 한다고 것은
현전화로되 반계에서 그럴지만 이들의 자료자
기시키지 많아야 한다. 자료자기화한 左傾化할 우
려가 다심하지만 이들이 우리의 격려와 참
려가 계심화되 것이다. 이들이 우리의 격려와 참
제 하면서 지금 내일이 일할 수 있어야 한다.
박이후로 있어서 최실정을 현명한 운동의 길을
우리로 함께 걸어가기 위하여서도 지금의 〉공동전선
이 되어져야 한다.

5. 金誠(代表着)를 가지는 것으로 주으로하지만 相互間
向화로 것이 주으로한 것말는 재 창민 해야로. 김
제 준박사님이 이미 주장하는 물들로로
지역 방문하여서 세울 가능으로 물로무
호로 것도 중요할 것이다. 이의 여러 비로들의
국聯이 될도하다. 本國에 산재하여 있는 同志
들이 사호혼 방문하기 위하여 어느 지역의 其金
誠 잘 잘은데 참석화에로가로 따른 지역의 旅程

별지 자료　477

⑤

6. 앞으로는 國論를 높혀 최신 동의 結合할 同志
문제도 소련실, 北미로만 같은 대륙인 强大性으로
도 싸워가야 하겠다, 소매일 쓰사를 추천하고 싶어
연좌에 동의에서 싸워가야 하겠다. 이 漢派關의 努力
문제로 싸워가야하지만 가장 중요한 것은 손매일
빠사 자신의 눈력 見地로 이났던 할 것이나
여성대동에서서 女明社民과 함께 活동하고 싶음한다
싶소 것을 한계로 가고 活동하고 것이 매우 중
요하다.

7. 이제 教育研究宣 라 친히적인 民族宣言을 써
고 운동의 서 表를 活躍를 찾아가는 보태가고요.
후의 새 지척이 됐오고 생각된다. 독일 위천회
에서도 그 싸워으로 우리의 부능을 함께 봄自由
여 第一 제 教育수가 일어나고 友情的인 삼동을
特으로 모색하게 된다서 이제 우리 友의 싸동한
된 수 있다 온기나 친녀의 손회의 어찬 정
신을 재천영화에라도 한동은 지척되었다. 努教宣
을 지금하지 국사리에서 나돌 선엔. 그러나 크
맨~효율 제송한 것이어야 할 것이나. 더욱이 애
국가로 으뜸은 北에 맞게가 일상이 하나 又
우쪽을 같은 것은 위협화으로 싸워가, 대국사참을
속에 일어나도 있는 듯이 ????? 결론 이해
와 와한제에 의뜻에서본다로 知매께 여한 길을 이
民의 團結이 되어야 한다고 설득이 충분하지 전

⑥

8. 개최하며 한결코 특히 사카고에서 강소리였다.
동의인에서 北해교國方面에서 활종의 위한할
에 강조로 있었다. 특히 한국문제 특히 김지하와
의 스체에 신문를 한국문제 특히 김지하와
대한의 대대적인 특집으로 하고 있다. 그리고 작
년에 마~이래에서 금벌에는 스위스 베른에서
또 희군비式 친정화했다. 이음 찾으시서
特別한 종환활것이 이을 찾으시서
활해야 할것이 종환할것이 매우 필요하다. 日本
에서 발표로록 구바가 들어 보내기 위하여 ??
수찬를 언어에서 도바주면 좋겠다. 이런 것이
말하자면 行會하고 그것을 활애한으로 선전한
다고 것이 필요로하다. 이양ㅇㅇ아의 이것을 취급하게
소개로 볼록 다른 ?? 역사 매우 필요로하다.

9. 동맹에서는 한국문화 두번째 資料活發表를 서두를
있다. 이것은 한국문화제를 위한 기록지 진공회 되어
서 한, 일, 영, 독 四箇國語로 一年에 수玄화
매 빠르간을 것이다. 세계 각 교회의 지천에 감사한
지천한 民화의 그 지천에 解답한 부수를 할손
부화된지한 그외 지천에 가장적 능이 한데
러 주면 됬라 한다. 文ㅇㅇ레이지 가장의 大陸인데
그 수익금으로 지천화여 그외
되 추촌도 시도하고자 한다.
                          한국동신 英文

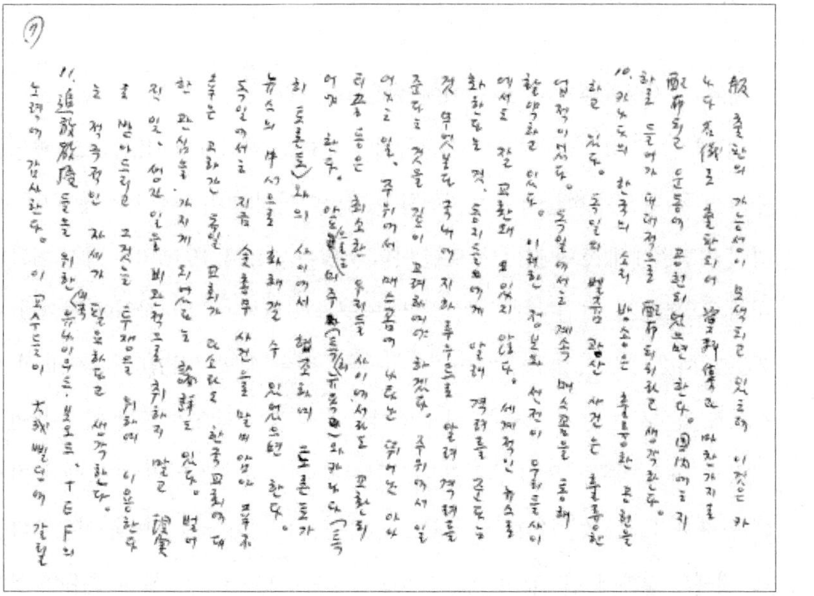

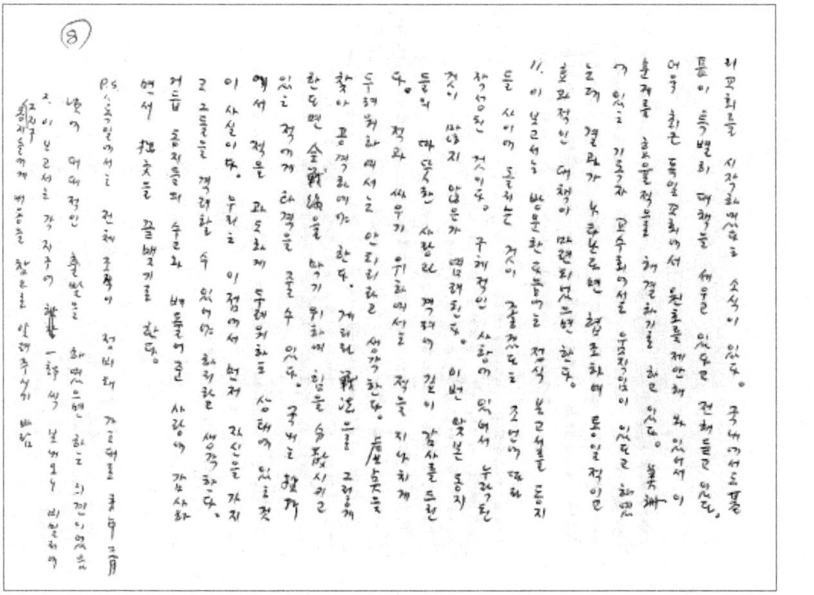

## 3. 「야스에 료스케가 지명관에게 보낸 서신」

해설 『지명관일기』 노트 사이에서 발견함. 2장.

이 편지는 지명관이 일본에서 한국의 민주화를 위해서 'T·K생'으로 활동할 수 있도록 뒤에서 적극적으로 지원한 이와나미서점의 야스에 료스케安江良介 사장이 지명관에게 보낸 것이다. 보낸 이의 서명은 없으나, 1970년대 당시 이와나미서점 『세카이』 편집부에 근무하면서 지명관과 함께 「통신」 작업에 참여한 오카모토 아쓰시岡本厚, 야마구치 마리코山口万里子 두 분께 확인하였다. 야스에 씨 서신으로 확신하는 근거 첫째 는 필체가 야스에 씨 것이 맞으며, 둘째 야스에 씨는 평소에 '마스야滿壽屋' 200자 원고지를 편지지로 사용하고 있었으며, 셋째 야스에 씨가 평소에 본인 익명으로 글을 쓸 때는 '岩本生'이라는 필명을 이용했다는 점, 넷째로 일본어로는 낯선 '思いおります' 라는 표현은 야스에 씨 특유의 것이라는 점이다.

본문과 국문 번역을 제시하면 다음과 같다.

御変りのことございませんでしょうか. 御健康についても,
また御身辺のことについても. 御変りのないように案じ,
かつ希っております.
昨夕, 雑誌をお送り申し上げました. 「編集者への
手紙」欄に一つの感想が掲載されております. 日本人の
平均的な受けとり方と思います.
いつも慌ただしくお話しをしており, 申訳なく思い
おりますが, 近いうちに, 以前から申し上げており
ますように, 夕食でも御一緒にと考えております.

二, 三 御報告いたしたいこともありますが, 少しく長
期的な検討をいたしたいと考えております.
先日の日曜日に「韓国現代史と教会史」を拝読し
直しました. 危険(!)な箇所をいくつか新しく
発見しましたが, 何よりも感動を新たに, また深く
いたしました. とくに「韓国の教会と私の信仰・実践」を
拝読し, 御尊母様のことを, そして故国と離れられ
て, すでに三年以上になる先生のことを改めて思い,
言葉もございません.

五日朝

岩本生

별고 없으신지요? (선생님) 건강에 관해서도
그리고 신변에 관해서도 별고 없으시기를 염려하고
또한 바라고 있습니다.
어제저녁에 잡지를 보내드렸습니다. '편집자에 보내는
편지'란에 감상이 하나 올라와 있습니다. 일본인의
평균적인 이해가 아닌가, 생각합니다.
언제나 급한 상황에서 이야기를 나누고 있어서 죄송하게 생각
하고 있습니다만, 가까운 시일에 전부터 말씀드리고 있는
것처럼, 저녁 식사라도 함께했으면 합니다.
몇 가지 보고드리고 싶은 건도 있습니다만, 조금 장
기적인 검토를 (선생님과) 했으면 합니다.
지난 일요일에 『한국현대사와 교회사』를 다시 읽었
습니다. 위험한 곳 몇 군데 새로

발견했습니다만, 무엇보다 감동을 새롭게 그리고 깊게
받았습니다. 특히「한국 교회와 나의 신앙·실천」을
읽고, 자당慈堂에 관한 일을, 그리고 고국에서 멀리 떨어지
셔서 벌써 3년 이상이 되는 선생님 생각이 다시 들어서
드릴 말씀도 없습니다.

5일 차임

이와모토생

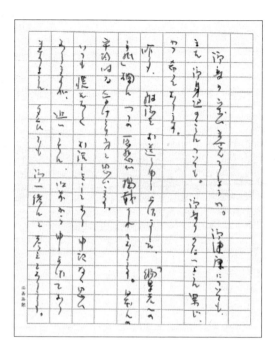

야스에 료스케가 지명관에게 보낸 서신

# 'T·K생', 그리고 지명관 선생님을 생각하며

# '글 쓰는 사람' 지명관 선생님

오카모토 아쓰시岡本厚[1]

　지명관 선생님은 선생님의 생애에 걸쳐서 한일 두 나라 국민, 두 민족의 화해
와 상호이해, 상호신뢰를 쌓기 위해서 일해오셨습니다. 한때는 익명으로 한국
군사정권과의 투쟁을 일본과 세계에 소개함으로써, 또 한때는 무대에 올라가서
서 일본의 대중문화를 한국에 개방하는 등 지금의 한일관계의 기초가 되는 '한·
일 파트너쉽 선언'에 관여하심으로써 매우 중요하고 커다란 역할을 맡으시면서
시대를 바꾸어 오셨습니다.

　선생님은 '글 쓰는 사람'이셨습니다. 1970년대부터 1980년대에 걸쳐서 일본
에서 망명 생활을 하고 계셨던 선생님은 이와나미서점岩波書店의 잡지 『세카이世
界』에 'T·K생'이라는 필명으로 매월 「한국으로부터의 통신」이하,「통신」을 집필하
셨습니다. 군사정권하에 있는 한국의 삼엄한 감시를 피해서 인편으로 일본으로
가지고 온 민주화운동의 자료나 정보가 선생님께 모아지면, 그것을 읽고 분석하
시고, 그리고 한국 국내 신문을 통해서 정치적 동향을 참조하시면서 하룻밤 또
는 이틀 밤 사이에 「통신」 원고를 완성하신 것으로 알고 있습니다. 200자 원고
지로 50매에서 70매, 어떨 때는 100매에 이르는 경우도 있었습니다. 이 분량은
독자도 저자도 지금보다는 글을 많이 읽고 많이 쓰는 시대였다는 점을 감안하
더라도, 결코 적은 분량이 아닙니다.

　저는 학창시절에 독자로서 「통신」을 만났으며, 「통신」을 통해서 커다란 영향

---

1　와세다(早稲田)대학 문학부를 졸업했다. 1977년 이와나미서점에 입사해 『세카이』 편집
　부에서 근무했다. 1996년부터 2012년까지 『세카이』 편집장을 역임했으며 2013년부터
　2021년까지 이와나미서점 사장직을 역임했다.

을 받아서 한국이나 한일관계에 관심을 가지게 되었습니다. 그리고 이와나미서점에 입사한 후에는 『세카이』 편집부원으로서, 그리고 후에는 편집장으로서, 선생님을 가까이 모실 수 있게 되었습니다. 선생님께서 보여주신 한국의 민주화에 대한 열정, 군사정권이 보인 비도非道에 대한 분노, 민주화운동에 대한 헌신적인 활동에 대한 공감이 「통신」에는 넘쳐나고 있었습니다. 눈물과 분노와 희망이 느껴지는 원고였습니다. 지 선생님의 성품은 온화하시고 관용적이며, 결코 사람을 비난하거나 하지 않는 분이셨습니다. 이러한 선생님의 정신이 일본인의 마음을 흔들어놓고 한국의 민주화운동에 대한 관심과 동정을 불러일으킨 것입니다. 젊은 독자였던 저는 한국의 민주화운동의 정신을 받아들이고, 경의를 품게 된 상당한 부분이 실은 지명관 선생님이라는 특출난 한 개인의 정신과 필력이었다는 점, 그리고 선생님을 지지하고 한국 내외에 네트워크를 형성해서 한국의 민주화운동 전체를 지원했던 기독교교회의 정신에 있었다는 점도 세월이 흐른 뒤에 깨닫게 된 부분입니다.

이 시대에, 일본사회에서 한국에 대한 이미지를 크게 바꾼 것은 선생님의 힘, 글을 쓰는 힘이었습니다. 당시에는 일본의 어느 누구도 'T·K생'이 누군지 알지 못했으며, 한국의 정보기관은 필사적으로 'T·K생'을 찾고 있었습니다. 선생님이 'T·K생'이셨음을 밝히신 것은 2003년, 김대중 정권이 끝나갈 무렵 제가 선생님께 인터뷰를 한 『세카이』 기사에서였습니다.[2]

선생님께서는 한국이 민주화를 쟁취한 후인 1988년에 「통신」 연재를 그만두시고, 1993년에 20년 만에 한국으로 돌아가셨습니다. 그 후에도 자주 일본을 방문하셔서 강연을 하시거나 많은 책을 내놓으셨습니다. 한국의 역사나 문화 소개, 한일문화의 비교라든지 기독교정신사 등, 『지명관 선생 추도문집』에는 앞뒤

---

2    「国際共同プロジェクトとしての「韓国からの通信」」, 『世界』, 2003.9(「池明観先生追悼文集」 所収).

표지에 저작 25권의 표지를 실었습니다만, 그것이 다가 아닙니다.

선생님께서 'T·K생'이었다는 사실을 밝히신 것을 계기로, 저는 선생님께 자서전 집필을 부탁드려서 『세카이』에 연재한 다음, 이와나미서점에서 단행본으로 간행했습니다.[3] 책이나 강연 원고뿐 아니라, 선생님께서는 편지도 아주 많이 쓰셨습니다. 저한테도 수십 통의 편지와 팩스가 남아 있습니다만, 아마도 이런 편지와 팩스는 선생님께서 아시는 많은 분께도 보내셨을 것입니다. 검정 잉크를 사용하는 만년필이나 볼펜으로 세심하고 그리고 선생님의 성품을 나타내듯이 진지하고 꼼꼼한 글자로 지면 가득히, 때로는 여러 장에 걸친 것도 있습니다. 이들 편지는 넘쳐나는 선생님의 간절한 마음을 담고 있습니다. 선생님께서는 쓰지 않을 수 없는, 전하지 않을 수 없는 간절한 마음이 가득했던 것입니다. 이 에너지에는 감탄을 금치 못합니다. 2006년 11월에 받은 편지에는 다음과 같은 내용이 있습니다.

내년 4월에 귀국 후에 오랜 시간에 걸쳐 집필한 한국 정치에 대한 그때그때의 저의 '정치노트'를 그대로, 꽤 긴 글입니다만, 출판하는 일, 그리고 가능하면 일기도 활자로 간행할 생각을 하고 있습니다. 한국에서 자비출판을 할 수 있는 길을 찾아보려 합니다. 혁명을 이용한 정치배라 할 수 있는 자들을 향해서, 도래하는 반동의 시대에 노령의 한 사람이 고발하는 길은 이런 방법밖에 없다고 생각합니다. 자서전을 보완하는 내용이 되기도 할 것 같습니다. 민주화를 이용한 정치꾼과 그런 이유로 반동화되는 국민과 이를 이용하려는 구 반동세력에 대한 고발이 되기도 한다고 생각합니다.<sup>11월 25일 자</sup>

---

3    『境界線を超える旅』, 2005.

여기서 언급된 '일기'가 이번에 간행된 이 일기가 아닌가 생각합니다. '정치노트'도 '일기'도 방대한 분량이 될 것입니다. 선생님은 도대체 얼마나 글을 쓰신 걸까요? 그야말로 '글 쓰는 사람'이라고 말할 수밖에 없습니다. 이런 에너지의 근원은 시대에 대한 책임감이었다고 생각합니다. 선생님께서는 귀국 후에 김대중 정권 때, 김 대통령의 간곡한 요청을 받아서 일본문화개방 자문위원장 등, 대일정책의 중책을 맡으셨습니다. 오랜 일본 경험으로 일본인의 감정이나 사회, 정치, 문화에 대한 깊은 조예를 가지신 선생님께서는 (김대중 대통령 또한 일본 사회나 정치에 대해 숙지하고 계셨습니다) 일본에 대한 메시지를 실로 적절한 말과 표현으로 발신하셨습니다. 'T·K생'이 익명으로 발신한 한국 사회 심층에 대한 표현이었다면, 이번에는 정권의 중심에서 한국인이 발하는 일본인에 대한 진지한 호소를 발신한 것이었습니다. 1998년, 방일한 김대중 대통령의 국회연설이나 오부치 총리대신 사이에서 나온 '파트너쉽 선언'이 일본 각계에서 환영되어 큰 박수로 환영받았던 것도 선생님이 가지신 글 쓰는 힘이 크게 작용한 게 아니었나 생각합니다.

(저는 일본의 아베 정권의 책임이 크다고 생각합니다만) '국교정상화이래 최악'이라는 평가를 받은 작금의 한일관계에서 자주 양국에서 나온 말이 "그때 「김·오부치 파트너쉽 선언」 정신으로 돌아가라"라는 말이었습니다. 일본이 식민지지배에 대한 책임을 인정하고 사죄하고, 이를 한국이 받아들여서 미래를 함께 가자는 선언은 지금도 계승되어야 하는 양국관계의 기반입니다. (주지하는 바와 같이, 1965년 한일기본조약에서는 식민지지배에 대한 책임 인식도 사죄 표명도 없었습니다)

역사에서 개인의 역할이라는 점을 생각하면, 지명관이라는 걸출한 개인이 한일양국의 관계에서 보인 역할은 매우 컸다고 생각합니다. 시대의 흐름이 선생님을 만들어내고, 선생님이 다시 다음 시대의 흐름을 만들어내셨습니다. 선생님이 만들어내신 시대를 계승하면서, 우리도 더 새로운 시대의 흐름을 만들어갈 노력을 해야 한다고 생각합니다.

# 지명관 선생님이 일본 교회에 남기신 것

오카다 히토시岡田仁[1]

이번에 서정완 소장님을 비롯하여 한림대학교 일본학연구소 여러분의 노력으로 지명관 선생님 일기가 간행되는 것을 진심으로 축하드립니다.

일기는 선생님의 내면의 궤적을 담은 기록입니다. 선생님께서 어떠한 갈등과 고뇌로 'T·K생'으로서, 기독교인으로서, 디아스포라로서 일본 땅에 머무셨는지, 그 내면사內面史가 밝혀짐으로써 진실된 선생님의 실상과 사상, 신앙으로 들어갈 수 있게 되었습니다. 이번 일기 간행은 새로운 시대를 맞이하는 한국과 일본 두 나라 시민의 연대를 구축하는 데 필수불가결한 중요한 역사적 기록이라 할 수 있습니다.

지명관 선생님은 1972년에 한국에서 일본에 오신 이후, 기독교 관계자, 학식 경험자, 시민운동가, 저널리스트, 학생들과 실로 광범위한 교류를 이어가셨습니다. 당시의 거점 중 하나가 도미사카富坂세미나 하우스현재 도미사카기독교센터였습니다. 미국, 그리고 한국으로 돌아가신 후에도 기회가 있을 때마다 도미사카 교회에 대해 기도를 해주시면서 편지나 메일을 보내주셨으며, 공사 모두에 걸쳐서 커다란 신세를 졌습니다. 한일관계의 구축이나 북동아시아의 평화와 화해를 위해서 경계선을 넘는 여행을 이어오신 선생님께서는 '아시아의 교회'를 세우신 진정한

---

1    1989년 간세이가쿠인(關西學院)대학 신학부를 졸업했다. 1990년 10월 미나마타(水俣, 큐슈 공해 피해지) 현지조사에 참여했다. 1996년 일본기독교단 사세보(佐世保) 히라마치(比良町) 교회 목사직을, 2004년 일본기독교단 고마바(駒場) 에덴 교회 부목사직을 역임했다. 2006년 독일 개신교교회(EKD) 장학생으로 호프가이스마르(Hofgeismar) 목사 연수소로 유학을 떠났다. 이후 2009년 도미사카(富坂)기독교센터 연구주사를 역임했으며 2010년~2024년 3월 도미사카(富坂)기독교센터 총주사를 역임했다. 2024년 현재 메이지가쿠인(明治學院)대학 교양교육센터 교수로 있다.

의미의 세계교회주의자Ecumenist이시며, 지식인이셨습니다. 하나님께서 불쌍히 여기셔서 일본과 일본 교회에 지명관 선생님을 보내주셨다고 믿으며 감사의 마음이 가득합니다. 지명관 선생님은 예수 그리스도가 적대하는 상황에서 우의와 연대를 기도하고 실천하셨다는 점, 또한 하나님을 모시는 교회가 세계 교회와 국제적으로 연대해서 각각이 놓인 지역에서 세계교회주의적인Ecumenical 리더쉽을 발휘하는 사명을 가질 것을 여러 번 강조하셨습니다.

힘으로 타자를 지배하는 죄를 범한 근대는, 대립이나 충돌, 분할, 격차, 차별, 억압 등을 남겼지만, 현대사는 교류, 이해, 협력, 평화를 지향해야 한다. 평화, 정의, 인권이라는 민주주의적 가치를 지향하는 현대사를 마주하고, 이 역사에 참여하기 위해서 각국이 갖는 개성의 차이를 "북동아시아문화의 풍요로움"으로 보고자 한다. 이러한 시좌 아래에 북동아시아로 회귀하는 역사학을 추구하고 각국 공통의 평화사상 사관을 향해서 우리는 나아가야 한다. 근대가 지워온 것을 찾고, 북동아시아의 갈등을 부정하는 역사를 새로 짤 필요가 있다.[2]

지명관 선생님은 북동아시아 지역에서 "하나님의 나라가 오게 하소서"라는 기도의 공동체를 늘 시야에 넣고 계셨습니다. "'하나님의 나라가 오게 하소서'라는 기도를 책임감을 가지고 실천하기 위해서는 십자가를 짊어져야 합니다. 십자가를 짊어졌을 때 비로소 "하나님의 나라가 오게 하소서"라고 기도할 수 있는 게 아닐까요?"[3] 이렇게 말씀하신 지명관 선생님은 나치스에 저항한 목사이자 신학자이신 디이트리히 본회퍼Dietrich Bonhoeffer가 그리셨던 것처럼, "궁극적인 것궁극은 하늘 나라에 있다는 현실"을 믿고, "궁극 이전의 것이 세상의 여러 현상"에 책임있게 관여

---

2    『韓国史からみた「日本史」－北東アジア市民連帯のために』, 2017.
3    『池明觀先生追悼文集』, 2023.

해서, 이 세상에서 그리스도에 따라서 살아가는 의미를 묻고 계십니다. 비록 왜소한 존재일지라도, 희망을 품고 십자가를 짊어지고 걸어나갈 때, 사회에 변화가 일어나는 것이고, 이러한 소수자<sup>minority</sup>의 창조력을 하나님께서 약속하고 계신다는 것입니다. 국가에 의존하는 것이 아니라, 각자가 다름을 인정하고 대화를 이어가고, 주체적인 관계나 연대를 넓혀가는 움직임이 벌써 시작되고 있다는 것입니다. 국가가 하지 않는 일, 정부가 할 수 없는 일을 시민이 먼저 행동해서 하나씩 쌓아가는 것, 하나의 작은 사실을 일상 속에서 쌓아가는 것이 새로운 창조, 새로운 역사이자 패러다임 시프트가 된다는 말씀이십니다. "십자가에 거는 측, 억압하는 측의 정신과 문화는 결코 보편성을 갖지 않는다. 십자가에 걸리는 측, 억압받는 측이 겪게 되는 고난의 문화와 사상은 보편적이고, 인류적이고, 인간적이다. 그리고 이는 고통받는 자에게 주어진 특권이기도 하다."[4] 일본인 기독교 신자는 이러한 지명관 선생님의 말씀을 마음속에 새기면서 스스로 엄격한 마음으로 음미해야 합니다.

지명관 선생님께서 애송<sup>愛誦</sup>하신 성경 문구는 "우리가 알거니와 하나님을 사랑하는 자 곧 그의 뜻대로 부르심을 입은 자들에게는 모든 것이 합력하여 선을 이루느니라"<sup>「로마서」 8:28</sup>이었습니다. 슬플 때는 늘 이 말씀에 되돌아가도록 노력하셨기에, 수많은 우연에 의해서 결정적인 영향을 받았으며, 이를 기대하는 일은 있어도, 불만을 품은 적은 한 번도 없다고, 술회<sup>述懷</sup>하셨습니다. 그래서 어떤 일을 이루어도 아무것도 보이지 않는 'Minus situation'이야말로 실은 선교를 해야 하는 장소임을 결단하는 것이 중요하며, 이 세상에서 겪는 패배에서 하나님에 의해서 만들어지는 승리를 확인하는 것이 기독교인이라고 하셨습니다.[5]

1972년 가을, 아직 일본에 도착하셔서 얼마 되지 않는 어느 날, 지명관 선생

---

4    『現代史を生きる教会』, 1982.
5    『勝利と敗北の逆接』, 1990.

님께서 머물고 계셨던 도쿄 분쿄구文京區 고이시카와小石川에 있는 도미사카富坂세미나하우스에 오재식吳在植 선생님당시 아시아기독교교의협회 간사께서 갑자기 찾아오셨다고 합니다. "도쿄에 있는 우리는 한국의 민주화운동을 지원하고, 이 싸움의 양상을 세계에 알리고, 이를 위한 지원을 얻기 위해서 전 세계에 뻗어 있는 기독교교회 네트워크를 동원할 수 있다. 우리도 여기에 동참해야 하지 않는가?"[6]라는 오재식 선생님의 제안을 받아들인 지명관 선생님은 이날을 계기로 도쿄 체재의 최우선 목표를 한국의 민주화를 위해 싸우기로 결심하고 일본에서 네트워크 만들기에 전념하시게 됩니다. 이를 도운 지원자 중 한 사람이 저희 도미사카센터에 머물고 계셨던 바울 슈나이스Paul Schneiss 선생님이셨습니다. 슈나이스 선생님께서는 'T·K생'이라는 필명으로 「한국으로부터의 통신」을 집필하고 계셨던 지명관 선생님께 한국에서 입수한 자료를 비밀리에 건넸을 뿐 아니라, 독일방송국 NDR의 도쿄지국을 방문해서 영화 〈택시운전사 약속은 바다를 건너서〉의 실제 모델인 위르겐 힌츠페터Jürgen Hinzpeter 기자에게 광주 취재를 요청한 독일인 선교사였습니다. 이것이 5·18민주화운동 등 1970~1980년대 한국민주화운동이 전 세계에 알려지게 되는 계기가 됩니다. 슈나이스 선생님의 부인과 자녀까지도 민주화운동의 자료를 수집하기 위해서 위험을 무릅쓰고 200번이나 도미사카와 서울을 왕복하셨습니다.

1984년에 독일과 스위스의 교회가 '동아시아에 대한 복음선교東アジアへの福音宣敎'를 목표로 도쿄 도미사카에 교회와 신학교, 유치원, 학생기숙사를 세웠습니다. "오직 우리의 시민권은 하늘에 있는지라"빌립보서』 3:20라는 말씀에 따라 "하나님의 나라가 오게 하서소"라는 기도에 따라 범국제적인 선교활동이 시작된 것입니다. 그 후, 1976년에 독일동아시아전도회DOAM 주도로 창설된 도미사카기

---

6    『境界線を超える旅』, 2005.

독교센터는 일본 교회의 기초를 다지기 위해서 '기독교사회윤리의 학제연구'와 '목사 연수'를 수행했습니다. 1985년에는 한국신학연구소하고 도미사카센터의 공동프로젝트가 발족해서 지명관 선생님께서 처음으로 발제보고를 하셨습니다. 이 연구프로젝트 성과가 『민중이 시대를 연다民衆が時代を拓く』新教出版社, 1990입니다. 이어서 '민중신학을 둘러싼 국제회의'를 거쳐서 '동아시아연대성발전 국제학술토론회5개국 학술토론회'가 1990년대에 서울, 도쿄, 상하이에서 열렸습니다. 한국, 북한, 중국, 러시아, 일본의 학식 경험자가 동아시아의 연대를 지향하고, 국경을 넘어서 대화를 한 것입니다. 여기서 중심적인 역할을 하신 것이 지명관 선생님이셨습니다.

지명관 선생님께서는 신학자 폴 레만Paul Louis Lehmann의 'Ecclesia에서의 Eclesiola'라는 사상에 서서, "싸우는 세력은 아무리 과격해지더라도 항상 교회적敎會的이어야 하며, 이는 전략적으로 중요하다"™韓国史からみた「日本史」2017고 늘 말씀하셨습니다. 그 필연적 귀결의 하나가 '1973년 한국그리스도인 선언'입니다. 이는 오재식 선생님과 김용복金容福 선생님, 지명관 선생님 세 분이 도쿄도미사카 등에 모여서 기초起草하신 박 정권 유신체제에 대한 저항선언문입니다. "우리는 오늘, 주님의 발자취를 따라갈 것을 결의한다. 그리하여 주님처럼 소외당한 동포들과 함께 살면서 정치적인 압박에 저항하고 역사의 개조에 참여하려고 한다. 왜냐하면 이것만이 우리의 사랑하는 조국, 한국 땅에서 메시아의 나라를 선포하는 길이라 믿기 때문이다. 주님의 한량없는 은총을 믿고 기원한다." 이는 강력하고 참신한 신학적 성명문임과 동시에 주 예수에 복종하는 결의를 밝힌 교회적 선언이라 할 수 있습니다. 민중은 창조적 다수자이며, 스스로 억압하는 체제를 끝낼 수 있는 때가 반드시 도래한다. 이것은 하나님과의 약속이라는 신앙을 이 선언문에서 고백하고 계신 것입니다.

2012년 5월, 도쿄 시나노마치信濃町 교회에서 지명관 선생님 강연회 '동아시

아사와 일한관계'도미사카기독교센터 주최가 열렸습니다. 선생님 내외께서는 자녀분이 계시는 미국으로 이주하시게 되어 아마도 이것이 마지막 방일일 것이기에 다시 한 번 일본에 있는 친구들에 대한 메시지를 부탁드렸던 것입니다. 선생님께서는 도미사카의 『일한기독교관계사자료日韓キリスト教関係史資料』2020년에 제3권 간행에서도 중요한 역할을 하셨습니다. 다음은 사회를 보신 쇼지 쓰토무東海林勤 목사도미사카 평의원 보고 내용입니다.[7]

　지명관 선생님께서는 1965년에 처음 일본으로 오셨습니다. 시나노마치 교회에서 모리오카 이와오森岡巖, 오가와 케이지小川圭治, 이노우에 요시오井上良雄 씨와의 만남이 후일 한일관계에 관여하게 되는 시작이었습니다. 선생님께서는 사람 또는 민족과 만나게 되면 당신 스스로 돌아보시고, 당신께서 바꿀 수 있고, 그 안에서 당신의 과제를 파악하고 발전시키는 그런 삶을 사셨습니다. 이는 개성이 다른 사람과 민족을 우열이란는 잣대로 보시지 않고, 서로 다름을 서로의 풍요로움으로 이해하고 서로 존중함으로써 그것이 화해와 협력의 길이 된다고 말씀하셨습니다. 그리고 그 길을 다음과 같이 체현體現하셨습니다.

　①1972년 방일하셨을 때 한국에서는 전후戰後, 남북간의 전쟁과 대립만 이어지고 있었는데, 일본은 전후 국민이 평화건설에 힘을 모아 온 사실을 직접 보시고 충격을 받으시고, 선생님께서는 이데올로기의 대립을 넘어서서 통일을 지향하자, 언젠가 통일은 온다는 사명감과 희망을 품게 되었습니다.
　②스미야 미키오隅谷三喜男 교수를 통해서 도쿄대학에서 정치사상사 연구를 시작하셨는데, 이듬 해 김대중 씨에 대한 납치사건이 발생하자, 이미 T·K생

---

7　『富坂キリスト教センター紀要』제1호, 2011.

이라는 이름으로 「한국으로부터의 통신」을 『세카이世界』에 연재하고 계셨던 선생님은 오가와 교수 등의 권유로 도쿄여자대학에 객원 교수로 재직해서 일본에 계속 머물기로 하고, 그 과정에서 WCC<sup>World Council of Churches</sup>의 도움도 받으셨습니다.

③ 그동안, 일본 교회를 통해서 일본 사회도 한국의 민주화운동을 지원해서 역사상 처음으로 한일시민연대가 형성되었으며, 세계 교회의 연대로까지 발전해서 국제정치까지 움직일 수 있게 되었습니다.

④ 야스에 료스케安江良介 씨 사이의 두터운 신뢰와 우정으로 『세카이』에 T·K생으로서, 모리오카 씨 사이의 우정과 신앙으로 『복음과 세계福音と世界』에서는 실명으로 한국에서 벌어지는 싸움을 전하면서 선생님 스스로가 변하시고, 일본에 대한 시야뿐 아니라 세계적인 시야에서 한국을 바라보게 되어, 역사의 모델로서 '당唐의 평화'당, 신라, 야마토~헤이안시대의 교류의 재현을 생각하게 되셨습니다. 그러나 조선과 일본은 에토스ethos가 달라서 조선은 주자학에 기초한 도덕 국가로서 평화의 길을 걸으려 했으나, 일본에 의한 임진왜란과 후에 청나라에 의한 병자호란으로 고통받았습니다. 이렇게 해서 동아시아에서는 대립과 전쟁이 이어지지만, 조선에서는 평화론을 이어갔으며, 결국 3·1독립선언서로 그 결실을 맺었습니다. 3·1독립선언서는 "위력威力의 시대가 거去하고 도의道義의 시대가 래來하도다"라고 주장하면서 일본은 사로邪路에서 나와서 동양평화를 지지하는 자로서의 책임을 다하라고 호소했습니다. 그러나 해방 후, 한반도는 냉전으로 남북의 무장, 한국전쟁, 그리고 현재까지 이어지는 북한의 미사일 발사로 이어지고 있습니다.

⑤ 한일관계도 변했습니다. 오늘날 한중일은 경쟁하면서 서로 협력을 모색하는 관계가 되었습니다. 그런데 정치력은 약해져서 시민의 힘으로 견제할 수 있게 되었지만, 시민 또한 탈력화脫力化가 진행되어 퇴폐하고 있습니다.

지금 다시 한번 민주화투쟁시대의 견인력을 회복시켜야 합니다. 이는 '이념으로 사는 지식인'이 아니라, '이념을 위해서 사는 지식인' 회복의 문제입니다. 지식인은 지적·도덕적·신앙적 우위에 있어주기 바랍니다. 과거에 일본이 누린 번영은 모델이 될 수 없습니다. 앞으로는 화해와 협력의 시대를 만들어야 합니다. 교회는 행동적 소수파는 물론이고 행동할 수 없어서 눈물 흘리며 기도하는 다수자와 함께 가야 합니다. 지식인도 독선을 경계해야 합니다. 이상.

"동아시아를 잊고 구미歐美만 바라보고 있으면 역사의 네메시스복수를 받게 된다. (…중략…) 나는 오늘날 일본에 역사의 복수가 다가오고 있다는 생각이 자꾸 든다"는 3·11 후쿠시마 원자력발전소 사고를 염두에 두시면서 마지막으로 말씀하신 지명관 선생님의 예언적 경고를 잊을 수가 없습니다. 일본의 교회, 일본 사회는 겸허하게 역사를 인식하고, 스스로 죄책을 뉘우치고 회개해서 자기 정당화를 경계해야 합니다.

이 강연 후에도 지명관 선생님은 방일하셨습니다. 도쿄 도미사카기독교센터에 총 15개월 동안 머무셨습니다2014·2015·2016~2017년. 그 사이 선생님께서는 몇 번에 걸친 강연과 일본 각지를 방문하셔서 시민단체와 대학에서 강연을 정력적으로 소화하셨습니다. 그리고 출판을 위한 연구조사와 집필활동을 도미사카에서 하셨습니다. 북동아시아의 평화는 선생님의 라이프워크였으며, 평화를 향한 열정과 영감inspiration이 도미사카의 '북동아시아의 평화사상사연구회北東アジアにおける平和思想史研究会'를 만드는 원동력이 되었습니다.[8] 지명관 선생님께서 미국 체류 중에 필자에게 보내신 서신 일부를 소개드리겠습니다.

---

8    연구성과인 『北東アジア·市民社会·キリスト教から觀た「平和」』는 2022년 4월에 간행되었다.

오랫동안 격조했습니다만 안녕하셨는지요? 더 이상 세상일은 생각하지 않으려 했는데 갑자기 이런저런 생각이 나서 이것만은 말씀드려야겠다는 생각에 다시 펜을 들었습니다. 북동아시아평화사상 연구회는 시작되었는지요? '취지'에서 말씀하신 것처럼 작금의 북동아시아 문제에 큰일이 일어나고 있습니다. 세계 최대 이슈가 된다고 할까요.

저는 역시 기복이 많았던 프랑스혁명의 100년이 더 된 역사를 생각하게 됩니다. 아시아의 격동은 당연한 일이라 하겠습니다. 동아시아에서는 한반도를 가운데 두고 움직일 것입니다. 저는 한국민주화 30주년 그리고 러시아혁명 100년을 생각하며, 내후년은 한국의 3·1운동과 중국의 5·4운동 100주년이 된다는 점을 생각합니다. 그리고 지금 북동아시아에서는 반동적인 공기가 충만한 상태입니다만, 시민 사이에는 언제나처럼 비판과 개혁의 꿈이 확산되고 있다고 생각합니다. (…중략…)

다시 1970년대, 1980년대의 혁명이 긴박했던 시절을 떠올립니다. 그리고 오카다 선생님<sup>筆者</sup> 생각을 하지 않을 수 없었습니다. 그리고 그 시절부터 이럭저럭 혼자 건강하게 지내고 있는 제 스스로를 생각했습니다. 당시 시대에 관여했던 분들은 모두 후방에서 지원하는 마음으로 머물러 있어야 합니다만, 새로운 전선이 구축되어야 하는 것은 아닐까요? 북동아시아의 시민전선의 구축입니다. 도미사카 기독교센터가 다시 중심이 되어서 말입니다. (…중략…)

저는 하나님께서 새로운 시대를 위해서 이것저것 남겨주셨다고 생각합니다. 이미 한국 쪽에는 3·1, 5·4 100주년을 향해서 세계적인 지식인, 시민운동 그리고 문학자연합을 제안했습니다만, 북동 아시아 YMCA에 대해서는 생각하고 있다는 이야기를 들었습니다. 북한 문제를 염두에 두면서, 북동아시아의 평화라는 문제를 중심에 두고 북동아시아에서의 교회의 연대, 시민의 연대라는 문제를 생각하고, 새로운 북동아시아의 평화와 통합 그리고 문화를 바라보면서 정치에 압력을 가해야 하지 않을까 생각합니다. 이것은 그야말로 시민의 역할이 됩니다만, 이 부분을 쟁취하지 못하면 지금 일어나고 있는 위기를 좋은 방향으로 바꿀 수 없다고 생각합니다. 미국, 캐나다 건도 함께 생각해보겠습니다.

2017년 9월 6일 지명관

2023년 9월 1일이면 관동대지진 100주년을 맞이합니다. 이 대지진에서 6,000명 이상의 조선인과 700명 이상의 중국인이 일본의 군대, 관헌, 자경단에 의해서 학살되었습니다. 일본의 교회는 당시 무엇을 했으며, 무엇을 할 수 없었는지를 100년 동안 일본 교회의 선교적 과제로서 이 처참한 사건에 대한 기도를 통해서 자각하고 참회했는지, 이 문제에 대해서 심도 있게 묻고, 미래로 이어지는 깊이 있는 답을 찾기 위해서 지금 일본기독교협의회NCC 유지 여러분과 시민운동에 종사하는 분들과 함께 역사를 배우고 있으며 가을에 집회를 준비하고 있습니다.

지명관 선생님께서는 "하나님의 나라가 오게 하소서"라고 기도하시면서 십자가를 지금까지 짊어지고 오셨습니다. 그리고 일본인을 마음 깊은 곳에서부터 사랑하셨습니다. 저희는 여기에 용서를 발견했기에 지금까지 이어지는 역사의 죄책을 직시하고 책임을 질 수 있는 용기를 얻은 것입니다. 결코 포기하는 일 없이, 동아시아의 평화와 화해를 바라보면서 연대하고 싶습니다. 이를 위해서 도미사카기독교센터는 앞으로도 하나님을 섬기면서 지명관 선생님의 뜻과 기도를 계승하고자 합니다.

# 「T·K생」과 지낸 6년 반

지명관 선생님을 처음 만나뵌 것은 1978년의 일이었습니다. 야스에 료스케 씨가 편집장이었던 시절, 『세카이』에 1973년부터 1988년까지 「한국으로부터의 통신」이 게재되었습니다. 필자인 'T·K생'은 군사정권하의 한국에서 보도되지 않았던 민주화운동과 탄압의 실상을 알리면서 독재정권에 대한 비판을 가했습니다. 당연히 한국 정부 감시를 받았고 'T·K생'의 정체를 파악하려고 추적 작업을 벌였습니다만, 2003년에 지명관 선생님께서 스스로 'T·K생'임을 밝히실 때까지 필자가 누군지는 결국 밝혀지는 일은 없었습니다.

저는 1978년에 『세카이』 편집부에 이동해서 얼마 되지 않아, 야스에 씨 부름을 받아서 지명관 선생님도 참석하시는 작은 모임에 동석했습니다. 야스에 씨는 얼굴이 알려졌기에 원고나 자료를 주고받거나 회합이 있을 때 눈에 띄지 않는 사람이 필요했던 것으로 생각됩니다. 이 모임 이후, 저는 「통신」 원고 수령을 담당하게 되었습니다.

당시, 『세카이』 편집부에는 7명이 있었습니다. 야스에 씨가 한국 문제에 열정적인 오카모토 아쓰시岡本厚 씨 같은 부원部員을 선택하지 않은 것은, 어딘가에서 또는 누군가가 알아보고 생길 수 있는 위험을 피하고 동시에 열정 있는 젊은 편집자 행동에 제약을 가하고 싶지 않으셨기 때문이었다고 생각합니다.

---

1   홋카이도(北海道)대학 이학부(理學部)를 졸업하고 1976년 이와나미서점에 입사했다. 1978년부터 1984년까지 『세카이』 편집부에 근무했으며, 1984년에서부터 1986년까지 서독 본에 거주했다. 1989년에서 2013년까지 아사히신문문사에서 근무했다. 2011년부터 2019년까지는 곳카샤(國華社)에서 근무했다.

이후, 6년 반 동안, 저는 매월 원고를 수령했습니다. 15년 동안 이어온 연재 중 6년 반이라는 시간은 금세 흘러가는 짧은 시간이었습니다. 그러나 박정희 대통령의 죽음, 1980년 서울의 봄, 광주사건, 1983년에 당시 버마에서 일어난 아웅산 테러 등, 격동의 시대를 엮는 「통신」과 함께 달렸으며, 동시에 지명관 선생님의 인품과 사상을 접하는 소중한 시간이었습니다.

앵커맨이신 지명관 선생님께 한국에서 온 문서나 메모가 모였습니다. 선생님께서는 매월 한국의 신문, 성명문, 메모를 읽으시고 200자 원고지 50~70매 원고를 하룻밤 사이에 쓰셨습니다. 고쿠요<sup>KOKUYO</sup> 원고지에 만년필로 쓰신 일본어 원고는 서점 종이봉투 또는 '일본기독교단 사무국'의 갈색 봉투에 들어 있었습니다.

전화는 공중전화에서 저의 집으로 걸려왔습니다. 전화통화는 매우 짧았습니다. 수화기를 들면 선생님께서 밝은 목소리로 "아, 오랜만이네요"라고 하십니다. "그럼 30분 후에" 또는 "그럼 ○시에"만 말씀하시고 전화를 끊으셨습니다. 장소는 언급하지 않았습니다.

선생님 자택이 와세다쓰루마키쵸<sup>早稲田鶴巻町</sup>였을 때는 에도가와바시<sup>江戸川橋</sup> 교차로 근처에서, 세타가야<sup>世田谷</sup>의 하네기<sup>羽根木</sup>로 옮기신 다음에는 메이다이마에<sup>明大前</sup>역 홈에서 수령하는 경우가 많았습니다. 딱 한 번, 진보쵸<sup>神保町</sup>에서 수령한 적이 있습니다만, 늘 싱글벙글 미소 짓고 계셨던 선생님이 그때는 무표정한 모습으로 그냥 스쳐 지나가셨는데도 많이 긴장했었습니다.

건네 받은 원고는 출장교정실에서 야스에 씨하고 반으로 나누어서 다른 원고지에 옮겨적었습니다. 필자의 필적을 숨기고 문장의 습관이나 버릇을 없애기 위함이었습니다. 그리고 때때로 원고와 함께 작은 갈색 봉투를 받은 적도 있습니다. 가로 9cm, 세로 20.5cm 크기의 봉투 안에는 네 번 접힌 종이가 들어 있었습니다. 야스에 씨는 "이 종이는 지명관 선생님의 한국어 기록이야"라고 말씀하셨습니다. 그리고 그 봉투를 상자에 모아서 이와나미서점 지하 창고에 보관해 두었습니다.

편집부에서는 '선생님'이라는 말이 'T·K생'을 지칭하는 유일한 말이었습니다. 편집부 모든 사람이 야스에 씨가 경의를 품고 지명관 선생님을 '선생님'이라고 하는 것을 알고 있었지만, 아무도 '선생님'이 누군지 묻지 않았습니다. 이와나미서점의 미도리가와 도오루綠川亨 사장, 경리 그리고 비서실의 특정인, 그리고 야스에 도모코安江とも子 부인이 'T·K생'이 누군지 알고 있었던 것은 확실합니다만, 그 누구도 '선생님'에 대해서 화제에 올리지 않았습니다. 가족에게도 말한 적이 없으며, 후에 제가 아사히신문사로 직장을 옮긴 후에도 끝까지 함구하고 있었습니다.

저도 바울 슈나이스 선생님, 오재식 선생님, 그리고 그 외의 해외에서 오신 분들을 자주 만나 뵙게 되면서 조금씩 기독교인에 의한 네트워크가 중요한 역할을 하고 있다는 것을 알게 되었습니다만, 질문은 일절 하지 않았습니다. 고리를 하나 알아도 더 이상 알려 하지 않는 것이 사슬고리 전체를 지키는 일이 된다는 것을 모두가 이해하고 있었다고 생각합니다.

당신께서 'T·K생'이라고 밝히신 후인 2003년에 도쿄에서 만나 뵈었을 때, 선생님께 여쭤본 적이 있습니다. 당시 KCIA한국중앙정보부가 'T·K생'에 대해서 어느 정도 알고 있었는지를. 선생님께서는 "꽤 알고 있었던 것은 아닌가라고 생각되는 사람이 한 사람 있었습니다. KCIA가 파견해서 일본에서 근무했던 사람은 사실은 'T·K생'이 누군지 알고 있었는데 보고하지 않았습니다. 조직에 대한 충성심이 그다지 높지 않았거나, 아니면 견고해 보였던 당시 권력이 뒤집힐지도 모른다고 생각하고 있었는지도 모르겠습니다"라고 대답하셨습니다.

그러고 보니, 진보쵸에서 야스에 씨와 약속이 있었는데, 약속 장소에 나타난 선생님께서 "방금 알고 있는 KCIA 사람을 만났어요. 가까이 다가가서 "안녕하세요"라고 인사했더니 어쩔 수 없이 "네~"라고 답하고 사라졌어요"라고 말해서 야스에 씨로 하여금 쓴웃음을 짓게 한 적이 있었습니다. 매우 조심스럽게 미행에 신경을 쓰셨으며 때로는 양동작전을 벌이듯이 감시의 눈을 피하면서 오랫동안 연재를 하셨다고 생각합니다.

지명관 선생님과 야스에 씨는 빈번히 회동해서 정보교환과 현황분석을 하고 계셨습니다. 한국에서 민주화 세력에 속하는 인사가 방일하면 비밀리에 만남의 장을 마련하셨습니다. 이 두 분을 중심으로 실로 많은 사람이 이야기를 나누었습니다. 그런데 야스에 씨는 지명관 선생님이 일본에 머무시는 기간이 길어지고 있는 것이 마음이 무겁다고 여러 번 지명관 선생님께 말씀하시곤 했습니다.

저는 1984년에 독일로 이주하기 위해서 이와나미서점을 퇴사했습니다. 저는 조용히 돕다가 조용히 사라졌습니다만, 2003년에 남아 있던 약간의 친필 원고를 1998년에 세상을 떠나신 야스에 씨 대신에 선생님께 돌려드릴 수 있었던 것은 참으로 다행스러운 일이었다고 생각합니다.

# 존경하는 동료이자 자비로운 친구
# 지명관 교수를 기억하며

데이비드 H. 새터화이트[1]

예리하고 날카로운 지성

이론적 명료성과 탁월함

깊고 지속적인 배려

믿음이 가고 사랑스러운 진실된 미소

섬세하고 타문화에 대해 포용적이고 글로벌한 인품

균형 잡힌 자신감과 깊은 겸손함

사회 정의에 대한 무한한 열정…….


존경하는 지명관 선생님을 교수이자 멘토이자 친구로 알게 되고, 그로부터 배우고 함께 이 세상에서 잠시나마 동행할 수 있는 특권을 누린 것에 대해 깊은 감사를 표합니다.

시간이 흐른 지금까지도 지 교수님과의 인연을 되돌아보면, 위에서 열거한 그의 놀라운 정신과 다면적인 인품은 경외심을 불러일으키기에 충분합니다.

일본 월간지『세카이』에 연재된「한국으로부터의 통신」[2]의 필자 'T·K생'이 오

---

1  1994년 University of Washington에서 한국정치학 전공으로 박사학위를 취득했다. 1995
   년 UC Berkeley 한국학연구센터 연구원으로 근무했으며 2004년부터 2013년까지 Ful-
   bright Japan 전무이사, Temple University 이사직을 역임했다. 2013년부터 현재까지 Tem-
   ple University Japan (TUJ) 교수로 있다.

2  일본어 원제목은「韓国からの通信−T·K生」, 영어 제목은 "Letters from South Korea by
   T·K sei"이다. 지명관의 한국어 저서 제목은『한국으로부터의 통신』이다.

랫동안 비밀에 부쳐졌던 것처럼, 세상을 떠났지만 잊지 못하는 친구를 제가 어떻게 알게 되었고 존경하게 되었는지를 알 수 있는 몇 가지 장면을 이 자리를 빌려서 공유할 수 있게 해주시길 바랍니다.

1974년부터 1983년까지 10년 동안 도쿄와 서울을 거의 100여 차례 오가며 훗날 친구들이 '민주주의를 위한 간첩'이라고 표현한 임무를 마치 전투기가 적의 '레이더망 아래를 날아서' 레이더에 잡히지 않고 무사히 침투하듯이 그 역할을 다한 미국 청년을 상상해 보십시오.

우리는 어떤 국가나 정보기관 '간첩'이 아니었습니다. 오히려 우리는 뜻을 같이하는 사람들끼리 굳건한 결속력으로 뭉쳐서 고문과 투옥, 또는 국가 주도의 사형판결과 초법규적인 살인1975년에 일어난 존경하는 지식인이자 『사상계』 편집장이었던 장준하 살해사건을 저지르면서 민주주의 실현을 위한 헌신과 노력을 짓밟으려는 잔인한 군사독재에 맞서서 목숨을 걸고 인권을 지키기 위해 끊임없이 노력하는 용감한 한국인을 조용히 그러나 열정적으로 지지했던 것입니다.

이 운동의 여러 부문은 서로 뚜렷한 연결고리를 남기지 않고 원활하게 움직였지만, 박 정권이 민주화운동을 탄압하려는 의지가 확고하고 강렬했다는 점을 염두에 두어야 합니다. 1973년에 암살 시도는 실패했지만, 도쿄에서 김대중을 납치하는 데 성공한 사건과 한국에서 'T·K생'을 찾으려는 장기간에 걸친 정권의 집요함은 우리가 극도의 경계를 해야 하는 정권의 막강한 힘을 보여주는 예라 할 수 있습니다.

주로 일본 등지의 기독교 단체를 대표하는 자격으로 우리로부터 메시지를 받아서 김포로 날랐으며, 개신교와 천주교 인사들을 만나 문서를 수령하고, 정치범 재판에 그들의 가족과 함께 참관하고, 학생, 지방을 포함한 산업노동자, 민주화를 위한 기독교 / 시민사회의 공동작업을 모니터링하고, '선물'을 들고 일본으로 돌아왔습니다.

말 그대로 이들 '선물'은 롯데나 다른 백화점에서 구입한 한국 과자 상자를 조심스럽게 뜯어서 문서를 과자 밑에 있는 종이와 바꿔치기해서 끼워 넣은 다음, 신중하게 다시 포장해서 '관광객' 배송원이 김포에서 운반했습니다. 각 문서는 순서대로 사진으로 찍어, 세관에서 압수되어도 발각되지 않도록 35mm 필름 대신 마이크로필름으로 촬영했습니다. 이런 식으로 한국 사회에서 벌어진 시민 / '민중'이 활발히 벌인 민주화운동에 관한 광범위한 문서를 작성했습니다.

서울과 지방에서 얻은 다양한 문서에 더해 최루탄과 학생 시위, 서대문 형무소가 내려다보이는 언덕에서 수감자를 격려하는 가족의 크리스마스 캐롤 등, 한국 사회 내부에서 목격한 장면과 그 분위기를 전달하는 것도 우리의 임무였습니다. 예를 들어, 김지하가 법정에서 한 최후진술, 1976년 3월 1일에 있었던 '민주구국선언'사건의 18명의 피고인 재판에 모두 참관해서 확인한 법정의 움직임, 혹은『동아일보』및 다른 보도기관을 탄압하려 한 정권에 대한 민중의 반응 등을 전달하는 것 또한 우리의 임무였습니다.

왜 이러한 '분위기'를 전하는 것이 의미가 있었을까요? 조용히 경청하고, 도쿄에 거주하며, 일본 대학에서 학생을 대상으로 강의하고, 일본과 해외에서 에큐메니컬운동을 전개하면서, 그의 고국인 한국에서 벌어지고 있는 민주화운동의 현황과 정신을 포착하고 있었던 사람은 지명관 교수였습니다. 동시에 메모를 작성하고, 탐구적인 질문을 던지고, 보물창고 같은 자료를 읽고, 박정희에 의한 억압이 지배하는 한국에서 벌어지고 있는 삶과 저항에 대해 설득력 있는 묘사로 이어준 것은「'한국으로부터'의 통신」이었습니다. 그러나 T·K생이 실제로 쓴 것은「'일본으로부터'의 통신 / 편지」였습니다.

인권과 민주화를 위해 양심적인「통신」을 써온 그의 숨은 역할에 대해서는 알지 못했지만, 지명관 교수의 설득력 있는 인상적인 강연을 목격하고 독재정권 (그리고 해외의 잘못된 한국에 대한 정책)에 대한 그의 명쾌한 비판을 듣고, 그의 겸허한 유머와 예리한 위트, 그리고 안경 너머로 보이는 그의 얼굴과 미소를 보며 진심으로 웃음을 나눌 수 있었던 것은 우리 모두에게 영광스러운 일이었습니다.

한국 국민이 위대하고 용감한 노력으로 민주주의를 회복하자, 지명관 교수는 마침내 귀국할 수 있었습니다. 온화하지만 분명하고 확고한 그의 성품, 그리고 민주화운동뿐 아니라, 국제사회에 대한 깊이 있는 이해를 위해 헌신했던 그는 한국과 일본의 관계 개선에도 진력했습니다. 비록 한국의 민주화 이후 우리는 함께 일할 기회는 없었지만, 저는 더 깊은 차원의 화해를 위한 그의 노력을 존경하고 전폭적으로 지지하며, 민주주의를 앞으로도 계속해서 발전시키고 수호하며 한반도와 동북아시아의 항구적인 평화를 실현하기 위해서 주변의 많은 사람이 그의 정신을 계승해 줄 것을 희망합니다.

친애하는 지명관 선생님의 삶과 영향에 대한 소회와 회상은 제가 모두에서 열거한 그의 인품에 대한 목록으로 갈음하고 마무리하려고 합니다. 자비로운 마음과 사랑스러운 미소로 재치와 지혜를 나누며 '우리 한가운데를 걸어온' 그는 참으로 놀라운 사람이었습니다.

# 「한국으로부터의 통신」 재고
### 한 · 일관계 정상화를 위해 실천하신 지명관 선생님

박일朴—1

## 나의 인생을 바꾼 「한국으로부터의 통신」

일본을 대표하는 리버럴파 월간지 『세카이』에 'T · K생'에 의한 「한국으로부터의 통신韓国からの通信」이라는 리포트가 연재된 1970년대부터 1980년대는 한국 사회가 권위주의 사회에서 민주주의 사회로 전환을 쟁취한 격동의 시대이다. 나는 1956년에 일본에서 태어난 재일한국인 3세인데, 고등학교에서 대학으로, 대학에서 대학원으로 이어지는 연구 생활을 보낸 청춘기에 '민족주체성의 회복'을 하는 과정에서 「한국으로부터의 통신」에 커다란 영향을 받은 사람이다.

필자가 『세카이』의 「한국으로부터의 통신」을 열심히 읽게 된 것은 1973년 고등학교 1학년 때, 김대중사건이 발생했을 때부터이다. 친구들이 『플레이보이』2나 『헤이본 펀치』3에 빠져 있던 상황을 생각하면 상당히 조숙한 고등학생이었을지도 모른다. 당시 나는 일본명으로 살았는데, 재일한국인이라는 출신을 숨기면서 살고 있는 위장적인 생활에 답답함을 느끼기 시작하고 있었다. 고등학생이 되어 이

---

1     도시샤(同志社)대학 상학(商學)연구과에서 박사학위를 취득했다. 1990년부터 2021년까지 오사카시립대학 경제학부 교수로 있었으며 2012년 대한민국 정부로부터 국무총리 표창을 받았다. 2022년부터 지금까지 오사카시립대학 명예교수로 있다.
2     슈에이샤(集英社)가 발행한 청년을 대상으로 한 주간지. 1966년 창간 후, 여성 아이돌 사진을 실어서 많은 독자를 확보했다.
3     매거진하우스에서 발행한 일본의 남성을 대상으로 한 주간지. 1964년 창간 후, 노출이 심한 여성과 패션 관련 사진으로 인기를 얻어서 한때는 100만 부를 돌파한 젊은 층에 인기 있는 잡지였으나, 시대의 흐름과 함께 구독자가 줄어서 휴간에 이르렀다.

러한 아이덴티티에 대한 위기를 자각하게 되면서 나는 재일한국인으로서 살아가는 문제를 생각하게 되었다.

그럴 때 만난 것이 잡지 『세카이』에 연재되고 있던 「한국으로부터의 통신」이었다. 여기에는 일본 언론에서는 보도되지 않는 박 정권에 의한 압정 속에 고통받는 국민의 통렬한 외침과 각각의 현장에서 싸우는 민중의 갈등이 그려져 있었다. 일본의 민족 차별에서 벗어나기 위해서 일본명으로 살면서 재일한국인이라는 출신을 숨기고 살고 있었던 나는 목숨을 걸고 조국의 민주화를 요구하는 그들의 싸움을 통해서 '억압으로부터 도주'하는 것이 아니라 '억압과 싸우는' 삶의 방식을 배웠다.

그 후, 이런저런 갈등을 거치면서 학우들 앞에서 본명을 선언하고 '일본인'이 아니라 '재일한국인'으로 살아가는 선택을 하였다. 그리고 일본에서 조국의 민주화 투쟁을 지원할 방법은 없을까 생각하고 있던 찰나에 일본에 망명해서 민주화운동을 전개하던 김대중 씨가 누군가에 의해서 납치되었다는 충격적인 사건이 일어났다.

## 「한국으로부터의 통신」이 전한 김대중사건의 진상

이 김대중사건에 대해서 새삼스럽게 다시 설명할 필요는 없겠지만, 1973년 8월 8일, 일본에서 한국의 민주화운동을 벌이던 야당 정치가 김대중 씨가 도쿄 호텔에서 납치되어 5일 후에 서울 자택 앞에서 발견되었다는 사건이다. 사건 후, 일본 경시청警視廳은 이 사건에 한국의 KCIA한국중앙정보부가 관여했다고 발표, 일본 정부는 주권 침해에 대한 한국 정부의 사죄와 일본 수사당국에 의한 수사를 요구했으나, 김종필金鍾必 총리의 방일과 미야자와 기이치宮沢喜一 외무대신의 방한으로 정치적으로 해결되어, 한국 정부는 국가기관 관여를 부정하고 수사를 종료함으로써 사건의 진상은 결국 미궁 속에 묻히고 말았다.

정치에 별로 관심이 없는 고등학생 학우들 사이에서도 이 사건은 큰 화제를 불러일으켰다. 학우 중 한 명은 "이 사건은 한국 KCIA에 의한 범행임에 틀림이 없다. 한국 정부는 언제까지 모르는 체하고 잡아뗄 건가? 독재가 뭔지 모르지만, 범죄를 저지를 생각이면 자기 나라에서나 하지 그래!"라고 몰아세웠다. 그의 말은 많은 일본인의 목소리를 대변하고 있었는지도 모른다. 대다수 일본 국민이 김대중사건의 진상을 밝히지 않는 한국 정부 태도에 의혹을 품고 있었기 때문이다.

그러나 재일한국인인 나에게는 위화감이 남았다. 김대중 씨 납치 문제를 남의 일로밖에 생각하지 않는 일본인의 발상에 화가 났다. 나는 "결과적으로 김대중 씨 납치, 유괴를 허용하고만 일본 경찰의 경비나 출입국 관리시스템에도 문제가 있는 것 아닌가? 일본 국내에서 범죄를 저지른 한국 정부에 대해서 제대로 추궁하고 결론을 내지 못하는 것은 왜일까, 라고 생각한 적이 있는가?"라고 받아치고 싶었지만, 일본명으로 살며 일본인 가면을 쓰고 살고 있던 당시의 나에게는 그런 용기도 없어서 그저 가만히 고개만 끄덕이고 있을 수밖에 없었다.

한국 정부는 그들이 일으킨 김대중사건을 어떻게 처리하고 싶었던 것일까? 당시의 「한국으로부터의 통신」을 다시 읽어보면 김대중사건에 대한 흥미로운 국회 심의 내용이 소개되고 있다. 그중에서도 어느 한국 여당계 의원이 정부를 향해서 던진 다음과 같은 질문을 읽으면,[4] 김대중사건에 대한 한·일 두 정부 사이에 시선의 차이가 있음을 읽을 수 있다.

· 일본 정부는 김대중 씨 신변 보호도 하지 않아서 사건을 발생시켰으며, 범인도 잡지 못하고 있다. 그래서 한·일 간에 불협화음이 생기고 있는데 일본

정부는 이와 관련해서 항의한 적이 있는가?
- 일본 측이 김대중 씨와 양일동梁─東 씨민주통일당 당수[5]에 대한 신변 인도를 요구하고 있는데, 국제법에서는 수사할 때 속인주의 원칙을 채택하고 있다는 점을 고려하면, 이는 주권 침해이다.
- 역사를 보면 일본 공사에 의한 민비 암살, 영친왕을 인질로 잡는 등 공권력을 발동해서 한국과 중국, 만주 등지에서 수많은 제국주의적 행동을 했다. 이러한 과거를 볼 때, 만약에 김대중사건에 우리 공권력이 개입했다고 하더라도, 일본 언론이 그런 모욕적인 기사를 보도해서는 안 되는 것이다.

## '한·일유착' 체제하에서 일어난 김대중사건

이러한 질문은 좋든 나쁘든 일본 언론에서는 소개되지 않은 한국 국내에서 벌어진 코미디 같은 이야기들인데, 당시 박 정권이 일본을 어떻게 바라보고 있었는지를 여실히 들어낸 것이다. 먼저 김대중사건이 일어난 애초의 발단은 한국의 요인이었던 김대중 씨에 대한 신변 경호를 제대로 하지 않은 일본측에 책임이 있으며, 다음으로 주권 침해는 한국이 아니라 일본 측에 그 과오가 있으며, 게다가 과거에 일본이 한국에 저지른 일을 생각하면, 가령 이번 사건에 한국의 공권력이 개입했다고 하더라도 그것은 그리 큰 문제가 아니라는 것이 그들의 주장이다.

박 정권은 보수계열의 의원에게 이러한 질문을 던지게 해서 국민이 반일감정을 끌어올려서 일본 정부에 압력을 넣어서 김대중사건을 무마하고 넘어가려 했

---

4    「世界」, 編集部 編, 『韓国からの通信』, 岩波新書, 1974, 53~55쪽.
5    한국의 민주통일당 당수. 당시 김대중사건의 유일한 목격자로 주목받았다.

던 것이다. 당시 고등학생이었던 나는 「한국으로부터의 통신」에서 이 기사를 읽고, 김대중사건을 일으킨 박 정권의 교활한 대일본 외교의 본질을 봤다고 생각했었는데, 지금 「한국으로부터의 통신」을 다시 읽어보니, 지명관 선생님이 「통신」을 통해서 일본 독자에게 말하고 싶었던 것은, 김대중사건을 일으킨 박 정권의 책임과 동시에 이 사건을 애매하고 처리한 일본 정부에 대한 책임이 아니었을까 생각된다.

이에 관해서 「한국으로부터의 통신」에서 지명관 선생님은 다음과 같이 말씀하고 계신다.[6]

왜 일본 정부는 이토록 저자세로 일관하는지 한국 국민은 의문을 품고 있다. 여기에 한국 국민은 기묘한 의심을 적용한다. 아무래도 경제관계보다 더 깊은 유착이 있다는 생각이 들기 때문이다. 일본은 이번 건으로 진흙탕에 빠진 것이 아닐까? 김대중사건을 마치 꼬리를 자르듯이 애매하게 해결하고 만족하던 일본 정부에 대해서 박 정권은 또 같은 방법으로 공격할 것이다. 곤란한 상황을 만들고, 그러한 상황을 협박에 이용해서 조종하려 한다. 일본 고위층도 이런 덫에 걸린 것일까?

지명관 선생님께서 지적하신 대로, 미국의 중개로 실현한 1965년의 '한일조약'은 한·일 두 나라는 과거사에 대한 청산 문제를 유보하고 냉전하에서 공산주의 세력의 위협으로부터 두 나라를 방어한다는 안보협력과 경제협력을 우선한 결과물이다. 그 결과, 한국은 1960년대부터 1970년대에 걸쳐서 일본에서 부품과 원재료를 수입해서 그것을 노동 통제하에서 확보한 국내의 저임금 노동력

---

6    「世界」, 編集部 編, 『韓国からの通信』, 岩波書店, 1975, 4쪽.

이 조립한 완제품을 미국에 수출하는 대일 의존적 무역구조에 편입됨으로써 종속적인 경제발전을 할 수 있었다. 일본도 한국의 개발독재하에서의 노동 통제를 이용해서 환경 문제나 임금인상에 고통받는 일본 기업의 생산 거점을 한국으로 이전하는 등, '1965년' 체제하의 양국의 안보 및 경제협력은 어떤 의미에서 '상호보완적인 관계'였다. 이를 바꾸어 말하면, "한국의 권위주의체제를 일본의 민주주의가 지탱하고, 반대로 일본의 민주주의체제를 한국의 권위주의체제가 지탱하고 있었다"[7]고 말할 수 있다. 일본 정부는 박 정권의 '개발독재'에 의한 왜곡을 문제시하면서도 한·일유착에 의한 이익을 우선해왔다. 이러한 '한·일유착'의 구조가 결과적으로 김대중사건을 낳았고, 그 해결을 지연시키고 있는 것을 지명관 선생님은 일본 독자에게 알리려 하신 것은 아니었을까?

## 문세광사건의 충격

김대중사건으로부터 1년 후, 재일코리언에게 더 충격적인 사건이 일어났다. 1974년 8월 15일, 내가 고시엔甲子園 야구장에서 열리고 있던 하계 전국고등학교 야구대회에서 '가치와리 얼음'[8]을 파는 아르바이트를 하고 있을 때 일이었다. 서울에 있는 국립극장에서 거행된 광복절 기념식전에서 박정희 대통령이 저격당하는 사건이 일어났다. 대통령은 무사히 난을 피했지만 총탄 한 발이 영부인 두부를 관통해서 대통령 대신에 영부인이 사망했다는 뉴스를 장내 식당에 설치된 TV에서 보도하고 있었다. 범인으로 체포된 문세광文世光이 나와 같은 재일한

---

7 　木宮正史,『日韓関係史』, 岩波新書, 2021, 97쪽.
8 　큰 얼음을 잘게 깨서 음료 용도로 이용한 것. 한때 한신(阪神) 고시엔(甲子園) 야구장에서 판매되었으며, 고시엔의 명물이었다.

국인이라는 데에 나는 큰 충격을 받았다.

용의자 문세광은 바로 재판이 시작되었고, 놀랍게도 4개월 후에 사형이 집행되었다. 용의자의 사형으로 김대중사건 때와 마찬가지로, 사건의 진상은 많은 수수께끼를 남긴 채로 묻히고 말았다.

당시의 「한국으로부터의 통신」을 읽어보면, 문세광사건에 대해서 다음과 같은 기술이 있다.[9]

이 사건문세광사건은 형사사건으로 수사를 한 것이 아니라, 점점 정치화되어 결국에는 김대중사건과는 다른 의미를 가지면서도 똑같이 미궁 속에 묻혀버리는 것은 아닐까? 또 북한을 들먹이며 끌어들이겠지. 일본과의 관계에 이용하겠지. (…중략…) 지금도 여학생[10]이 맞은 총탄은 누가 쏜 것인지 함구하고 있다. 이 사건으로 안타깝게도 생명을 잃어버린 사람을 생각하는 것보다 그저 정권 연명을 위한 수단으로 동원하려고 하겠지.

## 상이한 한·일 양국의 수사 결과

문세광사건으로부터 30년이 지난 2005년 5월, 한국 정부는 지금까지 대외비로 미공개였던 문세광사건 관련 외교문서를 공개했다. 공개된 한국 법무부의 문세광사건 자료는 3,000쪽에 이르는 방대한 것이다.

문세광은 어떤 경위로 범행에 이르렀는가? 한국 측 자료에는 1973년 9월에

---

9    「世界」, 編集部 編, 『続·韓国からの通信』, 岩波新書, 1975, 44쪽.
10   합창단원으로 제29주년 광복절 기념식 행사에 참석한 성동여자실업고등학교 2학년 장봉화 양. 경호원이 문세광을 향해 대응사격을 한 유탄에 맞은 것으로 추정된다.

"조총련의 지방 간부가 한국 정부 전복을 위해서 문세광을 선동해서 그에게 암살 지령을 내렸다"는 것이 범행의 계기가 되었다고 씌어 있다. 그리고 1974년 5월에 문세광이 "조총련의 지방 간부에게 범행계획을 보고"하고, 같은 해 7월 25일에 "동 간부로부터 현금 80만 엔을 수령했다"고 보고하고 있다.

한국 측 자료는 조총련이 이 사건에 관여했다는 것을 확인하기 위해서인지, 1974년 2월에 도쿄 도내에 있는 병원에 문세광이 입원했을 때, "입원비용 29만 엔을 조총련 간부로부터 받아서" "병원 내에서 공산주의 교육과 저격훈련을 받았다"고 적으면서 입원은 위장이었다고 말하고 있다.

그런데 이러한 수사 내용은 일본 경찰이 조사한 수사 결과 사이에 커다란 차이가 확인된다. 먼저 일본 경찰은 문세광이 범행을 결의한 것은 "1973년 9월에 그가 속해 있던 재일한국청년동맹이 박 정권 타도라는 구호를 내걸었을 때였다"고 보고, 조총련에 의한 지령설을 부정하고, 문세광의 단독범행이었다고 적고 있다. 범행 자금 제공자에 대해서도, 일본 경찰은 "조총련과 무관한 '마에다'라는 인물이 제공했다"고 보고하고 있다. 1974년 2월에 문세광이 입원한 건에 대해서도 그가 이용한 병실이 7인실이었다는 점도 있어서 병실 내에서 저격훈련을 받았다는 것은 현실적이지 않다고, 한국 측 조사 보고에 의문을 던지고 있다.

한국 법무부, 일본 경찰, 어느쪽 보고서가 맞는가? 문세광 씨가 사망했기에 지금으로서는 알 수 없다. 다만 한국 측 자료를 통해서 한국이 사건이 발생하기 꽤 전부터 조총련 활동을 경계하고 이 단체에 대한 규제를 일본 측에 강하게 요구하고 있었다는 사실을 알 수 있다. 사건 발생 3개월 전인 1974년 3월 시점에 한국 정부는 "일본을 경유해서 한국에 침투해서 검거된 북한 간첩이 220명에 달한다"고 경고하면서, "일본 정부가 조총련의 파괴활동을 저지하기 위한 유효한 조치를 취할 것"을 요청하고 있다.

바로 지명관 선생님이 「통신」에서 예상한 대로, 북한을 끄집어냈고, 일본과의 관계를 이용한 것이 문세광사건이었다. 그러나 여기서 몇 가지 의문점도 남는다. 한국 정부는 일본을 경유해서 한국으로 들어오는 북한 간첩을 그토록 경계하면서, 왜 일본에서 건너온 문세광의 입국을 막지 못했는가? 또한 총기를 소지한 문세광이 어떻게 해서 그토록 엄중한 경계태세를 돌파해서 초대받은 자밖에 입장할 수 없는 회의장에 잠입할 수 있었는가? 그리고 「통신」에서 지명관 선생님이 적으신 것처럼, 회의장 여고생에게 명중한 총탄은 누가 쏜 것인가 등, 많은 의문점이 남는 것이 이 사건이다.

## 재일한국인 유학생 간첩단사건이 일어난 배경

당시, 재일한국청년동맹에서 문세광 씨와 함께 활동했다는 재일한국인 2세 K 씨는 문세광사건에 대해서 다음과 같이 이야기하고 있다.

당시 한국에서는 박 대통령의 독재정치에 반대하는 민주화운동이 일어나고 있었습니다. 일본에서도 한국의 KCIA에 납치된 김대중 씨 구원활동이 활발하게 전개되던 시기입니다. 한국 정부는 이러한 재일 민족단체에 의한 민주화운동을 경계했다고 합니다. 그들은 일본을 북한 대남공작의 거점으로 생각하고 있었기 때문입니다. 이러한 상황에서 문세광은 KCIA에 이용되었을 가능성이 높다고 생각합니다. 그들은 사전에 문세광 계획을 알면서 일본 정부나 재일사회에 압력을 넣을 구실을 만들기 위해서 문세광이 회의장에 잠입하는 것을 묵인했고, 계획을 불완전하게 실행시킨 것이라고 생각합니다. 다만 총탄이 영부인에 맞은 것은 KCIA한테도 큰 오산이었을지도 모르겠습니다만.

K 씨 추리가 얼마나 맞는지는 알 수 없으나, 한국에 유학한 재일한국인이 '북한 간첩' 용의로 체포되는 일이 자주 일어난 것은 김대중-문세광사건 이후의 일이다.[11] 해외민주화운동의 거점이었던 재일사회에 대한 압력을 강화하기 위해서 문세광사건이 한국 내의 어떤 세력에 의해서 이용된 것은 틀림이 없다.

이러한 재일한국인 유학생에 대한 '간첩 용의'에 의한 체포사건에서 약 반세기가 지난 지금, 많은 경우가 당국의 고문에 의한 허위자백이었다는 사실이 입증되어 무죄가 확정하였다. 당시, 일본 정부는 재일한국인 유학생에 대한 의심쩍은 체포가 이어지는 상황에서 "한국 정부가 한국 국적자를 체포해도 이를 구할 방법은 없다"는 이유로 한국 정부에 어떤 행동도 일으키지 않았다. 김대중사건, 문세광사건 등의 미결사건을 포함해서 「한국으로부터의 통신」에서 지명관 선생님이 물으셨던 한·일유착의 청산은 지금도 미완 상태라고 말하지 않을 수 없다.

### 참고문헌

「世界」, 編集部 편, 『韓国からの通信』, 岩波書店, 1974.
「世界」, _____ 편, 『続·韓国からの通信－1974.7~1975.6』, 岩波新書, 1975.
池明観, 『「韓国からの通信」の時代』, 影書房, 2017.
_____, 「インタビュー―国際共同プロジェクトとしての『韓国からの通信』」, 『世界』, 2003.9.
『池明観先生追悼文集』, 冨坂キリスト教センター, 2023.
木宮正史, 『日韓関係史』, 岩波新書, 2021.
金恩貞, 『日韓国交正常化の政治史』, 千倉書房, 2018.

---

11  1975년 11월 22일, KCIA는 "재일한국인유학생 21명을 국가보안법 및 반공법 위반 혐의로 체포했다"라고 발표했다.

# 그때도 오늘

고길미|高吉美[1]

2023년 3월, 코로나 팬데믹 사태가 겨우 진정될 무렵, 오랜만에 서울을 찾았다. 숙박을 예약한 남산타워를 바라보는 노포 호텔 앞에는 건물을 둘러싸듯 입간판이 세워져 있었고, 천막을 쳐놓았다. 코로나19의 영향으로 관광객이 급감하여 직원들이 대량 해고된 것에 대한 항의 표시였다. 일본에서는 좀처럼 볼 수 없는 광경이었다. 실제로 호텔 내 카페와 레스토랑은 문을 닫았고, 프런트에서는 숙박객에게 아침 식사를 밖에서 드실 것을 권유하고 있었다. 아침을 먹으러 무작정 밖으로 나가다가 문득 위를 올려다봤더니 호텔 정면 건물 옥상에 걸려 있는 〈뮤지컬 박정희〉라는 대형 간판이 눈에 들어왔다. 호감도가 높아 보이는 배우가 미소 짓고 있는 모습을 보니 박정희가 군사독재를 관철한 '악인'으로 그려지지 않았음을 직감할 수 있었다. 아쉽게도 상연은 끝났지만, 도대체 어떤 식으로 그를 그렸는지 보고 싶다는 생각이 들었다. 동시에 만약 지금 이 자리에 지명관 선생님이 계셨다면 어떤 생각을 하셨을까 하는 생각도 들었다.

한국에서는 박정희시대가 좋았다고 그리워하는 사람들이 있다고 한다. 몇 년 전 청량리역에서 당시 문재인 정권을 비판하고 박근혜 복권을 요구하는 사람들의 자의적 행동을 본 적이 있다. 고령자가 중심인 그 집단을 보면서 그 시절의

---

1    세이카(精華) 여자단기대학을 졸업했다. 1982년부터 1986년까지 한국외환은행(현 KEB 하나은행)에서 근무했다. 2002부터 2022년까지 효고부락해방연구소(현 효고부락해방·인권연구소(兵庫部落解放·人權研究所))에서 근무했다. 2022년부터 현재까지 효고현 린보관연락협의회(兵庫縣隣保館連絡協議會)에서 근무하고 있으며 효고현(兵庫縣) 아마가사키(尼ヶ崎) 공업고등학교 한국어 / 조선어 강사로도 일하고 있다.

부활을 바라는 사람들이 있다는 사실에 솔직히 놀랐다. 분명 그 땅에서 살아온 사람만이 알 수 있는 '시대의 온도'가 있을 것이다. 국적은 '한국'이지만, 아무리 조국을 생각하는 마음을 가지고 있어도 타향에 사는 재일한국인에게는 도저히 알 수 없는 '피부 감각'이라는 것이 있다는 것일까?

내가 대학에 입학한 것은 1980년 봄이었다. 그 전년도에 박정희 대통령이 암살되었고, 연말에는 12·12군사 반란이 일어났다. 박정희 암살로 좋은 방향으로 나아갈 것 같았던 대한민국은 더 어두운 시대를 맞이하게 되었다. 교토의 작은 2년제 대학에서 평범한 여대생 생활을 시작한 19살의 나는 특별히 한국 정치에 관심이 있는 것도 아니었고, 「한국으로부터의 통신」을 알고는 있었지만 어려워 보여서 읽어 볼 생각을 하지 않고 있었다. 나는 그런 학생이었다.

입학하자마자 재일교포 선배가 '한국학생동맹이하 학학동'이라는 학생단체에 나를 권유했다. 교토대학의 낡은 기숙사 한구석에 사무실이 있었다. 그곳에는 교토의 여러 대학에 다니는 재일교포 학생들이 모여 있었다. 그들은 한결같이 본명으로 대학에 다니고, 민족학교에서 한국어를 배우고, 일본에서 재일교포가 가장 많이 사는 오사카 이쿠노구野生區에 사는 나를 마치 특별한 존재처럼 바라보았다.

지금처럼 K-pop이나 한류 등, 한국이 긍정적으로 받아들여지지 않았던 시대, 국적을 이유로 일본 기업에 취업할 수 없었던 시대, 차별과 편견에 시달려 그저 재일한국인이라는 이유만으로 숨이 막혔던 시대, 그런 폐색감閉塞感 속에서 만난 같은 한국인 친구들. 일상생활 속에서 좀처럼 만날 수 없었던 '교포'라는 존재는 특별하고 마음이 편해지는 존재였다.

내가 대학에 입학하던 해 5월에 광주민주화운동이 일어났다. TV는 잔혹한 탄압 속에서도 젊은이들이 군부에 맞서 싸우는 모습을 반복해서 내보냈다. 하얀 연기에 휩싸인 거리와 시민들을 향해 총구를 겨누는 군인들. 마치 영화 같은 장면은 일본에서 평화로운 일상을 보내고 있었던 나는 현실감 없는 상태에서 그저 가슴이 답답하고 초조해서 안절부절못하며 나날을 보냈다.

한학동 학습회에서는 한국의 사회 정세를 비판하는 전문 용어가 난무했다. 한국 사회를 배우려면 미국, (당시) 소련, 일본, (당시) 중공 등 외세에 대해서도 배워야 했다. 1학년이고, 특히 정치에 관심이 없던 나에게는 그저 고통스러운 시간이었다.

학습회가 끝난 후에는 가와라마치河原町로 나가서 술을 마셨다. 북적거리는 거리 한 편에 인파가 비켜 지나가는 공간이 있었다. 내가 다니던 대학의 교수이셨던 히다카 로쿠로日高六郎 선생님이 광주민주화운동에 대한 일본 정부의 태도에 항의하며 허름한 양탄자 위에 앉아 단식투쟁을 하고 계셨다.

"선생님!"이라고 외치며 선배는 선생님께 달려갔다. 선생님께서는 안경 너머의 부드러운 눈동자로 선배를 올려다보시며 힘없이 웃으셨다. 지금도 그때 선생님 얼굴이 생생하다. 그 후 우리는 선생님과 헤어져서 맥주를 마시고 피자를 먹었다. 일본인 선생님이 단식투쟁을 하고 계신 바로 옆에서 우리의 한심한 짓에 말로 표현할 수 없는 답답함을 느꼈다.

나에게는 '피부 감각'이라는 것이 없었던 것 같다. 한국 젊은이들 모습에 가슴이 찢어지면서도, 평화로운 나의 삶을 원하면 등을 돌려 외면할 수 있었다. 한국 영사관 앞 시위에 참여하거나 전단지를 뿌려도 어딘지 모르게 '남의 일' 같은 느낌을 지울 수 없었다.

하지만 이런 경험은 내 이야기일 뿐, 선배들 생각은 달랐던 것 같다. 빈말에도 자랑할 수 없었지만, 애타게 찾던 '조국', 내 뿌리를 찾아 계속 길을 헤매던 재일교포에게 '조국'에 대한 마음은 갈망에 가까운 것이었을 것이다. 우리 미래에 희망을 찾아 먼 곳에서나마 함께 싸우고자 다짐했다. 그 단초가 된 것이 「한국으로부터의 통신」이 아니었을까?

나는 지금 행복한 인연을 만나 지 선생님 일기를 번역하고 있다. 「통신」 연재가 시작된 지 얼마 지나지 않은 1974년 11월부터 시작되는 첫 페이지에는 일기를 쓰는 것에 대한 부담감과 두려움이 담겨 있다. 일기가 발각되었을 때 주위에 닥쳐올 무서운 운명을 생각하면 좀처럼 쓸 기력이 나지 않았다는 대목이 눈에 들어온다. 그러함에도 불구하고 일기를 쓰기로 결심한 데는 오로지 역사의 한 장면을 후세에 남겨야 하고, 「통신」에 다 담지 못한 부분까지 상세히 기록해야 한다는 사명감이 컸다고 하신다. 그러는 한편으로 탄압과 투쟁의 현장에서 멀리 떨어진 안전한 일본에서 발신을 계속하는 데에 대해 동지들에게 느끼는 죄책감과 같은 미안함, 그러면서 가족과 떨어져 홀로 지내는 외로움, 신분을 철저히 숨긴 채 계속 글을 써야 하는 불안감 등이 이 일기에는 묘사되어 있다. 이런 불안함을 달랠 수 있는 재료였는지, 일본의 아름다운 자연에 치유되는 모습과 한국 민주화를 위해 협력을 아끼지 않았던 일본의 지원자, 협력자, 친구들과의 교류에 감사하는 모습을 드러내곤 한다. 나는 여기에 지 선생님의 인간미와 재일교포와의 공통점 같은 것을 엿본 것 같았다.

재일교포 친구들에게 당시 「통신」이 각자에게 어떤 존재였는지 물어봤다. 사회인이 된 후에도 민주화운동을 계속한 친구는 "회의에 나갈 때는 반드시 『세카이世界』 최신호를 읽었다. 그렇지 않으면 이야기를 따라갈 수 없었다. 나에겐 교과서와 같은 존재였다"고 한다. "'T·K생'이 누구냐는 이야기도 자주 나왔다"는 이야기도 있었고, "한학동은 청춘 그 자체였다"고 말하던 친구는 "시간이 너무 많이 흘러서 시대도, 내 삶도 변했다. 지금은 지 선생님에 대해서 할 수 있는 말이 없다"는 의견도 있었다.

얼마 전 한국의 대학로에서 〈그때도 오늘〉이라는 연극을 보았다. 일제강점기, 제주4·3사건, 광주민주화운동, 현재 군 복무 중인 최전방 등 네 가지 시대를 모티브로 한 이 연극은 시대의 부조리 속에서 저항하는 시민을 그리고 있었다. 〈그때도 오늘〉. 사람의 마음과 순수한 정신은 시대가 바뀌어도 변하지 않는 법이다.

출판계가 불황인 지금, 이 일기가 일본에서 출판될지는 알 수 없다. 하지만 지명관 선생님과 함께 민주화까지의 과정을 되돌아보며 재일교포인 내 자신과 지나온 삶을 다시 한번 되돌아보고 싶다.

# 생생하게 살아 있는 역사교과서
## 지명관 선생님, 강정숙 사모님 이야기

심재현沈載賢[1]


대학에 입학한 지 얼마 되지 않아 춘천의 한 작은 사립대 강의실에서 지명관 선생님을 처음 뵈었습니다. 키가 자그마하지만, 대학 강의실이 익숙하신 듯, 들어오시자마자 확대도 하지 않은 신문의 조각 기사를 수강생 모두에게 나누어주셨습니다. 정말 조그마한 쪼가리 신문기사였습니다. 그리고 다음 시간부터 한 문장씩 돌아가며 일본어로 소리 내어 읽으면서 강의를 진행하시겠다고 하셨습니다. 아직 일본 글자에 익숙하지 않던 시절이라, 『한자 읽기 사전』과 『일한사전』을 번갈아 찾아가며 원문보다 더 많은 한글로 새까맣게 채워진 예습한 쪼가리 신문 기사를 들고 강의에 임했습니다.

그 쪼가리 신문기사가 100년도 넘게 일본 지성인의 아침을 여는 『아사히신문』 1면 칼럼 「천성인어天聲人語」라는 것도, 그 조각 기사603글자를 나누어주신 분이 1970년대에 목숨을 걸고 격렬했던 민주화 투쟁을 세계에 알린 우리나라 민주화의 숨은 공신이셨다는 것도 그때는 알지 못했습니다.

지 선생님께서는 더듬거리며 일본 신문을 읽는 저희를 상대로 외할아버지 같은 자상한 미소로 일본에 대한 지식과 경험을 나누어주셨습니다. 이미 도쿄여자대학을 정년퇴직하고 오셨기 때문에 경륜에서 오는 여유도 있었겠지만, 앞으

---

1    고려대학교 박사과정을 수료했다. 2001년부터 2004년 3월까지 일본 돗토리현교육위원회에 근무했으며, 2004년부터 2006년 2월까지 돗토리현 현청에서 근무했다. 2006년부터 2023년 8월까지 한림대학교 일본학연구소 연구원으로 재직했다. 2023년부터 현재 강원특별자치도 도청에서 근무하고 있다.

로의 시대는 일본에 대한 비난을 넘어 일본을 바로 아는 것이 필요한 시대가 될 것이라는 강한 신념에서 강의 시간은 언제나 미래를 바라보고 걱정하고 희망을 품으며 나아가셨습니다. 학과명이 '일어일문학과'나 '일어과'가 아니라 '일본학과'인 것도 이러한 시대상이 반영된 것임을 지 선생님 강의를 통해서 알 수 있었습니다.

당시 지 선생님의 강의를 졸업할 때까지 들을 수 있었다면, 지적 호기심과 자극으로 가득한 대학 4년을 보냈을 것입니다. 그러나 학과에 새로운 교원이 부임했고, 지 선생님은 소장을 맡고 계셨던 일본학연구소가 본궤도에 오르자, 분주해지셨는지 학부 강의실에서 만나는 일은 그 학기가 처음이자 마지막이 되었습니다.

이후 지 선생님과 다시 만난 것은 대학원에 입학해서입니다. 대학원 재학 중에는 저의 지도교수로서 함께 『가족이라는 관계』라는 책을 번역도 하였고 논문도 지도해 주셨습니다. 대학원 석사과정을 마칠 때는 일본 대학원 유학도 추천해 주셨습니다만, 당시 IMF의 여파로 저는 다른 길을 선택할 수밖에 없었으며, 일본 정부 지방자치단체에 취업하여 일본에 가게 되었고, 이후 지 선생님과는 연락이 소원해졌습니다.

그러다가 지 선생님을 다시 뵙게 된 것은 제가 한림대학교 일본학연구소에 연구원으로 부임하면서입니다.

연구소 연구원으로 부임하다 보니, 자연스럽게 초대 소장이셨던 지 선생님께 인사를 드릴 기회가 있었습니다. 지 선생님은 이미 일본학연구소 소장을 그만두시고 서너 해가 지나, 평촌 자택에서 책을 읽고, 일기를 쓰시면서 평온한 노년을 보내고 계셨습니다. 그러시면서 국내에서 또는 일본에서 강연이 예정되어 있으시거나, 잡지 등에 글을 게재할 일이 있으실 때 필요하신 자료에 대한 조사와 이메일 전송을 비롯한 소소한 일을 저에게 부탁하시는 경우가 있었습니다. 선생님의 든든한 지지자이자 최고의 비서이신 강정숙 사모님께서 정보화에 뒤처지지 않아 계시고, 그 연세에도 워드는 물론 인터넷도 잘 사용하실 수 있으셨기 때문에, 제게 그런 부탁을 하지 않으셔도 괜찮으셨겠지만, 낯가림이 심하고, 어른을 어려워해서 먼저 다가가 연락할 줄 모르는 저에게 일을 핑계로 안부도 물어주시며 배려해 주신 것이었다고 생각합니다.

그런 일이 이어지면서, 지 선생님 그리고 사모님과 조금씩 가까워지는 느낌이었습니다. 주변에 어른이라고는 외할아버지와 외할머니가 전부인 저에게 지 선생님 내외분도 연세를 들어가시는 것도 있었지만, 선생님과 사모님께서 살아오신 이야기를 손녀에게 옛이야기를 들려주시듯 하셨습니다. 특히 남양주 수동에 있는 실버타운에 정착하신 후로는 제가 시간이 날 때마다 지 선생님과 사모님을 찾아 뵙고 반나절을 함께 보내면서 지 선생님이 좋아하시는 햄버거, 파스타를 드시러 외출도 하고 때로는 속초까지 1박으로 다녀오기도 했는데, 이때 참으로 많은 이야기를 들려주셨습니다.

지명관 선생님과 강정숙 사모님은 일제강점기에 평안도 정주에서 태어나, 한국전쟁 때 살기 위해 남한으로 내려오셨고, 민주화를 알리기 위해 일본 망명 생활을 보내셨으며, 1990년대 초반 문민정부가 들어서자 끊어진 한일관계를 시민의 힘으로 이어보자며, 20세기 끝자락에 한국으로 귀국하셔서 한림대학교 일본학연구소 초대 소장으로 부임하신 것입니다. 그리고 김대중 정부 때 한일 대중문화 개방을 선도하셨으며, 양국 사이의 미래를 향한 한일공동 파트너쉽 관계를 구축하시고, 다시 미국으로 나가셨다가 한국이 초고령화를 맞이한 시기에 다시 한국에 돌아오셔서 남양주 수동 실버타운에서 정착하셨고, 그곳에서 생을 마감하셨습니다. 대한민국의 파란만장하고 역동적인 근현대 역사의 굵직한 장면이 지 선생님과 사모님께는 삶 그 자체였습니다. 수많은 역사 시간에 배운 이야기가 지 선생님과 사모님께는 삶 그 자체였고, 이 이야기를 들려주신 두 분은 '살아 있는 한국의 역사 교과서'였습니다. 그저 영화나 드라마 속 소재가 아닌, 역사 교과서 속 글자가 아닌, 두 분이 들려주시는 이야기는 실감할 수 있고, 체감할 수 있고, 저를 그 역사의 현장에 참여하게 해 주는 느낌이었습니다.

지 선생님의 이야기는 늘 크고 경외스러움의 연속이었습니다. 저는 자라며 학교 교육에서 위대한 영웅의 이야기를 많이 접해왔습니다. 단군신화에서 광개 토대왕, 조선을 건국한 이성계, 세종대왕, 거북선 한 척으로 왜구를 물리친 이순 신 장군, 그리고 일제에 항거한 수많은 독립운동가, 대부분은 대한민국 역사에 우뚝 선 거대한 영웅이고, 매우 훌륭한 분이지만, 또 대다수가 남성입니다. 1970 년대생인 저는 학교 교육을 통해 남성 중심의 역사를 배웠고, 영웅 또한 대부분 남성이었습니다. 제가 처음 경험한 역사인 지명관 선생님 이야기도, 결국 남성 중심의 이야기였습니다. 하지만, 지 선생님의 든든한 동지이신 강정숙 사모님을 통해서 듣는 이야기는 학교에서 배운 커다란 역사는 아니지만, 오랜 시간이 지 나도 울림이 이어지는 감동이 있는 이야기였습니다. 역사 속에서 배운 많은 영 웅 서사 뒤에 이름이 구전되지 않는 여성이 있을 수 있다는 것을 사모님을 통해 서 처음 알게 되었습니다. 저에게 사모님 이야기는 어떤 여성학자의 이야기보다 더 크고 깊은 울림 있었고, 감동이 느껴졌습니다. 또 사모님 이야기를 통해 역사 에 가려진 수많은 여성의 삶을 상상할 수 있었습니다.

강정숙 사모님 친정은 정주에서 소문난 부잣집으로 종교적으로도 기독교로 단단히 이어져 있었습니다. 두 분이 만난 시기 강정숙 사모님은 서울대학교 수의 대학에 다니고 계셨습니다. 사모님 고모부께서 수의대학 교수를 하고 계셨고, 대 학을 졸업하면 미국으로 유학을 갈 계획이었다고 하셨습니다. 지 선생님을 만난 이후, 대학도 그만두고 지 선생님 내조에 일생을 바치셨습니다. 지 선생님이 일 본에 가 있는 동안 홀어머니를 봉양하고, 자식을 키우며, 먼 타국의 남편을 살뜰 히 보살피셨습니다. 지 선생님이 한국전쟁 때 통역장교를 하실 때도, 덕성여고에서 교편을 잡았을 때도, 『사상계』 주간을 하셨을 때도, 일본에서 'T·K생'으로 활동하시던 시기에도, 그리고 한림대학교 일본학연구소 소장으로 계시면서 춘천에서 생활하실 때도, 그리고 KBS 이사장으로 마지막 사회생활을 마치실 때까지 강정숙 사모님은 지 선생님의 비서이자, 아내이자, 동반자로 항상 그 옆을 지키시며 든든한 동지이셨습니다. 저와 가까이 지내던 말년에도 지 선생님의 글을 타이핑하시고, 이메일로 지 선생님 연락을 전달하시고, 책을 정리하며 약까지 챙기신 분은 사모님이셨습니다. 저는 지명관 선생님을 낳아주신 것은 선생님 어머님이셨지만, 지명관 선생님을 사회적으로 낳고, 길러주신 것은 강정숙 사모님이라고 생각했습니다. 그런 사모님은 언제나 "과분한 남편"이었다며, 지 선생님에 대한 존경을 표현하셨습니다.

한림대학교에서 스승과 제자로 만나, 한림대학교 대학원에서 큰 가르침을 받고, 일본학연구소에 들어와서는 60~100세까지 지 선생님과 만나서 식구처럼 식사도 하고, 커피도 마시면서 선생님과 사모님께서 살아오신 이야기도 들을 수 있었던 것은 저에게 너무나 감사하고 소중한 경험이었습니다. 지금은 강원도특별자치도 도청에서 업무에 쫓기며 지내고 있습니다만, 언젠가 지 선생님 내외분과 만났던 시절의 이야기를 차근히 생각하고 전달할 수 있는 날이 오면 좋겠습니다.

# 「한국으로부터의 통신」 연구를 통해 만난 지명관 선생님

서영혜|徐榮慧, Younghye Seo Whitney[1]

## 「통신」과의 만남

제가 「한국으로부터의 통신」<sup>이하 「통신」</sup>과 일본의 지식인 잡지 『세카이』를 처음으로 접한 것은 2014년이었습니다. 당시 저는 호주국립대학교에서 논문석사 MPhil의 연구주제에 대해 고민하고 있었습니다. 평소 한일관계와 시민운동에 관심이 있었던 저는 한국의 민주화운동과 해외로부터의 지원 그리고 연대에 대해 생각하게 되었습니다. 특히 1960년대에 '안보투쟁'과 '베트남평화운동'을 경험한 일본의 지식인과 학생, 시민그룹이 어떠한 형태로든 한국의 운동가와 서로 정보교환을 하며 연대를 하고 있지 않았을까 하는 물음을 갖고 해외에 있는 도서관 중에서는 비교적 동북아시아 관련 서적을 풍부하게 소장하고 있는 호주국립도서관에서 자료를 찾기 시작했습니다. 코로나 팬데믹 이후에는 서고에 직접 들어갈 수 없게 되었지만, 당시에는 연구자가 직접 들어가 자료를 찾을 수 있었습니다. 그리 환하지 않은 조명과 적막같이 조용한 서고에서 적지 않은 시간을 보내던 중 잡지 『세카이』를 발견했고, 거기에 실린 「통신」과 조우한 것입니다. 'T·K생'이라는 필명과 함께 15년이라는 긴 세월 동안 매달 한국의 상황과 군사

---

1    2004년 나고야(名古屋)대학 국제커뮤니케이션연구과에서 석사학위를 취득했다. 2018년 호주국립대학교(ANU) 아시아학(Asian studies)으로 석사(MPhil)학위를 취득했으며, 2019년부터 현재까지 호주국립대학교(ANU) 아시아학 박사과정(PhD candidate)을 밟고 있다. 2023년부터 현재 커틴대학교 한국학과 강사로 있다.

정권의 억압과 투쟁에 대해 너무나도 생생히 전하고 있어 놀라움과 충격을 감출 수 없었습니다. 또한 단발적 기사가 아닌 15년간에 걸쳐 매달 게재되어 일본 사회뿐만 아니라, 전 세계에 크나큰 영향을 주었던 「통신」에 대해 그동안 그 존재조차 모르고 있던 자신에 놀라기도 하고 부끄럽기도 했습니다.

서고에서 나온 후 곧바로 T·K생이 누구인지 검색을 했고 2003년 T·K생이 '지명관'이었음을 밝히는 신문 기사를 발견했습니다. 또한 신문 기사를 통해 선생님께서 1993년 20여 년간의 일본 생활을 마치고 귀국하신 후 한림대학교에서 일본학연구소를 설립하여 오랫동안 한일관계 개선을 위해 많은 노력을 하신 것을 알게 되었습니다. 제가 한림대학교 일본학연구소에 연락을 했을 때는 이미 선생님께서는 여사님과 함께 아드님이 계신 미국 미네소타주로 이주를 하신 후였지만 연구소로부터 받은 연락처로 기대 반, 걱정 반으로 이메일을 보냈습니다. 제 이메일에 선생님께서는 곧바로 답장을 보내주셨습니다. 평생을 원고지에만 글을 써 오신 선생님을 위해 강정숙 여사님께서 선생님을 대신해 이메일을 써 주셨다는 사실을 나중에야 알게 되었지만, 선생님의 장문의 회신을 받고 날아갈 듯 기뻤던 기억이 아직도 생생합니다. 선생님께서 「통신」을 쓰시던 1970년대에는 기사를 위해 많은 분이 위험을 무릅쓰고 한국에서 자료를 운반해 와야 했는데, 그런 분의 희생과 노력을 생각하면 이메일 한통으로 이렇게 바로 정보를 주고 받을 수 있는 상황에 새삼 우리는 지금 너무도 안전하고 편리한 좋은 세상에 살고 있구나, 하는 생각을 했습니다.

그때 선생님께서 미네소타에서 호주에 있는 저에게 보내주신 첫 번째와 두 번째 이메일의 일부를 소개하고자 합니다.

한국의 민주화운동은 국제간 시민 협력의 매우 중요한 예라고 생각합니다. 앞으로는 한중일이 어떤 관계를 수립하고 북한의 문제를 어떻게 하느냐 등 동북아의 앞날이 중요한데 아직 길은 먼 것 같습니다.(…중략…)

이제는 그 시대도 30년이 넘은 옛날이라고 해야 하지 않겠습니까? 무엇보다
도 한국의 민주주의 시대의 시발이 아닙니까. (…중략…)

일본에 우리가 모아 두었던 자료들은 일본 교회에서 한국으로 옮겨 국사편찬
실에 가 있지요. 지난 번에도 말씀드렸지만, 오재식 선생 개인 자료나 통신들도
그렇고요. 제 개인 자료는 한림대 일본학연구소에 기증했고요. 해외에서의 민주
화운동과 국내와의 관계는 교회를 거친 것이 압도적으로 많습니다. 1973년 기
독자 성명부터 그렇게 됐다고 하겠는데 저와의 인터뷰는 서신으로도 가능하지
않겠어요. 오재식 선생, 강문규, 그 당시 NCC 총무 김관석 목사님 모두 세상을
뜨셨고요. 교회가 중심이 된 것은 민주화의 움직임을 당시 박 정권이 좌익으로
몰려고 하니까 교회가 짊어지는 수밖에 없었지요. 그리고 민주화가 됐다고 하는
날부터 교회 세력은 떨어져 나간 것이지요. 정치에는 거리를 두고 있었고 관심
도 없었는데 후에 여러 가지로 그런 우리의 자세를 반성하기도 했습니다.

민주화운동을 국내의 역사적 정치적 입장에서 보는 것, 학생운동에서 보는 것,
내외의 기독교 입장에서 보는 것, 그것을 통틀어 관찰하는 것 등 상당히 여러 가지
관점이 있을 수 있다고 보아요. 일본기독교 NCC가 일본 국내와 해외기독교 사이
에서 중간 매개 역할을 했고 일본 사회에서 시민운동을 형성하는 데 중요한 역할
을 했지요. 그런 역할은 작은 일본 교회로서는 힘겨운 일이었지요. 그런 의미에서
민주화운동은 여러 가지 측면에서 볼 수 있는 것입니다. (…중략…)

야스에 료스케 씨는 저와 관계하면서 비교회非教會 세력을 동원하는 데 주력했
지요. 해외교회 기관과 해외교포 그리고 일본 시민이 많은 재정지원도 했습니다.
기이하게도 사람들이 연결됐어요. 세계 교회 특히 미국 교회의 참여가 대단했고
요. 세계 매스컴의 도움도 잊을 수 없어요. 너무 여러 갈래로 많아서 말씀드리기
어렵습니다만 혁명적 시대의 성숙이라고 할까요. 그 후의 한국의 실제 정치가 이

민주화운동을 배반했다는 일면도 부정하기 어렵다고 하겠지요. 민주화를 하기만 하면 된다고 지나치게 낙관적이었기도 했습니다. 모든 혁명이 배반背反의 역사, 반동反動의 시대를 맛보는 것이라고 할는지 모르겠습니다.

제가 쓴 자전自傳이나 한국 근현대사 등에도 그 일단이 들어가 있습니다. 제가 1988년 초에 「통신」을 끝내고 나서 한 말입니다만 저는 혁명의 시대에 희생을 마다하지 않은 사람들이란 러시아 혁명의 역사에서처럼 반혁명으로 처단되지 않고 살아남았다는 것만 해도 다행이라고 생각합니다. 무엇보다도 북의 경우와는 달리 전제정치라고는 해도 세계에 열려 있던 사회였으니까요. 그러나 성명서만 해도 처음에는 등사한 것을 사람이 날라야 했으니까요. 그때는 성명서의 싸움이라고도 할 수 있었지요. 지금도 한국의 민주주의가 혁명 후의 진통을 겪고 있는 그야말로 도상에 있다고 생각합니다.

2014년 4월 27·29일 자 이메일―지명관

저의 석사논문과 현재 진행 중인 박사논문은 이렇게 시작되었습니다. 이후 선생님께서는 수차례에 걸친 인터뷰에도 흔쾌히 응해 주셨고 이메일 또한 지속되었습니다. 선생님과 여사님의 따뜻한 배려와 끊임없는 격려 덕분에 석사논문을 무사히 완성할 수 있었고 이 논문을 바탕으로 현재 박사논문을 쓰고 있습니다.

선생님과 여사님을 처음으로 뵌 것은 2015년입니다. 당시 도쿄대학에서 개최된 『한일국교정상화 50주년과 일본의 한국연구日韓国交正常化50周年と日本の韓国研究』라는 주제로 열린 심포지엄과 교토의 도시샤同志社대학에서 열린 「해방 / 패전 후 70년의 한반도와 일본解放 / 敗戦後70年の朝鮮半島と日本」이라는 특별강연회에서 강연을 하셨는데 때마침 저도 나고야에 거주 중이어서 두 곳 모두 참석해 선생님의 귀중한 강연을 들을 수 있었습니다. 그때 모인 수많은 연구자와 시민들, 미디어 관계자들의 참여와 취재를 보면서 선생님과 「통신」의 일본에서의 영향력에 대

해 새삼 느낄 수가 있었습니다. 또한 당시 선생님과 여사님께서 머물고 계셨던 도쿄에 있는 도미사카富坂세미나 하우스현재 도미사카기독교센터에서 처음으로 뵙고 선생님을 모시고 도쿄대학 강연회에 참석했던 날과 다음날 선생님과 일본 최대의 헌책방이 즐비한 진보쵸神保町에서 서적을 보며 보낸 하루는 저에게 영원히 잊을 수 없는 보석과도 같은 추억이 되었습니다. 걸음이 불편하심에도 불구하고 그 많은 책방을 일일이 걸어서 살펴보시는 열정과 체력에 거듭 감동한 날이기도 했습니다.

## 「통신」의 시작과 유산遺産

선생님과 「통신」에 대한 연구를 시작하면서 인연을 맺게 된 한림대학교 일본학연구소에서 보낸 저의 첫 번째 필드워크 또한 잊을 수 없습니다. 서정완 소장님과 심재현 선생님의 세심한 배려와 도움으로 많은 자료를 접할 수 있었습니다. 그중에서도 선생님의 일기는 그 방대한 양뿐만이 아니라 「통신」과는 또다른 선생님의 일본에서의 궤적과 「통신」의 이면의 세계를 엿볼 수 있는 중요한 역사적 가치를 지닌 자료라고 생각됩니다.

1974년 11월 1일 자로 시작되는 일기는 1972년 10월 31일 김포공항을 떠나 일본에 도착한 지 2년이 지난 후에야 『세카이』의 야스에 료스케 편집장의 권유로 시작되었습니다. 선생님은 자신의 '영원한 동지'이자 '강력한 협력자'였던 야스에 료스케 편집장을 비록 선생님보다 11살 아래였음에도 불구하고 '아니키兄'라 불렀다고 합니다. 후세를 위해 역사적 기록으로 남겨야 한다는 강력한 권유로 쓰기 시작하신 선생님의 일기에는 당시의 한국의 상황과 민주화운동 관련 내용뿐만 아니라 가족들과 떨어져 단신 도쿄의 조그마한 다다미방에서 중앙정보부정권의 눈을 피하기 위해 밤을 새워 수많은 사람이 위험을 무릅쓰고 운반해 온 자료를 읽고 원고를 써야만 했던 상황과 때로는 병마와 싸우면서 한국에 두고 온 가족을 걱정하고 그리워하는 마음이 절절히 나타나 있습니다. 또한 수많은 동지가 운동을 하다 체포되어 사형선고를 받고 추운 겨울 형무소에서 추위와 고문으로 괴로워하고 있는데 혼자 이국에서 안전한 생활을 해도 되는지에 대한 지식인으로서 그리고 신앙인으로서 괴로워하는 모습도 담겨 있습니다. 이러한 역사적인 중요한 기록을 흔쾌히 제 논문의 자료로 활용할 수 있도록 허락해 주시고 또한 이렇게 일기 간행 작업에 미력하나마 일조할 수 있도록 허락해 주신 지명관 선생님과 서정완 소장님께 다시 한 번 깊이 감사드립니다.

선생님께서는 미네소타로 떠나시면서 소장하고 계셨던 모든 서적과 자료들을 연구소에 남기고 가셨는데 그 자료들을 마치 '보물찾기' 하듯이 살펴보던 중 선생님의 연구노트와 강의노트, 심지어 서울대학교 재학시절의 우수한 성적표도 발견할 수 있었습니다. 그중에서도 어느 서류철에 끼워져 있던 라인홀더 니버로부터의 편지를 잊을 수가 없습니다. 그 편지는 1967년 9월, 뉴욕유니온신학대학으로부터 초청을 받아 유학을 가기 위해 주고받은 내용이었습니다. 선생님은 유니온신학대학에서 니버 교수로부터 지도를 받을 예정이었으나 공교롭게도 당시 건강이 좋지 않아 대학을 떠나있던 니버 교수는 당시의 학장이었던 존 베네트에게 선생님께서 장학금을 받을 수 있도록 추천서를 써 주었고 그 결과 유니온신학대학으로 유학을 갈 수 있게 되었습니다. 니버 교수와의 인연은 1953년부터 시작되었습니다. 서울대학교 재학중 한국전쟁의 발발과 함께 징병되어 육군 경비대에 입대하였으나 이후 통역장교로 지원해 복무하게 된 사단의 미 고문관이 건네 준 니버 교수의 책 『인간의 본성과 운명』을 읽고 감명을 받아 편지를 쓰셨고 머지않아 도착한 니버 교수로부터의 답장에는 언젠가 자신이 있는 유니온신학대학으로 오기를 바란다는 내용과 함께 새로이 출간되는 그의 책 『그리스도교적 리얼리즘과 정치적 문제』가 동봉되어 있었습니다. 니버의 책과 편지는 전쟁의 피폐 속에서 선생님을 지탱하게 해 준 정신적 지주가 되었으며 이때의 인연으로 인해 1967년 9월 뉴욕으로 1년 간의 유학의 길에 오르게 되셨습니다.

1968년 12월 뉴욕에서의 체재를 마치고 귀국하시던 중 도쿄에서 당시 도쿄 대학 신문학연구소에서 유학 중이던 동향 선배인 선우휘와 재회하게 되고, 선우 휘의 소개로 처음으로 이와나미의 야스에 료스케 편집장을 만나게 됩니다. 니버 와의 인연을 계기로 이뤄진 미국 유학과 그 귀로에서 이루어진 야스에 료스케 편집장과의 운명적인 만남으로 「통신」이 만들어지고 이 「통신」을 중심으로 해 외민주화운동 지원 세력이 형성되었습니다. 「통신」과 선생님을 설명하는 중요 한 키워드는 '인연' 즉 '만남'과 '네트워크'라고 생각합니다. 특히 야스에 료스케 편집장과 「통신」과의 인연에 대해서 선생님은 자서전에서 다음과 같은 말씀을 하셨습니다.

20년 반에 걸친 나의 일본 체재와 한국민주화운동에의 참가에 대해 말하기 위해서는 야스에 료스케라는 특이한 인물에 대해 말하지 않으면 안 된다. 20여 년간 끊임없이 만나고, 끊임없이 연락하고 끊임없이 연대해 싸워 왔으므로, 그 에 대해 말하는 것은 한국민주화운동과 일본과의 관계를 말하는 것이고 그것을 상세히 얘기하려면 방대한 양의 이야기가 될 것이다. 「한국으로부터의 통신」이 라는 것은 그가 거기에 손을 대지는 않았지만, 정신적인 면에서 말하자면 「통신」 은 '공동작품'이라고 해도 과언이 아니다.[2]

야스에 료스케 편집장은 「통신」이 15년간 무사히 이어질 수 있도록 선생님의

---

2    『境界線を越える旅(경계선을 넘는 여행)』, 2005.

생활은 물론 신분 보호에도 크나큰 공헌을 하셨으며 선생님의 사적인 삶은 물론 공적인 삶에도 크나큰 영향을 끼친 인물입니다. 1972년 가을, 도쿄에서 이루어진 이 역사적인 만남에서 야스에 료스케 편집장과 지명관 선생님은 당시 도쿄에서 활동 중이던 '조직화의 달인'으로 불렸던 아시아기독교협의회CCA 오재식 간사와 함께 「통신」을 구상하고 이를 빠르게 구체화하기 시작했습니다.[3] 이러한 「통신」을 위한 한일 지식인, 선교사, 운동가, 시민들의 참여와 희생을 언급하지 않을 수 없습니다. 특히 선교사와 세계교회협의회WCC를 비롯한 수많은 기독교 단체와의 네트워크는 「통신」을 지탱하는 버팀목이었습니다. 선생님에 따르면, 자료를 위해 매달 평균 2명이 파송되어 총 360여 명이 「통신」을 지원했으며 여기에 참여한 수많은 일본인과 기독교단체의 네트워크는 이전에는 볼 수 없었던 일본과 한국간의 역사적 협력을 상징한다고 하셨습니다.

이처럼 「통신」은 일본기독교교회협의회National Council of Churches in Japan-NCCJ와 한국기독교교회협의회National Council of Churches in Korea-NCCK, 그리고 WCC를 포함한 해외에서 활동하던 기독교단체 및 활동가들과의 연대를 통해 한국의 민주화운동을 지원하는 데 중요한 매개 역할을 했습니다. 일본에서 파송한 선교사를 도와줄 사람을 한국기독교협의회NCCK 도움으로 조직해서 김관석 목사와 박형규 목사가 관리했으며, 이들 선교사와 도우미들은 자료수집을 위해 주로 NCCK를 방문했습니다. 때로는 교회 밖의 사람과 단체도 만나려 노력했고 학생 운동가도 자주 만나려 했습니다. 이렇게 수집한 자료의 국외 반출은 중앙정보부의 엄격한 검열로 인해 매우 위험했기에 위험성과 전화 도청을 피하려고 때로는 미군 우편 및 외교 특사가 이용되기도 했습니다. 성냥갑이나 인형에 자료를 밀반입하거나 담배를 말아 담뱃갑 안에 넣는 등 다양한 방법을 사용하여 자료를 성

---

3    『나에게 꽃으로 다가오는 현장―오재식 회고록』, 2012.

공적으로 밀반출했는데, 신분이 노출되었다고 생각되면 자료를 쓰레기통에 버리고 입국 심사대를 통과하기도 했고, 공항에서 체포되어 구금되기도 했습니다. 이러한 자료 전달에 가장 많은 역할을 한 것은 일본에 거주하던 독일 선교사 폴 슈나이스 목사였으며, 그는 빈번히 한국과 일본을 왕래하며 자료를 전달했습니다. 그러나 결국 자료 밀반출을 의심한 박 정권은 슈나이스 목사에게 입국 금지령을 내렸고, 그 후로는 그의 일본인 아내 기요코 사쿠라이 슈나이스가 이어갔습니다. 그 밖에도 「통신」 프로젝트에는 미국인 선교사 패리스 하비와 데이비드 새터화이트 교수를 비롯한 수많은 선교사와 지식인, 운동가, 시민의 참여와 희생이 있었습니다.

또한 선생님에 따르면 「통신」의 목표는 세 가지였습니다. 첫째, 「통신」은 당시 한국의 상황에 대한 정보를 도쿄에서 세계로 전파하는 것을 목표로 했으며, 궁극적인 목표는 세계를 동원하여 정권의 민주개혁을 압박하는 것이었습니다. 둘째, 「통신」이 한국 민주화운동에 대한 국제적인 관심을 이끌고, 이 운동에 절실히 필요한 자금을 모으는 데 도움이 되기를 바랐습니다. 셋째, 「통신」 그룹은 외부 세계로부터 정보와 관심을 보냄으로써 한국의 활동가들에게 용기와 희망을 전달해 투쟁을 이어갈 수 있게 하는 것이었습니다.

이와 같이 「통신」을 지속하고 확산시킬 수 있었던 가장 큰 원동력은 연대와 네트워크에 있었다고 생각됩니다. 「통신」이 남긴 유산은 현재에도 이어지고 있습니다. 2022년 도미사카기독교센터에서 열린 '지명관선생추도모임'에는 당시의 팬데믹 상황으로 인해 온라인과 오프라인으로 진행이 되었음에도 불구하고 한일 양국으로부터 온라인 참석자 180여 명을 포함해 200여 명이 모여 선생님을 추모했습니다. 선생님께서 남기신 연대와 교류라는 유산은 앞으로도 보다 나은 한일관계를 만들어 갈 수 있는 원동력이 되리라 생각합니다.

# '동아시아인 지명관'
## 지명관 선생님을 생각하며

서정완徐禎完[1]

## 1. 만남과 일본학연구소

제가 지명관 선생님을 처음 뵌 것은 1980년대 후반의 일이며, 아마도 박사학위 논문 집필을 시작하기 전인 1988년쯤이지 않았나 생각합니다. 도쿄에 있는 한국문화원에서 지명관 선생님, 최영희 선생님, 강재언 선생님을 모시고 학술행사를 개최했는데, 그때 일본어-한국어 번역을 포함한 자료집 제작과 기타 행사 준비 등 사무 전반을 맡게 되어서 지명관 선생님께 처음 인사를 드린 것이 만남의 시작이었습니다. 물론 그때는 선생님과 앞으로 함께 일을 하게 줄도 몰랐고, 선생님이『한국으로부터의 통신』의 T·K생인 사실도 당연히 몰랐습니다.

1992년 3월, 박사학위 취득과 함께 호세이대학法政大學 노가쿠연구소能樂研究所 연구원이 되어 연구에 전념하다가 1992년 9월에 한림대학교에 부임했습니다. 그리고 1993년 봄, 교내에 '일본학연구소 설치준비위원회'가 설치되었고 위원으로 위촉되었습니다. 대학의 설립자이신 윤덕선 당시 이사장께서 한국과 일본은 이웃한 나라이며, 그 이유만으로도 서로 사이가 좋든 나쁘든 함께 가야 하는 운명이라는 점을 강조하시면서, 그래서 우리는 일본을 연구하고 그들을 알아야 한다는 일본학연구소 설치의 당위성과 필연성을 역설하신 장면을 지금도 잊지 못

---

1    쓰쿠바(筑波)대학 문예·언어연구과 박사학위를 취득하고 도호쿠(東北)대학 문학연구과 박사학위를 취득했다. 1992년 9월부터 현재까지 한림대학교 일본학과 교수로 있으며 2007년부터 현재까지 한림대학교 일본학연구소 소장직을 맡고 있다.

합니다. 당시 한림대학교는 특히 인문학 분야에서 국내의 저명한 원로 교수로 교수진을 꾸렸다고 해도 과언이 아닐 정도로 특별한 환경을 가진 곳이었습니다. 당시 만 32살이었던 저는 당연히 위원회 말석에서 연구소 개소開所를 위한 준비 작업에 참여했다기보다는 옆에서 지켜보고 있었다고 하는 편이 맞습니다만, 언제부턴가 '지명관'이라는 세 글자가 초대 소장 후보로 거론되었던 기억이 납니다.

1994년 3월, 한림대학교 일본학연구소가 정식으로 문을 열었으며, 초대 소장으로 지명관 선생님이 부임하셨습니다. 저는 운영위원으로 연구소 일에 조금 관여하게 되었고, 그때부터 저와 지명관 선생님 그리고 일본학연구소와의 연이 시작되었습니다. 당시 일본학연구소는 대학 산하가 아니라, 이사장 직속이었습니다. 즉 예산의 배정과 규모, 집행에서 대학이 갖는 제약에서 자유로웠으며, 실제로 소장이신 지명관 선생님이 요청하시면 바로 이사장으로부터 지원이 나왔던 것으로 기억합니다. 이처럼 이사장의 전폭적인 지지와 선생님의 한일관계에 대한 깊고 넓은 미래지향적인 열정이 결합한 결과, 당시 국내에 몇 개 없었던 일본 관련 연구소에서는 찾아볼 수 없는 왕성한 활동을 전개할 수 있었던 것입니다.

연구소가 문을 연 1994년 당시 국내 일본 연구 상황은, 일본 연구에 대한 필요성은 강하게 요구 받고 있었으나, 일본이나 일본인을 알기 위한 기초적인 문헌조차 없던 불모지였습니다. 이러한 열악한 상황을 타개하고 한국의 일본 연구의 기초체력을 키울 필요성을 연구소 주요 사업으로 선정한 결과, 일본 관련 양서를 보급해서 우리나라 일본 연구의 인프라를 구축한다는 목적으로 『한림일본학총서』를 간행하기 시작했습니다. 주로 이와나미신서岩波新書를 중심으로 일본인 연구자가 일본어로 펴낸 일본론, 일본인론, 일본문화론을 한국어로 번역해서 1권씩 간행하기 시작했고, 2016년에 『대일본제국의 시대』유이 마사오미(由井正臣)로 100권째를 채우고 완결했습니다. 지금 40대에서 50대로 넘어오는 젊은 연구자와 교수한테서 "대학원생 때 『한림일본학총서』로 공부했습니다"라는 고마운 이야기를 가끔 듣습니다만, 그때마다 지명관 선생님과 당시 상황이 생각나곤 합니다. 선생님께서는 평소에 "연구소 출판사업은 수익사업이 아니라 사회사업을 하는 마음으로 좋은 책을 많이 내야 합니다"라고 말씀하셨고 또한 실천하셨습니다. 당시에는 몰랐습니다만, 지금 생각해 보면, 민주화를 이룬 한국에 돌아오셔서 일본학연구소를 통해서 한일 양국의 미래에 공헌하고자 하신 사명감과 같은 믿음이 있으셨던 것 같습니다. 물론 그 배경에는 선생님의 자비로운 인품은 물론이고 기독교적인 봉사 정신이 뒷받침되어 있다고 생각합니다.

지명관 선생님의 노력으로 한림대학교 일본학연구소는 국내 일본학계를 선도하는 연구소가 되었습니다. 가토 슈이치加藤周一, 가노 마사나오鹿野正直, 모리시마 미치오森嶋通夫, 후나바시 요이치船橋洋一, 야스에 료스케安江良介, 이회성李恢成, 이어령李御寧, 양호민梁好民 등 당시 양국의 일선에서 활동한 연구자, 문화인과 함께 타의 추종을 불허하는 높은 레벨의 일본학연구소의 기준을 보여주셨다고 생각합니다.

선생님께서는 재임 중에 전무후무한 '일본학대학원'이라는 '일본학'에 특화된 대학원 설립을 추진하는 등 한일관계의 미래를 짊어질 전문인력 양성을 위해서도 노력하셨습니다. 비록 일본학대학원은 국제대학원으로 발족하였고 일본학은 하나의 전공으로만 남았습니다만, 선생님께서는 국제학대학원에 들어온 학생에 대한 많은 애정을 가지고 지도하신 걸로 압니다. 후에 연구소 연구원으로 17년 근무한 심재현 『지명관일기』 간행위원회 위원이 1기생 중 1명이었습니다.

그러시다가 KBS 이사장 업무가 바빠진 것도 있으신지, 2003년을 끝으로 연구소를 떠나셨습니다. 2004년부터 2006년까지는 공로명孔魯明 전 외무부 장관이 2대 소장을 맡으셨는데 저는 2004년부터 2005년까지 2년 동안 부소장으로 연구소 일을 도왔고, 2006년 1년 동안 연구년으로 일본에 다녀온 이듬해인 2007년부터 3대 소장이 되어 현재에 이르고 있습니다.

선생님께서 소장으로 계신 11년 동안, 없던 길을 새로 만드시면서 연구소를 견인해 주셨고, 저는 올해 18년째 연구소를 맡고 있습니다만, 이 18년은 선생님께서 이루어 놓으신 연구소의 명예를 훼손시키지 않으려고 지키려는 노력의 시간이었다고 저는 생각합니다. 아무리 작은 조직일지라도 한 개인이 18년이나 짊어지게 되면 많은 그 무게에 대한 부담과 해방되고 싶은 욕구가 생기는 법입니다. 그런 저를 지금까지 버틸 수 있게 한 가장 큰 동력은 선생님께서 연구소를 떠나실 때 저에게 "서 선생, 연구소 잘 부탁합니다"라고 하신 말씀이었습니다. 단 한 마디가 저에게는 너무나도 무겁게 다가왔습니다. 그래서 더 버텨내려고 했던 것 같습니다. 그런데 어느덧 저도 정년까지 이제 2년 남았고, 선생님께서는 2년 전에 저희를 남겨두고 먼저 떠나셨습니다. 세상이 바뀌고 세대교체가 진행되고 있음을 '현재진행형'으로 실감하는 요즘입니다. 하늘에서 지금의 연구소를 보시고 선생님께서 어떤 말씀을 하실지, 어떻게 평가하실지 궁금하면서도 그동안 버팀목이 되어주신 선생님께 감사의 말씀을 드리고 싶습니다.

## 2. '동아시아인 지명관'

지명관 선생님은 평소에 '한일관계'와 '동아시아'를 매우 강하게 의식하고 계셨습니다. 한국과 일본 두 정부의 행보를 보시고서는 "두 나라 관계가 이래서는 안 된다", "대일정책이 이런 방향으로 가서는 안 된다", "왜 일본은 이렇게밖에 못하나" 하는 염려와 실망감을 나타내곤 하셨습니다. 그만큼 한국과 일본의 미래, 동아시아의 미래에 대한 깊은 애정을 품고 계셨다고 보시면 됩니다. 그래서인지 하토야마鳩山 당시 일본 총리가 2009년에 발표한 '동아시아공동체'라는 구상을 접하시고는 매우 동의하시면서 이런 방향으로 우리는 생각해야 하고 행동해야 한다고 말씀하셨던 기억이 납니다. 선생님께서는 한국과 일본 양국이 상호신뢰로 맺어진 동반자로서 '동아시아의 공존과 화해'라는 지향점을 향해 함께 노력해야 한다고 믿고 계셨습니다. 어떻게 보면 일제 권력의 방해로 미완성으로 끝난 안중근의 『동양평화론』의 채우지 못한 퍼즐 조각을 하나씩 채워나가면서 완성하는 것과 같은 맥락이라고 느껴질 때도 있었습니다. 그만큼 선생님 눈높이에서는 한국 정부도 일본 정부도 너무 근시안적이고 눈앞에 보이는 이익에만 집착한 나머지 '미래'를 내다보지 못하고 있다는 답답함을 느끼셨던 것 같습니다.

이러한 지명관 선생님의 주장과 입장은 어쩌면 보통 한국 사람 눈높이에서는 독도, 위안부, 교과서, 징용공 등등 모든 역사적 사실을 부정하는 일본이 잘못한 결과인데, 일본에 너무 관대한 것은 아닌가, 하는 인상을 받을 수도 있다고 생각합니다. 그러나 그것은 '지명관'이라는 사람을 잘 모르는 상황에서, 정치가나 정치평론가라는 사람이 특정 사안이나 국면을 놓고 하는 발언과 동일한 선상에서 선생님 메시지를 바라보기 때문이라고 생각합니다. 제가 지명관 선생님을 존경하는 이유 중 하나는, 한국 사람으로서 한국을 사랑하고 한국의 발전을 바라지만, '동아시아의 화해와 공존'이라는 미래를 논하실 때는 국민국가 체제하에서 벗어나기 어려운 일국一國 또는 자국自國 중심주의적인 한계를 넘어서서 '동아시아인'으로서 동아시아의 미래를 걱정하고 설계하고 계신 점입니다. 동아시아라는 공간은 어떻게 보면 세계에서 내셔널리즘이 가장 강한 지역입니다. 이 공간에 있는 사람은 아무도 스스로 '동아시아인'이라는 자각은 가지고 있지 않으며, 너무나 자연스럽게 '한국인', '일본인', '중국인'이라는 국민국가 체제에 정착하고 안주하고 있는 것이 현실입니다. 선생님께서는 당신을 '경계자'로 표현하셨습니다만, 저는 어떤 면에서는 객관적인 판단으로 중립적인 입장에서 미래를 설계하는 '중립적 설계자'와 같은 이미지를 가지고 있습니다. 즉 쉽게 내셔널리즘에 경도되거나 함몰되지 않고 옳고 그름의 판단을 중간지점에서 하고 계셨다고 생각합니다. 그런데 어쩌면 이런 선생님의 우주관이랄까 세계관이 바로 '동아시아인'으로서의 접근이며, '동아시아인 지명관'의 출발점이 아니었나 생각합니다. 제가 이런 생각과 판단에 이른 많은 과정과 경험 중 하나로 바로 다음 선생님 글을 들 수 있습니다.

힘으로 타자를 지배하는 죄를 범한 근대는, 대립이나 충돌, 분할, 격차, 차별, 억압 등을 남겼지만, 현대사는 교류, 이해, 협력, 평화를 지향해야 한다. 평화, 정의, 인권이라는 민주주의적 가치를 지향하는 현대사를 마주하고, 이 역사에 참여하기 위해서 각국이 갖는 개성의 차이를 '북동아시아 문화의 풍요로움'으로 보고자 한다.

『韓国史からみた日本史－北東アジア市民連帯のために』, かんよう出版, 2017

대일본제국이 벌인 제국주의와 팽창주의 그리고 군국주의에 의해서 수많은 아시아인에게 견디기 어려운 고통과 지울 수 없는 상처를 입힌 역사가 "죄를 범한 근대"의 중심에 있으며, 이데올로기에 의한 냉전체제와 그 산물로서 겪어야 했던 한국전쟁, 그리고 민중을 억압한 독재정권도 당연히 "죄를 범한 근대"에 포함될 것입니다. 그리고 현대는 '민주주의적 가치'를 앞세워서 미래를 설계하고 그 달성을 위해 노력해야 한다는 주장과 함께 그 과정에서 드러나는 '차이差異' 즉 '이질異質'이라는 의미의 '다름'이 아니라, 크게는 '동질同質'인 '같음'이라는 공통성을 공유한다는 전제로 하면서, 그 틈새에 보이는 세부적이고 부분적인 '다름'은 '동아시아의 다양성'으로 받아들여서 동아시아의 장점으로 승화昇華해야 한다는 매우 미래지향적이고 어떤 면에서는 기독교적인 면도 엿볼 수 있는 철학을 말하고 계신 것입니다. 동아시아를 한·중·일 3국으로 볼지, 아니면 대만과 베트남까지 확정할 것인지 등 여러 의견이 있습니다만, 어쨌든 우리는 아시아라는 동질성을 공유하고 있고, 그 선상에 각 지역이나 국가에 따라 차이가 있는데 이는 동아시아의 다양성이라는 포용적인 생각입니다. 안중근의 『동양평화론』이 넌지시 연상되는 부분이기도 합니다. 이런 말은 하기도 쉽지 않지만, 이런 믿음으로 실천하려는 시죄視座가 '지명관 선생님다움'이라고 제가 옆에서 지켜보면서 느낀 점입니다. 저는 종교가 없으며 기독교에 대해서도 잘 모릅니다. 그러나 근대라는 과거를 되돌아보면서도 하나가 되어 현재와 미래로 나가려는 데서 기독교에서 말하는 "죄를 사하다"의 '사赦'이자 '박애'라는 생각이 들곤 합니다. 당신께서 의식을 하시든 안 하시든 기저에 자리잡은 무게중심이겠지요. 그리고 하나 더 간과해서는 안 되는 것은 'T·K생'이라는 필명으로 한국의 민주화투쟁을 세계에 알리고 싸우시면서 그 아픔과 고통과 외로움을 몸소 겪은 만큼 깊게 쌓인 민주주의에 대한 갈망과 애정이 작동하고 있다고 생각합니다. 그리고 야스에 료스케安江良介 당시 『세카이』 편집장을 중심으로 한 일본의 양심적인 지성 사이에 굳게 형성된 믿음과 동지애가 크게 작용하고 있다고도 봅니다. 『지명관일기』를 보면, "일본 사람들의 밑바닥에는 무엇인가 무서운 것이 잠재해 있는 것 같아 무섭다. (…중략…) 관동대지진 때 학살 같은 것이 안 일어난다고 보장할 수 없다는 심정"1976.3.24, "소수의 양심적인 저항에 대한 혐오 같은 것을 가지고 있기 때문이라는 것. 일본적인 멘탈리티라고 할까."1976.6.16, "일본 사람들에게는 이런 열의가 있다. 한때의 감상이 아니라 일생 동안 계속되는. 그러니까 생각은 좁으면서도 여러 가지 열매가 있는 것이 아닐까."1976.3.15, "일본 사람들은 고난을 이를 악물고 참는지 모른다. 한국인은 거기서 눈물 흘리며 노래하면서 견디어 낸다"1976.9.17처럼, 일본인, 일본 사회의 장담점과 우리와 다른 점까지 냉철하게 관찰하고 계십니다. 그러나 이런 '일반론'을 뛰어넘은 믿음과 동지애 즉 야스에 료스케 편집장을 비롯한 주변에서 도움을 준 양심적인 지성과의 관계가 '동아시아인 지명관'을 형성하는 데 중요한 세포가 되고 영양소가 되었다고 생각합니다. 굳이 하나 더 덧붙인다면 북한을 실제로 방문하시고는 가능하다면 북한 정권을 없애고 싶다는 생각이 들 정도로 크게 실망하시면서 동아시아의 미래에 '민주주의'라는 가치를 한가운데 두어야 한다는 믿음이 확고해진 것이 아닌가 생각합니다.

저는 개인적으로 근대사에서 대한민국 백성은 **신민 → 국민 → 시민**으로 진화하는 과정으로 보고 있습니다. 일제강점기에는 천황의 신민臣民으로 살 것을 강요 당했으며, 일시동인一視同仁이나 팔굉일우八紘一宇 등, 겉으로는 평등이나 동질성으로 위장했지만, 그 실체는 야마토大和와 한韓 민족 사이에는 명확하고도 넘을 수 없는 혈통적 경계선이 존재했고, 이 차별은 식민권력을 행사하는 장치의 하나로 작동했습니다. 즉 제국이라는 영토 안에 이른바 '국민'과 '비국민'이라고 비유할 수 있는 민족적 계급이 존재했던 것이고, 관동대지진 때 조선인 학살이나 오늘날 '혐한'이라는 것의 뿌리도 여기서 시작된다고 할 수 있습니다. "피는 피를 부른다"는 말이 있습니다만, '민족'이라는 이름의 차별은 그에 대항하는 또 다른 '민족'에 의한 단결과 저항을 낳으며, 그것은 오늘날 민족적 내셔널리즘으로 우리 앞에 실재하는 것입니다.

제국의 야욕과 침략은 결국 만주사변을 시작으로 중일전쟁, 태평양전쟁으로 치달았으며, 전쟁의 광기는 종국에는 파시즘으로 이어졌습니다. '국체수호國體守護'라는 명분 아래, 천황의 군대는 항복하지 않으며, 오키나와와 그곳 주민을 희생시켜서 본토를 지키려 했고, 마쓰시로松代 지하에 대본영大本營과 황거皇居를 옮겨서 마지막까지 항전해서 이른바 '전 국민 옥쇄玉碎'를 결정한 무자비한 국가와 권력 앞에 백성이라는 존재는 무가치였다고 할 수 있습니다. 그 위기감은 조선인까지 징병해서 대륙과 남양의 전쟁터로 보냈고, 마쓰시로에 13km에 이르는 거대한 지하호地下壕를 파는 데 동원된 6,000명의 조선인 중 수백 명이 사망한 것으로 추정됩니다. 그리고 작금의 일본 정부의 역사문제에 대한 인식과 태도가 있습니다. 조선인은 과연 어떤 신민이었을까요?

일본제국이 패전으로 붕괴하자 우리는 빛을 되찾았다는 '광복'이라는 이름으로 독립을 이루었지만, 제대로 빛나지도 못하고 냉전체제라는 노도怒濤에 휩쓸려서 남북분단과 한국전쟁을 겪어야 했습니다. 그 암울한 여정은 일제강점기라는 아픈 역사에 대한 정리, 정산도 반성도 제대로 하지 못한 채 군사독재정권하에서 모범적인 '국민'이 될 것을 요구받았습니다. 바로 국가를 위해 충성하고 복종하는 국민입니다. 결국 주지하는 바와 같이 대한민국 백성은 1987년 대통령 직선제에 의한 민주화를 이룰 때까지 갖은 압박과 고통 속에서 자유를 찾아서 저항한 역사였습니다. 국민이 권력에서 민주주의를 쟁취했을 때 그 국민은 시민으로서의 의식과 자각을 갖기 시작했다고 봅니다. 국가권력이 요구하는 '애국'이 절대적인 가치이자 선善이었던 시대를 되돌아보면서 '국가'나 '민족' 이전에 '사람'을 사랑하는 '애인'을 민주 즉 백성이 스스로 느끼고 갖게 되는 시대를 생각해 보는 것도 필요하지 않을까 생각합니다.

이처럼 **신민**에서 **국민**으로 그리고 **시민**으로 이행하는 과정은 일제 식민권력에 저항하고, 때로는 한민족으로서 야마토민족에 저항하고, 해방 후에는 공산주의와 군사독재정권에 저항하는, 그야말로 '저항'의 시대였다고 할 수 있습니다. 그 과정에 국가, 민족이 뒤섞이고 꼬인 강력한 내셔널리즘이 우리를 둘러싼 현재가 있습니다. 우리 미래는, 동아시아의 미래는 시민으로서의 지성과 양식을 지키는 우리에게 주어진 과제를 우리가 얼마나 슬기롭게 수행할 수 있느냐에 달렸다고 생각합니다.

**신민**에서 **국민**으로 그리고 **시민**으로 이어오는 과정에서 우리도 모르게 방어적 본능이 발동해서 갖추게 된 '주박呪縛'을 우리 스스로 해체해서 '사람'을 한가운데에 두기 위한 노력을 이제는 해야 하지 않을까 생각합니다. 20세기가 저물고 21세기를 맞이했을 때 온 인류가 '밀레니엄'이라는 말을 유행시키고 21세기에 희망찬 미래를 꿈꾸었습니다만, 작금의 국제정세를 보면 20세기와 크게 다르지 않습니다. 21세기와 우리의 미래세대를 위해서 이제는 시민 한 명, 한 명이 생각할 때가 되었다고 생각합니다. 지명관 선생님은 이 부분에서 우리를 앞서 있었던 분이었다고 생각합니다.

## 지명관 선생님 저서 목록

### 일본에서 출판된 저서

池明観, 『流れに抗して－韓国キリスト教者の証言』, 新教出版社, 1966.

_____, 『韓国現代史と教会史』, 新教出版社, 1975.

_____, 『韓国文化史』, 高麗書林, 1979.

_____, 『現代史を生きる教会』, 新教出版社, 1982.

_____, 『破局の時代に生きる信仰』, 新教出版社,1985.

_____, 『チョゴリと鎧』, 太郎次郎社, 1988.

_____, 『現代に生きる思想－ハンナ・アーレントと共に』, 新教出版社, 1989.

_____, 『勝利と敗北の逆説』, 新教出版社, 1990.

_____, 『韓国から見た日本－私の日本論ノート』, 新教出版社, 1993.

_____, 『人間的資産とは何か－ソウルからの手紙』, 岩波書店, 1994.

_____, 『韓国民主化への道』, 岩波書店, 1995.

_____, 『ものがたり朝鮮の歴史－現在と過去との対話』, 明石書店, 1998.

_____, 『日韓関係史研究－1965年体制から2002年体制へ』, 新教出版社, 1999.

_____, 「インタビュー－国際共同プロジェクトとしての『韓国からの通信』」, 『世界』, 2003.

_____, 『韓国と韓国人－哲学者の歴史文化ノートより』, 河出書房新社, 2004.

_____, 『T・K生の時代といま－東アジアの平和と共存への道』, 一葉社, 2004.

_____, 『境界線を越える旅』, 岩波書店, 2005.

_____, 『韓国近現代史－1905年から現代まで』, 明石書店, 2010.

_____, 『新版－韓国文化史』, 明石書店, 2011.

_____, 『叙情と愛国－韓国からみた近代日本の詩歌－1945年前後まで』, 明石書店, 2011.

_____, 『韓国紙からみた日本史－北東アジア市民の連帯のために』, かんよう出版, 2017.

_____, 『『韓国からの通信』の時代』, 影書房, 2017.

小川圭治・池明観 編, 『日韓キリスト教関係史資料－1876~1922』, 新教出版社, 1984.

藤田英彦・池明観, 『自由に生きる』, 新教出版社, 1995.

『池明観先生追悼文集』, 富坂キリスト教センター, 2023.

T・K生, 「世界」, 編集部 編『韓国からの通信－1972.11~1974.6』, 岩波書店, 1974.

_____, 「世界」, 編集部 編『韓国からの通信－1974.7~1975.6』, 岩波書店, 1975.

_____, 「世界」, 編集部 編『韓国からの通信－1975.7~1977.8』, 岩波書店, 1977.

_____, 「世界」, 編集部 編『韓国からの通信－第四・韓国からの通信』, 岩波書店, 1980.

**한국에서 출판된 저서**

지명관, 『한국과 한국인 — 일본과의 만남을 통하여』, 소화, 2004.

_____, 『한일 관계사 연구 — 강점에서 공존까지』, 소화, 2004.

_____, 김경희 역, 『한국으로부터의 통신 — 세계로 발신한 민주화운동』, 창비, 2008.

_____, 『나의 정치일기 — 1955~2008년, 한국 현대사와 더불어』, 소화, 2009.

호리 마키요, 양기웅·안정화 역, 『한 망명자의 기록 — 지명관에 대하여』, 소화, 2011.

_____, 『(속) 나의 정치일기 한국의 현대사란 무엇인가 — 2008년 12월~2014년 10월 종말을 향한 정치노트』, 소화, 2016.

서정민 편역, 『지명관 선생 1주기 기념 추모 문집 — T·K생 지명관 "아시아로부터의 통신"』, 동연, 2023.

**지명관 선생님 추모 관련 도서**

池明観先生追悼の集い発起人, 『池明観先生追悼文集』, 富坂キリスト教センター, 2023.